中国百年工业文学大系

丛书主编 贾玉民 樊洛平

长篇小说卷 II

孙拥军 主编

中国工人出版社

本卷主编简介

- 孙拥军，四川大学文学博士，河南理工大学教授。主持教育部人文社科项目《台湾新文学作家对鲁迅国民性批判思想承续研究》，另主持或参与省部级以上课题 12 项。出版《新文学的叩问与反思》等学术专著 6 部，发表核心期刊论文 16 篇。近年来，关注于中国长篇工业小说文献的梳理与甄别研究。

顾　问

（按姓氏笔画排序）

何向阳　张　炯　谈　歌

梁晓声　董学文　蒋子龙

出版说明

一、缘起

为庆祝中华全国总工会成立100周年，中国工人出版社特组织编纂《中国百年工业文学大系》丛书。文学作品是社会现实的形象反映。本丛书的编纂，全面整理百年来工业文学作品及相关资料，精选优秀作品，按体裁分类，编成20卷的丛书，生动、形象地呈现百年来中国工业化的历程，呈现中国工人阶级的命运和奋斗历史，呈现中华全国总工会在中国共产党领导下，与工人运动一同发展壮大的图景，有助于讲好中国工人阶级故事、中国工业故事和中国工会故事，为更好继承弘扬革命传统，创造未来提供历史借鉴。

二、编纂团队

本丛书编纂团队由《20世纪中国工业文学史》和《中国工人文学史》的作者为基础，邀请郑州大学、河北师范大学、河北大学、河南师范大学、河南理工大学、中原工学院等院校为合作单位，以研究中国工业文学的专家、学者共同组成编辑团队，分工合作，在中国工人出版社的指导下共同完成编纂工作。

三、选录作品范围

重点选录反映工业生活、描写工业人物、揭示工业领域社会问题的优秀作品，根据中国具体情况，适度收录有关传统手工业、商业、人力车夫、纤夫等生活的作品。兼顾各历史阶段、各阶级、各阶层、各个地域、各种产业、各种体裁作品；兼顾专业作家、工人作家、业余作者。

四、编纂原则

真：选录的作品，基本以初发或初版为准，个别作品使用与初版接近“最佳”版本，使其成为中国工业文学发展史的可靠文献。其中繁体字须改为规范简化字；标点符号改为规范格式；错别字给予纠正，加注说明。原作署名为非通用笔名的，注明其真名或通用笔名。

专：各卷按文学体裁编列，分别为史论卷、报告文学卷、短篇小说卷、中篇小说卷、长篇小说卷、诗歌卷、散文卷、剧本卷、电影文学卷、电视文学卷、资料卷。各卷均有独立性，组合又具统一性、逻辑性。

精：各卷首的“导读”，长篇作品的“提要”、节选作品的“简介”，各篇所加注释，务求内容准确、文字简明。

鸦片战争后，中国近代工业开始萌芽，至今已近200年；从中国工人阶级队伍略具规模，至今也已百年以上。这期间出现的各类工业题材文学创作，虽然赶不上“乡土文学”等传统题材作品数量之多，但也可称数量巨大。我们的编纂工作肯定存在不少缺陷，切望有关作家、专家、学者，广大读者批评。

2025年4月

《中国百年工业文学大系》在编纂过程中，有幸收录了众多作家描绘工业岁月的珍贵作品，这些文字是中国工业发展的重要记忆载体。由于时间跨度长、信息更迭等客观因素，书稿付梓之时仍有部分作者未能取得联系，对此我们深感歉意与遗憾。恳请尚未联系上的作者或家属看到成书后，及时与我们取得联系，以完善作品收录的后续事宜。

总序

深刻反映时代巨变，描绘时代精神图谱
——新时代呼唤工业文学的繁荣

“文化是民族的精神命脉，文艺是时代的号角。”习近平总书记的这一重要论断，深刻揭示了文艺与时代的紧密联系。文艺作为社会生活的镜像与人类精神的诗性表达，始终与时代同频共振、血脉相连。它不仅是时代变迁的见证者，更是时代精神的塑造者和引领者，在为我们展现历史巨变的同时，也将中华民族伟大复兴的壮阔征程熔铸成一幅可触可感的精神图谱。

100多年前，我国近代工业刚刚产生，就陷入帝国主义列强的围堵和封建专制的压迫之下，在其筚路蓝缕的艰辛跋涉中，20世纪上半叶就有茅盾、夏衍等作家描写民族资产阶级“工业救国”梦的破产，描写工人阶级的悲惨处境和觉醒斗争，创作了《子夜》《包身工》等优秀作品。新中国成立后，在大规模经济建设中，更多作家长期深入工矿生活，创作了许多新作，如草明的《乘风破浪》、雷加的《潜力》三部曲、艾芜的《百炼成钢》、艾明之的《火种》等长篇小说以及李季赞颂玉门石油基地的诗歌等，出现了工业文学的初次繁荣。而工人

作家胡万春、万国儒等的崛起，则开了工人写工人的先河。到了改革开放大潮中，反映工业战线生活的作品更如雨后春笋，蒋子龙的《乔厂长上任记》等系列，张洁荣获茅盾文学奖的《沉重的翅膀》、程树臻的报告文学《励精图治》，以及众多作家反映工人生活的中短篇小说、诗歌和剧本等，势如乘风破浪，冲上改革文学的前沿。伴随着改革深化和经济转型，在“新写实”和“现实主义回归”文学潮中，又涌现出一批沉甸甸的作品，如张宏森、肖克凡、谈歌等作家真实反映国企工人经历的转型期阵痛的佳作。而“打工文学”在珠江三角洲等沿海经济特区异军突起，更成为新时期工人写工业文学的一道新风景。

从党的十八大开始，中国特色社会主义进入新时代，进一步强化了工人阶级是国家的领导阶级和主人翁地位。在《关于繁荣发展社会主义文艺的意见》指引下，文艺界克服价值扭曲、娱乐至上、唯市场化等倾向，用现实主义精神和浪漫主义情怀观照生活，歌颂光明、抒发理想，鞭挞丑恶、抵制低俗，给人民以信心和力量，在工业文学方面产生了一批讴歌大国重器、“中国制造”的响当当的作品。同时以“知青文学”而闻名的梁晓声，创作了长篇小说《人世间》，描写知青回城前后几个工人家庭两代人的生活变迁，以其动人肺腑的笔力而荣获茅盾文学奖。一向书写矿山工人生活的刘庆邦，以现实主义笔触展示了不同类型的煤矿工人的人生。不少剧作家也创作或改编了描写工业和工人生活的剧本，搬上屏幕，受到广大观众的欢迎。

百余年来，中国工业文学由小到大，由弱到强，形象地记录了中国工人阶级的发展历程。从百年前郁达夫笔下的女工陈二妹，到蒋光慈小说中的工人形象，从《百炼成钢》的秦德贵到报告文学中真实的英雄孟泰、王崇伦、王进喜、赵梦桃等等，构成了中国工业领域的英雄人物画廊，构成了工人阶级光辉的斗争史和成长史。感谢中国工人出版社和主编本丛书的贾玉民、樊洛平诸位教授学者，经过多年努力，辛勤劳作，为广大读者编成此套规模宏大、内容丰富的选本，自是一项盛举！

如今，中国工业文学作家面前仍然任重而道远。

首先，和我国工业迅速崛起的势头相比，工业文学的反映还远远不够。工业文化，尤其是21世纪以来，极速变化，迅速飞腾，节奏之快，前所未有。这就要求我们身在工业战线、对这种伟大变化有深切感受的工业作家，肩负起历史使命，拿出更多新的好作品来。

其次，和经典作品相比，相当一部分工业文学作品对现实的剖析和人物心理世界的开掘还不够深刻，还少有触及这方面深层次的观念冲突、心理变化和复杂的矛盾斗争的新作。随着城市化的加速，新工人、新市民成亿增加，对工业文学的期待必将日益强烈。

中国实现工业化、现代化，是多少代人的理想和立国之本。新时代呼唤工业文学的繁荣。这既是挑战，更是机遇。工业文学作家和工业战线的文学业余作者，自应把握这个历史机遇，全身心地投入这场新的工业革命，投入由农业文明向工业文明的深刻变革之中，在实践中观察，体验，对工业基础以及高端装备等建设成果努力深切了解，对这场变革中的各种人物表现有更生动把握，从而掌握扎实的生活素材，奠定工业文学更生动更深厚的基础。我们深信，广大读者都会殷切期待作家、艺术家的进一步努力，充分认识所承担的历史重任，开出灿烂的文艺之花。希望广大工业战线的文艺工作者不辜负时代召唤、不辜负人民期待，描绘出中华文明古国在21世纪工业腾飞的足迹，绘出民族的精神图谱，奏出时代的最强音。

张　炯

2025年春于苏州

导言

五四新文化运动后，小说成为文学的正宗，也成为中国现代新文学作家创作的主流文体。

1918 年，鲁迅发表白话小说《狂人日记》，标志着中国现代小说的伟大开端。1922 年，张资平发表小说《冲击期化石》，开启了我国现代长篇小说创作的先河。

现代小说以其表现领域的宽广，思想内涵深邃，为众多的现代作家所采用，并迅速推动中国现代文学的发生与发展，成为五四以来中国文学不可或缺的一条创作流脉。由于中国延续了数千年的农耕文明，又加之近代以来中国工业化程度非常低，致使工业小说起步晚，与乡土小说、革命斗争题材小说、都市小说相比，明显滞后，一直处于弱势地位。然而，在百余年中国新文学史上，也不乏工业小说的优秀作品，尤其是长篇工业小说有着其独特的表现领域、叙事视角、宏大主题与丰富的思想内涵，为认知近代以来中国工业化波澜壮阔的发展历程，提供了具有独特价值的文学样式和文献参照。特别是进入新时期以来，随着我国工业化、现代化的高速发展，工人队伍迅猛扩大，工业问题往往成为社会关注的中心，工业题材的长篇小说纷纷问世，作品的内容厚重，触及社会问题尖锐，艺术成熟，已经走上当代文学的前沿。工业题材长篇小说的繁荣已经来临。

一

鸦片战争之后，西方列强以武力打开晚清闭关自守的大门，资本主义经济进入中国，对数千年来中国传统的自给自足的自然经济产生巨大冲击，并逐步走向解体。受到西方工业经济的影响，晚清地主阶级开明知识分子也意识到现代工业对于国家盛衰的重要意义。1860年，晚清洋务运动兴起，掀起了中国自主创办近代工业的热潮。同时，西方列强也在中国相继开办工矿业，强化对中国的经济掠夺与殖民侵略。在西方列强以及洋务派创办的工厂里，出现了中国最早的产业工人。

中国早期工人阶级的发展虽然还处在萌芽状态，然而却是新生的社会力量，自诞生之日起就深受帝国主义、封建主义、官僚资本主义“三座大山”的压迫，在长期与中外反动势力的斗争中成长为一个最坚决、最彻底的先进阶级。

晚清时期，虽然已经有作家开始关注这些早期产业工人的生存状况，然而，真正成为中国工业文学先声的却是反映华工遭遇的文学作品。1880年代，美国爆发了经济危机，影响到它在世界各地的工矿产业，为转嫁危机，资本家加大对产业工人的压榨，同时开始疯狂地排斥、迫害华工、华侨，因而引发了我国沿海各地掀起了一场轰轰烈烈的抗议美国迫害华工华侨的爱国运动，史称反美华工禁约运动。晚清一些作家开始用文学的形式记录这场运动，反映华侨华工的生存状况和抗争，以及受这场运动影响，决心实行工业救国的爱国企业家的活动。如我佛山人（吴趼人）的《劫余灰》、姬文的《市声》、中国凉血人的《拒约奇谈》等。

19 世纪末 20 世纪初，中国现代民族工商业在沿海城市产生，然而，在中国社会由传统封建农业经济向现代经济过渡中，帝国主义列强的工矿企业打压中国民族工商业的发展，致使中国民族工业的发展极度艰难，在夹缝中求得生存。这在一定意义上，也影响了作家的创作取材，对工商业领域表现的长篇小说创作较少。

第一次世界大战期间，中国民族工业获得较快发展。伴随着中国民族工业的发展，工人阶级队伍也逐渐壮大起来，尤其是五四运动中，工人阶级以自己特有的组织性和斗争的坚定性，在运动中逐渐成为主力军，开始以独立的姿态登上政治舞台。同时，马克思主义理论的传播，对于中国工人运动的发展起到极大的推动作用。1921 年中国共产党成立后，积极领导中国的工人运动，工人的斗争状态由自发转向自觉。中国工人阶级队伍的壮大以及工人运动的纵深发展，工人阶级的斗争与生存状况也获得了现代作家的广泛关注，但作家因其和工人接触尚少，对工人生活的反映还以短篇小说为主，长篇小说的发展较为迟缓。

1930 年代，随着中国现代工业的发展、产业工人数量的增加以及中国共产党领导的工人运动的广泛开展，为左翼作家所广泛关注。同年 3 月，中国左翼作家联盟在上海成立，在《中国无产阶级革命文学的新任务——一九三一年十一月中国左翼作家联盟执行委员会的决议》中，强调作家必须“注意中国现实社会生活中广大的题材”，“描写民族资产阶级的形成和没落，描写工人对于资本家的斗争，描写广大的失业，描写广大的贫民生活”。1932 年上海“一·二八”事变后，为了推动工人文艺的创作，中国左翼作家联盟又成立“工人文艺工作委员会”，号召作家们到工人中去做文艺工作，体验工人的生活，写作反映工人生活的作品。左翼作家最早对工人阶级进行关注的是中国无产阶级革命文学的先驱蒋光慈，虽然他创作的工业小说大部分为中短篇，如《短裤党》，但拉开了中国左翼作家创作工业小说的序幕。1928 年，蒋光慈创作出表现青年工人自发反抗的长篇小说《最后的微笑》。华汉、欧阳山、草明、丁玲、蒋牧良、万迪鹤、邵子南等左翼作家笔下，也创作出了优秀工人文学作品。最有代表性的左翼工业文学作品是茅盾的长篇小说《子夜》，运用马克思主义阶级分析学说，运用社会主义现实主义的创作方法，从经济视角对1930年代中国社会的状况进行深度剖析，关注于经济变动之后中国社会整体变迁，揭示出社会内部的种种矛盾，并对这些矛盾形成的渊源原因进行深度探讨，反映出1930年代中国民族资本主义工商业的生存状况与半殖民地半封建社会的现实。

1940年代，中国作为一个传统的农业大国，在向现代转型的历程中，现代作家依然较多关注于乡土中国的变化、农耕文明的现代变迁以及中国农村的“土地革命”，而中国工业虽然从晚清洋务运动就开始了，但经过近百年的发展历程，进展依然至为缓慢，工业文学也没有太大的发展，但在长篇小说的创作上，却出现了重要作品：1945年8月宋霖出版了《滩》，反映在抗战时期的大后方，民族资本家的艰难挣扎和破产；1949年2月，作家康濯创作出我国第一部描写煤矿工人生活的长篇章回体小说《黑石坡煤窑演义》，在《人民日报》连载，小说通过描写煤窑工人从奴隶生活走向翻身解放的艰难历程，展示了一部煤窑工人的苦难史和斗争史。作家雷加在抗战胜利后随解放军回到家乡辽宁丹东，在安东造纸厂工作五年，和工人一起经历了复工、撤退、再复工三个阶段。在1950年代，雷加以此为素材，创作了长篇小说《潜力》三部曲，迎来了自己工人小说创作的高峰。

二

1949年3月，中共七届二中全会在河北省平山县西柏坡召开，毛泽东在《在中国共产党第七届中央委员会第二次全体会议上的报告》

中明确提出，在夺取全国胜利后，党的工作重心要从农村转向城市，使中国稳步地由农业国转变为工业国，把中国建设成一个伟大的社会主义国家。

文学是时代的传声筒，作家也必然会紧扣时代的脉搏进行创作。新中国成立后，作家的创作重点也会随着国家发展重心的变化而转移到工业文学的创作。然而，近代以来，由于西方资本主义经济的侵蚀，中国近代民族资本主义工商业虽然获得一定发展，但发展至为缓慢，没有形成强大的工业生产背景；又由于解放区作家长期生活在农村，文学创作对工业题材一直关注不够，以至于新中国成立后，描绘农村社会主义革命和战争革命斗争题材的作品依然是文学创作的主流。新中国成立之初，工矿企业百废待兴，社会主义工业化开始起步，然而，由于工业生产的独特性，技术性强、程序繁杂，同其他领域的日常生产与生活有很大不同，作家对工业领域的熟悉需要一定时间，因此，新中国成立初期工业题材小说的创作相比农业题材、城市题材、军事题材小说来说，仍然薄弱。

工业题材小说的创作，对作家提出严格要求，必须真正长期深入到工厂，了解工业生产的流程、工序，熟悉工人的生活、习惯及其内心的期盼、感受，更要发现工业生产进程中的新旧矛盾、新旧思想等等，然后精心去整理、去思索，才能创作出思想内涵深刻的工业小说。1956 年底，“三大改造”完成后，中国进入社会主义建设时期，社会生活发生了天翻地覆的变化，以工业化为标志的经济建设成为生活的重要内容。工业题材的文学创作逐渐兴盛，草明、艾芜、周立波、李季、萧军、雷加、罗丹、韶华、阮章竞等，响应党和国家号召，纷纷深入到工厂、矿区，熟悉工业生产，体验工人生活，并拿起笔来，刻画中国社会主义初期工业的发展与工人的生活。

诚然，在新中国鼓励工业题材创作的文艺方针指引下，许多原来进行农村题材、军事题材创作的作家，主动深入工业生产第一线，走到工人群众中去，亲身参与工业建设，获得真实的生活体验和第一手创作资料，在 50 年代中期，陆续推出了一批长篇工业小说作品。中国当代工业小说的开拓者为作家草明，按照党组织的安排，1947 年 5 月，她到东北牡丹江镜泊湖水力发电厂亲自参与到抗日战争胜利后已经濒临废弃的东北工业的恢复与生产工作中。草明根据这段生活经历和体验，于 1948 年创作了中篇小说《原动力》。沈阳解放后，她又到皇姑屯机车车辆厂工作，根据工人修复机车支援前线的事迹，于 1950 年创作了长篇小说《火车头》，开启了当代工业小说创作的帷幕。1954 年 8 月，草明又到鞍山钢铁厂落户，与工人同生产、同吃住，体验生活，并于 1959 年 9 月创作出以描写鞍山钢铁厂生活为背景的长篇小说《乘风破浪》，向国庆十周年献礼，这既是中国工业文学的扛鼎之作，也是草明小说创作高峰的标志。其他深入到工业战线的作家，也创作出了大量优秀的长篇工业文学作品，如萧军的《五月的矿山》（1954）、雷加的《春天来到了鸭绿江》（1954）、周立波的《铁水奔流》（1955）、碧野的《钢铁动脉》（1955）、艾芜的《百炼成钢》（1957）、周而复的《上海的早晨》（1958）、罗丹的《风雨的黎明》（1959）、舒群《这一代人》（1962）、李云德的《沸腾的群山》（1965）、程树榛的《钢铁巨人》（1966）等，集中体现了新中国由农业大国追求工业现代化征程上的积极自我探索与艰难跋涉。这一时期的工业长篇小说比较真实地再现了工业生产一线的工厂、车间、矿山、工地的生产建设场景，以及工业建设面临的困难、不同思想路线间的矛盾与冲突。

三

党的十一届三中全会后，中国进入改革开放的历史新征程，全国开启了自上而下的经济体制改革，要将我国建设成为一个社会主义现代化国家，工业发展再次成为国家发展的重中之重。随着改革开放的推进和现代工业的快速发展，工业文学也再度繁荣。当代作家蒋子龙的《乔厂长上任记》首开“改革文学”先河，拉开了新时期工业小说的创作帷幕，“改革”也成为工业小说的核心主题。在长篇工业小说创作上，张洁的《沉重的翅膀》(1981)、张锲的《改革者》(1983)、焦祖尧的《跋涉者》(1984)、刘庆邦的《断层》(1986)等作品，揭示国有大中型企业在改革进程中面临的种种困境，塑造了一大批改革先锋者形象，他们勇于革新、富有开拓精神，凸显了工业体制改革的历史必然性与必要性，构成了1980年代改革小说的基本创作路径与创作理念。

随着改革的纵深推进，作家们反映改革的视野更加阔大，眼光也日益深邃，在反映经济、政治、社会体制变革的同时，更注重剖析改革对人的传统价值观念的影响，揭示商品经济冲击下旧有生活方式的逐渐瓦解，以及新的生活理念在人们的心灵上产生的强烈震动，将对于改革的书写推向更为深广的领域。张洁的《沉重的翅膀》，作为新中国反映社会主义现代化建设、工业改革的第一部长篇小说，对工业改革使命性与艰巨性给予了深刻的讲述，展现改革进程中各种复杂的矛盾纠结，全方位地呈现了改革大潮下当代社会的人情世态。

进入1990年代，改革进入攻坚期，出现了诸如国有企业改制，破产重组，职工下岗、失业等迫切的经济问题和社会民生问题，一些作家直面现实，用小说创作反映当时经济改革、政治体制改革中存在的问题以及引发的种种冲突，形成文学创作的“现实主义冲击波”。

诚然，社会主义市场经济体制的确立，在改革大潮中，人们的关注点有所改变，由国家意识、民族命运转向个人生命价值的关怀，由1980年代对于改革先行者的歌颂转向社会底层工人生存困境的书写，表现国家在社会转型期所经历的阵痛以及所面临的重大社会问题，反映了社会转型期国有大中型企业严峻的经济形势和窘迫的生存状况，提出了亟待解决的诸多问题，发出现代人文知识分子对于改革走出困境的真切呼唤。如谈歌的《城市守望》（1997）、刘醒龙的《寂寞歌唱》（1997）、张宏森的《车间主任》（1997）、胡小胡的《太阳雪》（1997）等，它们主要描绘了社会转型期工人的艰难生活和理想追寻，以不同的叙事方式、叙事视角、叙事架构，真实反映了当代工业改革的成功与挫折、困惑与突破，以及工业人的期盼与忧患、命运的顺境与逆境等等。还有张平的《抉择》，集中呈现了在新的历史条件下，工业领域反腐败工作的复杂性和迫切性，全视角揭示了种种腐败现象，深层思索腐败滋生的渊源，凸显对于社会转型期国企及工人命运的人文关怀。

四

进入新世纪以来，中国工业的发展突飞猛进，高智能、高科技产业成为中坚，工业生产环境变得更为复杂，机器操作流程更为烦琐，给工业文学创作带来巨大挑战。由此，工业文学作家在持续关注于工业经济发展的同时，他们的创作聚焦点有所改变，更关注于新时代工业大环境下传统的产业工人的生存、生活与生命历程。同样，新时代产业工人在关心工业产品质量的同时，也关注自我的生存状态与生活质量。虽然工业、工厂依然作为工业写作的大背景，但小说的取材空间由原来的工厂、厂矿、生产车间，扩展至工人生活的社区、俱乐部、商超、集市等场所，将工人们的日常生活融入工业题材小说的创作，极大地拓展了工业小说的叙事空间、思想内涵以及创作理念，改变了小说情节的过度模式化、小说人物塑造脸谱化，让情节更加真实化，在现实的生活中立体、多元地表现人物生活的时代、社会以及人性的复杂性与深刻性，在对工人的日常生活描写中建构小说情节脉络，展现出新世纪工业题材小说源于日常生活的原生原貌。

由此，对于工业生产的描述与工人生活的书写构成新世纪工业小说创作的两条流脉，极大丰富了长篇小说的创作取材与创作内涵。然而，新世纪工业题材小说并不是仅仅停留在对于当代工人日常生活的简单记录，而是深入到工人的内心世界，深度挖掘普通人的精神追求与理想向往以及在新时代快节奏的社会发展中的生存困惑，对生命意义与生存价值的自我追问与思索。如向本贵的《遍地黄金》（2001）、王立纯的《月亮上的篝火》（2005）、肖克凡的《机器》（2006）、刘庆邦的《红煤》（2006）、焦祖尧的《飞狐》（2007）、曹征路的《问苍茫》（2008）、徐坤的《八月畅想曲》（2008）、李铁的《长门芳草》（2009）、李宏林的《非常城市》（2009）、王十月的《无碑》（2009）、高满堂的《大工匠》（2011）、肖克凡的《生铁开花》（2011）、于泽俊的《工人》（2011）等作品。

新世纪以来，工业作家在对工业厂矿书写的同时，还注重新中国工业发展史的呈现，用文学见证中国工业的发展历程，具有史诗性的价值与意义。如煤矿作家刘庆邦多年坚守自己的创作立场与创作领域，创作出被称为“煤矿三部曲”的作品：《断层》（1986）、《红煤》（2006）、《黑白男女》（2015）三部长篇小说，记述了新时代煤矿工业发展的沧桑历程。还有刘华的《车头爹 车厢娘》（2010）、罗基础的《玛依塔柯之恋》（2012）等作品，以小见大，呈现出中国工业发展的艰辛铿锵历程，展现中国工人阶级前仆后继的革命精神与普通产业工人的高尚情操，再现了中国工人阶级勇担重任、开拓进取、公而忘私的心路历程。

新世纪长篇工业小说，最大的突破就是对女性矿工生存状态的关注。2020年，刘庆邦创作长篇小说《女工绘》，是至今唯一一部书写煤矿女工故事的长篇小说。2024年，张秀珍创作长篇小说《孔秀》，讲述普通女工孔秀在繁重的工作之余从事文学创作，并最终成为作家的故事。

2012 年，进入新时代以来，随着中华民族伟大复兴进程的加快，尤其是提出到本世纪中叶，要把我国建设成为社会主义现代化强国。毫无疑问，工业是我国的强国之本，国家加大对现代工业的重视力度，产业科技创新能力大幅提升，产业结构持续优化升级，企业实力和竞争力显著增强。随着工业化进程的不断推进，工业产业的发展日新月异，新能源、新材料、生物制造、商业航天、低空经济、量子信息、载人航天、探月工程、深海深地工程、国防军工等重点领域科技创新连续取得新的重大突破。在后工业时代，工业文学有了新的、更为广阔的表现领域，工业文学作家的认识度和创作观念有了新的突破，工业小说不一定是写工矿，真正意义上的工业小说创作，应展现当代大工业在国家和社会进程中所起到的关键性作用，既有宏观视野，又有个性思考，创作出具有大气象、大魂魄的文学作品来。如网络文学作家、都市硬派工业类作品第一人齐橙，从 2011 年开始，他在起点中文网先后发表了《工业霸主》《材料帝国》《大国重工》等一系列工业题材的小说，引起巨大反响，也带动了网文界写作工业小说的风潮；从小生活在军工大院的作家阿莹，对军工生活至为熟稔，创作出小说《长安》，记述了我国军工人满腔的爱国激情、高度的历史使命感与责任感以及自强自立、攻坚克难、勇于奉献的奋进精神。此外，还有亚东的《风起毛乌素》（2012）、商国华的《我们走在大路上》（2014）、赵晏彪的《中国创造》（2015）、杨梅莹的《仰望长空》（2018）、罗日新的《钢的城》（2019）、温恕的《世间人》（2019）、孟广顺的《高铁作证》（2019）、管新生的《工人新村》（2019）、黄建东，杨忠华的《长辛店》（2019）、周梅森的《人民的财产》（2021）、李铁的《锦绣》（2021）、邹小林的《风过太阳城》（2021）、秦北的《归心》（2021）、第广龙的《高高的太阳坡》（2021）、黄秀萍的

《中国智造》(2021)、晨飒的《重卡雄风》(2022)、紫芒果(李杰)的《强国重器》(2022)、水运宪的《戴花》(2022)、王延才的《中国名片》(2023)、苏虹的《海上晨钟》(2023)、邹元辉的《远航》(2023)、吴丹的《鲸落果园》(2024)等长篇工业小说。

工业题材是文学写作的富矿，这已经是文学界的共识。工业文学经过百年发展，在中国从工业大国迈向工业强国的征程中，工业长篇小说的创作上虽然有长足的发展，但相对于波澜壮阔的中国当代工业的发展，依然不足，过于单薄，相当时期甚至处于失语状态，因而需要更多的优秀作品，反映中华民族伟大复兴的历史征程，展现新时代工业战线上的辉煌成就。由此，我们需要更多的专业作家，正视工业题材文学的现实与困境，以繁荣工业文学创作的使命意识深入到工矿企业，沉心静气，积淀素材，将工业文学的书写融入中国的工业化、现代化的历史进程之中，从广阔的生活、典型的人物、历史的变迁和时代的精神等各个方面，创作出彪炳史册的工业小说，记载下中国社会主义新时代工业发展的伟大成就。

同时，为更好推动工业文学的创作，扩大工业文学作品的影响力，工业和信息化部工业文化发展中心、中国作家协会创作联络部、中国企业联合会企业文化建设委员会等单位联合举办“光耀杯”中国工业文学作品大赛，目前已经举办三届，评选出众多优秀工业文学作品，极大地推动了工业文学创作的新发展。中国工人出版社特设立出版资助项目专项资金200万元，资助15部左右工业题材作品以及工人作家的工业文学作品出版。另外，还有“中华铁人文学奖”“全国青年产业工人文学大奖”“全国煤矿文学乌金奖”“草明文学奖”等，定期举办评选优秀工业文学作品，激励工业文学专业作家和工人业余作者进行创作。这些举措都旨在推动中国工业文学(小说)的快速发展，激励当代工业文学作家不辜负时代召唤、不辜负人民期待，记述中华民族伟大历史复兴的工业铿锵历程，讲述中国工业故事，展现中国创造的磅礴力量和改革创新的中国精神，创作出反映中国特色社会主义新时代工业发展的优秀长篇小说，谱写中国工业发展的新篇章。

孙拥军

目录

跋涉者

焦祖尧

长河汹涌澎湃，激扬飞溅，一往无前地流向大海。

亿万颗水滴组成了这支激流，激流推拥、带动每颗水滴，有时把它们抛掷起来，于是我们看到了晶莹炫目的浪花，这是水滴在运动中生命的闪光。

浪花欢笑着，跳跃着；浪花唱着歌儿前进。突然，它们碰上了河床中突兀的礁石，刹那间被击得粉碎……

在滔滔的煤海上，有两朵浪花，命运曾经把他们抛掷在一起，后来……

第一章

等待了二十年，他突然回来了，却变得非常冷漠。过去他并非这样。

昨晚下了一场大雪。

飞狐岭矿区成了一片银白世界，只有从选煤楼底下开出的运煤列车，像一条黑色的游龙，在白茫茫的大地上奔驰。每一节车厢里，都是一座煤山，在初升的太阳照射下，发出闪亮的、金属般的光泽，映衬着白雪，确是一车车的乌金墨玉。

和铁路平行的公路上，我们乘坐的北京吉普，尾随着运煤列车疾驶，但不一会儿就被甩在后面了。

坐在司机旁边的吴冲，狠狠地盯着和吉普车距离拉得越来越大的运煤列车，对司机说：

“加大油门，赶上它！”

司机稳稳地把着方向盘，脸上毫无表情。

“加大油门！”吴冲提高嗓门，用一种命令的口吻。

“不能快了，雪太厚。”司机慢悠悠地说，语气中缺乏热情。

吴冲老大不快地转脸瞥了一眼身旁的老司机，眼神中冒出一股专横的怒气：

“市里的劳模座谈会八点半开始，误了我的会怎么办，啊？”

“车子要是翻到沟里去，你的省劳模也当不成了，值得吗？”司机还是慢悠悠地说。

吴冲大概没有想到，他这个飞狐岭矿综采队队长，矿党委委员，矿、局和市、省的劳动模范，当年上过天安门观礼，如今矿领导也让他三分的大名鼎鼎的人物，竟会在一个小小的司机面前碰了钉子。他拉了拉格子呢的前进帽帽檐，裹了裹草绿色的军大衣，没奈何地喘着粗气。

运煤列车已经在雪原上消失了。吴冲掏出烟来，点上，猛吸了几口，忽然转过脸，对后座上的我瞥了一眼。我猜想，他要冲着我来了，因为有气总是要出的。

但他迅即转过脸去，并没有理会我。

我后悔坐他的车。今天一早，我踩着没脚踝的深雪，到汽车站去，经过小车库，司机说有车进城，可以顺路把我捎到矿务局。正说着吴冲来了，我才知道今天沾的是这位劳模的光。

我对吴冲并不陌生。不仅因为我是采煤技术员，经常和这位采煤队长、劳动模范打交道；十二年前，那场“史无前例”的运动一发起，吴冲——当时还是一个不为人知的青年采煤工——就和我打上了交道。我这个小业主出身、一直努力工作、把青春献给了矿山的女技术员，有一条弥天大罪：不结婚！我为一个右派守了十年空房，这自然是顽固地坚持反动立场无疑。他们说我不结婚，守着那个“反党反社会主义”的右派，就是仇恨社会主义、敌视无产阶级专政的具体表现。

“老丁！”吴冲捻熄烟头，忽然喊了一声。这次，他没有回过头来，而是对着车窗玻璃喊的，大概觉得对我说话，用不着转过脸来。这是一种提醒别人注意自己身份的方法，肯定不是对我第一次使用。

我从车厢后座的角角里支起身来，应了一声。

“今天你去局里开会，可得把我们队的困难摆摆。”吴冲仍然在对着玻璃窗说话，“要再不足足地供应配件，机器停了他们负责！”

这种不容商量的专横口气，我已经听习惯了。本来，我可以顺从地答应的；但不知为什么，这时我却不愿那么听话了，也许是老司机刚才对他那种不卑不亢的态度感染了我。我说：

“局里电话通知说，今天的会议，只研究综采管理的规章制度问题。”

“管理就不管配件啦？”吴冲鼻子里呼哧着粗气，“我的综采队是重点队，他们就得作为重点来保证供应。”

“我在会上提一提吧！”我无意再和他啰唆，把拉毛围巾在脖子上紧了紧。

“不是提一提，而是一定要争取到！”吴冲还是对着车窗玻璃说话，口气是不容争辩的威严，“你现在提拔当了工程师，对咱队的生产就得直接负起责任；光知道挑鼻子挑眼不行，要解决具体问题。”

我还能说些什么？如果吴冲强加于人的东西可以随便被人否定，那吴冲就不是吴冲了。我只含糊地“唔唔”了几声，便靠在后座上，闭起了眼睛。

忽然，一件皮袄从前座扔过来，一起扔过来的还有一句话：“搭在膝盖上！”

老司机的声调是硬邦邦的，但我心里却一阵暖和。

吴冲又在抽烟了。这人抽烟也有一股冲劲，几口就能抽去一大截。烟味呛得我嗓子发痒，我感到窒息。

我忽然想起那令人窒息的噩梦般的岁月。本来，噩梦在两年以前已经结束了；平常，我不愿去重翻那已经过去了的痛苦而又屈辱的一页。今天，也许和吴冲坐在一个车上，他的声调，他抽烟的姿势，他披在身上的草绿色军大衣，这一切都能勾起我的回忆。我还莫名其妙地生出一种庆幸：我守了二十年的那个他，幸亏当时不在矿上……

十年生死两茫茫！不，是两个十年了，那个早就失去联系、音讯全无的人，如今在哪儿？无情的岁月，坎坷的遭际，并没有冲淡他在我心目中的形象，更没有割断我对他的思念。无论在清醒时还是在麻木中，在雨夜还是在雪晨，在矿井下还是在“牛棚”里，我始终在等待，是这种等待支持着我的生命吧！我始终不相信这是一种无望的等待，只要他还活着。

我相信他一定是活着的，因为他不是一个懦夫，而是一个生活的强者。

我睁开眼来。车窗外，是银装素裹的世界。

啊！一片洁白的世界！一尘不染的世界！二十一年前，我刚走向生活，就是这样来认识世界的。纯洁的信念，纯洁的追求，纯洁的友谊和爱情，生活中处处燕啼莺啭，春光明媚。那时我才二十二岁。一转眼我已经四十三岁了，那么，他该是四十六岁了！不，他在我心里，还只是二十五岁……

“吱吱”一阵响，汽车刹住了。我抬头一看，已到了云山矿务局大楼前面。

好高的台阶！

“史无前例”那几年，这大楼台阶上面的平台就是检阅台，也是楼前广场的大舞台。我曾被推了阴阳头，在平台上挨批斗。广场上，人的海洋在骚动，千万个拳头高高举起，仿佛要将我砸成肉泥。幸亏我“喷气式”地站着，除了自己的脚尖，什么也看不见。

我走上台阶，一步步向高处走去，当我踏上平台以后，竟下意识地转脸看了看广场。被白雪覆盖着的广场十分安静，只有几只觅食的小鸟啾啾叫着，在雪地里跳跃。我实在无法想象，几年以前，这里曾经是一个疯狂世界。

广场的对面，耸立着两块标语牌，那上面写的，自然不再是一些疯狂的口号，而是“向四个现代化进军！”和“煤矿的出路在于机械化！”

机械化？我突然愣了一下，因为我想起今天是来开“综采”会的，要研究各矿在“综采”管理上存在的问题。

我又想起了他。二十多年前，他就和我谈起过“综采”问题。所谓“综采”，就是综合机械化采煤，是当代机械化程度最高的采煤方法，它不用打眼放炮，不用人工装煤，不用人工支柱回柱，这一切全由机组和液压支架来完成。这种采煤方法效率高，工人劳动强度低，更主要的，是它十分安全，工人们不再时刻遭受顶板塌落的威胁。

“顶板顶板，压在工人头上的一座大山！”他时常对我发出喟叹，“搬不走这座山，我们枉当了采煤技术员！”

他曾经为顶板问题奔走呼号，为战胜顶板呕心沥血，结果却在顶板上出了“问题”……现在，战胜了顶板的“综采”正在各矿推广运用，他梦寐以求的这一天终于来了，但他却早已离开了矿山！

我心情沉重地走进大楼，来到会议室。

怎么也没想到，我的出现竟引起了许多人的注目。在过去，我很少参加全局性的技术会议，今天到会的都是各矿负责“综采”的工程师。从全矿务局说，女工程师本来不多，坚持搞采煤的更是凤毛麟角。人们交头接耳，大概在打听我是谁吧。

我在后排的角角里坐下来。更多的眼光向我投来了，我感到非常难堪，索性从手提包里掏出一张旧报纸，装着在看报，把自己的脸遮起来。

二十多年来，我在飞狐岭矿当技术员，几乎不和外界接触，认识我的人当然很少，但知道我名字的人却极多：是那场运动使我扬了名。为一个“反党反社会主义”的右派守空房，拒绝任何男子的追求，一任自己的青春和美丽（据说人们都认为我当时是“相当漂亮”的，也许是这样）在寂寞中凋谢，这比任何一个“走资派”“叛徒”“特务”的“罪行”都引人注目。当年，飞狐岭最早结合进领导班子的“革命领导干部”、矿革委会副主任邵一锋，曾在全局性的大会上，把我作为例子，批判阶级斗争熄灭论。说我一个无依无靠的弱女子，十多年守着一个右派，这是想干啥？说我不是等一个人，而是等着地主资产阶级复辟，等着蒋介石回来！……每当“造反派”感到“阶级斗争”的弦需要拧紧的时候，我就成了他们手里的旋把，少不得被拉出来批斗一番。我不仅在全矿，而且在全局都出了名。

人们对我的好奇是可以想象的。我只觉得凄苦、悲凉。屋子里忽然沉寂下来。我发现矿务局第一副局长任斌进来了，后面还跟着几个人。

“开会吧！”任斌拉着一个面容憔悴的人在身边坐下，“先宣布一件事：杨昭远同志一九五八年被错划为右派，已经得到改正，局党委决定他担任局综采办公室主任……”

“嗡”地一下，我像触了电，眼前金花乱飞。

杨昭远！这就是我的那个人吗？我闭了闭眼，又摇了摇头，好像要把眼前的金花甩掉；莫名的紧张，使我脑袋发晕，胸口发闷，简直要支持不住了。

任斌还在说些什么，我根本没有听见；我的全副注意力，都集中到了那个面容憔悴的人身上。

他披了件黑市布的老羊皮袄；脸色黧黑中带着萎黄，高高的颧骨，撑起了两颊干枯多皱的脸皮，下半个脸上布满了黑苍苍的胡茬；因为没有戴帽子（难道他还保留着不戴帽子的习惯？）可以清清楚楚地看到，他已两鬓飞霜！

多么陌生啊！我无法相信他就是我的昭远！

他一直半低着头，盯着桌子上的茶杯，好像很不习惯坐在那个位置上。

任斌谈到了综采管理问题，说全局十几个综采工作面普遍缺少严格的科学管理，岗位责任制没有认真执行，有些人用手工生产方式，来对待综采机械，只知向它要煤，不进行保养维护；生产中的问题很多，机器的作用远远没有发挥出来……

杨昭远忽然抬起头来，横扫了一下会场。他在寻找什么？寻找同行们对任斌一席话的反应吗？观察大家对综采存在问题的态度吗？

我看见了他的眼睛，依然是我所熟悉的那双眼睛，那里，总是发射出充满热烈的向往和追求、像火一样炽热的眼光，仿佛那洼下去的眼窝里，有着永不熄灭的光源。和二十年前不同的是，他的眼珠已不像过去那样活泼灵动，那炽热的眼光中仿佛闪烁着一点捉摸不定的东西。

他终于不是在梦境中，而是切切实实地在我眼前出现了，但已经不是二十年前我那个英姿勃勃充满朝气的杨昭远；他的衰弱和苍老，使我感到一阵阵尖刀剜心般的痛苦与酸楚。泪泉的闸门被打开了，我连忙低下头，装作擤鼻子，用手绢捂住了脸。

我在抽泣，实在遏抑不住，于是悄悄开了会议室的后门，进了厕所，让眼泪痛痛快快地流出来。

眼泪积得太多了。那些年，我经常处于一种半麻木的状态之中；麻木的人，泪腺功能大概衰退了，那时我很少流泪。而现在……

我稍稍平静了些，就回到会议室去。他正在说话：

“……端着大铁锹，搞不成四个现代化。从笨重的、不安全的劳动中解放出来，是世世代代矿工的心愿；现在，我们……”

这是他的声音吗？沉重、沙哑，节奏很慢，完全是我所不熟悉的一种老年人的声调。

穿过前面几排人头中的隙缝，我的眼光紧盯着他。

他忽然咳嗽起来，脸部的肌肤随着咳嗽而抽动着。我真希望他立即打住，不要再往下说了，他每声咳嗽，都牵着我心头的神经。

“……顶板，是压在工人头上的一座山，它时刻威胁着工人的安全。现在，液压支架战胜了它。只要心里有着工人，我们就会像对自己的眼睛那样，来使用它，维修保养它……”

可怜的人，他还在想着顶板！人们喜欢综采，是因为它能多出煤；而他想到的，却首先是综采战胜了顶板！可以断定，这二十年中，他虽然离开了矿山，却一天也没有忘记压在矿工头上的顶板。

他并没有发现我，因为我坐在后排的角落里。在他之后，其他人的发言，已灌不进我的耳朵了。我在想着：会后该在什么地方用一种什么方式和他见面。

忽然，我的全身掠过一阵痉挛。这是因为，自从二十年前出事以后，他就坚决否定了我们的恋爱关系，拒绝和我来往；他一再声言并不爱我，而且讨厌我；他不准我去探望，退回了我寄去的每一封信和每个包裹。我不知他的音讯已经整整十五年了。不久前，听说要改正错划的右派，我相信他一定会得到改正的；现在他突然回来了，他会怎样对待我呢？他还是一个人生活吗？二十年的等待，会是一场梦吗？

散会以后，我从会议室的后门出去，在过道里等他。

他迈着滞重的脚步走来了。

我擦干了泪眼，迎上去，急促地喊了声：

“昭远！”

他猛地刹住脚，惊讶而又慌乱地打量着我；忽然，他的眼睛明亮起来，嘴角抽动了几下，低低地喊道：

“小丁？你是小丁？”

我咬着嘴唇，含泪点点头，等待他向我走过来。

他却在原地站着，直愣愣地盯着我。

“昭远！”我又怨艾地喊了一声。

蓦然，他的眼光黯淡下去了，我听到的是一种陌生的声音：

“哦，丁雪君同志，没想到还能碰见你。”

眼光的突然黯淡，称呼的突然改变，仿佛是一根闷棍结结实实地击中了我，我感到一阵昏眩，身体失去平衡了。

“啊！”他惊叫一声，急忙扶住我。

我没有看见他脸上的惊惶，却能感到他扶我的双手在颤抖。我使劲睁开眼来。啊，二十年来朝夕思念的人就在眼前，我要扑到他的怀里去，随便旁人怎样侧目，我要……但当我抬起头，发现他脸上又出现了那种陌生甚至是冷漠的神情，我觉得整个心脏急遽地收缩了。

他扶着我向走廊一侧走去，让我靠着墙壁。我无法忍受他的这种态度，紧紧地闭着眼睛。

他站在我面前。他一定感到手足无措吧？

我忽然想起：这是难怪他的，因为他并不了解二十年来我的情况。

我睁开眼来，竭力露出一丝微笑。

“好点吗？”他问。

“没事儿。”我淡淡地一笑。

“你现在在哪儿？”他问，显得平静而客客气气。

“还在飞狐岭。”

“哦。”他顿了顿，仿佛什么地方被触动了；瞬间的茫然过去后，才问：“搞什么？”

“综采。”

“好啊！”他的眼光忽然明亮起来，“听说，你们飞狐岭综采搞得不错，过几天一定去看看。”

“我……等你。”我只想哭，但眼泪没有流出来。

他仿佛预感到什么。“谢谢！”只是礼貌地说了这么两个字，就伸出手来，和我告别。

我一把抓住他的手，使劲握着。他的手坚硬粗糙，像虬曲的树根。

我紧紧地抓住这坚硬粗糙的手，就像抓住了希望，抓住了生命。无数话语涌到了嗓子眼儿，争先恐后要往外冒，但是，嗓子哽住了，我竟连一个字也说不出。

我抬起头来，用痛苦和哀求的眼光看着他。他却转过脸去；无疑，他在回避我的眼光。

他慌忙地把手抽出，慌忙地转过身去，慌忙地迈着滞重的脚步，走了。

他还像二十年前离开我时那么残忍！多么可怕的残忍！

我已经没有力量再支撑自己，顺着墙壁，我跌坐在地上。正是午休时间，没有人发现我。几分钟之后，我挣扎着站起来，一步步挨到了汽车站。

从矿务局回来，我就病了。

二十年的漫长岁月，我挨了过来；却经不住杨昭远突然归来，他的冷漠所带给我的沉重一击。

我不信这是他的真实感情。我几次想挣扎着起来给他写信，但总觉得写在纸上的文字，无法倾吐和诉说我对他的等待和思念，更说不清二十年来的生活遭际。我们会有机会尽情畅谈的。啊，那历历在目的往事……

一九五七年暮秋，我在矿业学院毕业后，被分配到飞狐岭煤矿，在矿长办公室任技术员。我不喜欢在办公室里坐板凳，到职第三天就要求下井。矿长任斌是个性格绵善很能体贴人的半老头儿（其实当时他才四十多岁，但在二十来岁的人看来，他已是个半老头儿了），他认为井下黑咕隆咚，一个姑娘下井很不方便。我告诉他，在开滦煤矿实习时，我整整在井下待了两个月；我还说，不熟悉井下第一线的生产情况，我这个矿长办公室的技术员是当不好的。任矿长被我纠缠不过，就从台历上扯下一张纸，写了几个字，叫我去找采煤一区区长邵一锋。

我来到采煤一区办公室，见一个青年人正在打电话，他把话筒夹在脖子和肩胛之间，嘴巴对着话筒说话，手却不停地在纸上写着什么。我本想向他打听邵一锋区长，一时却插不进话去。他用大嗓门在喊着：

“……不要大惊小怪好不好？顶板周期来压还没到，这我知道。反正，今天的任务，要斤两不短往上拿……”

这人面向窗口坐着，并没有发现我走进去。

“顶板是死的，人是活的！我一再说过，计划就是命令，这个观念，要用刀子刻在脑子里。找找杨工程师，有事和他商量。我正忙着，没工夫下去……”

这人真有本事，在打电话的过程中，始终也没有停止写字。我以为他在记录电话的内容，悄悄走到他身后，发现稿纸上端是这样一行标题：“采煤一区反右派斗争初战告捷”。

就在这时候，他转脸发现了我。

不知道我身上有什么东西吸引着他，他的眼光里竟流露出惊异和激动，一时仿佛愣住了。

“我找邵一锋区长。”我递过那张纸条。

“我就是。”他接过去匆匆看了一眼，顿时热情起来，“请坐，丁雪君同志！欢迎您到我们区里来指导工作。”

“我想下井看看，学习学习。”我说，“你很忙，我不想打扰，请你安排一下就行。”

“不忙，不忙。”他满面春风地说。我却不知道他所说的“不忙”，是叫我不忙下井，还是说他现在并不很忙。看来，他已暂时忘记了他的“初战告捷”，忙着在给我洗茶杯了。

“请别麻烦！”我站起来制止他的好客，“我不喝水。”

但他的热情并没有减退，这种热情显然不是出于礼貌，而是出于内心。他掏出钥匙，打开抽屉，取出一个精致的小茶叶桶，倒出一撮喷香的茉莉花茶。

却之不恭，我只好坐下来。这时，我正面打量了一下这位年轻的区长。他大概二十五六岁，狭长的脸上，最突出的是那两条浓黑的微微上翘的眉毛；眉毛下边，两只眼睛不大，却特别精神，闪着机灵而又执着的光，仿佛在告诉别人，他想办的事情是一定要办到的；那狭长的鼻梁，高隆的鼻尖，显示出他的自信和抱负不凡；微微上翘的嘴角里，仿佛蓄藏着一种随时都会流露出来的优越感。总之，这张脸第一次给予我的印象，是并不清晰的，说不上好感还是反感。在我走进办公室之前，本以为区长邵一锋该是个五大三粗、满脸胡楂、粗犷豪爽的中年人——煤矿区队长一级的中层干部，大都是工人出身，因为他们具有丰富的井下作业经验。我眼前的邵一锋显然是例外，他的风度、气质，半新工作服里边的雪白衬衣领子，以及“初战告捷”那龙飞凤舞的流利字体，还有他的年龄，都说明这个采煤区长不是由工人提升的。

这一切自然与我无关，我也没有进一步观察研究他的兴趣。我从桌上随手拿过一张全矿生产日报表，不经意地浏览起来。

邵一锋颇为恭敬地把一杯茶捧到我面前，轻轻地回到他的座位上。我虽然没有抬头，却断定他是在观察端详我。我感到不快，于是放下报表，推开茶杯，站起来说：

“邵区长，请安排我下井吧！”

他“哦”了一声，仿佛从神思遐想中走出来，说：

“今天就不下了吧，改日再……”

“不。”我断然说，“就为了下井，任矿长才让我找你。”

他浓黑的眉毛抖了抖，似乎有点失望：“我可以把区里的情况向你介绍介绍。”他已经不称呼“您”而改称“你”了。

“到工作面去了解更好。”

“下井有的是机会，着急什么呢？”

“我想尽快熟悉一下井下的情况。”我的语气中已经流露出不耐烦。

他想了想，忽然说：“那我陪你一起下去。”

“你不是正忙着吗？”我惊奇地看了他一眼，刚才电话上他还说脱不开身，现在怎么就有了时间？

“没关系，”他收拾桌上的文稿，锁了起来，“开个夜车就赶出来了。”

他的语气和态度都很真诚，我无法拒绝他的好意。但就在这时，电话又响了起来。这次是党委办公室打来的，好像是催要那份材料，说党委殷书记等着要看。

邵一锋向我道歉了一阵，说了好几个“对不起”，派区里的办事员陪我下井。我欣然接受了他的安排。

一路上，办事员向我介绍他们的区长，说邵一锋是一九五二年的中专毕业生，从煤校出来，当了一年见习技术员；见习期满，转正为五级技术员的同时，入了党。说他有组织能力，也有魄力，工作又一贯积极，年初就被提拔当了采煤区长；一个多月前，原总支书记有错误言论，下台了，邵一锋又兼了总支书记：党政一把抓，笔头子又硬，是矿上少有的年轻干才，党委殷书记相当器重他。

办事员是用一种崇敬的口气来介绍他们区长的。我觉得，这和邵一锋刚才留给我的印象不完全一致。但我又想，领导器重，群众拥戴，这样的干部肯定是错不了的；刚才我的粗浅印象不一定正确，自己妄加评判，实在没有必要。再说，对人热情，也应该说是个优点。

我忽然想起了另一个人，便问：

“你们区里还有个杨工程师？”

“他就是你的前任。”办事员说，“原来在矿长办公室，年初提拔的工程师。到我们区才一个多月。”

“他自己要求下来的？”我忽然对这个“前任”产生了兴趣。

“他要求下来搞顶板——咱们这儿是坚硬顶板，事故多，影响产量。”

“是个上岁数的老煤矿吧？”我问，自己也不知道为什么会提出这个问题。

“年轻人，和我们邵区长岁数差不多。”

奇怪，这个区里为什么尽是年轻人当领导呢？

我生平第一次看到这样的场面：

百米来长的采煤工作面上，响着石头顶板来压的“隆隆”声，间或还有沉雷般的响声，从采空的古塘里滚过来；顶板在断裂，石片“噼里啪啦”向下掉；洗脸盆粗的原木支柱，有的竟被压成灯笼一般，有的被顶板压力摧倒了；开裂的顶板，有的龇牙咧嘴，像张开大口要吞噬什么，有的下沉半米多；工作面上岩尘滚滚，煤粉飞扬……在这里，似乎刚刚发生过天崩地裂，山圮石流。

我的心“扑扑”直跳。

突然，我看见漆黑的工作面上，闪过一道灯影。

我以为这是幻觉，用矿灯又照了照工作面，分明看到有个人影在柱子之间闪过。

“啊，有人！”我惊叫一声，转身问挤在运料巷口的工人，“谁在里边？”

人们告诉我，这是工程师杨昭远。

“他不要命啦？”我失声喊道。

人们又告诉我，周期来压提前了；顶板下沉之后，杨昭远命令并指挥工人撤出工作面，他自己却留在里边，继续观察顶板来压的动向，因为这是观察和研究顶板最好的时机。

我完全明白了！刚才，在采煤一区办公室里，邵一锋接的电话，就是这个采煤三队打去的。

我问：“你们的队长呢？”

“队长上井汇报去了。”

我感到愤慨，顶板压力这样大，邵一锋电话里还说“不要大惊小怪”，还命令继续出煤，这不是开玩笑吗？刚才办事员介绍邵一锋时，这位年轻区长给予我的一点儿好感，都被顶板的“隆隆”声赶跑了。

但我顾不得生气，因为工作面上那个人的安危更使我担心。我问：“你们为什么让他进去？”

“他就没有出来。”

“为什么不喊他出来？”

“喊破嗓子也没用。”

我莫名其妙地生起气来，不是生邵一锋的气，而是生这位杨工程师的气。他太成问题了，十足的冒险，完全对自己不负责任！出了事故，难道是他一个人的事吗？他有什么理由这样不顾后果地一意孤行？

作为一个矿长办公室的技术干部，即便是新来乍到，碰到这样的场合，我也不能袖手旁观。

我冲着工作面，用命令的口气，用最大的嗓门喊道：“不许留在里边！出来！快出来！”

工作面上没有回答，只有石片掉落的“叭叭”声。

“不许留在里边！马上出来！出来！”

我的声音冲进工作面，就像泥牛入海，没有任何反应。

那矿灯光仍然在柱子间闪跳。

我断定他是听到我的声音的，却置若罔闻。

我感到极度的气愤和委屈。

忽然，我发现那闪跳的灯光不是一道而是两道。

“里边还有别人？”我急问。

“老吴。”

“老吴是谁？”

“八级采煤工。杨工程师不出来，他就进去了。”

我嘘了口气。我知道，老工人对付顶板是有经验的。我仿佛觉得，有这个老吴师傅在旁边，那位杨工程师面临的危险就会大大减少；但我又立刻想到，如果出了事故，遭难的将不是一个人，而是……

“都出来！赶快出来！我是矿长办公室的，我命令你们！”我又对着工作面声嘶力竭地喊起来。

“出来！”

“出来！”

工人们在巷口和我一起叫喊。

“老吴师傅，你执行命令！”我知道，我们的喊话对那个鬼脾气的杨昭远是不起作用的，我只好把希望寄托在老吴师傅身上。

依旧没有回答。我借着手里的矿灯光，看见在一块龇牙咧嘴的顶板下面，有两个人在从容不迫地指指画画。

我的心一下提到了嗓子眼儿。

突然，“轰隆”一声，一大块顶板冒落了，工作面射出一股气浪，把我推了个趔趄。

眼前一阵乌黑。“完了！”我的脑子里只有这两个字。

我为没有见过面的工程师杨昭远，还有那个老吴师傅伤心，禁不住落下泪来。

工人们在巷口声嘶力竭地叫喊着，我却喊不出任何声音，我在抽泣。

突然，我的眼前出现了奇迹：在人们的叫喊声中，有两个人不慌不忙地从飞扬的煤尘中走出来，前面一个是老工人，后面那个，当然是杨昭远无疑！

这一切简直令人难以置信，我愣愣地看着他们。

“这下可真看清了！”后面那个人一出工作面，就冲到巷口的人群里，捶捶这个的肩，又拍拍那个的背，好像他不是刚从死神的手中挣脱出来，而是才由一个好玩的地方归来似的。“吴师傅的建议完全有道理，顶板岩石结构变了，采煤规程必须修改！”

这就是那个年轻工程师杨昭远？他实在年轻啊，看上去绝超不过二十五岁，要不怎么会如此任性呢？我本以为，他怎么也得三十出头呢，否则是不可能被提拔为工程师的。他光着脑袋（矿工帽被顶板塌落时的气浪掀掉了），满脸煤灰，只有两只眼睛特别明亮，从那儿射出两条燃烧着理想和献身向往的灼热光柱，这眼光真能使顽石熔化吧！

“家伙！”有人拍着他的背说，“阎王爷兴许怕你吧？”

“家伙！”又有人捶着他的肩说，“准是因为你还没娶媳妇，阴间不要光棍，阎王爷才手下留情。”

杨昭远哈哈大笑，用拳头回答大伙在调侃中表达的关心。突然，一拳落到了我的胸前，我竟没有躲闪。拳头来势很凶，落到身上却并不重。在这一瞬间我们的目光相遇了。

他“啊”了一声，满脸惊愕，大概直到此刻他才认出我是个女的：这很难怪他，下井的人都身穿一样的矿工服，头戴胶壳帽，巷道里光线很暗，一时是不容易辨别的。

“对不起，你是——”他盯着我的眼睛，语调里有吃惊，也有抱歉。

他为什么盯着我的眼睛？我突然发觉，我的眼睫毛上还挂着泪珠。我连忙用手背把泪珠擦去。

区里的办事员连忙介绍：“这是矿长办公室的丁技术员，下来了解情况。”

“噢！”他歉疚地笑笑，把手伸给我：“欢迎你，小丁同志！”

不知为什么，我竟没有把手伸给他。盯着他那双燃烧着火焰的眼睛（这时，我又发现这双眼睛里还有一种淘气和天真无邪的神采），我莫名地生气了。

“你这是——？”他大概感到突然，口气里有点慌乱。

“这种冒险难道是允许和值得的吗？”我生气地说，“你可以不对自己负责，可是别人却要对你负责！”

他“哦”了一声，就低下头去，像个做了错事的孩子。半晌，他才抬头问道：“刚才，是你在叫我吗？”

“你没有听见？”

“我好像听到有人在喊。”

“我们的嗓子都快喊破了，还‘好像听到’！既然‘好像听到’了，为什么还不出来？”

他没有回答，眼睛避开我，惶惑地看着工作面。

“同志，你大概经常这样冒险吧？”不知为什么，当时我一点儿不想饶他，“你是工程师，该不会不懂安全规程！”

他默默地把眼光从工作面上收回来，投向自己的脚下。片刻之后，他说了这么一句：

“工人们成年累月和顶板打交道，他们的安全时刻受着威胁……”

他的声音很轻，仿佛是说给自己的脚尖听的。

但这很轻的声音却震动了我，一股热乎乎的东西从胸口涌往嗓子眼，我的眼眶潮湿了。

“对不起，真对不起！……”他手足失措地说。

“我刚来，想请你介绍一下一区几个工作面的情况。”我边说边擦去眼角将要溢出的泪珠。

第二章

他回避她的感情。她觉得不可思议。

昭远的突然归来，使我手足无措，一时真不知如何办才好。

他依旧孑然一身，健康情况不好，患有肺结核、胃溃疡、糖尿病等多种疾病，自然需要有人照料；而心灵上的创伤，更需要有人抚慰。

而我二十年来，积了多少话要向他倾吐！我要在他面前，把长期一直密闭着的感情闸门打开，让眼泪拌和着哭笑，回顾那逝去的岁月，叙说我对他的无穷思念；告诉他，在漫长的孤独、寂寞和遭受的数不尽的折磨凌辱中，是他对我的爱支持我活了下来……现在，我复苏了，我新生了，我要走进他的生活里去了！

可是，我们每次见面时，除了交谈工作，他从来不提往事，仿佛我们刚刚相识。

我伤心，我惊愕，我百思不得其解；唯一可以用来解释的，是我们还没有一个合适的机会来倾吐彼此的积愫。

有一次，他下矿来了解综采工作面情况。从井下上来，他步履沉重，不断地咳嗽。我请其他几个同志先走，自告奋勇留下来照料他。

我们在巷道里的铁管上坐下来。四周十分安静，只有顶板上往下滴水的声音。

他双手托着脑袋，支撑在膝盖上，仿佛在谛听滴水的声音。

“你把我当成陌路人吗，昭远？”我忍不住了，问。

他没有回答，也没有转脸看我，脑袋埋在手掌里越沉越低。

“你为什么一直不结婚？”他突然问，声音不高，但在寂静的巷道里却引起了回声。

“这你应该知道。”

“我能知道什么？”他似乎在苦笑，“二十年了，我与世隔绝。”

“你应该了解我。”

他不吭声了。过了一阵，才长叹一声，说：“我没想到你会这么傻。”

“难道你比我聪明？”

“二十年前，我不是已经对你说清楚了？”

“你以为我会相信吗？你当时对我越是凶狠，就越发说明你是爱我的，我难道看不出来？”

他忽然从手掌里抬起头。矿灯光下，我见他鼻翼在微微抽动；那直直地盯着我的眼光里，炽热而又复杂的感情在翻腾奔突，使我的心头震颤。我欣喜地预感到，他多年密闭的心灵之门就要打开，我失去的昭远将真正回到身边来了；我心跳的节奏在加快，呼吸也变得急促起来。

我期待着。

他还是用那样的眼光看着我。

我微笑着把身子迎向他，笑容里一定有我想说的一切。

就在这时候，他的眼睛突然闭上了；随即，脑袋又重重地跌落在手掌里。

“一切都过去了，小丁！”他在呻吟，“一去不复返了，小丁！”

“不，不，这不是你的真实感情，”我大声喊道，“你的眼睛告诉我，你心里不是这样想的。你为什么要这样？我不能理解，我无法理解！”

“以后你就会理解的，”他的脑袋仍然埋在手掌里，好像不敢和我的眼光接触，“现在，还是谈谈你们的综采队吧，照我看，这个队问题不少。”

“这个问题上井以后再谈行不行？”我怨艾地说，“我真不明白，昭远！为什么到今天我们还要互相折磨？你难道不知道，二十年来我一直在等着你？”

“有些问题应该尽快解决，拖下去会越来越严重。”他从手掌里抬起头来，不理睬我的怨艾，“你们老是报喜不报忧，只讲产量，不讲管理和设备维护上存在的问题。你们在工作面上拼设备，这无异于杀鸡取卵！”

我失望而又伤心地叹了口气。

“你为什么不说话，我很想听听你的看法。”

他两眼炯炯地看着我，这熟悉的眼光在我心里点起了一团火，照亮了逝去岁月中最珍贵的片段。啊，二十一年前，征服我的不首先是这双眼睛吗？……

对于一个刚刚走向生活，有着纯洁的生活信念，热烈地憧憬着未来的女孩子来说，这样一双漂亮的男性眼睛，无疑具有一种勾魂摄魄的魔力。我很快便爱上他了。

二十二岁的我，第一次喜欢一个男人。

感情是极其微妙的东西，正在热烈地爱恋着的人，很难冷静地解释自己感情生发的缘由。首先是强烈的吸引，但彼此身上的磁石到底是什么，谁能一下子说清楚呢？

有一次，我对他说：“你大概不会相信，当我第一次在井下见到你的时候，首先使我惊讶的是你那双眼睛，我好像觉得在什么地方，见到过这样一双眼睛。”

我当然没有见过他。我出生在秀丽的江南水乡，他却是燕山的儿子。但我说在什么地方见过他，也不足为奇。在喜欢上一个小伙子以前，哪一个姑娘没有悄悄地编织过未来的生活图景？哪个少女没有自己绮丽的玫瑰色的梦？在我的梦中，陪伴我的就是他这样的人：杨昭远式的思想、气质、风度，杨昭远式的眼睛，杨昭远式带几分腼腆的天真和调皮……当他突然出现在我面前的时候，一种似曾相识之感就产生了。

他却坦率地告诉我，他曾经喜欢过一个姑娘。

“你爱过她？”我不无惊奇地问。

“不能说爱，只能说喜欢。”

“爱和喜欢有什么两样？”我认真地问道，“你坦白！”

他彻底地坦白了。

那还是在大学里。有一次，他去某教授家里请教一个问题，在那儿碰到一个姑娘，是比他低两班的一个女同学，据说是教授夫人的侄女。杨昭远第一次对一个姑娘多看了几眼，说不清对方身上有一种什么气质、神韵吸引了他。一次，她在晚会上的歌声使他感动了。“在那遥远的地方，有一个好姑娘……”婉转、圆润、感情饱满而又细腻的歌声，像清泉一样流往他的心头。“我愿做一只小羊，跟在她身旁；我愿她拿着细细的皮鞭，不断轻轻打在我身上……”他说，当时他真愿变成一只小羊，跟在舞台上那位“牧羊姑娘”的身旁，领受她手里细细皮鞭的轻轻拂打。后来，他听人说，这位女同学天资聪颖，学习成绩很好，文娱、体育活动都很出色。在一次新年的化装舞会上，她扮演了“白雪公主”，那朴素、纯洁、凛然的神态气质，给他留下了很深的印象。他还为她悄悄写了一首题为《银色的小白桦》的诗。在他的想象中，这是个善于思想、感情深沉、活泼纯洁的姑娘，是外表和内心美和谐统一的典型。他喜欢她了。他渴望着进一步了解她。后来他才得知，这位女同学曾把他写的求爱信在宿舍里高声朗读，显得非常得意。原来她外表的高雅矜持，掩盖着的是无聊和浅薄。这使他极度伤心气恼，冷静下来后，才弄明白这是自己荒唐，他把幻想中未来的恋人形象，硬安在这个女同学身上了。也许，幻想中的形象，在现实中是不存在的。以后，再也没有另一个姑娘拨动过他的心弦。

他的“坦白”使我感动了。原来他喜欢的并不是那位女同学，而是幻想中的一位姑娘。我问：

“以后，你难道就没有再碰见幻想中的那个人？”

“找见了。”

“在哪儿？”我明知故问。

“远在天边，近在眼前。”

“真的？”

“真的。”他的眼光那么诚实。

“我哪点像你幻想中的那个人？”我禁不住追问下去。这种明知故问的对话是甜蜜的、幸福的，而且听第一万次还像听第一次那样令人心醉和激动。人的一生中，大概在恋爱期间说的废话最多吧！

“到底什么地方像呢？”我又问。

“你的心。”他动情地说，“我们第一次在井下见面，我从工作面走出来，看到你睫毛上的泪珠，听到你出自内心的训斥；特别是后来我谈起顶板对工人安全的威胁，你的反应把我征服了。你大概不会想到，那天晚上我半宿失眠，有一种预感使我极度兴奋：我所等待的天使终于驾临了！事实说明，这一次，我的预感没有再欺骗我。”

我笑了，却含着眼泪。

几个月来，我觉得彻里彻外地了解了他。这个乡村小学校长的儿子，从童年、少年到青年，有限的生活道路走得并不平坦。父亲一向崇尚做人的气节，钦仰陶潜不为五斗米折腰的精神。他很博学，对教育事业十分忠诚。儿子当时也是他的学生。小学毕业后，杨昭远考取了县立中学，但父亲那点微薄的薪水，养活嗷嗷待哺的六口之家，已经十分困难，供他上学已不可能。他失学一年，跟着舅父种田。第二年，父亲硬硬心肠，卖掉了一部祖传的明版书，把他送进了中学。以后，他就靠优异成绩获得的奖学金，读完了中学。一九五〇年，他考进了北洋大学采矿系，毕业后被分配到燃料工业部。报到后的第三天，就打报告要求下煤矿第一线：他认为学采矿的，岗位应该在地层深处，而不是在机关大楼里。

“我相信慎独。”有一次散步时，他对我说，“环境当然能影响人，但人的意志的作用难道可以忽视吗？人之所以为人，就因为有思想，有意志。我们的老祖宗讲修身养性，提倡慎独，是有道理的。懦弱的人才把自己身上出现的消极东西，一概归咎于环境的影响。”

这和他父亲的教导自然不无关系。上大学一年级的时候，有个高中的好朋友经常和他通信，彼此在学业和思想上切磋琢磨。知道他家里经济困难，邮资也是一个负担，便在信封里给他寄去了八千元旧币（等于现在的八角），让他买邮票。他收到之后，当即跑到邮局去，补了两千元邮费，这才安心地回到学校。这件事情，至今除了我，竟没有一个人知道。

到飞狐岭矿以后，他以一个普通工人的身份，在井下劳动了一年，装煤、支柱、打眼、放炮，他都干过。他和工人在一起吃住，上井后一起泡在大澡堂里。他承认，开始很不习惯，井下沉重的体力劳动，澡堂里稠腻发黑的水，宿舍里钻鼻子的气味，真有点受不了。他问自己：工人们能这样生活，为什么自己不能？他应该完全成为他们中间的一分子。他用苛刻的眼光注视着自己，不允许身上有一点知识分子的优越感。他很快就习惯了和工人在一起劳动和生活，真正成了他们之中的一分子。在井下当技术员时，他在推广单一长臂采煤和正规循环作业中，取得了优异成绩。在采煤方法上，有些新的见地受到了煤炭研究所的重视。后来他上调到矿长办公室，成了矿长的技术顾问，不久就被提拔为工程师。他朝气勃勃，年轻有为，前程无量。夸奖他、妒忌他的人都有。不久，整风鸣放开始了。作为一个党员，他出自肺腑地提了几条意见，希望领导改进工作。比如说，矿灯管理不好，工人们在井下工作，不到点灯就灭了。矿灯是工人的眼睛，灯不亮就没法干活；工人们经常和矿灯房吵架，领导却总是批评工人的态度不好。领导难以体会到工人的难处，因为领导下井，不到点就可以上来；在井下时间长的，可以派人上去换灯；而工人就不行。又比如说，工人宿舍里冬天断了生火的劈柴，为了取暖，只能从井下背个木疙瘩上来，但到井口被发现要受处罚，工人们只能偷偷地背上来。又比如，澡堂里的水太脏，而且常常温度不够；老工人得关节炎的不少，他们上井后很想在热烫烫的水里泡一泡……这些，都是他和工人在一起劳动、生活时感受到的。他提出来，是希望这些问题得到解决。他的动机无疑是纯真的，态度是赤诚的，连矿长任斌都受了感动。自然，也有人不喜欢他提出的问题和意见，觉得刺耳。“反击”开始以后，居然有人说他“否定党的领导”，质问他是不是站在一个党员的立场上说话。有人不知出于什么动机，竟想把他划到那边去。矿长任斌挺身保护了他。他自然不知道党委内部对他的鸣放所引起的争论，他也没有去计较那些莫名其妙的指责；他认为同志们对他的发言提些意见是很自然的，不能要求所有的人在一些问题上看法完全一致。后来，任斌找他谈话，说他在机关工作，不如在下面更能发挥作用，建议他再回区队去。他很高兴地接受了矿长的建议，写了要求回第一线的报告。他的报告得到了批准，但没有让他回到原来工作过的采煤二区，而是放到了邵一锋既当区长又兼总支书记的采煤一区。他根本就没有领会某些领导的“苦心”，高高兴兴地下到了区里。自然，他也没有想到，叫他下去，是任斌在保护他，为的是不让他经常出现在某些人的眼皮底下。

我真正了解这些情况，是以后的事了。当时，我和他一样糊涂：恋爱着的人往往沉溺在感情里，对另一些事情常常是懵懵懂懂的。

“你不是银色的小白桦，也不是白雪公主。”有一次，他这样对我说。

“那我是什么呢？”我仰着脸问。

“你不是我幻想的附丽，而是一个真实的人；我们的灵魂可以结成联盟，我可以把自己的命运交托给你；你的存在，使我更感觉到自己生命的意义！”

我还需要什么呢？

眼前的杨昭远却在回避我的感情，他和我好像只有工作上的关系了。

“我刚才提的问题，你到底是怎么看的？”他盯着我问。

“我承认你说的那些问题，但我无能为力。”我丧气地说。

“你是负责综采的工程师，你的责任是什么？”

“我制定过一套综采的操作、管理、维修规程，矿上也批准了，队里就不执行，我有什么办法？”

“制度定出来是看的？你为什么不行使自己的职权？应该下令停止生产！”

“哼！”我冷笑一声，“谁听我的？技术人员有职无权。”

我告诉他，有一次工作面搬家后，我去验收工作面质量，发现有好几处地方不合格，照规定不能投产；我要求他们返工，却吃了一顿“熏鸡”。

“熏鸡？”他对这个名词很陌生。

“就是挨训，说我在旁边指手画脚，鸡蛋里挑骨头；说知识分子又翘起了尾巴，要凌驾于党的领导之上。难听的话有的是。”

“矿领导没人出来说话？”

“为一个‘老九’说话？有这个必要吗？”

他神色黯然，叹了口气，脑袋又沉到手掌里去了。

“这个队不是个先进队吗？”他忽然转脸问我。

“就因为是先进队，事情才难办。先进靠什么？还不是靠产量？产量上不去，先进不就要丢吗？”

“为了产量，就把机器检修和保养的时间都用来出煤了，是吧？”他盯着我的眼睛说，“反正，驴不死，不卸磨，非得让机器趴下了再着急。于是，机器事故就越来越多，处理事故又势必影响出煤；等到机器能转就拼命干，没有人再管检修保养。恶性循环就这样发生了，这一点儿也不奇怪。你说不是？”

“是又怎么样？难道你问我要办法？”我没好气地说。

“矿领导都不说话？”

“矿领导也只想多出煤；有了煤，好向上面交代，一好遮了百丑。”

“拼设备的结果能多出煤吗？”他朝着我喊，“除了缩短机器寿命，造成事故隐患，最终还是少出了煤，能有什么好处？我相信，工人是懂得这个道理的。”

“领导也不是不懂。”

“怪就怪在这里，大家都懂，大家都不去认认真真地做，也不想认认真真地做。”停了停，他忽然和缓地对我说，“你不能给队里做做工作吗？耐心些，讲清利弊得失，总会有人听的吧！”

“没门儿，队长首先就不通。”

“就是那个吴冲？”

“人家是局、市、省的劳动模范，局矿领导都让他三分。”

“劳模总该是有觉悟的。”

“咳！”我苦笑了，笑得很悲凉，“反正，我是个惹人嫌的人，过去，你讨厌我；现在，吴冲讨厌我，他说我是绊脚石。”

我不知道为什么又要引到他身上去。

“邵一锋现在是代理书记，还是代理矿长？”他又转了话题。

“既代书记，又代矿长。”我说，“书记兼矿长胡平同志，来矿干了半年，就躺进了医院；现在，索性疗养去了。”

“他的健康情况很不好？”

“再健康也没有用；你莫非不知道，飞狐岭是个烂摊子？”

“你好像很悲观。”

“我乐观不起来。”我长长地叹了口气，“再不是二十多年前的孩子了，盲目的乐观只能自欺欺人。”

他愣愣地打量着我，那眼光中有惊讶，有不解，似乎还有失望。半晌，他才轻轻地说了一句：

“你不该这样！”

“你说我应该怎样？我等待了二十年，在最困难的时候我也没有失望过，可是我等到了什么？你叫我怎么乐观？生活对我公平吗？你说！”

“你是为一个人活着吗？”他用凌厉的眼光看着我，“你为什么把一个人的遭遇和整个生活扯在一起？”

“我的生活是具体的，”我激动得有点意气用事了，说出的话并不完全是我的本意，“我为什么要为一个抽象的概念活着？”

“抽象的概念？！”他失声喊道，“你……你是这样说的吗？……我真有点儿认不出你来了！”

他从铁管上站起来，头也不回，走了。

我本想故意刺激他，让他和我争论，好激起他深藏着的感情火花，没想到一句话激起他如此强烈的反应……

第三章

追随着他们的另一个影子；这人记忆力很强，不过有时却相信命。

晚上，我正在洗衣服，走廊里响起了轻轻的敲门声。

我被提拔为工程师以后，房产科念我是个老单身，又说要落实知识分子政策，在单身宿舍楼三层东北角给了我一间房。对此，我真感激不尽。这不仅为我工余看书学习创造了条件，而且也照顾了我的生活习惯：一个半老太婆的孤僻迟钝、喜欢安静，和小姑娘们的活泼好动、喜欢交往，实在是难以协调相处的。比如现在，我可以一面洗衣服一面想自己的心事，没有别人来干扰我。

但“笃笃笃”的声音响了，是那么轻，仿佛怕敲错了门，或是怕惊动四周的人。我原以为是敲隔壁的门，所以没有理会。

当敲门声第三次响起来的时候，我才发觉此人正站在我的门外。我急忙喊了声：

“请进！”

我怎么也没想到，进来的竟是邵一锋。

“哦，你在洗衣服？”他搭讪着，脸上浮起一种略带歉意的微笑，仿佛他不该这时闯进来。

“请坐吧，”我指了指桌旁的一张椅子，“找我有事？”

“到单身楼找个人，经过这儿，进来坐坐。”他显得很随便，落座后打量起我的屋子来，“一个人住，还可以吧？”

“我很满意。”我一边应付，一边在琢磨着他突然造访的原因。

“还记得吗，小丁？二十二年前，你刚到矿上，四个人住一屋，看书写字都困难。现在的条件比起那时确实好多了。谁能不承认生活在前进呢！”

他突然称呼我为“小丁”，这很使我吃惊。你想吧，一个四十来岁的半老太婆，还被人称为“小”什么，而称呼我的人又并非前辈，而是略长我几岁的同代人，这未免滑稽。

更使我惊讶的是他的记性那么好，竟还没忘记我二十多年前住室的情况……

那还是在我认识邵一锋不久，也是在一个晚上，我正在洗衣服，他突然敲开了我宿舍的门。

他怎么打听到我住处的呢？我根本就没邀请他来做客。

年轻的领导人那天显得非常潇洒。头发刚理过，还稍稍打了点蜡，黑亮而又熨帖（他只是稍稍打了点，打多了就会变得油头粉面，变得俗气：仿佛他颇懂得学生出身的姑娘的审美观点）。胡子刮得精光，雪白的衬衣硬领，托着高高昂起的细长脖颈，给他增加了几分文雅之气。上身那件学生蓝咔叽工作服也非常合身。我敢断定，这件上衣是他花钱缝制的，而不是矿上发的工作服，因为发的工作服都是海昌蓝色的劳动布。也许他觉得，目前的年龄和身份，穿笔挺的料子服不仅太惹人注目，在领导面前也会显得自己不够朴素和谦虚；而工作服既合他的身份，再配上这条混纺的毛料裤和一双扁头的紫酱色牛皮鞋，通身会给人一种潇洒、精干而又不俗不露的感觉。

那天，我不知道为啥有那么高的兴趣，竟把他打量得那么细致。也许因为我心里已经有了杨昭远，我愿意把别的青年男子和他对比，这可能是一个女孩子的通常心理吧。我在打量邵一锋的时候，用的是一种带几分调皮和好奇的眼光，一种研究还带点挑剔的眼光。

邵一锋对我这种眼光产生了误解，他变得越发热情起来。

他环顾着我的宿舍。一屋住四个人，那三个是灯房女工，上二班还没回来。

“太挤了！”他既像遗憾又像抱歉地说，“会影响你看书学习。我们这些人，业余时间里怎能不看点书呢！”虽然表示的是一种领导式的关切，却没忘记把自己仍归于知识分子一类人中，“我要给总务科说说，找个地方，让她们搬出去。”

“完全没有必要。”我说，“她们并不影响我。”

“这不难办。”他说，“我会告诉她们，这不是你提出的要求，而是我……从领导上来说，也应该关心技术干部的进修学习。”

“请你不必费神。”我还想阻止他。凭什么我要接受他这种特殊关心呢？而且，从他那老是瞟着看我的眼睛里，不难发现他对我存在着好感。我有点惶恐了。

我低头翻起一本《矿山地质》，这几天我忽然对顶板的岩石结构发生了兴趣。

大概觉察到我对他的造访缺乏热情，邵一锋便把目光从我身上移开，很自然地转换了话题：

“那天下井，你一定发现了不少问题；我今天来，就想听听你对我们区里工作的意见。”

提起工作，我倒真觉得有点问题想和他谈谈。

“那天在井下，正碰上三队工作面冒顶；要不是杨昭远同志下令和指挥工人及时撤出工作面，恐怕……”

“是啊！”他喟叹一声，“井下条件千变万化，要不说煤矿的工作难搞呢。老杨那时在工作面，他应该下令撤出来。”

“可是他却留下来，继续观察顶板，这太危险了。”想起当时的情景，我心头还怦怦直跳。

“你说得很对。”邵一锋忽然来了精神，“老杨那天就不该冒险，而且还带进一个吴老明。要是真出了事，这该谁负责任？谁又负得起这个责任？一个革命同志，特别是一个共产党员，生命是属于党的；对自己不负责任，不就是对革命、对党不负责任吗？”

这一番妙论使我十分惊诧、反感。明明是他电话里命令在顶板来压的情况下坚持出煤，不许“大惊小怪”；明明是杨昭远在险情面前当机立断采取了措施；明明是杨昭远为了战胜冒顶，不顾个人安危留在工作面观察顶板；现在，杨昭远却成了对党对革命不负责任的人，而他这个区长却没有任何过错！这是什么逻辑？

邵一锋大概忘了，那天他给井下打电话时我正在旁边；见我脸有愤懑之色，误认为是我同意他对杨昭远冒险行为的谴责。他用一种讨好的口气说：

“据我了解，那天你到工作面后，制止了杨昭远的冒险，避免了一场人身事故。我这个区长应该向你表示感谢。”说到这里，讨好的口气里又增加了亲切，“小丁，你来矿第一次下井就立了一功，这说明你的觉悟，也说明你的水平和能力。我……很钦佩。我要把这个情况向矿领导汇报。”

真叫我啼笑皆非。我感到胸口憋闷。他这是在干什么？我简直有点受不了啦。他那闪亮熨帖的满头黑发，雪白的衬衣硬领，怎么在电灯光下变得那样刺目？

“你扯得太远了，邵区长！”我毫无表情地说，“根本谈不上我有什么功劳；倒是杨昭远同志不顾个人安危的精神值得学习；有的人遇到那样的情况，可能跑得比谁都快呢。”

也许我的话过于直率，他像吃了一记闷棍，愣住了。

但他仅仅愣了片刻，马上又露出了微笑（我发现他善于控制自己的感情），轻松地说：

“谦虚当然是一种美德，小丁同志！你不认为这是什么功劳，不愿我向领导汇报，我完全听命。至于杨昭远同志，”他顿了顿，仿佛挑准了字眼，“我们虽然共事不久，但还是了解他的。这人工作热情负责，业务能力不低，群众关系也不错；当然，工作方式方法上有时不够注意，有些主观武断。不过，谁也不是圣人。你说呢？”

“我们不必来评价杨工程师了。”我说，显得有点不耐烦，“根据那天在冒顶工作面上观察到的情况，他不是建议要修改采煤规程吗？区里研究过没有呢？”

“要研究的。这几天，事情太多。”

“井下不是在等着吗？”

“冒顶已经制住了，工作面在正常生产。”

“可是危险仍然存在。”

“当心点，不至于出问题。”他回避我的眼光，“我们一定尽快研究老杨的建议。”

这次造访，对他来说也许是不很愉快的；但我只能如此。

以后，他碰见我总是客客气气，眼光很少再向我脸上瞟了。但他对我和杨昭远的接触却好像非常注意。当我们一起去食堂、去宿舍、去井口的时候，常常会发现不远处有两只异样的冷冷的眼睛在追踪着。

几天以后，邵一锋在路上碰到了我俩。他对昭远说：“修改的采煤规程批下来了，措施赶快跟上去吧。”

“任务有没有变动？”昭远问。

“任务不减。这个月，全区的压力不轻啊！殷书记说，整风‘反右’应该促生产；现在多出一吨煤，意义就不光是煤的本身了。”

“大家都想多出煤，”昭远说，“工作面条件变化，任务可以增减嘛！由于顶板不好，三队已经亏了两千吨，完全补上恐怕有困难。”

我禁不住插嘴说：“应该从实际出发，新工艺比原来的费工，三队还没有喘过气来，任务应该减去一点。”

我的话显然使邵一锋感到不快，但他脸上仍然挂着微笑：“你应该代表矿上说话，小丁同志！你为什么不帮我说服老杨呢？至少，也应该持个公正立场嘛！”

“再说一遍：我主张从实际出发！”我不高兴地掠了掠落到眉际的一绺短发，“这里不存在什么立场问题！”

“嘿，还真的当真了！”邵一锋打着哈哈说（我发现他还有一种本事，在任何尴尬情况下都能很快解脱出来），“这件事，我看还是区里研究吧，老杨，你说呢？”

他这话无疑告诉我：采煤一区的事情用不着我插嘴，我只好默然了。

但我却不得不为昭远担心，和邵一锋这样的人共事，可能会发生什么呢？我想找个机会，郑重其事地把自己的担心告诉昭远。

星期六晚上，下了一场大雪（我的命运转折，总是同下雪联系着）。

第二天早晨，雪霁天晴。窗外杨树的枝丫上，堆着厚厚的雪，一只觅食的麻雀飞来，在枝上歇落，啾啾地叫了几声，扑棱棱飞走了，抖落了一阵雪雨。

我忽然来了豪兴，要把昭远拉到外边去，痛痛快快地玩玩：星期天为什么不该玩玩呢？

我踩着没踝的积雪，向昭远的宿舍走去。

松软洁白纯净的雪，在我脚下“嚓嚓”响着。我的心情蛮好。

昭远根据前一阶段的实践，写了一篇《坚硬顶板周期来压问题浅探》，已经发表在煤炭科学研究院出版的《煤炭技术》上。为了解决顶板周期来压提前出现的问题，我们正在研究的工作面超前支护，进展也颇顺当。几个月来，我对全矿生产和技术管理方面的情况，已大致摸清楚了；经过深思熟虑（大多是和杨昭远商量以后）提出的一些意见和建议，多数都得到矿长的重视和采纳；有时，任斌派我下去独立解决生产和技术管理方面的问题，我对这种信任感到满意。可是，昭远钻起业务来常常废寝忘食，有时只用两个干馒头就可以打发一天。顶板使他产生一种紧迫感。他完全不顾自己的健康，我为此对他发了脾气，要求他注意身体。

老远我就看见单身宿舍楼前的空地上，有个衣着单薄的人在跑步。这是昭远。我心里感到异样的温暖和甜蜜，因为他接受了我的建议，开始早起锻炼了。

“一个多么听话的孩子！”我高兴地想，“他是为我而早起锻炼的。”

我不知道别的女孩子在恋爱时的感情活动；在我的感觉和体验

中，这种爱绝不仅仅是两性之间缠绵的情爱，仿佛还包含着某种母爱和手足之爱的成分。尽管昭远比我年长，但我还是常常把他视为稚弟，甚至觉得他是个可爱的孩子。他的一切都需要我关心、照抚。

我笑着向他奔过去。

他发现了我，便刹住脚步，从地下抓起两把雪，在通红的脸上擦着，傻呵呵地站在我面前。

他竟然只穿一件毛衣，还用雪擦脸！我心疼地责备他："不冷？显英雄吗？"

"越擦越热，你不信？"他还在傻呵呵地擦着。

冬日温煦的阳光照着他。颀长的身材，宽阔的肩膀，厚实的胸脯；冒着热气的脑门上，一绺黑发调皮地搭在眉际，下面是一双深邃发光的漂亮眼睛；端正而高隆的鼻梁显出他的无邪正直，弧线清晰的嘴唇交接处凝结着刚强坚毅。他挺拔地矗立在雪地上，通身放射着青春的勃勃英气。一瞬间，我的眼睛发生了错觉：全身披着晨光的他，好像刚从初升的太阳里走下来……

他突然扔过来一个雪球，在我胸前开花了，一起扔过来的还有他好听的男中音："看什么，啊？"

我羞涩地笑了，正想抓把雪来回敬他，又怕别人见了笑话，便说："上楼穿好衣服，到野外去见个高低。"

美妙的大自然能使人忘记一切人间纷扰，忘记自己的社会存在，而变成纯粹的自然之子。

我们远远地离开了矿山，手拉手在雪地里奔跑、雀跃、歌唱、叫喊。我失足掉进一个雪坑，他伸手拉我，我嘟起嘴，不肯起身，要他下去抱我起来。他照办了。从雪坑里上来，又是奔跑。他在后边一边笑一边喊："落雪狗欢喜，麻雀一肚气。"我回过头去，喊了声："着镖！"扔过去一个雪球，砸在他鼻子上。又是奔跑，气喘吁吁地追赶，一直来到顶上有烽火台的山脚下。我异想天开地提出要来个爬山比赛，看谁先登上烽火台。他狡黠地笑着，慷慨地让我十分钟，说十分钟后他才起步，也能捷足先登。我小心翼翼地往山上攀登。突然，脚底一滑，像一个雪球滚下去了。他张开结实的双臂，一把托住了我。

我们费劲地在斜坡上蹚雪，终于登上一个山包，并肩眺望着矿山。

一切都被白雪覆盖，只有主井、副井的井架和选煤楼，突兀地耸立在雪地上。井架顶端，天轮还在旋转。不论白天黑夜，阴晴雨雪，矿山永远不会停止呼吸；飞转的天轮，就是矿山的脉搏。

“我们是干什么的，你想过吗？”他一手搭在我的肩上，声音里洋溢着激情，“普罗米修斯给人类盗来了火种；我们在给人类采掘光明，采掘温暖，采掘永不逝去的春天！多么伟大的事业！我愿意干它十辈子！光明永存，采掘光明的矿工万岁！”

我惊异地转过脸来看他。因为激动，他显得更加神采焕发，简直是通体透明！我觉得他本身就在放射着光和热，他是太阳的儿子！

我感动了，忘情地扑到他怀里，紧紧地拥抱着他。我感到幸福。我浑身战栗。

他低下头，轻轻地吻着我的头发。

“不要离开我，永远不要离开……”我梦呓般喃喃着，把脸紧贴在他厚实的胸膛上，“我们一起来采掘光明和温暖，这多好！”

他没有言语，胸膛里那颗节律搏动迅速的心“咚咚”响着，这就是对我梦呓般喃喃的回答。

良久，他沉默着，除了手在机械地抚摩我的头发，我感觉不到其他动静。我从他的怀里抬起头来，见他微微眯缝双眼，专注地凝视着矿山。显然，他已进入了新的遐想之中。

蓦地，仿佛心里吹进了一阵凛冽寒风，我浑身哆嗦了一下。一种潜在的不安和担心，此时此刻，竟那样猛烈地攫住了我……

我面前的他，在很多情况下是强有力的，在困难面前，在顶板底下，他勇猛顽强；但在有些情况下，他却显得十分脆弱无力，甚至不堪一击。

他是个不设防的人。

我曾经婉转地提醒他注意邵一锋的为人，免得在不知不觉中吃苦头；他却不以为然，笑我多疑过虑。他不愿把别人往坏处去想，也从未把生活看得多么复杂。他身上保留着孩子式的稚气和天真。这使我喜欢，又使我担心。

他不知道爱护自己，料理自己。发了工资，就往褥子底下一塞。有一次，整月的工资丢了，他竟一声未吭，靠上月剩下的八块多钱苦度了一个月，天天用咸菜下饭，好像什么事也没发生。

为了在业余时间里专心学习（他每天都睡得很晚），不致妨碍他人休息，他征得同一单元里那些单身汉的同意，搬到水房里去住。水房里没有暖气，冬天像个冰窖，他却毫不在乎。有人嫌他住了水房，打水不方便，想把他撵出去。一次，趁停水的时候，那人拧开了水龙头。下班回来，他的屋子里已成了水乡泽国，鞋子像小船似的漂浮起来，箱子和一些书籍也被泡在水里。他根本就没有怀疑别人使坏，倒是怨自己粗心，忘了关紧水龙头。那次我正好去宿舍找他，见他扎煞两只手，一时不知如何是好；我立即帮他“排涝”，整整忙乎一个钟头，才使“灾情”消除。别的他不在乎，就是心疼泡坏的一摞书籍杂志。

他在领导和生人面前，既不会没话找话，“今天天气……哈哈哈”，也不会调遣脸部的肌肉，无端地挂起笑容；他的过于拙讷，已经引起了某些人的议论，说他清高，说他骄傲……

在任何人面前，在任何情况下，他表现的是他真正的自己。他决不说违心的话，也决不做违心的事。

我觉得真正了解了他；在他面前，我愿意使自己变得更加朴素和单纯。

也许，生活要我在对比中认识世界，所以在我周围安排了邵一锋。

这个大忙人，在我初到飞狐岭的那些日子里，竟短不了去我宿舍串门，聊天。但表现得不像第一次那样使人难以忍受。他常常借故来坐上一阵，谈谈工作和学习（我发现这位技术员出身的区长，在业务上实在是半瓶子醋，竟连煤炭的生成年代"玄武纪""侏罗纪"都搞不清楚），感叹生活的复杂，工作上的困难，回忆单纯而又多彩的学校生活，惋惜自己的青春年华没有很好发光；有时还提到杨昭远，赞扬他在业务上刻苦钻研，遗憾他在政治上不够开展，前一阵差点作为右派受到批判（这一点他曾在我面前提过两次），说他很为这个年轻的工程师担心，因为在我们的时代，坚定正确的政治方向，是比什么都重要的。……每逢我对他的谈话显出不耐烦的神情时，他便识趣而又礼貌地告辞了。下次再来的时候，仍然把我当成了知音，娓娓而又滔滔地说个不休。我没法对他下逐客令，因为他在我面前的行为是得体的，没有过分的言语和举动，甚至连眼睛都不像初次见面时那样朝我身上瞟了。

但我却在了解杨昭远的同时也了解了他。这是为了昭远。

有一次，我们在邵一锋的办公室里研究一项技术措施。屋子里飞进来几只苍蝇，在我们身边嗡嗡嘤嘤；挥手驱赶，不一会儿又飞来了。时已残秋，这讨厌的东西就爱往暖和的地方歇落。昭远找了个蝇拍，追打那几只苍蝇。打死几只以后，那漏网的便狡猾地飞向高处。邵一锋笑笑，走过去打开窗户，用鸡毛掸子把苍蝇往外面赶。

"还是打死好。"昭远说。

"打死几个有什么用？别处还会飞来的。"邵一锋继续挥着鸡毛掸子。

"飞来再打。"

“你打得尽吗？”

“不管怎样，打死一只，这世界上便少一只苍蝇！”

“可爱的性格，”邵一锋一个立正，同时把鸡毛掸子齐眉举起，“请接受我崇高的敬意，老杨！”

“如果领导喜欢打篮球，你为什么要爱好唱歌呢？即便不打球，抱着球在场上跑几步总不难吧！”据说，这是邵一锋生活哲学的一部分。他在读中专时，学习上就非常吃力，原理概念、数据公式实在叫他头疼，无论如何钻不进去。他决心培养自己的组织活动能力，因为他发现，社会上许多部门担任领导的人，多数并不懂业务；看来，不懂业务的去领导懂业务的，懂业务的接受不懂业务的领导，这是一般规律。他开始校正自己的努力方向。他观察人、研究人，终于懂得，一个人要立身于社会，首先要处理好人与人的关系；其中最根本的是要处理好与领导的关系。他能很快揣摩出某位领导的性格和好恶，他时刻注意自己在领导心目中的印象和地位。他不讳言自己身上有一种优越感：他是贫农出身，搞的是党务和行政工作，他把自己归于政治干部一类；他认为党内的业务干部，不是依靠对象，党员知识分子实际上是党内的统战对象……

他自作多情地把我视作知音，在他娓娓和滔滔说个不休之中，我了解了他。那时，我和昭远的相爱并不为人所知，邵一锋也不可能知道我们相识不久就心心相印。或者说，他也不相信我会爱上这个在某些人眼里显得行为乖张、生活乏味的人。也许他私下把自己和昭远做过比较，得出的结论是，除了学历上稍差一些，政治条件、职务、才貌、收入、目前的处境、可以预见的前程等，他哪方面都较昭远优越。他来找我聊天，有时竟不隐瞒自己的真实思想，用这来表示对我的信任，表示彼此关系的亲切。而我为了了解他，对他的谈话内容，常常表现出一种好奇和兴趣，有时甚至要引他多谈一些，谈得更真实一些。这也许给了他一点误解和幻想。

他不讳言和党委书记殷洪的关系。殷书记喜欢他，器重他。殷书记家在矿务局，他是书记家的座上常客。书记的一家：夫人和两个孩子都很喜欢他。他会拉个朋友去，陪书记两口子玩牌；也会给孩子讲故事，和他们一起玩“猫捉老鼠”，有时也给他们辅导功课，用简单的代数公式，来演算“鸡兔同笼”“和尚分粥”，答数当然来得很快，使得孩子们惊讶不已；书记夫人很关心他的婚姻大事（他为此很感动，曾反复在我面前提到过。我却由此产生了一个颇为奇怪的想法：有些上了岁数的女人，总是兴味十足地关心青年男女的婚事；作为过来人，他们的经验也许十分丰富，足资未婚的青年男女借鉴，她们的热心，也往往使人感动；至于她们那种微妙而复杂的动机和心理状态，却常常被人忽略了。这也许是我的刻薄看法）。当然，邵一锋去书记家的时候，短不了要跟书记单独汇报区里的工作，听取指示，然后一条条记在随身带着的小本本上。有时，书记会把一些没有公开传达的文件和精神先告诉他；他能吃到这种“偏饭”，常常感到得意甚至骄傲，这当然更增加了他的优越感。

当他终于发现了我和昭远的关系以后，探望“知音”的串门就停止了。我本以为他会给我造些舆论，说我曾经对他不错，现在又和杨昭远如何如何……但他没有，也许这样说了，对他并没有好处，因为这不可能提高他的身份。打这以后，他在我面前变得更加客客气气了，好像我们之间从未有过任何交往。对昭远也是如此。这说明他有很强的自制力，城府不浅。

我却因此更增加了不安和担心。我仿佛觉得，邵一锋这个阴影，在杨昭远身后跟得更紧了。

事实不出我所料。那天，吴老明告诉我，邵一锋到家里去找他，问他知不知道杨昭远在《煤炭技术》上发表的那篇文章，问起昭远在写作这篇文章时有没有和他研究过，要他如实反映情况。还一再称赞老吴有实际经验，叫他不要小看自己，说工人阶级不仅是领导阶级，而且最富有智慧和创造性；说昭远在《坚硬顶板周期来压问题浅探》这篇文章中的一些观点，未必不是他老吴师傅的经验。厚道憨直的吴老明，开始没有弄明白区长的意思，如实地作了回答。邵一锋自然感到失望，再三苦口婆心地引导，也没使吴老明改口。区长走后，老吴才觉得这里边有点奥妙，告诉了杨昭远；昭远听了笑笑，没当回事，才跑来告诉我。今天我拉他出来踏雪，就想告诉他我的担心和不安，提醒他注意身边发生的事情，希望他的脑子变得复杂一点……

昭远还在对着矿山沉思。我走过去拉了拉他的衣襟，他才从神驰遐想中醒悟过来，激动地向我述说对矿山技术改造的种种设想。他说，作为世界上煤炭资源最丰富的国家之一，我们现在的生产方法太落后了。他从国外资料上看到，在采煤、顶板管理、运输、提升、通风、洗选等各方面，有些国家已经高度机械化。他特别对用液压支架控制顶板感兴趣，它不仅工作效率高，而且特别安全；现在，我们的井下事故，多半是由顶板引起的。这种情况，不应该继续听凭它存在下去。他要和工人一起，向顶板开战。

他只要一说起顶板，想到顶板对工人的威胁，便会立刻动起感情来。这时候，如果对他说起我的担心和不安，提醒他、希望他去注意和顶板毫不相干的事情，是不会有任何结果的。我要想法改变话题，慢慢把他引到我所关心的事情上去。

“可惜，”他忽然转过身来说，“我得暂时和顶板分手了。”

“你要去哪里？”我吃惊地问。

“我要去农村下放锻炼。”

“你报名了？让你报名了？”我急急地问，因为这次干部下放农村劳动锻炼，工程技术人员并不是重点。

“老邵找我谈了，说我们都是党员，应该带头响应中央号召。他报了名，我也报了名。反正，两个人中间要去一个。我准备下去。就是顶板……”

迟了！我后悔没有及早说出我的担心和不安。他在报名之前居然没有和我商量！我气得真想哭。

后来发生的事情，证明我的担心并非杞人忧天。现在，当昭远重新进入我的生活时，邵一锋如影相随，又来敲开了我的门。

“岁月无情啊！”他在屋里踱着，随手取过窗台上的镜子，照了照，“你看，我的白发越来越多了，真是‘白头搔更短，浑欲不胜簪’啦！”

他的头发向后梳了，这减少了他过去那种洒脱的青春气概，增加了稳健、成熟之感；他在摇头晃脑地感叹时，饱满的额头上有一种淡淡的油光在闪动，却不再有那绺显示朝气的黑发在颠簸了。不过，使我感到意外的，是他还能背出两句唐诗来；看来，当了领导干部，他在注意提高自己的修养吧！

“但岁月无法磨灭记忆，”他还在继续感慨，“年轻时的蓬勃朝气，对生活充满激情，那种不折不挠的进取精神，实在令人神往；那时的天真和幼稚，偏激而又自以为是，现在想起来，又不免感到脸上发热。你说是不是？古人说，三十而立，四十而不惑，五十而知天命，确有道理。我们现在都进入不惑之年了，这才开始算懂点事啦。”

我如堕五里雾中。他今天究竟来干什么？

这些年我们之间的关系，实在很难描述。昭远出事后，他曾多次无耻地来对我表示“关心”，为此而挨过我的巴掌。此后，他便不再来纠缠我了。“文化大革命”开始时，他已是副矿长；既是“当权派”，也难免靠边，受冲击。我们在“牛棚”中又共起“事”来。一次，我们在一起推石渣：我拉车，他推车。在离看管人员稍远的地方，他长叹一口气说：

“小丁，我现在才有时间来总结自己。你知道，我是多么后悔！革命革命，革了十几年命，唯恐一步没有紧跟，没承想落到这个下场！早知如此，何必当初？”

“你后悔什么？”我没好气地回头说。

“后悔我革命革得太认真；因为太认真，我伤害过人。现在，苦果子轮到自己吃了。”

“难道，你现在吃的苦果子，是你伤害过的人给的吗？”我愤愤地说。

“你小声点！”他压低嗓门喊道。其实我的声音并不大，因为气愤，在他听来也许很刺耳了。我说：

“我不愿听你的忏悔。”

“我并不是给你忏悔。”他说，“我心里闷，想给你说说话。我这一辈子，也许就这样打发了吧？你知道，我没有信心了。我给别人吃过苦果子，现在人家又给我吃苦果子；有时我想，这里边是不是有一种轮回报应？你可能要笑我迷信。要不怎么解释呢？”

我自然解释不了这种现象。说实话，在那突然翻江倒海卷起的生活狂澜面前，我由目瞪口呆到稀里糊涂，再往后，也就多少变得有点麻木不仁了。除了觉得生活对我由不公平到更不公平，除了听凭命运来摆布，我已没有任何幻想。

“你的命不好，小丁！”他叹了口气说，看来他真的信上命了，“你一开始走向生活就碰上杨昭远，十几年一直受他的牵连；可我呢？——”

“我为啥要受杨昭远的牵连，杨昭远又为什么会落到那个下场？”我禁不住喊道，“我们的命运是谁造成的？”

“我有责任，但责任全在我吗？我一个人能决定你们的命运吗？”他有点激动，“如果你喊冤屈，我今天不更该喊冤屈吗？我从来是根据革命的需要来办事的呀！革命就该这样对待我吗？我找不到答案，我好苦啊！”

看管的人走近了，我们的谈话只能中断。

后来，他很可能找到了答案，因为他的消沉并没有持续太久。

几次批斗会上，我“有幸”参加陪斗。我发现，在一片狂乱的声嘶力竭的口号声中，他不再显得那么慌张。他驯顺地弯腰站着（可以肯定，在所有被斗人员中，他的弯腰最为标准，瘦长的个子弯成九十度，无须凶神恶煞的“专政”队员再摁他的脖子）；在“造反派战士”要他交代问题时，他老老实实承认，自己过去曾“全心全意”地为“修正主义”卖过命；声言他反复学习《南京政府向何处去？》以后，灵魂里终于爆发了革命，决心洗心革面，向革命路线投降。他声泪俱下地检查，和一旁像石头般站着的殷洪书记、任斌矿长的顽固形成了鲜明的对照。当“造反派战士”要他揭发殷洪、任斌的问题时，他除了笼统地说他们一贯推行“修正主义路线”，企图在矿上“复辟资本主义”外，并没有抛出什么具体东西。他请求“造反派”谅解，说他长期在区队工作，参与矿党委的核心领导时间很短；他欢迎别人对他批判揭发，在事实面前他一定低头认罪……

几天以后，他悄悄对我说，北京开了煤炭生产会议，周总理听取了汇报，指示要把煤炭生产促上去。他可能会被释放出去，因为矿上要找一个人去抓生产。

“怎么挑中了你呢？”我瞥了他一眼。

“谁知道？”他搓搓手，也许发现了我眼中带着讥讽的成分，“可能因为我还懂点生产。”

“不一定吧，懂生产的难道就你一个？”我冷冷地说，“大概他们通过审查，终于了解你是一贯革命的，而且你的革命性很坚定。不是吗？”

他苦笑了一下，还长叹一声：“我能左右自己的命运吗？反正，出去了，叫我抓生产，我就抓生产；别的，咱啥也不管。”说到这里，又压低了嗓门，“当然，你的事，我会力所能及地关心的，我总还算了解你。”

“谢谢，”我打断他的话，“你还是关心自己吧；至于我，不劳费心，我在这里也挺好。”

“你在这里挺好？这是人过的日子吗？”他激动起来，“你不该太消沉，还是要相信群众相信党。说到底，你的问题，还不是和杨昭远那点关系？你申明一下，对杨昭远的问题表个态，划清了界限，他们还能抓你什么？我再在外边使点劲，争取早点出去。”

他竟要我和杨昭远划清界限！我真想大声喊出我的愤怒：杨昭远到底有什么问题？他为什么会落到如此下场？但我终于按捺下了愤怒和激动：此时此刻，给他提这样的问题，还有什么意义？他说过，在当时的情况下，形势推着他往前走，他自己也主宰不了自己；他说他有责任，但不能承担全部责任。现在，杨昭远是“右派”，这个严酷的事实谁能改变？谁能对此提出一丝一毫的疑问？

邵一锋出了“牛棚”，不久就得到了“解放”，成为生产组负责人。据说，他干得很卖力。每逢最新指示发表、纪念“通知”几周年、“红色政权”成立几周年，井下总有好消息传上来。于是，革命路线取得了伟大胜利，“一打三反”“批林批孔”“反复辟反回潮”等运动都结出了伟大硕果；上面高兴，造反派头头喜欢，邵一锋也由生产组负责人变成了矿革委副主任。

但我的处境却没有任何变化。我无法和昭远“划清界限”。相反，在漫长的“牛棚”生涯中，支撑我生活下去的力量就是对他的思念。他一定在遭受着难以想象的劫难，过着更甚于我的非人生活。当我在批斗中受到无休止的折磨、凌辱，因而产生轻生念头的时候，还是昭远挽救了我：我不能把他一个人扔在这个世界上。我始终认为，在这个世界上，我是他唯一的亲人和知己。当我想起，有朝一日，拖着病残之躯的昭远（我在梦里看到的昭远，总是这个形象），得悉我已不在人世，他会痛不欲生的。无论如何我应该活下去。

我无意出“牛棚”，也不企求自己的处境有多大改变。我自度当时的处境，也许和昭远受难的生活比较接近，我为此而感到安慰。所以，我并不需要邵一锋的关心。他结合进领导班子后，我的处境仍然没有变化，我决不怨他食言。一九七五年夏天，我在矿办农场上碰见他（当时我已被宣布“解放”），在田间休息时，他在密密的青纱帐里找见我，抱憾地向我解释，他曾为改善我的处境作过很大的努力，因为我对自己问题的态度过于“顽固”，他的努力没有收到应有的效果。而我最终获得“自由”，还是他一再坚持要正确处理两类矛盾的结果。

这种解释完全是多余的。比起来，他在全局的批判会上以我为例，批判“阶级斗争熄灭论”的做法，倒更符合他的一贯性格。我疲倦地付之一笑。

粉碎“四人帮”以后，我从农场又回到矿上，继续担任采煤技术员。邵一锋还是当他的党委副书记（他在一九七四年底，就从革委会副主任升任矿党委副书记了）。清查中虽然对他也有议论，但他一直在抓生产，在派性斗争中又不露头角，也不是坐直升机上来的，所以职务和地位没有受到挑战。落实政策时，老干部又得到了重用：殷洪当了矿务局党委书记兼局长，任斌任第一副局长。十年浩劫中，邵一锋没有对他们胡乱揭发，他和殷洪还保持着密切关系。在殷书记的心目中，他始终是个能干的、比较成熟的干部。有一阵曾从局里传出消息，说邵一锋将提到矿务局去当主管生产的副局长；后来又听说，飞狐岭矿的新书记胡平要长期住院疗养，邵一锋将出任书记，但也始终未成为事实。内中因由，外人自然不得而知。不过，胡平住院以后，邵一锋实际上是矿上的第一把手。

现在，这个实际上的第一把手，居然跑到集体宿舍的一间斗室，来看望我这个早已被生活遗忘的人，还亲切地称我为“小丁”，对着我缅怀往事，感叹生活，究竟是为了什么呢？

“你没有去看看老杨？”邵一锋突然问我。

我凄然地摇摇头：“他忙，我也没工夫。”

“还短这点工夫？”他大不以为然，“你守了他那么多年，现在他回来了，还等什么呢？他光棍，你单身——”

“请谈点别的吧，”我打断他的话。我实在不愿别人来谈论我和昭远的关系，尤其是这个邵一锋。

“不！”他的语气变得严肃起来，“如果我过去曾经在你们的关系上投下过阴影；那么，今天在表示遗憾和歉意的同时，我真诚地希望你们能开始一种新的生活。你不要再误解我！”

他竟然说我误解了他，这实在使我啼笑皆非。是的，看起来，他的表情和他的语言一样真诚，但我因此就该相信他吗？他说过，我们都已进入不惑之年，难道我还能那么天真？

我和昭远的关系，远非当初我想象的那么简单。二十年的分离，在我们中间筑起了一道无形的壁障。他对我的冷漠，使我难以忍受。我们仿佛都需要重新了解。在这种情况下，我不希望别人在我面前谈起昭远，戳痛这个伤疤。

“听说他无意再成家，是吗？”邵一锋忽然说，不等我回答，就接着发表自己的看法，“这样的念头应该打消！你们应该有一个家，应该过常人的生活。为什么还要互相折磨呢？难道他不清楚，这二十年你是怎样等他的？为他付出了多么沉重的代价？做出了多么巨大的牺牲？在飞狐岭，甚至整个矿务局，这是有目共睹、有口皆碑的。”他激动地一口气说下去，简直不容我插嘴，“这些，我邵一锋可能比旁人更加清楚，我也有责任来代你说明这一切。”

“这完全没有必要，”我终于抓住了他滔滔不绝中的一个停顿，用一种决然的口气打断了他，“我们之间的事情，绝对不需要别人插手，希望你尊重我这个愿望。”

他“哦”了一声，摇摇头，表示遗憾。

“你还有什么事吗？”我说。

他明明听出我在向他下逐客令，却装作不理会，继续着前面的话题：“也好。你们在一起好好谈谈，时间长了，误解和隔阂是可以消除的。他就要回来了。”

“回来？”我丈二和尚摸不着头脑。

“回矿当矿长，还代理党委书记。”

“真的？”我吃惊地喊道。这太出人意料了。

“局党委让他回矿加强领导班子。”邵一锋用十分平静的口气说，“我欢迎他回来，他自己也愿意回来。”

我无法描述，这意外的消息带给我的是何等复杂的感情。我愣神了。

“这也许是命运的安排，你们终于又在一起了。”他感叹的声调中带着同情，“按理说，共产党人应该是无神论者，可生活中发生的事情，却使人往往会产生一种奇怪的念头：是不是冥冥之中真有什么东西在起着作用？”

这可能是邵一锋的真实思想，我记得，他在“牛棚”时也曾向我吐露过类似的想法：他信命！从这里，我不难窥见他内心深处那脆弱的角落：他并非强者，即便在生活中扮演一个反面演员，也绝不是个一硬到底的角色。但这并不能使我释然，想起昭远又要回来和他共事，不免条件反射似的感到一种惶恐。

“其实，他在局里工作也不错，何必再回飞狐岭呢？”我喃喃地说。

“这是你的心里话？”他用惊讶的眼光盯着我，“我还以为，这个消息会使你高兴得跳起来呢。”

他当然无法理解我的复杂心情，我不能也无须向他透露我的担心。

“你的估计错了。”我冷冷地说，“我担心他能不能挑起飞狐岭这副担子。”

“你怀疑老杨的工作能力？”

“我担心他还没有脱去幼稚。”

他又“哦”了一声，皱了皱眉头。我话里的意思是很容易听懂的。他叹了口气说（他今天老是叹气）：

“小丁，过去的事情，该忘记的还得忘记，要不，怎能团结一致向前看呢？在这二十年中，生活发生的变化太大了。我们之间的关系，也应该发生一个新的变化，我是这样真诚地希望的。老杨回来后，我一定当好他的助手，同心同德，把飞狐岭矿的工作做好。我希望你能成为化雨的春风，吹去我们之间由于历史原因而形成的阴云，这也是革命的利益、党的利益所需要的。老杨离矿二十年，他对矿上的情况，恐怕很陌生了，你要很好地向他介绍；他也许会听到各种各样的议论，你应该力所能及地向他解释，以至作必要的澄清，使他对矿上的实际能有一个较为客观的看法，这样才不致在以后的工作中产生偏颇。也只有这样，才能进一步发展矿上现有的安定团结的大好形势。”说到这里，他打了个顿，仿佛在注视着我对他这段话的反应。大概发现我的神情还很漠然，便连忙补充说：“当然，老杨是个好同志，我决不怀疑他的工作能力和业务水平，但他过去有固执偏激的毛病，我相信，这些毛病他已经改掉了，正像生活已经纠正了我不少的缺点和毛病一样！……”

我从他又一次的滔滔不绝中，终于弄明白了他突然来访的目的。过后，在对他这番话仔细咀嚼的时候，我越发增加了一种忧戚之感。昭远为什么要回来呢？

第四章

这是又一次下放吗？他为什么要回矿呢？她忧心忡忡。

人们纷纷猜测昭远回矿的原因，我却怀疑这个要求会不会是他自己提出来的。（邵一锋不是说他自己愿意回来吗？）因为他一直关心着井下的顶板问题，搬掉压在工人头上的这座“山”，是他的不变初衷。使我不解的是，局综采办公室的工作也非常需要他；从他的健康状况来看，在那儿工作也更加合适。局领导为什么要把他放到矿上来呢？难道因为他在局里妨碍了别人，所以要把他再次下放吗？当年，不就因为他“妨碍”了邵一锋，才把他打发去农村的吗？……

那次昭远被批准下放了，而邵一锋留在矿上，这原是我意料中的事。

对这件事，昭远远没有我想得多。他认为下去锻炼，是组织上对他的爱护；唯一感到遗憾的是，顶板的超前支护不能继续研究和试验下去了。他要求我接着往下干，不要半途而废。

我匆匆忙忙地为他准备行装。我给他买了一条狗皮褥子，一顶带护耳的狗皮帽子，彻夜未眠为他织成了一双毛线袜子，又把自己一条比较厚的棉被给了他，在山区，隆冬季节的温度较平川要低得多。

早晨，飘落着雪霰，室外滴水成冰。矿上敲锣打鼓，欢送下放干部出发。

我站在宿舍窗口，注视着广场上的欢送场面。昭远穿着那件学生时代做的旧棉大衣，背着挎包，光着脑袋（他从来不戴帽子，那顶带护耳的狗皮帽大概被打进了行李），引颈四处张望。我知道他在找谁。但我不想下楼，这样离别更好一些。

邵一锋出现了，他给昭远和一区其他几个下放干部戴了大红花，还紧紧地握了握手，仿佛还叮咛了一阵什么，没忘记给昭远整了整肩上的挎包。然后，又伸长脖子在人群中找寻，大概是我没给昭远送行，他感到奇怪吧！

锣鼓声震天响起来，还放了一阵“二踢脚”。昭远终于上了汽车。他还在等待，寻觅。他把眼光投向我的窗口。

我闪身扑在床上，抱着枕头流泪。震天的锣鼓把我的昭远敲走了，敲到八十里外的一个小山村里去了；给我敲来的将是孤独、寂寞和无穷的、痛苦的思念与等待，还给我敲来一种不祥的预感。

我并不反对他到农村去劳动锻炼；知识分子需要不断改造世界观，我完全接受这种观点。问题是，在昭远下放这件事上，我总怀疑邵一锋使了什么手脚。昭远的论文刚刚发表，引起了各方面的注意；东北鸡西矿务局等几个坚硬顶板矿，还派人或写信来，索取资料，进行技术交流，有的单位还邀请昭远前去讲课。邵一锋热情接待来访者，倒也忙了一阵；但唱主角的毕竟不是他这个区长。当客人们围着昭远问长问短，称赞他的论文修正了某些长期沿用的权威论点，新的压力计算公式适用性如何广泛，惊异于他这个提出独创见解的工程师如此年轻，这时候，我发现邵一锋的脸色总是十分尴尬，甚至显得有点黯然神伤。在采煤一区，杨昭远当然不是一个无足轻重的小卒子，邵一锋可以在自己的棋盘上任意安排；作为区长，他在区里本来能一声喊到底的，妨碍他这样做的也是昭远。有了昭远，邵一锋大概很难突出显示自己的作用。

我不认为这种看法是偏颇的。凭我对一区情况的了解和对邵一锋的观察，我认为昭远的下放，有着不正常的复杂因素。那天我碰到任矿长，他对昭远被批准下放一无所知。他认为昭远在矿上有许多事情要做，这次是不该下去的，“难道只有到农村去才能锻炼改造？如果要精简冗杂人员，也不该精简他这样的人。”但事情已经定了，他这个矿长也无法改变。

昭远走后，邵一锋又恢复了对我的造访。不过，他每次都是借着什么事由来的。他说，杨昭远不在了，有些生产和技术上的事，他只有多找我商量。

我用不冷不热、公事公办的态度接待他。他在我面前表现得极有分寸，我也就觉得无须摆出一副凛然不可侵犯的面孔；不过，我在心底是防备着他的。

他提出要和我一起搞顶板的超前支护。他说，这项试验如果搞成，对控制破碎顶板，增加工作面安全，直接促进煤炭生产有重大作用。他说，殷书记对此非常重视，希望在采煤一区搞出经验来。他承认自己在业务上力不从心，甘愿做我的助手。

我无法拒绝他的提议。昭远走前再三叮嘱，要我坚持把这项试验搞成。如果取不到邵一锋的支持，在井下继续试验都很困难。搞成它，减少矿工在破碎顶板下受到的威胁，对昭远也将是最大的安慰。这项试验虽然最早是他提出来的，在这上头他已经进行了大量的计算和测试，但他从来不会把某项成果当作自己的功劳占为己有。我接受了邵一锋的建议。他找我更勤了。在我面前，他竟像小学生似的听话、勤快，甚至表现出一种忏悔般的虔诚，责备自己在学校里没有在业务上打好基础，参加工作后又没刻苦进修，而是满足于当一名“万金油”式的干部。他一本正经地提出要拜我为师，说一个中专毕业生受业于一个大学生门下，并没有什么不光彩的。对此我感到哭笑不得。他却带着不被人理解的苦笑说：“你对我还很陌生，我相信你以后会理解我的。”

在这些日子里，我的闲暇时间很少。每晚上床以后，时间才完全属于我。我把这些时间都给了昭远，包括我的梦。他有信来，但不经常；而我每周总要给他一信。相距八十里，信却要四天才能到达。我每次去信，都要求他写信勤快一点，给我多写一点。只有他的信才能驱散我的寂寞，减轻我的孤独。但他总不能使我如愿。他没有时间。他们订了出勤计划，全年出工三百二十四天，回矿的机会很少。白天出工，晚上在民校教课，他和五个老农定了包教保学的扫盲合同；有时轮班打井，白天还外出积肥。

但我还是感谢在山沟里奔跑的邮递员，他在我和昭远之间拉起了热线，能使我们得到彼此的信息。

梦绕山村千百回。山村的轮廓，是他在信中给我勾勒的。他写道：

“……坐落在山坡上的这个小村子，四十八户人家，二百来口人，种一千三百多亩地，去年亩产平均一百零二斤；全村只有两口井，一口是苦水，不能吃喝，人畜用水全凭另一口井……”

“为了让庄稼能喝上水，我们决定打井。我年轻力壮，坚持打晚班。一堆篝火，满天星斗，绞车轱辘吱吱呀呀响着，呼啸的寒风在田野里冲荡……眼睁睁看着启明星亮起，东方泛起浅灰色，接着便升起朝霞，群山在晨曦中醒来……多么奇突的景色！这种享受只有彻夜工作的人才能得到……”

“农民的贫困使我痛苦。今天到一家去吃派饭。一笼屉山药蛋，一碗照得见人影的小米粥，一碟黑酸菜；炕上是一张破炕席，炕角堆着两床烂被褥，上面盖着一张老羊皮；屋里除了几个瓮和盆盆罐罐，别无长物。我们上了炕，围着放在炕席上的笼屉进餐，孩子光着屁股（因为做饭，炕是热的，小孩子常常光着屁股），在旁边抓食。有一个两岁左右的孩子边吃边拉，女主人找了张破纸，把粪便擦去，伸手抓起山药蛋，劝我们吃饱。为了缩短和农民之间的距离，我们吃山药蛋是不剥皮的。我并没有少吃，因为主人是那样热情！我一边吃一边禁不住鼻子发酸。责备他们不讲卫生自甘落后吗？在温饱这个起码的生存条件还没有解决以前，文化、卫生等等是谈不上的，何况全村只有一眼水井！这家孩子多，也许是村里生活最困难的；但就我所见，其他人家也好不了多少。痛苦中，我深深感到我们这一代人的责任！如果说，在学校申请入党时，对共产主义的信念，相当程度是建立在对理论的信仰和小知识分子献身激情之上的话，那么，经过煤矿和农村的生活，我的信念就有了坚实的基础，对党的性质有了进一步的认识；我告诫自己时刻不要忘了人民的利益，要切切实实去做对他们真正有利的事……”

“……你见过这样的画面吗？浓絮般的白云，一团团一片片浮动在湛蓝的天空里；人在高高的山坡上犁田，就像在云中耕耘一样：他把牛赶进白云中去了，赶进蔚蓝的大海里去了！可惜我不会作诗作画，不能把绝美的诗章和画面呈献给你。但我要给你捎去一颗农民金子般的心：今天收工回来，我们的生产队长，一个沉默寡语平时很少流露感情的老农，居然爬到一株杏树上去了；杏树就在路边，杏儿还没变黄就叫孩子们摘光了，队长竟然找到了多次扫荡后仅存的一颗杏儿。他从树上下来，喘着气，用树根般虬曲的手指，捏着那个金色的杏儿递给我：‘尝尝，这杏儿，甜！’他的眼珠有点混浊，但眼光却那么清澈明澄！我接过那颗杏儿，好像捧着一颗正在跳动的金子般的心。我没有舍得吃，想托人给你捎去。正是这个队长，在归途上给我谈起去年的粮食征购情况。乡里某些领导，为了得到模范乡的称号，不仅把饲草地种的青玉米也算了产量，而且把社员的自留地产量也算进总产里去了；征购下来，农民手里的粮食怎么能不紧张？今年又提出了跃进口号，他们担心征购上也会来个跃进。我无法回答他提出的问题。我总觉得，某些干部不是从实际出发，全心全意领导农民发展生产，提高农民生活；而是为了向上级炫耀自己治下的成绩。这种情况在企业里也同样存在。我感到痛苦。痛苦中我反复思索，感到有些问题十分需要提出来研究，比如，我们的企业，究竟是经济单位，还是行政单位，一个企业领导人，眼里首先要看到的是什么？衡量一个企业（当然包括企业的领导等）成绩的标志是什么？是否唯一的标志就是抽象的数字增长比例？有些人明明知道，某种做法会损害群众利益，甚至损害党和国家的利益，但还是硬着头皮去做，这又是为什么？……这些问题，我得不出答案，心里很急，真想找人好好讨论一下。”

“来信说矿上正开展生产‘大跃进’，这是大好事，但安全措施一定要紧跟上去。你要经常提醒领导，千万注意这个问题。超前支护的试验进展如何？希望你和老邵一定坚持下去，失败不怕，就怕半途而废……”

“……近来我经常失眠，不知道因为什么。我感到自己需要做和应该做的事情是那样多，而已经做的和能够做的却这样少！我极其苦恼。周围的同志难以理解我这种感情，他们劳动之余就是打扑克、聊天。也许他们也有自己的苦恼，打扑克聊天正是排遣苦恼的一种办法。昨晚月亮真好，它挂在我的窗口，迟迟不落下去。我在圆圆的月儿中仿佛看到了你的面影，忽然想起了一首古诗：

长夜不得眠，明月何灼灼？
相闻欢唤声，虚应空中诺。

明亮的月儿也高挂在你的窗口不肯离去吗？你对着月儿呼唤过我吗？我仿佛听到了你的呼唤，而且忘情地答应了……”

“这几天我发动村里的青年人和小学生，晚饭以后修筑那条通向井台的土路。可能干猛了点，鼻子竟大量出血了。血洒在那条路上，我心里却异常充实。你不必担心，我不是那么娇嫩金贵的……为什么超前支护的试验停下来了？是邵一锋同志决定的吗？你应该耐心给他做工作，把试验恢复起来。我真恨不得赶回矿上……”

那次下放，昭远离开了矿山，离开了我；这次下放却是回到矿山，回到我身边来了。照说我应该感到高兴，为什么我不愿他回来呢？

我在飞狐岭矿待了二十多年，对这个矿的历史和现实状况，可以说非常清楚。近年来，在整个矿务局，飞狐岭矿的名声打得挺响，特别出了吴冲这个大名鼎鼎的劳模，他的采煤队不仅全省出名，在煤炭部也挂上了号。按邵一锋的说法，这是飞狐岭的骄傲。不久前，吴冲采煤队创了全省综采月产最高纪录，省煤管局准备在飞狐岭召开综采现场会，推广吴冲采煤队的先进经验。吴冲已经在全矿大会上拍了胸脯：在现场会召开之前，他要再创一个新纪录，向现场会献礼。矿上自然大力支持。邵一锋要求全矿各职能和生产部门，作出最大努力，为吴冲队再创新纪录创造条件。全矿的舆论工具，也都围绕着这个中心在转动。从表面来看，飞狐岭矿确是热气腾腾，红火得很，实际在红火热闹的背后，潜伏着一场深刻的“危机”——“危机”这个词也许不很确切，但我找不到更合适的名词。由于片面追求煤炭产量，重采轻掘的现象一直得不到扭转，采掘失调愈来愈严重；为了完成任务和争取超额，甚至发展到乱采乱掘；运输、通风、提升等方面也存在很多问题；井下管理混乱，违章作业的情况也很普遍，事故隐患很多。矿领导嘴上也喊“要注意采掘平衡”，“安全生产”，但也只停留在嘴上喊喊而已，具体措施很少。上半年，矿党委开了十五次党委会，没有一次专门研究过安全问题。吴冲队靠拼人拼设备去创高产，靠搞会战拿新纪录。搞会战，抽人支援不说，连干部下去回煤皮（工作面的煤采完后，回收留下的一些煤柱、煤墙）出的煤，也加到了他们队的账上；而会战又如此频繁，少则一周，多则十天必来一次。在正常情况下，材料、运输、风、水、车皮等等，也都得先紧这个“先进队”，哪管别的队停产也得满足他们。这在调度上已经成了不成文的规定。

我是这个队里的技术干部，我了解的内情自然比别人要多。从内心说，我决不承认它是什么先进的。但在某些领导的眼里，能出煤就是“好家伙”，这样的人就有能力、有水平，可以委以重任。有的领导明明知道这煤是怎么出的，明明知道“好家伙”是在杀鸡取卵，却睁一只眼闭一只眼。在这种情况下，吴冲的做法实际上得到了支持。他的劳模越当越大，身上的职务越来越多，上半年，还当上了省党代会的代表。至于在局矿两级，给他挂的头衔就更多了。吴冲成了谁也碰不得、摸不得的“非常人物”。

在邵一锋对我突然造访后的第二天，我在俱乐部看电影，无意中听到吴冲和周围几个人在大声嚷嚷：

“嘿，矿务局的干部都死光啦？叫一个右派来飞狐岭当矿长，这到底算是啥个路线？”

“如今，右派可比左派吃香。”旁边有人在附和他。

“右派就是右派，左派就是左派；左派还能让右派来领导？”

“咋的？不服气？你这个赫赫有名的劳模，就得归人家领导。”这不是附和，分明在挑拨了。

“好吧，让他来试试看！”

我的心里陡地冒起一股凉气，它迅速在全身扩散，顿时，连五脏六腑都一片冰凉了。

吴冲是个三十四五岁的莽汉子。他是“文化大革命”中培养出来的劳模。运动开始时，他跟着别人造过反，捍卫过“红色政权”。后来，他受命看管过一段时间的“牛棚”，对别的当权派和“牛鬼蛇神”总是铁板着脸，唯独对邵一锋处处给予照顾，外人也闹不清他们之间有什么特殊关系。

“四人帮”粉碎以后，吴冲仍然很吃香，他是工人，又是省、市劳模，运动中也没有什么严重的打砸抢行为，谁也奈何不了他。据说，邵一锋曾经多次开导他：今后，他这个劳模如果想旗帜不倒，唯一的办法是把产量搞上去。吴冲听说综机能出煤，当别人因为不熟悉这种新型采煤机械而不敢贸然接受的时候，他却坚决要上综采工作面。那机器效率高，产量大，又安全，吴冲很快就尝到了甜头，他这个劳模的声誉也随着高起来。但他只高兴了几个月，就发起愁来，因为他不懂管理，不抓技术，用老一套方法来指挥综机采煤，硬拼设备，机械事故越来越多，工作面产生了恶性循环。

昭远刚回来在局里工作时，几次来矿，曾批评过吴冲，要他立即改变“杀鸡取卵”的作业方式，坚决执行有关综采的规章制度。被人捧惯了的吴冲，哪里能吃这一套，反而和杨昭远结了怨。

现在，昭远要来当矿长了，我怎能不为他捏一把汗！要知道，吴冲后面站着邵一锋，还有邵一锋长期经营安排的一批骨干力量，他们能左右整个飞狐岭矿。粉碎“四人帮”后派来的书记兼矿长老胡，一到矿上就陷进了这股力量的包围之中，任他左冲右突，也无法改变局面，血压反倒越来越高，最后只有躺到医院里去长期治疗、休息。邵一锋眼看就要坐上第一把交椅，在这关键时刻，局里却把昭远派来当矿长，还代理党委书记。局党委为什么要这样安排，真使我百思不得其解。

自然，百思不得其解的并不单单是我，吴冲还在前排叫嚷：“矿务局对飞狐岭搞突然袭击！为什么事先不征求我们的意见，就把这个右派派来？我吴冲好赖也是个党委委员……”

我不禁在心里叹气：如今的事儿也真奇怪，上级组织派人到下级组织去工作，还得去征求下面的意见；他不同意，就可以拒之门外，上级组织也没奈何，有时就只能收回成命。不幸的是，这种现象在生活中却屡见不鲜。

“局里大概是为了加强咱矿的领导力量吧。”有人说。

“球！”吴冲大不以为然，“咱矿领导班子，在全局来说称得上是过硬的，还用一个右派来加强？”

“说不定，把杨昭远派来，是为了把你吴冲采煤队这杆旗更高地举起来。”

“球！”吴冲高声喊道，他常用这个脏词来表达对某事物的蔑视和否定，“谁稀罕？只要他不给我捣蛋，我就谢天谢地了。”

“综采现场会到底开不开？”

“为啥不开？铁板上钉钉，硬是定了的！”

“你那新纪录还创不创？”

“为啥不创？莫非我老吴是吹牛皮的？”他抬头发现了我，大声说，“你们看，咱们的丁大工程师也在这里！咱丁工和杨矿长是老交情啦，劳驾捎个话给他，吴冲要给他杨大矿长争光，他可别给咱采煤队抹黑！——”

剧场里灯光灭了，这才打断了他的嚷嚷。

第五章

二十年前后的两次“跃进”他都赶上了，这次他的遭遇将是怎样呢？

对于昭远回矿的消息，像吴冲那么公然反对的是极个别的，但私下里的议论却十分热烈。有人说，杨昭远过去是邵一锋整下去的，现在重回飞狐岭，两人之间定会有一番较量；有人说，杨昭远这次回来，肯定有什么背景，否则，哪个矿不能去，非得回飞狐岭？说不定上级（这个上级当然不仅指矿务局领导）已经发现了飞狐岭的问题，派昭远回来解决的；也有人说，飞狐岭是邵一锋的天下，岂能容得下杨昭远？有人则说不然，很可能邵一锋要高升，所以派杨昭远来接任……

和我比较接近的人，关心的是我和杨昭远的关系。“你算熬出头来了，”他们之中有人说，“二十年没有白等，老杨一回来，赶快把事办了吧！”

没人能理解我对昭远归来这件事的复杂心情。首先是为他未来的处境和命运担忧，以他的认真和执着，面对飞狐岭的复杂现实，他将会作出什么反应呢？完全是一种历史的巧合吗？当我还不懂得巧合的后面恰恰是一种必然在起着作用的时候，我只能感叹说：生活中有些事情简直是不可思议的！

我怎么也忘不了，二十一年前他从农村回矿时的情景……

那年秋天，矿山好像被地火烧着了一般，热度越来越高：到处都在打破常规，行行都在放高产“卫星”，连食堂蒸馒头也放了“卫星”，开笼时间缩短若干分钟，打破了“历史纪录”。

采煤一区已放了几个高产“卫星”，一个“特大卫星”也将升天。邵一锋显得比任何时候都精神饱满，他成天忙得像个陀螺。

我很少去采煤一区。昭远来信，要我多关心一区的工作。我的关心能起什么作用？邵一锋在区里一声喊到底，他的意志就是法律。一区先进事迹的报道，上了局里的小报，又上了市报。邵一锋的名气越来越大，他不仅在全矿，就是在全局的区队一级干部中，也是受人注意的佼佼者。光是一区交班室门口那座卫星台，就可以看出邵一锋的工作搞得确非凡响。那用硬纸绘剪成的卫星、飞机、火车、汽车、牛车等等，做得精致细巧；写在红色有光纸上的决心书、挑战应战书，以及用豪言壮语结构成的诗歌，把座卫星台装扮得五色缤纷，引人注目；入夜，卫星、飞机、火车、汽车、牛车里边的小电灯大放光明，整座卫星台彩灯缭绕，顶端的一颗卫星霓虹灯闪闪烁烁，老远就能把人吸引过来。据说，这座卫星台是邵一锋亲手设计，由两位业余画家、五个心灵手巧的姑娘、三个五级电工用一星期的时间制作出来的。邵一锋在这方面确是颇具才能。

就在一区“特大卫星”即将升天之际，昭远从农村调回来了。这是任斌矿长在党委会上提出的。和昭远同时回来的还有一批人。

这个意外的消息自然使我高兴。

我们匆匆见了一面。他向我提出的唯一问题，是超前支护为什么停下来。这个问题，他在农村时就写信向我提过，我当时很难答复。因为在这以前，试验进行过多次，虽不顺利，但邵一锋并未动摇。我对顶板，远不如昭远熟悉；而邵一锋不知为了尊重我，还是想取悦于我，竟事事听命于我。吴老明等工人师傅曾对试验提出过意见，我也有意参考他们的建议，改变试验方法，却被邵一锋否定了。他这样做，可能是为了维护我的威信，这真使我啼笑皆非。他却一个劲儿给我打气，要我坚信自己的力量；还说试验成功后，他要和我一起写文章。他自信笔头子上的功夫，可以把文章写得很漂亮。为了试验能继续下去，我又必须取得他的支持。这种尴尬的关系，把我和他维系在一起；我觉得别扭而懊丧，但别无他法。这种状况，一直继续到我和他之间发生了一次与工作无关的纯属个人关系的直接冲突，方告结束，而超前支护的试验也就停止了。我知道，试验的停止，除了个人关系上的因素，还在于形势发生了急剧的变化：邵一锋准是认为，在新形势下，放个“卫星”，其意义和作用将远远超出生产上的某项改革。我含蓄地向昭远说了这个意思，他茫然地摇摇头，好像什么也没听懂，就下井去了。我们竟没来得及叙说一下别后的相思。

两天以后，他瞪大了吃惊的眼睛来找我。

“这是怎么回事？”他朝着我喊，“采煤和掘进工作面上，正规循环作业打乱了；有的队在乱采乱掘，吃肥丢瘦；还有的掘进队改成了回采队；工作面质量很差，柱子数量不够，支得也不规格；巷道里棚子架得七扭八歪；到处煤尘飞扬，又脏又乱。就靠这来创高产、放‘卫星’？”

“现在讲打破常规，”我说，“暂时恐怕只能这样。”

“有些常规能打破吗？”他还是直着嗓子喊，“你学的是采煤，就不懂得这一套？”

我能说些什么？

“你为什么不向任矿长提出来？”他逼视着我，好像矿上这种局面是我造成的，“能这样下去吗？”

“难道任矿长不懂，还用我提醒？”我哭笑不得地说，“听说他也挨了剋。并不是我们一个矿是这样。”

说实话，我对当时矿上的这种急遽变化，自己也吃不准。“大跃进”，就不能按部就班地走老路；破除迷信、解放思想，就该打破陈规陋习；但目前生产上出现的局面，是不是正常，该不该继续下去，我说不上来。不管怎么说，高速度发展煤炭事业是肯定不会错的。既然各行各业都在跃进，我们自然不能成为小脚婆娘。昭远在农村待了几个月，听不到广播，也很难看到报纸，“山中方七日，世上已千年”，生活把他远远地抛在后面了，乍回到矿上，会眼花缭乱，感到吃惊。我已经逐渐习惯了这种新的形势和局面，我有责任帮助他冷静下来。

我叫他不要随便发表意见，先学习学习，对飞速发展的形势加深认识和理解。

“我……是需要……学习，”他说，眼光仍然是茫然的，“破除迷信，解放思想，这口号多好，我本想，矿山在生产管理和技术管理方面，有些违反规律的做法，应该大胆改一改。回来以前，我就有了些具体设想。现在看来，我想的和形势要求的，不是一码事。”

“你明白了这点很要紧啊，昭远！”我急切地说，“你那些设想，现在千万不能端出来。”

他点点头，又摇摇头，留给我一个茫然的苦笑。

昭远白天下井，晚上就钻到阅览室去，翻报纸，读社论，看那些套红标题的消息。

到处是捷报，到处是新纪录：小麦亩产一万多；红薯亩产二十万；一个玉米棒子二尺三，两人围着一个南瓜转；炼钢炉炉龄增了五倍，采煤工作面产量翻了三番；水泥土机床制造不用钢，大跨度的房屋盖起来不用梁；深翻地昼夜兼程，修水库风雨不停；大兵团又创新纪录，小土群再放大“卫星”；土技术员难倒老教授，小徒工大战神仙手；“柴堆谷垛高接天，凑着太阳吸袋烟”；“一天等于二十年，超英赶美弹指间”……

昭远越来越苦恼。有时，他默默地在我屋里，一坐一个黄昏。他说：尽快地改变我国一穷二白的面貌，他打心眼里拥护；他告诫自己要加强学习，跟上形势，千万不能站在旁边指责嘀咕，而要用自己的一份力量，来推动生产的跃进；但他一接触到矿上的现实，就又糊涂起来了。他问我：

“你说，不看主客观条件，不讲管理，不讲安全，不讲科学，一味追求产量，胡干蛮干，长此下去能行？”

我自然无法回答他的问题。

昭远回来以后，邵一锋和他谈了次话，对他的归来表示欢迎，还饶有兴味地询问他在农村下放的收获，遗憾自己未获批准，失去了一次锻炼改造的机会。接下去，和他讲了一通区里跃进的大好形势，以及再放新“卫星”的重大意义；声称昭远提前结束下放，回矿工作，是他提出的建议；要求昭远对全区生产技术上的问题，全面地负起责任来。

但没过几天，他们中间就发生了争吵，起因还是吴老明所在的那个采煤三队。

三队工作面搬家以后，已采了两个月，空顶面积越来越大，工作面上出现了煤墙被压炸的现象。昭远和吴老明分析以后，断定上层遇到了煤柱（上层已经采空，留下了支承顶板的煤柱）。他们冒着危险，爬进上层的采空区，证实了原先的判断是正确的。面对这个事故隐患，昭远向邵一锋提出，工作面必须支双排密集支柱。邵一锋不同意，说支单排密集支柱即可。昭远据理力争，邵一锋寸步不让，说支单排能够对付顶板压力（实际上是因为那几天一区的产量上升不快，而三队又是主力，每天拿全区的一半产量；他怕支双排费工，影响出煤，影响“卫星”上天）；昭远不肯迁就，要把这事提到矿上去解决。邵一锋这才让步。昭远当晚就修改了支柱规程，第二天交到区里。他前脚下井，邵一锋就追到井下，说局里组织巡回观摩团，矿上决定昭远去参加，要他立即去局里报到，立马等缰，把他拉上了井。

昭远走后的第四天，采煤三队就发生了重大的冒顶事故，大面积顶板来压，摧垮了单排密集支柱（邵一锋压下了昭远修改的支柱规程，工作面仍然支的单排），顶板沿着工作面的煤帮切下来，把最后离开的吴老明压住了：他的一只胳膊被石头挤压在煤帮上；由于石块体积过大，一时无法破碎，时间长了怕失血过多引起死亡，有人建议把胳膊锯掉，吴老明也咬咬牙同意了。于是，在井下，就用木锯动起了“手术”……

昭远闻讯赶回矿上。他奔到医院里，托着吴老明那只失去了胳膊的空袖管，泪下如雨，对着病房里的其他人，喊出了他泣血的心声：

“我们是社会主义国家，工人是矿山的主人，不关心他们的安全，是不能允许的。我要向上级控告！”

昭远整天滴水未进。我从食堂给他端去了晚饭，他连筷子也未动过。他坐在桌前，双手支着脑袋，沉默得像块石头。我的任何劝慰，都无法使他开口。

九点多，我回到自己宿舍里，想煮点面条给他送去；刚点着了煤油炉，邵一锋来了。

“这次事故，确是出人意料。”他在屋里踱了一阵，说，“我知道，老杨和我一样，心情非常沉重；这么好的一个老工人，丢了条胳膊。”

我没有搭理他，往锅里下着面条。

“但事情已经发生了，也只能总结教训。他有点太冲动，你应该好好劝劝他。”

我蹲在炉子跟前，还是没搭理他。

他在我身后踱着步，踱了几个来回，忽然绕到我面前站住：“听说老杨要向上级控告我？有这事儿吗？”

“难道责任不该追查？”我反问他。

“作为一个领导，我当然是有责任的；但我只负一般的领导责任。”

我吃惊地抬起头：“具体责任应该谁负呢？”

“老杨难道没有责任吗？他是工程师，全面负责区里的生产技术问题，这一点，他一回来我就给他明确了。事故发生前，他没有采取措施，难道不是失职？”

我大吃一惊，几乎不相信自己的耳朵。我问：“杨昭远不是搞了个双排密集支柱的规程吗？”

“在哪儿？”

“他说给你了。”

“我怎么没见到这东西？”

我像兜头被浇了一瓢冷水，浑身哆嗦起来，牙齿也在捉对儿打架。

“你应该尊重事实，如果你还有点人格的话！”我用颤抖的声音喊道，“你这样做就不感到良心有愧吗？”

我见他脸上的肌肉在抽动，脸色变得蜡黄。他急速转过身去，走到窗口。从背影上也可以看出，他在努力克制着激动。等他再回转身来的时候，扭曲的脸已经恢复正常，嘴角挂着一丝冰冷的微笑。

“我要提请你注意，丁雪君同志！用这种态度对待一个党的干部是不合适的。说话要有根据，你说杨昭远曾经交给我什么支柱规程，你能给他作证吗？你们之间的关系谁不知道？”

我气得浑身像筛糠一样，泪水在眼眶里转。

煤油炉上的面汤溢出来了，我竟没有发觉。邵一锋过去端下了锅子，口气变得婉转起来：

“我本想，在这次事故面前，我该和老杨共同承担责任，同舟共济，把事情处理好，所以我才跑来找你，请你把这个意思转达给他。如果老杨要去上级控告我，逼得我无路可走，我也就无法再讲风格。你说是不？”

我张口结舌，一时说不出话来。

“我希望你能比老杨冷静，小丁！冲动是要坏事的。”他吹灭了煤油炉，“不错，我过去关心过你，喜欢过你；你不愿接受我的感情，我也没再勉强，互相尊重嘛！今后，我们还在一个矿上共事，我这人是讲交情的。来日方长嘛！”

我很久才从混沌麻木中苏醒过来，不知这个流氓是什么时候出去的。

过去，我对邵一锋的为人早有看法，一直对他保持警惕；但真正认识他的嘴脸，还是刚才的事。极度的愤慨、惊悸和不安，使我如坐针毡；我端起面锅，脚步踉跄地向昭远的宿舍走去。

推门进去，他还像一块沉默的石头，坐在桌前。我向他说了刚才邵一锋来访的经过。

他还是一动不动地坐着，仿佛没有听见。

我把面条盛在碗里，摆在他面前。

他慢慢转过脸，问我：

“老邵说我没有把修改后的规程给他？”

我点点头。

“你没听错？”

“绝对没错。”

他猛地一拍桌子，跳了起来，带翻了凳子。

“卑鄙！卑鄙透顶！”他喊着，暴跳着，那愤怒而又痛苦的眼光叫人不寒而栗，“我们党内竟有这样的人，简直不能设想！”顿了顿，又痛心疾首地说，“我怎么就没有看出他来？你过去叫我注意他，提防他，我还说你多疑。原来我是个瞎子！地道的瞎子！自以为是的瞎子！”

他说着，无声的泪珠往下滴落。

我完全理解他的心情。每个人都有自己认识事物的哲学和方法，而且不易改变，因为他自信那是正确的。现在，他看待事物的哲学和方法受到了挑战，严酷的现实证明了他不仅单纯，而且幼稚。他从自信的顶峰上跌落下来。他的痛苦是可以想象的。

我劝他不必如此苛责自己，我也不是一下子就看清邵一锋的。现在的问题是如何对待面临的现实；为了推卸对这次事故应负的直接的责任，邵一锋显然已挖空心思地作了安排和部署。

他像个听话的孩子，慢慢平静下来了。我催他吃饭，面条一会儿就会凉的。他摇摇头，推开碗，走到窗口，良久地盯着突兀在夜色中的井架。

“邵一锋大概认为，我会在事故问题上咬住他不放。”他突然转过身来说，“我还不至于如此浅薄狭隘；我想的是，屡次发生这类事故，这本身说明了什么？如何从根本上加以防止？这次，如果他不是为了放那颗‘卫星’……”

“你绝对不能往那上头扯，”我惊恐地急步向他走去，

“邵一锋说不定正希望你这样做。”

“他那样热衷于放‘卫星’又是为了什么？”他对我的惊恐没有在意，继续着自己的思绪往下说，“明明知道这样做破坏了正常的生产秩序，不可能稳产高产；就因为上面有人喜欢，他又作过保证，就要不顾工人的安全干下去！这样做，对党的事业有什么好处？”

我的不安有增无减。我说：“还是就事故说事故吧，处理完了这次事故再说。”

“那以后呢？”他不以为然地冲着我问，“这种情况还能让它继续下去吗？”

“你准备怎么办？”我问。

“我要给局、矿党委写信，给煤炭部写信。”

第二天，我从食堂打了早饭去他那儿，他已不在屋里，桌上那碗面条一筷未动，铺盖还像昨天那样没有打开；很显然，他是一夜

没睡。

有人告诉我，他一早去矿务局了。

我神不守舍地来到办公室，坐在桌前发呆。

任斌矿长进来，默默地在我对面坐下，盯着我好一阵，才问：“早晨我起来担水，见杨昭远往车站那边跑去，是不是去矿务局了？”

我点点头，忽然想探询一下矿上对事故的态度，我问：“这次三队的事故，矿上准备怎么处理？”

任斌抱着脑袋，一言不发。

“邵区长想把责任往杨昭远身上推，这像话吗？”

任斌一拍桌子，站了起来，嘴角动了动，还是没有说话。

我把求助的眼光投向他：“您是了解昭远的，任矿长！领导上要为他作主呀！”

任斌叹了口气，又在我对面坐下来，半晌，才说：“邵一锋放出风来，说杨昭远自己失职，却把事故归罪于‘大跃进’、放‘卫星’，说这是反对三面红旗。他这样做，可能是底虚，怕承担责任，想吓吓老杨，叫老杨别那么认真。这人脑子相当好使，加上如今……”

他没有再说下去。我了解他的难处。他在反右运动中保护过昭远，不久前在放“卫星”问题上挨过批评；眼下，他难以挺身出来给昭远说话。

“最好还是劝劝老杨，不要把事情闹大。”他困难地说，“如今，‘大跃进’正在高潮上……”

现在不又开始了第二次“跃进”吗？那天，我在一张包粉条的旧报纸上读到一篇文章，文章说，一个国民经济新跃进的局面正在出现，到一九八五年，作为国民经济脊梁的钢铁基地、有色金属基地、煤炭基地、大油气田等，都将一个个建成；那时候，许多荒山将变成林海，许多荒漠将变成绿洲；那时候，祖国的江河将依照人们的意志献出粮和棉，发出热和光，自古以来滔滔东去的长江将分出一支折向北流，滋润干旱的华北平原，一座座大电站将在山乡僻壤的村村寨寨撒下一颗颗璀璨的明珠……这将是多么高的发展速度！昭远对此有思想准备吗？会不会再出现“卫星事件”那样可怕的局面呢？想到这一点真使人不寒而栗。

我对昭远回矿这件事的心情所以复杂，还有他人所不能想象、自己又不能对人明言的苦衷。

本来，他回到飞狐岭之后，我可以更好地关心他，照料他，二十年的孤单、寂寞可以结束，他是我唯一的亲人啊！不幸，随之而来的，却是我将被抛掷到一个更加痛苦和尴尬的局面中去：杨昭远已对我明确表示，他一生中二十年最好的岁月，没能为党和人民去做自己该做的事情，他要在有生之年抓紧去做；他患有肺结核等多种疾病，精力已经有限，这辈子他再无意成家。他要我忘记过去，坚持去走自己生活的路。

我能责备他什么？说他冷漠、自私？说他不为我着想？这根本不是事实。坚强的人啊，他宁愿自己舔着深深的伤痕，在新的生活中埋葬痛苦的过去，而不愿用病残之躯再来牵累我。

我无法接受他拒绝和我结合的理由，而且，在某种程度上我还怀疑这些理由：难道这真是他的心里话？

我曾经向他提出过我的怀疑，他听了，苦笑地摇摇头。

“我作出的决定是不容更改的，”他的声音里显然带着冷漠，“你不要再胡思乱想了。”

我竭力克制自己，不让泪水溢出眼眶。我的痛苦还能向谁诉说？除了接受他的“决定”，我还能有别的选择吗？可是，当我从无望的痛苦中挣扎出来，一个人独处静思的时候，我的心中会执着地响起一个声音：不，不！如果说，二十年前，他强捺着心头滴血的伤痛，用佯装的无端暴怒，也没有把我赶走，难道今天还能使我离开他吗？这声音，每天要在我心里响起无数次。我抱着这样的决心，等待他归来。

他终于又回到了飞狐岭矿。

在领导干部住的一号楼里，矿上给他准备了一套房间，并且配备了齐全的家具。布置房间时，邵一锋亲自指挥，还吩咐别人从他家里搬来几盆花草。人们看到，邵一锋非但不计前隙，而且对杨昭远关心备至。党委副书记的这种形象，和前几天流传的一种说法完全是一致的：杨昭远回飞狐岭矿，是邵一锋向局党委执意要求的结果。

但昭远并没有住到一号楼去，他叫人在办公室安了张床，就在那里下榻了。他的财产，除了一卷铺盖，一只帆布箱和一只木箱，别无长物。他把帆布箱塞在床下，把木箱里的书摆进书柜，把伙食关系办进大食堂，就下井去了。

使我感到意外的是，昭远已经学会了自己料理自己，他能煮一些简单的饭食，也学会了缝缝补补。这是二十年颠沛流离的生活教给他的。

他天天下井。在井下转了一天，上来已经筋疲力尽，哪还顾得料理自己？这时候，我就从食堂打点饭菜，或者煮点面条、稀饭给他送去。他可以拒绝和我结合，但不能拒绝我对他的关心。虽然，我每次给他送吃食时，他总会带着歉意说：

“你也很忙，以后，还是我自己来。”

看着他香甜地吃着我送去的东西，我会感到非常快乐。人总是需要关心别人和被别人关心的；挚切地关心和侍候自己所爱的人，和被所爱的人挚切地关心和侍候一样，都会感到十分幸福；对我来说，这种幸福中自然羼合着痛苦。但对他就是轻松的吗？我第一次给他送吃食时，他盯着满满的一碗饺子，愣神了。“哦！哦！”这声音仿佛是慨叹，又像是呻吟，接着便慢慢地抬起头来，百感交集地凝视着我。我发现他的眼睛里有一层薄光在流动，薄光里包容着无数语言，这是我完全能意会和领受的。度过了如此漫长的非人生活之后，他突然又得到了人间的爱和温暖，我送去的当然不仅仅是一碗饺子。那碗饺子他吃了两顿才吃完，似乎每一只他都细细咀嚼。但也就此而已，他并没有对我再有其他的感情表示。我不明白他为什么要这样克制自己。

他回矿的第五天上，刚从井下上来，我就给他送去一碗鸡蛋挂面。

当我正要打开盖碗的时候，他却按住了我的手。

“等一等，”他一手指着窗外，“你听！”

汽车喇叭声，运煤机车的排汽声，井口的矿车在铁轨上行进发出的钝重的隆隆声，还有井架上箕斗卸煤的哗哗声。

“你让我听什么？”我问。

“听什么？”他不胜惊讶，“这么响的声音，你没有听到？”

我侧耳倾听，还是摇摇头。

“喇叭，高音喇叭！”他朝我喊道，“矿山上噪音的来源之一。你怎么没有听到呢？鼓膜的神经老化了吗？”

人的感觉也确是奇怪，他这么一说，所有其他的声音都在瞬间消逝了，敲击我耳膜的只剩下了高音喇叭里喷射出来的洪亮的进行曲调，这声音充塞了矿山的每个角落。

我一看表，五点半刚过。这就是说，从下午三点半才关机的矿广播站，在休息了两个小时以后，又开始了工作。“开始曲”当然还是那支由大型交响乐队演奏的陕北民歌，这支歌曾经使我们热血沸腾，到后来，竟成了和每个人须臾不能分离的东西，但它毕竟又不是水、空气和粮食……“开始曲”以后，便是一连串节奏强烈、音调高昂的进行曲和“革命歌曲”。它们播放的程序是固定的；因为唱片使用率太高，音纹破损，唱针便常常周而复始地回到原来的纹圈里，于是“工人阶级硬骨头”便会“硬骨头、硬骨头、硬骨头……”地重复；

如果播音员没有发现，及时移动唱针，便会无休止地“硬骨头”下去。广播站的播音内容，除了少量的本矿新闻，绝大多数是转播局、市、省和中央的新闻报道和听烂了的进行曲、歌曲之类。一天二十四小时，广播站至少要工作十六小时；也就是说，在十六小时内，它不停地把巨大的音量灌进每个人的耳朵。

昭远回矿第二天，我见他眼圈乌黑，问他晚上是否睡好。他说，晚上一点才睡，一早五点半就被喇叭吵醒了：先是喇叭里响起军营的起床号，然后便是洪亮的“开始曲”和进行曲。五点半放军营的起床号，还是军宣队支“左”时立下的规矩。

“大家都习惯了这样的生活，”我说，“好像并没有想到要改变它。”

“真像你说的那样吗？”他惊讶地拧起眉毛，“难道飞狐岭的人，神经都锻炼得无比坚强了？人不能在噪音下长期生活。”

“广播也是噪音？”

“一切对人们生活和工作有妨碍的声音都是噪音。”他断然说，“问题在于，这种广播到底有什么效果？人们在紧张的工作之后，十分需要休息，需要娱乐，需要学习，更需要一个好的睡眠。喇叭里声音这么响，他们能干什么呢？现在，一般家庭都有收音机：老式的交流收音机和新式的半导体，还有市、局有线广播站的喇叭，他们想听什么，自己可以安排，用不着给他们硬灌。昨天晚上，我到家属区去串门，听人说，桥北宿舍区，八只高音喇叭，被人用棉花堵了五只。这就是群众对我们广播站工作的评价。”

“这样的小事，我认为你最好不要多管。”我说，“往喇叭里塞棉花，毕竟是极少数人；多数人还是能习惯的，至少，当领导的已经习惯于这样生活。听不到喇叭响，他们便会认为矿上这儿那儿出了毛病了，一台正在运转的机器，怎么能没有声音呢？不是说革命秩序应该在革命的气氛之下才能建立起来并巩固下去吗！和二十来年前相比，这就是生活变化的内容之一，你应该习惯它。”

他默默盯着我。

“莫非你真的习惯了吗？”他仿佛生出了一丝微笑，“你好像学会了一点牧师的本领，劝人行善，教人忍耐……”

我还想和他理论，他却扔下我忙他的事去了。

现在，他又一次提到了广播，而且已经拿起了电话，要党委宣传部部长说话。

“广播站的工作方法、工作内容和工作时间，必须改变一下，”他在电话中喊道，“从明天起，除了早晨六点半和晚上八点的中央台新闻联播节目，十二点以后用半小时广播本矿新闻，其余的工作时间和职工休息时间一律停止广播。……什么？……我和邵一锋同志交换过意见，他大概还没来得及和你打招呼。……当然，今天就要广播一个通知，说明从明天起更改广播时间。……哪儿的决定？当然是矿党委的决定，你宣传部也可以作决定嘛！……什么？什么？……谁负责任？你说该谁负责任呢？难道形式主义、假大空的苦头我们还没吃够，还要继续搞下去？不从实际出发、不问实际效果的宣传，谁负责任呢？这个问题，请你们想一想，可以吗？”

他“啪”地搁下电话机：“你听听，问我广播站工作上的这点改变由谁负责任！官僚主义、教条主义、形式主义，墨守成规，死气沉沉，把工作做得一团糟，直接损害党和群众的利益，倒从来不问谁该负责任；你要对不合理的规矩、习惯稍稍做一点改变，他就要跳起来问你谁负责任，真是岂有此理！”

在他打电话的过程中，我一直战战兢兢地站在一旁。他一回矿山就这么急迫和直率地过问党委部门的工作（宣传工作并非分工由他负责），使我不只为他捏一把汗，而是捏了几把汗了。虽然，他的敏锐，他的实事求是精神和对旧事物的决然态度，都是我内心十分赞赏的；但他这种进攻性的性格，在现实生活中决计是没有市场的。我要保护他，我必须让他注意工作的方式方法，尽可能学点处世之道，无论如何要把锋芒隐藏起来。

说实话，分别二十年，我对他性格的变化并不了解。他刚才嘲讽我“学了一点牧师的本领”，那么，我对他进行说服帮助，如果不注意方法，未必会有好的结果。

我打开盖碗，把一碗鸡蛋挂面推到他面前。

“以后请你再不要为我劳神了，好不好？”他盯着碗里的面条，却没有伸手来接。

“为什么？”

“我不想让别人过多议论我俩的关系。”

“我不来送这碗面条，旁人就不议论啦？”

“还是少给别人提供议论的材料好。”

这完全是多余的顾虑。我并没有向任何人透露过他在我俩关系上的“决定”。我在生活上关心他，和他往来密切，在外人看来本是自然的事；我俩的结合，不过是时间问题。如果我在他回矿后还和他保持一定距离，不关心他的身体，不料理他的生活，在人们看来才是难以理解的事。我说：

“要是我还照样给你送呢？”

“我就不吃！”

“不吃也送！”我赌气把一碗面搡在他手里。

“好香啊！”邵一锋忽然走了进来，“小丁，我在门外闻到这股香气，就知道你在这里。”

他居然又称呼起我“小丁”来，这是为了在我们三人之间制造出一种亲切无间的气氛，还是为了唤起对逝去岁月的回忆？邵一锋应该想到，他这样做是危险的，因为勾起对往事的回忆，只会触痛昭远，使两人之间的关系一开始就陷于紧张的境地。我必须阻止他这样做。

“你的鼻子也真灵！”我的语气里显然缺乏热情，还多少带点儿挖苦的味道。

“不错，我鼻子的功能还没有衰退。”邵一锋笑嘻嘻地说，好像没有品出我话里的意思。他扫了一眼昭远的办公室，皱皱眉头，说道：“老杨，搬到宿舍里去住吧，何必在办公室受罪！”

“没有必要。”昭远拉开抽屉，取出一包待客的烟，抽出一支递给他，“这里离井口近，有事情招呼起来方便。”

“宿舍离井口也不远呀，再说，已经安好了电话，处理啥也很方便。”

“我一个人何必住一套房子？”

“一个人？”邵一锋有点大惊小怪地喊起来，“你和小丁，还不抓紧把事情办了？”

“这事儿以后再说，现在哪里顾得上？”昭远摆摆手，转了话题，“老邵，刚才我已经通知宣传部，改变广播时间。”

“我还没来得及和他们打招呼，”邵一锋抱歉地说，“说实话，这事我也想到过，应该改一改，就是没有上劲，还有点怕挨骂。人们习惯的事是不容易改变的。列宁说：有的人总觉得穿脏了的衬衫舒服，要换件新的反而不习惯。”他看了我一眼，“老杨就是比我有气魄；他一回来，我身上也好像增加了活力。”

邵一锋亲切、谦逊而且从善如流的形象，肯定能感动不明真相的人，他确是个不坏的演员。昭远说：

“过奖了，老邵。这一段，我在熟悉情况，矿上的工作，还是由你全面抓起来。该做点啥，你只管做去，不必和我商量。”

邵一锋眨巴着眼，仿佛在咀嚼昭远这段话，努力想品出话外的意思来。

“我本想开个欢迎会，党委委员，革委会委员，再扩大到区队干部，反正把飞狐岭矿上的骨干力量都找来；你和大家见见面，再下去就熟悉了。可你偏不同意，硬叫免了这个欢迎会。你的意思我当然明白，你喜欢实在，不喜欢搞形式主义，反对繁文缛节；可你知道旁人会怎样议论我？人们会说我邵一锋对你的归来不表欢迎，给你坐冷板凳；别有用心的人更会借此造谣生事，挑拨你我之间的关系，说我排挤你、孤立你，等等等等。如今，我们周围，真是嗑瓜子嗑出个虫子，什么仁（人）没有？老杨，你老兄也得为我想想嘛！”

邵一锋一口气说了那么多推心置腹的话，他的直率使我感到意外。但昭远对这番话的反应却并不热烈，他淡淡地笑笑说：“老邵，你没有这些念头，何必怕别人说长道短？即使你为我开了个隆重的欢迎会，就能保证别人不再议论吗？到时候，人们很可能会说，你邵一锋在制造一种假象，做出不计前嫌、善于团结人的样子给人看，背后却在对我杨昭远使手脚。嘴长在人家身上，爱咋说你能管得了？所以，最好的办法就是不去计较，咱们拿出实际行动给人看。到时候，那些长舌妇再饶舌下去，也就没人愿听，自然应该节省唾沫了。你说是不是？”

邵一锋眉峰微蹙，眼睛一直盯着昭远。毕竟二十年不在一起了，他需要重新熟悉、重新估计他的对手吧？

“还是你考虑得周到，老杨！”邵一锋释然地说，“关键是咱们的行动，鸡蛋没缝，苍蝇下蛆也难。说实话，老胡躺在医院里，这么大一个煤矿，我担着实在吃力哩！我有几斤几两，你还不清楚！现在，我总算能松口气了。昨天吃晚饭时，我那口子还奇怪我这几天饭量怎么大了？我说：‘你还不知道，老杨一回来，我能睡个安生觉了。’过去，我可真是食不甘味，寝不安席呀！”

昭远笑笑说：“我回来后你就能轻松？恐怕不见得！”

邵一锋一本正经地说：“怎么不见得？一副担子，两个肩膀扛总比一个肩膀扛要省点力吧？”

“生活要是像加减乘除那么简单，你我大概都会比现在年轻十岁！”昭远又递给他一支烟，“你是轻松不了的，老邵！”

邵一锋没有接烟："反正，这出戏你唱主角，我当好配角就是了。"

"一出戏里，主角也不是一个呀。"昭远把烟递到他嘴边，"抽吧。"

"不抽了，"邵一锋站起身，"我还要到调度室看看。对了，明天在井口开调度会，你总该去听听吧，这对你了解全矿的情况，会大有帮助的。"

昭远想了想，点点头说："我去，可要说清楚，我只带两只耳朵去，别的啥也不带。"

"随你的便吧。"

邵一锋走了。桌上那半碗面也凉了，我心里却生出几分高兴。一来，当邵一锋建议我们赶快"把事办了"的时候，昭远并没有把他在我们关系上的"决定"说出来；二来，刚才两人的一席交谈中，昭远的沉着冷静，言语中处处流露出的机锋，使邵一锋常常陷于被动；这说明，我的昭远已不是二十年前那个单纯得透明的书生了。我因他归来而产生的惶惑之感，也稍稍减轻了些。

第六章

他发现了"布雷区"。她却把他拉上一个山岗，那里丛生着野玫瑰。

傍晚，我要求昭远到外边去走走。

"你真有那么好的兴致？"他笑着说，"是不是想展览一下我俩的关系？"

我有点生气，便故意刺激他："两个光棍在一起走走，是否有碍风化？你的官帽帽是丢不了的，尽管放心好了。”

“你变得尖刻了。”他瞥了我一眼，便转脸看着窗外。

他总是避免我们的眼光正面接触，仿佛怕我会看清他灵魂里深藏着的什么东西。自从那次他对我们的关系作出答复以后，我一直怀疑他说的是不是真心话。难道时间真能离间我们的感情？还是岁月已经把他的心灵泡得冷漠，他的爱已枯槁？不，不，我明明发现，他冷峻的眼光中，仍然不时闪烁着我所熟悉的那种激情的火花。我要用炽热的感情，去引爆这种火花，使之燃烧起来。

“你对我太不公正！”我怨艾地说，“难道，我二十年的等待，竟换不到和你散一次步的权利？”

他倏地转过脸，愣愣地看着我。

火花！在他此刻的眼里我又看到了那种火花，但也仅仅是闪现了一下，又熄灭了。

“邵一锋对我们的关系，为什么那么热心，你想过吗？”他突然问我。

虽然他的语气很平静，却使我心里好一阵翻滚。这个问题，我并非没有想过，但却没找出答案来。我说：“他可能觉得，过去拆散了我们，心里有愧，所以今天……”

“但愿像你所说。”他苦笑了一下，忽然又提高了声音，冷峻的目光直射在我脸上，“你真的这样认为？”

我语塞了，半晌，才嗫嚅着：“我当然……没有……那么天真；可你说，我俩的事情，为什么要受他的影响？特别是在今天？”

他想了想，点点头，一下子变得顺从起来：“哦，那就走吧！”

我们沿着运煤铁路线默默走着。迎面碰到的人，都用不同的眼光对我们驻足而视。这眼光刺痛了我，仿佛给我的血管里注进了一种激素，使我不由己地紧挨着昭远。他却似乎没有看到别人的眼光，也忘了我的存在，只是微侧着脸，眼光用不变的角度在铁道上游动，好像在专心地数着枕木，或是在丈量铁轨的长度。

“喂！”我忍不住用肩膀推推他，“我们不能一边走一边说点什么吗？”

“为什么邵一锋对我们的事那么关心呢？”他的眼光从铁道上移到了我的脸上。

“我无法回答你这个问题，”我气得几乎要大声喊叫，“你一定要知道这个答案，那就去问邵一锋好了！”

“哦！”他投给我一个歉然的微笑，好像忘了刚才向我提过什么问题，“你变得很会发火哩！”

这叫什么散步？简直是一种折磨。

我决定把他的注意力引开，因为我要他出来，本有一番用意。我用委婉而又略带慨叹的口气说：“昭远，隔了那么多年归来，你不觉得矿山的变化挺大吗？”

仿佛接受了一个信号，他那机械地迈着的双腿站住了。

在道路的前方，西沉的太阳收敛了白昼的炽热，把一片橙黄抹在它所照到的地方；汽车扬起的烟尘，在橙黄的光里翻腾飞舞，使道路和它两侧的上空一片迷蒙。空气里弥漫着强烈的汽油味和煤烟味，刺激得鼻粘膜又干又疼。

“矿山上的空气，也污染得很厉害了，”他说，“应该改装一辆洒水车。”

“眼下恐怕还顾不上这个吧！”我说，一手指着左边的山坡上，“你看！”

他并没有反应。原来，他的眼光早就盯着山坡上那片土房了。

这是临时户住房，是那些家在农村的矿工，为了让家属在矿上有个容身的地方，用工余时间，自己脱土坯起石头，凑合盖起的临时性建筑。对那些老矿工来说，井下的潮湿阴冷，使关节炎和胃气疼成了他们身上最常见的病痛；单身生活对他们越来越困难了，家属来矿也就越来越多。从农村来的青年矿工，也有在这里成家的。那密密集集的土房，整个说来，色彩是很单调的；但细细看去，单调中又见丰富，在它土灰色的背景上可以见到五颜六色的斑斓，因为在土房门前或院内，腈纶、的确良、色彩鲜艳的花布或织物随处可见；加上鸡鸣狗吠，给这片临时户住房平添了一股生气。矿工们给这里起了个名字叫“幸福村”，这也许不无嘲讽意味，但它无疑却是矿山上的重要构成部分。

昭远盯着那片土房，他愣神了。

“二十年前这里是一片荒坡。”他喃喃自语，“这绝不是矿山繁华的标志。当然，这些年也盖了不少房子。”

我说，二十多年前，老矿工毕竟不多；现在，矿工队伍的构成发生了很大变化，那时的中、青年矿工，如今已进入中年和老年了，可他们家属的户口还在农村。

他嘴里发出“唔唔”之声，我不知他在说什么，却见他拔脚要往那片土房走去。

“上哪儿？”

“去看个老工人。”

“谁？”

“陈世福。”

我心里一个“格登”。陈世福是吴冲队里的老工人，昭远要找他，莫非注意上了那个赫赫有名的劳模？一想到这里，我本能地产生了一种恐惧感，连忙拉住了他。

“你陪我出来散步，怎么把我扔下了？”

“一起去好不好？”

“我现在没有半点串门的心思。跟我走吧。”不由分说，我拉着他继续往前走去。

“这条马路算是修好了，”他指着脚下说，“那时候，到处坑坑洼洼。”

“就这点变化？”

“当然不是，”他指着巍峨的井架说，“多漂亮的新井！”

“还记得吗，我们那时下的是八号井。”我终于瞅住了一个机会，把他拉到回忆中去了，“我们第一次见面，就在八七四二工作面。那时，你是多么年轻，浑身像火一样燃烧着激情。”

他抬起头来，默默地注视着我：“我现在一定很苍老了……我没有照镜子的习惯。”

“你在我的心里是永远不会衰老的，”我用火热的眼光盯着他，“但愿你的心也永远不衰老才好。”

“哦，”他避开了我的眼光，默默地朝前走，“哀莫大于心死，心灵的衰老，总该比身体的衰老来得晚些。”

“有人虽然年轻，心却早已死了。”

“哦。”他点点头，大概表示同意吧。

“还记得吗，我们第一次见面，你就对我感到眼熟，说是好像在哪儿见过。”

又是一声“哦”，这是唯一的反应。

“你还说，我们的命运可以结成联盟；我的存在，使你感到了自己生命的意义……”

他的肩膀微微抖动了一下，却没有转过脸来，只是加快了脚步。

“你上哪儿去？”我追上他，伤心加上生气，使我的嗓音显得粗哑，还有点发颤。

“我要到医院看个病人，你愿意一起去吗？”

声调虽然平和，却能明显地感觉到他在压抑着激动。看来，我的任何努力都只能是徒劳，他已下定决心，要回避我的感情。但从他刚才的反应可以断定，他的心潭里绝非一汪死水，对我的感情并未泯灭。如果说，他刚归来时，因为二十年的睽隔，彼此互不了解，因此而对我疏远的话；那么今天，又是什么阻碍着我们爱情的复活呢？难道就是他一再提的那个问题：因为邵一锋对我俩的关系特别关心？

我跟着他来到医院，又跟着他走进一间病房。

我一眼就见到了他要找的那个人，不由得又吃了一惊。

我的吃惊是有理由的，因为他要找的，就是吴冲队里的检修工齐安军。完全可以肯定，昭远已经注意上了吴冲和他的采煤队。

一个奇怪的联想，条件反射似的从我的脑子里闪过：一个战士发现了布雷区，他想拆除地雷上的引信，使其无法爆炸；但他首先必须跨进雷区，他有可能踩上地雷……

“好点吗，小齐？”昭远急步走过去，握着齐安军的手，亲亲热热地在床边坐下，“年轻人有个好处，骨头受了伤，长出来也快。”

小齐发现我站在门口，欢快地喊道：“你怎么不过来呀，丁工？你和杨矿长一起来看我，我真高兴！”

我朝他笑了笑，就在门口的一张空床上坐下了；我相信，我的笑容一定是挤出来的，因为我实在没法子高兴：昭远不正在向布雷区走去吗？

齐安军是老三届的高中生，插队四年后被招到矿上，开始当采煤工，因为文化高、脑子灵，后来就当了检修工。当很多人对综采的液压系统还是一窍不通的时候，他却不仅熟悉了原理，操作要领也都掌握了。他读书很多，知识广博，和新老工人相处也颇融洽。好几次，工会和宣传科要抽他上去搞宣传或通讯报道，他都拒绝了，理由是不想离开综采。他思想开阔，能说善辩，对事物敢于提出自己的见解。不过，在队长吴冲眼里，他却是个不受欢迎的人物，原因自然不难理解：吴冲希望他的部下，像使唤工具那样顺手；而齐安军的脖子上偏偏长着自己的脑袋。工作上，他一贯强调对设备进行维修保养的重要性；在思想作风上，他公开反对吴冲对采煤队的家长式统治。他搬出老祖宗马克思，来论证人和生产工具的关系，社会主义制度下人与人之间的关系，主人与公仆的关系，等等。他曾在班前学习会上，举出许多具体事例，来说明林彪“四人帮”的流毒和影响远远没有肃清；说明拨乱反正的任务，对每个人来说都是具体的。这使得吴冲大为光火，在会下说“那小子借批‘四人帮’影射攻击我老吴”，但在会上又无法与他公开争辩，因为吴冲除了诈唬、骂人、呼口号的嗓门特别洪亮之外，实在是不善辞令，要说清一件事都很困难，理论上更不沾边。后来，这位劳模终于在“清查”中把他的检修班长撤了，理由是齐安军在“文革”初期参加过“红卫兵”，“造过反”。实际上，“红卫兵”袖章不过戴了两个月，因为他已故的父亲，矿上的一位副总工程师有“国民党残渣余孽”（参加过“三青团”，一般团员）嫌疑，他也就成了“革命对象”，在学校里被关三个多月，批斗数十次。至于吴冲自己如何在“文革”中“揭竿而起”，以后成了“群众专政队”的队员，这类事实倒似乎并不存在，存在的只是省、市劳模和由此带来的许多头衔。有邵一锋坐镇在党委领导“清查”，这些怪事都是可以想象的。但吴冲仅仅撤了齐安军的班长，并没把他调走，因为设备上有了事故，还得靠齐安军去整治。小伙子虽然受了委屈，工作上仍不马虎，一如既往地尽职尽心。只是碰的钉子多了，慢慢地也就变得沉默起来，年轻的娃娃脸上，竟过早地出现了三条沟渠般的皱纹。

昭远怎么这样快就和小齐熟悉了呢？我忽然想起几天前对幼儿园的那次造访。

这自然是昭远的建议，当时我们正从井口回来，他提出要去看看幼儿园。

幼儿园在变电所后面用土墙围起来的两排平房里。二十多年前，这里是矿保健站。由于年久失修，当年用每平米三十元钱盖起来的平房，房顶漏水，墙壁石灰和泥皮剥落；“文革”中被打碎的门窗玻璃，至今也没有安配起来，这里糊着纸，那里钉着木条；由于土墙倒塌，院子里的滑梯、秋千等早被糟坏得不能使用。但往幼儿园送的孩子却不见减少。

园长是个解放前的师范毕业生，对幼儿教育有很强的事业心。但她的事业心和矿上的现实产生了直接矛盾：很少有领导记得矿上还有个幼儿园；幼儿园的困难无人过问，幼儿园的问题得不到解决。园长碰壁、失望，几次要甩纱帽退休，却又离不开那些孩子。

昭远突然造访幼儿园，很出这位园长的意外。她陪同新到任的矿长，里里外外地看了个仔细。

“你有何感想？”昭远结束“参观”后，问我。

“你想在煤矿找个模范幼儿园吗？”我说，“请别忘记，幼儿园办得如何，跟生产任务的完成并没有关系；上级只问你出了多少煤，完成多少进尺。”

“我本想在这段时间里，只是了解情况，不作任何发言的，”他凝视着顶棚上一圈圈赭黄色的水迹说，“看来我很难做到。”

他打了个电话，把总务科的科长和支部书记叫来了。

“幼儿园是属你们管的吗？”

科长和书记点点头。

“这里是干啥的？”

两人不知怎样回答了，互相把推诿的眼光投向对方。

还是书记的脑子来得快些：

“这是看娃娃的地方；职工把娃娃送这儿来，好放心上班。”

“把娃娃看住就行？”昭远的反诘里带着明显的揶揄。

“……”两人面露费解之色，那意思是：难道幼儿园干的不是这个？

昭远哭笑不得，但还是耐着性子说：“孩子们在这里要接受学龄前教育；矿山下一代人的素质如何，幼儿园起着很大的作用。好比盖房子，这里是挖地基、打墙脚……”

科长和书记不断地眨眼，好像他的话仍然费解。我觉得昭远是在做多余的事，难道一席话就能提高他们水平和境界？

“往近里说吧，”昭远还在不厌其烦，“现在强调计划生育。一个孩子，牵动上下左右几代人的心；能不能健康成长，他父母，爷爷奶奶，姥爷姥姥，叔叔姑姑，舅舅姨姨，在井上井下都惦记着，关心着，不是直接和出煤有关系吗！幼儿园的工作该不该重视？”

“该重视。”

“怎么重视？”

两人又用征询的眼光互相对视。

昭远摇了摇头说：“看来，你们是不会也不想管这个幼儿园，那就在两个月之后，交给教育科吧。”

科长和书记似乎松了口气。

“可有个条件：移交之前，必须把房顶漏水的地方修好，门窗玻璃全部补上，院子里的运动器具修好，围墙用砖重新砌上，再做二百套桌椅，孩子们上课要用。”他在一个小本本上写了几行字，扯下那张纸交给总务科长：“要划点钱，我批了。两个月之内，必须完成，到时候我来检查。园长同志，还有什么问题要尽快解决的吗？”

园长的眼里已经盈满一眶泪水，她激动地一摇头，两串眼泪便滚落下来。

出了幼儿园，昭远忽然一拍脑袋：

“糟糕！把个要紧事儿忘了。”

“要紧事儿？”

“我来找这位幼儿园园长，本是为了……”

“为了什么？”我不免一愣。

“算了，我直接找他吧。”

“你这一惊一乍的，到底是怎么回事？”

他笑笑，却什么也没有再说。

我现在明白了，他去幼儿园找园长，是为了做她儿子的工作。

她儿子不是别人，正是眼前病床上的齐安军。

齐安军由于钉子碰得多了，性格渐趋内向，疏远所有的领导，对昭远大概也不例外。

现在，他们却很快熟悉并且相互信任了，也许那位幼儿园园长的作用是不能低估的，虽然昭远并没有提起她的儿子。

我希望昭远在矿上多一些朋友，但齐安军是吴冲眼里的一颗砂子，昭远却偏偏……

上星期，齐安军和吴冲又爆发了一次冲突。起因是液压支架的油管跑液。小齐说必须赶快更换零件，吴冲说跑液并不厉害，不影响出煤。小齐说，油管一跑液，压力不够，支架支承力就减小，顶板压力不均衡，小事故会变成大事故。吴冲哪里肯听，牛劲一上来，便破口大骂："是我老吴指挥你小子，还是你小子指挥我老吴？你小子存心给我找碴是怎么的？给我滚一边去！"小齐不依，硬要更换零件。正在拉拉扯扯，因为顶板压力不均，一块石片从支架缝里掉下来，砸了齐安军的脚脖子……

现在，我把注意力集中在他们的谈话上。因同屋还有病人，他们的声音并不高。小齐说：

"……这个情况是确实的，可以说，是公开的秘密。"

"我想了解得更详细些。"

"可以找找陈世福师傅，……"

我的判断完全正确，昭远注意上了吴冲队！

我走过去，想打断他们的谈话；为什么会生出这个念头，我自己也说不清楚。

就在这时，我发现小齐的眼睛突然明亮起来，我回转头去，见门口站着一个姑娘。

"小茵，你找我？"我急忙返身迎上去，因为我正想找个机会脱身，并且把昭远拉走。

她不置可否地笑笑，脸上红扑扑的，鬓角沁出细微的汗珠。

我猛地明白了。真该死！刚才我明明看到了齐安军眼里那种突发的明亮，一个人的眼前要不是出现了太阳，他的眼睛是不会那么光亮的。不错，这个矿灯房里的姑娘曾跟我学过外语，这些日子也短不了找我请教，但她决不会尾随我来到医院的。

“大姐，我还没来得及告诉你，”小茵羞涩地用下颚微微朝窗前那张病床点了点。我这才发现，她手里提着一个网兜，里边有一个搪瓷盖盆，还有两只金黄色的香蕉苹果——初夏季节，她上哪儿买来这么新鲜的苹果！虽然只有两只，却足见这个初恋姑娘的心了。

小茵走向病床，大大方方地朝昭远点点头：“杨矿长，你忙，就不要常来看他了，有我呢。”

“当然，我的关心，比不上你的关心对病人更起作用。”昭远笑着说，“有你无微不至的关怀，做了病人也是幸福的。是不是啊，小齐？”

我见齐安军和小茵默默地对视了一下，又一起微笑起来。这甜蜜而会心的微笑，触痛了我心上的伤疤。难道过去我没有把这样的关心给予昭远吗？今天我不还在继续向他奉献这种赤诚的关心吗？为什么我从他脸上再也看不到那种曾使我心醉的微笑呢？从他刚才对两个年轻人说的话里，可以明显地觉察到，他的感情并没有枯槁，他明明是需要我的啊！

“大姐！”小茵一声呼唤惊醒了我，“你过来坐呀！”她拍拍床沿。

“不，那里应该是你的位置。”我也开了句玩笑，但心里异常凄楚。

“你俩的事儿，什么时候办呀？”昭远问。

“这个问题应该你先回答。”小茵取出网兜里的东西，“还等什么呀，大姐等了你——”

“送来什么好吃的？”昭远揭开搪瓷盖盆，“嗬，挂面荷包蛋，真香！”

“大姐做的比这还香，吃过就忘了？”小茵朝我眨眨眼，“说话吧，你们啥时候办？”

昭远搓搓手：“这项任务，还未排上议事日程。”

“等了你二十年还不够？从一个活蹦鲜跳的小姑娘，等成一个老太婆了！”小茵说到这里，可能觉得用词欠妥，抱歉地朝我笑笑。

“是变成个老太婆了，”我说，“老太婆还有什么可爱呢？”

一霎时大家都沉默了。昭远把眼光投向窗外，那里有一片殷红中带着金黄的火烧云。二十多年前我们相爱的那段生活，就像这片绮丽的火烧云吗？一旦日落西山，它那绚丽的色彩就会被夜色吞噬；可是，明天这时候它又会出现。我们那相爱的过去呢？

“等待是靠希望来支持的，”齐安军手里摩挲着香蕉苹果，眼光射向天花板，“即使这样，等待也是难耐的，甚至是痛苦的。我爸爸去世得早。每天傍晚，七岁的我带着四岁的弟弟，倚门翘首，等待妈妈下工回来。我和弟弟等呀，等呀；等待中的时间，一分钟决不是六十秒……可是丁大姐等了你二十年！”

两滴眼泪无声地掉落在衣襟上，我转身轻轻走出了病房。

哦，只有挨过冻的人，才知道冬天的漫长，阴冷的难耐！

而昭远在这二十年中，就没有对我的等待吗？既然等待是靠希望支持的，那么，他就没有再希望和我重见？

我决定把他扔在那里，自己回宿舍去。但他赶上来了，和我并排走着。

“你把两个年轻人吓着了，”他轻轻地说，“在他们面前怎么能任性呢？况且，旁边还有病人！”

“我没有你那样的修养，”我赌气说，“真不知道在你的心目中，我还有没有位置？”

他似乎轻轻地叹了口气，就再没说什么，默默地在我身边走着。

西边的大山，已经衔住了大半个夕阳，薄薄的雾气从山下的田畴上升腾起来；头上，蓝色的天宇却分外明净，几只归鸟扑扇着疲倦的翅膀，投向不远处的一片树林。我不由想起，自己的归宿究竟在哪里？身边这个人和我靠得那么近，又觉得那么遥远！

我踅向了一条小路。小路又爬上了一个山岗。

怎么走到这儿来了？哦，并非习惯使然，这里正是我今天散步的目的地。

山岗上长着一丛丛茂密的野玫瑰。春天早已逝去，它们的花期也已过了，最后凋落的几片花瓣，已经褪尽了艳丽的色彩，像黄褐色的破纸片，粘在树下的泥土上；但抖落了花瓣以后，新生的枝条却非常精神地向上滋长，绿叶肥厚，一片葱茏。

二十年来，除了关在“牛棚”里和去农场的那段时间，一年四季，我常常漫步来到这个山岗。这原因，昭远应该是很清楚的。我注意着他的反应。

他在一丛野玫瑰前站住了。他的眼里流露出伤感，显然，他还没忘记这个地方……

昭远在大山那边的山村里下放锻炼的时候，这条小路是他往返必经之地。一个暮春的傍晚，他风尘仆仆地出现在我屋里，手里高擎着一把粉红色的野玫瑰。

“给你！”他双手捧着献给我。

“哪儿来的？”我惊喜地上前去接。

“回来的路上，有一个山岗……”他孩子气地等待我的夸奖，“喜欢吗？”

“喜欢！”我深深吸着花上散发出的清香，又加了一句，“你给什么我都喜欢。”

他高兴地跳起来拥抱我。

我把笔筒里的零碎倒出来，装上清水，权充花瓶。

一丛盛开的野玫瑰，端端正正摆在我的床头。小屋里弥漫着浓郁的芳香。

“快洗洗脸！”我给他打了一盆水。

他却把手抄在背后，坐着不动。

我觉得有些异样，走过去掰他的手，才发现他的手上有多处刺伤，有的还在往外渗血。

“看看！看看！”我大惊小怪地嚷起来，“就为了折这几枝花！”

他傻呵呵地冲着我笑：“不值得吗？我是为你采的；当时并没觉得疼，真的，一点也不疼！”

我亲着他手上的伤口，幸福的眼泪滴落在他手上。他仿佛全身颤动了一下，便低下头来，轻轻吻着我的头发。

我忽然想起，刚才接花的时候，我的手为什么没挨刺呢？我从笔筒里拔出花来，才发现花枝下端，那些尖利的硬刺都被掰掉了，因为他想到我会伸手去接……

这就是我的昭远！

他在矿上住了两天，又回到山村去了。但那丛野玫瑰却在我屋里开了很久。它并不娇嫩，有点水就不枯不蔫，直到花枝上最后一个蓓蕾都开过了，枝叶还很有生气。

后来，我终于沿着小路，找到了开满野玫瑰的那个山岗。我在花丛中徜徉，我在花丛中寻觅，终于找到了昭远为我折枝的那株花树。我弯下腰去细细察看，那断枝上还残留着密密的紫酱色的硬刺，硬刺上仿佛还染着昭远手上的血迹！

…………

昭远还在那丛野玫瑰前站着。这是当年他折枝的那丛野玫瑰吗？二十多年前的花枝，早已枯败断裂，在泥土里腐烂成了肥料，但在它的上面又长出了一茬茬新的枝条，年年把芬芳的繁花献给春天；难道我们生命的春天却永远逝去了吗？

“小丁，你为什么要把我引到这儿来呢？”昭远转过身，痛苦地向我喊道，“二十多年前的生活，再不可能重现了，我们面对着的生活是多么严峻复杂啊！”

我木然而又无言地站在那里。

他一步步向我走近，两手搭在我的肩上，用深情的眼光凝视着我。

我鼻子一酸，就扑到了他的怀里。

…………

我们走下山岗时，矿区已经灯火通明。

我的脚步，像我的心情一样欢快；但昭远的步子仍很凝重，是不是那个该死的问题又在折磨他了？真的，邵一锋为什么对我们的关系那么热心呢？

快到昭远办公室的时候，从阴影里走出一个人。

“杨矿长，我等你好久了。”

“找我有事？”

“无事不登你的三宝殿，你先看看我的手！”

这是一只伤残的手，食指、中指、无名指都短了一截。

这个人说他叫钱四，曾经是矿上掘进队的工人。一次在巷道里装车，巷道有坡度，他在车轮下打了个“眼儿”；车装好了，他去撤“眼儿”，没来得及缩手，重车就滚动了，一下子被切断三个手指。出院后，他回到老家去养息。一九六二年精简压缩时，竟被矿上除名了。现在，他回矿来要求落实政策。

“杨矿长，你可得给我作主呀！”钱四晃动着他伤残的手说，“矿上这样处理我，是违反政策的。”

昭远说：“当时你为啥不提意见？矿上不理，向上级申诉也可以嘛。”

钱四说：“那当口，矿上正精简压缩，我向谁申诉去？咱平头百姓，说话有啥分量？你这个大工程师，还是党员，受了冤不也只能忍着？”

昭远“哦”了一声。

“杨矿长，你说我这事该不该解决？”

“找工资科去吧，这事具体由他们承办。”

“他们让我找你，有你一句话就行。”

“我的话就那么值钱？”昭远不以为然地说，“我需要了解一下情况。”

“还要了解啥哩，杨矿长？”钱四又把缺指的手，伸到昭远鼻子下，“这不比啥都说明问题？好端端的手，丢了指头，媳妇差点和我打离婚。人们都说，你杨矿长最疼工人，你就不疼一疼我钱四？我上有老母，下有四个孩子；庄稼活干不了，做买卖又做不成，你知道我这十几年光景是咋过的？不瞒你矿长说，和讨吃要饭也差不离儿。如今党又有了好政策，你这样疼工人的人又回来当了领导，杨矿长，有你一句话，工资科就给我解决问题了！”

盯着钱四断指的手，昭远的眼光里流露出同情，他点了点头说：“这事我记住了，你回去吧。”

钱四不仅能说会道，而且颇为老练：“你让我回哪儿？如今领导办事，总好说‘研究研究’，莫非你也这样？”

“我让工资科给你办就是了。”昭远说，钱四的话分毫没有惹恼他。

“你再说句话吧，让我住招待所。”

“你现在住哪？”

“我还有啥地方可住？像狗一样，圪蹴在老乡家的炭房房里。”

昭远掏出笔记本，扯下一页纸，写了几个字，塞给钱四：“去招待所吧。”

钱四千恩万谢走了。

我对昭远说：“这人来矿上可有些日子了，他们为什么不解决，要推给你？你可要了解了解情况再说。”

“我不能对工人的痛痒漠不关心。”昭远一边说一边走进办公室，拿起电话，要总机接到工资科科长家里。电话上，他叫科长把情况了解后，尽快解决钱四的问题，然后把结果向他汇报。

打完电话，他往桌前一坐，双手支着脑袋，一言不发。

从山岗上带回的一点愉快，完全被那个钱四冲跑了。我说：“你不能这样，昭远！为这么点小事就生气，你是气不完的。”

“这是小事？”他捶着桌子说，“对群众如此不负责任，根本就不配当共产党的干部！”

这已完全不是站在野玫瑰丛前的那个昭远了。为了转移他的情绪，我避开他冷峻而烦躁的眼光，惴惴地把一杯茶端到他手里：“明天调度室那个会议，邵一锋要是让你说话，要不要做点准备？”

“准备什么？我清清楚楚告诉过邵一锋，只带两只耳朵去！”

他把茶杯往桌上一蹾，在屋里踱起步来。

我的老天！今晚他的情绪不可能好转了。

我真恨那个钱四！

第七章

精心安排的调度会兼欢迎会。那人擅长主持会议，曾自诩是吃“政治饭”的。

我怎么也没有想到，参加调度会的竟有一百五十多人，把个井口会议室挤得满满腾腾。矿党委委员、矿革委委员、各职能科室负责人和区队负责干部，几乎都到会了。毫无疑问，在飞狐岭矿的历史上，这是规模最大的一次调度会议。

会场显然是经过认真布置的，主席台上铺着雪白的桌布，还摆了盆花，放了烟茶。矿上的主要负责人已经落座。邵一锋旁边，居主席台中心的那个座位显然是留给杨昭远的，但新上任的矿长却不见踪影。

平常，调度会开始前的那段时间，会场上是十分热闹的。会议的主要参加者是区队干部，他们成天和火药雷管打交道，说话嗓门大，又好动手动脚。他们和工人在一起时，往往要保持一种领导身份，所以话语不多，颇为矜持；同等职务的人碰在一起，没了身份的界限，各人的本色便都显露出来。他们的性格中，并不缺乏活泼，而且还喜欢来点恶作剧。仿佛需要找个机会互相寻寻开心，调度会开始前的那段时间，就成了难得的好时机。抓住对方的什么把柄，包括夫妻关系，捕风捉影的传闻，甚至一点不明显的生理缺陷（比如脸上的几粒麻子，后脑勺的一个肉瘤，耳垂上长了一块赘肉，过于肥胖或者过于消瘦，等等）都可以大做文章；如果发现有人带了好烟，那顷刻便会被搜出来瓜分……

今天会场上却显得颇为异常，也许是机关干部来了不少，矿上领导又端端正正坐在主席台上，下面除了交头接耳，竟听不到一个大嗓门。这绝不是一次通常的调度会。

在今天的大会上，邵一锋会有一番什么表演呢？这位当年曾自诩是吃政治饭的人，在某些方面确是不乏才能，比如主持一个大会时，他能像一个温度调节器那样，控制会场上的温度和气氛。现在他正端坐在主席台上。眼前的场面，使我想起了当年他主持的批判昭远的那个大会……

为了吴老明的事故，昭远在局矿奔走，要求查清事故发生的原因，从中吸取教训，把井下安全切切实实抓起来。

这次事故在全矿引起的反应十分强烈。有大声表示愤慨的，也有私下悄悄议论的；少数人不明事故真相，以为真是昭远的失职，但多数人根据邵、杨平时的为人，早就清楚事故发生的原因和应该承担责任的是谁。由于这次恶性事故的刺激，工人的生产情绪也受到了影响。矿领导着急起来，感到这次事故非同寻常，应该抓紧处理。

不言而喻，邵一锋受到的压力也越来越大了。形势的发展，很出他的预料；他对事故的解释已无法改口，只能咬住昭远不放。最好的办法，当然是把事故拉到“大是大非”问题上来处理。他召开各种党内会议：小组生活会、支委会、支部会、总支扩大会，等等，让昭远检查对“大跃进”的态度。他预先布置了几个人，在会上对昭远围攻，扣一些吓人的大帽子。昭远自然不会就此屈服，于是，批评变成了批判，检查变成了交代，会议的火药味也就越来越浓。

我如坐针毡，预感到一场灾祸就要降临，神经紧张得快要绷裂。

我去找党委殷书记。

“这场斗争已超出了事故本身，”殷书记说，“杨昭远同志是个共产党员，却站在和党对立的立场上来说话，这是不能允许的。当然，我们还是想挽救他的，他还年轻嘛。”

我讲了自己对昭远的理解。我说他的动机毫无疑问是纯正的，他对党的事业是忠诚的，他对工人的感情是深厚的；他可能有点急躁，但是……

“事情并不像你想象的那么简单。”殷书记打断了我，“社会主义革命在向纵深发展，有人的脑袋还留在民主革命阶段，他们对生活中出现的新事物有一种本能的抵触，自觉不自觉地站到了党的对立面。我们讲动机和效果应该统一，杨昭远的奔走呼号——我不说他上蹿下跳，已经在一部分群众中产生了混乱，其效果还不清楚吗？他这人身上早就有一种危险情绪，这很可怕。我们希望他能悬崖勒马，但这仅仅是我们的愿望。根本还在于他的态度。你可以帮助他，但决不能丧失立场地给予同情；在大是大非的斗争面前，用感情代替原则是不行的……”

听说，明天要召开机关全体党员大会，先让昭远检查，尔后对他进行批判帮助。这是决定他命运的一次会议，如果他转变态度，“悬崖勒马”，承认错误，他将得到“挽救”。

我赶到宿舍去找他。

我在奔跑。我感到心在紧缩。

我明白殷书记话里的意思，“这场争论已超出事故本身”，没有比这更为明白的暗示了。把这场争论引入政治斗争的轨道，邵一锋已经在这样做了，这是他的拿手好戏，他由此已从事故上的被动而变成了主动。局面的急剧发展，使我看到了昭远脚下的悬崖。我不能让他被张着大口的灾祸吞噬，我要尽力来拯救他，唯一的办法是劝他改变态度，承认“错误”。我这样做当然是违心的，也是十分痛苦的，但舍此还有什么办法?

他正在宿舍里看书。见我进去，用秋水般明澈的眼光，含笑地看着我。

他的平静使我吃惊，却减不去我半分不安。我问：“明天要开大会?”

“已经通知我了。”

“你准备——?”

“如果给我时间，我还要在会上说说我的看法。”

“还是坚持你的观点?”

“这并不是我的观点，”他瞥了一眼桌上几本书，那是《共产党宣言》和两卷《马克思恩格斯选集》，“在我没有认识到它错在哪里以前，我不能放弃。”

“昭远，你听我说，”我扑到他身旁，“我知道你是对的，我不该劝你做违心的事，但是……”

“出去走走吧，”他制止我说下去，“我们好久没在一起散步了，小丁!”

我不能拒绝他的要求；也许，在散步时心平气和的环境中，我的劝导更能被他接受。

我们走出矿区，走上通向西边山谷的那条小路。

季节刚过“白露”，傍晚七点来钟，暮色已经溶去了屏障般的山峰的轮廓；山脚下有座村庄，灯光星星点点，时隐时现；从那里传来了狗吠声。

一直默默地走着的昭远突然站住了，那灯光和狗吠声似乎使他沉思。

我忽然想起，昭远有一次对我说，他小时候最怕狗叫：深夜里突然响起的狗吠声会使他心惊肉跳。那时候，张荫梧部下有几十个散兵游勇，在他家乡流窜。这些兵痞比土匪还凶，明抢暗偷，打家劫舍，掳人绑票，什么坏事也干，连他们这个穷教员的家也未能幸免。有天深夜，一阵狗叫之后，几个兵痞闯入他家，把父亲绑在柱上，用匣子枪顶着他的脑门，逼他交出“袁大头”来……难道，现在的狗叫声还能引起他的条件反射吗？

“你在想什么？”我惴惴地问。

“你看！”他指着村庄里时隐时现的灯光说，“这里用的还是高脚油灯，灯捻子很细，那还得晚上有事才点……”

“听说，矿上要帮他们把电拉过去。”

“我真希望，我们能在一个早晨越过几十年的时光。”他向往地说，“有位诗人这样说：‘为什么我的眼里常含泪水？因为我对这土地爱得深沉……’”

在薄暮中，我见他眼里闪动着什么。

我完全了解他此时此刻的心情，说他对党和人民的事业不忠诚，这绝对不是事实。我真想抱住他大声说：“昭远，我了解你啊！”

但我非但不能对他倾吐我的心声，反要劝他改变自己的执着，按照别人的口径来检查自己，我觉得自己的心头在滴血。

他没有注意到我的激动，还在盯着那时隐时现的灯火："为了培养我们，人民付出了什么？三十个农民一年的劳动，才能供一个大学生在校学习一年……人民应该是我们的上帝！"

他的脸上闪着一种薄光，我发现他在流泪。我忍不住扑到他的怀里，紧紧抱着他，浑身战栗。

"我不是要求你放弃自己的信念，"我呜咽着，"为了度过眼前……你，你就说几句违心的话吧！"

他抚摩着我的头发，良久无言。

"答应我，昭远！"

"不要这样要求我，小丁！"他沉重地说，"实事求是是我们党的根本原则，也是人民的根本利益所在；谁要是为了某种目的，践踏这个原则，党员就该起来斗争！"

"这在当前已经不是什么偶然的、个别的现象，你一个人能顶得住？"

"我并没有这样高地估计自己；我只是一根火柴，燃起来，也许很快就会熄灭，如果别人从我微弱的火光中，照见一点什么，感到一点什么，我就很满足了。"

"你不应该是一根火柴，对我说来，你应该是一盏不灭的长明灯！我不能离开你，不能没有你！"我摇动着他的肩膀，哀求着，"如果你出了事，就将离开矿山，你能丢下顶板不管吗？工人们希望你在矿山干下去，你也曾说过，我们要永远在一起，为人们采掘光明和温暖；难道你忍心丢下我和矿山？答应我，暂时受点委屈……"

他捧起我的脸，久久地端视着；忽然，低头亲了亲我的泪眼，长叹一声：

"回去吧，夜凉了。"

"你还没有给我答复。"我执拗地站在原地。

他苦笑了一下。

我们相对无言，站着。

“你有没有发现，我们身上有很多的盲目性？”他忽然说，“我们总认为生活中的事情应该怎样，不应该怎样；凡是符合我们所认为的‘应该’或‘不应该’的，就觉得可以理解，可以接受；反之，就觉得……船行大海，不会日日风平浪静，甚至遇到风暴会翻船。你，”他亲切地盯着我的眼睛，迟疑了一阵，仿佛要说出下面的意思很是困难，“你……有翻船的准备吗？”

“不，不，”我一把抓住他的手，“我没有那样的准备，我们不能让它翻了；我的船就是你，你是我在生活大海上的唯一依托……”

“我也并不希望它翻，”他说，黑暗中，他的眼光直射我脸上，我感到那眼光里有一种严峻，有一种沉重，有一种悲凉，“但是，意外的情况是可能出现的，小丁，你我都应有点准备，不要到时候手足无措。”

他紧紧握住我的手，严峻、沉重、悲凉的眼光在一瞬之间又变得无比温柔。

“哦，小丁！”

他就这么酸楚地喊了一声，便什么也不再说了。我分明听出这一声里带着泪音，它包含着多少倾吐不完的情愫？又含包着多少难以表达的辛酸？痛苦、惊惧和压抑，使我感到无法自持了，但为了不增加他精神上的重压，我还得拼命控制自己。我说：

“昭远，你一定要答应我，我们的小船，要找一个避风的地方，暂时停一停。昭远！……”

“让我好好想想。”

归途上，他又是一路沉默。我不忍再去触痛他受伤的神经，只是傍着他默默走着。

快到宿舍楼了，突然，电线杆后面飞来一块石子，击在昭远的前额上。有条黑影一闪不见了。

路灯光下，血从昭远的指缝中滴下来；我慌乱地掏出手绢，给他按住伤口。血不停地流。我急忙扶他往医院走去。

“我和人结上冤了。”昭远说。

“可能会是谁呢？”我的脑子里，刚才那条神秘的黑影一闪而过。

“好像是个孩子。”

这是纯粹的恶作剧，还是别有用意，我也顾不得去仔细想了。

从医院出来，在一株开始落叶的槐树底下，他拉住我的手说：“我初步决定，接受你的劝告……”

我高兴地扑上去亲他，流着泪说：“我知道你很痛苦。只要能为你分担一点痛苦，我什么也愿意做。”

“我觉得非常疲劳，我要睡觉。”他说。

第二天，在井口会议室里召开的批判大会上，主持人邵一锋慷慨陈词。他在发言中特别强调：“我们和杨昭远的分歧，已不在事故本身。他说我们社会主义国家不关心工人的安全。他一贯以工人的代言人的面貌出现，好像我们党不代表工人利益，为此他需要为民请命。这才是我们和他分歧的根本实质。”当然，邵一锋还没忘记作一点声明：“我并不推卸在吴老明事故上的责任，相反，我要承担一个领导必须承担的责任。在采煤一区，即便一个工人碰破了手指，我这个区长也是有责任的。我愿意接受组织给予的任何处分……”

邵一锋的声音震得我耳膜发疼。反右运动刚刚过去，种种印象在人们的脑子里犹如昨天，在这样的情势下，他发言中的火药味，足以使神经脆弱的人失魂落魄。但坐在会场前面那个特殊位置上的昭远却仍然镇定从容，他那深沉明净的眼光不时从会场上掠过。有几次我们的眼光接触了，他好像微微向我点头，还露出只有我才能觉察到的微笑。这瞬间的微笑是在鼓舞我坚定，还是叫我放心？

邵一锋在结束他的发言：“杨昭远同志可以在这里继续陈述他的观点，我们将洗耳恭听！”

邵一锋刚坐下，会场上便有人跳出来，命令昭远回答“实质性问题”，要他承认是借事故攻击社会主义，反对三面红旗，要他承认为民请命是把矛头指向党。

昭远痛苦地低下头去了，下面的口号却越来越响。

昭远站起来了，我的心怦怦猛跳。我只希望他记住昨晚的诺言，安然度过这决定他命运的时刻。

“邵一锋同志不承认收到我去局里以前交给他的支柱规程，我也无法找出第三个人来证明，因为这是发生在我们两人之间的事情。作为一个技术干部，没有管好顶板，使工人付出如此惨痛的代价，给我任何处分都不过分。但是，吴老明的胳膊再也不会回到他身上了！”昭远的声音突然变得沙哑起来，“我们一定要切切实实地进行总结，从中吸取教训。”

“交代实质性问题！”下面有人喊，“交代你的反党动机！”紧跟着又是一阵口号声。

他抬起头来，眼睛里闪着火花，显然他准备接受挑战。我的心又猛跳起来。

“为人民服务是我们党的最高宗旨；除了人民群众的利益，党没有自己的特殊利益。”他的声音高昂起来，“如果认为给群众说话就是把矛头指向党，把党和人民对立起来，这本身就是篡改我们党的性质。一个领导，一级党组织，工作中可能有偏差；党员提出自己的看法和意见，是正常的，应该被允许的。有人为了放‘卫星’，不顾井下的自然条件，不管工人的安全，把工人当作可以任意支配的工具和手段，这是不能允许的。马克思说过，‘任何人类历史的第一前提无疑是有生命的个人存在’；一切为了人民，是我们所有工作的出发点和落脚点。我们应该从这样的高度来认识事故，定出措施，逐步减少和消灭事故；也应该从这样的高度，来检验我们的一切工作……”

啊！我又看到了那两条燃烧着理想和献身向往的灼热光柱。

他终于没有后退!

在他说完之后，殷书记和别人又说了些什么，喊了些什么口号，我都没有听清；我只有一个感觉，昭远已经跌下了悬崖。我的眼前一片漆黑。

…………

外面在下雨，是恼人的淅淅沥沥的秋雨。

我像一具僵尸那样躺在床上，通身的经络断了，骨架散了。

我的生活中到底发生了什么？我们的生活进程即将发生什么样的变化？我无法回答自己。我的脑子里一片混乱。

忽然，我从床上跳起来，奔出宿舍，奔进了绵绵的秋雨之中；我的脑子里只有一个念头：昭远这时候一定非常需要我，我应该在他身边……

我一口气奔进了他住的那座楼。

昭远不在屋里。桌子上还摊着打开的《马恩选集》，有些地方用红笔划着粗粗的杠杠。

我走到窗口，见路灯光下，有个人在雨中踯躅。

“昭远！”我含着泪音，向楼下喊了一声。

他抬头向窗口看了一眼，又转身踱起来。

雨越下越大，他踱步的节奏也快了起来。

“昭远！”我又对着雨中呼喊。

他没有理我，仍然在急步踱着。

忽然，他刹住了脚步，像一段木头直直地矗立在雨中。瓢泼大雨冲浇着他。

他这是在干什么？我的心里，朦胧地生出一种可怕的预感。

我见他拔腿往楼上跑来了。

他是冲进屋来的。

我面前出现了一个完全陌生的人。他的脸因为扭曲而拉长，龇着牙，耸着鼻，皱起的眉峰像两座小山，仿佛里边随时都会喷出岩浆；头发散乱地搭在额上，雨水正从发尖往下滴落；蜡黄的脸上肌肉抽搐，睁圆的眼睛里射出两道冰冷的光……这难道是我的昭远？

“你又来干什么？”他直着嗓子朝我喊。

可怜的人，莫非他神经错乱了？

“昭远，是我呀！”我流着泪向他扑过去。

“我知道是你！我还知道你来干什么！”他吼着，声音像冰那样冷。

“难道你连我也不理解了？”我哭着喊。

“够了！”他歇斯底里地叫喊起来，“我知道你怕受连累；你走，离我远远的，越远越好！”

“你在说些什么？”我惊恐得浑身发抖，“昭远，你在说些什么？你怎么这样理解我？”

“没错，我看清了，你就是这样的人！我被你的眼泪迷惑了，你关心的只是你自己！”他继续叫喊着，“我对自己的行为负责，决不会连累你的，请你尽管放心！”

我目瞪口呆。这突然发生的变化多么不可思议！我鼓起勇气，扑过去抓住他的手：“昭远，你听我说！”

他把我推了个趔趄：“我不听！我听够了！我再不需要你的关照。你给我走，这就走！”

我靠在墙上，差点昏厥。

他的眉峰在抖动，却依然用血红的眼睛瞪着我。我们相持着。

忽然，他恶狠狠地朝我扑过来，粗暴地摘下了我腕上的表，又把他手上的表褪下来，塞在我手里，吼道：

“物归原主！今后，大路朝天，各走一边，你我没有任何关系了！”

“不！不！这不是你的心里话！”我发疯似的扑过去，“相信我，昭远，我任何时候对你都……”

他竟重重地把我往后一搡，没让我说完。

我踉踉跄跄退到他的床边，扑下去痛哭起来。不管他怎样无情地对待我，我不能离开他呀！

“再对你重复一遍，丁雪君！”他还是用那种冷酷的声调喊道，“我们过去的一切，就此结束；今后，谁对谁都不负任何责任！听着，我的话绝对算数！”

我号啕大哭。

他却无声无息地出去了。

邵一锋他们原想用批判斗争来警告昭远，刹住他的“傲气”，免得他继续四处奔走，写信告状；没想到昭远不肯低头，毫无“认罪表现”，收不了场。结果，把他补打成“右派”，遣送去省局的一个农场。

临行前，昭远托人捎来一个小包，里边是我给他打的一件毛线背心，一双毛袜子，还有我给他买的几本书；和小包一起捎来的还有一句话：他讨厌我！今后，不许我给他写信，更不许我去看他。他没有给我留下一点他自己的东西。

当我从痛苦的麻木中清醒过来，我才明白，那天，他突然反常地对待我，是为了让我断念于他，因为他已预见到事情会怎样结束！这就是他在暴雨中作出的决定。

我完全明白了，他并没有误解我，他非常清楚，我苦苦哀求他绝非为了怕受连累（虽然在那些日子里我不断受到警告，要我和他划清界限）；那天，他的暴怒，他粗鲁的动作，他像锥子一般投向我的刻薄冷酷的话语，这一切，无非是为了让我误解他，恨他，以便减轻我在分离时的痛苦，使我能尽快地忘记他。而他这样做的时候，需要何等巨大的自制力！他是在往自己的心上捅刀子啊！我记得，他从我腕上摘表的时候，不仅手在抖索，而且全身在战栗……

我完全明白了，他不许我去信，不让我去看他，是因为相信我依然在热烈地爱着他，怕我因继续和他来往而受连累……

我失去他了；但是，没有任何力量能把他从我心里夺走！

他实践了自己的声明，我寄去的信件包裹都被退了回来。后来，听说他又被遣送到了另一个地方。

我们完全失去了联系。我只是在心里保留了他。

激流中的两朵浪花，被河床中的礁石碰得粉碎，变成了泡沫……

又是这个井口会议室，又是召开大会！突现在我视网膜上的依然是那个邵一锋。他端着白瓷茶杯，脸上既不绷紧，也无笑容；在这种场合，他很知道应该把什么脸色给予他的下属。他的眼光在会场上扫了两遍以后，显得有点不耐烦了，低头对坐在前排的办公室秘书说："找找杨矿长吧，他又在哪儿耽搁住了？"

"不用找，他来了。"门口有人喊。

我回头一看，昭远真的坐在门口，和两个区队干部聊天。

"老杨，到前面来呀！"邵一锋站起来了，脸上挂着亲切的笑容。

"我在这儿一样。"昭远说。

"那怎么行，坐前面来吧！"

"快开会吧，别管我了。"

邵一锋忽然抬高嗓子喊："门口怎么挤那么多人？让一让，杨矿长好进来。"

门口顿时让开了一条道。

昭远没有办法，只好站起身往前面走。走到前排，在秘书身边坐下了。

"你看你！"邵一锋走过来，用亲切的口气低声埋怨说，"叫人看了像个啥？你不是说，咱俩要拿出实际行动……"他终于把昭远安排在主席台正中位置上，便赶紧开场。

"今天这个调度会，大伙可能会觉得与往常不大一样。"他打个顿，脸上显得严肃，还带几分亲切，“杨昭远同志回矿工作了！本来，应该开个欢迎会，杨矿长不同意，说不要搞什么形式。我们应该尊重他的意见。可是，不欢迎一下，借此机会让他和大家见见面，我们总觉得有点说不过去，我自己尤其感到是这样。这几天，昭远同志天天下井，他急于要了解全矿的生产情况。他的工作作风是非常深入的，这一点，值得我和大家学习。今天的调度会上，大家可以很好地向他汇报一下，使他更快地全面掌握全矿的工作和生产情况。所以，今天这个会，既是调度会，又是欢迎会。”说到这里，他把眼光从会场上收回来，投向身边的昭远，笑笑说：“这是不是符合精简会议的原则呢，老杨？”

我见昭远在微笑着点头。

邵一锋好像很高兴，（难道就因为他的做法得到了昭远的首肯？我总觉得他的高兴大半是装出来的）眼光又扫向会场：

“我矿的老人对昭远同志并不陌生。他五十年代初期大学毕业，是北洋大学采矿系的高才生。一九五六年底就被提升为工程师。同志们，那时候的工程师可不比现在的工程师；当然，我这样说，并不是贬低现在的工程师。总之，那时候的工程师真可谓是凤毛麟角，获得这个称号是不容易的（我见昭远脸上的笑容没有了），但二十五岁的昭远同志却完全可以当之无愧，他被全矿和全局公认为是又红又专的青年专家（我见昭远在皱眉）。正当他朝气蓬勃，可以为煤炭事业大展鸿图的时候，一场强烈的政治风暴把他卷进去了，他受到了极不公正的对待。”邵一锋说到这儿，声音沉重起来，“这里需要说明的是，昭远同志受到这样的对待，我是有责任的。那时候，我也是个二十五六岁的小青年，思想上极其幼稚，对生活中的是非曲直，正确错误，缺乏起码的分辨能力，把昭远同志在生产上的一些正确主张，当成毒草来批判，伤害了他。”说到这里，邵一锋的嗓子沙哑了，他停顿了一下，仿佛要从痛苦和内疚中鼓起勇气，“昭远同志的这段遭遇，从根本上说是当时的政治潮流造成的，但我邵一锋作为采煤一区的区长，也有不可推卸的责任。我今天要当着大家，向昭远同志赔礼道歉！”

会场上鸦雀无声。邵一锋的话显然把大家打动了。只有主席台靠边坐着的吴冲，闷头抽烟，脸上毫无表情。

另一个脸上毫无表情的人就是昭远。当邵一锋当众给他赔礼道歉，并向他伸出手去的时候，我见他迟疑了一下，才把手腕抬起来。

邵一锋抓住昭远的手，紧紧握了一阵之后，语气中积蓄了更多的感情，声调变得高亢起来：“不错，我给昭远同志赔礼道歉，确实是真诚的，但这句话能有什么价值？昭远同志一生中最好的年华，已经被历史剥夺了。本来，他可以在这段时间里，为党为人民做很多有益的工作，作出很大贡献，这个损失，难道是赔礼道歉所能挽回和弥补的吗？现在，昭远同志又回到我们身边来了。我的兴奋和激动是难以形容的。我们一定要为昭远同志充分发挥作用创造条件。大家知道，在生产技术和管理上，昭远同志远比我内行，远比我有水平、有魄力。飞狐岭这几年生产和管理上问题很多，有些问题甚至可以说很严重，对此，我们不能抱不承认主义！”

会场上，多数人都面露惊讶之色；人们大概都没有想到，邵一锋竟如此坦率地当着杨昭远和与会一百多人承认这一点。过去，他不仅对上是讳莫如深，对下，也只是强调主流而不愿提及问题的。我看见主席台上的吴冲不仅惊讶，而且有点愤愤然了，他侧着脸，把一圈圈烟雾喷出去，好像要喷出他憋着的那股火气。

邵一锋一定注意到了与会者脸上的反应，语气很快就有了变化：“我这样说，并不是否定大家的工作，否定全矿八千职工辛辛苦苦为国家所作的贡献；特别高兴的是我矿有吴冲采煤队这杆不褪色的红旗，这是飞狐岭的骄傲！”

吴冲脸上似乎闪过一丝不易觉察的微笑。

邵一锋接着说：“杨昭远同志回来后，生产上这副担子就完全交给他了；挑这副担子，他绰绰有余。我相信，在他领导下，我矿现存的问题将逐步得到解决，吴冲采煤队这杆红旗也将举得更高，飞狐岭将以新的面貌在全局出现。我这样乐观是完全有理由的。现在，请代理党委书记、矿长杨昭远同志给我们讲话。”他带头鼓起掌来。

昭远在掌声中连连摆手。掌声平息后，他转脸对邵一锋说：“老邵，我刚刚回来，矿上情况根本不了解，我能说些什么？再说，我有言在先，今天只带两只耳朵来参加会议，你也同意的；既然如此，你得守信用哩！”

“不多说还不能少说几句？”邵一锋满脸堆笑，“大家热烈鼓掌，是想听你说两句哩。”

“那我就说两句。”昭远推开面前的茶杯，神情庄重地说：“过去的事情已成了历史；历史在我们的身后，而不在我们的前面；我们眼睛应该看着前面，我没有回过头去舔伤痕的习惯。不管什么人，也不管他过去在我的问题上态度如何，我决不会去计较，这算一句。第二句，搞好飞狐岭的生产，要靠全矿八千职工。煤矿工人应该是矿山真正的主人，决不是出煤的工具！八千职工，都能以主人的身份来工作和生产，以主人的身份来思考和监督各级领导的工作，矿山前进的脚步一定会加快。我也是这八千个中的一个，和大家一样，只有一头二臂，没有三头六臂；刚才老邵同志对我的介绍，颇多不实之词，我应该自己来更正。我这样说，绝不是否定自己的作用。作为矿长，我对自己职务范围内的事决不玩忽，行使自己的职权也决不马虎，请全矿职工来监督我。”

在昭远讲话的时候，邵一锋一直面带微笑，还不时轻轻地点头，他的整个表情，给人一种热情真诚而又气度豁达的感觉。吴冲还是在抽烟，抽完一支又续一支，当昭远说到“行使自己的职权也决不马虎”时，他撖烟头竟把烟灰缸撖翻了。看样子，他心里已经憋足了气。这当然不是好兆头。但会场上却出奇的安静，吴冲撖翻烟灰缸也没有分散大家的注意力。

“最后，我还有一个小小的建议，今后开调度会，或者其他什么会，不要设主席台。为什么要把自己和群众隔离开呢！再说，和群众坐在一起，比坐在上面让大家研究你的鼻子耳朵，不自在得多吗？另外，根据会议内容，规定每人的讲话时间，这样能减少废话，缩短开会时间。”

我看见吴冲扭了扭身子，鼻子里重重喷了几下粗气：他有点坐不住了。为了控制自己，他把两道恶狠狠的眼光射向天花板，好像决心不再听昭远讲话，却要认真研究一下天花板的图案似的。

昭远的讲话已经结束。邵一锋脸上的笑容有增无减：

“刚才昭远同志的讲话，真是言简意赅，是一篇很好的就职演说。”他竭力使自己的语调显得轻松，“至于我对他的介绍中有没有‘很多不实之词’，大家以后在和他共事中就可以作出判断，我不在这里给自己辩护。这几天，大伙对矿广播站工作的变化，反应很是热烈。这就是杨矿长拿出的第一手。我邵一锋为啥以前就没解决这个问题呢？真是自愧弗如啊！好啦，为了节省时间，现在就转入调度会议的内容，各家把自己的工作情况以及存在的问题，在这里向杨矿长汇报一下，有啥说啥，实事求是。按照昭远同志刚才的建议，今后开会不设主席台，现在大家退席，请杨矿长主持会议。”

我怎么也没想到邵一锋会来这一手。他不仅把生产上的全副担子一下子推给了昭远，而且在全矿领导面前表现出一种从善如流、雍容大度的气概，显得一切都无可指责。特别是提到矿广播站的事，究竟是为了说明杨昭远“来者不善”，今后少不得会对矿上的现有秩序一一开刀，以激起与会者的反感，并借此摆脱干系，说明广播站工作的变化与他无关，还是真心肯定昭远的这种做法。反正，这件事在全矿引起的反应确是相当热烈，赞成和反对的都不少。

“怎么，我回矿才几天，你就把我推上台来了？”昭远说。

邵一锋笑着按住昭远的肩，亲切地说：“这是你职责范围内的事，我怎么能够僭越呢？今后，飞狐岭唱主角的，应该是你呀！”

吴冲第一个踏着愤怒的脚步走下主席台，走到后排，找了个空隙挤进去。

邵一锋和其他几个领导，也走下台来，前排几个人赶快让座。

昭远扫视了一下会场，看了看手表说：

“上午，还有两个半小时，先请采煤一区、二区、三区和工程区、掘进区的区长，谈谈生产情况和存在的问题，每家半个小时；下午，请通风区、运输区、机电科、综采办公室、安检站、材料科等几个单位来谈。你们谈，我听，对问题不作研究，所以，不能算作是调度会，算个情况交流会吧。老邵，你看怎么样？”

“可以，可以。”邵一锋连忙点头，再次强调说，“反正，是啥说啥，有啥说啥。”

我简直给搞糊涂了。邵一锋今天为什么一再强调要有啥说啥呢？这完全不是他习惯的做法。当然，我也想过，飞狐岭这几年在生产和工作上存在许多问题，有些问题相当严重；昭远对煤矿工作是内行，你不说，他下去看看就能发现，在他面前，这些问题是无法掩盖的。但邵一锋在昭远面前为什么表现得如此谦恭呢？

那天上午，采煤三个区和工程、掘进两个区作了汇报，问题摆出了一大堆。昭远闷头做笔记，脸上竟没有表现出丝毫惊讶、担心或气愤的神色，好像一切他早已知道，或者早在意料之中。我留意邵一锋的反应，在汇报者谈到存在的问题时，他似乎显得心情沉重；在谈一般生产情况时，他似乎又显得十分轻松。也许，他心里真是感到轻松的，因为他把全副担子连同数不尽的问题、麻烦和困难扔给了昭远，按他的说法，他要专心致志地抓他的政治思想工作了。但我又不相信他会真的感到轻松，昭远的归来，在他的生活进程中将起什么作用，他心里一定是非常清楚的。

第八章

她做梦也没想过竟会双双去赴宴。主人却把五粮液当水给愣货喝。

星期天，邵一锋竟然要请我们吃饭。

“去不去？”昭远征求我的意见。

“不去！”我断然说，“好朋友在一起，吃饭本是很愉快的；和他在一起，吃山珍海味也会味同嚼蜡。”

“打打牙祭也好嘛，”他笑着说，“退一步说，又在一起共事了，彼此增进点了解，也不是坏事呀！”

“要去你去，反正我不去！”

昭远瞪大了眼看着我。

这样拂他的意，在我还是第一次。原因是二十一年前邵一锋曾请我喝过一次酒，那场面现在想起来还使我怒火中烧……

昭远下放农村三个多月了，我对他的思念与日俱增。为了躲开邵一锋，晚饭以后，我常常离开宿舍，走出矿区，在通向西面山谷的那条路上踽踽独行。东西方向绵亘的这座大山，分隔着我和昭远。我常常凝视着那骆驼背脊似的山峰，久久地陷入冥想。夕阳下山了，它的余辉却把西山上面的天宇染成一片橘黄色，越往上颜色越浅，最后和头顶上深蓝的天空浑成一色。一片狭长的云，在橘黄色的天幕上缓缓游动，就像一只解缆的帆船，在海上轻轻漂浮。神秘的船啊，你往哪儿游弋？你能载我去到昭远身边吗？哦，他离我并不遥远，只要我能化成一只鹰，甚至是一只小山雀，飞上那高高的峰顶，就能看见他了。我在寂寞的思念中唱起歌来，一遍遍唱着昭远喜欢的《三套车》，歌中那匹可怜的老马竟使我落泪了。“深深的海洋，你为何不平静？”这是我喜欢的南斯拉夫民歌；异国的姑娘对着大海在唱，而我却对着大山在唱我的忧郁、我的思念。

没想到邵一锋会在通向山谷的路上找见我。

“你在思念老杨，”他黯然地说，“被一个人思念着是幸福的，我真羡慕他。”

“让我单独走一会儿吧。”我说。

“我也很孤独，请不要把我从你身边赶开。”他央求道，“我对你绝对不抱恶意。”

我还能说些什么？我们都默默地站着，把眼光投向晚霞逐渐消退的天边。

“你就不能对我说些什么？”他不无怨恚地说，“我并不反对你和老杨的感情，我只希望你把我当成朋友。”

“同志都是朋友，”我冷冷地说，“请回去吧，我要再走一会儿。”

“这地方很空旷，我不能把你扔在这里。”他说，“夜凉了，回去吧，我还有点事儿请教你。”

回到宿舍，同屋的人又上夜班；桌上却放着两个罐头，一瓶玫瑰葡萄酒和一小瓶汾酒。

“今天是我的生日，”邵一锋说，“请你和我一起喝一杯，祝贺我一下，可以吗？”

他常常用这样的办法，把不出格而得体的既成事实强加于我，我毫无办法。我说：“我是不喝酒的，但我可以对你的生日表示祝贺，祝你生日愉快！”

“愉快？嘿嘿，是很愉快，愉快得很！”他一边开罐头一边说，

“我请求你喝一点葡萄酒，只喝一点儿，算是给我的面子，可以吗？”

我无法拒绝他这点要求，只能端起杯子。

“你给了我莫大的荣耀，我深深感激你！”他和我碰了杯，把一杯汾酒一口喝下去，“来矿以后，我第一次和一位女同志在一起过生日，我要喝个痛快。”

我把喝干了的酒杯倒扣在桌子上。他没再勉强我，一个人自斟自饮，竟把一小瓶汾酒喝光了。

他醉眼蒙眬地看着我。我感到惶恐，几次要他回去，他却坐着不动。我没法把他架走，而同屋的人离下班归来还早。

“请让我在这儿坐一会儿。”他可怜巴巴地说，一边又往杯子里倒葡萄酒；我去夺他的酒瓶，他却怎么也不撒手，“你低估我的酒量了；干咱煤矿这一行的，就讲究大碗喝酒，大块吃肉。”

我一筹莫展。

“你对我太不公平，小丁！”他的话多起来了，“你一到矿上，我就对你刮目相看。凭良心说，矿上的女同胞并不算少，但从来没有一个姑娘使我感兴趣。只有你，从天上掉下来的丁雪君，使我一见倾心；我崇拜你，愿意拜倒在你的石榴裙下……”

“不许再喝了！”我冒火地说，“我不要听你这些胡言乱语。”

“好，好，好，喝完这一杯就不喝。”他又来了个杯底朝天，“我知道，你瞧不起我；在你眼里，杨昭远是天，我是地。不错，我这人，有点不够意思，也可以说，有点不是玩意儿……”

他显然醉了。我想跑到楼下去叫人，他却张开手拦住我，把我按在凳上。

“我承认自己不是玩意儿，还不行？”他突出两只血红的眼睛，“我吹牛拍马，顺风扯篷，靠这往上爬，还不行？我向你承认，我妒忌杨昭远，这小子事业上得志，爱情上顺利。可他还得听我的！他一个书呆子，自己主不了自己的命运；而我……”他又倒了一杯葡萄酒，一饮而尽，“我却能主宰他的命运，你信不信？走着瞧！我就不懂，你为什么不和我好？我愿意做你的奴隶，你可以用鞭子抽我；我要是哼一声，就是王八蛋，王九蛋也行！”

我无法忍受了，抓起他的酒杯，“叭”地摔在地下：“你给我出去！”

“嚷什么呢，小丁？不要剥夺我喝酒的权利；我……我今天特别高兴。”他把我那只空酒杯又拿过去，“听我说，我不是坏人；我在业务上没本事，就不许我有别的本事？我吃政治饭！你懂什么是政治吗？你当然不懂，所以你很危险，你需要有人保护。我，我愿意做你的保护人，做你的骑士，忠实的骑士。”他站起身，摇摇晃晃地向我走来，重浊的酒气已喷到我的脸上，“我是真心真意喜欢你，有一句假话就天打五雷轰！你……你不能对我太残忍了！”

我忍无可忍，也没有地方退让，“啪啪！”给了他两个耳光。

他倒在地上了。

半晌，他清醒过来，侧过脸，恨恨地盯我一眼，然后爬起身，踉踉跄跄走出门去。

我收拾了桌上狼藉的杯盘，一股脑儿扔在走廊上的垃圾桶里，回到屋里，用被子蒙住头，失声哭泣。

第二天下午，我一个人在办公室翻资料，他来了。

他脸色苍白，呈现出一副病态，但外表已恢复了原有的斯文、矜持。

“我昨晚喝多了吗？”他悄声问我。

“问你自己。”我冷冷地说。

“我大概胡说了一通吧？”

“我什么也没听见。”

“哦，哦，”他仿佛受了感动，“小丁，你真是一个好人。”

我不理他，只希望他快走。

“我有没有对你不恭敬的行动？”他带着歉意问。

我瞥了他苍白的脸一眼，耳根旁还有几条微红的印痕。

“我希望你把昨天晚上的一切都忘记；那是一个醉汉，而不是我。”

说完，他就走了。我很难相信，这个清醒正常的邵一锋和那个醉汉邵一锋是同一个人。

现在，就是这个邵一锋，又要请我和昭远去吃饭，我能应邀吗？我对昭远说：

“你去吧，我在家看书。”

“人家请的是咱俩！”他大声说，“你一向自命为勇敢分子，为什么不敢和我去吃饭？既然他对我们的关系那么关心，那就让他看看嘛。”

我确实想弄明白邵一锋对我俩关系如此关心的原因，加之昭远的激将法起了作用，我的决心动摇了。

“让我刮刮胡子，换件衣服，矿长就该有矿长的气派，是不是？”他的心情似乎不错，“成为邵一锋家的座上客，我做梦都没想过。”

“比起梦境来，现实要复杂得多。”在去邵一锋家的路上，我感慨地说，“再奇幻的梦中都没出现过的事，现实生活中却发生了。比如说，昨天被打翻在地，被人踏上千万只脚，咒之为‘永世不得翻身’的人，今天却……”

“这是人民的意志，”昭远深深地吸了口气，“是历史的必然！”

“你知道咱们邵书记是怎么想的吗？他认为，在这一切的背后，冥冥之中有一种东西在起着作用；说起来你可能不信，他这个共产党员还信命呢。”

“我信上帝！”

“什么？”

“人民不是我们的上帝吗？信上帝的人和信命的人打交道，挺有意思不是？”他说着哈哈大笑起来。

我们来到一幢平房前。这是五十年代盖的。去年，矿上又盖成三幢米黄色的家属大楼，邵一锋并没搬进去，他住的这平房在两年前经过大翻修，水暖卫生设备一应俱全，住起来当然比楼房舒服。平房的另一个优越性是可以圈院子。邵一锋家门前，就是两人高的青砖围墙，院子入口处还有一个小小的门楼。

还没有等我们敲门，邵一锋便迎了出来，仿佛他就在院门内守候似的。

他穿着一件雪白的衬衫，套一件深蓝色的开司米背心，腰里扎着一条围裙，脚上趿着一双泡沫塑料拖鞋，通身显得很有生活味儿：领导干部也有自己的星期天呀！

“请进！请进！”他领着我们穿过院子里一条短短的甬道。甬道也是青砖铺的；甬道两边，栽着两行向日葵，畦里种着豆角、西红柿、青椒之类的蔬菜，使得院子里一片翠绿，生机盎然；这悦目的绿色告诉人们：院子的主人，工余在这里流过汗水，虽然当了领导，还一贯保持着普通人的本色。

这套平房，有大小不等四个房间，外加厨房和厕所，还有一间小小的储藏室。邵一锋把我们引进起居间。这间屋子约有二十平方米，靠墙摆着四张近年来兴起的家制沙发，一个书柜，一个加了锁的文件柜；临窗有一张款式新颖的写字台，墙角有一架尺码不小的电视机，被锁在一个特制的一面开了口的柜子里：这是一种保险措施，即便有小偷光临，也无法偷走电视机，除非连柜子一起搬走。其实，这种防范措施完全是多余的，这不仅因为书记家和保卫科长家一样，对小偷有一种心理上的威慑作用；光凭坚实的青砖高墙、两道门锁和窗口安装的钢筋栅，功夫不够的偷鸡摸狗之辈也只能望洋兴叹。把电视机锁在特制的柜子里，不过是种心理作用，仿佛它的安全由此得到了保障；

作为矿领导的邵一锋，也同样受这种心理支配而未能免俗。再说，矿上有的是木料，做这点东西还费事吗！倒是窗台上的几盆花草，什么君子兰、茉莉、月季、四季海棠等等，特别是书柜顶上的一盆吊兰，和墙上的两幅字画长轴的复制品——赵朴初手书歌颂周总理的一首词和齐白石的《蛙声十里出山泉》，给屋子添了一点雅气。

“我这个窝经营得怎么样？是不是有点小市民气息？”

邵一锋从厨房里端来沏好的两杯花茶，“坐呀！坐着也可以发表评论嘛！”

他显得那么随便，好像在招待亲密的老朋友，这是在故意制造一种亲切气氛，还是为了消除我们的拘束？

“这里没有大市民。”昭远接过茶杯，“女主人呢？”

“看我！忘了给你们介绍了。”邵一锋一拍脑袋，朝厨房里大声叫道：“碧华！碧华！客人来了，怎么不出来见见？”

随着他的叫声，厨房的门帘一挑，灯房组长陈碧华走了出来。她四十上下，窈窕身材，衣着朴素得体；头发好像是新烫过的，但波浪起伏不大，匀匀地围着她的圆脸，发色的乌黑更衬托出她脸色的白净。她保养得显然不错，但那微蹙的眉毛，却使人感到她并非一切都是称心如意的。

陈碧华把手在围裙上擦了擦，先和我握了握，又和昭远握手：“欢迎你，杨矿长！你们能来，我很高兴，真的！”

她的眼神和语调，使人不能怀疑她的真诚。

“丁工，你也是稀客，”她又转身和我寒暄，“你大概很少串门吧！”

“我没有串门的习惯。”我微笑着说。

“走动开了，就常来走走吧。我有时倒很希望有人来串串门，聊聊天。”

“你们家客人还少吗？”

“来的人是不少，可都是找老邵的。”

“忙你的去吧，这里没你的事了。”邵一锋在一旁提醒她。

“碧华同志，请简单一点好了。”昭远说。

“想复杂也复杂不了，我还能搞来山珍海味？”邵一锋笑着说，“倒是搞到了两条新鲜鲤鱼；你们爱吃红烧的，还是糖醋的？”

“我没有什么讲究，还是叫她说吧。”昭远指了指我。

我和邵一锋坐在一起，实在无话可说，正想找个机会躲到一边去，便说：

“还是红烧好，这一招我还拿手，我就帮着做鱼去吧！”

邵一锋似乎迟疑了一下，很快就表示出高兴的样子：

“那当然好啦，你们南方人做鱼手艺高超，我还真想领教领教呢。”

陈碧华高兴地挽着我的手进了厨房。

一进厨房，她就变得自在起来，而且显得有点活泼。她一把抓住我的手：

“丁大姐，我早就想和你接近接近，不知为什么……”她瞥了一眼门帘外边，“今天你们来，我真高兴，真的！”

其实，我们早就认识，但见了面也就是点头而已，从未在一起交谈过；因为她是邵一锋的妻子，我本能地不愿接近她，也无意了解她，甚至还没有认认真真地打量过她。现在，我盯着她的眼睛：双眼皮，眼珠黑白分明，眼睑的弧线，十分柔和地在眼角处相交。眼角上有几丝细微的皱纹，距离稍远一点就不会发现。这是一双颇为花哨的眼睛；但是，黑黑的瞳仁却缺乏光彩，在它的深处仿佛还隐藏着一种难以名状的忧郁，这和她那微蹙的眉毛给人的感觉是一致的。凭着女性的敏感，我断定她在精神上是寂寞的，刚才她对我们表示欢迎绝非虚套。就在我和她对视的那一瞬里，我对她产生了好感。

“小陈！”我实在不知称她什么才好，叫她“陈碧华同志”，似乎太公事气了，显得过分严肃；直呼“碧华”，又觉得过于亲密；称呼一个四十岁的女人叫“小”什么，好像有点欠妥，但我总比她大几岁，作为相同性别的人之间的称呼，姓前冠个“小”字，倒也显得不远不近，“你的两个孩子呢？”

“一起进城逛公园去了。”她一边解围裙一边说，“正好，省得在家捣蛋。”

她把自己的围裙给我围上，又跑到外屋去解丈夫那条围裙，进来时随手关上了厨房门。

“都由我来，你指点指点就行。”

灶台旁边的小桌上，已经弄好了五六盘下酒用的凉菜，无非是松花蛋、灌肠、酱肉、花生米之类；两条鲤鱼也已拾掇好了，放在一个瓷盘里晾着。陈碧华手脚麻利地在洗菜。

“大姐，”她把我的姓也省掉了，“你的事，我也知道不少。”

“听谁说的？”

“小茵呀！那个丫头，对你崇拜得很哩。”

“别听她胡说。”

“那是胡说？”她惊讶地转过脸来，“不，我相信都是真的；况且，也不是她一个人这么说。”

“就算那样吧，也不过说明我这个人命苦，还能说明什么呢？”

我不知道为什么要这么回答她，好像有一种朦胧的希望，想从她嘴里引出点什么来。

“你这样说我不同意。”她的反应十分直率，“能几十年如一日，那样想念一个人，等待一个人，那才叫真正的幸福，因为那人值得你想念，值得你等待。”

她的这点见解颇使我惊异，看来，我的确不了解这个女人。

“我要是当姑娘的时候懂得这一点就好了。”她发出了轻轻的喟叹，“人要弄懂一点道理，总是要先付出代价的。”

她后面那句话说得很轻，仿佛还带着一点悲凉之意。我的心里忽然感到一种歉疚，为什么要把她心里的话引出来呢?

我对陈碧华也并非一无所知。了解她的主要渠道，也是和她一起工作的小茵。这些年，她和邵一锋之间的关系一直不好，他们经常吵架，他甚至还打过她几次。但在外人面前，他们却无任何异常表现，看上去还很亲热。其中的原因，连陈碧华都说不明白。不吵架的时候，两人在家也常常是相对无言。她像一个奴仆似的侍候他，稍有不周，便会引起他无端的暴怒。她曾私下里向小茵哭诉，说家里虽然经常高朋满座，她却觉得像在坟墓里一样阴冷。要不是为了两个孩子，她真想跑到遥远的五台山当尼姑。说她无论做什么都不合丈夫的意，邵一锋经常骂她草包，骂她缺心少肺；只有一点是例外，在吃穿问题上，邵一锋对她还比较慷慨。从外地出差回来，短不了会带给她一两瓶高级珍珠霜或嫩肤杏仁霜之类的化妆品，同时带给她的也总是这句话：

“我希望你还像个人样，别过早变成条老黄瓜!”

我知道，他们夫妻之间的这种悲剧因素，在他们结合时就产生了。邵一锋在我的身上碰了壁，最后也死了心，曾经沉默了一阵。后来，便向这位陈碧华进攻。中专毕业的陈碧华，来矿不久就成了飞狐岭全矿闻名的风流人物。她有一个别致的诨名叫“红高跟”，因为她是矿上唯一穿高跟鞋（而且是红色的）的青年女子。她不善歌唱，舞却跳得极好。一奏起舞曲，她便会变得如醉如痴。她本来有个男朋友，是她的同班同学，在采煤区当技术员；因为她过分热衷于跳舞，而他却生性拘谨，从不涉足舞场，这就发生了矛盾。陈碧华认为干涉她跳舞是对她不尊重；和不尊重她的人是无法生活在一起的。那位迂夫子一气之下，就要求调到另一个矿去工作。其实，陈碧华并不轻佻，她爱跳舞，就像那些棋迷、扑克迷一样，是一种狂热的爱好。男朋友的猝然离去，使她陷入了深深的痛苦之中。这时候，正在寻觅安慰的邵一锋找上门来；可能两人都有心灵上的伤痕需要熨平，很快便结合在一起了。

“你们过得还不错吧？”

不知为什么，我的嘴里会滑出这句话。这种明知故问，对眼前的女人来说未免是残酷的。我简直有点恼怒自己，所以一出口便感到后悔了，但已无法再把它收回来。

她没有回答。我转过脸去看时，发现她两滴泪珠已经溢出了眼眶。

“对不起，对不起，”我有点慌乱，“我们还是谈别的吧；对了，让我来烧鱼。”

她把泪眼转向我，白皙的脸上浮起一丝凄苦的笑容，却毫无责备我的表情。

她把晾着的鲤鱼翻了个身，又转过脸来看我，仿佛有句话要告诉我，却又难以出口。

“如果你相信我，”我把手搭在她的肩上，“那么，想说啥就说吧。”

她又愣了愣，好像下定了决心。

“大姐，”她悄声说，“我发现他心里还藏着个人。”

“谁？”

“你。”

“你胡说！”我差点喊出声来，用恶狠狠的眼光盯着她。

“这是真的；在杨矿长回来之前……”

“别说了，我不要听！”我的声音一定很响。

“你做得对，他根本配不上你。”她没生气，继续压低了声音，“大姐，我很佩服你的眼力。”

我没有理她，在火上坐上油锅，准备烧鱼。

“大姐，你一定要给杨矿长说说，叫他别去碰吴冲。”她没头没脑地说。

我还没来得及和她搭上话，邵一锋推门进来了："说什么悄悄话，还关着门？"

"怕油锅的烟气呛人。"陈碧华说，"你们先喝酒吧，热菜随后就上。"

邵一锋打开锁着的文件柜，变戏法似的从里边拿出两瓶酒来。

"五粮液，玫瑰葡萄酒，怎么样？"他高举着酒瓶，显得颇为得意，"今天再没有别人，咱们痛痛快快喝几杯。"

昭远接过五粮液，先看看标牌，又仔细地观察凸肚子玻璃瓶里那明净的液体："是好酒，可惜我不会喝。"

"怎么？四十六七岁的人还没学会喝酒？"邵一锋有点大惊小怪，"我不信你就没用酒解过闷？"

"解闷的方法很多，难道非用酒不可？"昭远说，"我就喝点葡萄酒吧。"

"那就各取所需。"邵一锋在三只杯子里都斟上了酒。

昭远又递上一只杯子：

"女主人不来能行？"

邵一锋对着厨房喊："碧华，怎么不出来敬老杨和小丁一杯？"

陈碧华挑开门帘说："你们先喝吧，我还要炒菜。"

"那就不等她了，咱们来！"邵一锋举起酒杯，"第一杯，为老杨和我的精诚合作——"

"那是国共谈判用的语言。"我说。

昭远说："语言没有阶级性，用适当就行。"

邵一锋说："不，这提法是欠妥；应该说，为老杨和我在工作上的亲密合作，干杯！"

他一口就吞下一杯五粮液。昭远喝了一小口葡萄酒。我只在酒杯上沾了沾唇。

“吃菜，吃菜！”他忙不迭地招呼，把松花蛋、灌肠等夹到我和昭远面前的小碟里。

我夹了箸菜，却忘了往嘴里送，因为他刚才话里的“欠妥”两字，使我想起了若干年前的一件事情。

那时我还在农场劳动。“七一”前夕，连里出了一期墙报。刚刚被宣布解放的一位副总工程师（就是齐安军的父亲）写了篇稿子，登在墙报上。有一天晚上，他突然又被揪出来批斗了，罪状是他借着写墙报稿恶毒攻击。那位副总工程师莫名其妙。登台批判的人就剥开了他的“画皮”：

“你的毒草文章中这样写道：‘伟大领袖毛主席用毕生精力，捍卫马克思主义的纯洁性。’什么叫‘毕生精力’？毕，就是完毕；全国人民和全世界人民都衷心祝愿他老人家万寿无疆，你怎么恶毒地诅咒他老人家‘毕生’了呢？还有，你在文章的结尾写了‘共产党万岁！’是什么共产党？苏修也是共产党，古巴也是共产党，你在喊哪个共产党万岁？你打着革命的旗号，干着反革命的勾当，自以为很得计吧！可是，被光焰无际的毛泽东思想武装起来的革命干部和革命群众，个个是火眼金睛，一眼就看出了你的鬼蜮伎俩……”

就这样，那位刚获得解放的副总工程师第二次被打倒了。半月以后，在一次全局干部大会上，局军代表表扬了飞狐岭矿的邵一锋，说他敌情观念强，阶级斗争觉悟高。原来，那次邵一锋偶然去农场，又偶然看到了那篇墙报稿，琢磨了一阵，就把农场斗批改办公室的一位青年干部叫去，指着那两处地方说：“你们仔细看看，这种提法，是不是欠妥呢？”

他这一“欠妥”不要紧，那位副总工程师便又入了另册，而邵一锋在不久以后也高升成了矿革委副主任……

“该来第二杯了！”邵一锋在昭远的杯子里添了点酒，“这一杯，是为你们破镜重圆——这也欠妥，你们的镜子根本没破；应该说，为你俩历尽苦难后重新获得的幸福，干杯！”

他又来了一个“欠妥”，我不禁感到恶心，举到唇边的杯子放下来了。

“你怎么不喝？”昭远笑着问我，“老邵可是真心真意。”

“对，对，真心真意祝福你们！”邵一锋用一种巴结又带点央求的眼光看着我，“刚才，我把你二十年来的情况都向老杨介绍了；我对老杨说，你是个不可多得的女性，这绝不是我在恭维你，矿上谁都是这么说的。我建议你们尽快把事情办了，在一起生活，相互有个照应，好把全副精力放在工作上。这无论对飞狐岭，还是对你们自己，都有好处……”

这话要是由另一个人来说，我会感到高兴的，但从邵一锋的嘴里说出来，我总觉得很不是味儿。好比一股泉水，从石头缝里涌出来，人们决不会怀疑它的纯洁；同样的一股泉水，如果从阴沟里流出来，人们就不愿意去接触它了。使我费解的是，阴沟里怎么会流出泉水来呢？

从根本上说，我怀疑邵一锋今天请客的动机。他那身正经八百地过星期天的打扮，收拾得井然有序的起居室（从茶几上的抹布水迹和刚擦过的玻璃上的印痕来看，是为了接待客人而匆匆忙忙收拾的），无牵无挂轻松自如的谈吐，这一切是为了给人制造一种印象：他思想上没有负担，没有忧虑和不安，没有戚戚于心的烦恼，他心里很释然，很坦荡，很达观；他招待我们是出于一片至诚，他和我们之间没有任何芥蒂。旁人也许会被他制造的假象迷惑，但我却总感到它背后的虚假、做作。我不知昭远此刻是怎么想的，我的疑窦却越来越深了：邵一锋为什么要如此“真心真意”地关心我们的关系？为什么希望我们尽快结合？这个问题本是昭远向我提出来的，现在，我倒觉得需要细细琢磨了。

我把一颗花生米嚼了半天，也没有嚼出味来；面前小碟里的菜却堆得越来越高。

院门“吱呀”响了一声，我听到沉重的脚步踩着甬道。片刻之后，吴冲出现在门口。

“有事？”邵一锋放下酒杯，却没起身。

吴冲用眼睛扫了一下席面，随手拉过一张椅子，在门口坐下，冷冷地说：“没事还上你邵公馆来？”

“改天再谈吧，今天我有客人。”邵一锋的话里也缺乏热情，好像对吴冲这时候闯进来打断他的酒兴，很不愉快。

昭远反客为主地招呼他：“老吴，你也来吧，一起喝点！”

“不敢！”吴冲掏出一根长把雪茄烟，点上，悠悠地吐出一口烟来，“你们当领导的，有正经事儿要谈，我来凑哪门子热闹？”

话虽如此说，他的眼睛却盯着五粮液。

“那就在这儿说吧，简单点！”邵一锋显得有点不耐烦。

“两位头头都在，我算找对庙门了。”吴冲干咳了两声，咽了几口唾沫，又用手捏了捏喉结，“给口水喝吧，嗓子眼儿都冒烟啦！”

邵一锋鼻子里哼了一声（这一声确是哼出了他的蔑视），从窗台上取了个茶杯，倒了半杯五粮液。吴冲慌忙站起来接，一口就喝得干干净净，抹抹嘴巴说：

“解渴，真解渴！”

“说你的事儿吧！”邵一锋还是态度冷淡。

我见昭远蛮有兴味地注意着他们。

“咱三句话不离生产，”吴冲好像来了精神，“咱矿又来了套综采设备，伙计们要求把它拨给我们。”

“你们要两套设备？”邵一锋问。

“我们现在使唤的那套，已经破破烂烂，你们当领导的莫非不知道？来了新的，我们把旧的交出去。”吴冲说得很痛快。

昭远说：“老吴，矿上要成立一个新综采队，你知道吗？”

“听说过。”

“这套设备是给新综采队的。”

“我那套给他们使唤。”

“这合适吗？”

“为啥不合适？”吴冲的嗓门提高了，“又要我创高产纪录，为国家多出煤炭，又不给我创造条件，你们当领导的就这么当法？”

昭远笑笑说：“靠了好条件才能创先进，这先进恐怕就没有太大的说服力了。”

“照这么说，巧媳妇没米也能做饭啦？”

“你这个巧媳妇是没米，还是没柴啦？”

“那叫啥米？啥柴？”吴冲霍地从椅子上跳起，“挑明说吧，你们不给我新设备，就是不让我创先进，就是反对在我吴冲队召开综采现场会！”

“臭水平！”邵一锋生气地盯了吴冲一眼，“有像你这样对领导说话的吗？这明明是要挟！”

吴冲翻了邵一锋一眼：“你别骂人，邵书记！我吴冲不懂你们官场上那一套，咱窑黑子就知道直来直去。”他从口袋里摸出张纸条，“空口无凭，伙计们写了个报告，让你们研究研究；不管你们咋研究，反正那套新设备得归我老吴；到时候，我拿出几个新纪录来，让你们当头儿的光彩光彩。我老吴说话算数！”

他把那张纸往饭桌上一扔，看了一眼那个凸肚子的五粮液酒瓶，扭过头去，走了。

“这人真有意思！”昭远盯着他的背影说。

“愣货！没文化，就知道死干！”邵一锋说。

“听说，他这个劳模是你一手培养的？”

“哪里！哪里！喏，香酥鸡上来了，来，趁热！”

第九章

他提出了一套计划。他对她有种陌生感。

人们说，新来的矿长挺沉得住气，到职半个多月，成天马不停蹄在下边跑，竟然对矿上工作没有发表半点意见。也有人说：“只怕是老虎吃天，没处下口吧！”

但昭远干起来了，他向党委提出了一套整顿矿山的工作计划：要充实抓生产的班子，加强调度力量，责成专人，定时解决掘进、工程、运输、提升、通风、洗选等主要生产部门的管理问题和薄弱环节。他自己准备集中精力，抓三个问题：调整采掘关系，提高采煤工作面的质量，准备新的综采工作面。他要求各级领导端正对安全和生产关系的认识，学习和贯彻中央、国务院以及煤炭部关于安全生产的指示，决不能停留在一般号召上，而要列入党委议程，逐项具体落实：要发动群众，进行安全大检查，揭露事故隐患，分清轻重缓急，一一予以解决；要建立健全规章制度，特别在综采管理上尤要抓紧，无论干部工人，凡违章作业的一律进学习班，学习规章制度和安全知识，经考试合格，方能恢复工作；要坚持把思想教育、纪律处置和经济手段结合起来，做到是非分明，功过分明，奖惩分明，尽快把正常的生产秩序建立起来；而考核一个区队的成绩，除了产量，还必须包括安全、吨煤成本和设备完好率等等因素……

昭远这一套计划，得到了邵一锋的全力支持。他在党委会上说：“这确实是一套完整的计划，大胆的计划，我个人是很赞赏的。

这样搞下去，飞狐岭矿的面貌才能从根本上改观。”

有几个党委委员表示怀疑，认为一下子全面铺开来搞，恐怕有困难，担心影响正常出煤，难以向局里交代。昭远说，在实施计划的过程中，如安排得当，是不会影响产量的；即便暂时受到一点影响，也应坚持搞下去，这样，相当时间以后，全矿生产就能均衡持续地发展。党委把这个计划通过后，他将去局里争取支持，获得批准。

第一次会议上，吴冲就打了横炮，说整顿就是整工人，办学习班就是对工人实行专政，差一点没说出“整顿就是复辟”的话来。邵一锋当场打断了他，说他只顾出煤，不注意学习；在新的形势下，经过整顿才能更好地跃进。吴冲还要嚷嚷，正好外面有人找他，第一次会议就草草结束。后来的两次党委会，不知为什么吴冲没有参加，据说有事请假了。

昭远的计划总算在吴冲缺席的情况下被通过了。报到局里，局里也基本上同意。只是殷洪有指示：在调整过程中，吴冲采煤队的生产不能受到影响，而且要持续增长，以保证全省综采现场会议在飞狐岭矿如期召开。

总工程师和生产副矿长对昭远的计划态度是积极的；而邵一锋也会全力支持，这使我百思不得其解。联系到他在昭远归来后的表现（毋宁说是表演），凭着我对他的了解，我总觉得这里边大有文章，也许潜伏着一个新的阴谋。我曾提醒昭远，叫他注意这些现象后边隐藏着的实质性问题。

昭远笑笑说：

“我不会把事情看得那么容易的。他不反对，这就对我有利。”

“他那么坚决地支持你，你不觉得反常吗？”我问。

“他的屁股上屎太多；现在我给他擦屁股，把他前一段主持工作时捅下的漏子补起来，为啥他还要反对？”

“问题恐怕不如此简单，”我说，“反常的后面，常常有正常的东西存在；正常的邵一锋，是不会那么轻易地让你在飞狐岭立足，而且按照你的计划来经营他的领地的。”

“很可能，他在实行一种韬晦之计，但我就要利用他这一屈未伸之前，推行我的计划，让飞狐岭走上健康发展的道路，这对国家人民有利。至于他后面还有什么把戏，我防备着就是了。”

这次谈话，使我产生了新的忧虑。昭远对自己的计划那么自信，但我总认为实行这些计划是不会顺当的。邵一锋现在的“屈”，显然是为了以后的“伸”，他不过在等待时机、窥测方向而已。这绝不是我的过虑，倒是昭远又暴露出他的天真来了。但我无法说服他，因为，他回矿前前后后发生的事情，在我的脑子里还是一团迷雾。

星期天，我进了趟城。

小茵告诉我，齐安军伤好后，他们就准备结婚。我应该为他们准备点礼品。如今年轻人办喜事，送礼收礼是常事，我给他们买点礼品，并非自己不能免俗，必须去凑凑热闹，而是出于一片真诚。在我生活中的困难时刻，这个女孩子曾给过我同情和安慰，我珍惜我们之间的友谊。

街上行人很多，商店里更是挤满了顾客。星期天，人们大概都不想待在家里，愿意出来转转，因为家庭毕竟是个小天地，他们愿到大天地里去和更多的人接触。商店里，人身上的汗水味、雪花膏、头油和香水以及各类商品中散发出的不同气味，也许比小锅里的菜香更为诱人。人毕竟是社会的动物。

姑娘们鲜艳的服饰，和货柜里五颜六色的商品相辉映，真使人眼花缭乱。百货公司是一个奇特的世界，最现代化的电子计算机，也储存不了货柜前各色人等对各种商品占有欲望的信息。对于久已被生活抛弃了的我来说，早就差不多丧失了对色彩的感受能力；但我发现在挤来挤去的人群之中，有几个女孩子穿的弹力呢上衣，无论款式和颜色都很悦目；如果我能年轻十几岁，说不定也会来买件这样的衣服穿穿。虽然小茵常常说我并不显老，但我还是无意再打扮自己，因为昭远喜欢朴素。我至今还记得他二十多年前说过的一句话："朴素就是美。你知道有人怎样评论契诃夫小说的语言吗？'太阳升起来了，小鸟在歌唱'，说这就是美。"昭远对美的这种见解，一直是我所尊重的，也成了左右我穿着打扮的重要因素。

我为小茵买了一对的确良绣花枕套，还有一大束色彩缤纷、使人真伪难辨的塑料花。我发现一种双人床单质地不错，印花图案也朴素大方，便灵机一动，买了下来：难道还不该为我们自己作点准备吗？

我终于从百货公司里挤了出来，刚喘了口气，背上便被人用胳膊肘捅了一下，手里抱着的东西差点落地。

我还没来得及转过身去，便听到了咯咯的笑声。那是小茵。

"准备当新娘啦？"她笑着说。

她胁下夹着一条毛毯，一手提着两个枕芯，另一只手里是两只湖绿色的塑料热水瓶，肩上的背包也是鼓鼓囊囊的，真有不胜重负之感。

我说："你怎么不把百货公司搬回去？"

"咱俩彼此彼此，"她笑着喘气，"早知道结婚如此麻烦，真不如当光棍哩。"

"想当光棍，现在还不迟嘛。"

她却反咬一口："你自己都不想当了，还叫我当？好漂亮的花，放在你们新房里的？"

我把那对枕套和一大束花都塞给她："别嫌少，这是我和昭远的一点心意。"

"那我代表小齐，谢谢你们。"她把一对枕芯叫我拿着，"真的，咱俩找个地方说话，我还真有点要紧事要告诉你。"

我们在公共汽车站的候车长廊上坐下来。从她的嘴里，我才获知昭远这次回矿的原因：正像不少人猜测的那样，他回来是有相当“背景”的。

今年春天，中央发现国民经济比例失调严重，决定要进行调整。为了确定煤炭工业的调整目标，不久之前，煤炭部一个技术小组来局里进行调查研究。邵一锋获知他们要到飞狐岭矿来检查工作，便赶忙准备：巷道和工作面进行了清扫；运输和材料加强了调度；采掘的正规作业循环得到了加强。特别是吴冲综采队，还专门搞了次会战，对机器设备进行了一次检修；工作面上进行了彻底的清理。技术小组一到，就组织人进行了“出色的”汇报，然后领着下井参观。这一套对付一般参观的，肯定会给唬回去；岂知技术小组的成员都是专家，哪能被表面现象欺骗？他们从汇报中就听出了破绽；下去看的时候，就注意到了现象后面隐藏着的实质性问题。回局以后，向局党委认真谈了对飞狐岭矿的印象和意见，特别对吴冲综采队提出了不少看法，建议局领导认真抓一抓；必要时，部里可以派人来协助。这一来，矿务局几位主要领导着急起来。殷洪书记还有点冒火，因为飞狐岭矿正是他抓的点，特别出了吴冲采煤队这杆旗，他觉得脸上也挺光彩，大小会议上，一再说“榜样的力量是无穷的，我们就要靠典型引路”。现在，吴冲已经拍了胸脯，要再创综采月产新纪录，省里也决定在飞狐岭矿开综采经验交流会；部技术小组却对飞狐岭的工作提出了这样的看法，他怎能不着急，不冒火？“这个邵一锋是怎么搞的？”他闯到任斌的办公室里，直着嗓子喊，“技术小组仅仅去了两天，他们的结论是否符合实际情况？”任斌笑笑，没有回答。作为飞狐岭矿的老矿长，他的看法和殷洪并不一致。他提出，飞狐岭的书记在疗养，要派个人去加强那里的工作。殷洪表示同意，因为吴冲那杆旗无论如何不能倒下来。在派人的问题上，两人的意见也不尽相同，任斌建议派杨昭远去，殷洪主张派局调度室的一个副主任去。任斌说，杨昭远曾提出要回飞狐岭的要求，他对那里的情况熟悉，对综采又是内行，他去，对整个矿的工作和扶植吴冲队这个典型，都比别人合适。后面这个理由打动了殷洪，于是杨昭远被任命为飞狐岭的矿长并代理党委书记。昭远来上任前，殷洪已把这一切给邵一锋交了底，这就是杨昭远来当矿长的背景，也是邵一锋对昭远如此谦恭的原因。

“你怎么知道得这样详细？”我问小茵。

“你忘了，我姑夫是局党委办公室副主任。”小茵凑到我耳边说，“他对杨矿长印象不错，怕他不明内情，让我在适当时候，用适当方式把那些情况告诉你，你再提醒杨矿长。现在做工作，不摸上面的意图是不行的，这一点连我也懂啦。”

我连连点头，心里的这个疑团终于解开了。

“听说，邵一锋请你们吃饭了？”

“陈碧华告诉你的？”

“我早就知道了。这类消息是长翅膀的。人们都说，矿长书记握手言欢，同桌碰杯，飞狐岭有希望了。”

“你也这样认为？”

“起先，我也是糊涂来着；听我姑夫一说，心里才明白了。我姑夫还说，那次杨矿长下令改变广播时间，飞狐岭飞到局里去的黑状子可不老少，说他破坏了我党一贯重视宣传鼓动和思想政治工作的革命传统，职工思想上已经造成混乱；说他个人凌驾于党委之上，破坏党的一元化领导；等等。这些状子口径一致，语调也差不多。殷书记很冒火，责成党委办公室了解处理。我姑夫曾就此事问过邵一锋；邵一锋吞吞吐吐，装出一种为了维护团结不便多说的样子。办公室又多方了解，发现这些空洞的大帽子下面并没有实质性东西。广播站工作的那点变化，也成不了杨矿长的“罪状’，因为上级早就指出，宣传战线上拨乱反正的任务很重，宣传工作从内容到形式都要很好地贯彻实事求是的原则。我姑夫就把这件公案结了。问题是，邵一锋在这中间究竟起了什么作用？这些状子和他有没有关系？谁能保证他不是嘴上喊支持、脚下使绊子呢？可得让杨矿长防着这个邵一锋，连他老婆都是这个意思。”

“陈碧华对你说啥了？”

“她倒没有对我直说，锣鼓听音嘛。不过，她说邵一锋对你和杨矿长的事很热心，这种热心倒像是真的，没有掺假。我也不知道为什么。你们的事到底啥时候办？”

“我们的事到底啥时候办？”我问昭远。

“我忙得屁股后头像着火似的，你没见？”

“啥时候才能不忙呢？”我把抱怨的眼光投向他。

“等我把新的综采工作面准备好了再说。”他忙着翻资料去了。

新的综采设备已经到货，但验收、下井安装等等相当费事；工人需要培训；已经打出的工作面不合规格，需要重新修整……昭远以巨大的热情投入了新综采队的筹建。他有个想法，要将这个队搞成一个管理科学、技术过硬、效益很高的生产单位，在全矿整顿中拿出一个样板；这一切，在吴冲采煤队是根本不可能实现的。

那次去邵家赴宴回来，我就和昭远琢磨：吴冲的“闯宴”是偶然的，还是事先安排的？后面那种可能完全存在，邵一锋也许想借那个机会，观察一下昭远对吴冲的态度；而吴冲大概也已料到，新综采队的成立，对他将是个威胁，如能把新的综采设备弄到手，不仅解除了威胁，又能把产量搞上去，通过现场会的召开进一步巩固自己的地位。我认为，吴冲手里的算盘珠已经拨定在这个位置上了，不达目的当然不会罢休，而后面把着他手的正是邵一锋。

“吴冲那个报告准备怎么处理？”我问。

“根本没有考虑的余地。”

“邵一锋的态度怎样？”

“他当然往我身上推啦。”

“是不是请示一下局里？”

“用不着！”他断然说，“成立新的综采队本来就是局里的决定，我坚决执行就是了。”

“你知道人家让你回来当矿长是为了什么？殷书记是要你把吴冲这面旗更高地举起来。”

“我倒是想举来着，可他实在不像面旗，倒像块破布。”

我吃了一惊：“你怎么能这样说？”

“也许这个结论下得太早，但事实会说明一切。”

“你千万不要先入为主。”我提醒他。

“我尊重事实。”他还是这句话。

我把小茵那儿听来的情况，告诉了他。他淡淡地笑笑：

“我也似有所闻。”

我说：“心里有了数，脚步该怎么迈，也就有数了。”

“言之有理！”他转过身来，我从他眼睛里看到了一种激动而又执着的光，“小丁，我应该很好利用目前所处的优势，这优势是时代给予的；如果我不懂得很好发挥它，那将来会遗憾死的。整顿一定要坚持下去，决不能坐失良机！”

“可是吴冲……”

“我知道吴冲的能量。”

“问题不在于他本身，是后面……”

“我的后面是什么，你想过没有？”

他不再理我，就忙着写他的工人培训计划去了：他要按照自己的一套想法去严格培训工人，这是他整顿计划的一部分。我把买回的床单让他看，他只瞥了一眼，连它的用处也没有问，就扔在了一边。我有点伤心。这几天，他很少提及我们的事情；前一阵出现的那种激情又消失了，工作完全占有了他。

看着他瘦削的背影，我感到心疼，又为他担忧。他想充分发挥自己所处的优势，怎么没考虑到前面就是“布雷区”呢？被他视之为一块破布的吴冲，恰恰就是对他的潜在威胁！

后来的事实说明，我的顾虑并不多余。昭远那套计划在推行中遇到很大困难，有个横亘在他面前的庞然大物，这就是吴冲和他的综采队。

吴冲根本不把杨昭远整顿矿山的计划放在眼里。他也不承认这个计划，声言党委讨论通过时他并不在场。他要创他的新纪录，他要按时开全省综采现场会。材料、运输、提升、配件等等，都得给他让路，调度得为他服务，什么安全大检查，什么建立健全规章制度，什么提高工作面质量，对不起，让别的队搞去，吴冲采煤队不吃这一套。“我吴冲不搞这花花点子，还不照样出煤！”他拍着胸脯在调度室里嚷嚷，“咱靠煤说话，谁有胆子不让咱出煤？”

谁有胆子不让他出煤呢？现场会是省煤管局决定在吴冲综采队开的，局党委又全力支持，再说，吴冲又是这样一个有影响的人物！过去，调度室调度不了吴冲，吴冲却能调度别人。今天，难道能允许别人对他的地位提出挑战？

傍晚，远方低沉沉地滚动着闷雷，气压低得叫人喘不过气。燕子在屋檐下穿来穿去。两只蜻蜓为了躲避燕子的追逐，紧紧贴在窗玻璃上。我打开窗子，让那可怜的小东西飞进屋来。它们不习惯于屋里的灯光，在天花板上乱飞乱撞。

我的心里充满了难言的凄苦，甚至觉得那蜻蜓的处境，和我颇为相似。

今年的第一场雷雨，很可能在今晚来到；我感到悲哀的是，我和昭远之间也发生了一场雷雨，这场雷雨竟比大自然的雷雨来得更早。

前天，邵一锋在井口大楼前碰到我，塞给我一份材料，说是通讯干事写的，准备送到《矿工报》去发表，叫我捎给昭远看看。

这是一份吹捧吴冲的文章，上面说，在我国工业生产蒸蒸日上，国民经济正在出现新跃进的大好形势下，吴冲带领全队，狠批“四人帮”“宁要社会主义的草，不要资本主义的苗”和“要做矿山的主人，不做指标的奴隶”等反动谬论，用大无畏的革命精神，克服顶板破碎、煤层出现夹石等等困难，苦干硬干，煤炭产量持续上升；全队职工纷纷表示，要横下一条心，克服一切困难，排除一切干扰，再创月产新纪录，迎接现场会的胜利召开！

“克服一切困难，排除一切干扰”，这分明是一个信号。这个信号是向昭远发出的：你搞整顿，触及了吴冲综采队，这就是干扰；这个干扰，他们要决心排除！

我左右为难：完全可以想象，昭远看了这份材料会有什么反应，但邵一锋又一定要我捎给他！

就在这时候，我接到昭远电话，叫我上他那儿去。

我回到宿舍里，把熬好的一小罐绿豆粥给他送去。

“我想和你谈谈吴冲队里的问题。”他喝着绿豆粥，“听人讲，这个队那几年的成绩中，有很多虚假成分。”

“不大清楚。”我摇头说。

他已经几次向我了解吴冲采煤队的情况，每次我都闪烁其词。我有什么办法！他要知道了真实情况，是会跳起来的。我总感到，昭远对现实生活的全部复杂性缺少了解，他身上还保留着相当多的书呆子气。吴冲采煤队分明是个马蜂窝，它不是一个孤立的存在。一旦他义无反顾地去捅这个马蜂窝，将会招惹来难以想象的麻烦和后果。所以，在他问起吴冲队的情况时，我只能装聋作哑。这样做分明是违心的，但为了保护他，舍此别无他法。

我的回答显然使他大为不满，他用锥子般的眼光盯着我：“你是采煤技术员，那几年一直没有离开矿上，怎么会不清楚？”

“喝粥吧，凉了。”我转开话题。

“你有责任把了解的情况都告诉我！”他放下汤匙。

“你面临的问题已经够麻烦的了。”

“不了解矿上过去发生的事情，面临的问题怎么解决？你不是不知道，我的计划推行不下去！”

这原在我意料之中的。邵一锋支持他的计划，开始我不能理解；后来，当我获悉昭远回矿的背景后，也就了然了。他是企图一箭三雕：一来，表示他支持杨昭远的工作，说明他从大局出发，姿态很高；二来，昭远的计划如果得到推行，给他把屁股上的屎擦了，这对他未尝不是好事；三来，如果昭远计划推行不了，造成更加混乱的局面，这也与他无干，因为他在大会上已经声明，生产上由昭远一人负责，他自己尽可以在旁边看热闹。当然，吴冲队他是不会放手的，这杆“红旗”维系着他的前程、他的命运：过去，这杆旗是他竖起来的；今天，这杆旗受到了省、局的瞩目，殷书记又视为掌上明珠，只要它不倒，他邵一锋也就倒不了。于是，他要起了两套戏法，一套是支持杨昭远，这是为了对付煤炭部技术小组的干预；一套是支持吴冲，因为吴冲后面有殷书记，有省局的某些领导，一旦这两方面冲突起来，还需他发挥作用，到时候他就更显得主动。

我认为，我对邵一锋的分析是符合实际的。为了保护昭远，就不能让他和吴冲公开冲突，这就是我在吴冲问题上躲躲闪闪的原因。

“你为什么不说话？”他在催问我。

我心里好苦！他是我唯一的亲人，我却不能把内心的话向他和盘托出。

大概我痛苦的心情在脸上表现出来了，他盯着我问：

“你怎么啦？”

“我……有点不舒服。”

“那你回去休息吧。”

当我急急收拾饭具，准备离去时，他却一反常态，说：“你不能再坐一会儿吗？”

我不知该说什么好。

“我还想和你谈谈吴冲呢。”

“不，让我回去休息吧。”我下了决心。

他再没有说什么，只是用一种颇为复杂的眼光看着我，这使我越发显得慌张。

“我有一种奇怪的感觉，小丁！”他言语温和，而且带点儿伤感，“我在你身上，好像发现了一种对我来说是陌生的东西，你不嫌我说得太笼统吧？”

一阵酸辛涌上我的心头，他终于把要说的话说出来了。

前些日子，当他明白无误地向我表示，他已不可能和我结合；当时，我对他提出的理由还是将信将疑的，从感情上我也无法接受。在往后的接触中，我才发现（也许他发现得更早），我们之间是存在着隔膜，这就是他所说的“陌生感”。那次，我在一时的冲动中，说到“我为什么要为一个抽象的概念活着”的时候，我便从他的眼睛里发现一种惊愕和陌生。半个月前的那个傍晚，在长满野玫瑰的山岗上，对往事的追忆虽然重新唤起了我们的感情，但那种隔膜感总还没有完全消失。现在，他又明确无误地把这种感觉告诉我了。

多么想向他披露内心的委屈和忧虑，以消除他对我的陌生之感！但我不能，我的心里好苦哇！

我承认自己的感情变脆弱了，而这种变化恰恰是昭远回来以后发生的。如果说，过去的二十年我能坚强地挺过来，那是因为等待中有希望支持着我；那么，现在我的希望是什么呢？可以断定，昭远是不会像我所要求的那样，绕开生活中的矛盾，去过平静的、与世无争的生活。他曾对我说过：“我并不怕自己会失去什么，也不想为自己谋取什么，所以我没有犹豫，没有包袱。凡是党和人民希望我做的事，我一定要做到底；对那些危害人民利益的事，我一定要斗争到底。生活中没有退路，我也从来不想去找寻什么退路。”他是铁下一条心了。而我呢，如果也能像他那样铁下一条心，在生活中继续进击，他对我也许就不会有陌生之感。但我已经失去了这样的勇气和激情。因为我看到了生活的全部复杂性，看到了横亘在前进路上的高山、深壑、泥淖、陷阱，我认为这些障碍物中的许多是无法逾越的。在过去的二十年里，昭远一直处于被专政的地位，几乎不与社会接触；他处境中的人与人之间的关系极为简单：专政与被专政，如此而已。他不了解当今的社会生活，不了解历次运动中所形成的人与人之间那种极端复杂的关系。这种关系可以说是一张无边的网，如果盲目地一头撞进去，那就很难出来。跟着昭远，莽撞地向生活冲击，也许一时会感到一种战斗者的快慰，一种共命运同呼吸的欢乐，我们也许会得到结合；但随之而来的将会是什么呢？也许将一起陷入这无边的网中，然后是苦苦的漫长的挣扎。对于我自己，这种前景倒也并不可怕，但昭远呢？经过漫长的阴冷的冬天之后，一缕春阳刚刚照到他的身上，我怎能任性地跟着他甚至鼓励他去盲冲瞎撞，以致重蹈旧辙，再次沦入可悲的境地！大千世界，尘海茫茫，什么事不在发展变化，什么事又是不可能发生呢？

偏偏昭远不能理解我，而我又偏偏不能向他披肝沥胆地剖露一切，（如果我这样做，只会加深我们之间的隔阂和陌生感，他是绝不会接受我的生活哲学的。我多么了解他的性格！）在这种无法解决的矛盾面前，我变得脆弱颓丧起来了。

我应该尽快地离开他。我说：

“你对我有一种陌生感，这很可能，我们毕竟分别太久了。”

“我曾经希望，你能帮助我消除这种感觉，现在看来，这种希望可能要落空。”在送我出门的时候，他用一种惋惜的声调说，“别再提结婚的事了，现在我对此没有兴趣！”

我猛地刹住脚步，欲哭无泪地看着他。在这一刹那，我真痛恨自己的怯懦，我几乎抑不住要向他高喊：这也是为你着想啊，如果不是怕你和吴冲公开发生冲突……

就在我拔脚要走的时候，我的手触到了口袋里那份材料，这才想起，我来找他还另有任务。

现在把这份材料交给他，只会给他火上加油，他也决不会同意拿出去发表的；但不给他看，邵一锋问起时我又该如何交代？犹豫和矛盾使我一时难以举步，手里捏着那份材料就像捏着一团火。

“你口袋里装着什么？”他走近我。

“没……没有什么。”慌乱中，我插进口袋里的手在发颤。

“你何必那样折磨自己？拿出来吧！”不容分说，他抓住我插在口袋里的手，往外一抽，就带出了那份材料。

他拿过去匆匆看了一遍，冷笑着问我：“这是谁的杰作？”

“通讯干事写的。邵一锋叫我交给你，要是没有意见，就送到《矿工报》去发表。”

“我不同意！”他大声喊道，“还要搞这种弄虚作假的克里空吗？”

“吴冲队拿下了产量，这总是事实。”我惴惴地说。

“他的产量是怎么拿下来的？我想请教你这位工程师同志！”他冲着我发火了，“都像吴冲这么来抓产量，矿井非毁了不可。”

“是不是把有些不适当的词句修改一下？”

“你认为这篇材料仅仅是词句不当吗？”他把材料甩给我，“现在，我正要了解吴冲队的真相，彻底对它进行整顿；他们却急急忙忙抛出这份材料，给吴冲打气，这到底为了什么？”

“据邵一锋讲，这篇文章是局里殷书记授意写的，说劳模应该经常宣传。据我看，是为开现场会做舆论准备。”

“原来如此！”他顿了顿，仿佛有点颓丧，但这种情绪也仅仅在他身上停留了一刹那，“我想，殷书记一定不了解吴冲队的真相。邵一锋过去一贯报喜不报忧，等我全面掌握吴冲队的情况后，我要到局里去说明这一切。”

“这份材料怎么办？”

“告诉邵一锋，我不同意发表这样的东西。”他说，毫无回旋的余地。

现在，这份材料就在我口袋里，我真想掏出来撕了它。但我偏偏不能这样做。

我处在多方夹攻之中，我在苦苦挣扎。

雷声还从远方殷殷滚来，天边打起了闪。那两只蜻蜓仍在天花板上乱冲飞撞；它们的挣扎是徒劳的，一旦筋疲力尽，就只有跌落在地上。

我的挣扎会有什么结果呢？

第二天，我把那份材料还给邵一锋，并且转达了昭远的意见。

他笑了笑，仿佛毫不感到意外。

“昭远这同志，什么都好，就是有些……”他惋惜地说，却没有把“有些”后面的意思说出来，“矿上有这样一面红旗，他这个矿长不也光彩吗？小丁，你是负责综采的工程师，你可得向他做做工作呀！”说到这里，他又压低了声音，“老杨是不是对吴冲有什么成见？”

“他为什么要对一个采煤队长有成见？”我没好气地说，“他是从全矿工作出发。”

“人们都说，老杨的眼睛在盯着吴冲呢！”

他瞅了瞅我的神色，继续压低了声音说：

“那天，他和我商量，要提拔齐安军当综采队副队长，是不是想利用齐安军来取代吴冲？”

“你是这样认为的？”

“要不怎么解释呢？”

“你同意吗？”我盯住他的眼睛。

“这个态，不好表哩！”他微微一笑，“老杨回来后，几乎在所有的问题上，我都是支持他的，可是这次……”

他皱了皱眉，表示确实难办。

提齐安军的事，昭远曾经和我说过。我说：“这是与虎谋皮，邵一锋绝对不会答应的。”他说：“我完全同意你的看法。”“既然如此，为什么还要向他提这件事？”我又说。“为了从根本上解决吴冲综采队存在的问题，我想投块石子，试试水的深浅。”他说，“我明知这是不可能的事。只要吴冲还在综采队当家，齐安军即便提了副队长，也没法发挥作用，只有受罪。邵一锋在这个问题上态度如此鲜明，提醒我对这个队采取任何行动都必须慎之又慎。从目前看，因为上头有人喜欢和信任吴冲，他的地位是不容挑战的。我原想坚持恢复齐安军的检修班长职务，因为说他‘造反起家’是毫无根据的；现在我连这个念头也取消了。这个队必须在适当时候动大手术，否则不能解决问题。”……

看来，邵一锋对昭远这些年的性格变化还是没有琢磨清楚，他把昭远的投石问题当作是真想蹚水了。我也就故意装傻，显出大惑不解之态：

“我知道，综采队是区级建制，那也不过是科级单位；提拔个副科级，矿党委就有这权力。你既然那样支持杨昭远，这点事还办不了？”

“看你说得多轻巧！”他不禁提高了声音，“吴冲这个队是殷书记亲自抓的点，省局和部里都挂了号；他队里的人事问题，谁敢随便表态？我建议老杨，这事先搁一搁。”

“他同意吗？”

“难道你不比我更了解他？”他又是微微一笑，但笑得有点异样。我忽然明白：这家伙完全看出了我在故意装傻，借机把一个信息抛给了我，让我传递给昭远：吴冲队里的人事问题，你杨昭远休想过问。

“小丁，你应该很好关心老杨，给他当好参谋呀！”他显得很知己，但语调中带着郑重，“你不是不知道，齐安军是造反派出身；老杨要重用他，不是惹麻烦嘛……”

我心中直冒火气：重用吴冲都没事儿，用个齐安军就犯错误了？他好像知道我要说什么，口气立即变得委婉起来：

“小丁，我们都应该爱护老杨。现在，矿上要他做的事情太多了，盯着个吴冲队，能解决什么问题呢？”

“吴冲队里有问题，他这个矿长能不管？”

“你也认为吴冲队里有问题？”他依然脸带微笑。

“有没有问题你还不清楚？”

“小丁，我发现你的情绪不对头！”邵一锋收敛了笑容，声音严肃起来，“过去，你是吴冲队里的技术员，后来又提了工程师，吴冲这杆旗能竖起来，也有你一份功劳。现在，上级党委如此重视这个先进典型，我们就应该作出一切努力，把这杆旗举得更高，千万不敢在旁指指摘摘，挑挑剔剔，否则，可要犯错误咧！”

我冷笑一声：“谢谢你的关心。大小错误我犯多了，你邵书记又不是不知道！死猪不怕开水烫，还能再批我个什么‘典型’？”

“话总不能这么说吧，”他有些尴尬，声调缓和起来，“你不为自己想想，也该为老杨想想嘛！你和他是这样的关系，就该很好爱护他，关心他。老杨应该把精力放在实现他那雄心勃勃的计划上，不要把眼睛老盯着吴冲嘛！你说是不是？”

“我管不了他的事，人家是矿长。”我赌气要走了，“这份材料怎么办？”

他想了想，又摇了摇头：“老杨的意见我当然应该尊重，但这是局里殷书记的指示，还是让殷书记去决定吧。”

第十章

终于短兵相接了，这是在地层深处。

下班回到宿舍里，总感到身心交瘁，浑身无力。人的肉体是要靠精神来支持的，那么精神又靠什么来支持呢?

我瘫坐在椅子上，既不想动手做饭，也无意去食堂买吃的；就这么坐着吧，我不想再起来了。

这间十五平方米的屋子就是我的天地，它暂时把我和纷嚣的尘世隔绝。二十多年来一直等待的昭远，就在离我二百米远的那座楼上，但我没有勇气走到他那儿去。还是让孤独和寂寞，还有桌上的那盏孤灯陪伴我吧!

但“咪咪”跳到我的身上来了。哦，和我做伴的还有这个小小的生灵呢!

“咪咪”是一只毛色花白相间的狸猫。小东西非常温驯，有时又很调皮，它给我枯燥的生活多少增加了一点色彩。

“咪咪”是小茵送给我的。

那天，我到灯房去借灯下井。她发现我神色不好，交班后，一直守在井口，等我上来。

我本来想把痛苦深深地埋藏在心底，却没逃过姑娘敏锐的眼睛。

她追问我究竟发生了什么事，我只能把昭远对我的态度说了。她听后长叹一声：

“你们这是互相折磨，何苦呢? 难道孤独寂寞的滋味，还没尝够?”

我说："以你的年龄和经历，很难理解我们之间的感情波折。"

她没有反驳我，只是盯着井架上飞转的天轮在凝思。忽然，转过脸来，说了句使我惊讶的话："我不同情你，你活该！这事儿，说到底就怪你！"

可是，她却在第二天给我送来了一只小猫，她给取名叫"咪咪"。

"让咪咪来陪伴你吧，它虽然比不上杨矿长，可也不会惹你讨厌。"

"咪咪"给我的生活增加了一点小小的乐趣。当我百无聊赖地打起毛线时，它就抓起线球不断地跳跃颠扑，只要我喊声"咪咪，回来！"它就会咬着线球返回我的脚边，然后瞪着绿宝石般的眼睛凝视我。有时，它干脆跳到我的膝上，蜷缩在我怀里，嘴里发出"呜呜"之声。这种声音能从我内心里召唤出一缕母爱之情，我会情不自禁地抚摩它，让无声的眼泪滴落在它光洁的皮毛上。

门外响起了急促而又沉重的脚步声，他来了。

我有点慌乱，因为他很少到我宿舍里来。无事不登三宝殿，他准是有什么急事要找我。

"这是怎么回事？"他把一张报纸摔在桌子上，用恶狠狠的眼光瞪着我。

我打开报纸一看，吹捧吴冲的那篇文章登出来了，而且在头版显著的位置上。

"你有没有把我的意见告诉邵一锋？"

我把一张椅子拉到他面前："坐下，你慢慢听我说。"

"我问你，有没有把我的意见告诉邵一锋？"他一屁股蹾在椅子上。

"说了，原原本本地说了。"

"那这篇文章怎么发表的？"

"邵一锋说，写这篇文章是局里殷书记指示的，发不发，要由殷书记决定。”

“原来如此！”他轻轻地喊了一声。

“咪咪”走近他身边，闪着绿宝石般的眼珠打量他；忽然，一纵身跳到他的膝上，仿佛要用这种亲热的行动来平息他的愤怒。

“既然如此，邵一锋为啥还要拿来给我看？”他抬头喊道。

“可能为了对你表示尊重。”我尽量把邵一锋的意图往好里说。

他用锥子般的眼光盯着我，又用一种异样的声调问道：

“你真这样想吗？”

“不，不，”我慌乱地答道，“我求求你，昭远，别用这种口气和我说话。”

“我真不知道该用什么口气！”他痛苦地低下头去，“你……你已经不是二十年前我的那个小丁了！”

“不，不，”我大声喊起来，“你这样说，对我太不公平！我们决不是陌路人！我能很快消除你对我的陌生感，但你必须听我的话，不要和吴冲发生冲突！”

他频频点头，仿佛从我的话里悟出了什么意思。他说：“二十年前你就曾劝我违心地委曲求全，那时候我做不到，现在……我现在终于找到答案了。”

“什么答案？”他又重提往事，我受到双重的震动。

“邵一锋为什么对我们的关系如此关心？”

“为啥？”

“留给你去想吧。”他苦笑了一下，“现在我要给殷书记打电话，邵一锋让我看稿子，明明想强加于我，这不行！”

他抓住我的咪咪，往地下一甩，出去了。

咪咪在地上哀鸣几声，就扑到我身上来。

我把它抱在怀里。它“呜呜”叫着，眼睛看着门口，像是怕他再进来。

我还没有从茫然中清醒，走廊上就响起了“噔噔噔”的脚步声，矿长办公室的秘书跑来说，吴冲队里发生了严重的设备事故，杨矿长已去井口，叫我和他一同下井。

下井路上，我和昭远一路无言。当我们从矿车上下来，走进盘区巷道时，我还是控制不住自己，要求昭远到工作面后，无论情况多么严重，不要和吴冲直接冲突，那家伙一旦撒起泼来，什么也敢干的。

“我早就发现，你很怕这个吴冲。”他用揶揄的口气说，“他总不至于吃人吧！”

“吃人当然不至于；可是……”我没有“可是”出下文来。

“我接受你的劝告就是了。”这句话我记忆犹新，可现在听起来却含着苦味。

他拉着我涉过巷道里的一片积水，疾速地往矿井深处走去。在井上，他常常显得疲劳憔悴，一下井就来了精神。他离矿整整二十年，回来还没多久，但对井下密如蛛网的巷道依然那么熟悉；这不能仅仅归功于他的记忆力，很可能这些巷道经常在他梦里出现吧。

快进工作面时，昭远让我先去找吴冲，他在后面观察吴冲对事故的态度，必要时再出面处理。我对他的安排感到高兴，因为这样就可减少两人直接冲突的机会了。

我已经听到吴冲在大声吆喝着割煤的机组司机：

“给我割！使劲给我割！你们知不知道，有人要算计老子；老子出了煤，叫他干瞪眼！”

我自然知道他指的是什么。

我走进了工作面。

眼前的景象使我大吃一惊：有一组支架被顶板压住，孤零零地抛弃在采空的古塘里，其他支架还在继续推进。情况是极其严重的，如果不采取措施，把它尽快抢出来，顶板压力就会集中到这组支架上，最后把它压垮；这样一来，整个工作面顶板压力的平衡也将遭到破坏。这是重大的事故隐患。

吴冲却不管这一切，还在吼叫着，让采煤机组司机拼命干。他简直是发疯了！

我问老工人陈世福：

“为什么压了支架，还不采取措施把它抢出来？”

陈世福没有吭声，只是摇了摇头，叹了口气；一个中年工人代他回答：

“咋不想抢？人家队长不让，说要等矿上派人下来处理。陈师傅看不过，带了几个后生，想进去撤支架；队长不让还不说，反倒一人给挖两个工。”

陈世福这时接口说：“看看，这么好的设备，他队长不心疼，咱工人心疼哩！”

老工人的话音刚落，那边又响起了吴冲的大嗓门：

“好你个陈世福！你在那儿跎转个啥？还不给我出煤去！”

一盏矿灯照过来，吴冲发现了我。

“啊哈，工程师同志来了！下指示吧，咋处理？”

“吴队长！”我尽量婉转地和他商量，“是不是赶快找人，临时支几根柱子，扛住顶板，把支架抢出来。你说呢？”

“我没人，”吴冲说，“出煤都忙不过来。上面给几个人吧。”

“这是咱们队自己的事儿，问上面要人，不合适吧！”

“我这液压支架跑水漏油，他杨昭远愣不给解决，这也合适？”

我知道，昭远就在不远处的支架后面：他拧灭了矿灯，所以吴冲没有发现他。现在还不该由他出面，应由我来说服吴冲。我说：

“吴队长，这事不能怨矿上，咱们应该很好维护。”

“成天维护，我还出不出煤？”

“两个班生产，一个班维修，咱们应该按规章办事。”

“规章？规章还不是管卡压？”吴冲强词夺理，“我知道，你和杨昭远一鼻孔出气，快当矿长夫人了吧？啥时候给吃糖呀？”

我气得泪水在眼眶里打转，又怕昭远突然出现，和他接火，只能忍气吞声，劝他赶快把支架抢出来。

“我听说，咱们的杨大矿长对我吴冲特别关心，是不是呀？”吴冲故意压低声音，“你大概给他反映了不少情况吧？”

“吴队长，我……我……”我不知该说些什么了。

“没关系，我这一百五十八斤，不是泥捏的，纸扎的！”吴冲恶狠狠地说，“你可以把我的话传给他，我吴冲接受挑战！”

“吴队长，我下来，是为了支架……”我的话里一定带着哭音。

“我本想等他下来；既然来了个钦差，也好。吴冲综采队这杆旗，是干出来的，是斗出来的，经过风雨，见过世面；谁想砍，那就请他来试试！”

支架后面终于射出一束强烈的矿灯光柱，昭远走过来了。

我见吴冲先是一愣，随即又摆出一副毫不在乎的神气。

“吴冲同志，据我所知，并没有人想砍你的旗。”昭远的口气很平和，“真正先进的旗帜，想砍也是砍不倒的。”

“矿长亲自下来啦，欢迎啊！”吴冲撇开昭远的话题，打着哈哈，“我还正想问问，咱那要求换新设备的报告，矿上研究了没有？”

“研究了。”

“批准啦？”

“不同意。”

“为什么？”

“我早就对你说过了，那是给新综采队的。”

“有了新的，就不要旧的啦？”吴冲扯开嗓门，“你们当领导的，丑事莫非就像玩女人，也好来个喜新厌旧？”

“吴冲同志，请严肃点！”昭远的嗓音不大，但很有分量，“我们不是在聊大天！”

“那就请你看看我这套破烂设备，还能不能使唤？”

“能使唤。”

吴冲指着那组被压在古塘里的支架：“就这破玩意儿？”

“它并不破，要把它弄出来！”

“我老吴没这本事，”吴冲冷笑一声，“请你来往出弄吧！”

“我也没这本事，但工人同志能行！”昭远不慌不忙地用头灯往一个个工人脸上照去；和矿灯光一起射过去的，还有两道信任和亲切的眼光。

随着昭远手里矿灯的移动，吴冲头上的灯光也在移动；灯光下边，是两道恶狠狠的眼光，在每个工人脸上停留了片刻。那灼人的眼光仿佛带过去一声断喝：“谁敢？”

这眼光果然把人们镇住了，大家都站着不动。

吴冲挑战地看着昭远，脸上流露出得意。

昭远被激怒了，他把矿灯插在头上，“噌噌噌”走进了采空的古塘，冒着顶上石块随时可能掉下来的危险，跳上一块大石头。

人们的眼光一下子集中在他身上。

“请大家看看这液压支架，”昭远大声喊道，“国家用它给我们解除顶板的威胁，提高出煤的效率，现在却被扔在古塘里！照这样的干法，这设备，这工作面，非毁了不可！你们能眼看着这样下去吗？动手吧，咱们一起把它撤出来！”

工人们在原地站不住了，纷纷朝古塘走去。

“等等！”吴冲两手一张，挡住了工人，“请问矿长，这个队究竟是谁当家？”

“应该是你负责指挥！”昭远一字一板说。

“工人们该听谁的？”

“该听你的。”

“好，那就请你靠边站吧！”

没等昭远答话，吴冲倏地转身，朝工人吼道：

“都回去给我出煤，咱出煤要紧！”

部分工人在他矿灯光的逼压之下，转身走了；还有几个人站着没动。

“不服从指挥，一人我挖你两个工！”吴冲吼道，“我老吴的话从来不说二遍！”

“吴冲同志！”昭远在古塘里大喊一声，“作为矿长，我有权纠正你的错误指挥！如果这组支架毁了，我要严肃处理你！对工人任意扣工罚工，也是不能允许的！”

“什么？什么？”吴冲大概从未碰到过这样的对手，他捂着腮帮，好像突然得了牙疼病，“你……你想用权来压我老吴？”

“我的话也不说二遍！”

昭远把这句话扔给他后，便摘下头上的矿灯，高高擎在手上，对工人们说：

“干吧，我给大家照个亮！”

陈世福大喊一声：“跟我来！”

…………

这是一场紧张的、揪人心弦的战斗。

工人们有的在支临时柱子，有的在刹顶，有的抡斧，有的挥锤，除了“快！”“当心！”“使劲！”这样急促的短语，再不需要任何语言。这样的场面，我绝不是第一次见到，但眼前这些英勇的矿工仍然引起我深深的尊敬。此刻，我也是他们中间的一员，忙着给他们传递工具和材料。

在悬空的岈岈嵖嵖的顶板之下，昭远像一尊塑像，高擎着矿灯，一动不动地站在大石头上。顶板断裂的“叭叭”声不时响起；这里那里，不断有石片掉落下来，那“劈叭”之声在黑洞洞的古塘里激起阴森森的回响。他在仔细地谛听，又好像根本没有看到和听到这一切，手里的矿灯都没有晃动一下。但我分明看到，他的脸上已经爆起了密密麻麻的汗珠。

我真想扑上去，把他推到安全的地方，由我来执行他的任务。但他决不会同意的。他不仅在高举一盏矿灯，他在给人们以力量和信心。在顶板可能随时塌落的情况下，他把自己的心和工人紧紧贴在一起，从这里产生的力量，可以克服任何艰难险阻，甚至可以战胜死亡！

在这一刻里，我觉得眼前的昭远，还是我第一次在井下见到的昭远，那时他刚从冒顶的工作面走出来……

我再也顾不得去想其他，使出浑身的劲，把一根锯开的坑木举起来，递给正在刹顶的工人。

第十一章

井上也撕开了温情脉脉的面纱。一个时代的畸形儿。

我费了很大力气，想防止吴冲和昭远公开冲突，最终还是没有如愿。

井下那场冲突发生后的第三天，局党委办公室忽然打来电话，叫昭远、邵一锋和我去汇报工作。

没想到，这天早晨，食堂里一块土豆皮，使昭远滑倒了，跌伤了尻骨。

秋菜在市场上消失以后，大食堂里又开始吃土豆和圆白菜，要一直吃到第二年初夏。本来，现在已有新鲜蔬菜上市，但食堂为了省事，加上去年储存的土豆也得吃光，所以还是顿顿白菜土豆。全矿近四千职工在这里就餐，早就怨声载道，但这种情况就是得不到改变。

一颗颗拳头大的土豆，切上三四刀就下了锅。桌上地下到处都是土豆皮。昭远曾给食堂提过几次意见，希望粗菜细做，换换花样；食堂满口答应，但几天以后又恢复了老样子。昭远那天去食堂吃早饭，踩在一摊土豆皮上，竟跌了个仰面八叉。

我闻讯赶去时，见一群炊管人员正在扫地。昭远坐在墙角，对我笑笑说：

“看来，井下要文明生产，井上也得文明生活。咱们这个大食堂像什么？你闻闻这味儿，像不像猪圈？你再看看这个，”他指指饭桌周围用粗铁丝绑着的凳子，“工人难道是贼，需要用这样的办法来对待他们？”

“食堂里有时丢凳子。”我说。

“最好的办法，就是干脆让大伙站着吃饭。”他愤愤地说，“后勤总务上放了这么多人，工作却做成这样！”

回到办公室，邵一锋就打电话来，问他跌伤没有，并说要马上来看他。

邵一锋要来，我只能走了。但昭远却留住我：“你大概对他有一种条件反射吧？”

我对邵一锋确有一种条件反射。二十多年来，他像一团巨大而沉重的阴影，一直笼罩着我；我的青春和爱情，事业和命运，竟维系于他政治上的浮沉，这实在是我的悲剧。就在不久之前，当我和昭远的爱情刚刚复苏，又因他的关系而再次受到摧残。他像一颗扫帚星那样，拨弄着我的命运。

为什么我们三个人又要待在一起？这只会引起我撕心裂肺的痛苦。我要走。

但昭远却仿佛要检验我感情的坚强程度，一定让我留下。

我只能留下来，但进了隔壁那间屋子，这是个和昭远的办公室相通的套间。

“老杨，听说你在食堂跌了一跤，是不是跌伤啦？”邵一锋来了。

“这要感谢你那满地的土豆皮，”昭远说这话时脸上一定带着微笑，“坐吧，咱们来聊聊后勤工作，按照分工，党务和后勤可是你分管的。”

“你知道，我过去一直抓生产，对生活这一摊摊，纯属外行。”

“吃喝拉撒睡，是不好搞，我应该同情你。问题是，我们到底使出了几分力气？工人在井下，拼命往上拿煤，上来到食堂吃些什么呢？圆白菜土豆，土豆圆白菜；夜班工人上来，经常是冷饭冷菜。我们还要他们出大力，流大汗，怎么喊得出口？矿上有家的还好说，倒霉的是这些光棍汉们，他们却正是井下出煤的主力。”

“这我明白。”

“他们应该有一个干干净净、暖暖和和的食堂，走进去就像回到家，扑鼻的饭菜香能引起食欲。”

“我和大家商量一下，努力改进。”

“咱们订个协定吧，两条！一条是食堂，搞好卫生，主副食粗料细作，花样翻新，二十四小时，保证供应热饭热菜；二条是澡堂，工人们啥时候上井，都能洗到热水澡。先保证做到这两条，行不行？”

“能行。”

“那我今天这一跤就算没有白跌。”

“我们还能说点别的吗？”邵一锋忽然问，“你回来以后，一头扎进了工作，我也是成天忙忙乱乱，坐在一起的时间都没有。”

“现在不坐在一起了吗？”

“你觉得工作可还顺手？”邵一锋的声音里充满热情和关切。

“你认为呢？”

“我想听听你的感觉。”

“什么样算顺手，什么样算不顺手呢，老邵？四五十岁的人了，我不是带着幻想回来工作的。现实和幻想距离太远，靠幻想又绝不能解决任何现实问题。总之，顺手不顺手，对我都无所谓，反正认定了，那就干！这鬼脾气是改不了啦！”

“是啊，是啊，”邵一锋大概在点头，“我们都已进入中年，靠幻想生活的时代早就结束。过去，你比我更好幻想；今天，也许你比我更加现实。不管怎么说，你回来以后，我对你的工作是支持的，你不会否认这一点吧？”

“根本在于事实。”昭远说，“我的承认与否认毫无意义。”

“我希望听到你积极的评价，这在我是一种安慰。谁都知道，我们过去有过——”

“那次在府上做客，我就一再向你表示，我不喜欢谈过去。”昭远打断了他，“光是现在的事都忙不过来，哪有工夫想过去？”

“不，这几年，我想了很多。我这大半辈子，要说从利己之心出发去干过的事，就是对你和小丁……”邵一锋忏悔的口气十分诚恳。

“恐怕不止这些吧，老邵！在我看来，或者据我所知，你干过的漂亮事并不少哩！”

邵一锋不吭气了。

“我再说一遍，过去的就过去了。你我之间无所谓对得起对不起，根本的是我们应该对得起人民。这方面应该认真总结，吸取教训。”

“我总结过。”

“总结出什么来了？”

“你要听？”邵一锋仿佛来了兴致，语气中已没有刚才那种忏悔式的沉痛。

“我很感兴趣。”

“我觉得，生活就像永远演不完的连台戏，你我都是一个不重要的角色；一会儿我在台上，你在台后，一会儿你上了前台，我到了台后；在锣鼓声中就这么轮番客串，主角们的戏才演得有声有色。你说是不是？”

我不禁一愣。这家伙怎么变得那样坦率，竟在昭远面前把心里话抖搂出来了？这不像生产上的问题，不说人也知道；这是藏在灵魂深处的东西啊！是不是因为吴冲和昭远的冲突已经公开，他和对手打交道时，手法又有了新的变化？这是完全可能的。他刚才明明话里有话，他在向昭远暗示：别看你现在在台上，戏再演下去，说不定角色还得变换。

昭远已经觉察了，我听见他说：

“你什么时候也没下过台呀，老邵！你是个挺称职的演员。我一直把你当成我生活中不可多得的老师。至于我，不过是个蹩脚的跑龙套角色，跑一阵，就得到后台去休息。休息了二十年，现在倒很有点力气，准备在台上翻它几个跟头呢。”

“往后，舞台恐怕是你的了。”

“这不是你的心里话吧，老邵？”

“我可真是这么想的。”

“哈哈哈……”昭远大笑起来，“舞台是属于每个人的，编剧却是历史。照我看，历史好像不大喜欢闹剧，今后，恐怕要认真演点正剧，而且要一直演下去了。演员自然可以改改行当，你大可不必悲观。问题是，演惯了闹剧的角色，演起正剧来往往不大像，所以，要改行当就得认真。你说呢？”

“谢谢你的开导，”邵一锋说，“不过，历史这个编剧，兴趣好像经常在改变的。”

“有人可能希望它改变兴趣，但我相信它本身的法则，任何力量也无法抗衡这种法则；而且，党和人民也不会再允许它改变兴趣。你不相信？”

“我相信一加一等于二，偏偏生活又不那么简单。”邵一锋叹了口气，“不管怎么说，你真心真意原谅我，我感激；那些年，我好像也身不由己。吴老明那次事故，你要是不那么认真，我也不会用那样的态度对你。常言道，‘死巷里赶狗，回头咬一口。’现在，咱们又在一起共事了，彼此都吸取点教训，好不好？”

绕了半天弯子，邵一锋终于把自己的意思说出来了。他这个信号，昭远能接受吗？

“该认真的地方，我恐怕还是要认真的。”昭远大声说，“既然要演正剧，就得表现事物的本来面目，就得实事求是。”

“谢谢你再次提醒我。”邵一锋口气中带着阴冷。他显然站起身要走了，因为我听到了凳子移动的声音。

“着急什么呢？”昭远说，“我还想和你谈点别的呢，比如，吴冲采煤队这面旗帜……”

我的心一阵紧缩，他怎么当着邵一锋的面，把这个问题端出来了？

“听说，吴冲这个劳模是你一手培养起来的？”

邵一锋好像顿了顿，才说：“劳模是群众公认的，我并不想掠人之美，功归于己。”

“这个队，贡献不小呀！”

“吴冲很能干。”

“多年来，其他采煤队产量上不去，吴冲那个队噌噌噌往上蹿，这经验你们没总结？”

“总结过。”

“怎么不让他的经验在全矿开花？”

“这是我的无能；再说，‘四人帮’横行的时候，也不是开花的季节。”

“大概，现在到开花的季节了吧？”昭远冷冷地说，“《矿工报》上发的那篇文章是怎么回事？”

“你不是已经过目了吗？”

“难道丁雪君没有把我的意见告诉你？”

“她说，你好像不怎么同意现在就拿出去发表。”邵一锋讷讷地说。

这家伙，一个“好像”，再加一个“不怎么”，就把我传达的意思变了。我真想冲出去当面质问她。

“她是这么说的吗？”昭远提高嗓门问。这句话显然在说给我听。我想，他在说这句话的时候，准是冲着我所在的套间喊的，这表示他并不相信邵一锋的话，叫我不要露面。

“是这么说的。”邵一锋一口咬定，“反正，意思是你不同意发表。”

“那为什么还要拿出去？”

“局党委有这个指示，我得执行。”邵一锋语气变硬了，“上级对吴冲采煤队非常重视，这你应该知道。你我在这个问题上应该一致，就是说，要把这面旗帜高高举起来。这不仅是飞狐岭矿的事，也是全矿务局的事。”

这种暗示是带威胁性的。邵一锋也许想试探昭远对吴冲队的真实态度：他对二十年后再度相逢的对手，看来还有点捉摸不准。

“前天井下发生的事，你知道吗？”

“你指什么？”他在明知故问。

“吴冲扔了一组支架。”

“好像听谁说过。”

“你有什么看法？”

“这是你矿长职权范围的事。”

“吴冲那样做对不对？”

“我不了解情况，不能表态。”

“你对他的过去总该是了解的吧，”昭远的声音提高了，“你认为他的先进事迹都是事实？”

“我不明白你的意思。”

“真不明白？”

“如果吴冲的先进事迹不是真的，他怎能当上省、市劳模？”

“这个问题，最能作出权威性回答的，应该是你邵一锋！”昭远的口气有点咄咄逼人，“难道，竖起这面旗帜，就能掩盖飞狐岭矿存在的严重问题？请你让我说完。矿上存在这么多问题，有的问题相当严重；可就在这里高高飘起了一杆先进旗帜，不是一般的先进，而是出类拔萃的先进，这种奇怪现象大概只有你才能解释。”

“哼哼！”我听见邵一锋在冷笑，“这并不难解释。吴冲队在困难的环境和条件下，生产上创造了优异成绩，这才是真正的先进，难能可贵的先进！上级组织之所以重视他们，恐怕也是基于这一点。你老杨看问题为什么老是和别人不一样呢？不能因为二十年前你对了，二十年后你就一定是对的吧？粉碎‘四人帮’以后，各条战线正在奋发跃进，名正言顺地抓革命、促生产，为完成新时期的总任务而奋斗，这个大前提你应该清楚。推倒吴冲队这杆旗，对你又有什么好处呢？处处和现存的客观持对立态度，这就是英雄吗？”

又是一种威胁性的暗示。可以断定，他已从什么地方得到了支持和鼓励；局党委要我们去汇报的电话，也许就是一支兴奋剂；还有前几天开的全局科技、教育战线表彰大会上吴冲受到的宠遇，也是一个明确无误的信息。那次的大会搞得很隆重（造声势，搞形式上的热烈隆重，我们有许多人确是专家），局里的党政领导，各矿的党政首脑也都上了主席台，加上市里有关部门的头头和新闻界人士，主席台上摆了五排长条桌，才把这些人安顿下来。光飞狐岭矿上主席台的就有三人：杨昭远、邵一锋和吴冲。昭远和邵一锋坐在第四排，吴冲却坐在前排右侧，与主席台正中的殷洪隔三个座位。本来，这样的会议吴冲是无须参加的，更不必上主席台。但不知从什么时候开始，召开各种全局性大会时，矿务局范围内的头面人物，不管与会议有无关系，都要与会。这是一种显示身份的契机，在全局范围内亮相的场所，被邀者当然欣然前来。今天，吴冲被安排在首排引人注目的位置上，当然是殷洪授意的，其用意不言自明，无非表示对吴冲的支持而已。平时，吴冲对科学教育、对知识一贯是歧视和抵触的，如今却神气活现地坐在科技教育战线表彰大会的主席台上，实在是一种可悲的讽刺。邵一锋当然明白殷洪的用意，更明白殷洪鼓励的不仅仅是吴冲。现在，他对昭远发出了威胁性的暗示，自然不是偶然的。

按照昭远的性格，我怕他会忍不住跳起来，但他却说：

“谢谢你，老邵！你这话对我简直是醍醐灌顶。我说过，你是我的老师，果不其然！可我这个学生很不成器，简直有点冥顽不化。我不想当英雄，也不愿图虚名，只想做点对国家和人民切实有利的事。我这性格，你大概不会感到陌生吧？”

隔壁冷场了，过了一会儿，才听见邵一锋冷笑一声：“别人都在图虚名？你不妨把这种高见向局党委说说。”

接着响起了凳子挪动的声音。

邵一锋走后，我走出来对昭远说：

“吴冲队的问题，你不能操之过急。”

“为什么？”他大不以为然，“既然是马蜂窝，那早晚也得捅。摆着这样的人，矿山的正常生产秩序怎么能建立起来？哪有这样的劳模，简直是矿上一霸！”

“你知道他是谁吗？”我突然问。

他不解地看着我。

“他就是吴老明的儿子，当年那个打破邻居孩子脑袋的闯祸坯子！”

“什么？”昭远瞪大了眼，“吴冲就是三疙疸？”

这个千真万确的事实显然使他震惊。他默默走向窗口，茫然地凝视着窗外。

二十二年前的那一幕，在我眼前还是那么清晰，想来他也决不会忘记的……

那是个星期天。昭远和我正在宿舍里研究顶板的超前支护，办事员跑来说，老吴师傅家出事了：他那调皮儿子打破了邻居孩子的脑袋，伤势很重，正在医院抢救。

我和昭远急急赶到吴家去，想帮老工人分担点困难。吴老明不在家。我们在那儿碰上了也是来探望的邵一锋。

邵一锋热情地找出话来和我们攀谈，谈儿童的教育问题，谈家庭和社会对孩子的影响，甚至提到孟母三迁。

吴老明从医院回来了，说邻居孩子的头上缝了三针，已没有什么危险。大夫原说可以回家养着，但他坚持要让孩子住院，继续观察、治疗，医药费、伙食费、营养费全由他来负担。

没想到那个闯祸坯子却对此大为不满，他仄楞着脑袋，用一种鄙夷的眼光投向父亲："干啥要你掏钱？你的钱多得没处花？还医药费、伙食费、营养费！营养啥？磕破他的夜壶（脑袋），活该！"

"灰猴！闯下大祸你还有理？"吴老明扑过去要打儿子。

儿子一闪身就逃出门外，见父亲不追，又返回来，靠着门框，气汹汹地说：

"你的钱花不了，为啥不给老子点花花？他妈的，要你几个子儿就像割你的肉，你还像个做爹的？"

吴老明气得说不出话，操起一根擀面棍就向儿子扑过去。昭远上前截住，夺下了他手里的棍子。

邵一锋却站着不动，脸上挂着一种异样的微笑，蛮有兴趣地打量着闪在门框旁的闯祸坯子。

真叫我开了眼界，竟会有这样的宝贝！他那暴突的牛眼里，射出两道蛮横的恶狠狠的光，好像与一切都势不两立。他不过十二三岁，身架却不低，结实得像个石磙子。

"他妈死得早，没人管教他，我成天下井……"吴老明痛苦地低着头，仿佛在检讨。

“还没管我哪？就差没用铁链子锁我！要老子也像你那样窝囊，叫人欺侮？老子就是不干！”

昭远走过去，突然一把抓住了那条“野牛”：“你是谁的老子，啊？”

那家伙一边挣扎一边喊：“狗拿耗子！老子不用你管！”

“你应该有人管，你太不像话了！”昭远厉声说。

“你算老几？”那家伙就不示弱。

“你这样下去是不行的，三疙疸！”昭远居然知道他的小名，“小小的年纪，怎么能蛮不讲理？给你爹认错吧！”

邵一锋忽然走过去，笑嘻嘻地拉开了杨昭远，对闯祸坯子说：“咱们来讲讲理吧，小伙子！你打破了人家的脑袋，怎么反倒是人家欺侮你了？”

“他没本事，还敢招惹我；不给他点颜色看看，不知道我姓吴！”

“你讲的是实力政策？”邵一锋微笑着说。

“咋？不对？我爹窝囊，我可不做熊包！”

他把老实看作窝囊了。看来，在这个孩子的内心里，强者欺侮弱者的信条是被肯定了的；那么，待到他长成人后，他所认为的强者的标志又是什么呢？当时，我不知道为什么会想到这些，眼睛茫然地看着那个爆突牛眼的愣货。

“谁对我好，我也对谁好；谁对不起老子，老子也对不起他！哼！”那闯祸坯子一边说一边扬长走了。

又是一条哲理！

昭远皱着眉，嘴角在颤动。也许，他心里的痛苦和不安不亚于做爹的老吴师傅。邵一锋也在看着孩子的背影愣神，我不知他在想些什么。

还是邵一锋第一个打破了沉默，他笑着说：“老杨，你能预言一下这个孩子的将来吗？”

“不好好教育引导，将来对社会很可能是一种破坏力量。”

“小时候谁不调皮捣蛋？为什么要他成为绵羊呢？”邵一锋递给吴老明一支烟，自己也点上一支，“等他懂事以后，很可能还有点作为呢。”

“那就看生活教给他什么了。”杨昭远沉思了一会，说。

“我们的社会，还能给他什么不好的影响？”邵一锋喷出一口浓烟，转脸对吴老明说，“别发愁，老吴！你这宝贝儿子，说不定是个有出息的家伙呢。”

吴老明摇摇头，表示他并不乐观。

这就是二十二年前发生的一件事。谁能料到，在以后的生活里，这件事却使吴冲、邵一锋和昭远之间出现了一种特殊关系。

吴冲十八岁进矿当了工人。也许那件事在他幼小的心灵上烙下了深深的印记，这个讲义气的愣头青，进矿以后，就对邵一锋表现出一种异乎寻常的不二忠诚。邵一锋结合进领导班子后，不让他当“职业革命家”，要他下井。当时，一批劳模被打倒了，需要竖起新的样板来。吴冲有力气，干啥有一股拼命劲头。邵一锋施加了一些影响，吴冲就被树起来了。那时候，要树个人、树面旗并不困难，只要惯造舆论的秀才们，用生花妙笔编上几段就行。比如，吴冲的动人事迹之一是这样的：“……有一次，工作面顶板来压，隆隆之声像大炮轰鸣，碎石像急雨般掉落，龇牙咧嘴的顶板眼看就要冒落，顶板下还有两个人没有撤出。在这千钧一发之际，只听见工人阶级的优秀儿子吴冲大喊一声：‘闪开！由我来对付它！要牺牲让我牺牲！工作面一定要保住！’说时迟，那时快，被光焰无际的毛泽东思想武装起来的吴冲，像闪电一样冲到即将冒落的顶板下面，把两个工人推出险区，用自己的钢铁肩膀，扛住了下沉的千钧顶板。阶级兄弟得救了，工作面保住了，我们的英雄却安然无恙……”秀才们在这里发挥了充分的想象力，下沉的顶板根本是扛不住的，吴冲不过在巷口叫喊了一阵。但这篇发在市报头版头条的通讯，却使他的生活道路产生了巨大的转折，他参加了各种代表会，什么“学代会”“积代会”等等，成了飞狐岭一面旗帜，成了全局颇有名气的人物。

“还记得吗？”我对昭远说，“二十一年前，那个晚上，我们散步回来，从黑暗里投来一块石头，打破了你的额角？”

“是他干的？”

“‘文化大革命’中，他在‘学代会’上讲，说十三岁就和‘反党反社会主义的右派’作过坚决的斗争。”

我看见昭远的双肩在颤动。

“吴老明是哪年退休的？”他回头问。

“六五年。造反那阵，儿子嫌他碍手碍脚，就把他撵回了老家。”

“抽个时间，我要去看看吴老明师傅。”昭远转身说，“现在，请你坐下来，给我好好谈谈吴冲队里的事情。”

我还是下不了决心。

他失望地摇摇头：“你老是在吴冲问题上躲躲闪闪，这只能使我产生两个感觉，一是吴冲还有严重的问题被掩盖着；二是你完全了解这些情况，却对我守口如瓶。”

我无力地抱头坐在床上，心乱如麻。

昭远和吴冲虽然已经发生过冲突，但我仍想防止冲突激化，如果把老账翻出来，比如那几年他吃肥丢瘦，先后丢掉国家的煤炭资源一百多万吨；比如通过巧妙的办法，把家属小煤窑出的煤记在自己账上等等，那他这个劳模的存在，就将从根本上受到威胁；到时候，这家伙肯定会不择手段来对付昭远的。

我的沉默激怒了昭远，在急速地踱了几步以后，他终于对我叫喊开了：

“你说，我把你视作路人，为此你满肚子怨气；现在我要请你回答，你是怎样对待我的？你有话瞒着我，这就是对我的信任？连信任都没有了，还谈得上其他？这些年你身上发生的变化，真使我感到惊讶！”

不知他是在故意刺激我，还是心里真这么想的。我哭了。

“你以为我是吃饱饭没事，才对吴冲发生兴趣吗？或是为了报那一石之仇吗？”他的口气婉转了些，“我还不至于如此无聊。回矿以后，我听到许多反映，都和这吴冲有关。不解决吴冲的问题，矿上的工作很难打开局面，这你心里也很明白，可是你却不肯帮助我，支持我！”

我几次想站起来，扑到他的怀里去，告诉他我所知道的一切。但我还是忍住了，因为这不是一个吴冲的问题。邵一锋刚才已经把问题的实质点出来了：“处处和现存的客观持对立态度，这就是英雄吗？”昭远执意要先解决吴冲队里的问题，以这作为钥匙，来开飞狐岭这把锈锁，会有什么结果呢？

第十二章

梦境和现实相距多远？汇报会上很热闹了一阵。

傍晚又下了一场大雨。

窗外的白杨树叶，经雨一洗，透明般的翠嫩；几只蓝翎黄嘴的小鸟，在枝叶上跳来跳去，欢快地鸣叫着，不知它们是在觅食还是嬉戏。穿过枝叶的隙缝，落日把金黄色的柔和的光，射到我的身上；小鸟抖动了枝叶，那斑斑驳驳的光也在我身上跳动。

窗外的自然景色是充满生气的，我的心里却是一团愁闷，一片孤寂。“境由心造”，那是把主观意识的作用过分强调了；心情好的时候，眼里看到的美好事物会觉得更加美好；心情不好的时候，美好总不能变成丑恶的。

咪咪发现我的心情不好，不敢拉开架式和我逗玩，只是在我脚边转来转去，不时仰头用绿宝石般的眼睛观察我的神色。在断定我需要它的温存，不会讨厌它的情况下，才跳到我的膝上来。

我就这样摩挲着蜷曲的咪咪，在窗前默默坐着，直到从白杨树枝叶间射来的最后一束光消失了，我已微感凉意，才抱着咪咪坐到桌边去。

我决定给吴老明师傅写信。给他写信的目的有四：一是昭远希望看看他，而目下他是抽不出时间去乡下的，所以想请他老人家到矿山来一趟；二是希望他来后，能以父亲的身份，对儿子施加影响，帮助我缓冲一下昭远和吴冲的矛盾；三是吴老明师傅对我和昭远都较了解，昭远对这个老工人又极为尊敬，他的来到，能帮助昭远消除对我的“陌生感”；四是想通过他了解一些钱四的情况，听说钱四和他是老乡。由于昭远的直接干预，钱四回矿的手续正在办理；但我总觉此事有些蹊跷，因为钱四在昭远回来前已经出现在矿上，曾被保卫科撵过两次；为什么昭远一回来，此人又找上门来了呢？

我匆匆下楼，把信投进了邮筒。在我转身时发现了小茵。

“给谁写信这么积极呀？”她笑着问我。

“给吴老明师傅。”

“就是吴冲他爹？”

我点点头。

“想搬老汉来当救兵？”她语调里带着明显的揶揄，“照我看，你还不如去找邵一锋呢！”

“你胡说啥？”

“邵一锋关心杨矿长和吴冲的关系，又关心你和杨矿长的关系，而且是真心实意的关心。你不信？”

“我没兴致听你嚼舌头。”我转身要走。

她一把拽住我：“你还是相信的好，这是陈碧华告诉我的。”

“她怎么说？”

“邵一锋希望你和老杨尽快结束单身生活，建立一个温暖的家庭，相亲相爱，妇唱夫随。请注意，不是夫唱妇随。”

“什……么？”

“告诉你吧，邵一锋可了解你丁雪君呢。他知道你需要什么，害怕什么；他希望你和老杨结合后，能影响老杨的行动，使老杨不再由着性子来。明白了吧？”

我的脑子里“轰”的一声。

原来邵一锋对我们关心的目的正在这里！难怪昭远一直在琢磨这个问题，难怪他对我老是若即若离！记得不久前他曾对我说过，他已经找到了答案，但又不肯告诉我，而要留给我去想。我糊涂到了何等程度！我希望在风平浪静中复活我们的爱情，在生活的网外去建立我们的家庭，在与世无争中度过我们的余生，这种梦虽然绮丽，但在生活中可能存在吗？

小茵搂着我的腰说：“支持你的杨昭远，放开手干吧，不要再疑虑重重，左顾右盼了。我那位小齐分析得就是有道理。他说，别看矿上好多干部还不敢多接近杨矿长，但他们心里是明白的；尽管有人私下造舆论，说‘谁跟着右派矿长，非犯右派错误不可’，还说什么‘共产党不搞运动，那还叫共产党？’等等等等，可并没有多少市场。邵一锋想打吴冲这面旗来护身，恐怕不容易了。”

“谢谢你，小茵！”我心乱如麻，“你让我想一想。”

回到宿舍，我机械地翻开了书。书上的文字在跳动，我的视网膜上一片模糊。索性睡觉算了，自然得先吃两片“眠尔通”。

我整夜梦魇。

……赶火车，快到开车时间，东西还没有收拾好，急醒了；又开始了另一个梦，乘末班汽车去什么地方看昭远，差几步没赶上，又急醒；接下去，又梦见昭远在井下被顶板砸伤，我打电话给矿务局医院，要救护车，电话老占线，我急得满头大汗……

梦还在继续。

落霞。晚照。我和昭远在田间小路上漫步。路边开满鲜艳的野花，路旁是茂密的庄稼。昭远体魄健壮，雄姿英发，显得非常年轻。"我们再也不会分开了，"他俯向我的耳边说，"我很疲倦，我需要在你的身边歇息，我们早该有个家了，不是吗？""是的，"我说，"我终于有了自己的归宿。我们互相等待了二十年。我们已经向生活付出了沉重的代价，现在，该我们收获了。""好吧，我把一切交给你去安排，我的确很疲倦了。"昭远的声音沉重，而且苍老，这和他的外形完全不相协调；更使我吃惊的是，他接下去竟这样说："也许，留给我的日子已不多，而路是没有尽头的；我已经走了自己该走的一段，我们就停下来休息吧。"我说："你早该听我的话才是，你真是个孩子，你需要有人保护。""我现在才知道，你就是我的保护神。"他说，"你身边就是我安息的场所。"我高兴地一边奔跑，一边从路边采集野花。在两块庄稼地中间，出现了一块草地，我轻松地躺下去。头上是蔚蓝的晴空，晴空里几片白云在舒卷；四周是绿色的海洋；微风飘过来熏人的花香。我摇动着手里的野花，呼唤着昭远："快来，快到我这儿来。这地方太好了，谁也不会来干扰我们……"但昭远却呆呆地站在原地，好像根本没有听到我的呼唤。我好奇地站起来，沿着他的目光朝前看，发现不远处有一片高地，高地上绿树成荫，树底下繁花似锦。"到那边去，那边比这儿好！"他朝着我喊。"算了吧，"我向他奔去，"你不是累了吗？到那边还有不短的路呢。""不行，我要上那块高地！"他的声音里已毫无困倦、苍老之感，"跟我走吧！"我一把抱住他："我不许你去！你不是说一切交给我安排吗？听我的，到草地上去。”“放开我！”他咆哮着，夺去我手里的野花，撒了一地。“我不去，也不让你去！”我喊道，“求求你……”他没有言语，那火一样的眼光刺得我睁不开眼。忽然他使劲一甩，挣脱了我；我跌倒在地，他却拖着我继续奔跑。忽然，周围的庄稼地变成了一片沼泽。我们陷进了深深的泥潭。“往回跑吧，还来得及！”我哭着央求。“不能回头，要冲过去！”他朝我喊。“你是过不去的，往回走吧！”我死死抱住他。他居然在泥潭中挣脱了我，又往前跌跌冲冲蹬了几步，再也无法前进了。他的身体在泥潭中越陷越深。我伸手去拉他，又够不着。污泥已经陷到他的胸口，他却不理睬我的哭喊和央求，只是用向往的目光看着高地上那成荫的绿树，如锦的繁花……

“昭远！昭远！”我在声嘶力竭的哭喊中醒来了，浑身都是冷汗。

这整夜的梦魇把我搞得好苦！

早晨起来，头疼欲裂。我用冷水洗了洗脸，想到户外去透透空气。党委办公室的秘书来通知我，上午去局党委汇报工作，车已经派好了。秘书还提醒我，汇报吴冲采煤队的工作时，“应该实事求是，注意分寸。”照他的说法是，“利害得失，你应该清楚。这杆旗能不能更高地举起来，恐怕不是一般的工作问题，也绝不仅仅是飞狐岭矿的问题；你应该让杨矿长明白这一点。”

看来，梦境与现实相去并不遥远，我们的面前将是一片沼泽吗？

“昭远同志！”殷书记拖长了声调说，“我发现，你对吴冲采煤队的看法，不无偏激的成分哩！”

说完这句话，他朝坐在对面的任斌瞥了一眼，便从沙发上站起来，背着手在屋子里踱开了。

他踱得很慢，好像每迈一步都颇费力气，这是因为他粗胖的身体分量过重，还是因为他心情不佳的缘故呢？他的鼻子里还不时发出“嗤嗤”之声，好像有个虫子钻在里边，他要使劲把它“嗤”出来似的。

“我并不否认，吴冲采煤队可能存在一些问题，你刚才谈的也不会全是子虚乌有；问题是，我们应该用怎样的态度来对待这个先进典型？”他突然在昭远面前站定，用一种居高临下的姿态继续说下去，“我们什么时候都应该一分为二，怎么能要求先进典型就没有一点不足甚至缺点呢？对吴冲这个人也是如此，他可能有些毛病，但金无足赤，岂有完人？在座的，当然包括我也包括你，能说自己没有缺点，嗯？”

“我认为，这不是一般的缺点或什么不足。”昭远抬起头来，正视着殷洪。

“那是什么？”

“是问题！吴冲队里存在着严重的问题；因此，它并不是什么先进典型！”

殷洪大概没想到昭远会面对面顶撞他，似乎有点吃惊，愣了会儿，鼻子里“嗤嗤”了几声，又背着手踱起步来：“你的结论是不是过于武断了？”他避开了昭远的锋芒，仿佛还笑了笑，声调也是平和的，言语动作都表现出一种领导对下属的豁达大度：他显然控制住了自己。

昭远毫不掩饰地当面顶撞殷洪，不仅使我和任斌吃惊，大概使坐在角落里的邵一锋也感到意外。我见他紧张地注视着殷洪。毫无疑问，他希望书记对此作出强烈反应；但殷洪并没有计较，这使他失望。

殷洪在踱了一阵以后，继续用婉转的口气说：“昭远同志，你离开我们太久了，你不了解今天的矿山。和二十年前比起来，今天的情况要复杂得多。在这种情况下，吴冲采煤队这样的基层单位就很不错了。它是得到群众和各级党组织承认的，谁也无权否认它！”说最后一句话的时候，他加重了语气：“树立先进典型，靠典型引路，这是我们一贯的工作方法，榜样的力量是无穷的呀！”

“我并不反对树立先进典型！”昭远说，他的口气也婉转起来，“问题是要树立真正的先进典型。吴冲在队里搞的那一套，能说是先进吗？”

“他出了煤，这难道不是事实？”殷洪的声调稍稍提高了一点，“我们国家开始了新的长征，燃料动力相当紧张；他能多出煤，怎么不是好事？”

“我知道国家急需煤炭，也恨不得一锹挖出一座煤山，多出煤当然是好事。问题是，吴冲用拼人拼设备、杀鸡取卵的办法来出煤，用妨碍兄弟队组正常生产的方法来出煤；他不讲管理，不服从调度；每次搞会战，不仅井上的干部，还有其他队组的人来参加，出的煤都算在他的账上。这能算先进典型吗？用这样的方法来出煤应该鼓励吗？”

“有你说的那么严重吗？”殷洪一面踱步，一面抬头看着天花板，“再说，不管白猫黑猫，抓住耗子就是好猫，如今讲的是这个原则。”

“那是指能逮住真耗子的猫。”

“耗子还有真的假的？”

“五八年放了那么多高产‘卫星’，该说是逮住了大耗子吧，结果呢？”

殷洪停住脚步，不悦地看了昭远一眼：“此一时彼一时，怎么能把今天中央的正确路线与当年的急躁冒进相提并论？”

“今天的中央在强调实践是检验真理的唯一标准，那种图虚名、受实害的做法，不能再继续下去了！”

殷洪倏地转身，两眼瞪得老大，仿佛他真逮住了一只耗子：“多出煤就为了图虚名？从你矿长杨昭远的嘴里听到这样的话，真叫人惊讶！”

“您不能这样理解我的意思，殷书记！”昭远毫无失措之态，“作为矿长，我的任务就是为国家多出煤，出好煤。我在飞狐岭搞调整，改变采掘失调、安全失调的局面，搞科学管理，就为了持续地稳产高产，就为了追求扎扎实实的没有水分的速度。”

“速度和水分，能合成一个概念吗？”殷洪冷笑一声。

“五八年经济发展的速度很高，但那速度是有水分的，国家和人民因此而受害——”

“你怎么老爱拿今天和五八年来比较？”殷洪忽然提高了嗓门，打断了昭远，“难道新长征又是急躁冒进？昭远同志，你已经恢复了党籍，别忘了自己的身份！”

任斌忽然咳嗽一声，接着又重重地清了清喉咙。

我紧张地盯着殷洪。殷洪的目光直视昭远。我又连忙把眼光转到昭远身上，他的脸上凝结着一种古怪的微笑。

空气变得沉重起来。

“殷书记，如果这样来讨论问题，我便什么也不再说了。”昭远的声音和他的面容一样镇定。

殷洪愣了愣，仿佛很不情愿地从他身上收回眼光，然后转过身去：

“你当然可以说话，只是别忘了自己是共产党员！”

“我非常珍惜自己的身份，努力想做得符合这个身份。”

昭远激动起来，“一个共产党员，应该在组织面前说真话。我总觉得，我们搞工业的，甚至可以说在整个经济战线上，长期以来根据一种错误的指导思想在办事，这就是盲目追求高速度、高指标。就拿吴冲队来说，人们看的就是他们的出煤数字，至于这些煤是怎么出的，实际效果如何，却无人过问……”

“等等，等等！”殷洪眼睛瞪大了，好像又逮住了一只耗子，“你说什么？‘搞工业的，甚至可以说整个经济战线，……错误的指导思想……’指导思想是党提出来的，那么说，是党……”

他在惊讶中喃喃一阵之后，突然把音量提高了几度：

“昭远同志，你是在故作惊人之语吗？竟然怀疑我们党对经济战线的指导思想——”

“不是怀疑，”邵一锋插嘴说，“老杨断定党对经济工作的指导思想是错误的。是这样吗，老杨？我希望你的意思不至于被误解。”

“你恰恰改变了我的原意，”昭远投给邵一锋一个微笑，“我只是说有一种错误的指导思想，并没说党的经济工作的整个指导思想是错误的。你这样为我辩证，我想绝不是出于误解。”

“难道是我听错了吗？”邵一锋不知在问谁，“就算是‘一种’吧，反正是党错了，那么谁对呢？”

“党！”

“怎么解释？”

“正是党提出了在各条战线上都要拨乱反正，特别是在指导思想上的拨乱反正。正确难道不是在改正错误以后吗？”昭远目视殷洪，“我们成天说拨乱反正，到底什么是乱，什么是正呢？难道我是在故作惊人之语吗？”

殷洪苦笑着摇摇头，逮住的耗子又跑掉了。他抓别人话里的把柄，倒也并不为了好拿来整人，而是他习惯的思想方法和工作方法。是非好坏，他有自己多年来形成的不变标准；只要与他的标准稍有不符，便会敏感地激起反应。从政数十年，他的手里总有一摞名目、尺寸不同的帽子；既然扣上一顶便能解决问题，这省劲的方法何乐而不为？又为什么不沿用下去？以后也就成了习惯。但杨昭远却蔑视他的法宝，在中央一再重申坚决实行“三不”政策的今天，他一时就没招了。

“还是回到咱们的吴冲综采队上来吧，”殷洪说，“现在反对随便上纲上线（他忘了刚才自己的那一招了；或者说，他从来不愿承认自己是喜欢开帽子铺的），你也不要把吴冲队里的一些不足或缺点，硬拉到你的理论上去；还是实事求是地、心平气和地来研究一下，如何帮他们提高吧，好不好呢？”

昭远也趁势缓和了口气：

“我并不想硬拉什么来证明我的理论；我根本就没有什么理论，不过是面对曲折的历史和实践，作了点思考。我对吴冲综采队不抱任何成见。殷书记，您可能不大了解飞狐岭的真实情况，那里各方面的失调已经到了惊人的程度，而吴冲采煤队这杆旗，却在这样的失调之中越举越高，这是正常的吗？”

殷洪又默默踱起步来，踱了一阵，语气和脸色又恢复了平和：“我是不会误解你的意思的，昭远同志！搞生产，你在管理和技术方面都是内行。吴冲队里如果真有问题，你们矿领导应该帮助解决嘛！你莫非不知道，派你回飞狐岭，是对你寄托着很大希望的！是不是呀，任斌同志？”

任斌苦笑了一下，仿佛点了点头。自从我们进屋谈话到现在，他统共没有说过三句话。我知道，他对飞狐岭矿是有看法的；他竭力主张派昭远去当矿长，是希望昭远去后，能认真对这个矿的生产进行整顿。但他和殷洪共事久了，很了解这位一把手的性格：当着下属的面，殷洪是不允许别人对他的意见表示异议的，更不允许别人和下级一起来反对他。为了大局，作为第一副局长的任斌，不能把和书记的分歧公开于下级面前，在眼下的场合里，他唯一的办法是沉默。

我看见殷书记在皱眉，他显然对任斌的暧昧态度感到不满。在十年动乱中，他们两人一起受到冲击，在“牛棚”和干校里，共同的遭际使他们摒弃了过去共事中的分歧和隔阂。一年以前，在落实政策时他们一同复出了，继续作为老搭档，挑起了矿务局的领导担子。工作不久，局机关就传出两人在工作上又产生了分歧的说法。殷洪处理问题习惯从“政治”角度出发，但他对政治的概念，以及思想方法、工作方法，还是过去的那一套。他一辈子习惯于紧跟，但今天却不知如何跟法了；因为越想紧跟，就越感到和自己过去习惯的那一套是冲突的。有人说，他的脾气比过去大了，家长作风更厉害了，大概是工作很不顺手，也很不顺心吧！但在公开场合，他却很少发脾气，这可能是他多年从政、饱经磨炼的结果。我曾在一个偶然的场合，听到《矿工报》两个年轻人议论他，说他内心很苦恼，对新的现实不理解，老一套行不通，又拿不出任何新办法来，作报告只能按秘书起草的稿子照本宣科，根本不敢加进自己的观点。他感到自己的职位和权力在受到无形或有形的挑战，他不甘心这种局面，又苦于拿不出一手来。有人告诉他（据说这人就是邵一锋），在全国燃料动力紧张的情况下，只要有煤，云山矿务局还怕不受到上级的瞩目？他这个书记应该从抓政治转到抓煤上来。只要能多出煤，管它是怎样出的呢？他不是已经六十二岁了吗？他需要操心的是在自己任上如何作出成绩，至于往后的事，那让别人考虑去吧。但从整个矿务局说，生产并不很景气，使出了吃奶的力气，也不过勉强完成任务。只有飞狐岭的吴冲队，不时迸出一两颗火星。殷洪终于找到了一张王牌：培养出一个先进典型，树起一面旗帜，受到注意的当然绝不仅仅是典型本身，这个道理谁也清楚。邵一锋更懂得这一点。既然这面旗帜已经打到了全省，为什么不能打到全国去呢？而吴冲也就在这样的支持下更加骄横起来。

但昭远偏偏要捅这个马蜂窝，任何人的劝阻都无济于事。今天，他一上来就反对在吴冲队里开综采现场会。殷洪岂能接受？这样的场合下，我除了着急，又能说些什么？我用眼光乞求于任斌，希望他从中调和一下，不要使昭远和殷洪的僵局再继续下去。

任斌对我的暗示却好像没有看到，一直用火柴棍在挖着耳朵，仿佛他的耳屎挖不完似的。他在想什么呢？也许，昭远目前的据理不让正是他所希望的。他不愿使自己和书记的分歧公开，既然有人代他把心里话说出来，他为什么要反对呢？任斌的脑子比较清楚，他对生产技术和管理都应说是内行。但他已没有那么大的魄力和精神来大刀阔斧地进行整顿了。有一次他曾私下对我说："我挑这副担子，实在是不胜重负啊！别人争这争那，唯恐大权旁落；我可希望早一点卸下这副担子，……”

“小丁！”这一声喊吓了我一跳，原来殷洪已经站在我面前，“你是负责综采的工程师，你对这个队是怎么看的呢？”

我早料到他或者别人会提出这样的问题，而且已经考虑了招架之法。我抬起头来，正视着殷洪说：

“这个队里确实存在着不少问题，这一点，老邵应该比老杨更加清楚，因为这是他一手培养的。有些问题，如果及早处理，及时解决，这个队也许会做出更大的成绩，成为名副其实的先进单位。现在才注意到这些问题，也许已晚了点；但如能下决心去解决，可能还不算太晚。”

我这个态度，可能使所有人都不满意，左一个“也许”，右一个“可能”，这种模棱的说法自己也感到讨厌。但此时此刻，我还能拿出什么更鲜明的态度呢？不过，有一点我是不含糊的，我要朝邵一锋身上戳去。不能让他太轻松了，他想在一旁看热闹，借书记的威风来煞昭远的锐气，没那么便宜的事。

“丁雪君同志没有否定吴冲队嘛，”殷洪并没有因为我的话而生气，相反脸上却浮起了笑容，“她相信，吴冲采煤队在解决了现存的问题以后，会取得更大的成绩，这完全符合我的想法。昭远同志，你应该同意小丁的看法嘛，她是最有发言权的。”

我有点哭笑不得，这位大书记竟然对着众人，实用主义地歪曲我的本意，而且以此来使昭远就范。我瞥了一眼昭远，他仿佛并不在意地盯着窗外，那里，一株钻天杨蹿上了三楼，有几只麻雀在树上跳跃啁啾。邵一锋呢，却安然自得地用指甲刀修着指甲，脸上挂着一种漠然的微笑，好像这里争论的事情与他无关，他完全是以一个局外人的身份在这儿旁听、客串。

想起那天晚上小茵对我说的情况，邵一锋竟然利用我的怯懦，企图让我拉住昭远，使我对这个人的反感，陡然增加了十倍。现在，他那故作超然的态度，更加激怒了我。我说：

“邵书记为什么不说话？过去，吴冲队里的所有材料都是经你的手出来的，他们这样干，或者那样干，都是你同意并且支持的。比如说，我制订了一套完整的综采管理制度，吴冲竟然把它当成废纸，说提我当工程师，我就翘起了尾巴，什么‘给了三两颜色，就想开个染坊’，‘老九还想凌驾于党委之上’，硬说我企图用规章制度来捆绑他的手脚，叫他当不成劳模。这些话，是他当着你邵书记的面训斥我的，你对他提出过半句批评吗？杨昭远同志回矿后，吴冲在背后散布了许多言论，有些言论可以说是污蔑性的，你邵书记莫非没有听到？听到了，你又是什么态度？当然，不吭声也是一种态度，这只能使人得出这样的结论：你在背后是支持吴冲这样干的。你在大会上口口声声说，要消除前嫌，和老杨搞好团结，还说要用行动来证明这一点。请问，这就是你的行动吗？我简直不明白——”

“小丁！”殷洪打断了我的话，“今天是研究如何更好地培养吴冲采煤队这个典型，你怎么在个人关系上纠缠起来了呢？”

“不，殷书记，”邵一锋面带笑容地说，“小丁对我有点气，您让她把肚子里的气朝我出完吧！”

“我并不是在朝你出气，也不是在个人关系上纠缠；”我显得有点沉不住气了，“我所说的，都和吴冲采煤队有关。我总觉得，有人在背后激化吴冲和老杨的关系，这究竟是为了什么？”

“这不又在个人关系上纠缠了？”殷洪说，“我想，昭远同志也未必会同意你这种说法。”

“我不认为这是我和吴冲之间的关系问题，”昭远说，“这样说，反而会把问题的实质搞混。”

我恨恨地盯了昭远一眼，这个傻瓜，只知道一味向前冲，却全不防备别人在脚下使绊子。他这样一说，无疑把我的口堵住了。邵一锋却抓到了机会：

“本来，今天我不再想说什么。飞狐岭的工作，吴冲采煤队的情况，局党委都是很清楚的。我邵一锋能力不大，但一直在辛辛苦苦工作。我想不通的是，培养了一个先进采煤队，怎么就成了罪过？我也弄不懂，昭远同志一回矿，为什么就盯住了吴冲不放？有人说，五八年，吴冲打过老杨一石子，所以老杨要……我不相信老杨会这样记仇，因为吴冲当时完全是年幼无知。有人说，老杨否定吴冲，是为了否定我邵一锋。恐怕没有必要绕这么大个弯子吧？飞狐岭矿工作和生产中存在的问题，老杨一回矿，我就一五一十地向他全盘托出了，我还作了检查嘛，这一点，调度会上一百多人可以作证。局党委一直关心着吴冲队的成长，我不过是执行上级党委的指示；如果在我执行指示中有什么偏差，使吴冲队产生了这样那样的问题，我可以负责任。我希望大家都来关心它，扶植它，不要对它泼冷水，更不要下冰雹！”

我不得不佩服邵一锋的说话艺术，他借用两个“有人说”，把自己的意思表达出来之后，又加上一个“我不相信”和一个“恐怕没有必要”，把自己摆到了十分客观的位置上。既有对上级的尊重，又敢于承担责任；既有委曲求全，又有雍容大度，简直是滴水不漏。我正愁着找不到合适的话语来回敬他，昭远却说话了。

“刚才，殷书记反对丁雪君在个人关系上纠缠，为什么老邵还要跟着来呢？这样纠缠下去，是无助于看法统一的，更无助于问题的解决。我希望大家还是回到吴冲采煤队上来——”

“不，”殷洪的脸色倏地变得严肃起来，“事情似乎并不像我想象得那么简单，这里边确实夹杂着个人关系的复杂因素。”他的眼光凌厉地在昭远的脸上扫了一下，“为什么局领导对吴冲队的指示总是落实不下去，我今天有点明白了。”

殷洪那凌厉的一瞥，在昭远身上似乎没有引起什么反应，却在我心里蹿起一股凉气。我后悔莫及，是我先把所谓个人关系引进这场争论来的，没想到正落进邵一锋的圈套。在昭远和殷洪争论时，这家伙所以那么若无其事，不忙不慌，似乎以一种局外人的姿态在静观，也许正是布下套子，等待时机，让别人钻进来；而我竟然愚蠢地成了他的猎物，还把昭远带进了他的套子。如果不涉及这一点，就吴冲队本身存在的问题，摆出客观事实来争论，昭远本不会从主动一下子转为被动。我正要把乞援的眼光投向任斌。耳边却已响起了任局长那苍老的声音：

“我说一点意见吧！第一，吴冲队在生产和管理上存在一些问题，恐怕这是事实，煤炭部技术小组上次也专门提到过；既然存在着这样那样的问题，就应当正视，应当解决，否则，这个队就不可能前进；第二，不要在个人关系上多纠缠，但在切实解决问题的过程中，涉及有关同志应负的责任，那就应该辨明是非，总结教训，这还是为了更好地前进；第三，关于现场会的问题，是不是等这个队整顿以后，确实见了成效，再召开呢？这样，会更有说服力。”

他说到这儿，把眼光投向殷洪，见书记在皱眉，又连忙补充说：“当前，党正在作出巨大努力，恢复实事求是的传统；对国民经济和企业内部进行调整，就是从这出发的。我们的一切工作，都应该建立在这个基点上。这点，老殷在几次干部会议上曾经一再强调过，煤炭部技术小组在谈到飞狐岭矿工作时也反复指出过，他们回去肯定要给部领导汇报；如果下次部里再派人下来检查，我们总得有个交代嘛。老殷你说呢？”

我心里一块石头落了地。任斌在关键时刻一下子扭转了局面！他一再提到煤炭部技术小组，这就戳到了殷洪的敏感和薄弱之处，部领导的印象是至关重要的啊！任斌这一招真灵！老同志确实具有丰富的工作经验，不能不叫人佩服。

殷洪的鼻子里又发出了几下“嗤嗤”之声，然后一屁股坐在沙发上，嘴张了张，但没有说出话来。邵一锋连连目视殷洪，殷洪却把脑袋埋在手掌里了。

第十三章

进行“别一种战斗”，接着又赤膊上阵。他并不慌张。

局里那次汇报会上，昭远取得了小小的胜利。实际上，这胜利的取得，并不是靠了他的力量，甚至也不是由于任斌的谋略，在关键时刻扭转了局面；明眼人不难得出结论，在这一切背后，有一股无法抗衡的力量在起着作用，这就是正在发展变化中的时代的力量。只可惜，我在当时还未能充分意识到这一点。所以，在昭远和邵一锋冲突的序幕已经揭开之后，紧锣密鼓之中将会演出什么戏来，我的心中是无数的。

出人意料的是，汇报会以后，矿上却出现了短暂的平静。邵一锋好像专心忙着他的政治思想工作，搞党员轮训班啦，组织机关干部学习《国家与革命》啦，举办基层支部书记的读书会啦，强调支部工作的“三会一课”啦，等等。吴冲也不大叫嚷了，好像一心一意在抓他的生产。

这种不正常的平静未必就是好兆头，邵一锋不过是用新手法在进行着“别一种战斗”。这些天，包围昭远的人越来越多了。

有人说他是“青天大老爷”，说有问题找他才能解决。矿工临时户找他要求解决户口问题；一九六二年精简压缩回家的职工要求恢复工作；代课教师要求转正；工伤人员找他要求改善劳保待遇；新婚夫妻找他要房子；长期插队下乡的知青要求上调工作……他中午不得休息，晚上也难从包围中脱身，连下井的时间都没有，甚至前一阵安排的工作也没时间去检查。

他的糖尿病在加重，胃疼时时发作，咳嗽也越来越厉害。可是，包围他的人还是有增无减。

我当然无法把包围他的人赶走，想挡几个人在外面都不可能，这会惹他生气。我只能眼睁睁看着他处在别人的包围之中，像一只困兽被围在笼中一样。我总怀疑，那些包围他的人之中，有的是被邵一锋派来专门折磨他的，但对此我却全然无能为力。

下班后，我决定到自由市场上去转转，因为我想起小茵给齐安军买的苹果，要是还能碰上那样新鲜的水果，出多高的价也要买来，好给昭远下火：今天我发现他嘴角上已经起疮，他每天要消耗多少唾沫啊！

自由市场恢复还不久，但东西还真不少，满身茸毛、顶端还留着花蒂的黄瓜，翠绿鲜嫩的青椒，紫皮上闪着油光的茄子，蒙着一层白霜的冬瓜……各种新鲜蔬菜，五颜六色，摆在一个挨一个的地摊上。蔬菜摊过去是肉市，一条条麻袋成了肉砧，摆着猪肉、羊肉，还有头蹄下水；肥肉洁白粉嫩，瘦肉殷红鲜润，好像刚宰完上市的，这和国营铺子里那些肥瘦难分、色泽混浊的冻肉截然不同。夹杂在菜摊、肉市之间的，还有各种小买卖：钉鞋、补锅、修锁、焊盆、卖瓜子花生、炸油条麻花、编茶杯上的塑料套、补尼龙袜上的破洞洞……吆喝之声四起，讨价还价也相当认真，熙熙攘攘，光怪陆离，使人眼花缭乱。

我很少光顾这里，即便从旁经过，也从不留意。今天因为想买苹果，竟来此巡礼一番，心里倒是生出几分高兴。无疑，农村执行新的经济政策还刚开始，但土地复苏了，庄户人总算松了口气，眼前的集市就是证明。这种变化，在矿上引起的反应，不仅主妇们的锅台上有了新鲜的蔬菜和肉类（当然她们也常有恚怨，说自由市场上的价格太高），更为重要的是，一部分工人却由此引起了不安。他们家在农村，过去吃大锅饭，他们拿钱回去买口粮；如今要搞责任制，他们家里缺少劳力，会不会口粮也成问题呢？上级号召一部分农民先富起来，这当然不会有他们家里的份；会不会这部分人富了，他们家里要倒霉呢？昭远在一次会议上曾提及此事（据说这是齐安军等工人向他反映的情况），希望党委宣传部门做点调查研究，做好这部分工人的思想工作，免得影响生产。但邵一锋根本没理这个碴，学习《国家与革命》，知道国家如何产生，又如何消亡，最后如何和青铜斧一起放到历史博物馆去，谁能说，这不比研究矿工在农村实行生产责任制后的思想状况，更加重要千百倍呢！他邵一锋难道有半点可以指摘的地方？

我不能不为昭远担忧。他面临的问题多如牛毛。矿上的职能机构犹如一台机器，他应该指挥它们正常运转；但作为指挥员，他却日日夜夜在遭受别人的包围，这台机器也就失去了控制。这实在是他的悲哀。

我在市场上转了一圈，没有买到苹果，却买来了几斤鸭梨，据说是从河北山区贩来的，上面包着麻纸，只只都很新鲜。

我高兴地挤出人群，迎面碰上了陈碧华。

“大姐，您也采购来了？”她提着麦秸编的篮子，里边有肉，有蔬菜。

我扬起手里的网兜，朝她笑笑。

“杨矿长很辛苦，应该买点东西给他营养营养。”她说。

“邵书记也不清闲呀，你也该给他好好补补。”我看了她手里的麦秸篮一眼。

这句话刚出口，我就后悔了。陈碧华那样说，明明是出于一片好意，我为什么要挖苦她呢？我怎能把对邵一锋的厌恶转嫁到她身上呢？

这随口而出的一句话，一下子把我和她隔开了。我们默默走了几步。

我想说句话来缓和一下气氛，她却没头没脑地说：“那个吴冲，这几天晚上，天天上门，深更半夜的。”

“给邵书记汇报工作吧？”

她没正面回答我，却说：“听小茵讲，杨矿长近来身体不大好，是不是劝他多休息两天？”

我正要再问什么，她却匆匆走了。

我提着鸭梨，急急去找昭远。

一进他的屋子，就见他正在对党委的一个干事发脾气。

干事说，他们主持党员训练班的几个人，白天讲课，晚上还得抽时间备课，这应该算加班，叫他批加班工资；学员们晚上讨论，也应该给加班费。

昭远气得拍起桌子来：“党员训练班，到底训练什么？训练向党伸手吗？”

干事讷讷地说：“不是强调按经济规律办事吗，多劳就该多得。”

“你们多劳什么了？创造什么价值了？”昭远眼里冒火，“党员必须做到的第一条是什么？是不是认真学习马克思列宁主义毛泽东思想？你当了多少年党员，连这条基本义务也不懂？你们有没有想过，党和国家面临着多少困难和麻烦？作为共产党员，不给党分忧，反倒要‘学习加班费’，这样的党员，应该请他出去；这样的党员训练班，应该撤销！这就是我对你的回答。”

那个干事终于走了，但昭远却激动得不能自已。

我劝他冷静，他却反过来和我干开了架：“冷静？冷静能改变这个烂摊子，我就彻底冷静！”

“为什么有那样多的人来包围你？”我把削好的一个梨递给他，“你想过吗？”

他没有接，却用手捂着肚子。

我连忙取了几片胃舒平，倒了杯水，递给他："如果把你压垮了，有人会高兴的。"

"可能，我把矿上的问题和复杂性，想象得简单了些。"

他吞下了药片，神情显得疲倦而痛苦。

"我这个矿长真难当啊！有人说我来飞狐岭是骑上了老虎，动不能动，下不能下，光景着实难过哩！"

我完全能理解他的心情。他雄心勃勃的计划已经受到了挫折。他在生产上提出的许多部署和调整措施，并未得到认真贯彻；有些人习惯了扯皮、推诿和搞搞形式，许多事情都是写在纸上，贴在墙上、挂在嘴上，切切实实去做的不多。他需要有一批实干家和开拓者，偌大一个矿山，自然不乏有志之士，但冥冥之中总有什么东西捆绑着大家的手脚，连我这样的人都不能毫无顾忌地为他分忧；他虽然不惮于前驱，恐怕也会感到寂寞吧！

他大概已经知道我在想什么了，叹了口气说："有时，我真有点感到孤独，好在工人们支持我。"他指了指桌上的一包东西，"有人给我送来的草药，治溃疡的。"

"你老是让人这么包围着，怎么能行？"我发愁地说。

"我也想过，这可能是某些人的一种战术，但群众也确实有很多问题，需要解决。"

"你能解决得了？"

"我哪有这么大本事？有些事情，我说了话等于白说。但我可以做一点解释工作，心平气和地和他们谈谈心，请他们谅解国家的困难，还要为国家分担点困难。人们需要听到同情，需要在心灵上彼此沟通。群众还是通情达理的。"

说到这里，他深邃的眼睛里又射出了灼人的光，"可恶的是，有些人凭借手里的职权，肆无忌惮地去谋私利，住房、子女就业、调资等等，都能解决。这就是为什么在他们的心目中，官位位是如此金贵的原因，一旦受到挑战，当然要起来和你拼命了。不消除这些使人离心离德的因素，人们怎能同心同德地去劳动和创造？……”

电话铃忽然响起来，是工会主席打来的，和他商量一件事情。说完了，对方大概要放电话，他却大声喊道：

“等等，老马！我还有件事要跟你说。请你注意一下，每次俱乐部演戏、放电影，好票总是机关、商店、医院的，这是为什么？为啥不给井下第一线的工人？咱们说好，这种情况，以后决不允许发生！”

他放下电话，喘息着，气管里呼噜呼噜响。

我凄然地说：“你会累死的，我还希望你能多活几天。”

他苦笑了一下：“死也是一种解脱；活着干，死了算，这话实在。”他喝了口水，用深沉的语调喃喃着，“谁让我们生在这个时代？……多难的祖国！……有时，我真觉得肩上的分量比压着一座煤山还重！”

“我懂！”我感动地点点头。

“总算还有个知音，太荣幸了。”他用玩笑的口吻说，“那就请你帮我个忙，好好抓一抓综采设备，特别是吴冲那个队，我真放心不下。”

他的傻劲又上来了。我说：“你以为局汇报会以后，吴冲队里的整顿工作就可以进行了吗？”

我把刚才在自由市场上碰到陈碧华的事说了一遍，问他对此有何看法。

他古怪地朝我一笑：“无非让吴冲赤膊上阵就是了，别的招儿都不灵啦，比如说，原想借你丁工程师一臂之力——人家叫你‘小丁’比我叫得还甜呢，对我这个矿长帮助一下，改改我办事认真的鬼毛病，花点精神去搞搞小家庭……你说是不是呢？”

我不由脸上发热。如果小茵没给我谈过此事，我很可能不会接受昭远这种分析。看起来，自认为懂得生活复杂性的我，恰恰是个常冒傻气的女人；而把眼前的昭远，总当成二十年前那个天真单纯的小伙子，实在也是没有道理的。这很可能因为，他过去的形象，在我脑子里镂刻得太深，而我又愿意永远保留那可爱形象的缘故。

说来真怪，我既希望他成熟（说得更白一点，是希望他变得老练和世故），又希望他永远保留着单纯和天真，我自己也是矛盾得出奇的。但昭远身上发生的变化，却好像顺应了我的矛盾心理，他的确变得成熟了。自然，这是生活的力量，绝非我的希望所致。“我并不是生活在真空中，”有一次他对我说，“你以为，多年来我就生活在‘专政与被专政’这样极其单纯的环境之中，哪里是这样呢？纯粹、单一决不是生活本身，也不是人的本身。”他接下去给我讲了个小故事：

在水库工地劳动的时候，他们那些被打入另册的人有自己的食堂；管理员克扣他们，搞变相贪污，伙食糟得不能再糟。有人曾大胆提出意见，结果被扣上“抗拒改造，顽固坚持反动立场”的帽子，从另册中再入另册。有一次，一位领导下来检查工作，竟深入到了他们的食堂。突然，两个劳教人员为了半勺菜汤打了起来，打得鼻青脸肿。那位领导自然不能视而不见，过去一看，半勺菜汤里不过是几块白菜帮子；为了这点东西要大动干戈，这些人真是不堪改造了。两位当事人战战兢兢地诉起苦来，说这几块白菜帮子干活时也能抗点饥，绝不是可有可无的。领导感到不解，说他们的伙食费完全够吃饱肚子，就叫人把管理员叫来。管理员惊慌地编造理由，引起了那位领导的怀疑。这时，两个鼻青脸肿的人，却抢着为管理员说好话，讲他办食堂如何辛苦，讲这地方偏僻，条件差，伙食难搞，等等等等。那位领导却因此更加狐疑，过后派人查了食堂的账，撤换了管理员，他们的伙食从此就大有改观。原来这是场苦肉计，是昭远同几个人商量出的主意，打给那位领导看的。

讲完这个故事，昭远感叹地说：“办事情光有好的动机不行，还得看效果呀！当我对生活的复杂性感受越来越深时，脱去简单幼稚的愿望也就变得越来越强烈。那些年，我手里有一部《史记选》，还有一部《中国通史》，我读了好多遍；懂一点历史，对现实的理解就更深一点。我回忆了自己的生活，过去打过交道的，许多人都是我的老师。我说邵一锋是我的老师，这绝不是假话，我从他身上明白好多道理。生活是人生的教科书，这部书是学不完的，关键是看你怎么去读它。”……

我不也在读这部书吗？但我承认，我得出的结论和昭远不尽相同，这也许就是我和他产生隔阂的原因。我总觉得，和许多生活经验丰富的人相比，昭远还没有脱尽幼稚。眼前，一个邵一锋，再加上一个吴冲，就够他招架的。我说：“你还是多加提防为好，陈碧华不明明在提醒你吗？”

“是啊，她可能在提醒我。”他点点头说。半晌，又奇怪地盯着我：“提起吴冲，你总有点谈虎色变，是不是过去吃过他很多苦头？”

是啊，和吴冲打交道，我有时不得不忍住屈辱的眼泪。不知为什么；我不怕邵一锋，却真有点怕吴冲。吴冲少年时所主张的“实力政策”，以及成年后他对这种政策的身体力行，给我留下了极深的印象。这些年，头脑简单、蛮不讲理的人，常常比邵一锋这样老谋深算的人更可怕，因为他们会对人构成直接威胁。这种人一旦接受了挑唆，把亡命的愚鲁和狡黠的智慧结合起来，其可怕程度就会增加几倍。

昭远没有回来之前，我对吴冲并无惧怕心理。他没有任何理由挑选我做他的对手。我这个工程师在他眼里是不屑一顾的。吴冲对所有的知识分子，都抱狭隘的歧视态度。据说，他对矿务局领导重视煤炭部技术小组的意见大大不以为然。他曾对邵一锋说：“几个‘老九’，有什么了不起？他们放个屁，就把你们吓着了？我就不尿他们那一套；下次再来，由我对付他们！”邵一锋骂他蠢，说他不识时务。吴冲这人，别人是骂不得的，唯有邵一锋例外，由此可以看出两人之间不寻常的关系。昭远回矿以后，吴冲和邵一锋的接触似乎少了；我总觉得邵一锋的魂魄时时附在吴冲身上，吴冲寻衅的目光又时时对着昭远。为了保护昭远，我在吴冲面前就得压抑自尊，强忍屈辱；在昭远面前，又要忍受他的误解和责难。我这样做自然很苦，但并没有使冲突避免，不过是推迟了冲突发生的时间。

那天从井下上来，我见吴冲领了二十多个工人，怒气冲冲直扑井口大楼。

我心里打了个“格登”：他们莫不是去找昭远寻衅的？

这种不祥的预感，使我顾不得去洗澡换衣服，就尾随他们进了大楼。

不出所料，这些人闯进调度室，把昭远团团围住了。

“杨矿长，我们想请教你几个问题，”吴冲立眉瞪眼，“占用你点宝贵时间，行不行啊？”

“可以。”昭远平静地说，“都到外边去，别在这儿影响调度员的工作。”

他们来到调度室对面的会议室里。大家坐定以后，他招呼吴冲：“说吧，我听着。”

“矿上到底同意不同意我们换工作面？”吴冲仄着脑袋问。

“我早就回答过了。”

“这么说，你硬是不改变主意咯？”

“领导上作出的决定，是可以随便改变的？”

“你还要对我老吴的综采队进行整顿？”

“这也是决定了的事。”

“要是我老吴不承认你的决定呢？”

“这后果由你负责！”

“我要是相中了你那套新设备呢？”

“不给！”

“你杨大矿长经常下井，莫非还没看到我那套破烂货？”

“这套设备用了两年还不到。”

“我已用它采了七十万吨啦！”

“这点煤，还抵不上设备投资的钱。”

“你是四方脑袋，就知道往钱眼里钻？”

“我要讲究经济效益！”昭远提高声调说，“一个先进典型，把用坏了的设备扔给别人，自己拣好的使，你觉得合适吗？”

“我要拿煤！拿下煤是国家的！别的我不管，也管不了！”吴冲撒起泼来，“我早知道，你处处在刁难我吴冲，你一回飞狐岭就和我吴冲作对。你还跑到矿务局去告我的黑状，把我吴冲采煤队说得一钱不值，一团漆黑。你还想把一个‘造反派’提上来当副队长，好夺我吴冲的权。”

“这是谁告诉你的？”

“有没有这档事吧？”

“领导上研究的事，我没有告诉你的义务。”

“莫非我就不是领导？我是党委委员！”

“不需你知道的，可以不告诉你。”

“看看，不打自招了吧！反正，我吴冲是你的眼中钉，肉中刺，非得置于死地而后快。伙计们！”他环顾了一下身后二十多个彪形大汉，“问问这位杨大矿长，他这样做居心何在？”

毕竟不是“文化大革命”那一呼百应的年代了，二十多个人你看我，我看你，才七零八落地重复了他的声音：“你这样做用心何在？”

吴冲用爆突的牛眼瞪了他的伙计们一眼，显然对他的部下缺乏“气魄”感到不满。为了使火药味浓烈起来，他迎着昭远跨前两步，摆出一副要动手的架势：

“今天，你必须给大家讲清，你的用意何在？”

我怕昭远不够冷静，使冲突激化起来，便急着从门口往里挤去。

昭远早就发现了我，这时，他向我直使眼色，不让我介入进去。

“你们还有什么问题，口袋倒西瓜，一起往外抖吧，我好一一回答。”他撇开吴冲，把眼光转向其他工人，神色安详从容，脸上还挂着微笑。

在短暂的沉默中，我见他又在朝我使眼色，而且向办公大楼那面撇嘴。我愣了愣，明白了他的意思：他是让我把邵一锋找来。

我跑去打电话。

邵一锋也许已料到这儿正在发生的情况，推说有事，一时走不开。

我火了，在电话中大声叫道：“吴冲说，是你把杨昭远向局领导汇报的内容告诉他的，在场的人都听到了；你不来说个清楚，出了什么事，你要负完全责任！”

“胡说！怎么是我授意的，完全胡说！”从声音上听来，他有点着慌，“我这就来，小丁，你要制止他们胡闹！”

我放下电话，回到会议室门口，见里边气氛并不紧张，知道昭远已经控制了局面。

“还有什么意见，说嘛，痛痛快快说嘛！”他的脸上还是挂着微笑。

我朝他打了个手势，告知他邵一锋就要来了。

“为啥尽叫我们说？”吴冲可能从昭远笑嘻嘻的脸上看出了什么，又一次从原地跳起来，“问题提了一大堆，关键就是一个：你用这办法，那办法，来整我的综采队，到底用心何在？限你在三分钟之内，必须回答这个问题！”

“我让大家把话都讲出来，就为了回答你的问题。”昭远打了个手势让他坐下，“今天，大伙牺牲了休息时间跑来找我，我很欢迎嘛。”

“不要来这一套，我老吴喜欢直来直去。反正，今天你不回答这个问题，我们就和你奉陪到底！”

昭远用轻松的口气说："老吴呐，你现在是队长，大小是个领导嘛，又是大名鼎鼎的省、市劳模，说话办事，要考虑自己的身份哩！要加强点修养哩！你说是不是？"

"咱工人阶级，没有知识分子的虚伪劲儿；讲修养能出了煤？修养能修出四个现代化？"

"修养自然修不出煤，可工人阶级并不等于是——"昭远说到这里忽然打住，原来邵一锋来了。

"哈哈，邵书记来了，"他的语气里透出几分高兴，"老邵，快快进来。吴队长今天带了综采队的同志，向我提出了一连串的问题，咱们一起来答复吧！"

吴冲霍地跳起来："干啥转移目标？今天要回答问题的是你杨昭远！"

"你看！你看！"昭远站起来，拉着邵一锋在身边坐下，"咱们这是讨论问题，又不是开斗争会嘛。老邵，你说呢？"

邵一锋尴尬地瞥了一眼吴冲：

"有话好好说嘛，激动干啥？"

"老邵，你先听听这些问题。"昭远亲热地拍着邵一锋的背，"比如，为什么不同意他们换新设备？为什么要对他们队的生产、管理进行整顿？为什么要向局领导汇报他们队的情况？——按他的说法，这是我向局领导告他的黑状。为什么我不同意在他们队按期召开综采现场会？为什么我要到处调查了解他们队的情况？等等。一句话，问我这样做用心何在？老邵，对此你有何看法？"

"你问我？"邵一锋打了个哈哈说，"他们是向你提的问题嘛！"

"不错，问题是提给我的；但我在回答以前，首先请你答复几个问题！"昭远的口气变得严肃起来，他不让吴冲插嘴，紧接着往下说，"这个队是你一手培养出来的，你是不是认为，他们在生产和管理上存在不少问题，有些问题是严重的？我作为矿长，来矿后从各方面调查了解一线的生产和管理方面的情况，应不应该？合不合法？这个队如果确实存在不少问题，为了使它成为名副其实的先进队，有说服力地发挥它的模范榜样作用，该不该进行整顿、提高？——”

“什么整顿？明明是砍旗！”吴冲直着嗓子喊。

昭远没有理睬他的叫喊，却问邵一锋：

“还让不让我说下去？”

“你吼什么？”邵一锋对吴冲翻了翻眼，“让人家讲下去嘛，还怕没有你说话的时间？”

吴冲不吭声了。

“我还要请问：向局领导汇报工作，是不是告黑状？”

“这话从何说起？”邵一锋故作大惑不解之态，“扯得上吗？”

“吴冲刚才是这么说的，大伙都在场，可以作证。而且，连汇报内容也都知道——他要我回答的问题，恰恰是我们汇报的问题。吴冲同志，你是从哪里知道的呢？”

“这你不用管。”

“是殷书记还是任局长告诉你的？”

“不是他们，你别乱猜。”

“那么，就剩下你、我和丁雪君了。”昭远对邵一锋说，接着便把眼光向我射来，“丁雪君，是你把汇报的情况告诉吴冲的吗？”

终于轮到我说话了。我挤进屋子，大声宣布：

“绝对没有！我还懂得一点组织原则；只有别有用心的人，才用这种手段来挑拨离间。我希望矿党委一定要查清这件事。”

“老邵，就剩下你和我了，”昭远盯着邵一锋说，“你怎么解释这一点呢？”

“有什么根据证明是我告诉吴冲的？”邵一锋再也沉不住气了，“吴冲，你说，是不是我给你说的？”

吴冲面不改色地嚷道：“我要是听你说过，那就天打五雷轰！简直是造谣污蔑！”

这人大概是个彻头彻尾的无神论者，全不信赌神罚咒会有什么结果，要么就说惯了假话，所以才会睁着大眼，当众撒谎。

“那么，只有一个可能，就是有人在殷书记的办公室安装窃听器了！”昭远大声说，“我得报告局党委，请他们好好查一查。我相信会查清的。”

“有这个必要吗？”邵一锋降低了调门，声音里显出他的底虚。

“当然有必要！不是那个窃听器，就不会有今天的风波。”

“你还没有回答我们的问题！”吴冲出来救驾了。

“我已经回答了，”昭远说，“作为矿长，我上对国家负责，下对群众负责。你们队里的问题不少，特别在管理上。对此必须进行整顿！靠吃肥丢瘦；靠拼人拼设备；靠别人支援搞会战，甚至把小煤窑出的煤记在自己的账上；靠不听调度，在井下自称老大，无理伸手要这要那；这样得来的先进不是真先进！从现在起，你们综采队必须执行已经制订的各项规章制度，充分发挥人和机器的作用，做到稳产高产。在整顿未见成效之前，现场会暂时不开。这是局汇报会上定下来的。邵书记，我有没有把意思说错？”

邵一锋不作声。

“邵书记！”昭远用加强的语调喊道，“我刚才说的，是不是汇报会上定下来的？”

邵一锋无奈，只能把耷拉的脑袋轻轻点了点。

吴冲猛地从长凳上跳起来，转身就走。

跟来的那些工人们犹豫着，不知该不该离开会议室。昭远笑着说：“矿上希望你们能争个真先进；叫别人戳脊梁骨，你们也不舒服吧。队里的事情，大伙都该关心。现在回去休息吧。”

工人们走了，门口围着的人也散了。屋子里只留下我们三人。邵一锋拉着阴阳脸说：“老杨，你今天这一手，很高啊！”

“什么意思？”

“你就用这样的态度、这样的方法来对待我？”

“这话应该我来说。你挑唆吴冲来找我寻事，究竟想干什么？”

“你有什么根据，说是我挑唆的？”

“还用我拿出根据吗？难道你真要我报告局里，追查安在殷书记办公室里的窃听器？”

邵一锋的脑袋又耷拉下去，半晌，才讷讷地说：“你就该当着这些工人，叫我下不了台？”

“工人是你安排来的。既然强调接受群众的监督，为什么要在工人面前躲躲闪闪？”

“你这样做，人们难道没理由认为是对我进行报复吗？请注意，中央现在强调的是安定团结！”邵一锋说完，一甩手就走了。

屋子里就剩下我们两人。

昭远朝我微笑着：“你今天很勇敢！”

他的话使我高兴。我用爱抚的眼光看着他。

我发现，他的眼神里有一种光彩，一种在我说来既亲切而又久违了的光彩。难道，这是我的“勇敢”给他带来的吗？其实，我的勇敢，也是他的无畏激发出来的。也许他说得对，生活中没有退路，只有迎上前去。

从今天的对阵来看，我显然低估了昭远的力量。但愿我的忡忡忧心是一种过虑。

横亘在我们中间的什么东西正在解体，这使我格外高兴。

第十四章

他心里的上帝及其他。丢了一只胳膊的老工人来了。

为了调整采掘关系，提高采煤工作面质量，昭远亲自带领包括副矿长、总工程师和安检站站长在内的工作小组，一连几天钻在井下，在现场解决问题。他在井下还有另一个任务，那就是督促吴冲采煤队对设备进行认真的维护检修，监督他们执行各项规章制度。这样，他每天在井下，就不是八九个小时，而是十来个小时。我多次警告他，这样下去要把身体搞垮的，他本来就不算健康的人。他却说，不横下一条心，什么事也干不成；要让大家有信心，必须干出个样子来，眼下他再也顾不得其他了。

每天，他都是拖着两条灌了铅似的腿，挂着满脸的虚汗上井的。但上井以后也不得安生，哪管是深更半夜，也总有人在办公室门前等他。他没法把人赶走，有时就躺在床上和他们交谈。各种各样的问题、要求、申请，甚至要挟和蛮不讲理的恫吓（比如，要是不给解决，他便如何如何之类），像飞蝗一样扑向这个可怜的人。这中间，最难对付的就是那个因工伤而被除名的钱四。

钱四的复工问题，因为昭远点了头，本来已经解决，准备让他回矿干个地面工作，看个库或守个门什么的。正在办回矿手续时，却接到他原籍的来信，说钱四左手三指短缺，并非工伤所致，而是前年给牲口铡草不慎铡掉的。六二年被矿上除名，根本不是因为工伤超假，而是正值“一个八级工，顶不了一垅葱”的困难时期，他自动离矿，回家“种葱”去了。

这封信寄到矿上，就成了某些人攻击昭远的一发炮弹，说他利用职权，徇私枉法，笼络落后工人，打击先进分子。吴冲的气焰又高了起来，多次在井口骂娘，骂昭远保护投机分子、打击“真正的工人阶级”；甚至难听地说什么“蟹恋蟹，虾恋虾，乌龟恋的是王八，右派爱的是投机家”，等等等等。

昭远经过调查了解，证实自己上了当，就撤销了原先的决定，让钱四回家。钱四哪肯答应？只要昭远一上井，就像面团似的粘着他，不让他吃饭，不让他睡觉。有一次，我实在忍不住了，就打电话给保卫科，让派人来把钱四撵走。保卫科来人了，钱四干脆躺在地下打滚，装疯卖傻。保卫科的人去拉他，他就大声嚎叫，说昭远派人来抓他去坐班房，要对他实行“法西斯专政”；他要用死来抗议，边说边往墙上撞去……

本来就是病人的昭远，回矿几个月来，可以说是心力交瘁，精神上又经常处于紧张和激动状态，哪还经得住井上井下这样的辛苦和折腾？他终于躺倒了。

早晨，我又一次跑到自由市场去，买来一块新鲜羊肉，想给昭远包一顿饺子吃。

几天来，三十八九度的无名高热，烧得他浑身无力，也没一点胃口，我总得设法让他吃点东西。

我弄好了馅，和好了面，就去看他。难得有这样的清静。我们两人在一起，即便相对无言，彼此心里也会异常温暖。

昭远睡着了。

他脸色灰黄，眼窝深陷，颧骨凸出，下巴变得更加尖削；几天没刮胡子，胡茬像钢针一样扎满他的腮帮，看起来更加憔悴。

我捏着饺子，却时时转过脸去看他。一阵阵的酸楚，常常使我泪水模糊。我的眼前，又出现了二十二年前那张表情生动、流溢着青春光彩的脸，他在对我说：“普罗米修斯给人类盗来了火种，我们在给人们采掘光明，采掘温暖，采掘永不逝去的春天！多么伟大的事业！我愿意干它十辈子！”他在对我呼喊：“光明永存！采掘光明的矿工万岁！”

我很难把眼前躺着的人，和二十二年前那个朝气勃勃通体闪光的人（我在心底里把他称之为“太阳的儿子”）联系起来，无情的岁月能使山河改面貌，大地变容颜，能使稚童变成青年，使虎虎生气的青年变为老成持重的壮年人，把饱经沧桑的老年人送到长眠的墓地去。它在昭远身上改变了什么？他憔悴了，衰老了，但他心跳的节律仍然没变，他在严酷的遭际和境遇中，仍然保持着那颗透明的赤子之心。二十年来，他干了很多行当。在开山采石工地上，他手上龟裂，悄悄包扎好再干；脚底化脓，他从棉袄上扯下一团棉花裹住脚板，不哼一声照样背石头。在水库劳动时，他搞运土工具革新，效率成倍增长；叫他养兔喂鸡，他用科学方法，使鸡兔蛋多肉肥；在小煤窑背炭，他用土办法解决了运输问题，产量猛增；叫他去农场学校教书，学生的升学率大大提高，不久来了新的运动，不让他教中学，改教小学，他潜心研究儿童的心理特点，改进教学方法，学生成绩提高很快，家长们都愿把孩子送到他负责的班上去。粉碎“四人帮”以后，为了改变农场的亏损，他用很少的钱办了个小工厂，专门加工钢窗钢门；工厂赚了大钱，他却每月还是那几个生活费，比一个临时工挣得还少。有人为他不平，他却出自内心地说：“人不是为钱而活的！……”

他不喜欢回忆和追述过去，我常常要费很大劲才能从他嘴里掏出那已经离了很远的生活片段。听着听着，我会禁不住泪下两行。每逢这时候，他总要笑我：“没想到你快成老太婆了，泪腺的功能还没有衰退。这玩意儿不值钱。”

我说：“好人啊，你就没感到委屈、伤心？”

“伤心过，觉得不被人理解。但后来又想，不理解我的毕竟是少数人，人民是理解我的，党也不会抛弃我。反正得干。干的中间有安慰，也有乐趣。当看到水库工地上人们推土省劲了，来杭鸡交了‘大寒’还在下蛋，小煤窑工人上井后有精神打打闹闹，拿零蛋的学生得了满分，场办工厂的职工点钞票时脸上有甜甜的笑容，……我在这中间感到了自己生命的意义，有时甚至觉得很快乐，感到应该很好地活下去……你怎么又流咸水了？实在没意思。”

我只能破涕为笑。我说：“你前世一定作孽很多，今生是来赎罪的。你心里应该有个上帝。”

“我的上帝是人民，是我们多灾多难的祖国！”他深沉地说，“你还记得，我在下放农村时给你写信提到的那顿早饭吗，我们坐在破炕席上，吃土豆……”

他反对我流“咸水”，但说起这些事情，我却发现他的眼眶会突然潮湿起来。虽然时至今日，我从没怀疑过少女时代的选择：我把感情给了昭远，我觉得骄傲；但二十年来，我却常常在慨叹命运。命运对我们太不公平，我委屈，我伤心，我承认自己已经被生活击败。打个比方，每人心里都有盏灯，有的人，那盏灯油满火旺，他们是向生活不断进攻的强者；有的人，却已油干灯草尽，火苗即将熄灭，他们就是生活里的弱者。我无疑是属于后者之列的。但昭远归来后，却用他那双披荆斩棘的手，拨亮灯芯；用他在长途跋涉中经过水、火、雷、电试炼过的心，为我心上的灯灌满了油，我心里的灯终于又亮了起来。

当我又一次用亲爱的眼光凝视他的时候，他醒来了。

窗外是耀眼的日光，几只麻雀在刚刚抽枝绽叶的柳树上跳跃、鸣叫。昭远盯着窗外，精神好像不错。

“你为什么不上班？”他忽然扭头问我。

“今天是星期日，矿长同志！”

“哦，日子都过糊涂了。”他支起腰，去拿桌子上的电话。

我按住他的手说：“我已经打电话问过调度室，昨天三班超了八百吨。”

“还不错嘛！……你给我包饺子了？什么馅？”

“羊肉，新鲜的。”我颇为得意。

他“哦”了一声，仿佛有点失望。

“不喜欢？”我感到奇怪。

“过去喜欢。”

“现在呢？”

“兴趣不大。”

“为什么？”

“有一种条件反射。”

我不免惊讶：“怎么回事？”

“我放过羊，”他反枕着双手，眼看天花板，“是六九年吧，又把我弄回农场了。我一个人，放二百只羊，却派了三个人监管我。那时肺病正发作，右肺浸润，常咯血，走路也摇摇晃晃，每天还要赶着羊上山放牧。”他苦笑了一下，脸上掠过一道阴影，“有一次，我赶羊穿过一片庄稼地，有只羊跑到地里去啃庄稼，我急了，抽了它一鞭子。这一下闯了大祸，监管人员说我对羊搞阶级报复，叫我跪着向羊请罪。就这样，我在毒辣辣的日头下跪了半天，他们在树荫里打了半天扑克。最后，我休克了。”

我听着，眼泪扑簌簌往下掉；他却显得很平静，好像在说一件与己无关的事情。

“那三个监管我的人，打扑克十分专心，竟没有发现我倒在地上。几只大绵羊，围着我，无意中挡住了西晒的日头。我慢慢醒过来了。”

“你应该早点给我讲这个故事，”我擦着泪说，“那我今天也不会跑到自由市场去……”

“没关系，”他坐起来，“我帮你包吧。”

我摇摇头：“你给我躺着。”

“还以为我是二十年前的杨昭远？”他调皮地看着我，“告诉你，在生活上，我早就不需要‘阿姨’了。”

“在我眼里，你还是个大孩子。”

他脸上的笑容渐渐不见了。

“你这话，有道理。”他说，“我总是习惯于用孩子的眼光来看世界。”

“你可是变多了。”

“变了一点；可我知道，我这人是成熟不了的，因为我有一种劣根性：天真、固执，看问题还有点绝对化，这都是盲目性的表现，而我却摆脱不了这种盲目性；还好动感情，认准了一件事非干到底不可，又不肯学什么处世之道。在钱四的问题上，就暴露了我这种弱点，结果让人抓住了辫子，大作了一通文章……”

我一向认为自己对世情看得很清很透；其实，昭远看得比我更加深刻而全面，包括对他自己的弱点和不足。

他向我感叹自己的“劣根性”已非一次。

“相当不少的人，性格里有一种悲剧性的因素。”那次划船时他对我说，“有些事情，他明明知道该怎么做，但做起来却偏偏不是那样；有些事情明知不该那么做，却还是照样做了。人的认识和行动总有距离，南辕北辙的事也不是没有的。为了缩短这种距离，人必须在实践中与自己作斗争……”

这次谈话是我不能忘记的；而我们竟能一起去划船，更是我所没有想到的。

那是个星期天，幼儿园的孩子们进城游园。齐安军的妈妈、幼儿园园长郑重其事地找我，让我动员昭远和孩子们到公园玩一天（玩半天也行）。由于昭远的干预，总务科在规定时间里完成了多项维修任务，幼儿园的工作人员也激发出了干劲，增强了责任感，那里的面貌发生了很大的变化。“不是杨矿长的关心和支持，这是不可能的。”园长的眼窝又发潮了，五十多岁的人还那样容易激动，“孩子们需要的，不仅仅是父母和其他亲人的关心，还需要社会的关心。矿上的领导人平等地、无拘束地和他们一起活动，他们会感受到一种更加博大的爱和温暖，小小的心里会产生新的自尊和自信……”我把园长的话转达给了昭远。他只说了一句话：“如果我们所有人都像这位同志那样理解并热爱自己的工作，该多好！”

他欣然接受了邀请，并和孩子们一起坐大卡车进了城。

自然，我这个“阿姨”也在被邀请之列。

我们在公园里消磨了大半天，多数时间是和孩子们一起度过的。昭远和他们一起捉迷藏，一起比赛爬山（公园西北角那座坡度平缓的土山，顶上有一个漂亮的凉亭），一起看猴子，并且讨论“猴子的屁股为什么是红的”，甚至一起趴在地上饶有兴趣地观察蚂蚁的“军事行动”。我看到了他未泯的童心，这是使人十分感动的。

当孩子们集合起来，等矿上来车接他们回家时，昭远却拉着我，来到游艇出租处。

“我们来轻松一下，”他说，“划两小时船，然后踏着落霞归去。”

船在水平如镜的湖面上荡开了。他坐在船头，仰脸看着蓝天。

“天气真不错啊！这里和矿井下面是两个世界。”他感叹道，“你辛苦点，给咱服务一下吧，记得你划船还是挺在行的。”

“你还记得？”我操起双桨。

“一九五七年初冬，咱俩去部里出差，也是个星期天，跑到昆明湖……那天湖上有风，划船人不多；我俩却兴致勃勃，一口气划到了十七孔桥……”

蓝天映在湖里，我们的船像从蓝天上滑过。他的回忆把我引向了遥远的岁月，手在下意识地荡着双桨。

“你扔了块手绢让我擦汗。手绢掉进湖里了；我要捞，你不让，说给昆明湖留个纪念：那手绢上有一朵月白色的牡丹，牡丹开在碧蓝的湖面上，美极了……”

我的眼窝发热，并且很快充满了泪水：他在记忆中竟如此完整地保存着那早已逝去但和我有关的一切！可以断定，这些年来，他是反复咀嚼着这些记忆的。

“后来，你在颐和园的商亭里给我买了块手绢。”我说。

“那上面有一只耗子，因为你是属耗子的。当时有一种手绢，专门印人的生肖，销路很好。”

我扭过脸去，一串清泪滴进了湖中。

当我转过脸来时，他还是双手抱着脑袋，仰视蓝天，用一种平静得出奇的声调问：

“那块手绢，你大概还没扔掉吧？”

“早就扔了。”我不知为什么要这样说。

“扔了也好。”他淡淡一笑，手指左岸，“到那边去。”

左岸湖边有一排高大而整齐的垂柳，浓密的枝叶倒挂下来，舔着湖面。

我们的小船从柳丝中间穿过。

“哦，这地方多好！”他拉住几条柳枝，示意小船停泊下来，“暂时摆脱了各种网的牵扯，我们在这一刻里是自由的。”

“你也承认网的存在？”

“为什么不承认？网虽无形，却是客观存在。问题是，光在网里哀叹，还是尽自己的力气，冲它一冲，破它几个网眼。破它一个网眼也好嘛。”

“你自信能冲决这个罗网？”

“我哪来这么大的本事？我这个矿长，连俱乐部卖票的事也解决不了。你还记得吗，那次，我给工会主席打电话，以后俱乐部演戏放电影，好票必须留给井下第一线的工人。后来我到剧场去，发现坐在好位置上的还是那些人，医院的，粮店菜铺商店的，机关的，还有大小车司机。我找到工会主席，发了一通脾气。工会主席连喊‘冤枉’，说多数好票都送到了区队里，不信可以找区队干部作证。后来我才知道，区队也要找这些部门办事，就得给人家一点好处；即便好票到了工人手里，还会倒流上来，理由一样。我向工会主席道歉了，承认自己简单片面，想当然……你看，我能下命令把好票送到工人手里去，却无法阻止这些票再倒流到那些单位去。这样的事，想起来叫人痛苦。”

“如此说来，你自己的信心也不是很坚定的。”

“我相信自己的努力不会是徒劳，这网终究也会灰飞烟灭的，如果人们不光在感叹发牢骚，而是大家动手来撕身边的网……”他的声音戛然而止，沉思了片刻，又说：“当然，问题远不是这么简单。网之所以产生和存在，原因是复杂的，所以要从许多方面去解决，比如干部体制，各行各业的管理体制等等。体制方面存在的问题不解决，作风问题能从根本上解决吗？为什么党内不易根除家长制作风呢？为什么有些人那么热衷于当官呢？人大都有判断是非的能力，为什么有的人为了迎合别人，竟一而再，再而三地去做明知是不该做的事呢？比如杀鸡取卵谁都知道不对，但有些人照杀不误，很多人也就睁一只眼，闭一只眼。光是号召大家，应该如何如何，是难以从根本上解决问题的。你能让邵一锋一下子变成个正派干部吗？既然人的思想性格是后天生活实践的产物，那就要发扬生活中使人的思想品格变得完美的积极因素，消除生活中使人的灵魂变丑的消极因素：各种体制方面的不完善和缺陷，延长了这些消极因素的寿命。我总觉得，思想路线和政治路线在指导思想上的拨乱反正，清除‘左’的影响，完成得会比较快的；但烙在人的灵魂上的痕迹，还有其他诸多的旧痕迹，清除起来却是十分困难的。正是这些旧的痕迹织成了网，整顿改革的深入发展，阻力也在于此；但也只有通过整顿改革，才能把旧痕迹赖以存在的那些东西破坏掉……我在给你作报告吗？”

“我喜欢听。”我轻声说。

“我研究过邵一锋，也研究过自己。”他的眼光穿过柳枝的缝隙射向蓝天，“我们都是社会的产物，包括我身上那种劣根性，都不是一种偶然现象。有时我对自己确也信心不足，我认为自己不可能干出什么名堂，但当我比较客观地看待自己和认识自己的作用时，当我把自己放在广大人民中间时，我的身上便有了信心。只有夸大自己的作用，一旦努力不见成果，才会丧失信心。而我不过把自己看作是一条蚯蚓。”他正视着我，眸子里既清澈而又执着，甚至还带几分严肃，“我非常讨厌知了，爬在树梢上叫喊，或者牢骚满腹有什么用呢？难道真的‘举世皆浊，唯我独清’？对中国的历史和现实，没有清醒的认识，或者所知甚少，却又认为别人都是糊涂蛋，只有自己‘知了’，这是一种地道的浅薄。怨气和牢骚既不能增半分光明，也不会去半分黑暗；倒不如树下的蚯蚓，默默地干着自己的事业，拱松一抔土，可以长出一棵小草。”他的眼光又投向遥远的太空，默视良久，喃喃地说：

“哪天拱不动了，就在泥土里长眠安息；最后，自身也变成泥土的一部分。我喜欢这样的归宿……”

那天，他在船上就是这么说的。

现在，他躺倒了，他正在走向这个归宿吗？

“我性格中的弱点很多，但已经很难改变了，就像烧成的窑坯那样。”他从床上支起身，我连忙在他背后垫上枕头，“记得，我第一次恋爱时，就把幻想中的恋人形象，硬安在一个女同学身上；过去，我看待生活也是这样，这就不免常常碰壁。现在稍稍懂点事了，但也不会变得怎么样成熟的。如今，矿上的阵势已经摆开，今后的斗争会更加复杂，结果也很难预料。”他顿了顿，看了一眼桌上已经捏好的饺子，“今后，你还是少往我这儿跑跑，免得授人以柄。”

“我不怕！”我打断了他，“造谣还需要材料吗？你把他们想象得太可爱了。”

说实话，二十年来，我因为听惯了各种议论，反倒在一切流言面前能处之泰然。如今，他回到了我的身边，我们感情上的隔阂也正在逐步消除，在这种情况下，我为什么要忸怩作态违心地回避他？我知道他很孤独、寂寞，矿上有人一直在放空气，说不要跟了右派矿长犯右的错误；许多人想接近他，却又本能地和他保持着距离。多年来，极“左”的灰尘蒙垢了人们的心灵，影响了人与人之间的正常关系。昭远完全明白自己的处境，但他还是拉着沉重的犁轭，不枉他顾地默默耕耘着。

“告诉你，”我大声对他说，“今后，我要以一种特殊身份，管你吃，管你喝，管你休息，管你发脾气；你欢迎也好，不欢迎也好，在我都无所谓，别人的任何议论我只当耳旁风。反正，我管定了，你还得服我管。二十年前那场厄运没有把我们拆散，今天还有什么力量把我们分开吗？我不做你的妻子，就不能为你分担一点什么吗？”

他轻轻地叹了口气，用温柔的眼光看着我。

就在这时，门开了，一个苍老的身影出现在我们面前。

“老吴师傅！”

我们差不多同时惊呼起来，又同时向门口的老人扑去。

我扶着老人一只胳膊，而昭远捏住的只是空空的袖管。

“您好啊！”我们又同时向他问候。

“你们……也好啊！”老人看看昭远，又看看我，嗓子眼好像被什么堵住了。

他一只手抓住昭远，愣愣地看了半晌，才凄楚地喊了一声：“老杨，你吃大苦了！”

“都过来了，老吴师傅。”昭远轻松地说，“现在我不是挺好？”

“我一见这空荡荡的袖管，就会想到你；你是为了给我喊屈，才叫人……”老人的眼眶湿了，“我常跟人说，要是你杨昭远还不算好人，那天底下……”

“不说这些了，”昭远像一个见到长者远行归来的孩子，显得那么欢欣雀跃，“让我好好看看你，老吴师傅！”

他的外貌确实很苍老了，背驼得像扣了口平底锅，额上横着一条条又粗又深的皱纹，眼睛像被核桃壳包围着，犹如干旱龟裂土地上的两个深潭；和二十年前一样，他还推着平头，头发仍然硬扎扎的，但已全花白了。不过，古铜色的脸上，气色倒还不错。

“我正想抽空去看看你。”昭远说。

“一接到小丁的信，我就思谋着要来。”老人慈蔼地说，“自留地上有点营生，要拾掇拾掇，耽搁了几天。”

昭远瞥了我一眼，意思是写信的事没有告诉他。

“见到儿子没有？”他问。

一提到儿子，老人的脸色就阴沉下来：“灰货不知钻到哪儿去了；我把包包搁在他家，就跑来找你啦。”

“就住我这儿好了，你住里间，我在外头搁张铺。”

老人没有回答，却突然问：

“听说，你给钱四办了回矿手续？”

昭远苦笑着点点头。

“你这人心太好，”老人叹口气说，“你上了人家的圈套啦！”

“这我已经知道了。”

“这小子心太坏，太坏啊！”老人伤心地喃喃着，“我吴老明上辈子缺了啥德？我……”

我们都愣住了，这钱四和他吴老明有什么关系呢？老人又是摇头，又是叹气，好容易说清了事情的原委。

原来，钱四和他是一个村的。今年年初，他听说钱四回矿要求复职，便给吴冲写了封信，告诉他钱四因工伤被除名一事是假的，叫他和矿上领导打个招呼。这事邵一锋肯定知道……

我倒抽了一口凉气。原来邵一锋早就知道内情，却故意推给昭远来处理，给他设了个圈套；遗憾的是，昭远真的钻了进去，让人家抓住了辫子。

“邵一锋很了解我的性格，”昭远却显得很平静，“也没啥了不起，我已经纠正了自己的错误。”

“你以为事情已经了啦？我听说，人家已经向省、市、局告你了。”

听我这么一说，吴老明便急着要去找吴冲。昭远把他按在椅子上，把话题引到农村的现状上去。

吴老明说，去冬以来，农村确是松动了，各地松动的情况也不一样。他们那个公社还是不错的。前几天，趁地里挂锄那个空档，镇子上还唱了三天大戏，县委书记也来看戏了。戏开场后，这位书记不在台下看，硬要上台看。公社主任跟他上了台，见他不看台上的戏，光看台下的人。问他在找谁哩，他说谁也不找；问他看见啥哩，他说，农民脸上有了笑容，这比啥戏也好看。

“是啊，是啊，”昭远连连点头，他被这个生活小故事感动了，“人民脸上的笑容，是对干部最好的鉴定；咱们矿工的脸上，什么时候都能挂起笑容呢？”

他要求吴老明师傅在矿上多住几天，给家在农村的工人聊聊大天，做做思想工作。吴老明欣然答应了。

昭远知道老人好喝几盅，便吩咐我去打酒；饺子下酒，这在矿上并不新鲜。我高兴地找了个瓶子，去商店了。

从商店出来，碰上了齐安军，他伤好已经上班了。

他告诉我一个消息：吴冲告了杨昭远，省煤管局和省总工会即将派人来调查。还说吴冲的爹来矿后就失踪了，他正在到处找爹……

我回到昭远屋里，却不见了老吴师傅，昭远说老人正在里屋休息。我正想去生煤油炉，却响起了敲门声。

进来的是矿上的总工程师和生产副矿长。他们是来探望昭远病情的，说了一通要好好养息多多保重之类的话，却又不想离开，似乎还有话要说。

我借口再去买点下酒菜，便走了出来。

我又到商店里转了一圈，买了两个罐头。再回去时，在门口就听到昭远激动的声音：

“这样搞下去绝对不行！什么靠煤说话，有煤就有一切！为什么不问问这煤是怎么来的？经济效果如何？”

“上面要的是产量，对其他指标并不认真。”这是总工程师的声音，“殷书记那么着急，还有另一个因素：现在，外面对云山矿务局议论不少，说是清查工作抓得不力，甚至说局党委在捂盖子。殷书记感到压力很大。如果生产上再没点起色，上面对局领导班子就有看法了；要是煤能抓上去，殷书记的腰就粗了，外面的议论也就没多大分量。”

“这么说，煤的功用不仅是发光发热了！”昭远喊道，“你们在会上是怎么表态的？都投了反对票？”

副矿长说：“投反对票有什么用，还不照样通过？少数要服从多数呀！”

“我们弃权了。”总工程师说，声音里带着内疚。

“谢谢你们来告诉我这件事，”昭远痛苦地说，“我还真蒙在鼓里。”

总工程师和副矿长走后，昭远激动而又愤慨地在屋里来回踱着。我问他究竟发生了什么事。他说，刚才他们来告诉他，邵一锋在他因病缺席的情况下，召开党委会议，会上否定了他原先提出的局部调整安排，理由是这个安排影响出煤。当然，他们也不是简单地予以直接否定的，而是采用了颇为“艺术”的手法：知道局里要往下压任务，便主动要求下半年增产五万吨，根据这个任务，对生产重新进行安排，这就打乱（实际上也就是取消）了昭远原先的部署。不言而喻，这是邵一锋的点子，却是通过党委的某些成员之口提出来的。在党委委员中，邵一锋还控制着多数，特别有吴冲这样逢山开路、遇水搭桥的先锋，没有谁敢直接和他交手。

昭远递给我一份矿党委文件，说是邵一锋让副矿长捎来的。文件标题之长实在惊人：《关于进一步发展全矿安定团结的大好形势，学习吴冲采煤队一不怕苦二不怕死的革命精神，开展社会主义劳动竞赛，把煤炭生产促上去的决定》。文件要求各级党组织和每个党员，要按党委的决定办事，不得各行其是；文中还提到，大会战是行之有效的增产措施，应在全矿继续搞下去。

邵一锋简直不择手段了，昭远就在矿上，行政办公楼和党群团办公楼仅仅相隔一里之遥，竟然把他这个矿长兼代理书记撇在一边，然后把会上定下的一套强加于他。这简直使人不能容忍！

“这一下，吴冲定是大大地受到鼓舞了，”我说，“说不定更要胡来哩！”

“完全有这种可能，”昭远说，“我已经和任局长打过招呼，如果他继续胡作非为，我就撤销他的队长职务。行政上有这权力。刚才，我也征求了他们两位的意见。”

“他们同意吗？”

“不反对。”

“我也赞成。”老吴师傅忽然从里间走出来，“从小看着他长大，还不知道他是块啥料？二杆子货，只能让人当枪使，当啥队长、劳模？撤了他，对国家有好处。”

“对他自己也是个挽救。”昭远说。

我讲了齐安军告诉我的消息。昭远只是笑笑，没有说话；老吴师傅却沉不住气了，他从桌子上找来几张稿纸，递给我：“你给我写！这小子要告老杨，我还要告他！告他们陷害忠良……”

我激动地看着昭远；昭远摇摇头。

“写吧，”老吴师傅在催促，并且口授内容，“告状人，退休工人吴老明，状告亲生儿子、飞狐岭矿综采队队长吴冲……”

我的心里滚过一阵热潮，手里的笔也颤抖起来。一种多么怪诞的生活现象！父亲心中的好人，却成了儿子眼里的仇人；这个人曾为父亲遭到不幸而奔走呼号，为此而受到极不公正的对待，失去了事业、青春、爱情，长期被生活遗弃；但儿子却得出了截然相反的结论，本能地把他当作进攻的靶子。这种荒唐和愚蠢是怎么造成的？

“往下写呀！”老吴师傅又在催了，“这畜生，黑白不分，恩将仇报；他要真掌了权，那可是一害呀！”

我正举笔不定，昭远却把笔夺了去：

“不用写了。对吴冲，应该尽可能教育他，争取他；就是后面调教他的那个人，也不能就说是坏人。如今的时代，不会允许他们再往前走的。”

昭远的弱点又暴露出来了，他始终是个理想主义者。不过，他的话里有一点我是同意的。在我们这个复杂的社会里，对人的区分，很难再用好人或坏人这样的简单概念。而麻烦也正在这里。某些人殚精竭虑地追逐地位权力，或想方设法地打击别人，抬高自己，以保住既得的利益，但他们并没有贪污盗窃，也未触犯刑律；他们高唱着四化之歌，却横躺在四化路上，给人使绊子；他们满口党的原则，党的利益，实质上却处处和党唱反调。他们属于哪类人呢？又用什么方法来对待他们呢？

第十五章

井下又一场较量。跋涉者的心声。他们终于重续旧情，但故事远没结束。

省煤管局和省总工会要派工作组来，这个消息无疑是确实的。这两天，招待所在拆洗被褥；大食堂两位技术高明的大师傅，也要去招待所食堂“临时帮忙”；党群团的办公大楼里，还专门进行了大扫除。

昭远仍很镇静，仿佛这一切与他无关。

只是老吴师傅已经几天没见了。

听人说，那天回去，吴冲就和他爹吵了一架，骂他老而不死，不在家里好好待着，跑到矿上来找儿子的麻烦；说他只剩一只胳膊，还不知道往里弯弯，哪见过这号当爹的？死了叫鬼去给他摔盆打幡……老人气得叫来了左邻右舍，当众揭了儿子在钱四问题上的鬼把戏，骂他心肠太黑，手段太毒，陷害杨昭远这样的忠良，天地不容。把个吴冲气得七窍生烟，一时性起，竟拿起擀面杖向老子扑去，亏得被人拉开了。老人一气之下，提了小包到同乡家睡去了。这事很快便传遍全矿。吴冲大概觉得影响太坏了，便叫老婆孩子把他爹找回来。但老人执意不回，说他不承认这个畜生儿子。

昭远叫我去找找老吴师傅，让他到办公室来住。我跑了几处地方，都没找见。听人说，老人在一处只住一夜，第二天又换了新地方。他在认真执行着昭远交代给的任务：和矿工谈农村正在发生的变化，让大家安心生产。

我失望地往回走的时候，碰到了慌慌张张跑来的陈碧华。她说，吴老明正和邵一锋干架；她怕出事，想找个熟人去拉架，碰上我是最好不过了。

我跟着她来到邵家，只见院门紧闭（大概邵一锋怕人听见他们吵架的内容），但里边对阵的声音还是断断续续传出来。我听见吴老明师傅的嗓音激动得有点发抖：

“……我这只胳膊就是丢在你邵一锋手里！你的‘卫星’上天，我的胳膊落地，想赖也赖不了！你倒去害人家杨昭远！如今，杨昭远回来了，你又调教我儿子……”

“老吴，我已经向杨昭远作了检查，他都不提过去的事了，还用你来翻这些陈谷子烂芝麻？”这是邵一锋的声音，“好好回乡下待着吧，不要在矿上胡搅蛮缠，破坏安定团结……”

陈碧华用钥匙开了院门上的铁锁，我进去就拉住了吴老明："走吧，别和他磨牙了。"

邵一锋马上换成了笑脸："你看，小丁！我和他好说好话，这老汉偏偏……杨昭远有话尽管对我说嘛，何苦大老远把他从乡下请来……"

我气得嗓门发堵，拉着老吴师傅就往外走。出了邵家院门，我对老人说，如果几句话就能说动邵一锋，让他天良发现，那他就不是邵一锋了。老人又问，邵一锋是不是真的向昭远作了检查？我说是真的，而且是在大会上，他邵一锋做事一向滴水不漏。老人又说起钱四的事。我说，吴冲要是不承认收到过你的信，邵一锋也推说一无所知，你又有什么办法？吴老明听了，长长地叹了口气说：

"我也知道，找他邵一锋解决不了啥问题，可心里憋得慌，嚷上几句，稍稍松快些。二十来年了，在我丢了的这只胳膊上，邵一锋欺上瞒下，栽赃杨昭远；他以为别人真是傻瓜，让他糊弄住了？这几天，我找了些老伙计，扯起这事，谁心里都像水一样清。"

我说："就你儿子是例外。"

"那就不是个东西！"老吴师傅恨恨地说，忽然从贴身口袋里掏出几张纸交给我，"这几年，吴冲、邵一锋从家属小煤窑搞了多少煤，咋就上了他们队里的账，这上头都有。"

"您从哪里搞来的？"我惊讶不止。

"我在运销站的一个老伙计家住了一晚。"老吴师傅又递给我一个小本子，"你再看看这，吴冲在队里无法无天地干的一些事，这上头都有。除了生产上的，生活上的也有，你看看，光是木头他们就搞了多少？"

"这本本是谁的？"我越发惊讶了。

"陈世福的；别看他哑巴一个，心里啥都清楚。"

难怪这几天找不见他老人家！

我对身边的老工人不由肃然起敬。他有农民的质朴，又有工人的无私；二十多年前，他曾被亲生儿子骂过“窝囊”“熊包”；他的善良和憨厚，作为一种美德，是得到当时社会承认的。可是，二十多年后，他却变得那么无畏，坚强！面对亲生儿子和当权者的错误，他竟毫不留情，毫不妥协！这是生活对他教育的结果，也是时代刻在他身上的印记。可是，我自己变得如何了呢？在这位断臂老工人身边，我感到了深深的惭愧。

迎面忽然来了昭远。

他身穿工作服，脚登高靿水靴。

“病还没好，怎么能下井？”我大声喊道，“快给我回去！”

“不行！陈世福从井下打来电话，吴冲又在发疯了。”昭远头也不回地往前走，“他想在省工作组来到之前，再创个纪录，即使把机器毁了，也要这么干，他好上新工作面。”

这确是刻不容缓的事。要阻止昭远下井，是不可能的。

我决定陪他下井。老吴师傅也要下去，但被昭远劝阻住了。

“你给我把那小子的队长撤了！”老吴师傅在我们身后高喊道，“不能再让他瞎折腾祸害国家了！”

吴冲确实是在发疯。

新的综采纪录根本拿不出来，现场会已变得遥遥无期，各种弄虚作假的通道已被堵塞，局领导和煤炭部技术小组对他的先进典型有了看法，队里和矿上的群众也议论纷纷，在这种情况下，他真正感到了自己的劳模称号有被抹掉的危险；现在，唯一可以拿来抵挡的只有煤，有了煤，才能表明他这个劳模存在的合理性。在矿党委那个决定的鼓舞下，他要来个孤注一掷，他认为省工作组来后是能给他做主的。

在矿灯房借灯的时候，小茵见我们神色紧张，不知发生了什么事；

我也来不及解释，帮昭远系好矿灯盒，就匆匆进了罐笼。

下到井底，我立即给井下调度室打电话，要他们派辆矿车来。

今天的矿车怎么摇晃得这样厉害？好像时时要脱轨一样。我在车里抱着昭远，只怕他被震晕过去。

我们终于来到吴冲综采工作面的运料巷口，正要走进工作面，就被暗处跑出的两个人拦腰抱住了。

“怎么回事？”昭远回头问。

“工作面要放炮。”

“什么？”昭远以为听错了：综采工作面上，还要打眼放炮，简直叫人莫名其妙。

“机器割不动。”工人说。

“谁的主意？”昭远问。

“吴掌柜下的命令。”

在这个队里，工人们在背后常称吴冲为“掌柜”；掌柜的一出现，工人们就鸦雀无声。有时，人们当面也叫他掌柜，他听了，竟也不否认，甚至还有些自得。他说：“我老吴就是要掌这个柜，咋的？”

“立即停止放炮！”昭远大喊着。矿灯光下，我见他耳根旁的青筋也暴起来了，“给我把吴冲找来！”

有人指指不远处的一个横洞里。我和昭远急步走过去。

横洞里有五六个人，正围着一台放炮器在嚷嚷。吴冲命令放炮员放炮，老工人陈世福却用身体护着放炮器，不让放炮员操作。吴冲火起，一把推开放炮员，就扑向陈世福。陈世福平时不吭不哈，是矿上有名的“没嘴葫芦”，你在井上任何地方碰上他，总见他眉毛耷拉，眼睛半开半闭，像是打瞌睡似的缺精少神，就是在他跟前扔个炸弹，也未必会使他把眼睛睁大；可是一蹲罐下井，就来了精神。此刻，他见吴冲扑过来，索性把放炮器抱在怀里，瞪着两只吓人的大眼，怒视着吴冲。吴冲跳脚也罢，骂娘也罢，反正他“徐庶进曹营”，一言不发。吴冲揸开五指，就要去夺放炮器，却被齐安军一把抓住了胳膊：

“队长，你真要由着性子来，我齐安军敢和你到国务院打官司！”

“到玉皇大帝那儿也不怕！”吴冲不理碴，挣脱齐安军，就去陈世福怀里抓放炮器。

“住手！”昭远大喊一声。

人们一齐回过头来。

吴冲见是矿长，大咧咧地仄楞起眼，满不在乎地盯着昭远。

陈世福趁势抱着放炮器，冲出了横洞。人们这才松了口气。

吴冲还像一尊神那样站着不动。昭远按住火气，问：

“综采工作面可以放炮吗，吴冲同志？”

“煤层里有夹石，机器割不动。”

“用镐把石头抠掉！”

“耽误出煤，谁负责任？”

“你放炮崩坏了设备，机器不能发挥作用，工作面不安全，更加影响出煤，这责任谁负？”

“你说呢？”吴冲还是那副满不在乎的神气。

“我在问你！”昭远大声说，“看看你们的液压支架，被炮打得坑坑洼洼，油管、阀门被打得这儿漏油，那儿跑液，还能支承起顶板压力？工人干活能够安全？一套综采设备，两千多万元人民币，你不心疼？”

“我管不了许多，”吴冲喊道，“我只知道出煤！”

“你管不了，就让别人来管，我要撤你的职！”

“你敢！”

“我说话算数！”昭远说完，走进工作面，拔下炮眼里的雷管。

吴冲一看，急红了眼，竟要朝昭远扑过去，被身边几个工人抱住了。

“他娘的，都成僵尸啦！干吗站着不动？”吴冲唾沫星子乱飞，朝着工人吼道，“他撤我老吴的职，就为了拔咱这杆旗，就是和咱队一百多号人过不去，就是挖咱的祖坟……”

奇怪！工作面上竟无人为他助威，只有不疼不痒的相劝声：

“队长，别生气！”

“队长，有话慢慢说！”

“咱这杆旗拔不走，放心吧！”

吴冲见没人跟着他来，就地蹦了几蹦，嚎了几声，挣脱人们的拉劝，转身跑了。

昭远从工人手里取过一把铁镐，跪着去掏煤帮上的夹石。刚刨几下，铁镐就被陈世福夺走了。

齐安军等几个工人，和老陈一起，都动手刨开了夹石。

运料巷里非常安静。什么地方的顶板裂缝里在滴水。偶然传来隆隆的声响，这是远处的普采工作面在放炮。炮声过后，一切又归于寂静。

刚才，昭远讲了综采工作面进行科学管理的重要性，他似乎讲累了，正在闭目养神。矿工们把眼光和矿灯光都射在他身上。他成了聚光点。

“二十年前，我们没本事管住顶板，叫吴老明师傅丢了只胳膊，”昭远一睁开眼，就变得非常激动，“现在，国家给咱配备了综采机械，把压在矿工头上的顶板制服了；有人竟如此不爱惜它，糟蹋它，这不是让顶板这座大山，再压到工人头上来吗？这是犯罪啊！”

就像油锅里滴进了水，工人们一下子炸了：

“这莫非是工人的责任？”

“我们愿这样干？”

“掌柜要你往东，你敢往西？”

“眼睛就盯着官帽帽；有了煤就讨上头喜欢，升官就有门，还管啥设备？管啥人？管啥失调不失调？”

“……”

这也许正是昭远要听到的回答。他用亲切的眼光扫着围坐在巷道里的工人：

“撤了吴冲，上面不再派人来，你们自己选个队长，能不能干好？”

“什么？”“说啥？”好几个工人同时问道，他们以为听错了。

齐安军说：“让咱们自己选队长。”

“上头真能这么相信工人？”另一个中年工人问。

“不，应该倒过来问，”昭远说，声调很严肃，“要问工人是不是相信领导，而不是领导是否相信工人。比如说，我这个矿长干得不好，大伙不相信我了，就可以把我撤掉！”

这个新鲜提法，立刻引起了大家的兴趣：

“工人哪有这么大的权力？”

“工人干好活就行了。”

“光你愿意这样干，也难成气候，别的领导呢？”

“工人能撤领导，这不乱了套？”

“乱不了套，放心好了！”齐安军来了劲儿，又一次显示了他的博学，“你当这是杨矿长的发明？马克思就是这么说的。”

“老马他是咋说的呢？”那个中年工人急着问。

“他说，领导者应该是人民的公仆。”

“公仆？”大家都觉得这名词挺陌生。

“公仆就是专门为大伙服务、侍候大伙儿的人。”齐安军想深入浅出地解释这个名词，大概自己也觉得不够准确，乞援地把眼光投向昭远。昭远笑笑，用目光鼓励他说下去。

“这公仆莫非就是大伙儿雇来的伙计？”又是那个中年工人在问。

“也可以这么说吧，”齐安军笑着说，“大家伙才是主人；公仆不称职，大家伙不满意他，就可以撤换他；反过来，如果公仆确是集中了大伙的意见，代表了大伙的利益，大伙也会服从他领导的。”

“说得对！”昭远高兴地拍着小齐的肩膀，“你这个理论家，以后可得起点作用！”

“那掌柜的应该是我们？”有人笑着喊。

“这家伙就想当掌柜。”有人打趣他。

“他说的掌柜，就是当家作主的意思。”昭远为那个工人辩证，“你们手里一定会有那样的权力，也一定会真正行使那样的权力！”

昭远和工人谈得越来越热烈。我却心里一直在想着吴冲，他能善罢甘休吗？

撤销吴冲队长职务的消息，无异于在飞狐岭矿扔了个原子弹，它的冲击波不仅震动了地面，也震动了地层深处。作出的反应当然是各种各样的，多数人在刚听到时都变得目瞪口呆；冷静下来后，有的人额手称庆，有的人暗暗在心里喜欢，表面却显得颇为平静，更多的人是在为昭远担心；自然，跳脚骂娘的也有，等着看热闹的人也有。有人见邵一锋匆匆上了汽车，大概是赶到矿务局去了。

在工人中间，这个消息引起的反应更加热烈。综采队有几个青年工人，竟在井口放了几个“二踢脚”，招来许多人，形成了一个自发性的集会。矿保卫科竟派人驱赶群众，对放爆竹的人，扬言每人要扣工十个。亏得昭远及时赶到，才平息了这场纠纷。

傍晚，我到食堂打了点饭，又从宿舍拿了个提兜，给他送去。

他正伏在桌上写什么东西。见我去了，笑笑说：“‘阿姨’来啦，辛苦了！”

我把饭盒递给他：“矿上开了锅啦，连食堂里也都在议论吴冲的事情。”

“好嘛，真理越辩越明。”他若无其事地拿起一个包子，啃着，

"看来，我真的捅了马蜂窝了。我准备挨鳖。"

我忧心忡忡地说："撤掉个吴冲，就能解决矿上的问题？"

"我没那么天真。"他拿给我一张纸，"这是我给部、省、市、局党委写的一份报告。你看这里。"

我从他指点的地方读下去：

吴冲的问题说明了什么？综采队的工人说得好：有些干部的眼睛就盯着官帽帽，有了产量，就能讨上头喜欢，升官就有门。为什么有的干部只想讨上头的好呢？因为上头对他的印象如何，决定他地位的升降，决定他的前程（在一元化领导的口号下，一切权力集中于党委，党委的权力又集中于几个书记，特别是第一书记）。拿什么讨好呢？当然是产量。长期以来，经济战线上"左"的集中表现，就是无视经济规律，不问经济效果，盲目追求经济速度，在企业里就是产量产值，这也是判定企业成绩的唯一标志。这样，下面有些干部就要用一切手段来搞产量，甚至弄虚作假。有了产量，他就对上面负责了；对下面是不负责任的，因为他无须负责，群众也奈何不了他。可见，经济战线上"左"的指导思想和干部体制方面的缺陷，这两者互相作用，就成了我们建设事业中的一个病根……

我的心头撞起了小鹿。问题提得太尖锐了，虽然从内心说，我是完全同意他这种观点的。

我从自己的半生实践中深感这个问题的严重。当年，邵一锋为什么不肯支双排密集支柱，叫吴老明丢了只胳膊？如今，吴冲又为什么不要管理，在井下拼人拼设备？为什么规定综采生产是两班出煤一班检修就是执行不了？为什么采掘失调年年喊年年解决不了？为什么井下安全欠账太多？为什么有的干部无视工人当家作主的权利，不重视他们的呼声和建议，有人甚至把他们当成出煤的工具！使得干群关系常常处于紧张状态？……不端正经济工作的指导思想，调整难以进行，改革也难实现，求得健康的高速度更不可能……

外边起风了。昭远连忙去关窗子，呛了一口冷风，他咳嗽起来。

“这次，相信你不会劝阻我了。”他一面咳嗽一面说，“党员，可以向任何一级党组织提出自己的意见和请求，我不过在履行一个党员的权利和义务……我们的干部体制，实在急需改革了……”

他捂着胸口，蜡黄的脸上涨出红潮；他的眼里闪烁着火花，迸射着信念。这哪是历尽人生坎坷、受尽生活折磨的病人？我的眼前，又出现了二十多年前第一次见到的他：从冒顶的工作面走出来，头上的矿工帽被顶板冒落的气浪掀掉了，满脸都是煤尘，只有两只眼睛特别明亮，那里燃烧着理想和献身的向往……不过，二十多年前的他，虽然可以说是个生活的强者，却主宰不了自己的命运；邵一锋稍微借用了一点政治力量，就轻而易举地把他入了另册，而且拆散了我们。今天已不存在这种可能了，尽管邵一锋费尽了心机，动用了各种力量，包括利用我对昭远的感情，甚至可怜地把钱四的胡搅蛮缠也当作一张牌来打，都无济于事。时代正迈着巨人的脚步在前进！没有什么力量再能阻挡得住他这个长途跋涉者吐露出自己的心声！

外边的风越刮越猛。风卷着砂粒，撞击着窗子。昭远瑟缩地驼着背。我忽然想起带来的东西，便打开提兜，取出一个小包交给他。

他打开小包，顿时愣住了。

这是二十二年前我给他打的一件细毛线背心，一双毛袜子还有几本书。

他盯着那些东西，嘴角微微抖动。

他默默走向窗口，长久伫立。

“你还一直保留着这些东西！”他困难地说，但没有回过头来。

“我保留的，仅仅是这些东西吗？”我抓起那件细毛线背心，递给他，“降温了，快穿上！”

“你……你听我说，”他一边咳嗽一边恳求我，“把它拆了，随便给自己打点什么……”

“为什么你要折磨自己，”我流着泪说，“你明明需要我。”

“你没见我浑身是病？再说，我今后的生活道路，也不见得会是平坦的，何苦，再拉上你……”

“嘭”的一声，门被推开了，吴冲像一头野牛冲进屋里。

他接连喘了几口粗气，然后仄楞着发红的眼睛，冷笑一声，说道：“你真把我的队长撤了？”

“不错！”昭远平静地在桌旁坐下来。

“你凭啥撤我老吴的职？”

“理由，那天我在井下已经说了；当然还有别的，比如，弄虚作假，侵吞别人的产量。”

“就凭这？”吴冲仿佛松了口气。

“够了！”

“哈哈哈哈！”吴冲放肆地大笑起来。

“笑什么？”

“你知道我是谁吗？我是吴冲！我是全局的劳模，全市的劳模，全省的劳模！”

“你那劳模货不真，价不实，群众并不承认。”昭远从饭盒里抓起一个包子啃起来。

“球！我吴冲用不着别人承认。”

“那你就自己承认自己得啦。”

吴冲扑前一步，爆发了："撤我的职，谁给你这么大权力？你说！"

昭远不慌不忙地嚼着包子，好像对馅很感兴趣。这下子更激怒了吴冲，他暴跳着："你说，谁给你的权力！"

"党！人民！"昭远目光炯炯，"你想干什么？"

"你问我想干什么？嗨，你没资格！工人农民养活了你们这些臭老九，你们想干什么？想翻天？"吴冲的脸涨成了猪肝一般，他捶着桌子，咆哮着，"二十一年前，你叫我爹丢了只胳膊；今天，你又对我下毒手！你这是搞阶级报复！你……你……"

我还没来得及对他的行为作出反应，只见他一个箭步，扑过去夺下昭远手里那半个包子，大叫一声：

"你是个本性不改的大右派！"

我冲上去伸手阻拦，吴冲已把半个包子狠狠地摔在昭远脸上：

"听着，我要控告你这个大右派！"

我又惊又气，差点昏倒。

门又"嘭"的一声响，那家伙出去了。

我"哇"的一声，扑过去抱住昭远。

昭远全身发抖。我失声痛哭起来。

少顷，他捧起我的脸，微笑着："你，害怕了？"

我永远忘不了他脸上这瞬间的笑容，那是刚毅的意志和极度的痛苦在刹那间的混合物。多么奇特的笑容！

这笑容在我身上注进了一种神奇的力量，一切犹豫彷徨，所有的顾虑担心，完全从我身上消失了，一种庄严神圣之感陡上心头。我觉得血液在全身燃烧，此刻，面前即便有一把尖刀对着我，我也敢扑上去。我紧紧地抱住昭远，用发颤的嗓音喊道：

"不要赶我走，让我和你在一起，来对付命运的挑战！"

他吃惊地看着我，转而又喜悦地看着我，最后温柔地看着我；终于，他低下头来，轻轻地亲了亲我的头发，喃喃地说："哦！不知为什么，现在……我确实感到需要你了！"

"你……不再赶我走啦？"我狂喜地抬起泪眼。

他又在我额上轻轻地亲了一下，作为对我的回答。

他十分听话地穿起了那件背心。

这时，电话铃响了。我拿起听筒，听出是任斌的声音。他说，省局和总工会的调查组，还有煤炭部的技术小组，都已到达局里。我问他还有什么吩咐，他却用欢畅的语气说：

"小丁，今天的天气很不错啊，不是吗？你告诉老杨，让他好好养病，多多保重就是了！"

在生活的激流中，两朵浪花曾被峭岩碰得粉碎，变成泡沫，化成水汽；但它们眷恋着长河，眷恋着大地；当太阳把它们蒸腾起来，它们又变成雨点，落向大地，变成长河中的两颗水滴，成为激流的组成部分，和亿万颗水滴一起，前推后拥，奔腾呼啸，激扬飞溅地一往无前，直向浩瀚的大海奔去……

一九八一年六月初稿

一九八二年十二月改

焦祖尧《跋涉者》，人民文学出版社1984年版。

机　器

肖克凡

螺丝钉卷

螺丝钉：圆柱形或圆锥形金属杆上带螺纹的零件。

——摘自《现代汉语词典》

1 工厂与作坊

华昌机器厂老东家白鸣岐一伸手撩开门帘跨进账房，大胖身子呼地带进一股冷风。说他胖，不假，黑缎面紫羔皮袍裹着一身货真价实的肥肉。叫他老东家，并不恰当。工商界惯例，儿子接班做少东家老子即为老东家。鳏夫白鸣岐四十啷当岁，顶着老东家虚名而已。

为什么呢？他儿子白小林日本留学归来迟迟不肯接班，竟然悄悄考入日商东洋纱厂做了职员。独生儿子不肯做少东家，把老子撂在旱岸上了。

家有忤子啊。白鸣岐走进账房撩起皮袍儿落座，屁股压得红木椅子说了话，吱地叫了一声。他抬头看了看墙上德国挂钟，心里知道它慢了一个钟头。华昌机器厂账房的德国挂钟，一大早儿往前拨快一个钟头，为了叫工人们提前干活儿；下晚儿往后拨慢一个钟头，为了让工人们滞后收工。这一快一慢，一天多生出两个钟头，变成二十六小时。

老账房先生被辞退便没人拨动时针了。一座工厂没了账房先生好比一座宅门没了大管家，折了手也折了脚。可巧有人推荐新的账房先生李亦墩。白鸣岐喜欢《百家姓》开篇姓氏，便同意面试。

白鸣岐是金华桥畔明江浴池常客，泡在塘子里好一堆白肉。因此这堆白肉将见面地点约在一街之隔的金华酒楼。金华酒楼原先三层楼房，庚子年间被八国联军烧成平房。领头纵火的是日军大佐小岛次郎。这位日本大佐归国退役投身纺织工业，终于发迹形成著名的小岛家族。

坐在金华酒楼大堂里，白鸣岐点了两菜一汤，叽一口酒，吧一口菜，呼噜呼噜喝着汤。李亦墩按时到了。他脸孔清瘦目光平和，头戴栗色俗称“茶壶套”的帽子，身上裹着蓝布棉袍，脚底下黑色骆驼鞍式棉靴，不到三十岁模样。

白鸣岐试探着递烟，他说不会抽。白鸣岐试探着斟酒，他说不会喝。白鸣岐叫堂倌儿沏一壶热茶，他却要了一碗白开水。白鸣岐暗暗吃惊。当今讲究及时行乐，风行吃喝嫖赌，这位操着外埠口音的中年男子不抽烟不喝酒不饮茶，好比麻将牌里的一条“素龙”，难得。

你以前知道华昌机器厂吗？你以前知道玛钢吗？白鸣岐连问两句。

不知道。李亦墩一句顶两句，回答了。

天上一句地下一句地聊了几句。从不轻易表态的白鸣岐认可了，当场约定进厂的日子。告辞出了金华酒楼。可巧遇见日本宪兵队满大街抓人。大胖身躯的白鸣岐向北，瘦骨嶙峋的李亦墩往南，分头走了。

华昌机器厂地处“三条石”大街东端，属于华界知名厂商。这一带的几十家小工厂，要么翻砂，要么锻铁，要么淬火，号称“热加工”；要么养着几台床子承接车钳铣刨磨的订单，号称“冷加工”；还有生产桅灯、车具、度量衡、刨冰机、小锅炉、大五金的工厂，则以“制造商”自诩。因此，这里号称“华北机器工业摇篮”。

俗话说，麻雀不大，五脏俱全，华昌机器厂就是如此：两座熔化铁水的“猴子炉”，一间退火窑，一架打磨毛坯的“滚筒”，四台冲压“熊捣子”，两台旋床，还有一架“眼儿床子”。一环环工序一道道工艺一位位工匠，华昌机器厂从热加工到冷加工一环不缺一项不少。站在高处放眼“三条石”工业区，如此门类齐全的机器厂，没有几家。

最令白鸣岐自豪的不是“冷加工”，而是铸造“玛钢”。玛钢不是钢，是铁。这种以铁代钢的铸件，用于管道阀门、五金工具、自行车曲柄，市场广阔。尤其用于轨道“轱辘马”，非玛钢不可。

说起生产玛钢，它的关键环节“退火”属于绝活儿，难以掌握。玛钢分为“黑心儿”和“白心儿”两种，具有不同机械性能。当年，白鸣岐从“玛钢大王”手里学会这门热处理技术，如同得了太上老君炼丹术，神秘得很。白鸣岐往往选择夜半时分装窑，譬如装箱，譬如配料，譬如码放，譬如封窑，譬如烧火，譬如测温，他独自操作，身旁不得留人。这一窑玛钢一烧就是五天，白鸣岐寸步不离日以继夜，俨然乌龟瞪蛋守护着即将出世的儿女。

到了进厂那天，李亦墩迎着西北风揣着双手沿着三条石大街从西向东，走向华昌机器厂。三条石大街中央铺着三条青石板，连绵不断。一左一右的两条青石板，日积月累轧出两道车辙，中间一条青石板被车夫踩出两行足迹。这三条青石板，印满岁月沧桑。

来到华昌机器厂大门前，表情镇定的李亦墩看见两扇大门上露出一只只圆孔。这是一支支铆钉被强行拔去留下的窟窿。打从第五次强化治安运动，日本人强行征集中国民间金属，从小孩儿的饭勺到老头儿的铁球，从小媳妇的顶针到老爷儿们的烟袋锅儿，统统回炉去了。李亦墩扭头观察周边，认为一街之隔的地方应当摆一个烟卷儿摊，卖烟卷儿应当是个沉默寡言的老头儿。

李亦墩构思完毕，伸手推开角门探身走进华昌机器厂。看门人一贯见人下菜碟儿，知道来了账房先生，连声致礼。李亦墩对这家工厂似乎并不陌生，一口气便找到账房。为了监视工人行动，华昌机器厂账房四面开窗，这样即可眼观六路耳听八方了。

天气冷，账房挂着棉门帘。李亦墩撩起门帘猫腰钻进去，操着鲁冀交界口音向坐在红木椅上的白鸣岐问了一声好。白鸣岐注视着新任账房先生，内心突然疑惑起来。这位而立之年的男人不嫖不赌不抽不喝，素素净净地活着到底图希什么呢？思忖着，白鸣岐反而怀疑自己选错了人。

他起身指着一摞账本说，华昌机器厂有十三名大工匠，分为甲乙两等，按半月取领工钱，食宿自理。除了伙夫杂役，还有二十三名徒工，工厂管吃管住，一冬一夏两次换季，发钱添衣裳。

噢。李亦墩仔细听着，随手抄起抹布擦了擦桌子。白鸣岐暗暗欢喜了。以前那位账房先生不好伺候，抽烟卷儿小伙计给划着洋火，喝茶水小伙计给递到嘴边，拨拉算盘珠子累了小伙计给掐肩捶背，谱儿大了去了。人啊，真是不比不知道。这位新来的账房先生不卑不亢，做事不会错的。

白鸣岐抬手指着墙上德国老挂钟向这位账房先生交代了“秘诀”——每天清早儿拨快一钟头，每天下晚儿拨慢一钟头。李亦墩听罢惊诧地哦了一声。

中午吃饭，白鸣岐吩咐伙房给李亦墩做一碗“光棍儿面”送到账房，以示欢迎。“三条石”一带的华商工厂多年以来形成“长迎短送”习俗，迎新进门吃面条，结账走人吃饺子。兵荒马乱年景不济，迎新只能吃杂面条，走人只能吃荞麦饺子。

李亦墩吃了一碗杂面条，动手洗了海碗送回伙房。大师傅见他如此谦恭，反而端起架子。李亦墩并不介意，放下海碗回去对账了。

那天在金华酒楼见面，李亦墩跟白鸣岐说明自己是单身汉。老东家给他在厂外安排住处。李亦墩一口谢绝，说账房先生睡在账房里，更好。他是这样说的也是这样做的，一连几天伏案对账，算盘珠子从早晨响到晚上，除了吃饭喝水，那就是睡觉了。

只用三天核账完毕，李亦墩手捧三册账簿交给白鸣岐。老东家哪里知道，与此同时李亦墩还完成了《一个资本家剩余价值分析》的整体构思。这篇重要文章后来发表在中共北开特委地下刊物《反抗》杂志头题位置。几经周折这册杂志通过秘密交通线传到延安，引起了一个名叫刘少奇的人的注意。《一个资本家剩余价值分析》的发表注定了四年之后“进城干部”李亦墩投身工业战线的命运。

冬日黄昏，王金饼扛着铺盖卷走出火车西站，一路打听三条石华昌机器厂，跟谁说话都是点头哈腰的样子。这个身穿黑棉袄黑棉裤的庄户小子来到工厂大门口，心里犯怵不敢进去。

十八岁的王金饼大脑袋细脖子，操着泊镇口音。他挪动脚步进厂，被看门人一声喝住，盘问得底儿掉。抱着铺盖卷跟随看门人走向工厂深处。迎面是一座工房，一台滚筒发出丁零当啷声响，好像里面盛着妖魔鬼怪，等待《水浒传》里洪太尉放生。穿过这座工房是一个原料场子。几个小伙子光着膀子正在劈铁——隆冬天气嗨哟嗨哟抡着“窝头锤”，满头大汗亮出一身“肉块儿”。王金饼心里好生羡慕，以为遇见武松。

前面一间四面有窗的是账房。看门人引着王金饼进去。没人。一张桌子，配着两把官儿帽椅，四出头式样。两尊瓶胆蹲在条案上，插着鸡毛掸子。屋里生着火。王金饼瞅见炉上坐着一只铁壶冒着热气，渴了。他从包袱里取出蓝花粗瓷大碗给自己斟了一碗热水。

看门人瞥了一眼说，你小子进了门就饮驴。王金饼端着大碗说，白鸣岐是我表叔，我娘告诉我进了表叔工厂不要拿自己当外人。

白鸣岐是你表叔啊？那慈禧太后还是我姑奶奶呢。长相酷似梁山好汉时迁的看门人趁机从账桌上捏起半截子烟卷儿夹在耳朵上，说你自己等着吧，抬腿走人了。

王金饼端着大碗一动不动好似一尊蜡人儿。就这样蜡了一会儿，一个身穿黑色皮袍的大胖男人撩开门帘迈进账房。他目光睃着账房，满脸疑惑问道，你这根萝卜是从哪块地里冒出来的？

我叫王金饼，黄金的金，烧饼的饼，我来投奔华昌机器厂老东家白鸣岐。王金饼慌忙把大碗塞进包袱里，小学生背书似的。

我就是白鸣岐。他上下打量着王金饼说，账房先生呢？

这时李亦墩掀起门帘走进账房，不卑不亢说去了一趟茅房。白鸣岐一把拉过王金饼对账房先生说，这是从老家来的学徒，你给他立一张生死字据。

李亦墩随即落座铺开纸笺打开墨盒，表情依然沉静如水。白鸣岐当场口授字据内容，清脆洪亮，就跟大街上数快板儿似的。

三年学徒，一文不名。跌打损伤，概不照应。走失拐带，责任自擎。投河觅井，交保诉讼。三年满师，东伙两清。双方自愿，立据为凭。

数完这段快板儿，白鸣岐迈着大步走出账房，奔向工厂后院开炉化铁去了。

李亦墩和蔼地询问新来学徒的名字。王金饼如实报出大号，还说出自己乳名“饼子”。面孔清瘦的账房先生沉吟片刻说，金饼的饼字不大好听，麻将牌里不是有饼子嘛，三饼五饼容易引人取笑。你若是经常遭人取笑，就自卑了。一自卑，人就萎了。人活一口气嘛，萎了不好。我看还是改字不改音，炳代表光明，你就改成王金炳吧。

光明？好啊好啊。我愿意光明。王金炳连连点头说，当年我爹给我取名饼子是为了一辈子不挨饿有粮食吃。我从泊镇老家投奔华昌机器厂学徒，从今往后有了饭碗不挨饿了，您给我改成王金炳吧。光明好啊，亮亮堂堂的。

那就改了。账房先生一边说一边写，之后让王金炳在契约上按了手印。

这是一个重要的日子，民以食为天的王金饼摇身变成追求光明的王金炳。

他抱着铺盖卷住进了华昌机器厂的“学徒大炕”。就一间“篱笆顶”大屋里垒着两条大炕，左边大炕睡十二个学徒，人挨人；右边大炕睡十二个学徒，人挤人。基本是大车店的格局。王金炳进了屋，一看左边大炕尾巴空着一个位置，便打开包袱取出棉被填补进去。他返身出屋找到一块青砖，有了枕头。

天黑了，也没人招呼王金炳吃饭，他暗暗扛着。盘腿坐在大炕上，肚子却叽里咕噜讲了话，说饿了。他心里寻思着，操！金饼改成金炳不是不挨饿吗，这一光明我倒没饭吃了。

突然屋门大开，身穿黑色棉裤黑色棉袄的学徒们吃罢晚饭回来了。人多了，屋里空气顿时混浊，添了汗脚臭鞋的味道。学徒们看见屋里添了一个傻头傻脑的新人，有的过来搭讪一声，有的投来审视的目光，有的根本不理不睬。王金炳局促不安，小团圆媳妇似的。

一个瘦猴儿模样的学徒剔着牙缝儿打着饱嗝儿说，他妈的今天晚饭我没吃好，炖肉吧我嫌肥，熬鱼吧我嫌腥，烧羊腿吧我嫌膻，烤鸭子吧我嫌腻，唉，实在没有办法我只喝了两碗稀饭。喝了稀饭又遇到麻烦了，有人非要把他家的大闺女许配给我。唉，娶媳妇我嫌麻烦，这搂着女人睡觉多累啊。你们听过“四大累”吧？挖窑泥，筑河堤，养活孩子，操大屄。

学徒们听罢哄堂大笑，认为这四种活计瘦猴儿说得非常贴切。

炖肉熬鱼烧羊腿烤鸭子，王金炳听了并不觉得馋，这一宗宗美味佳肴对一个乡下孩子来说实在陌生。他听了只是觉得饿。馋和饿是不一样的。馋是想吃好的，饿是想吃饱了。至于“四大累”什么的，饿瘪肚子的王金炳不去理会。他只知道“四大瘪”：撒气轱辘，死蝉蜕，老太太奶子，饿死的胃。

王金炳悄悄下炕，溜了出去。厂院里很安静。一股铁锈的味道扑面而来，浓浓地直入肺腑。王金炳在农村嗅着黄土味道长大，遇到这种铁锈味道好生新奇，耸着鼻子吸了几口。远处账房泄出几缕灯光，恍恍惚惚使人想起《聊斋》。

李亦墩踱出账房说，王金炳你还没吃晚饭吧？我领你去伙房。王金炳感动了，深一脚浅一脚走向伙房。伙房里两个厨子下棋，楚河汉界吃卒宰仕拿马捉象，杀得血肉横飞。李亦墩说新来的伙计耽误了晚饭还饿着肚子呢。

胖厨子说那就饿一宿。瘦厨子说饿了让他喝凉水。李亦墩观看棋局拍着胖厨子肩膀说你想反败为胜我给你支几招，你赢了可不能让这孩子饿肚子啊。

胖厨子撇了撇嘴。李亦墩说残局马上炮回乡。王金炳忐忑地瞅着这盘跟自己肚子密切相关的棋局。双方走了七八步，彼此对掉三子。李亦墩一连支出几招儿。胖厨子完全成了应声虫。

李亦墩突然说，车沉底！胖厨子啪地一挺“车”。瘦厨子的“帅”没了去处，被卡死在宫里。

胖厨子果然反败为胜，颠儿颠儿去灶台取了三个杂合面饼子。瘦厨子气急败坏瞪着账房先生说，您老人家能耐不小哇，诸葛亮转世吧？

李亦墩慢条斯理地说我是瞎猫碰上了死耗子。瘦厨子急了说我是死耗子啊你骂人不吐核儿。

手捧杂合面饼子王金炳狼吞虎咽。胖厨子端来盐罐子说，你小心别咬了自己手指头。

离开伙房，李亦墩顶着夜色语重心长地说，你先干杂活儿，沏茶打水洗衣裳涮尿盆，一天到晚伺候老东家。学徒三年你偷到几分手艺就算不错了。

肚子里添了三个杂合面饼子和几粒盐，感觉有了气力。王金炳给账房先生鞠了一躬，回到“学徒大炕”去了。大屋里黑了灯，响起一阵鼾声。残存的炉火透出几丝微光，给漫漫冬夜送来温暖。他沿着左边大炕摸索着，终于找到炕尾位置，一摸却没了被褥，只剩下那块充当枕头的青砖。

谁弄走了我的铺盖卷呢？他情急之下大声发问，却没人理睬。他在黑暗里走了几步，脚下发出窸窸窣窣的声响。蹲下身子一划拉——地上铺着保暖的稻草。张开双手敛起一束稻草，随手扔在余火未尽的炉盘上，上炕和衣躺下了。

那一束稻草不遇明火难以燃烧，散发出一股股青烟。青烟缭绕弥散开去，在大屋里制造着仙境。那青烟不声不响钻进人们鼻孔，去肺里做客了。

黑暗里有人在梦乡里被呛醒了，咳嗽着发出疑问，他妈的哪儿来烟气啊？呛死我啦。

和衣佯寐的王金炳捏着鼻子喊了一声着火啦，呼地爬起跳下炕去。

只听得嗡的一声如同一瓢冷水泼进滚热的油锅，顿时炸了。惊慌失措的学徒们抱起被褥争先恐后窜出“学徒大炕”，好似一群没长羽毛的小鸟儿挤成一堆。

王金炳从墙洞里取出油灯凑近火炉，点亮了。他擎着油灯沿着大炕从左边炕头搜到左边炕尾，从右边炕尾搜到右边炕头，没有发现自己的铺盖卷。他找到火筷子掀起炉盘，将稻草灰烬扫进炉膛，快步走出“学徒大炕”，黑灯瞎火站到人群里去了。

老东家白鸣岐喘着粗气赶来了，高声发问出了什么事情。瘦猴儿抢先回答说，大屋里冒烟着了火，把我们给呛出来啦！

看门人跑来了，他闪身进屋，一眨眼工夫返身折回，大声向老东家报告说没着火。白鸣岐连声追问这是谁谎报军情存心添乱啊。

见没人吱声，老东家白鸣岐说以后不许诈尸赶紧回屋睡觉吧。王金炳声音颤抖着说我的铺盖卷丢了。

白鸣岐疑惑起来。华昌机器厂风气端正没丢过东西。外贼不怕，要是有内鬼我绝不轻饶！

气氛霎时紧张了。人们起先面面相觑，然后互相躲闪，唯恐无意之间沾了腥惹了骚，一下毁了自身清白。

瘦猴儿学徒只穿了一条大裤衩，冻得哆哆嗦嗦冲着一棵大槐树说，你们看呀树杈上挂着一个包袱，兴许是王金炳的铺盖卷吧？

白鸣岐指使瘦猴儿学徒说，佟小喜，既然你看见啦，那就搬梯子把铺盖卷取下来。

名叫佟小喜的瘦猴儿学徒扛着梯子跑到大槐树下，迎着夜风伸出竹竿挑下铺盖卷。王金炳朝着佟小喜说了声谢谢，彼此心照不宣。

第二天，王金炳去“学徒大炕”搬铺盖卷，进屋看见佟小喜盖着两条棉被，浑身哆嗦。他伸手摸了摸瘦猴儿额头，饼铛一样滚烫。

王金炳端来一碗水说，你要不藏我的铺盖卷也不会半夜受寒啊。

瘦猴儿有气无力地说，新来的受整治，这是学徒老规矩，去年他们把我铺盖卷扔到煤堆里去了。

我从小没人关照，你们以后不要欺负我了。扛着铺盖卷走出“学徒大炕”，王金炳搬到老东家外屋去住了。

白鸣岐丧妻多年未续，一年四季泡在厂里，样样须人伺候，时时要人打理。就这样王金炳成了白鸣岐的贴身小伙计。

贴身小伙计很苦。一大早儿睁开眼睛，拎起瓷壶跑到水铺去沏茶；老东家喝了茶，预备香胰子洗脸，白牙粉刷牙；晌午厂里伙房饭菜不对老东家口味，挎上食盒去饭馆叫菜，不是“独面筋”就是“爆三样”；过午时分老东家吃甜食，端着碟子去打“红果酪”或者“枣儿羹”；晚上睡觉，给老东家烫尿盆儿灌热壶焐被窝儿；半夜里老东家醒来渴了，要送茶水，不凉不热正对口……如此这般，一天昼夜晨昏十二个时辰，脚手不拾闲，而且累心。细胳膊细腿儿的王金炳恨不得生出三头六臂，外加一只大象鼻子。

华昌机器厂闲着一辆胶皮人力车，轱辘瘪了很久。打从来了王金炳，这辆车复活了。白鸣岐让他练习拉车，围着厂院绕圈儿。没练几天便合格了。王金炳心里说，伺候吃喝拉撒行走坐卧，我成了全科人。

天气暖和，蜘蛛出来织网了。一天早午白鸣岐换了春季装束出门办事，招呼王金炳备车。账房先生李亦墩跑来向老东家报告，说瘦猴儿佟小喜半夜爬树受凉，一连几天发烧，喝了几服汤药不见好转，半夜里死了。

什么！王金炳惊了，撂下人力车大步朝着“学徒大炕”跑去。

瘦猴儿尸体停在床板上，显得瘦小干瘪。撩起白布看着瘦猴儿遗容，想起他嘻嘻哈哈说着“炖肉吧我嫌肥，熬鱼吧我嫌腥，烧羊腿吧我嫌膻，烤鸭子吧我嫌腻”的淘气模样，心头一阵酸楚。

白鸣岐等得不耐烦了，高声招呼着。王金炳强忍泪水跑去拉起胶皮人力车，载着老东家出了华昌机器厂。

一路狂奔疾跑，他好像一匹脱缰烈马。白鸣岐坐在车里连声喝斥“你疯啦”。王金炳冷静下来，沿着河堤走向日租界，心里压了一块石头。

瘦猴儿冒坏水儿藏我铺盖卷，我弄出半夜火灾让他受寒着凉。现在他死了，我身上背了一条人命吧？低头拉车寻思着，王金炳觉得自己有了污点。

一路找到东洋纱厂职员公寓。这是一座日式二层紫砖小楼，绿地里栽着一棵樱花树。下了车白鸣岐看到小楼前挂着“九州寮”横匾，满脸不屑表情。中国人吃米饭日本人也吃米饭，中国人喝茶日本人也喝茶，中国人用汉字日本人也用汉字。日本人的事情，十有八九是跟中国人学的。

“九州寮”的看门伯役是“高丽棒子”。白鸣岐说明来意，伯役面无表情地引着来访者在“九州寮”门口脱掉鞋子，打着赤脚走进会客室。华昌机器厂的老东家只好折叠双腿坐在榻榻米上，窝屈着大胖身子气喘不止。

他来到“九州寮”是给儿子白小林下达最后通牒的。他听说，白小林在东洋纱厂使用日本名字小林白。白小林——小林白。这姓氏的颠倒使得一个中国人霎时变成一个日本人。当爹的绞尽脑汁也想不通，儿子怎么愿意变成日本人呢。

中国人白小林或者日本人小林白出现了——他身穿鸦青色和服，脚踏梆梆木屐，一串碎步走到会客室门口，脱鞋进门向父亲深深鞠躬致礼。华昌机器厂老东家看到儿子的东洋做派比日本人还像日本人，便认为这小子没救了。中国人白小林操着日语吩咐着高丽伯役。高丽伯役“哈咿”一声给白鸣岐奉了茶，躬身退下了。

父亲立即对中国人白小林说，当年你爷爷一介书生变卖家产兴办华昌机器厂，决心实业救国。我一块块银元垫脚把你送到日本留学，这也是为了实业救国。你学成归来放着自家工厂少东家不做，跑到日本工厂当职员。你这是想气死我呀。

日本人小林白躬身跪坐，抬手扶了扶戴在脸上的日本眼镜，表情郑重语调平和说，请您不要生气。我在东京留学学企业管理，毕业回国进入日商东洋纱厂见习，这是学以致用嘛。

学以致用？白鸣岐端起黑陶茶盅呷了一口日本茶水说，人家东洋纱厂是工厂，咱家华昌机器厂就不是工厂啦！你学以致用可以在华昌机器厂，何必舍近求远呢？白鸣岐越说越生气。

爹爹，咱家华昌机器厂不是工厂，是作坊。我在作坊里做少东家，那是不能学以致用的。您知道现代企业制度吗？您知道有限责任公司吗？您知道独立董事吗？

东洋纱厂高级职员小林白侃侃而谈，倘若依照日本公司标准衡量中国企业，我们工厂不多，作坊不少。您非让我接手华昌机器厂做少东家，这跟中国乡村财主家的大少爷有什么两样呢？

这么说你铁心不做华昌机器厂少东家了？那玛钢退火绝活儿我只能带到棺材里去啦！白鸣岐从榻榻米上爬起，气咻咻发出最后问询。

日本人小林白暨中国人白小林极其坚定地朝着华昌机器厂老东家点点头说，爹爹，中国工业要想追赶日本，我必须彻底研究日本工厂，要想彻底研究日本工厂，我必须彻底成为日本人。要想彻底成为日本人，我必须从白小林变成小林白。

我的天啊，你这是欺宗叛祖没人味！白鸣岐起身离开会客室，红头涨脑走出“九州寮”，一屁股坐在胶皮人力车里，连声感叹逆子可恶。这时王金炳心里还想着死去的瘦猴儿，一时精神恍惚。

拉车快走，你也想留这儿当日本人啊！白鸣岐气愤难当吼叫起来。王金炳吓得一激灵，看到老东家面孔变成一块铁板。

坐在胶皮人力车里，气急败坏的白鸣岐一路回味着喝进嗓子里的日本茶水，满嘴黄豆炒煳了的味道。他咒骂着小日本儿外加高丽棒子。饼子！你说咱华昌机器厂是小作坊吗？

不——是。拉车行走的王金炳应声虫似的回应着。

你说咱华昌机器厂是工厂吧？白鸣岐坐在车里一身肥肉乱颤。

是——。王金炳拖着长腔回禀，好像京戏里的小喽啰。

白小林变成小林白，我花钱给日本人添了一个儿子？真他妈的窝囊到家了。白鸣岐越想越光火，一肚子怒气没处发泄。

一路奔跑驶进华昌机器厂大门。一辆马车拉着两台轧花机出厂给客户送货去。白鸣岐跳下人力车吵吵嚷嚷说，谁说我是小作坊，小作坊造得出这种轧花机吗？胡说八道！

走了一趟东洋纱厂职员公寓，白鸣岐中了魔怔，好像要跟“小作坊”玩命。王金炳拉着胶皮人力车归了车棚，远远看见瘦猴儿尸体停在棚子下，等待发丧。

奔向账房，白鸣岐一串脚步好似砸夯。他一脑门子官司说，我是小作坊啊？小作坊今天出大殡！

李亦墩看出老东家这是斗气，起身相迎。白鸣岐余怒难消地说，李先生，你去买一口棺材，不要狗碰儿！请一棚和尚念经做道场，半夜给佟小喜入殓。明天一早出殡，邀一班旗锣伞扇执事，伙计们扶柩，吹吹打打送到西营门外义地下葬。你还要告诉伙房厨子，从今往后每逢今天是忌日，全厂一律吃素。

李亦墩困惑地望着这位给小伙计大办丧事的资本家，以为对方发了疟子。

白鸣岐不无得意地问李亦墩，你看我像开小作坊的吗？

您不像。李亦墩谨慎地回答，终于明白老东家这是花钱跟自己较劲呢。

白鸣岐果然嘿嘿笑了。三条石哪家工厂死了学徒不是苇席一卷就埋啦？他们才是小作坊呢。我是堂堂正正华昌机器厂，咱不干小作坊的事儿！

白鸣岐滔滔不绝说着，难以抑制激动心情。王金炳一旁听着受到感动，认为老东家为人宽厚做事仁义，花钱买棺材出大殡还让全厂吃素，好人。

账房先生奉命走出工厂大门横过马路，跟摆烟卷摊的老头儿说了几句话，就去买棺材了。

天黑之后，一群和尚身披袈裟来到华昌机器厂做道场，念经超度亡魂。李亦墩从洪记杠房请来几个掐尸入殓的汉子，他们喝着茶水抽着烟卷儿，表情里透出几分机警。

十几个“摇大轮”的学徒围拢灵前，哀悼着瘦猴儿。挑头的一个叫范金斗一个叫梁三升，属于佟小喜生前友好。

华昌机器厂的老式旋床，全凭这样一只“大轮”传动两只齿轮，经过一次变向一次变速，带动卡头旋转切削一只只机械零件。其实，老式旋床可以依靠马达传动。白鸣岐却完全依靠人工动力。旋工师傅干活儿，十几个小伙计轮番上阵，摇动那只“大轮”。一个小伙计鼓足气力摇不过两三分钟，便憋得面孔发紫体力不支，另一个立即顶上继续摇动“大轮”，如此形成接力，循环下去。

于是“摇大轮”成为一门活计。这十几个小伙计，省了煤省了油省了电，一尊尊肉身充当着一台台大汗淋漓的“电动机”。华昌机器厂“摇大轮”的学徒们，胳膊麻木，腰板酸痛，头昏脑涨，胸闷气短，一个个活像十八层地狱里的小鬼儿。白鸣岐当然就是乐乐呵呵的阎王爷了。

瘦猴儿佟小喜死了，少了一个“摇大轮”的。十几个难兄难弟聚在灵前哀悼，小声议论起来。

范金斗惋惜地说，那天半夜喊叫着火咱们都跑出去了，怎么就瘦猴儿着凉死了呢？

梁三升说，那天半夜瘦猴儿搬梯子给王金炳取铺盖卷，一定是上树让夜风拍着了。夜风杀人不用刀啊。

听到人们议论瘦猴儿搬梯子取铺盖卷被夜风拍了，王金炳悄悄躲了。佟小喜的死跟我有干系啊。于是内疚不已。

白鸣岐来了，急声急语撵着伙计们回去睡觉，说明天起早还要出殡呢。

伙计们一个个离去了。白鸣岐回屋睡觉，白天的一肚子火气还是没有泄尽。

我花钱买棺材入殓，我花钱请和尚超度亡灵，我花钱出殡送葬，我华昌机器厂是小作坊啊？白鸣岐躺在被窝里嘟嘟哝哝，翻来覆去覆去翻来，肉身子烙饼。十张饼都烙熟了，他还是睡不着，问王金炳知道不知道《二十四孝图》。

王金炳端着茶碗说知道王祥卧鱼。听了这话白鸣岐大发感慨，你一个乡下孩子都知道王祥卧冰求鱼，他白小林一个留洋学生怎么不懂得纲常呢？还说华昌机器厂是小作坊，这个儿子我算是白养了。将来我老了，冬天想吃个烫牙火烧没人给买，夏天想喝碗消暑梅汤没人给端，命苦啊。

您把工厂卖了吧，卖了工厂自己享清福多好。您要是老了我伺候您。王金炳说着递上茶水。

什么？白鸣岐呼地挺身坐起瞪大眼睛望着王金炳，情绪激动地说，好哇！从明儿起我教你《三字经》和《千字文》，你想学打算盘我从小九九一直教到狮子滚绣球！你愿意学吗？我还要教你“苏州码子”，这码子记账一辈子忘不了，终生受用啊。

老东家，我想学一门手艺。王金炳试探着说。

嘿嘿，你小子一准想学玛钢退火吧？我实话告诉你，这门绝活儿除了儿子我谁也不传。可惜你不是我儿子。再者说，我觉得你不适合靠手艺吃饭，你死心塌地伺候我一辈子吧。

我伺候您一辈子，将来您死了我伺候谁去啊！王金炳不解地说。

白鸣岐颇为满意地说，好，冲你小子这份忠心，我临死之前一定把玛钢退火技术传授给你。你知道怎么配铁屑怎么配木炭吗？这是绝活儿。

老东家哼了几声，很快响起鼾声。王金炳无声地笑了。

您临死之前一定把绝活儿传授给我。您说话算话啊。注视着呼呼睡去的老东家，王金炳的笑容给沉沉夜色增添了几分复杂的含义——好像一块黑布扔进水里渐渐褪去颜色。

半夜的厂院里，李亦墩指挥杠房汉子们给瘦猴儿入了殓。叮叮当当的锤声敲击着夜色，一锤一锤，钉了棺材盖。王金炳躺在床上想象着漆黑的棺材，佟小喜永远睡在里面了。他认为阴阳两界只隔着一层棺木，特别近。

睡着了。铁锈的味道渐渐浓烈，充满梦乡。梦乡里王金炳发现棺材里没有瘦猴儿尸体，装满了乱七八糟的东西。一大早醒来，王金炳寻思着梦里景象。这是瘦猴儿给我托梦了，棺材里装满瓶瓶罐罐的，他睡到哪里去啦？……

清早伺候老东家起床。白鸣岐好像火气全消了，一屁股坐下吃早饭，呼噜呼噜喝着棒子面粥。中国人当了亡国奴，不许吃大米。三条石恒合灯具厂少东家过生日吃了一碗大米饭，被人告发抓进日本宪兵队折腾死了。大米成了中国人的毒药，进嘴殒命。白鸣岐不想死，已经几年不吃大米了。

一辆马车载着佟小喜的棺材停在华昌机器厂大门外，驾辕黑马耳朵上挂着两朵白花儿，表示白事。出殡了。随着杠房汉子一声“起灵”号子，平时“摇大轮”的八个学徒挺起肩膀扛起四条杠子，嗨哟嗨哟抬起棺材走向那辆马车。

三条石大街上突然驶来几辆屁股冒烟的摩托车，跳下十几个身穿黄呢军服的日本宪兵，设立路卡搜查过往车辆和行人。摆烟摊的干瘦老头儿立即横过马路走进华昌机器厂大门，手里举着一盒烟卷儿交给身穿灰布大褂儿的李亦墩，说红炮台改成粉锡包，您抽烟换牌子吧。

王金炳扯着老头儿袖口说李先生不会抽烟啊。干瘦老头儿耷拉着脑袋走了，那一双耳朵好像卖给了酱肉铺子。

八个小伙计抬着棺材走出华昌机器厂大门，那辆马车却被日本宪兵扣押，不让装载。杠房汉子急了眼，说棺材抬起中途落地，万事不吉啊。

戴着白色臂章的日本宪兵拦住棺材，用日语说检查。八个伙计抬着棺材不敢落地。他们平时“摇大轮”颇有几分气力，此时还是憋出满脸大汗珠子。

看门人急得甩手，说要是少东家回来多好，他会说一口东洋话啊。

什么少东家，我没有这个儿子！白鸣岐喝了一肚子棒子面粥，听到“少东家”还是火冒三丈，亲自出马跟日本宪兵交涉，说给死人出殡我们不犯歹啊。

统统地检查。设置路卡的日本宪兵端起刺刀说着半生半熟的汉语。

八个抬杠子的伙计登时泄了气，腿脚一软腰杆一松，那只黑漆棺材便撂下了。账房先生看到棺材落地有些慌张，东瞅西瞧似乎盼望天兵援救。

白鸣岐看到棺材中途落地跳着脚说，李先生找翻译官使钱吧，使钱买路赶紧把棺材送到坟地去！

李亦墩解开大襟掏钱，那样子好像从胃口往外抻钞票。一位腰挎军刀的日本军曹操着半生半熟的汉语说你们支那人就懂得行贿，说着挥手打落钞票。

一口黑漆棺材摆在华昌机器厂大门口，进退两难陷入僵局。白鸣岐火了，大声命令伙计们把棺材抬回厂里，今天这殡不出啦。

不出殡的，也要检查。日本宪兵军曹抽出军刀敲击着棺材说，前几天有人把烟土藏在棺材里，被我们查获了。

气氛更加紧张，大有开棺暴尸的趋势。王金炳突然勇敢地冲着日本宪兵说，我们老东家是良民，你们不信开棺检查保准没有烟土！

李亦墩伸手推开王金炳说，开什么棺？检什么查？我们没有走私烟土！

一个日本宪兵抬手抽了李亦墩一记耳光。范金斗和梁三升冲上来护卫着嘴角流血的账房先生。白鸣岐一屁股坐在棺材前面打了一个不合时宜的喷嚏。

喷嚏引来一串车铃声。一辆胶皮人力车沿着三条石大街经过华昌机器厂。坐在车里的青年男子看到摆在工厂门口的棺材，喊了一声停车。

看门人跳脚拍手喊道，是少东家！是少东家！

儿子意外出现，白鸣岐当即从地上爬起。李亦墩警惕地看着从天而降的白小林。这位西装革履的少东家长得很像老东家——只是爹很胖，儿子很瘦。肉，成了父与子的最大区别。

一片安静。中国人白小林暨日本人小林白走近日本宪兵的刺刀，操着纯正的东京口音说了几句什么。北海道口音的日本军曹听到如此高贵的母语，颇为礼貌地介绍着情况。

表情略显傲慢的小林白静静听着，转身指着摆在华昌机器厂门口的棺材，叽叽嘎嘎咿咿呀呀说出一串日语。军曹听罢军刀入鞘，挥手召唤宪兵们撤走了。

日本人小林白暨中国人白小林重新坐进胶皮人力车里，朝着华昌机器厂老东家说了一句中国话——你们出殡吧。

白小林说罢这句中国话，坐胶皮人力车离去了。

儿子几句话退了日本兵。白鸣岐反而越发恼怒。望着远去的胶皮人力车说，哼！你小子会说两句东洋话就长精啦。

只得丧事从简。拿钱把吹鼓手们打发了。马车拉着那口棺材离开华昌机器厂驶向西营门外乱葬岗子。一路上账房先生抚摸着棺盖自言自语，占有全部剩余价值之后，这是假慈悲。

尚未接触革命道理的王金炳问道，慈悲还有假的吗?

李亦墩自知失口变更话题说，你不要跟我们去坟地了，回去预备火盆吧。

王金炳接受李亦墩指派的任务，跳下马车望着远去的送葬队伍，心里还是惦记着死者。昨夜梦里，瘦猴儿没有睡棺材里啊。

本埠风俗，出殡从坟地回来的人是要迈火盆的。由于鬼魂怕火，迈过火盆鬼魂就不会附体了。

王金炳徒步返回华昌机器厂。看门人一把拉住王金炳说，你看少东家多大能耐，叽里呱啦一番东洋话退了日本兵，胜过《大明英烈传》里巧嘴儿华云龙。咱们老东家有这样的儿子，大福分啊。

王金炳大模大样地告诫看门人闭嘴，说老东家不许提少东家这三个字，然后径直奔向长满杂草的工厂后院。

工厂后院一派荒凉。王金炳一边行走一边往怀里收拢着去年死去的蒿草，这就是火盆的燃料。心里又想起瘦猴儿，脚下踩到一堆枯草，他猫腰扒开枯草看到一片新土。好像有人在这里挖了一个大坑，填埋之后留下新土痕迹。

兴许有人埋了私孩子，前几年村里张寡妇把婴儿溺死偷偷埋了。也兴许有土匪抢来金银财宝悄悄藏在这里。这样胡思乱想着，王金炳抱着一捆蒿草寻找火盆去了。此时，他仿佛看到一双双大脚从火盆上迈过去，把瘦猴儿的魂灵丢在后面。想到佟小喜从此成了孤魂野鬼，王金炳嘤嘤哭了。

2　脚趾与眼睛

瘦得皮包骨头，而且脸色焦黄，尽显出两只大眼珠子。这种体格本埠方言叫“怜巴”，就是可怜巴巴的意思。此时的牟棉花发了愁，我这么怜巴怎么去东洋纱厂考工呢，就是胡吃海塞三天五晌也胖不起来的。

奶奶献计献策说，你打肿脸充胖子。自己抽自己嘴巴子瘦脸就成胖脸了。

十六岁的牟棉花说了声好，抬手要抽自己嘴巴了。不等奶奶阻拦她自己先住了手。我才舍不得打自己呢。一句话，听命由天。

牟棉花只睡了半宿，凌晨时分跑去排队。天气贼冷，地面冻出一道道裂纹，还结了一层白霜，使人以为做梦进了盐滩，嗓子跟着咸。

身穿小花棉袄的牟棉花领到三十五号，排在队伍里。脚冷。单鞋不挡寒。她从兜儿里掏出一只毽子蹦蹦跳跳踢了起来，好似一只小母鸡。人家的毽子都是公鸡翎子做的，她的是一团线绳。身边几个姑娘为了暖脚凑过来一起踢毽子，于是一只小母鸡变成一群小母鸡。天亮时分，已然发出三百八十多号。等待考工的女人们伸长脖子期待着东洋纱厂考工场开门。那一只只伸长的脖子瘦得青筋毕露，成了景致。

有人说，这是沙里淘金，也有人说这是海底捞针，还有人说这是做梦捡了狗头金，空欢喜一场。总而言之，日本工厂的饭碗，不是好端的。

上午八点钟，考工场吱扭一声开了门。堂堂东洋纱厂的考工场，简陋得甚至不如临时避难所：青砖墁地凹凸不平，铁皮墙挂了一层霜，石棉瓦房顶漏了窟窿，麻袋片儿缝制的门帘好似片儿汤。开了门，空气越发沉重。有低声祷告观音菩萨保佑的，也有祷告王母娘娘保佑的，还有信洋教的教民祷告上帝保佑。人群里唯独牟棉花不祷告，她认为中国的观音菩萨和王母娘娘外加洋人的上帝，统统管不了日本工厂的事儿。要是管得了，中国人怎么当了亡国奴呢。

是时候了。牟棉花悄悄从贴近乳房的地方掏出一只菜饼子，就着自己体温吃了。平常在家吃早饭只喝一碗菜糊糊，跑一趟茅房肚子就瘪了。为了考工奶奶特意给她蒸了菜饼子，也算开斋了。

考工场是前门进，后门出，这跟吃饭拉屎一个道理。听说前面的十六号一进考场吓尿裤子，哇哇大哭径直出了后门，好似屈死鬼儿逃出阎王殿。

终于听到喊叫三十五号，牟棉花大模大样走进去。应了当本埠“生瓜蛋子充熟的”那句俗语。迎面坐着的考官穿着又肥又大的黑色棉袍，是一个满脸横肉的老娘儿们。她嘴上叼着一颗烟卷儿却不点燃，冒出一股股哈气。这模样使人想起《西游记》里的老妖精。迎着老妖精的提问，牟棉花踮起脚尖儿挺高胸脯回答说十八了。

牟棉花的个子不矮，尖脸盘细眼睛，梳着又细又黄的两条辫子，平板儿胸脯，细胳膊细腿，一看就是营养不良的小穷丫头。

《西游记》里的老妖精嘴里冒着哈气说，你跟我实话实说吧，今年十几啦？

我跟您实话实说吧，我今年十八，明年十九，后年二十啦。

满脸横肉的女考官从嘴里取下烟卷儿，审视着牟棉花。什么十八十九二十，你跑幼稚园里数数儿来啦，告诉我你哪年来的月经啊？

牟棉花慌了，颇为羞涩地说了实话，今年来的。

满脸横肉的女考官眯缝着眼睛说，好吧，你现在低头猫腰撅屁股，伸出右手捏住了左边耳朵，就这样猫腰撅腚从左往右转，一口气转六圈儿。

你要猴儿啊？我是考日商东洋纱厂，不是考杂耍班子。牟棉花一把没摁住天不怕地不怕的脾气，露出倔强性格的苗头。

你还敢跟我犟嘴，你从小没亲妈吧？

牟棉花笑了，说您老人家会相面啊。我三岁死了亲娘，八岁后娘也死了，我没哥没姐没弟没妹，从小跟奶奶长大的。

你命硬，逮谁克谁。我可不敢收你这个小害人精。你过来给我点着烟卷儿，点着烟卷儿就滚蛋吧。女考官板着面孔说。

听说让自己滚蛋，牟棉花反而镇定下来。你日本人的东洋纱厂不录用，我去考英国人的南洋纱厂，英国人的南洋纱厂不录用，我去考中国人的北洋纱厂，不就是半夜起来排队嘛，我还能吃上菜饼子呢。

她大步走上前去从女考官桌上抄起一盒洋火，麻利地推开火柴匣捏出一根火柴棍儿，甩手就要擦亮。女考官抖动着满脸横肉一把攥住她手腕，嘿嘿冷笑说我不会抽烟。

你不会抽烟叼着一颗烟卷儿这算怎么档子事儿？牟棉花居然质问女考官。

我愿意，你管得着吗！女考官松开她手腕从办公桌上捏起一枚小铜牌使劲扔到门口。小死丫头，你去把它捡起来吧。

牟棉花咽下这口气，强压怒火转身去捡那枚小铜牌。这时候嘴里叼着烟卷儿的考官抄起蘸水笔在花名册上打了一个钩儿。

牟棉花猫腰捡起小铜牌，看见上面印着“丙9551”字样。小死丫头这是你的工号。明儿早上八点钟去生徒预备班报到。在生徒预备班受训五天，考试合格你就留下，考试不合格你照样滚蛋。我嘱咐你啊小死丫头，你要是进厂上班拿了工钱别忘了孝敬奶奶。她老人家爱吃鸡脖子你别买鸡爪子，爱吃腌鸭蛋你别买咸黄瓜。好啦你下去吧。

我过关啦！她连忙鞠躬说，谢谢大管事。

你少给我戴高帽儿。我不是大管事。东洋纱厂的大管事都他妈的是日本人。小死丫头你进了东洋纱厂一定留神，当心日本大管事把你给操了。

女考官话锋一转说，小死丫头你给我记住了，进了东洋纱厂宁可当小樊梨花也不要当小黄爱玉。你听明白了吗？

虽然不知道黄爱玉是什么人，牟棉花还是感到心头一阵温暖。这位女考官说话粗鲁脏人耳朵，可是从来没人这样叮嘱过自己啊。为了报答女考官恩德，牟棉花突然低头猫腰撅屁股，伸出右手捏住左边耳朵，从左向右转悠起来。

一口气原地转了六圈儿，她挺身站直感到头晕目眩，几乎跌倒了。

好！我这捏耳朵猫腰撅腚转悠六圈儿的考试，考十个倒十个。小死丫头你年岁不大能耐不小，这一拨人里就你没有栽在我眼前。

请问您贵姓。牟棉花心里想着日后如何报答女考官，摇摇晃晃问道。

你不用跟我套近乎。告诉你吧小死丫头，人活一辈子能耐越大劳累越大。我看你就是一辈子劳累的命。

牟棉花笑了，我不怕一辈子劳累，人不劳累没饭吃啊。说罢又给这位说话粗野却心地善良的女考官鞠了一个大躬，转身走出考场。

手里捏着印有9551工号的小铜牌，谎报年龄的牟棉花昂首挺胸进了日商东洋纱厂生徒预备班，摇身一变添了两岁，十八了。

五天的生徒预备班，手工、口试，牟棉花两门合格。厂方开始指派名单了。东洋纱厂工序繁多，细纱、穿扣、整纱、浆纱、织布……牟棉花伸长脖子支起耳朵听着：于淑芬、冯玉玲、张宝琴、刘凤霞、齐金兰、李秀珍、吴翠荣……一口气宣读下来就是没有自己的名字。她慌了，起身询问。

你是牟棉花啊？你的工号丙字9551到了梳棉工部，你快去报到吧。

哦。敢情我吃了小灶。牟棉花看到，别人去纱场的去纱场去布场的去布场，只有自己去了梳棉工部。

东洋纱厂很大，两千多号人，分为南院和北院，中间隔着一个大水坑。牟棉花出了南院进了北院，踏着大水坑冰面跑过去找到梳棉工部，冻得流着清鼻涕站在“梳棉管事室”门外，上气不接下气。

气儿喘匀了，她擦了鼻涕进了管事室。进门鞠躬，这是日本工厂的规矩。鞠了躬，她抬头看见一青年男子身穿日式长袍站在日产进度表墙壁前面，凝神思考着。他就是梳棉工部大管事？

这时青年男子缓缓转过身来。他白净脸孔，中等身材，戴黑框圆圈眼镜，显得文质彬彬。

牟棉花觉得这位五官端正的日本青年男子跟五官端正的中国青年男子相比没有什么两样。怪不得都说小日本儿祖先是中国人呢。牟棉花暗暗松了一口气，注视着那一副黑框圆圈眼镜。

对方目光透过镜片向她投来冰冷一瞥。这目光刺得牟棉花不舒服，连忙说我是来报到的。

你是丙字9551吗？日本大管事坐在写字台前翻开花名册，核实着工号。

这个日本人会说中国话。牟棉花平生首次跟日本人打交道，听到大管事说中国话好像老和尚念经，忍不住捂嘴笑了。

年轻的老和尚撇开花名册，表情迷惘地注视着中国女工。我问你是丙字 9551 吗，你为什么笑?

我是丙字 9551，我叫牟棉花。她说罢使劲咬住嘴唇，嘴唇一疼就不笑了。

你叫牟棉花，你知道棉花属于经济作物吗?

牟棉花一脸茫然。我姓牟叫棉花，我是人我不是经济作物。

我知道你不是经济作物。可是中国农民种植棉花却不知道它是经济作物，以为它只能做成棉袄棉裤棉帽子。这位日本大管事说着伸手按响电铃。踏着铃声跑来一个小伯役，进门躬身行礼。

默西！你现在把 9551 带到初条组，交给丙班带班长谷香。

小伯役十二三岁模样，半大小子嘴里缺少两颗门牙。他带领牟棉花离开管事室。牟棉花问他叫什么名字。他说日本话小伯役是下人的意思。牟棉花生气了。日本人叫你下人你就没有名字啦!

小伯役颇为感激地看了她一眼，低头说，我姓郝，小名二黑。

郝二黑！这名字不错。我告诉你做人要有志气，我要是没志气哪里考得进东洋纱厂啊。说着进了宽敞的梳棉工房，郝二黑向初条组走去。

几个女工拆解棉包，还有几个女工将原棉一片片填入机器里。机器嗡嗡山响，震得耳朵成了摆设。女工们一律哇啦哇啦大声说话，好像一群妯娌吵嘴。

哎，日本大管事说的默西是什么意思？牟棉花好奇地扯着郝二黑袖口。小伯役被她扯住，只好停住脚步说默西是日语打招呼“喂”的意思，默西默西就是“喂喂”的意思。

牟棉花立即尝试着说，默西！你引我去见初条组丙班带班长谷香吧。

郝二黑咧嘴笑了，说 9551 派头不小，你一默西就成了我上司。

一个身材高挑的女工扭腰摆臀走向二号梳棉机。郝二黑远远说她就是谷香。牟棉花看着蓝色背影，觉得这位带班长的屁股又圆又大。

等不到小伯役引荐，牟棉花噔噔跑过去站在谷香背后大声说，带班长，我是新来的牟棉花！谷香给吓了一跳，转身看了看牟棉花，又抬头看了看房顶，以为她是踏着五彩祥云下来的仙女。郝二黑介绍说这是新来的生徒9551。

哦。带班长打量着从天而降的牟棉花，认为来了一个小丫头片子。新来的生徒也打量着谷香，看到她腰间系着白色围裙显得胸脯很高。谷高牟矮，谷大牟小，谷肥牟瘦——两个女人互相打量着，好似一头奶牛遇到一只奶羊。

小伯役郝二黑完成了任务，朝牟棉花伸了伸舌头，做着鬼脸儿走了。

带班长谷香交给牟棉花一把扫帚说，初条组就是把片棉加工成为粗条棉，交给下一道工序加工成为细条棉。之后就离纺纱不远了。纺纱还分粗纺和细纺，看纺车换纱锭，那叫挡车工。你细胳膊细腿怎么不去纱场挡车呢？

是啊，我细胳膊细腿怎么不去纱场挡车呢？牟棉花抄起扫帚反问自己。

你不得吃不得喝，身子骨没长开。你妈妈要知道你在这儿吃苦受累还不得疼死啊。谷香眨着一双丹凤眼观察着说，你遇到女考官是靳大姑吧？你别看她一脸横肉，那是东洋纱厂一把好手，纱场布场无论哪道工序没有她拿不起来的。要么日本人也不会让她当考官啊。考工场，那是肥差。

她叫靳大姑啊？我一份礼没送她就让我考进来了。牟棉花得意地说着跟随谷香去物品仓库领了一件白色围裙，上面印着“东洋纱厂”四个红字。她兴奋极了，当场就系在腰间。这一系围裙，她身段顿时显露出来，腰是好腰，屁股是好屁股，就是缺肉。

谷香惊讶地说，我看你天生做工的材料，一系围裙人模样就出来了。你要是吃上几天好伙食填起胸脯子，现成一个小妖精。

牟棉花又害羞又得意，腾地红了脸蛋儿。这时候她想起那位考官靳大姑“宁可当小樊梨花也不要当小黄爱玉”的叮嘱，立即郑重地说，什么小妖精呀，你是结了婚的小媳妇，人家还是大闺女呢。我什么都不懂你别拿我涮锅子。

你又没看我良民证怎么知道我嫁了人？谷香故意嗔着脸色说道。

我不用看你良民证。我会猜。你听我猜啊——我猜考工场的靳大姑没结过婚，对吧？牟棉花肆无忌惮地说着，渐渐露出敢想敢说敢干的本性。

谷香暗暗寻思，考工场靳大姑确实没结过婚，这小丫头真会猜啊。

日商东洋纱厂是三班轮作制，七天一个轮次。谷香的丙班这一轮上头班，即早晨七点钟上班，下午五点钟下班，十个钟头；再一轮上二班，即晚间九点钟上班，第二天早晨七点钟下班，十个钟头；第三轮上副班，即从下午五点钟到晚间九点钟，只有四个钟头。人们愿意天天上副班，就跟愿意天天过年一样。可惜全年只有一个正月初一。大年三十除夕夜照常上班。

牟棉花说日本人一年三百六十五天没年没节啊。谷香说不是日本人没年没节，是日本人不让中国人过年过节。梳棉车间只要上班机器就不能停，轮流吃饭限时半刻钟，就是七分三十秒。

还七分三十秒？凑成八分钟不结啦。牟棉花不满地嘟哝着。

八分钟可不行。七分三十秒就是七分三十秒。这是日本工厂。日本人做事特别精细。你看小林白吃饭的小碗儿就跟蛐蛐罐儿似的。小林白就是那个日本大管事。姓小林，名白。日本人都是复姓，俩字儿。日商东纱厂董事长姓小岛，名更三，全称小岛更三。

谷香说罢跑去操纵初条机。她弯腰扳动曲柄，费尽力气不见动弹，索性侧身甩胯摆动肥厚的大屁股嘭地一撞，曲柄转动了。牟棉花看到带班长大屁股的功能，嘻嘻笑了。

一连几天上头班，牟棉花看到中午轮到谁吃饭谁就解下围裙擦擦手，从兜子里拿出家里带来的饭菜，找个犄角旮旯坐下就吃。说是饭，大多是杂合面饽饽捧在手心里啃着；说是菜，大多是咸萝卜什么的。偶尔有人带来好吃的，一块玉米饼而已。中国人吃不上精米白面，很多年了。

轮到谷香吃饭。她解下围裙端着饭盒风风火火走了，好像去赶集。牟棉花将二号梳棉机打扫干净，给油盅注了油。看见带班长吃饭去了，她也饿了。午饭是一只菜饼子，包裹在手巾里。一屁股坐在机台上，吃一口菜饼子喝一口凉水。她没有解下围裙。一解下围裙就不显腰了。她臭美。

杂合面掺和马苋菜蒸成的菜饼子，凉了很硬，使劲儿嚼着心里很香甜。我考进了日商东洋纱厂，谢天谢地啊。从今往后只要认真学艺，两年出徒就能养活奶奶了。她细嚼慢咽吃完最后一口菜饼子，感觉半饱。半饱就知足了，在家只能喝菜糊糊。

小林白突然出现，沉着面孔一声不吭注视着丙字9551。牟棉花丢下水碗慌忙起立，一时束手无策。

牟，你到工房外面去，罚站。这位日本大管事一板一眼说。

你为什么罚我站？牟棉花反问着，企图讨一个明白。

你犯了两个错误。一、棉絮是原料。你坐着棉絮吃饭侵害原料，罚站两刻钟。二、围裙是工作服。你吃饭时间不解围裙违反规定，罚站两刻钟。两错相加总共罚站四刻钟。

家里穷得没有钟表，牟棉花还是懂得四刻钟就是一个钟头。

谷香一阵风跑回来，挟来一股饭菜香味。牟棉花暗暗猜测她饭盒里是虾酱炒什么东西。

小林白转身指责说，谷，9551中午吃饭犯了两个错误，罚站四刻钟。你是带班长对生徒管教不力，你罚站两倍，时间八刻钟。

小林白先生，我错了。谷香顺从地鞠了躬，朝着9551使了一个眼色。牟棉花没给小林白鞠躬，低头跟随带班长去外面罚站了。

隆冬时节天上飘着小雪花。走出梳棉工房大门，看见一座土台上铺了一块钢板。谷香告诉她这是日本人专门设立的“罚站处”。这地方，夏天罚站头顶大太阳，晒热的钢板烫脚，人称日本烤肉；冬天罚站冷风飕身，冰镇的钢板冻脚，人称日本冻鱼；春天秋天不冷不热，却延长罚站时间晾着你，人称日本寿司。无论烤肉还是冻鱼，都不是什么好滋味。

雪前暖，雪后寒，落雪之时寒暖间。俩人并排站着，挨罚。带班长穿的是棉鞋。生徒穿的是单鞋。穿棉鞋的谷香告诉穿单鞋的牟棉花，去年三伏热天细纱工部有个女工罚站，中暑死了。

牟棉花惋惜地说好不容易考进东洋纱厂我可不能死啊。谷香冻得打着喷嚏说你死不了啊，你死了谁吃苦谁受累呢。

沉默着。牟棉花突然问谷香，你饭盒里是虾酱炒豆腐吧？

你真会猜啊，馋猫儿。我没吃饭就来罚站了，肚儿里没食一会儿就得冻死。

你不能死，你死了谁吃虾酱炒豆腐啊。说着牟棉花解下围裙要给谷香当头巾围上。

我的小姑奶奶，你敢拿东洋纱厂的围裙当头巾，这辈子可光剩下罚站啦。你知道东洋纱厂围裙的样式是谁设计的吗？日本天皇的表弟！前年在蓟县让八路军给打死啦。

牟棉花赌气说，我这辈子就想去一趟日本国，亲眼看看他们纱厂里的日本女工罚站不罚站。

谷香冻得跺了跺脚说，我爷儿们跟我说，无论哪国的富人都是同样心肠，无论哪国的穷人也都是同样心肠。这叫阶级……

牟棉花追问说姐夫识文断字吧。谷香上牙打着下牙回答你姐夫是铁路信号工人，大老粗一个。不过他挺疼我，这虾酱炒豆腐是他亲手做的。遇到下雨刮风闹天气他还来工厂大门口接我呢。

铁路是铁饭碗，连穿衣服都不用自己花钱。你真有福气，嫁了个好爷儿们。你们小日子过得不错吧。

你姐夫跟我说，普天下受苦人齐心协力拧成一股绳，大家都会过上好日子。

你说什么叫好日子呢？牟棉花冻得发抖追问着。

好日子？谷香左寻思右琢磨说，就说小林白吧，这数九寒天他上班坐在管事室里喝热茶吃料理，多暖和啊。下班泡在热汤池里看报纸抽香烟，多舒服啊。你说他过的是好日子吧？

牟棉花摇摇头发表不同看法说，他大老远从日本跑到中国，抛家舍业清锅冷灶的，我看这不叫好日子。

也不知过了几刻钟。远处咣地传来一声脆响，好似庙里老和尚敲磬。小伯役郝二黑从梳棉工房跑出来，大声叫喊丙字9551。谷香捅了捅牟棉花说你罚站时辰够了，进去暖和暖和吧。

牟棉花被冻得麻木，双手搓着毫无知觉的脸蛋儿说，我再陪你一个钟头吧。

谷香冻得嘴唇僵硬含糊不清地说，你还愿意罚站啊傻丫头……

我怎么不觉得冷呢？我陪你罚站不能白陪，你得让我尝尝姐夫亲手给你做的虾酱炒豆腐！

谷香呜了一声。牟棉花说我给你讲个笑话吧。从前有个人忘性特别大，一觉醒来连自己姓什么都忘了……

又呜了一声，谷香缓缓瘫在牟棉花怀抱里，昏了过去。

你这是怎么啦？牟棉花摇摇晃晃抱住带班长，大声招呼郝二黑赶快救人。

从梳棉工房里跑出一群女工，有的抱胳膊有的抱大腿，抬起昏迷不醒的谷香走进梳棉工房。还有几个女工猫腰撅腚去抬牟棉花，她却东摇西晃站立起来。

小林白走出梳棉工房大门迎着冷风大声发问，谷香罚站不到八刻钟吧？

牟棉花气愤难忍，伸手指着这位日本大管事说，默西，你非要谷香继续罚站，我替她！

我没有要求谷香继续罚站，我只是说她罚站还不到八刻钟。我说错了吗？小林白走上前来，冲着牟棉花高声责问。

浑身冻透的牟棉花哼了一声跑进梳棉工房大门，沿着冷却水管奔向冷却箱。她知道冷却箱里流动着暖水，抬起右脚踏在冷却箱上，吸收着热气。

心里还是惦记着谷香，她收回右脚换成左脚踏在冷却箱上，担心带班长死了。这时右脚觉得暖了几分，渐渐有了疼痛。她一屁股坐在原棉包上，脱了鞋子看到自己两只紫色的脚，一时吓得脸也紫了。

小伯役郝二黑跑过来焦急地说，哎呀 9551 你冻掉一根脚指头啊！

低头细看，自己右脚果然少了一根小脚趾，她捧起鞋子寻找丢失的零件儿，哇地一声哭了。

靳大姑来了。她端着一盆冷水叫牟棉花把双脚泡进去，说你再哭那九根脚指头全掉啦。牟棉花吓得住声不哭了。

靳大姑满脸横肉说，接着哭啊，你那贼胆子呢？

牟棉花连忙询问冻掉一根脚指头怎么办。靳大姑说少一根脚指头少一份烦恼，未必是坏事啊。

牟棉花急了，你冻掉一根脚指头给我看看！

靳大姑冷笑着抬腿脱去鞋袜，当众亮出一只伤残的脚丫子。牟棉花吓得不说话了。

小伯役郝二黑给牟棉花两只脚缠满白纱布，背起她去东洋纱厂急救所搽药。靳大姑猫腰捡起牟棉花冻僵的鞋子从里面捏出一根小脚指头，叹了一口气。

一会儿工夫，梳棉工房管事室贴出一张布告。中国女工识字不多，不知道出了什么事情。有人认出布告上有“谷香”和“牟棉花”的名字，人们猜测这不是好事。果然是坏消息，罢免了谷香带班长职务，开除了丙字 9551 牟棉花。

9551 不服气，双脚裹着白纱布推门走进管事室当头质问日本人小林白。

你罚站冻掉我一根脚指头还没找你赔，你倒先把我开除啦！你们讲理吗？

你放肆！小林白没有料到丙字9551气焰如此嚣张，气得脸色泛白。我罚你站四刻钟，你偏偏延长时间。脚指头是你自己擅自冻掉的，开除你理所应当。

你赔我脚指头！牟棉花知道自己被彻底开除，斗志反而旺盛起来。小林白，你赔我脚指头！

9551你走吧，你这样无理取闹，我打电话叫警卫队处置你！

她发现小林白中国话说得流利，便惊讶地注视着他。这位日本大管事竟然怯了，低头挪开了目光。

牟棉花被两名警卫队员架走了。她大声喊叫着，谷香啊我被小林白开除了，我还没尝到你的虾酱炒豆腐呢！

小林白听到牟棉花的喊叫，猜不透这位丙字9551的心思——被开除了竟然惦记着虾酱炒豆腐。这个小丫头真是不可思议。

两名警卫队员架着牟棉花奔向东洋纱厂大门，一路行走好似押赴刑场。沿途女工看到这种阵势吓得东躲西闪，以为一会儿枪就响了。

漫天大雪。小伯役郝二黑追来塞给牟棉花一个菜饼子，转身跑回去了。

一派白茫茫颜色。两名警卫队员将牟棉花架出东洋纱厂大门一撒手扔在雪地上，扭头就走。她忍着脚伤挣扎站起，双眼噙住泪水。

一辆排子车驶过来，冒着大雪停下。拉车的男人五官端正中等身材，一手紧握车把一手扶住牟棉花，说上车吧我送你回家。

牟棉花不理睬，强忍脚痛在雪地里走了几步，跌倒了。那男人放下排子车拉她起来说，你是牟棉花吧？我是谷香的丈夫我叫勾华东，我送你回家吧。

勾大哥……牟棉花嘤嘤哭了起来。

勾华东拉起排子车载着牟棉花，顶着纷纷大雪朝着这座城市的棚铺区驶去。

牟棉花坐在车里破涕为笑，说勾大哥我还以为这辈子吃不上你做的虾酱炒豆腐啦。铁路信号工勾华东憨厚地笑了笑，往前奔去。

棚铺区的街道狭窄弯曲，宛若一条条溃疡的肠子。一座院落的一间小土屋里住着牟棉花和她的奶奶。排子车停在院门外，满身积雪的勾华东没头没脑说道，小牟啊，普天下的穷人一家亲！

牟棉花记住了这句话。这位铁路信号工人搀着她走进小土屋。奶奶坐在炕头缝补衣裳，看见孙女回来了，连忙铺开被子。

奶奶，今天我去上班，小日本儿把我给开除啦！说着牟棉花终于流出眼泪。

当天夜里，一阵阵脚痛使得牟棉花蜷缩身子难以入睡。奶奶心疼孙女问她想吃什么。她知道家里只有菜糊糊，就说不饿。

凌晨时分，她听见窗外响起嘎吱嘎吱的踏雪声。奶奶起身下炕，以为有贼。屋外响起女人声音说开门吧我是谷香，我给牟棉花送虾酱炒豆腐来啦。

牟棉花一骨碌从炕上爬起来。谷姐姐，我还以为你冻死了！

奶奶点亮油灯去开门。谷香身穿蓝棉袄蓝棉裤走进屋来，显得鼓鼓囊囊的。她解开大襟从怀里掏出一只饭盒说，小牟你赶紧吃吧，还没凉呢。

牟棉花小鸟儿抢食似的打开饭盒抓着虾酱炒豆腐就吃，之后喊了一声咸。

奶奶感动得老泪直流，你俩才认识几天就跟亲姊妹似的，这是义姐义妹的缘分啊，我看挑一个好日子你们结拜吧。

牟棉花放下饭盒一把搂住谷香的脖子说，好啊，你就是我亲姐姐！

谷香对奶奶说，您老人家也尝尝这虾酱炒豆腐吧。这是我爷儿们亲手做的。他叫勾华东，是铁路信号工。您就当他是您孙女婿吧。

奶奶激动得双手合十，连连祷念着阿弥陀佛阿弥陀佛。牟棉花一旁笑嘻嘻说，您从天上掉下来一个孙女婿！

你的脚伤疼吧？那天罚站你要是穿棉鞋也不会冻掉脚指头啊。赶明儿我给你做一双棉鞋吧。谷香关切地说。

她从小逞强好胜，我给她做了两双棉鞋她不穿，说不冷。奶奶抱怨着。

我走啦我得上班去啦，去晚了又得罚站。谷香跟牟棉花拉了拉手又朝奶奶点了点头，匆匆走了。

奶奶追着送出大门，拉着谷香的手说，你是天底下头一号好人啊。

普天下穷人一家亲！谷香说罢奔东洋纱厂上班去了。

牟棉花吃上了虾酱炒豆腐，一餐解了八辈子馋，满足了。

一连串的光景过去了，她喝着菜糊糊养好脚伤。右脚缺了一根小脚指头。穿鞋下地走了一圈好像并不碍事。

想起小林白，她心里就有气。想起谷香，她心里就欣慰。坐在桌前抚摸着谷香留下的饭盒，她犯了寻思。谷香姐姐你怎么一猛子扎下去不露面呢？莫非你把我给忘啦。

思念谷香，牟棉花双手托腮坐在屋里怀春似的。奶奶悄悄出去打听。老人家好不容易找到日商东洋纱厂。工厂大门口，下班的女工们不声不响排起长队等待搜身。两名身穿制服的女人猫腰摸一摸女工裤裆，抬手戳一戳女工脊背，一努嘴儿放行一个。

一张张女工面孔拉洋片似的从眼前一闪而过。奶奶叹了一口气说，这大姑娘啊小媳妇敢情天天让人家当贼审啊。这时一个女工却被逮着了——她腰间缠了好几圈白布，哭哭啼啼被警卫队押走了。

真不给中国人争气啊。奶奶撩起大襟擦了擦眼睛，突然看见谷香从大门里走出。老人家奔过去一把拉住谷香的手，落泪了。

谷香满脸憔悴，瘦了。她一头扑到奶奶怀里说，我家散啦！勾华东一句话没留就走啦！

奶奶以为勾华东死了，捶胸顿足号啕大哭。他走得太年轻啊！我还没认这个孙女婿他就走啦！老天爷不睁眼啊……

谷香不哭了，告诉奶奶勾华东那天下班穿着铁路制服就走了，托人偷偷带回口信说去了光明的地方。我也不敢打听那光明的地方到底在哪儿。

跟随奶奶回家，进了门谷香哭了。牟棉花反而变成大姐姐，安慰年长八岁的谷香说，三年五载之后勾大哥带着马弁坐着汽车回家接媳妇，他是薛平贵，你就是《大登殿》的王宝钏。

奶奶嗔怪说，胡说八道！王宝钏寒窑吃苦十八年，登基享福十八天。谷香姐姐是一辈子享福的命。

勾华东倒是说过，中国劳苦大众总会有享福的那一天。谷香擦去泪水说。

天气热了。牟棉花外出捡煤核儿，坐在东洋纱厂大门外。遇见熟人问她坐在这儿干什么，她便说等着招工呢。我一定要杀回东洋纱厂，让小林白知道中国姑奶奶的本事。

一天下午，东洋纱厂大门外贴了一张告示。牟棉花不识字，别人告诉她这是招工启事。牟棉花乐得直蹦，好像东洋纱厂重新录用了她。

回到家里奶奶告诫说，小日本儿记仇，他们不会再招你的。

牟棉花打比方说宣统逊位不是照样去满洲国当皇上嘛。奶奶气得笑着说你小丫头片子敢跟大清皇上比，犯上作乱啊。

盼到考工的日子，牟棉花半夜跑去了。这次等候考工的人不多。人不多，她依然拿到第三十五号。我两次都拿到三十五号，无巧不成书啊。

天儿一热，考工场从冬天冰窖变成夏天蒸笼，人也从冰疙瘩变成热包子，一进去一身臭汗。好不容易轮到三十五号，牟棉花走进考工场，抬头看见考官还是靳大姑，忍不住笑了。

满脸横肉的靳大姑好像不认识她，嘴里照旧叼着一颗永远也不点燃的烟卷儿，沉着面孔问道，你看这屋里有苍蝇吗？

牟棉花说有。靳大姑说你怎么知道有苍蝇？牟棉花说有人的地方就有苍蝇。

小死丫头，你以前考过东洋纱厂吗？靳大姑冷冷问道。

考过呀，考进去没几天给开除了。那个日本大管事小林白真不是东西。

好马不吃回头草。你怎么又来考呢，二皮脸吧？

我不是马，我是人。反正我认准了日商东洋纱厂。英商南洋纱厂八抬大轿请我，姓牟的还不去呢。

你姓牟名棉花，这是谁给你取的名字？靳大姑换了话题。

听说是我爹给取的，我娘怀着大肚子给人家打短工把我生在棉花地里，弄红了一大堆棉花，赔人家三天工钱还不够呢。

这次东洋纱厂只招收勤杂工，打扫楼道拾掇厕所什么的，你愿意做吗？

我愿意做。只要能进东洋纱厂你把我变成小鬼儿都行。

靳大姑很有含义地说，我看你前世就是一棵棉花，今生今世投胎在纱厂，你非得把自己纺成一团纱线不可啊。

你说得对！我今生今世投胎就是要进东洋纱厂。我进东洋纱厂就是要见识见识那个小林白……

闭嘴！你以为这是饭馆点菜，你想见识谁就见识谁。这是日商东洋纱厂不是华商杂货铺子。靳大姑说着突然向她扔来一枚小铜牌。牟棉花一伸手攥住了，展开手心一看，又惊又喜。

9551。怎么阴魂附体又是这个工号啊？这四个数目字不吉不祥不顺不利，他妈的。牟棉花暗暗咒骂着。

两次都是报考日商东洋纱厂，两次都是半夜排队拿了第三十五号，两次都是女考官靳大姑，两次都是9551工号，莫非时光倒流了？她掐了掐大腿，疼。疼就不是做梦。

你非进东洋纱厂不可，那只有做勤杂工了。考官靳大姑挥挥手好像驱赶苍蝇。牟棉花环视四周，考工场里果然飞舞着一只麻头苍蝇。看来除了这只麻头苍蝇，这次夏天考工跟那次冬天考工丝毫没有两样。

没有两样就没有两样吧。牟棉花暗暗较劲，低头猫腰撅屁股，伸出右手捏住左边耳朵，从左向右转悠起来。

跟上次一样她一口气转了六圈儿。只觉得头晕脑涨两腿绵软，扑通一声跌倒地上。考官靳大姑嘿嘿笑着说，小死丫头逞能吧？这次我可没让你转呀。知道这次你为嘛跌倒吗？因为你少了一根脚指头。

对，我一定把这笔账记在小林白身上。善有善报，恶有恶报，不是不报，时辰不到。她咬紧牙关爬起来，小声嘟哝着。

你怎么认准了小林白啦？你他妈的一根筋啊！

她嬉皮笑脸说，您整天叼着一颗烟卷儿又不抽，您才一根筋呢。

靳大姑登时变了脸色，起身走过来压低声音说，小死丫头以后再敢这样跟我说话，我撕烂你的嘴！

她吓得伸了伸舌头，鞠躬下去了。

第二次考入东洋纱厂，进厂上班便遇见梳棉工房小伯役郝二黑。他满脸惊愕表情问道，我的姑奶奶呀，你怎么回来啦？

牟棉花自豪地说，你以为小林白一手捂天啊？姑奶奶我想回来就回来啦！

庶务课果然指派牟棉花去做勤杂工，清扫女厕所。东洋纱厂女工多，女厕所也多。牟棉花走马上任大动干戈，抡起扫帚清走陈积多年的门窗灰尘，抄起铁锹铲去肮脏不堪的污渍地面，不出几天光景，一座座难以下脚的厕所变得洁净起来。女工们纷纷说紫姑来了。中国民间传说一个名叫紫姑的女子被狠心妒妇害死在厕所，被玉皇大帝封为厕神。

牟棉花得意地说，我把厕所弄得干干净净，对得起你们的大白屁股了。

可巧靳大姑蹲在粗纺工部女厕所里，她提起裤子说，你这小死丫头真愿意打扫一辈子厕所啊？

牟棉花不笑了，恭恭敬敬说，靳大姑，我想拜您为师学手艺。

靳大姑不理不睬系紧裤子走了。牟棉花扭脸看见厕所外边扔着一张大纸。她不识字不晓得这是一张抗日传单。她猫腰捡起，想到细纱工部女厕所窗户破了，苍蝇蚊子飞进飞出就跟走亲戚似的。

一路小跑来到细纱工部女厕所，把这张大纸张贴到窗户上。于是，这一张来历不明的“日本侵略者必败，中国人民必胜！”的抗日传单，公然出现于光天化日之下，无声地传播着革命道理。

糊了窗户，大字不识的牟棉花满意地笑了。这时候徐贰芬从这里经过，这位操着南方口音的女工看见这幅抗日标语，惊诧地瞥了牟棉花一眼，匆匆走了。

立秋之后，突然传来日本天皇宣布投降的消息。牟棉花将信将疑，扔下扫帚跑到梳棉工部问谷香。谷香也是将信将疑。牟棉花索性跑到东洋纱厂大门口，逢人便问。一个警卫队员脱掉制服扔在地上说日本人真的投降了。

牟棉花蒙了，一时不知所措。这时候一队学生高呼庆祝抗战胜利的口号从外面马路走来。牟棉花跳脚拍手说，小日本儿真的败啦！小日本儿真的败啦！

一个小贩举着“老鼠旗”吆喝着，说庆贺日本战败免费奉送“灭鼠灵”，一包耗子药毒死十个日本兵。

牟棉花乐了，伸手领了一包耗子药径直回家，告诉奶奶日本人败了。奶奶接过“灭鼠灵”满腹狐疑说，怎么没听见响动，你说是谁把日本人打败啦？

一句话问住了牟棉花。她也不知道是谁把日本人打败了。反正有人把日本人打败了。孙悟空，哪吒，二郎神，诸葛亮，武松，穆桂英，岳飞……咱们中国有人啊。您老人家甭操心了，赶紧蒸几个杂合面窝头别掺野菜了。我明天上班吃得饱饱的。吃饱了有力气骂小日本儿啊。

第二天一大早儿，她吃了一个杂合面窝头。一路小跑来到东洋纱厂大门前看见警卫队照常站岗，就气哼哼走进去了。毕竟是日本工厂不见有人闹腾。她心里窝火，只扫了两座女厕便不干了，来到水房洗手洗脸，之后拿出两个杂合面窝头提前吃了，浑身添了力气。

她选了一把白蜡杆扫帚直奔梳棉工部去了。迎面遇见谷香。谷香看着她的扫帚说，牟妹妹你不能一辈子打扫厕所，托人求情还是学一门手艺吧。

牟棉花知道谷香胆儿小，只得将计就计说，我去找小林白求情。说着她举起白蜡杆扫帚推门走进梳棉工部管事室。

小林白站在日产进度表前面，凝神沉思。他上身穿着白色衬衣，下身穿着蓝色吊带西裤，一副文弱书生形象。扭脸看见牟棉花进来，他疑惑不解地问道，默西，你要干什么？

你知道你们日本投降了吧？牟棉花瞅着那只紫砂茶壶，问道。

小林白辩解说，我是企业管理人员，我跟战争没有关系。

你跟战争没有关系，那你赔我脚指头吧。牟棉花手里握着白蜡杆扫帚说。

小林白不解地反问，你擅自冻掉脚指头，为什么找我赔呢？岂有此理。

你们天皇都降服了，你还这么霸道！牟棉花抓起紫砂茶壶朝着小林白掷去，击中他肩头。紫砂茶壶砰地一声摔成碎片儿。小林白气急败坏说，这是宜兴紫砂大师倪万全的作品，存世只有三件……

她二话不说举起扫帚向着小林白打去，就跟日本突袭美国珍珠港一样。由于提前吃了两个杂合面窝窝头，她浑身充满力气嘴里高喊打死小日本儿。小林白没有想到小女工如此凶猛。无路可退，他攀着窗子跳了出去。

一时间万般委屈涌上心头。牟棉花想起霍乱而死的父亲，又想起投河自尽的母亲，想起年老体弱的奶奶，她霎时疯狂起来，跳出窗子提着扫帚一路追击，不依不饶地撵上去。

小伯役拦住牟棉花说，你疯啦不怕日本人毙了你啊。

你放屁，今天我要毙了日本人！我操日本天皇八辈子祖宗……

谷香望着牟棉花背影喊道，牟妹妹牟妹妹，你千万不要闹出人命官司啊。

一路追赶，她听见人们高喊打死小日本儿，却不见有人参加进来。终于跑来两个细纱工部的女工，一人手里举着一只纱筒子，说日本人投降了我们不打白不打啊。看到来了援军牟棉花斗志猛增，绕过大水坑举着扫帚一直追到锅炉房后面，一路高呼打死小日本儿。

小林白害怕了，围绕着锅炉房后面的煤堆东奔西窜，宛若一只丧家之犬。两个女工抓起煤块连连投掷过去。小林白的衬衣变成黑色。牟棉花趁机扑上去，举起扫帚打在他的脸上。啊的一声大叫，小林白双手捂脸跌倒了。

小林白的眼镜被打破了，一块玻璃碎片扎进了左眼窝儿。

徐贰芬赶紧拉住牟棉花小声说，妹子，我们的斗争要有理有利有节。

牟棉花听不懂这种具有革命斗争含义的话语，狠狠踢了小林白一脚说，小林白，你们小日本儿也有今天的下场啊。

说着，情绪冲动的牟棉花脸色惨白浑身颤抖，嘴里念叨着打死小日本儿。徐贰芬一把抱住牟棉花小声说，妹子，你赶快离开这儿！当心有坏人报复。

没有人知道徐贰芬是中共地下党员。更没有人知道她丈夫李亦墩是中共北开地委书记，以账房先生身份进入华昌机器厂开展地下工作，通过一个烟卷摊传递情报。他的任务就是把紧俏物资秘密运往冀中根据地。

李亦墩慎重选择押运人员。终于选中一个名叫勾华东的铁路信号工人。勾华东冒充死者瘦猴儿的哥哥以护送棺材回乡下葬为由，前往冀中。那口棺材里没有尸体，装满了解放区急需的十几种药品，包括奎宁和盘尼西林。

小女工牟棉花打垮了小林白，扛着扫帚往回走。沿途厂房里涌出一拨拨女工给她鼓掌。她这才知道自己真的成了小樊梨花。

小闺女都动手打日本了，咱们别闲着啦。一群机修工部的男工挽起袖子冲进仓库，高喊着打倒小日本儿，一哄而抢弄走了一百二十匹白布，直接送到朱记染坊卖了。

东洋纱厂连夜掀起痛打小日本儿高潮。日本人东躲西藏，成了过街老鼠。这可乐坏了朱记染坊的东家，伸长脖子站在东洋纱厂大门外等候着，一有白布他就低价买走，说这一回小日本儿算是倒了八辈子血霉啦。

一连几天全市沸腾，社会各界欢庆抗战胜利的活动达到高潮。北方剧社把牟棉花狠打小林白的事迹编成鼓曲《小女工痛揍日本人》四处传唱，将她塑造成为一个敢做敢为的姑娘。这时有人出来锦上添花说，早在日本投降之前牟棉花就在细纱工部女厕所窗户上贴出“日本侵略者必败，中国人民必胜！”的抗日标语，这是真正的巾帼不让须眉。人们纷纷向小女工牟棉花竖起大拇指，称赞她“牟大胆儿”。

自从得了“牟大胆儿”外号，牟棉花还是牟棉花。她工号也没有变，她小铜牌上还是9551。谁也没有想到这四个阿拉伯数字预示了女主人公的死期，尽管属于巧合。

这么一朵棉花，活过了一个甲子。

3　孽海与爱河

光复了。从南边来了接收大员。摘掉旧牌匾，换成新字号——日本人的“东洋纱厂”改为中国人的“中纺五厂”。工人还是工人，菜饼子还是菜饼子。

小日本儿滚蛋了，守着“活寡”的谷香越发怀念铁路信号工人勾华东，越发怀念搂着丈夫睡觉的热被窝儿。光复了却不见丈夫踪影，谷香消沉了。

徐贰芬找到谷香谈心，鼓励她擦干眼泪挺起脊梁迎接新曙光。谷香不晓得新曙光在哪里，东张西望。徐贰芬告诉她一定要分清敌我友。谷香只知道神仙老虎狗。徐贰芬以小林白为例耐心讲解。谷香听着，暗暗吃惊。

厂道上遇到牟棉花。这小丫头抢先说道，小日本儿滚了，勤杂工我是不做了，要么进纱场要么进布场做挡车工，好好学一门技术！

你就是这样，云彩来了下雨，云彩走了晴天。谷香一把拉住牟棉花极其神秘地说，被你打瞎一只眼睛的小林白敢情不是日本人！

他不是日本人？牟棉花不以为然地说，他不是日本人还是中国人啊。

他就是中国人啊！这是徐贰芬亲口告诉我的。谷香满脸焦急地说，他留学东洋学会一嘴日本话，心里特别羡慕人家日本工业发达，暗暗发誓学习日本经验。他跟别人说要想真正把日本经验学到手，首先自己变成日本人。这跟老虎向猫学习爬树一样道理。老虎怎么没有学会爬树呀？老虎没把自己变成猫，最后才没有学会爬树。

谷香喘了一口气说，你打瞎人家一只眼睛还不知道人家是哪国人。我告诉你吧，小林白本名白小林，虚岁二十五，属鸡。

属鸡是中国人，要是日本人就属鸭了。牟棉花嘻嘻说道，原来我打瞎了一个中国人的眼睛？幸亏打瞎了左眼，留着右眼让他看东西。哼！

小林白不是日本人——这消息确实令牟棉花感到意外。闹了半天我牟大胆儿打的是一个中国人。她越想越泄气，恨不得马上揪住一个纯种日本人打瞎一只眼睛，左眼右眼都行。

中午打水，牟棉花看见戴着墨镜的白小林走过来，立即转身绕开好像理亏似的。躲到水房里她反问自己，我凭什么怕白小林啊？他冻掉我一根脚指头，我打瞎他一只眼睛，这事儿扯平了。

下班了，她换了干净衣裳走出工厂回家。纱厂停了生产，工人停了薪水，日子更难了。走在大街上，抗战胜利的巨大喜悦依然洋溢着，好像过年。一家酒馆门外摆着几张桌子，坐着十几个身穿白袄白裤的汉子。原来正是哄抢东洋纱厂仓库白布的一帮人。他们拿白布换白酒，一醉方休了。

不知为什么，牟棉花瞧不起这一群发国难财的老爷儿们，停住脚步故意问道，你们白袄白裤给谁穿孝呢？

一个喝得舌头僵硬的汉子说，七尺裤子八尺袄，日本仓库的纱布不穿白不穿！我媳妇还做了三条裤衩呢。

说着，这汉子端着酒盅过来要牟棉花喝酒。她伸手接过酒盅说，日本人在的时候你是三孙子，日本人一走你成英雄啦？

就是日本人回来，老子照样是英雄！这汉子脱掉白布褂子光着膀子撒起酒疯，老子敢抢日本人仓库就是头号大英雄……

牟棉花抬手把一盅白酒泼在汉子脸上说，我敬你一盅头号大英雄！

他妈的，你小丫头片子找倒霉啊！那汉子挽起袖子骂了粗口。

这时突然响起靳大姑的声音，这位爷儿们，你也想让她打瞎你一只眼啊？

她是牟大胆儿？假装疯魔的汉子犯怵了，转身回去继续喝酒。

牟棉花扭脸寻找着，看见靳大姑身穿青布大袄坐在酒馆角落里，右手捏着锡制酒壶左手端着白瓷酒盅，斟满一盅白酒，一仰脖儿饮了，马上斟满第二盅，一仰脖儿又饮了。

牟棉花迈过酒馆门槛眨着一双细长眼睛说，您喝酒是庆贺东洋纱厂改名中纺五厂吧？

靳大姑喝得满脸横肉红里泛紫，嘴里叼着一根烟卷说，你得了牟大胆儿的外号，人人怕呢。我告诉你吧小死丫头，无论哪朝哪代哪个王八蛋坐江山，你在工厂都要凭技术吃饭。人的脑袋二寸地，不学技术是傻逼。你当工人没技术，连傻逼都不如。甭说接收大员，日本人坏不坏？你要是技术尖子他们照样高看你一眼。

我知道日本人高看您一眼。牟棉花端起酒壶给醉意朦胧的靳大姑斟满酒盅。

嘿嘿。小死丫头我知道你心思，如今满世界抓汉奸。你说日本人高看我一眼我就是汉奸啦？

白小林算是汉奸吧？牟棉花想起被自己打瞎一只眼睛的假日本鬼子，逮着机会便打听他的情况。

他根本算不上汉奸。你以为阿猫阿狗都是汉奸？不够格！靳大姑抿了一口酒，咬了一块咸萝卜说。

牟棉花探讨着说，他给日本人做事还不算汉奸啊？

靳大姑挺起胸脯长长呼出一口气说，他给日本人做事，你牟棉花打扫厕所不是给日本人做事？我靳大姑考工不是给日本人做事？照你这么说东洋纱厂两千多号工人全是汉奸？小死丫头我看你心思不善，一有风吹草动就想做恶人！

您说我是恶人？牟棉花恼羞成怒抄过酒壶仰起脖子就喝。锡制酒壶空了，她大张嘴巴只沾了两滴白酒，气得扭动着屁股摇得凳子吱吱响。

小死丫头你不愿意做恶人，好哇！那你一门心思学手艺吧。无论中央军的三民主义还是八路军的共产主义，你都甭相信那玩意儿。记着，无论东洋纱厂还是中纺五厂什么时候也要靠技术说话。

她点头表示虚心接受靳大姑叮嘱。这时一个青年男子快步走进酒馆坐到远处角落里去了。

这是小林白吧？靳大姑喝得红头涨脑照样眼观六路耳听八方，女判官似的。牟棉花压低声音给她纠正错误，说他不叫小林白他叫白小林，假日本鬼子，二十五岁，属鸡。

嘿嘿，我知道他是假日本鬼子。你看这小子文质彬彬的模样，一准招大姑娘喜欢。可惜你打瞎了人家一只眼，独眼龙不值钱啦。

牟棉花心虚地辩解说，我要知道他是中国人就不打瞎他眼睛啦……

你不是牟大胆儿嘛，去找他赔脚指头啊。不敢去？嘿嘿，做女人不光胆量大，还要心胸大。怎么叫心胸大？见得你爱的人，也见得你恨的人。只能应付爱不能应付恨，那是大傻逼。人世间有因爱生恨的，也有因恨生爱的。你一样样品尝去吧！说着，靳大姑掏出两张“法币”结账，摇摇晃晃走了。

靳大姑一番话说得牟棉花面红耳赤。平时遇到事情她不怵头，今天却被靳大姑施了“定身法”，脚下好像穿了铁鞋。这时听到那一群白衣白裤的汉子们小声议论着“牟大胆儿痛打小日本儿”，蓦然之间她增了劲头。我是牟大胆儿我怕谁啊。起身走向小酒馆角落里的白小林，一屁股坐在他对面。

身穿灰色长衫的白小林戴着一副双色镜片的眼镜，坐在那里显得单纯而沉郁，好似一个害羞的学生。

牟棉花盯着左边的墨色镜片，知道镜片后面的眼睛是被自己打瞎的，心里一虚，提醒自己不要忘记被白小林冻掉的脚趾，心思又强硬起来。

默西，我叫你小林白还是叫你白小林？牟棉花含有几分挑衅口吻。

哦，小林白是我日本名字，白小林是我中国名字。在中国，白是姓，小林是名；在日本，小林是姓，白是名。这两个名字属于两个不同的国家。

你到底是中国人还是日本人？牟棉花做出大模大样的气势，显得特别动人。

面对牟棉花义正词严的审问，他伸手朝鼻梁上推了推墨镜解释说，我只不过给自己取了一个日本名字而已。

你是中国人凭什么取日本名字！牟棉花怒目圆睁，啪地一拍桌子。

酒馆掌柜端来两碟小菜满脸堆笑说，这位姑奶奶我知道您是东洋纱厂的牟大胆儿，不光贴抗日标语还敢打日本人。可是敝店小本经营吃罪不起，您莫谈国事吧。

不等牟棉花说话，白小林又伸手朝鼻梁上推了推墨镜说，掌柜的，要是老百姓都敢谈论国事，中国就有希望赶上日本了。

牟棉花恼了。合着你还是向着日本人说话。你非说中国赶不上日本，那中国怎么把日本给打败啦？

酒馆掌柜一听，吓得转身走了。

白小林心平气和说，我知道你打瞎我一只眼睛是因为你恨日本人。可是你不了解日本啊。我研究日本，这辈子也不会放弃的。一个人活着就要做自己愿意做的事情。是啊，中国把日本打败了，可是你知道当初日本怎么把中国打败了吗？从明治维新到甲午海战，一只小蚕跟一片桑叶结下孽缘。小蚕是日本，桑叶是中国。蚕吃桑叶，日本把中国研究透了。桑叶被蚕吃了，中国对日本却缺乏深入研究。如今中国胜了，桑叶还是桑叶。如今日本败了，那蚕变成蛾，那蛾产出卵，一旦开春那卵又变成蚕啦！它照样还要吃桑叶啊。

一口气说出一番话，从日本留学归来的白小林用一只眼睛注视着这位自以为是的中国女工。默西，我说的话你听得懂吗？

牟棉花果敢地摇了摇头，承认自己听不懂。听不懂就是听不懂，这就是牟大胆儿的性格。白小林的一番论述，她如听天书，仿佛在陌生世界里迷了路，不知东南西北。什么蚕啊桑叶啊蛾啊卵啊，只觉得一头雾水，情绪却平稳几分，隐约感到有些坚硬的东西开始融化，比如冰与水。

白小林继续说，日本人走了，东洋纱厂改为中纺五厂，这里仍然是我研究日本工厂的标本。无论日本胜了还是日本败了，我都要继续研究下去。谢谢你给我留了一只眼睛，我有一只眼睛研究日本足够用了。

你这是骂我吧？你们肚里有墨水儿的人就爱绕着圈儿说话。牟棉花的语气明显和缓。她感到奇怪。仇人见面，理应剑拔弩张。她拔剑出鞘，不见对方拿弩。剑拔弩不张，于是气氛松弛，世界仿佛和平了。

小酒馆里飞进两只觅食的麻雀，一转眼就飞走了。几个身穿白袄白裤的汉子满脸坏笑站在酒馆门口。哎哟，这两个冤家凑到一起，这是不打不成交啊。

牟棉花腾地红了脸。中间隔着一张桌子。白小林伸手往鼻梁上推了推墨镜，继续沉默着。

我猜你还没吃饭呢！白小林打破沉默递来一双筷子说，你吃吧，我走啦。

牟棉花勉强进攻说，这两碟小菜你没动就走哇，害怕我啦?

白小林一本正经说，我突然产生一个想法必须回去记录下来。我在写书呢，书名叫《中国日本之异同》。

说着白小林起身掏出一堆“联银券”，不声不响结账走了——好似一只飞去的大鸟。望着他的背影，牟棉花突然感到心头空空荡荡的。

摆在桌上的两碟小菜，一碟五香豆腐丝儿，一碟油炸蚂蚱。这座城市喜欢食用昆虫。秋后蚂蚱肥美，热油烹炸香味扑鼻，胜似鲜虾。牟棉花平时缺嘴儿，难得吃上这种好东西。她大大咧咧夹起一只炸得焦黄的泼了酱汁儿的大蚂蚱，放进一九四五年秋天的小嘴儿里，馋猫儿似的咀嚼起来。

酒馆掌柜小心翼翼凑过来说，姑奶奶您真威风，那位戴墨镜的太君见了您居然不敢动筷子，结了账走人。牟棉花又夹了一缕五香豆腐丝儿放进嘴里说，日本人走了哪里还有什么太君。我看你是让小日本儿吓出毛病了。

吃着小菜儿，牟棉花心里寻思着。白小林说他有一只眼睛研究日本足够用了？于是她闭上左眼，尝试着用一只右眼望着酒馆掌柜。酒馆掌柜看到她睁一只眼闭一只眼的奇怪模样，呵呵赔着笑脸。

一只眼睛哪有两只眼睛看东西方便啊。牟棉花并不认同白小林的说法。

突然想起白发苍苍的奶奶，她放下筷子从怀里掏出一块手巾，动手把两碟小菜儿包裹起来。她记起当初考工场靳大姑的叮嘱，一定要回家孝敬奶奶。

捧着手巾回家中途必须经过白河。以往为了省钱，上班下班都要徒步绕行下游浮桥。今天为了让奶奶尽早把油炸蚂蚱和五香豆腐丝儿吃到嘴里，她毅然决定花钱去过摆渡径直回家。

站在摆渡口等船，嗅着手巾里散发出油炸蚂蚱的香气，她想起谷香冒雪送来虾酱炒豆腐的情景，心头不由热乎起来。是啊，她同情谷香走失丈夫的不幸遭遇。俗话说，一日夫妻百日恩，百日恩情似海深。谷姐姐真可怜，没结婚吧想男人，结了婚吧靠男人，一旦没了男人就没了脊梁，成了一堆拆骨肉。

一路小跑儿进了家门，看见奶奶盘腿坐在炕头纳鞋底儿。天色黄昏她老人家舍不得掌灯就那么眯缝着眼睛做活儿，一派苦熬苦业的场面。牟棉花举着手巾叫唤着说奶奶我给您带来好菜了您快吃吧。

吃着油炸蚂蚱五香豆腐丝儿，奶奶幸福地笑了。这东西是谁给你买的呀？

白小林。牟棉花脱口说出那位被打瞎一只眼睛而且发誓一辈子研究日本的青年男子的名字。

白、小、林？我怎么没听你提过这个人呢。奶奶错动着吃惯咸菜的牙床，欣喜地咀嚼着。

不知什么缘由，牟棉花一下乱了心思。好像有人往她胸口塞进一团棉花，纱不纱线不线，无论如何也纺不清爽。

吃了晚饭躺下睡觉，她破天荒地失眠了。人生头一遭品尝睡不着的滋味，她又气又急使劲儿掐着自己大腿。这一掐，更睡不着了。

白——小——林。你为什么死心塌地研究日本呢？真傻呀。

黑暗里，响起奶奶轻微的鼾声。失眠的牟棉花眼巴巴望着屋顶。白小林，你冻掉我一根脚指头，我恨你。我打瞎了你一只眼，你却不恨我。天底下真有你这种不记前仇的男人？我可从来没有见过。这样思索着，文质彬彬的白小林在她眼前晃来晃去，就跟拉洋片似的。

竟然一宿没睡。窗外蒙蒙亮了，牟棉花披衣坐起抚摸着炕沿说，白小林啊白小林，你这冤家缠了我一宿你知道吗？

奶奶翻身坐起说，你一宿没睡那是你心里缠着人家，怪不得人家呢。

牟棉花扑哧一声笑了。奶奶你吃了汉奸的油炸蚂蚱就替汉奸说话啊，这真是吃了人家的嘴短。

我不知道谁是汉奸谁不是汉奸，反正你睡不着觉不能怪枕头。奶奶颇为公正地评判着。

依您这么说白小林是我的枕头啊。人家日本留学，我一个穷丫头可睡不起这么贵重的枕头。牟棉花咯咯笑了。

天色大亮，牟棉花却趴在炕头睡着了。奶奶拿出一条破夹被盖在孙女身上，然后压低嗓音说道，趁着厂子停产你睡吧，东洋纱厂不是改名中纺五厂嘛，一开工你就睡不成了。

趁着孙女睡了，奶奶悄悄拆开这一条夹被，从里面取出五张五圆面值的“联银券”，迈着一双小脚走出家门前往银行兑换“法币”。

一大早儿，中国银行大门外排起了长队，好似一字长蛇阵。等待兑换法币的人们怀里揣着“联银券”哼唱着新近流行的歌谣：“孔子拜天坛，五圆变一圆。”

五圆面值的“联银券”，正面印着孔子画像，背面是天坛。日本投降“联银券”成了伪币。国民政府规定五比一，五圆联银券兑换一圆法币。一下苦了老百姓。听着人们表示不满的议论，奶奶心里算计着，我手里这二十五块钱一下缩成五块钱。

扭头看见谷香来了，奶奶大声招呼她。身穿青色大袄的谷香胸脯鼓鼓囊囊跑到奶奶面前。

你哪儿来这么多联银券？奶奶不解地盯着谷香见棱见角的胸脯。

一言难尽啊奶奶。谷香双手抱在胸前表情紧张地说，一会儿兑换了法币我把底细告诉您，谁让我跟棉花是好姊妹呢。

我先跟你打听一个人，白小林是干什么的？棉花念叨他大半宿！

她念叨白小林？谷香极其疑惑地说，白小林是梳棉工部大管事，他罚站冻掉棉花一根脚指头，日本投降了棉花打瞎他一只眼睛，一对冤家啊！

兑换的人多，队伍好像面条儿一样，越抻越长。临近晌午，奶奶和谷香终于把联银券兑换成为法币。五圆换一圆，大缩水。走出银行大门，谷香的胸脯变成了瘪柿子。

奶奶一把拉住谷香说道，人家白小林留学日本能看上我家棉花吗？

您说什么呢！他冻掉她一根脚指头，她打瞎他一只眼睛，仇人啊。您这是尿罐儿打酒——差了壶啊。

不是我差了壶，是我家棉花惦记人家！她瞪着两眼一宿不睡，不是动了心思是什么？

真的！谷香一把抓住奶奶的手说，你说牟妹妹心里惦记白小林？冰炭不同器水火不相容，您老人家糊涂了吧！

奶奶深沉地摇摇头说，我可不糊涂。你们少不更事，不知道就仇人跟仇人一定弄不成，错啦！我爹当年烧了孟财主家柴禾垛。孟财主派人打折他一条腿。可是我十五岁那年孟家大少爷看上我，还偷偷派人送我一只银顶针儿呢。可惜第二年他得痨病死了。

您说孟家大少爷看上您，我信。您说白小林看上牟棉花，我可不信。谷香态度坚决地说。

不是人家白小林看上我家牟棉花，是我家牟棉花看上人家白小林。奶奶一板一眼更正着，嘿嘿笑了。

谷香抬头看了看天上云彩，低头看了看地面，之后满脸疑惑说，奶奶，牟棉花不是崔莺莺，白小林也不是张生啊。

奶奶突然想起一件大事，拉起谷香就往僻静地方走。我说谷香啊谷香，你怀里揣着那么多联银券来兑换法币，还没有告诉我它的来路呢。

哦……请您多多包涵。谷香猛然意识到不能说出这笔钱是勾华东临走之前留下的。她道歉似的向奶奶鞠了一躬，转身快步走了。

联银券兑法币，人心隔肚皮。奶奶望着谷香远去的背影，感到几分失望。

奶奶说人心隔肚皮，却没有在姊妹之间造成隔阂。谷香还是姐姐，牟棉花还是妹妹。一天晚晌谷香跑来了，告诉牟棉花中纺五厂复工的消息。牟妹妹留住谷姐姐，俩人钻了一个被窝儿，说明天一起进厂上班。

一个姑娘，一个少妇，身子挤着身子，脑袋挨着脑袋。牟棉花伸手捅了捅谷香的乳房问她为什么不生孩子。谷香掐了她一把说我一个人跟谁生孩子。

她问谷香有没有勾华东的消息。谷香迟疑地摇了摇头，然后咬着耳朵问她是不是看上白小林了。

黑暗里，牟棉花霍地撩起被子翻身坐起喘着粗气说，谷姐姐你要是我好姐姐，今生今世也不要向我打听这件事情！

谷香没有料到牟棉花反应如此激烈，一时不知如何是好。

谷姐姐，我说得话你记住了吗？黑暗里牟棉花大声追问着。

我记住了。谷香回答说，既然这样，你今生今世你也不要向我打听联银券的来历。

联银券？我才不想知道它的来历呢。牟棉花不以为然地笑了。

好吧！一言为定。被窝儿里谷香跟牟棉花拉起小手指头——这是两个女人之间的永久契约。

谷香知道牟棉花有了心思，这种心思有时像一团火，有时像一角冰，有时像一根羽毛飞扬上天，有时好像一块顽石横在路上。

谷香固守着契约。从东洋纱厂改名中纺五厂恢复生产，一直到中国人民解放军攻城的炮声隆隆响起，几年之间她对牟棉花与白小林的关系一句不问。白小林担任中纺五厂的质量检验员。每次厂里相遇视而不见，好像世界上根本没有白小林这个独眼男人。

然而，白小林的存在却划定了牟棉花的心理禁区，闲人免进。多年以来谷姐姐恪守诺言不问一句，使得牟妹妹在自己心田伺养着一株私密之花。

这一株不曾开放也不曾凋零的私密之花独自占据着她的心田。牟棉花对白小林的这种极其复杂的情感，似乎属于前世注定的孽缘，弄得她心思越来越重。

终于到了一九四九年隆冬。“牟大胆儿”已经是中纺五厂织布工部的挡车工了。解放军对这座城市发起总攻前夜，她毅然参加工人护厂队，成为三十六名护厂队员里的唯一女子。

牟棉花穿着肥大的棉袄棉裤，单薄的身体被夸张得鼓鼓囊囊好像一只小狗熊，跟随护厂队守卫夜间的变电站。看到小伯役郝二黑也在队伍里，她悄悄说了“默西”。领头的工人外号“大老美”。大老美说国民党军队要破坏中纺五厂，咱们护厂就是护自己的饭碗。

跟随几个护厂队员踏着夜色进了变电站院子，她瞪大眼睛守卫现场。郝二黑找来电焊枪，噼噼啪啪将变电站的大铁门焊牢，活门成了死门。牟大胆儿果然大胆，独自一人手持木棒站在门外，首当其冲。

兵荒马乱的夜晚，牟棉花竟然想起白小林。其实平常见面只不过几句交谈而已，绝无深入交往。她对自己经常想起白小林感到奇怪。奇怪归奇怪，反正经常想起。想起就想起吧，这是没有办法的事情。

凌晨时分，一辆大卡车驶来停在距离变电站不远地方。牟棉花不由握紧手中木棒。从大卡车里跳下几个男人身影，朝着这里扑来。她大声质问。

我们奉命进入变电站。你他妈的闪开！一个身穿棉猴儿的首领狠声狠气说。

我告诉你们，谁敢动中纺五厂的一草一木没有好下场！牟棉花露出小母狮子的本相，破口大骂了。

牟棉花突然嗅到一股熟悉的气息。这气息在夜空里散发着，看不见摸不着却存在着。这是白小林来了吧？她伸出目光环视四周，在深沉如墨的夜色里寻找着。远处传来解放军攻城的隆隆炮声。

开足马力，撞开大门，冲进变电站去！黑夜里身穿棉猴儿的首领大声下达了命令。说罢，钻进大卡车坐在副驾驶的位置上，催促司机开车。汽车启动了，缓缓朝着变电站的两扇铁门驶来。

牟棉花挥动着木棒尖叫，你们要想进去先从我身上轧过去吧！说着横身躺在地上。两只手电筒照射在牟棉花身上好像瞄准目标。大卡车加速驶来。

牟棉花侧脸盯着越驶越近越变越大的车轮——距离只有几尺了。她知道自己就要死了，紧紧闭上眼睛。

嘎地一声刹车，大卡车轰然停住——距离牟棉花不足两尺。车轮卷起一阵尘土扑鼻而来。

大卡车上传来激烈的责骂声。白小林你刹车干吗？从她身上轧过去撞开变电站大门啊！

一个身影从驾驶室里跳下来。几支手电筒的光柱立即照亮这个身影。果然是白小林啊！牟棉花笑了。

穿棉猴儿的首领冲上来说，白小林，你的任务是开车撞开变电站的大门，你临阵逃脱啊！

白小林身穿黑色皮夹克，依然戴着一副墨镜。黑夜里他摘下白纱手套扔在地上，极为平静地对“棉猴儿”说，请你不要吼叫，开车轧人我是不干的。

你不干？这一群人只有你会开车，你不干谁干！穿棉猴儿的首领说着钻进驾驶室，手忙脚乱地鼓捣起来。

大卡车吭哧了一声颤抖起来。牟棉花急了，再次横身躺在地上喊叫，你以为你穿了棉猴儿就是孙悟空呀？你要是破坏变电站，我们一人一口唾沫就淹死你！

大卡车被“棉猴儿”鼓捣得缓缓动弹了。白小林迎着车轮大喊停车。大卡车好像一个耳聋眼花的老人，慢慢吞吞朝前驶来。白小林脱下皮夹克朝着驾驶室抛去，横身仰卧跟牟棉花并肩躺在地上。

他穿着一件白衬衣躺在地上，这在夜色里十分显眼。他的肩膀与她的肩膀紧紧靠着，黑夜里听到她的呼吸。这时候她的心头蓦然一热，情不自禁地抓住他的手。这是牟棉花长大成人以来第一次抓住男人的手。白小林的手很软很凉，使人想起正在融化的河畔残冰。这残冰在她手里渐渐消融，流入心田浇灌着那一株私密之花。她与他就这样并排躺在冰凉的土地上，活像一对殉情的男女。

牟棉花并不知道，一个女人的命运里，有时伫立爱河畔，有时驻足孽海边。爱缘是缘，孽缘也是缘。爱河里有波，孽海里也有浪。爱河里有小鱼，孽海里也有小鱼，它们同样都会亲吻你的——只要你主动把脚丫儿伸进水里。

郝二黑挥动木棒冲上来，尖声喊叫着。大卡车吭吭哧哧，竟然停住了。牟棉花侧脸看到当年的小伯役如此勇敢，咯咯笑了。她的笑声激荡着夜色，给这个不凡之夜增添几分莫名其妙的内容。听到这种笑声，“棉猴儿”跳出驾驶室，丢弃了汽车带领一拨人马，扭头跑了。

中国人民解放军攻城的炮声越来越近，牟棉花与这个名叫白小林的男人并身齐肩躺在地上，好像凝固在漫漫长夜里。阴差阳错，这两个负有截然相反使命的人却共同阻止了一辆疯狂撞向变电站大门的大卡车。

多年之后牟棉花回忆这个令人不可思议的夜晚，仍然记得夜空闪烁的一颗颗星星，仍然记得自己轻轻问了白小林一句话。默西，你冷吗？

冷。甩掉皮夹克只穿了一件白衬衣的白小林躺在地上如实回答。

冷啊？那也冻掉你一根脚指头吧。牟棉花笑着挖苦说。

我不是存心冻掉你脚指头的。我那是执行日商东洋纱厂管理制度。你知道连蜜蜂采蜜都有严格管理制度。何况我们人呢。

徐贰芬赶来了，身穿棉袄腰间扎着一条皮带，英姿勃发的样子。她打开手电筒照耀着地上的皮夹克惊诧地说，你俩怎么躺到一起啦？快起来吧解放军开始攻城啦。

白小林捡起皮夹克穿在身上，伸手往鼻梁上推了推墨镜。徐贰芬当场发布命令说，牟棉花你带两个人留守变电站，白小林你开汽车拉着几个护厂队员去支援锅炉房。

白小林扭头看了看牟棉花，又往鼻梁上推了推墨镜。牟棉花说你去吧，那口吻就跟送战友上火线一样。

白小林钻进驾驶室，拉着护厂队员上路了。这位发奋研究日本的书呆子，阴差阳错地拥有了“解放前夜弃暗投明毅然驾车参加护厂队”的革命经历。这段革命经历好似一首漫长乐曲里的一个短小乐句，使他在历次政治运动中饱经劫难却保全了性命。他不改初衷，用这条保全下来的性命继续研究他的日本。

4　钢铁与馒头

一九四九年初冬子夜时分，一队国民党军警冲进华昌机器厂，抓捕以账房先生身份隐伏在这里的中共北开特委书记李亦墩。

李亦墩提前得到情报攀上工厂后墙逃跑，被塞满钞票的沉重书包拖住后腿。那钞票是为解放区购买药品的巨款，关系着一条条战士性命。

半夜，王金炳披着棉袄趿拉着棉鞋出来倒尿盆儿，远远瞧见工厂后墙头卡住一个人影儿，近看是李亦墩。他伸出右手托了这位账房先生屁股一把，听到李亦墩翻过墙头说了一声谢谢。

天亮之后得知半夜跑了“共产党嫌疑犯”李亦墩。王金炳担心吃官司。好在没人瞅见他托了李亦墩屁股，心里踏实下来。

收了网的鱼，跑了。国民党军警不肯罢休把白鸣岐带去审问。一连两天，王金炳盼望老东家平安归来。第二天傍晚，王金炳动了自首念头——我去把老东家赎回来。可巧听见看门人说放走共产党是死罪，他怯了。

第三天上午，白鸣岐瘟鸡似的回来了。几天不见好端端一个大胖子瘦了一圈儿变成二胖子。二胖子灰头土脸进门喝了一碗茶水倒头便睡。这一觉睡了两天。醒了，白鸣岐想起有一批玛钢阀门等待退火，起身跑到后院指挥工人装窑。

光天化日之下装满窑炉，老东家在窑前窑后分别插了一支“棒子”，用以观察火候。这一批阀门属于“黑心儿玛钢”，他悄悄往铁箱里装了铁屑，以便造成局部还原气氛，使得铸件获得表面硬度，内部具有韧性。他亲自生火，使人觉得点窑很有学问，其实是假象。白鸣岐喝退众人独自围绕窑炉转悠，那机警的模样好似一只猎狗。这窑炉一烧就是五天。困乏了，他叫来王金炳陪着聊天。

王金炳以为老东家要传授玛钢退火绝活儿，兴奋了。白鸣岐鼓励几句说，李亦墩跑了我也不聘账房先生了，你跟我学记账吧。王金炳不想做账房先生，听罢连连摇脑袋。

老东家忧心忡忡说，你学会记账也算专长，改朝换代照样有饭吃。谁都知道解放军围了城，说不定哪天炮弹落在厂里，毁啦。我重金聘请的那几位大工匠要是有个三长两短的，这好比蜀国没了关羽张飞赵子龙啊。

王金炳觉得老东家特别爱惜工厂特别爱惜工匠，就跟好男人爱惜老婆孩子似的。他试探着问道，解放军攻城的炮弹万一把工厂炸平怎么办啊？

你咒我？白鸣岐不满地瞪着王金炳说，老的炸了我建新的，只要我活着就不能没有华昌机器厂。

您死了还有少东家呢。王金炳安慰着，一句话点燃了火药桶。

你再提“少东家”三个字我打断你的腿，这辈子我绝户了没有儿子！说着白鸣岐去看火了，吆喝伙计们出窑。

半夜三更，华昌机器厂后院热闹起来。白鸣岐指挥打开窑门，经过退火的玛钢铸件仿佛临产婴儿，出世了。眼瞅着火爆灼热的场面，王金炳心里说，我认老东家做干爹他也不把绝活儿传给我。这绝活儿就是绝后啊。

风声越来越紧了，有人建议关门停产。白鸣岐摇头不同意。前几天东南城角居士林要铸一尊铁菩萨，派人送来画样子，四尺高，莲花座。铸造菩萨像是功德，他拍着胸脯应了，指派翻砂匠许瞎子十天交活儿。许瞎子一连三天吃素净身，光凭一张画样子抠出立体砂模，拌油砂打出芯子。干模儿干芯儿，平做立浇，严丝合缝扣了箱，一个水口两个冒口，只等开炉化铁浇铸了。

白鸣岐心情挺矛盾的。天黑开炉化铁有火光，攻城的解放军以为这是兵工厂必然炮轰，工厂就毁了。工厂讲究信誉，既然接了订单必须按时交活儿。腊月初八是佛祖得道日，人家居士林敬候开光呢。

几经犹豫还是开炉化铁，铸造菩萨佛像。下晚儿，“猴子炉”点火，一层焦炭一层铁条投进炉里，几个小伙计反复挤压气囊，往炉里鼓风。天冷火慢，最怕寒眼。小半夜时分，白亮亮的铁水终于下来了。大工匠小工匠嗷嗷叫唤着，纷纷端包浇铸。白鸣岐身穿皮袍观战，手里拎着一只沉甸甸的大蒲包儿。一圈儿水口同时注进铁水，没憋气没涨箱没跑火，一尊铁菩萨顺顺当当浇铸成功。老东家把手里的大蒲包儿递给王金炳说大伙素净好几天了，一人一个酱猪蹄儿让他们啃去吧。

白鸣岐通知几位领班大工匠说，解放军的队伍说攻城就攻城，这几天谁也不许外出，一百只麻袋填土垒住临街大门，保护工厂。

说是不许外出。胆大的工匠憋不住色，翻墙溜号跑到“落马湖”逛窑子。胆小的工匠不敢外出，躲在厂里聚众赌博“斗根儿”，工房成了宝局。

眼瞅着这一帮闲人不干正事儿，白鸣岐指派范金斗和梁三升带领一群“摇大轮”的小伙计，抄锨动镐刨开冻土在工厂后院挖出一条长壕，说四尺宽三尺深，上面铺设木板，木板上培起土堆就是简易防空壕了。

晚晌了，白鸣岐坐在账房里打开手摇留声机，听了两张谭富英的唱片，有《摘缨会》，有《李陵碑》，还有《鱼肠剑》。听这种唱片，先是解乏提精神，一会儿就困了。王金炳端来洗脚水趁机询问说，这两年我识字打算盘，您还要教我什么本事啊?

嘿嘿，你小子一撅屁股我就知道你憋着屁呢。白鸣岐把双脚泡在热水里说，我实话跟你说，你天生就不是学手艺的材料，干脆死了这条心吧。

王金炳埋头给老东家洗脚。这一双大脚皮糙茧厚，好像走了好几万里路，久经磨砺了。洗了脚，还要涂抹蛤蜊油。白鸣岐有冬天裂脚的毛病，抹了蛤蜊油还要烤火。端来火盆一烤，蛤蜊油吃进裂纹里，老东家就舒服了。

看到王金炳满脸委屈，白鸣岐一边烤脚一边说，解放军进了城共产党得了天下，他们也不能关闭华昌机器厂吧？那时候你就替我管账呗。

您想让我当账房先生？王金炳忐忑起来，一时不知是喜是忧。

两只脚烤得热烘烘，老东家深深呼出一口气说，你要是我儿子多好，过两年我把华昌机器厂交给你，自己享清福去了。

王金炳端着火盆走到工厂后院，一泡尿浇灭余火说，我可没有福分做您儿子，华昌机器厂您还是给白小林留着吧。

一天早晨，远处没了炮声。白鸣岐召集工人们训话，打了两个喷嚏说，响水不开，开水不响，没了炮声兴许解放军半夜就攻城。你们赶紧给防空壕培土。培厚土浇透水，一上冻枪子儿打不透，人蹲在里面平安了。

临近傍晚，梁三升从防空壕里刨出一块四寸多宽一尺多长半寸多厚的铁牌，上面铸着五个字“佟小喜之墓”。这是谁啊？梁三升问范金斗。范金斗接过铁牌搓去泥土说佟小喜就是瘦猴儿啊。

范金斗跑去把铁牌交给老东家大声说瘦猴儿阴魂不散。白鸣岐伸出手指弹了弹铁牌听了听声响，认定这是一块玛钢。

天黑了，白鸣岐坐在账房里闭目养神说，李亦墩真是敢想敢干啊。

王金炳揣摸老东家把来历不明的铁牌跟越墙逃走的账房先生联系起来了，就咳了一声。白鸣岐睁开眼睛仿佛从一场大梦里走出。

饼子，那天半夜是你托了李亦墩屁股让他翻墙逃走的吧？

王金炳惊了。敢情您看见啦？那您怎么不把我供给军警呢？王金炳心有余悸问道。

我把你供出来咱厂就成了贼窝子。我出来，你进去，以后谁伺候我？你以为我傻呀。你快去打酒吧，告诉伙房炒两个好菜，今晚你陪我好好喝几盅。

听了这番话王金炳稀里糊涂笑了。我没酒量，我要是喝醉了谁服侍您啊。

你要是喝醉了，我服侍你。白鸣岐郑重其事说，这几年你没黑没白伺候我，解放军进了城你小子就熬出头啦。现在是有钱人坐大堂，没钱人不吃香，到时候是有钱人不吃香，没钱人坐大堂。刘伯温推背图说得明白，改朝换代啊。

打了一瓶高粱酒，炒了两个好菜，一个焦熘里脊一个油爆鱼片。白鸣岐让王金炳陪着。他没跟老东家同桌吃过饭，手脚挺拘束的。

白鸣岐呷了一口白酒说，吃饭有吃饭的规矩，一呢吃东西不许吧嗒嘴，二呢拿筷子不许敲碗边，三呢喝汤不许把调羹含在嘴里，四呢夹菜不许翻山越岭，五呢给长辈敬酒不许高擎酒盅……

六呢？王金炳一本正经问道，还有六呢。

六啊，你陪客人吃饭，客人不撂筷子，你不许撂筷子。要是客人没撂筷子你先撂了，人家还怎么吃啊？再吃不成贪嘴啦。

王金炳给老东家斟满酒盅说，我现在陪您吃饭，您说我撂不撂筷子呢？

嘿嘿。你小子把我给问住了。白鸣岐眯着眼睛说，好吧，我罚酒，我连干三盅！

王金炳抄起酒瓶给白鸣岐斟满酒盅说，要是改朝换代呢老东家？

即使改朝换代，为人处世的规矩也改不了。白鸣岐斩钉截铁说，七呢，就是吃多少饭盛多少饭，不许剩碗底子！

八呢？王金炳看到老东家喝多了，一边问一边扶他上床。

八？八八六十四……老东家迷迷糊糊躺下，睡着了。

当天夜里，解放军攻城了。白鸣岐满嘴酒气披衣起床召唤大伙钻防空壕。有人听话去钻了。有人不去钻，说防空壕里埋着瘦猴儿尸骨，有鬼气。

白鸣岐沿着工厂大墙巡视，连声说改朝换代了。枪声大作。一发炮弹落在远处炸了。王金炳劝老东家钻防空壕，保命要紧。

保命？工厂就是我的命，保命就是保住工厂。白鸣岐撩起皮袍坐“猴子炉”前面，借着酒劲儿打开话匣子。

这华昌机器厂是我爹变卖田亩创建，开头叫白记铁铺，后来传给我。我应该传给我儿子吧？白小林不接。这样我就绝户了。工厂兴，兴在我手里，工厂败，也败在我手里。前无古人后无来者，绝了门。我认命了。你年纪轻轻犯不着舍命陪我，快去钻防空壕吧。明天一早儿改朝换代，你小子咸鱼翻身啦。

天色亮了，枪声炮声稀疏下去。白鸣岐跪地磕头谢天谢地谢祖宗，保佑华昌机器厂平安无事。他起身催促王金炳上街迎接解放军进城。王金炳却不动弹。

白鸣岐抬腿踹他一脚说，这都什么时候了，你愿意一辈子没出息啊！

伺候老东家几年从来没吃过拳脚。王金炳看出白鸣岐动火了。打开角门钻出华昌机器厂，穿得暖暖和和的王金炳上了大街。他的棉裤棉袄棉帽子都是老东家给买的，因此引起伙计们嫉妒，背地叫他“小公公”。小公公就是小太监。

空气里飘浮着浓烈的火药味道。炮声停了，枪声稀了。三条石大街上一家家工厂大门紧闭，不见人影。天色越来越亮。一只黑猫窜过去，也不知道这只畜牲属于哪路人马。一个老头儿手里举着几支纸糊的小红旗儿迎面走来，擦肩而过二话不说递来一支。接在手里王金炳看到小红旗儿上写着“欢迎解放军”，越发觉得对方面熟，终于想起这就是摆摊卖烟卷的老头儿。

一群当兵的跑过来。一个戴狗皮帽子的黑脸军官叫了一声老乡，说我们是中国人民解放军前去窑洼执行任务。王金炳二话不说引领着他们奔向浮桥方向。他听见一个当兵的对黑脸军官说，勾连长，你家住在堤头你回家看看嫂子吧。

勾连长嗯了一声挥着短枪发布命令说，全体注意，目标窑洼，跑步前进。

来到河边，这位勾连长跟王金炳握手致谢，带领战士们匆匆过桥去了。对岸立即传来一阵枪声，又炸响了两颗手榴弹。

王金炳转身走向南北大街。一群大学生站在一家竹器店门前，男男女女高举“欢迎解放军进城”的布幅子，满脸兴奋表情。

只要见了大学生王金炳就自卑，怯生生不敢靠前。一个女学生跑过来说，你是三条石的学徒吧？工农商学一起欢迎解放军进城啊。说着，学生队伍走动起来，朝着金华酒楼方向涌去。王金炳挥着小红旗儿走着，一下振作了。

不知不觉，王金炳落在纱厂女工队伍里，踩了一个纱厂女工的脚。这纱厂女工回头说你踩得我好疼啊。王金炳看到一双又细又长的眼睛。还未张口道歉，人流涌动那双眼睛不见了。他记住了这双眼睛。

解放军队伍浩浩荡荡开过来了。人们挥舞着小红旗儿欢呼着，跑上前去往战士们怀里塞花生塞鸡蛋，也有送热茶的。王金炳尴尬起来，人家欢迎解放军又送吃又送喝，我拎着十个手指头来了，太没脸了。

一个纱厂女工从金炳身旁钻过去，冲到队伍前面把一只白面馒头塞到一个解放军手里。这个解放军身穿黄色棉衣腰系水牛皮带佩着一支短枪，一看就是军官。这军官满脸微笑推辞着。纱厂女工大声说人民的军队就要吃人民的馒头。

看着人民的军队和人民的馒头，王金炳啊地叫了一声。这军官不就是账房先生李亦墩吗？

他的叫声惊动了送馒头的纱厂女工。她回头，眊着一双又细又长的眼睛望着王金炳。他认出了这一双眼睛。

这是一双波光荡漾的眼睛。那波不是秋水是春水。秋水是收敛的，流向冰封季节。春水则在发力，流向大汗淋漓的盛夏。

王金炳顾不得这双眼睛，追着队伍寻找李亦墩去了。他担心李亦墩认不出自己，索性摘去棉帽子露出热气腾腾的脑袋。

一路奔跑，王金炳追上李亦墩叫了一声李先生。李亦墩一步跨出行列随手把纱厂女工的馒头塞给他，说金炳你好吧。王金炳握着馒头没头没脑说，我学会打算盘啦。

李亦墩拍着他肩膀说，工人阶级是国家主人翁，你学会打算盘可以管理工厂嘛。金炳，你危急时刻能够站稳阶级立场支持我，这很好嘛。新中国建设事业需要各方面人才，你要做好思想准备，今后承担更为重要的工作！

说罢，英姿勃勃的李亦墩追赶队伍去了。

敢情我学会打算盘就成了新中国建设人才？王金炳手里举着小红旗儿心里又惊又喜。这么说我伺候老东家没白吃苦没白受累，成人才。老东家教我识字，认识好几百个汉字了；老东家教我念《三字经》，“犬守夜，鸡司晨，苟不学，曷为人？蚕吐丝，蜂酿蜜，人不学，不如物。”老东家教我打算盘从“二二得四”一直打到“狮子滚绣球”。老东家还教我“苏州码子”，既能记账还能当“手语”在袖口里交易，特别实用。

看到手里白面馒头染着红点儿，想起过年敬神的供品。好久没有尝到白面馒头滋味了，他伸出舌头舔了舔，揣进怀里跑回华昌机器厂。

路过隆昌海货店看见伙计们搬出桌子摆上茶碗，斟满热茶，说是劳军。王金炳凑到桌前试探着端起一碗。几个伙计看见他手里举着小红旗儿，连连点头哈腰说，您喝吧我们也欢迎解放军进城呢。

热气腾腾的茶水里竟然放了白糖，很甜。他索性又喝了一碗，充满感动说，解放军真好，一进城我就喝上不花钱的糖茶啦。

一连喝了三碗甜滋滋的热茶，他不好意思灌大肚儿，道了声谢谢。一个小伙计拉住他低声问道，先生，解放军好吧？

王金炳端起肩膀说，不是先生是同志！

同治？小伙计以为听到清朝皇帝年号，继续问解放军好不好。

嘿嘿，解放军当然好，我给一个勾连长带路去了窑洼。你知道原先账房先生李亦墩吗？他成了大军官一点架子都没有，这就是同志啊。王金炳得意扬扬说着，认为自己比别人提前跨进新时代。

走进三条石大街，仍然冷冷清清不见人影，他手里攥紧小红旗儿钻进华昌机器厂角门，快步来到账房。

白鸣岐坐着闭目养神。王金炳同志立即变成王金炳伙计，随手从炉盘上抄起热水壶给老东家沏了一碗茶水。

白鸣岐睁开眼睛，仿佛注视着一个陌生人。外边，挺好吧？

挺好，您猜我看见谁啦？李——亦——墩！

哦。他果然回来了。白鸣岐起身离开椅子说，李亦墩当大官儿了吧？

当啦！王金炳从怀里掏出那只染着红点儿的白面馒头说，这是纱厂女工劳军的，他又送给我啦。

好哇。白鸣岐盯着白面馒头说，解放军的馒头真白啊。李亦墩跟你说话啦？

说啦。我告诉他我学会打算盘，他说不光要学会打算盘还要学会管理工厂。他嘱咐我做好思想准备，今后承担更为重要的工作！

白鸣岐若有所思说，共产党不光攻城拔寨夺天下，也讲人情事理。你不是帮着李亦墩翻越墙头嘛，我看他没有忘记这码事情。

我伸手托了他屁股一把，也没费多大力气。王金炳不以为然说。

嘿嘿，你小子托了共产党屁股一把，交了好运。你要是托了国民党屁股一把，就交了霉运。你放心吧，这几天李亦墩一定会来找你的。

李亦墩找我去伺候他啊？王金炳不解地问道。

白鸣岐拍着大腿说，你真愿意一辈子伺候人？如今改朝换代，你放下旧碗端新碗，改吃新社会的饭啦。

王金炳兴奋地说，我吃新社会的饭，您也吃啊。

我？我跟你不一样啊。白鸣岐脸色黯然，不言不语走出账房来到工厂后院。

大工匠许瞎子带领几个学徒给那尊铁菩萨清砂。清砂就是清除残砂和毛刺，干干净净交活儿。白鸣岐高声嘱咐说，你们可以不信佛，不可以不敬佛。今天给铁菩萨清砂，一不许张嘴说脏话，二不许掏出来就尿，三不许随便敲打佛头。记住了！这是铁佛不是秤砣，你们都给我敬重着。

一尊铁菩萨，清去残砂，剔掉毛刺，打磨得干干净净。白鸣岐担心热胀冷缩铁佛开裂，装进窑里退了火。出了窑，他亲手扫去煤烟子给铁观音擦了一遍油脂，光光亮亮披了一块红绸子，端端正正入了库房。

白鸣岐指派王金炳前往居士林，询问金林长铁菩萨宝座何时起驾。

自从解放军进城，您还没上街呢。外面改朝换代，我拉车您出去看看吧。

白鸣岐连连摆手说，我不出去看！我就不出去看！这样子很像一个躲避打针吃药的大男孩儿，看着挺可怜的。

王金炳去了一趟居士林。大门口卖糖葫芦的老头儿说金林长跑了。金林长为什么跑呢？老头儿说金林长一定是害怕共产党呗。

这句话启发了王金炳。哦，老东家不愿意上街也是害怕共产党吧。买了一根红彤彤的糖葫芦一路快走回到华昌机器厂。看门人嘻嘻笑着说，兵荒马乱的你还出去买糖葫芦，怪不得老东家喜欢你呢。

走进账房白鸣岐不在，王金炳断定在后院。他成年累月伺候着老东家，老东家成年累月被他伺候着，两人形成默契。这种主仆默契，好比一锅一灶一锁一钥一刀一鞘，成了一双，合了一对，配了一套。

白鸣岐指挥工人们填埋防空壕。面黄肌瘦的范金斗手持铁锹说，老东家，这瘦猴儿的冤魂不散啊。

你闭嘴，哪儿有冤魂？白鸣岐指着范金斗鼻子说，解放军进了城你还留着防空壕做什么？你要是不愿意干，打铺盖卷儿走人，别在这儿给我胡吣！

范金斗不言语了。虎头虎脑的梁三升接茬儿说，解放啦，我要是在这儿挖出瘦猴儿尸骨就去报案！

你报什么案？瘦猴儿得病死了，你小子非要弄出一个杀人案啊。我看你是吃饱了撑的！白鸣岐顺手把那块“佟小喜之墓”的铁牌扔进壕里，溅起一股尘土。

工人们不敢说话，抄起铁锨还土填壕。一会儿工夫，瘦猴儿墓碑就埋没了。

白鸣岐回头看见王金炳，二话不说接过糖葫芦咬了一只红果儿，嘎巴嘎巴大嚼起来。王金炳低声关照说，老东家，您当心把假牙粘下来。

梁三升停下铁锨挖苦说，嗨，你比亲儿子还孝顺，赶紧认老东家干爹吧！

白鸣岐手里举着红彤彤的糖葫芦转身奔向账房。王金炳在人们哄笑里跟随老东家走了。进了账房，老东家端起茶碗询问铁菩萨何时起驾。王金炳小声说金林长跑了。

不对呀！国民党三青团害怕共产党，吃斋念佛的人也害怕共产党？白鸣岐望着王金炳问道，你害怕共产党吗？

王金炳一愣。我？我不害怕……

不害怕就好。白鸣岐从皮袍里抻出一只信封说，李亦墩派来一个军人找你。我说你去居士林了。那当兵的留下这封信让你明天上午去报到。

报到？王金炳接过信封知恩地说，要不是您教我识字，我还是睁眼瞎呢。

白鸣岐欣慰地笑了。你小子命好，贵人相助前途无量啊。

这是一封内容简短的便函。李亦墩告诉王金炳新中国即将成立，工人阶级必然成为国家主人开创新生活。“你马上离开那间小作坊，我调你去军工 503 厂工作，明天上午九点钟到城厢区十五号路市军事管制委员会工业组会面。”

王金炳照本宣科给老东家念了一遍。白鸣岐听罢腾地满脸涨红，嘟哝着。李亦墩也说我是小作坊？这解放军怎么跟白小林一个腔调啊？

你拾掇利索明天去报到吧。白鸣岐又恼又羞却没怒，安排着王金炳的日程。

我……王金炳伸手搔着鬓角说，我要是跟您学会玛钢退火的绝活儿，照样人前显贵啊。

白鸣岐啪地一拍桌子。你真是汤圆滚进门——浑蛋到家啦！我有玛钢手艺我就人前显贵啊？连儿子都瞧不起我，白小林宁死不做少东家。你放着前程不奔跟我学手艺？真他妈的没出息。你明天必须滚蛋！

天色暗了。王金炳收拾行李，从老家带来的蓝花粗瓷大碗也塞进包袱里。手巾里包着一只晾干的白面馒头，那红点儿已然褪了颜色。看见馒头他蓦然想起那天游行人群里纱厂女工一双又细又长的眼睛。

小时候歌谣这样唱道："男的想女的，媳妇给兄弟娶的，女的想男的，姐姐给妹妹瞒着。"这首童谣简明扼要，男的想女的，女的想男的——这就是人间的大道理了。

工厂伙房的胖厨子迎面跑来大声说，刚才老东家吩咐了，今儿晚饭给你包三鲜馅儿饺子，送你明天另谋高就。你小子日后发达了，不要忘了当年我给你三个杂合面饼子啊。

噢。长迎短送啊。这是华昌机器厂的老规矩，送人离柜的这顿饭在伙房吃饺子，谓之"离伙"。

王金炳知道自己想留也留不下了，一时间五味涌上心头。我在这里干了四年，来的时候十八岁，体重八十五斤，如今二十二了，长到九十八斤。老东家啊，这是您把我撵走的，不是我昧着良心跳槽了。这样念叨着心里平静了几分。

他怀里揣着那只干透了的白面馒头，趁着天黑跑到挖防空壕的地方。说走就走了，我要把该办的事情办了。来到挖防空壕挖出"佟小喜之墓”的地方，他抄起一只破锨刨开冻土说，瘦猴儿啊我知道你叫佟小喜，明天我就离开这儿了，我也弄不清楚你到底埋在哪儿，反正今天就算给你上坟来了。你年纪轻轻就伤寒死了，我心里特别愧疚，这辈子对不住你呀。我把这个白面馒头埋在地里，当作一份薄礼祭祀你啦。

郑重其事将这白面馒头埋葬，起身去了伙房吃“离伙”饭。胖厨子亲手端来一盘热气腾腾的黑面饺子，说三鲜馅儿就是大油渣儿、小虾皮儿、大白菜帮子。他说了一声谢谢，抄起筷子夹了一个饺子送进嘴里，然后埋头吃了起来。

这几年我包饺子送走十几位了，既有账房先生也有大工匠，不过那都是过去的老黄历。胖厨子笑眯眯地说，从自解放军进了城，你是我送走的头一位啊。

吃了“离伙”饺子离开伙房，王金炳回到老东家房间，给火炉续煤蹲上一壶水，之后动手给老东家铺被窝儿，还换了一块新洗的枕布。这是最后一次伺候老东家，有几分伤感。外面响起脚步声，白鸣岐回来了。

我出去听戏啦。白鸣岐兴致勃勃开了口。这是解放军文工团演的文明戏，有男有女，穿着平常衣裳，满口京腔，光说不唱就跟真事儿一样，这出戏叫《兄弟姐妹们站起来》。

看来老东家不害怕共产党了。王金炳感到欣慰，沏了一碗热茶。

这文明戏也叫话剧，真不错。听说解放军文工团里尽是大学生，有北洋的有南开的还有辅仁燕京的。白鸣岐喝了茶洗了脚抹了蛤蜊油，跷着双腿等待火盆烤脚。

这四年你给我烤了多少次脚啊。白鸣岐感慨不已。王金炳一字一句回答说，今天是第二百一十五次。

白鸣岐惊讶得晃动两只脚丫子说，四年光景你记得这么清楚，好脑子呀！

钻进被窝儿，余兴未尽的白鸣岐说，《兄弟姐妹们站起来》里胡记磨坊的大少爷把小丫儿给放了，小丫儿进城之后给同益面粉厂的大少爷当了女用人。

小丫儿离开磨坊进了面粉厂，还是蹭了一身白面呀。王金炳对剧情一无所知，却认为小丫儿的命运没有改变。他走到外间屋，横身躺在床上。

哗啦一声身下床铺塌了。王金炳翻身爬起瞪着断腿的铺凳开裂的铺板，连连咂嘴说，这床铺我睡了四年，最后一宿它不让我睡了。

里间屋传出白鸣岐的声音说，这是天意。你抱着被褥进来咱俩打通腿儿吧。

打通腿儿这种睡法，就是两人一张床，一个人头朝南脚朝北，另一个人头朝北脚朝南。各人睡各人的觉，各人做各人的梦。

从来没有睡在老东家身旁，他蜷着身子不敢动弹好像被绳索捆着。一想起明天离开这个地方，就想跟老东家说话。侧耳细听，老东家响起鼾声。

他想跟老东家说，您这二茬光棍儿还是填一房吧。三条石工厂的东家哪个不是又妻又妾，周记袜厂老东家连小姨子都娶进来了，还生了大胖小子。您万贯家财，娶十个八个的黄花大闺女有富余啊。

他还想跟老东家说，您不嫖不赌，就是把华昌机器厂当成老婆也不能跟机器过一辈子吧。您那一座玛钢退火窑无论多么热乎，也比不上洞房热被窝儿吧。

心里念叨着渐渐进入梦乡。梦里的王金炳，哭了。

天亮了，王金炳猛然醒来，一看身旁没了老东家，赶紧起床。动手收拾被褥打成铺盖卷儿，结结实实捆得好似一只大粽子。一只铺盖卷儿，一只大包袱，还有几张钞票缝在衣裳里，这就是二十二岁的王金炳进城四年的全部家当。

站在账房门口，白鸣岐大声说，昨儿晚上吃了离伙饺子，今儿就不管早饭了，这是华昌多年的规矩。你扛上行李走人吧。

王金炳拿起一根扁担，一头挑起铺盖卷儿，一头挑起大包袱，不知如何跟老东家告别。

我送你一个小玩意儿。白鸣岐掏出一枚黑色戒指说，它不是金的不是银的不是铜的，是玛钢的！这种东西外表硬心儿里软，越戴越亮。你知道我摸索玛钢退火技术烧废多少窑吗？从脚底下码到脑袋上全是钞票啊。这枚戒指是我烧成的第一窑，给你留个念想吧。

谢谢您呐。王金炳给老东家鞠了一躬。白鸣岐扯起嗓子说，你命里有贵人相助，好好干吧傻小子。

王金炳放下扁担小声说，我劝您一句话，往后别拨钟表了，又搬凳子又踩桌子，一不留神闪了腰崴了脚，不值啊。

我也劝你一句话，往后把华昌机器厂忘得干干净净！白鸣岐拍了拍王金炳肩膀却避开他的目光。

王金炳突然想起《兄弟姐妹们站起来》，问道，小丫儿进城后来怎么样啦？

小丫儿？白鸣岐好像忘了昨晚看的话剧，一边回忆一边说，噢，小丫儿后来嫁了一个解放军连长。

这我就放心了。王金炳满足地说着，上路了。

一群工人聚拢过来，给王金炳送行。梁三升说，你在这儿混得不错干吗跳槽呢。你跪下磕三个响头认老东家当干爹，有朝一日你就是华昌机器厂的少东家，一辈子吃香喝辣穿绸裹缎。

范金斗说，亲儿子都不认老东家，还要干儿子干吗？走吧，大路通天呢。

挑着行李走出华昌机器厂，王金炳往东去了。身后突然传来一声“叫——小——番！”

这是老东家坐在账房里扯着嗓子唱起京戏《四郎探母》，急于奔往宋营的杨延辉的“嘎调”。

大街中央的三条青石在太阳的照耀下，闪动着幽暗的光。乳名“饼子”的王金炳同志迎着太阳走着，嘴里嘟嘟哝哝说着。

就因为我伸手托了李亦墩同志屁股一把？到底是他的屁股交了好

运还是我的手交了好运呢……

5　红烧与清蒸

中午开饭，503厂食堂人进人出好似一座大戏院。从小作坊来到大工厂，吃过午饭王金炳只觉得脚没处搁手没处放，一时闲得难受。

若在华昌机器厂，老东家一撂筷子他便递去一碗漱口水，紧接着热毛巾擦脸。此时这里嘴多脸多，却没有漱口擦脸的习惯。这里只有同志，没有老东家。

看到一只冒着热气的大铁壶。他立即拎在手里见了谁就往谁饭盒里斟水，恢复小伙计形象。503厂工人们望着这位新来的小伙子，好像一群大山羊看着一只小绵羊。

一个腰间扎着帆布围裙的麻脸师傅审视着大铁壶，问他从哪儿调来的。王金炳说华昌机器厂。麻脸师傅喝了一口热水说私营小作坊吧。

当天下午，一位南方口音的军代表分配王金炳去生产铝制行军锅的三车间。市里派驻503厂军管小组成员，姓张叫张代表姓王叫王代表。李亦墩是驻厂总代表，人称“李总”。据说“李总”到华北军区后勤部开会去了。

三车间有两座大型坩埚，烈火熊熊熔化铝水。一道道白亮亮的铝水奔流而出浇入砂模，铸出一只只行军锅。这种场面，很像华昌机器厂化铁。王金炳倍感亲切以为回到姥姥家，只是没有见到舅舅。

车间主任听说王金炳没有手艺，让他到小坩埚组配制中间合金。进了小坩埚组见到组长。组长自我介绍说在太行兵工厂铸造地雷做铁活儿，调进503厂改做铝活儿不过半年光景。王金炳问组长知道不知道玛钢。

玛钢啊！组长满脸敬畏说，它进窑之前是白口铁，又脆又硬没啥用场，退火之后变了，又有韧性又有强度成了宝贝疙瘩，以铁代钢。如今有谁掌握玛钢退火技术，一定是社会主义建设人才啊。

王金炳得意地笑了，心里暗暗为老东家感到自豪。

没有手艺，王金炳只得给组长打下手活儿。他拉着排子车去仓库领取焦炭。仓库大门上贴着“工人阶级团结紧，努力建设新中国”的红色标语，鼓舞着工人们的干劲。身后有人喊叫王金炳的名字。他停住车子，回头看见身穿黄色军装的李亦墩同志大步走来。

你怎么跑这儿化铝来啦！李亦墩既没有问候也没有寒暄，一见面大声责问。

他说是军代表分配的。李亦墩气哼哼说了一句“乱弹琴”，转身走了。

拉着一车焦炭回到小坩埚组，他渴了，拿出从老家带来的粗瓷青花大碗喝水，先斟了一碗给组长递过去。组长摆摆手说咱们是阶级弟兄，谁也不要伺候谁。

想起在华昌机器厂跟老东家念《幼学琼林》的句子，“天下无不是的父母，世间最难得者兄弟”，王金炳被组长感动了。

于是感动地喝下一大碗热水，心里舒舒坦坦。中午时分车间主任来了，要他马上去修械所报到。他抹了抹嘴，把粗瓷青花大碗往胳肢窝一夹，拿腿就走。

503厂很大，逢人打听“修械所”，一路摇晃脑袋。王金炳纳闷，农村赶集大杨村打听小刘庄，无人不晓。这样一座大工厂反倒人生地不熟了。

终于在偏僻角落找到一座大院子。门外站岗的身穿黄色军装却没戴肩章帽徽，向他询问姓名。他说大号王金炳小名饼子。就让进去了。

一个腰间扎着帆布围裙的师傅站在院里。正是在食堂吃饭遇到的那位麻脸师傅。这位麻脸师傅年岁不大，只是满脸麻子增添了沧桑。

他对麻脸师傅说，三车间那边轰隆一声巨响冒出一股白烟，好像爆炸了。

你不懂军工厂规矩？这工段的不能到那工段去，那车间的不能到这车间来。你进了修械所就甭管外边事情了。

师傅您贵姓？还不知道师傅尊姓大名，他问道。

满脸沧桑的麻脸师傅说，免贵姓麻。

姓麻，而且满脸麻子。敢情天下还有这样巧合的事情。他跟随麻脸师傅走进工房，以为到了武器库。一张大案子摆着十几条步枪，两个工人埋头拆卸枪筒，一个工人修理扳机。麻脸师傅手里拎着一把三角锉刀说，我们这里主要是给武装民兵修理枪械。你以前在资本家小作坊学过钳工吧。

他连忙回答没有学过钳工。麻脸师傅疑惑地问他学过什么。他说算盘。

你学管账啊。麻脸师傅指着几支枪托说，你用砂纸把它们打磨干净，染一层"地板黄"，再打磨干净，我教你给枪托儿刷漆。

这活儿并不生疏。去年有人送给老东家一根藤条手杖，就让他拿砂纸打磨毛刺儿，刷了三道永明漆。藤条手杖跟枪托儿相比性质不同，道理一样。打磨了两支枪托，手心扎了木刺儿，生疼。王金炳暗暗寻思，从资本家的小伙计变成军工厂的工人，日子就从这根木刺儿开始了。

临近下班来了两个战士，一高一矮，二话不说把王金炳带走了。麻脸师傅嘟嘟哝哝说，这修械所太小，你们调他去修理高射炮吧。

王金炳听说调自己去修理高射炮，顿时产生畏难情绪。两个战士带他走向三车间小坩埚组的爆炸事故现场。

现场乱七八糟：倒塌了一面墙，小坩埚裂成碎片，遍地铝锭子，角落里燃烧未尽的焦炭冒着一缕缕不死的青烟。车间主任哭丧着脸，却不见组长身影。

李亦墩同志神情凝重，脸色接近玛钢。他掂着手里的碎片对调查人员说，既然肯定是手榴弹爆炸，就顺藤摸瓜查出凶器来源吧。你们连夜调查现场有关人员，明天一早儿我看笔录。李亦墩转脸冲王金炳说，你调进503厂都干了什么事情，一件儿一件儿跟调查组说清楚吧。

李亦墩披起黄呢大衣走了。王金炳向调查组如实交代说，我进厂参加十天政治学习，懂了不少革命道理。之后参加三天军训，列队走步还喊革命口号。军代表分配我到三车间小坩埚组。今天上午组长派我去拉焦炭。吃了午饭我就被调到修械所去了。半路上听到轰隆一声巨响，我寻思是爆炸了。

你怎么知道是爆炸呢？调查组的军人突击问道。

王金炳笑了笑，说解放军进城那天我给勾连长带路去窑洼，隔着河听见过爆炸声，轰隆轰隆的。

之后，王金炳补充了一个细节，他胳肢窝夹着青花大碗去修械所报到，看见组长抄起铁锨装满一筐焦炭续到炉里去了。

调查组的军人立即问道，那一筐焦炭是你从仓库拉来的吧？

王金炳思忖着说，我拉来一车焦炭哗啦啦卸在焦炭堆里，反正都是焦炭呗。好比一车大米哗啦啦卸在一座米仓里，反正都是大米呗。

反正有一颗手榴弹随着一筐焦炭续进炉里，一点火轰隆一声把杜大喜炸死了。

杜大喜！他想起这是组长的名字大声问道，他死啦？

回答了一大堆问题，王金炳在笔录上按了手印儿，擤一把鼻涕回到宿舍睡觉了。躺在床上他伸出沾着红色印泥的手指，突然想起那染了红点儿的白面馒头。

我这个人怎么总跟人命官司打交道呢？在华昌机器厂死了一个佟小喜，到了军工503厂又死了一个杜大喜。一小喜一大喜，这两个案子要是都栽在我头上，阎王爷账簿里就是两条人命啊。

真是我拉的那一车焦炭里混进了一颗手榴弹？轰隆一声炸了。想起“但行好事，莫问前程，福祸无门，如影随形”四句话。这是老东家教我念《名贤集》的开篇，老东家说我有贵人相助，那贵人在哪儿啊。

一大早儿去食堂，吃集体伙食。他见人就招呼，看谁都像贵人。吃饱了便拎起大铁壶给别人饭盒里斟开水，一抬头竟然斟到李亦墩同志饭盒里。

这位李总代表颔首微笑说，这里不兴斟茶倒水的风气，不过你这样做也很好，助人为乐嘛。昨天的爆炸事故查清了，那不是阶级敌人搞破坏。

听了这话王金炳得寸进尺，张口打听当年佟小喜尸体下落。李亦墩板着面孔说，从今往后你不要提起华昌机器厂了，更不要说起你识字是白鸣岐教的，他毕竟是资本家嘛。

李亦墩同志匆匆走了。王金炳心里说道，怪不得老东家嘱咐我把华昌机器厂忘得干干净净呢，敢情不是好买卖啊。

几天之后，职工食堂大门上贴出一张红纸表扬信，标题是“一壶开水见精神”，称赞王金炳为人服务的“大铁壶精神”。麻脸师傅哼了一声，好像并不买账。

十二支步枪修好了。最后工序是验枪。验枪就是实弹射击，不合格不能交付民兵使用。修械所人人报名参加验枪，很踊跃。王金炳踌躇了，在此之前他接触的最大武器是打鸟儿的弹弓，击毙的最大敌人是偷吃麦粒的老家雀。

李亦墩赶来做动员报告，用力挥动着大手慷慨激昂地讲着。我们为什么要验枪呢？一是通过实弹射击校验准星，是否三点一线；二是通过实弹射击检验撞针与子弹发火装置之间，是否存在间隙。三点不成一线，射击时容易失去精度；撞针与子弹发火装置之间存在间隙，射击时枪筒容易发生爆炸。你们知道吴运铎同志吧，他是我们军工战线的英雄人物。他明明知道试射枪榴弹容易发生爆炸，每次都抢在前面。不幸炸伤双眼，他毫不退缩继续试验，终于成功了。我们要学习吴运铎同志的革命英雄主义精神！

王金炳脸色苍白双唇颤抖，激动地攥紧拳头。佟小喜不明不白死了，杜大喜也不明不白死了，难道我还怕明明白白去死吗？他呼地站起扬着胳膊说，您把这个任务交给我吧，反正我没有什么手艺牺牲了工厂损失不大。

谁要你去死，这只是接受一次严峻考验！李亦墩发布命令说，我给你们分为两道工序，检验步枪撞针任务交给王金炳，校验步枪准星任务交给麻师傅。你们分头准备好啦。

一辆老牌道奇卡车带着十二条步枪以及四个押枪的战士，摇摇晃晃驶往靶场。一路看到国民党军队残留的碉堡，他想起那位带兵打仗的解放军勾连长。

到达靶场，第一道工序是检验步枪撞针。麻脸师傅给一支步枪压上子弹小声叮嘱说，你是检验撞针不是校验准星，端枪射击就可以了。

听了麻脸师傅这番话心里热乎乎的，他咬了咬嘴唇，强迫自己冷静下来。

一辆美式跨斗摩托车赶来了。一个胸前挎着照相机的年轻记者从车里跳下来。现场空气紧张起来。

远处土堆立着一只靶子。王金炳端起第一支步枪，脑海一片空白。他对准靶子一扣扳机，砰地一声——远处草丛里扑扑棱棱发出几声响动。

值靶战士告诉他脱靶了。脱靶就是子弹没沾靶子，成了“飞子儿”。王金炳伸出步枪指着远处草丛说，脱靶？我一定打中什么东西啦！

另一个战士跑到草丛里拎出一只肥硕的野兔，说你打出的飞子儿可巧击中了这个倒霉鬼！几个押枪的战士哄堂大笑。

麻脸师傅摇头说，这是一只怀孕母兔。你一枪打死一窝兔子。好的，这第一支步枪撞针没有问题。

王金炳窘得红了脸，一时手脚无措。他从战士手里接过第二支步枪，突然猫腰趴在地上瞄准远处的靶心。

麻脸师傅一旁大声喊道，你起来！你卧姿瞄准，万一枪管儿炸了不是无谓牺牲吗？

王金炳砰地放了第二枪，还是脱靶。枪筒冒出一股淡淡青烟。麻脸师傅脸色铁青大声说，你还是端着打吧。

王金炳接过战士递来的第三支步枪，仍然卧倒瞄准，砰地放了第三枪。

终于击中靶子。王金炳朝着麻脸师傅龇牙一笑说，我打中了！枪管儿没炸！

记者小伙子受到现场紧张气氛感染，冲到王金炳面前拍了一张照片。他继续卧倒射击，咣咣咣检验了十二支步枪，撞针全部合格。记者小伙子请他手持步枪站在靶前，又拍了一张照片。

麻脸师傅呼出一口气，开始校验步枪准星。他以标准姿势卧倒以标准姿势瞄准以标准姿势击发，一枪一弹地射击着，弹弹射中靶心。

真是好枪法。押枪的战士们啪啪鼓掌。麻脸师傅的麻脸上露出几丝笑容说，我实话告诉你吧，我这一脸麻子就是枪管爆炸留下的纪念品。

真的！王金炳拎起野兔递给麻脸师傅，您拿回家滋补身体吧。

你不知道我吃素哇？麻脸师傅好像遇到克星，躲闪着说，我从来不吃肉的。

一个整天修理枪械的大男人食素不食荤。这让王金炳大长见识，看来谁都有禁忌，只是禁忌各不相同。白鸣岐的禁忌是不吃黄豆芽儿。

回到职工宿舍，王金炳蹲在院子里操刀开膛，从野兔肚子里掏出几只尚未成形的胚胎，顺手埋在树下。由此想起自己埋在华昌机器厂后院的白面馒头，心头一沉。人活着遇到的事情，往往相似啊。

我怎么忘不掉过去的事情呢？他颇为苦恼地剥了毛绒绒的兔皮，将它紧紧绷在木板上晾着，寻思它够做一副手套的材料。

传达室老头儿跑来说，晚饭之前赶到李亦墩同志家里。他问明地址，换了一身新洗的夹裤夹袄，拎着一具光鲜鲜的兔肉找到李亦墩的院子。

这里就是过去的“九州寮”啊。当年他拉着胶皮人力车载着老东家来找少东家。白小林就住在这座日式房子里。他看见那棵属于“九州寮”时代的樱花树死了，变成枯木立在院里。

拎着一具兔肉径直走进前院，吓得小保姆迎面一声尖叫，以为他提来一具婴儿尸体。小保姆不敢接手，他只好亲自将兔肉放进厨房。他意外地发现李亦墩同志腰间扎着一条围裙坐在灶前腌制着一条大鱼。

坐在客厅里喝茶，这是王金炳极其熟悉的花茶，只不过那是华昌机器厂账房，这是李亦墩同志家里。

“九州寮”里“榻榻米”改为地板，散发着紫色油漆的剩余味道。身穿墨绿色列宁服的徐贰芬脚步噔噔走来，一看到王金炳便笑了，你是小王同志吧？我听老李说当年在华昌机器厂你半夜里协助他突围，很勇敢嘛。

平生首次有人叫自己小王同志，他不停地搓动双手，好像很痒的样子。

我是李亦墩的爱人，你就叫我老徐吧。徐贰芬坐在客厅沙发里，说小牟同志一会儿就到。

王金炳不知小牟同志是谁，就喝了一口茶水。花茶的香气带着往事的味道，被他咕咚一声咽到肚子里去了。

徐贰芬看见丈夫走进客厅当头就说，家里又不是没有保姆，你不要亲自烧菜了。李亦墩扎煞着沾满鱼鳞的双手说，保姆哪里会做我们家乡的酸辣腌鱼呢。

说着，李亦墩一眼看见王金炳左手戴着玛钢戒指，脸色沉了下来。金炳，你是新中国工人阶级一员，手上戴着大戒指像什么样子！

徐贰芬同志和蔼地说，小王同志，旧社会老掌柜啊少东家啊，他们喜欢佩金戴银的，我们新中国工人阶级应当抵制这种低级趣味。

老徐同志，这不是金的不是银的，是玛钢的。王金炳一边解释一边捋下这枚戒指，塞进衣兜儿里。

一阵旋风似的走进一个姑娘，上身穿着碎花布衫下身穿着蓝布裤子脚下穿一双偏带黑布鞋，两条小辫子一条搭在胸前一条甩在背后，咯咯笑着。她眨着一双明亮的眼睛说，李亦墩同志扎着围裙变成家庭妇女，我还以为这是排演话剧呢！

受到咯咯笑声震荡，王金炳以为来了什么大人物，慌忙起身等待接见。

徐贰芬同志主持大局说，我给你们介绍一下吧，这位是国棉十九厂织布车间先进生产者牟棉花同志，这位是503厂修械所的优秀青年工人王金炳同志。从今往后你们就算认识了，一个织布一个修枪，一个军工一个棉纺，互相帮助取长补短共同进步！

王金炳从牟棉花脸上看到一双似曾相识的眼睛，想起迎接解放军进城的那只白面馒头。心里将信将疑。这时牟棉花端起茶杯，咕咚咕咚喝了起来。

今天咱们吃老李腌制的酸辣腌鱼，我们结婚六年老李很少下厨呢。小王同志拿来新鲜兔肉，你们说怎么吃？徐贰芬同志极其民主地征求着意见。

李亦墩说清蒸。王金炳心里附和着清蒸。徐贰芬也倾向于清蒸，温和地说清蒸味道比较鲜美嘛。

不！清蒸没滋没味的，不好吃。红烧红烧红烧。牟棉花一口气说出三个红烧，无拘无束地否定了两位领导同志的清蒸方案。

小王同志，你还没发表意见呢。徐贰芬催促王金炳表态，要么清蒸要么红烧。

客随主便。既然男主人女主人均倾向清蒸，王金炳自然附和“清蒸”的，心里想着“清蒸”嘴里却说出“红烧”二字，神差鬼使一般。

他“红烧”一出口，局面顿时改观。牟棉花朝王金炳伸了伸舌头，笑了。

清蒸与红烧，二比二，我们尊重青年人的意见，清蒸改成红烧吧。徐贰芬大度地吩咐保姆对兔肉实施红烧方案。

还是我去做红烧兔肉吧。牟棉花起身，一阵旋风似的去了厨房。

我说小王同志，你看小牟这姑娘多有主见，说红烧就红烧，性格开朗思想坚定。她在国棉十九厂外号牟大胆儿，敢想敢干敢做敢为，你深入接触就了解啦。徐贰芬同志趁机向王金炳介绍牟棉花详细情况，好像推销优等棉纱。

王金炳试探着说，那天欢迎解放军进城牟棉花塞给李亦墩同志白面馒头，还染着红点儿呢。

李亦墩解下腰间围裙表情迷惘地说，是吗？欢迎解放军进城人山人海，无论染没染红点儿我也记不住一只白面馒头啊！

一大盘子红烧兔肉端上桌来，一时香气扑鼻。徐贰芬同志表扬牟棉花烧菜又好又快，我们应当以这种速度建设社会主义。李亦墩同志问牟棉花怎样学会的烧菜。徐贰芬代替牟棉花回答，说解放军进城号召恢复生产，小牟同志带头去食堂帮厨，半夜把饭菜送到机修工段第一线，她的猪肉炒香干儿大受欢迎呢。

王金炳抓住这个机会问道，那天欢迎解放军进城你塞给李亦墩同志一只染了红点的白面馒头，你还记得吧？

牟棉花停住筷子回忆着说，那么多解放军，那么多馒头……

王金炳提供细节说，那天还有人踩了你的脚呢。

牟棉花表情茫然，好像从来不曾经历似的。看来她是一个健忘的人。

王金炳寻思着，我怎么忘不掉过去的事情呢？伸筷子夹了一块酸辣腌鱼，他埋头吃饭，心里开始怀疑自己。不会是我记错了吧？记错了比记不住更糟糕。记不住就是忘了，等于没有。记错了就严重了，明明是东你记成西，明明追狗你记成撵鸡，这就完全颠倒了。

这样想着，他被吓出一头汗。牟棉花给他夹了一块红烧兔肉随口做出自我批评说，我这人属耗子的撂爪儿就忘，记性不好。小王同志你不要见怪。

王金炳觉得风风火火的牟棉花性格直来直去，挺可爱的。

这顿饭很快吃完了。徐贰芬同志把剩余的腌鱼和兔肉盛了满满一饭盒，让牟棉花带回家去吃。牟棉花也不推辞，大大方方拎在手里。

徐贰芬同志嘱咐王金炳送牟棉花回家，小声说男同志应当积极主动嘛。

天黑了。王金炳替牟棉花拎着饭盒，恢复了小伙计身份。牟棉花一路走着一路说，说她的工厂以前叫日商东洋纱厂，光复之后叫国纺五厂，解放了叫国棉十九厂。解放前我是扫厕所的清洁工，解放了我在织布车间做挡车工，这几天正跟靳大姑学习接头儿技术。靳大姑的技术全厂独一份。

王金炳贡献出一双耳朵，一路听着。牟棉花继续说，解放前纱厂是两班倒，工人累得臭死。解放了工人翻身当家作主，现在是三班倒，还有四班三运转，等于一个星期休息两天呢。我明天上早班，早班是早晨六点半钟上班，过午两点半钟下班。我下了班不回家，打扫女厕所。我们国棉十九厂总共二十五座女厕所。我义务劳动干到傍晚五点半钟。谷香姐姐也参加义务劳动，没有我经常。

把牟棉花送到棚铺区小巷口。她突然说，我还忘了，你有手艺给我做两把扁铲，有了扁铲女厕所地面就戗干净了。

王金炳点头承应。牟棉花满意地从他手里接过饭盒说，那天解放军进城浩浩荡荡，多么伟大的场面。你非盯住一只白面馒头不放。我记不住一只馒头，可我记住了一筐馒头，嘻嘻。

说罢，她笑着跑进小巷深处。王金炳仿佛灌了一脑袋糨子，迷迷糊糊的。当初遇到的那一双春水荡漾的眼睛，也仿佛变成夜空里的星星，远不可及了。

一定是我记错了，这双眼睛不是那双眼睛，这只馒头不是那只馒头。王金炳这样想着心里反而没了负担。没了负担，心情松弛下来。他抬头仰望夜空，心里渐渐明白了。繁星满天，有谁记住其中一颗星星呢？没有。于是，心里那一双春水荡漾的眼睛也变成星星，高高挂在夜空里了。

转身离开小巷口，他荒腔野板地哼唱着京戏，犹入无人之境。这是偷偷跟老东家学的一句唱腔：骑马离了西凉界！

第二天《滨河日报》头版右下角登出一篇通讯，大字标题《勇士验枪记》，还配发王金炳手持步枪的照片。头版左下角是国棉十九厂召开女工忆苦思甜大会的报道，文中提到牟棉花“一根脚趾的控诉”。

王金炳出了名，《勇士验枪记》使他成为503厂的先进人物。国棉十九厂党委副书记徐贰芬同志邀请王金炳参加纺织女工座谈会，介绍验枪勇士的先进事迹。

走进国棉十九厂遇到牟棉花。她眨着一双又细又长眼睛小声说，我告诉你吧小王同志，就连我奶奶都说红烧比清蒸好吃！

你奶奶？王金炳一时忘了兔肉事情，只好敷衍着笑了笑。她趁机抓住把柄说，你一只白面馒头记得清清楚楚，一盘红烧兔肉倒忘得干干净净！

哦。终于想起红烧兔肉，他诚恳地笑了。看来谁都有记不住的事情，譬如白面馒头、红烧兔肉、一个人踩了另一个人的脚，还有那一双变成星星的眼睛。

这次座谈会开得很成功。王金炳与牟棉花的关系有了进展。他主动邀请她看电影，并且约定在和平电影院。然而时间一拖再拖。不是王金炳工厂加班，就是牟棉花工厂加点。

终于能够会师了。这天傍晚，王金炳提前来到和平电影院门前排队，掏钱买了两张电影票。售票员说可以自由选择座位。他选择了15排10和9号。

他穿了一件黄色军式上衣，很像光荣退伍的军人。新中国了，交朋友搞对象谈恋爱——革命军人配城市姑娘，成了一道普遍风景。只是这件黄色军式上衣有些长，透出几分衣裳大于人物的意味。

去小摊上买了一串糖葫芦，他郑重地举在手里，想起老东家也爱吃糖葫芦。这时电影院传出《中国人民解放军进行曲》的音乐，提示观众入场了。

牟棉花满头大汗跑来，身穿毛蓝大袄，腰间系着“国棉十九厂”的围裙。他递过糖葫芦说咱们进去吧。她解下围裙拿在手里说来不及换衣服就跑来了。一前一后走进和平电影院，找到15排10和9号。牟棉花坐10号，王金炳坐9号。临近开演时间了，电影院关了大灯，只亮着一排小灯。这时候15排11号来了一个身穿黑色风衣的青年男子，不声不响坐下了。

一会儿看什么电影？坐在10号座位的牟棉花举着糖葫芦嘎吱咬了一只红果儿，咀嚼着问。坐在左边9号座位的王金炳小声回答，说买票的时候忘了问啦。

是纪录片《日本投降》。坐在牟棉花右边11号座位的青年男子主动解答。

牟棉花觉得声音熟悉扭脸看着右边11号座位说，默西，你是白小林啊！

坐在11号座位的白小林依然戴着一副墨色眼镜说，你也来看电影啊牟棉花？

听到白小林的名字，王金炳顿时一愣，随即侧身朝着右边投来一瞥。他看到白小林身穿一件寻常少见的黑色风衣，不由疑惑起来。本埠风俗大家子弟服丧期间身着黑衣，莫非白鸣岐他老人家？……

牟棉花看了看左边王金炳，之后朝右边白小林问道，你不是戴着一黑一白的两色眼镜嘛，怎么换成墨镜啦。

白小林极其认真地解释说，我以前戴着两色眼镜，人家一看就知道我坏了一只眼睛，问这问那特别好奇，小学生以为我是负伤退伍的解放军战士，追着我讲革命战斗英雄的故事，弄得我尴尬极了。我就换成这种墨镜了，又有几个小学生说我像国民党特务。

牟棉花咯咯笑了。电影还没开演。她的笑声惊动了观众，他们纷纷投来惊异目光。

牟棉花捂嘴不笑了，郑重其事地坐在两个男人中间。王金炳再次将目光从左向右投向那位不愿接班的少东家。白小林不认识身穿黄色军式上衣的王金炳，只是礼节性点了点头。

你喜欢看纪录片啊白小林？这时电影院黑灯，银幕打出“欢迎光临”四个大字。紧接着打出一个“静”字。马上要开演了。

黑暗里牟棉花听到白小林说，这部电影记录了中国胜利日本失败的历史时刻。我要了解日本必须看这部片子。这是我第五次来看了。

听了这番话，牟棉花恼火了。你非要戴那顶日本特务嫌疑的帽子？你这样下去我保不了你的。

银幕上映出“日本投降”四个大字，纪录片开始了。黑暗里白小林聚精会神说，无论你保不保我都要研究日本的。你看日本人战败了傲气不减。我研究日本企业发展就是要从他们的面部表情开始……

日本日本日本，你怎么死不悔改呢？我可不愿意看你一辈子倒霉！牟棉花起身离开座位，沿着通道快步走出电影院。

一时弄不清黑暗里发生了什么事情，王金炳起身追去了。脸色煞白的牟棉花余怒未消地站在电影院大门外，手里举着糖葫芦嘎吱嘎吱咬着，分明是在斗气。王金炳快步走过来说你喜欢吃我再给你买一支。

一派小樊梨花形象的牟棉花，气得笑了。这树林子大了，什么鸟儿都有！

王金炳继续着电影院里的故事线索说，那位白小林是华昌机器厂大少爷，他不愿意接班当少东家，坚决脱离了家庭进了日本东洋纱厂。

你也认识白小林？牟棉花瞪大一双又细又长的眼睛，觉得世界太小了。

我认识他，他不认识我。我知道他，他不知道我。王金炳好像在说绕口令。

牟棉花轻轻叹气说，兴许白小林将来有所作为，可是有谁愿意一辈子保护这个书呆子呢。

看出牟棉花感伤，王金炳送她回家。乘坐有轨电车叮叮当当开了三站，下车步行。一路行走王金炳心里惦念着老东家。白小林身穿黑色风衣引发了王金炳的不安——他担心这是服丧。

牟棉花改变主意说，我饿了咱们去谷香家里混顿饭吧。她丈夫勾华东解放前押运药品去了冀中根据地，如今当了军官呢。

谷香住在一座大杂院里。她挺着怀孕的身子迎出屋门。牟棉花把王金炳介绍给谷香，说我们还没吃饭呢。

谷香捂着大肚子说，我拿小虾皮炝锅给你们做汆汆汤，还有两个玉米面饼子。

王金炳颇有礼数地说，我看您身子不方便，您告诉我东西在哪儿，我做。

你大老爷儿们还会做饭？谷香惊奇地转向牟棉花说，牟妹妹你将来当了大干部，真得找一个能够操持家务的男同志做爱人。

说罢自觉失口，谷香扭身对王金炳说我看你也是当大干部的苗子。

捅开炉火坐上铁锅，王金炳站在小厨房里兑水和面。他听着谷姐姐与牟妹妹的对话，越发认为牟棉花的性格简单明快——简单得好似一根纱线，明快得好似一把菜刀。

我姐夫一回家你就美了吧？久别夫妻胜新婚。当初人家勾华东投奔革命根据地你还哭哭啼啼，没觉悟！今天当了官儿太太。牟棉花嘻嘻哈哈说着。

你姐夫带着他一连人进城去窑洼家里看了看我。没想到犯了擅离职守的错误，从连长降成排长。降职之后准假探亲，回家屁股没坐热，又走了。

我姐夫屁股没坐热你就怀上啦？这革命军人真是百发百中啊！

一盆热气腾腾的汆汆汤端上桌子。谷香嗅着香气说，小王同志你真会做饭，我馋啦我也喝一碗，你给我放点儿醋。

牟棉花兴奋地说，俗话说酸儿辣女甜双双。你想吃酸的一定生儿子呀！

你一个大姑娘说话没边没沿，一会儿百发百中，一会儿酸儿辣女，我看你要成精了。谷香抿嘴嗔笑着。

谷姐姐，你不知道有一句顺口溜——色钢厂，浪棉纺。牟棉花凑到谷香耳边压低嗓音说，钢铁厂没有呆汉子，棉纺厂没有傻娘们儿。

你们赶紧吃饭吧。王金炳给谷香盛了一碗汆汆汤，又给牟棉花盛了一碗，放下马勺说，你们先吃着，我出去一趟一会儿回来。

牟棉花大大咧咧应了一声，抄筷子端碗吃了起来。

出了谷香的大杂院儿，王金炳一路快跑，过了窑洼浮桥往西奔向华昌机器厂。天黑人稀。他拐进三条石大街心里越发紧张起来。父亲去世的时候他年纪小，不懂得忧伤。如今老东家无疑充当了父亲角色，他心里惦记。跑进三条石大街，觉得道路变窄了房屋变矮了，熟悉里包含着陌生。一口气跑到华昌机器厂大门前，他想起老东家的临别叮嘱："从今往后不要回来看我，从今往后你把华昌机器厂忘得干干净净！"

心里踌躇，可巧看见梁三升从华昌机器厂角门里钻出，黑咕隆咚叼着一根烟卷儿。王金炳呼呼喘着粗气好像一台小火车，一把抓住梁三升的胳膊。梁三升吓了一跳。饼子是你呀！你怎么跟警察逮臭贼似的？我听说你相片登上报纸啦。

三升啊，你快告诉我，老东家他怎么样啊？

老东家？他挺好的，这不是吃了晚饭出去听戏啦。你走了换成我伺候他了。老东家处处对我不满意，整天念叨你把你夸成一朵花啦！

王金炳一颗悬着的心儿嗒吧一声放下，上气不接下气地叮嘱梁三升，你千万不要告诉老东家我来过，说完转身就跑了。

梁三升冲着远去的背影小声说，风风火火跑来，没放几个屁，又风风火火跑去，操！饼子你脑子有毛病吧。

知道老东家平安无事，王金炳沿着原路返回，汗水湿透衣裳。他脱下小褂儿拧了拧，走进谷香家里。

牟棉花满脸歉意说，你做的汆汆汤太好了，我和谷姐姐喝得精光。

一路狂奔摇晃得五脏六腑挪了位，王金炳没了食欲。他若无其事地说，我不饿，我有水喝就行了。

牟棉花乐了，说光喝水你是鱼啊，鱼也要吃食的。好啦，天不早了咱们走吧。

谷香小声批评说，牟妹妹你吃饱了一吆喝就走，人家一碗水还没喝呢。你要是这样跟人家搞对象，一准成不了。

嘻嘻。牟棉花冲着谷香挤眉弄眼说，成不了就不成呗。说着扯了扯王金炳袖子，脚步噔噔走了。

她在前，他在后，一前一后走出院落走出胡同走上大街。店铺打烊，行人稀少，大街上好像只有这一男一女。他注视着她的后背说，谷姐姐为什么说咱俩搞对象呢？

她停住脚步回头说，咱俩就是搞对象呀，谷姐姐说得没错。

王金炳笑了。敢情咱俩真的搞对象啊？我还以为你是为了完成徐贰芬同志下达的任务呢。

你也是为了完成李亦墩同志下达的任务吧？牟棉花伸手戳了戳王金炳脑门儿说，我没有任务，你也没有任务。

赶上最后一班电车。牟棉花坐在车厢里兴致勃勃讲起了谷香丈夫的故事：解放军打进城来，军官勾华东擅自回家看望媳妇，一下从连长降为排长，然后发誓在哪里跌倒了在哪里爬起来。他南下剿匪立了两次三等功，官复原职又成了连长。如今勾连长跟随部队渡过鸭绿江，抗美援朝去了。

王金炳疲乏地说，解放军进城那天我给一个姓勾的连长带路，那个勾连长兴许就是这个勾连长。

这时候电车从和平电影院门前驶过。牟棉花想起坐在电影院里左边是王金炳右边是白小林的场面，心底长叹一声。一边是“清蒸”一边是“红烧”，人生正是如此。有人说清蒸好有人说红烧好，都好，最后抱怨命运不好。

这样想着，又觉得怠慢了王金炳。一个大男人又买糖葫芦又做汆汆汤，挺不容易的。她望着车窗外渐渐远去的电影广告牌子说，金炳啊，咱俩一定要在和平电影院看上一场电影，无论什么片子都行。

这场电影挂在口头上，一拖又是很久。全民支援抗美援朝，军工503厂掀起大生产高潮。王金炳一天工作十八个小时，跟随麻脸师傅修理老式步枪。紧急装备六个武装民兵营。

一天傍晚，修械所的党支部书记跑来把满手油污的王金炳叫到一边，说你马上洗手洗脸到李亦墩同志家里去一趟。

于是洗手洗脸，身穿背带式工作服跑去了。徐贰芬同志身穿大红色毛衣坐在客厅沙发里，好像一团燃烧的火焰。她笑了笑说李亦墩同志去北京开会了。小保姆给客人端来一杯茶。王金炳从小保姆身上看到昔日自己伺候老东家的岁月，心里挺感慨的。

徐贰芬同志皱眉凝思，抬头注视着王金炳。小王同志啊，小牟跟我说你俩恋爱关系进展顺利，那就结婚吧。革命年代婚礼从简，你俩也给青年同志们树立一个榜样。

小牟同志真的愿意跟我结婚？王金炳半信半疑，不由想起佩戴墨镜的白小林。

徐贰芬同志笑着说，她不愿意跟你结婚她愿意跟谁结婚？你还犹豫什么！

公元一九五〇年十二月六日，中国人民志愿军攻克朝鲜首都平壤。这天傍晚，王金炳与牟棉花在和平电影院门前集合，看了一场纪录电影《解放区的天》，就算结了婚。黑暗里，修枪的新郎与织布的新娘掰开一只冰凉的馒头，吃了。

牟棉花靠着王金炳肩膀说，你知道我为嘛急着跟你结婚吗？我外号牟大胆儿，我担心自己头脑一热干出意想不到的事情……

你担心自己头脑一热嫁给白小林啊？王金炳宽厚地说道。

咦？黑暗里牟棉花瞪大眼睛注视着新郎。你是我肚子里的蛔虫啊！

电影散场，新郎与新娘一起去给李亦墩和徐贰芬送喜糖。一进门便听到一个噩耗，谷香难产大出血，死啦！她抛下一个七斤半的大胖小子。

好似惊雷轰顶，牟棉花啊地叫了一声昏倒在徐贰芬同志面前。打电话给工厂保健站叫来医生。李亦墩同志表情严肃地告诉王金炳，组织上一直瞒着谷香，其实勾华东同志牺牲在朝鲜战场了。

牟棉花渐渐清醒过来。她瘫坐在沙发里伸手指着王金炳说，我明天就去医院把那孩子接回家，从今往后你王金炳是孩子亲爹，我牟棉花是孩子的亲娘。

王金炳点头说，咱们一辈子保密！这孩子就是咱们的亲生儿子。

第二天牟棉花去医院抱孩子，走出家门之前她对丈夫说，既然抱养了谷姐姐的孩子，咱们这辈子就不生养啦。

王金炳呜地应了一声，忙着去修械所上班了。

然而，后来还是生养了。人到晚年，牟棉花极为感慨地说，我这一辈子说话算话，只有生孩子食了言。

牟棉花抱养的男孩儿，乳名大朝学名王援朝，以此纪念他的亲生父母。

6 怀孕与分娩

天气凉快了。牟棉花睁眼正是凌晨四点半钟。只要上早班她必定准时醒来，一分不差。然而她忘记自己怀了身孕，猛然爬起不由哎哟一声。肚里怀着第三胎，将近五个月了。自从抱养王援朝，她生了一闺女一小子，闺女王莹六岁，小子王建设四岁。肚里第三胎是男是女好比怀里抱着西瓜，不知什么瓤子。

王金炳也醒了，连忙起身搀着妻子说，棉花你起猛了，当心扭了腰。

你再睡一会儿吧。妻子轻描淡写说着，去洗脸漱口了。孩子们还睡着。她放轻脚步走进厨房，拿起饭盒装进布兜里。饭盒里装着白面馒头和煮鸡蛋，这是她昨晚专门为自己预备的“参赛选手营养早餐”。

全国掀起“大跃进”热浪，而且一浪高过一浪。全国纺织系统不甘落后，举办“接头、换梭、装纬、查布面、查经轴、走巡回”操作表演比赛，今天上午在国棉十九厂织布车间拉开帷幕。这次由纺织工业部主办的操作大赛，俗称全国纺织擂台赛。大江南北二十几名技术操作尖子云集这里。上海的许金娣来了，青岛的陆根萍也来了，还有北京、石家庄、西安、郑州、无锡等地一批高手，各怀绝技纷纷参赛，谁都想打破挡车工接头儿全国纪录，也放上一颗卫星。

这次比赛正赶上怀孕。厂里领导问牟棉花能不能参赛。她说既能上天也能入地。厂长乐了，放假十天让她做好参赛准备。她一天也没歇，说我还要保持产量冠军纪录呢，歇班就泡汤了。

为了掩饰肚子她特意穿了一身宽大衣裳，迎着秋风呼呼啦啦走出家门，好似一只大风筝。天色朦胧，她站在公共汽车站候车，感觉饿了。孕妇就是容易饿，俩人吃饭呢。打开布兜里的饭盒，她掰了半个白面馒头，嚼着。想起饭盒里的煮鸡蛋，没舍得吃。

天阴着，憋雨。首班公共汽车来了，有空座。四个多月身孕，显怀了。她挺直腰板坐着，忍不住从饭盒里掏出一只煮鸡蛋，悄悄剥皮儿吃了。她也说不清楚这是为了肚里胎儿还是为了自己参赛，反正增加了营养。路不近，她接连吃了两只煮鸡蛋，口干想喝水，那渴劲儿就像一条离了水的鱼儿。一路颠簸终于到站了。她起身下车。口渴，水迎面就来了——这是一场悄然而至的秋雨。她心里连呼倒霉。立即撑开红色油纸伞，挺胸拔腰走向国棉十九厂大门。

风很大，雨点斜刺里劈来，专门攻击下半身。进了厂她变成“半只落汤鸡”。走进车间遇到副厂长，全国擂台赛你浇病了怎么代表咱厂出马啊？

湿了两条腿的牟棉花一下露出性格棱角儿，笑眯眯冲着副厂长说，既然你怕我浇病了怎么不派小轿车去家里接我呢？你是副厂长还挡不住老天爷下雨呀！

副厂长被她噎住了，只好把这两句见角见棱的话咽进肚里，当早点吃了。

更衣室里喝了一杯水，打了两个喷嚏出了一个虚恭，好像有点感冒。牟棉花不担心感冒担心肚子。打开更衣箱她找出一大块细纱布，叠成一尺多宽四尺多长的样子，脱了裤子一圈儿两圈儿煞在腰上。微微隆起的小腹平坦了几分。

委屈你啦孩子。她深深吸了一口气，又煞了煞。太紧了不成。太紧肚里孩子有意见。她从更衣箱里拿出无檐工作帽、围裙，还有一双平底胶鞋，这是今天参赛的全部行头。她特意换了一条肥大的裤子，上身穿着花布小褂儿，后背贴着参赛号码“57”。看到这个号码她不由想起一九五七年也就是去年秋天，徐贰芬同志由于同情右派言论犯了错误，被免去国棉十九厂党委副书记职务，贬到市总工会劳保部去了。

一会儿出场了。少想败兴事儿，多想喜兴事儿。她告诫自己稳定情绪，别慌。

好像除了挡车织布没有喜兴事儿了。去年党校听讲课，老师说共产主义按需分配，劳动不再是谋生手段而是人类第一需求。那时候人类不劳动活着就没意思了。想到这里牟棉花暗暗笑了。我不用等到共产主义，现在不让我挡车织布我就活着没意思了。

临近八点钟，来自全国各地的操作能手集体出场。车间人山人海，参观者挤得水泄不通。技术监督宣布抽签结果，上海的许金娣第三个出场，青岛的陆根萍第六个出场，牟棉花第十五。她乐了，这样就有机会提前观看两位全国著名的特等劳模的挡车技术了。

纺织工业部规定，一名织布挡车工看车九台，一名操作能手每分钟接头二十一根。许金娣和陆根萍的接头速度，达到每分钟三十八根。被称为“金手指”。

一位领导同志宣布全国纺织系统操作表演比赛开始，九位评委入场。牟棉花在观众人群里发现了白小林——这位国棉十九厂的“另类分子”光天化日之下佩戴墨镜，因此目标很大。

从远处一手手传过来一架日式军用望远镜，三传五递到了郝二黑手里。这个当年的小伯役笑着交给牟棉花。她看到望远镜上贴着小纸条儿写了几个字：牟，注意看接头儿动作。

这是谁给我的？牟棉花四处张望。好啊，有了望远镜任何选手的接头儿动作便看得清清楚楚。一时顾不得多想，她举起望远镜将目光投向机台。

首先出场的无锡国棉一厂选手，人称“巧织女”，她的接头速度达到每分钟三十八根，与上海许金娣和青岛陆根萍并称“三驾马车”，共同保持最新全国纪录。

望远镜里，牟棉花看着“巧织女”灵巧的手指，好像不停翻飞的玉色蝴蝶，精巧轻盈，妙在其中。巧织女的操作表演，赢得一片喝彩。牟棉花知道这是偷艺的大好时机，左手举着望远镜，腾出右手偷偷模仿人家的接头儿动作。

第三位选手出场——大名鼎鼎的上海选手许金娣。这位创造了“分段分节换梭，合理计划巡回”操作法的著名劳动模范，一登场便显出大将风度。

她巡回看车，步履轻盈；她换梭装纬，姿态优美；她查看布面，身段潇洒；果然拥有“挡车芭蕾舞”的艺术魅力。牟棉花情不自禁叫了一声好，差点儿欢呼起来。许金娣的操作真美啊，一台台高速织机化作一件件舞台道具，一个挡车女工竟然把这种又苦又累的机器操作变成一种又轻又柔的艺术表演，令人心悦诚服。牟棉花紧紧握着望远镜，忘了肚里孩子忘了自己是参赛选手，完全沉浸在“挡车芭蕾舞”的艺术享受之中，久久不能自拔。

许金娣打破全国纪录，一分钟接头四十一根。现场掌声雷动。

牟棉花仿佛没有听到掌声。她全心全意回味着许金娣的接头动作，猛然悟出这位上海特等劳模创造的“五步工作法”的精髓：首先将两根线头拉在一起，对准之后完成绕头、掖头、拉头一系列动作，关键是一气呵成不容丝毫停顿。

好啊！有了醍醐灌顶般的体会，牟棉花满头大汗，两手冰凉——激动得几乎难以控制自己。这时场上再度响起热烈掌声，青岛选手陆根萍出场。

牟棉花静下心来，举起望远镜注视着陆根萍的操作表演。这时身后有人传来一张小纸条，分了牟棉花的心。她展开纸条看到一行字：应当清醒，日本纺织业即将使用第二代织机了。

字条儿没有落款。牟棉花估计这是白小林写的。因为国棉十九厂只有白小林研究日本企业管理而且头头是道。白小林不光研究日本，还娶了一个日本战争遗孤为妻。所以人们都说他走火入魔了。

她不认为日本第二代织机跟自己有什么关系，举起望远镜专心致志观察着陆根萍的操作。望远镜这东西真好，远处的景物一下变得近在咫尺。哦，这位来自青岛的陆根萍在上海许金娣“五步工作法”的基础上，接头动作有了令人难以察觉的改进。这改进的妙处，恐怕只有许金娣本人看得清楚。

牟棉花寻思着，既然陆根萍在许金娣的基础上做了改进，那么我要是把陆根萍的最后两个掖头和拉头动作由中指改为食指，两个动作合而为一同时完成，这样节省一个动作啊！

陆根萍的操作表演进行着。牟棉花双手收起望远镜，不由抬头注视着车间顶棚，好像从宇宙深处得到了启发。

我要是节省一个动作就缩短了操作环节，这样接头速度肯定提高。牟棉花的目光穿越迷雾看到真相，大脑处于真空状态。她双手将望远镜捧在胸前，闭目养神。脑海里放映着“电影”——无锡“巧织女”的接头儿动作，上海许金娣的接头儿动作，青岛陆根萍的接头儿动作，一幕幕重现，一幕幕回放，好像入定了。

不知过了多久，广播喇叭里宣布57号选手牟棉花出场。她打了一激灵，从一幕幕“电影”里走出来，仿佛一下增加了五百年阅历。

浑身一派轻松。牟棉花起身走向机台。她忘了现场评委，忘了现场观众，忘了肩负为国棉十九厂争光的使命，忘了这是“大跃进”擂台赛，忘了肚里孩子，忘了所有应当牢记的东西，只记得“把最后两个掖头和拉头动作由中指改为食指，这样节省一个动作”。

牟棉花不记得自己是怎样开始操作的，也不记得自己怎样换梭怎样装纬怎样查看布面，更不记得自己是怎样接头的。她只记得身边响起一片掌声，只记得喇叭里宣布“牟棉花同志打破全国接头纪录……”

幼儿园孩子们跑上来献花，牟棉花低头一看是女儿王莹。她懵懵懂懂对女儿说，今儿是谁给你梳的小辫儿这么漂亮啊。女儿龇牙一笑说我自己梳的。

之后是领导同志接见、合影留念、接受记者采访。回到更衣室牟棉花清醒了，悄悄解开细纱布，解放肚子。她长长呼出一口气，说了声谢谢孩子。

现场工作人员把那架望远镜给她送来，叮嘱她注意保管珍贵物品。她说了声谢谢后询问每分钟接头多少根。

工作人员笑了说，你不知道自己创造全国纪录啦？四十五根！

我的天，这比我平时成绩提高一大截！牟棉花换了衣服心情趋于平静。她寻思今天要是没有这架望远镜，许金娣和陆根萍的接头动作我通通看不清楚。这望远镜是谁传过来的？拿出白小林写的“应当清醒，日本纺织业即将使用第二代织机了”的纸条跟贴在望远镜上的“牟，注意看接头儿动作”的字体对比，她笑了。字体完全相同。看来这架日本军用望远镜是白小林特意为我预备的。一股莫名的热流涌上心头。

国棉十九厂中午给牟棉花摆了庆功宴。你怀孕啦小牟？国棉十九厂党委副书记很有革命资历——延安大生产运动中摇纺车人称“葛大姐”。

将近五个月。牟棉花拍着肚皮说，葛书记您知道我今天为什么赢了？娘儿俩参战啊！

好！今天擂台赛你放了一颗卫星，我祝你生个大胖小子，再放一颗卫星。

牟棉花抄起筷子说，我饿了，你们要是不吃我可吃啦！说着夹起一块回锅肉放进嘴里，从盘子里抓起一只白面馒头大吃起来。

葛书记，您说今天我是不是超水平发挥？一分钟接头四十五根连我自己都不敢相信。

这位来自延安的老大姐说，这是“大跃进”的形势鼓舞你嘛。小牟，你知道市里要盖一座“劳模楼”吗？就坐落在“市长楼”后面，中间隔着一大片草地。

牟棉花乐了，这又放了一颗大卫星，载着我们上天了。

天黑之后，牟棉花走进棚铺区那座低矮的小院，偷偷看望靳大姑。一间西屋亮着一盏小灯泡。靳大姑嘴上仍然叼着一根永远也不点燃的烟卷儿。

牟棉花从兜子里拿出两瓶直沽老白干，蹾在窗台上。靳大姑撇着嘴说，你这社会主义劳动模范看望我这个日伪时期的考工头儿，不怕受牵连啊！

我当然怕受牵连，所以偷偷摸摸来了。牟棉花毫不掩饰说，我获得全国挡车接头冠军了，感谢您把手艺传授给我。

嘿嘿，挡车这活计全凭悟性。你卖傻力气，没用。这是四两拨千斤的巧劲儿。靳大姑伸手把烟卷儿夹在耳朵上说，哎哟，你又怀上了？你生了一闺女一小子，怎么没完没了呢。

牟棉花连忙解释说，我忙，金炳也忙，十天半月不弄一次，可是弄一次就怀了，寸劲儿！生了这第三胎我一定去结扎，不受这份罪啦。

你抱养谷香儿子这些年没露馅儿吧？靳大姑关切地询问，打开老白干喝了一口酒说，我从小让人家抱养，后来养母一打我，我心里就说反正不是你亲生自养的，你打死我吧。

我对大朝比亲儿子还亲！含在嘴里怕化了，捧在手里怕掉了，没捅过一手指头！牟棉花挺身坐上炕沿打开话匣子说，白小林告诉我日本就要改用第二代织机了，这是什么意思呢？

你跟白小林还有来往？靳大姑古怪地笑了。操！这一换织机等于换一代人啊。

怎么换一代人？牟棉花警惕起来。

你怎么听不明白！早知道你这么笨不收你做徒弟。靳大姑撇了撇嘴说小骚货。

您爱收不收！牟棉花反唇相讥说，徒弟笨，当师傅的光荣啊？您老骚货。

师傅被徒弟噎住，只得迂回进攻说，你知道猪姥姥怎么死的？笨死的！

哎！您老人家不是活得挺好吗？没死啊！牟棉花立即反攻，毫不吃亏。

两个人一捧一逗，好似说相声的。靳大姑给自己下台阶，说师傅不跟徒弟一般见识。牟棉花继续追问，你说一换织机等于换了一代人，为什么？

靳大姑拉开教课的架势。比如你是拿鞭子赶车的把式，有一天马车换成汽车，你能开吗？不能。那就换别人开呗。这不是换了一代人嘛。

噢。牟棉花低头寻思着。别说换了汽车，换了飞机我也敢开。只要我活着挡车工就缺不了我！

你不用跟我表决心。赶紧回家准备坐月子。靳大姑撵着牟棉花说，无论生闺女生小子，千万别随你这驴脾气，逮谁跟谁较劲。操！

抢白、嘲讽、揶揄、挖苦，从东洋纱厂到中纺五厂到国棉十九厂，十几年过去了，嬉笑怒骂维持了两个女人之间的极其特殊的师徒情谊。

肚里怀着孩子拿了全国接头冠军。牟棉花名气大了，成为尽人皆知的著名劳动模范，还被誉为“棉纺战线一面旗帜”。

肚子一天天膨胀起来，牟棉花坚持上班。怀孕到了八个月，依然不歇。她挺着大肚子挡车，一人照样看管十八台车，产量不减质量不差，成为全厂一道奇特风景。支班长找到她说，你预产期了，打算把孩子生在车间里啊？歇吧！

不歇！牟棉花犯了脾气，开始跟支班长较劲。

这是车间党支部让我找你谈话，你共产党员要听党的话吧？

不歇就是不歇。脸上出现蝴蝶斑的牟棉花咬定青山不放松。

支班长笑了，好啊，我现在给市总工会劳保部打电话，请教如何贯彻女工劳动保护条例……

果然，徐贰芬同志来了。做过“地下工作”的人就是意志坚强，当初贵为国棉十九厂党委副书记，由于同情“右倾言论”贬为市总工会劳保部一般干部，重返工厂从容不迫落落大方，一派不卑不亢的劲头。牟棉花从心里佩服，悄悄叫她徐大姐。

您身体还好吧？牟棉花反而率先慰问对方，说人活着总有山高水低的时候，您可千万不要委屈自己。

徐贰芬同志笑了。劳动模范是人，不是机器。咱们国家劳动保护条例对孕期育期女工做了具体规定，我们必须执行。你肚里怀的是社会主义新一代。你一天三顿饭全变成干劲儿，胎儿吃什么呀！我看你还是休息吧。

好，我听您的话，临近分娩我一定休息几天。牟棉花终于认了账。

怀孕进入九个月，车间领导安排一个年轻助手小丁协助牟棉花看车。这不是剥夺我劳动的权利吗？牟棉花嘟嘟哝哝，很像一只怀孕母兽——这十八台织机就是她的领地。怀孕母兽的领地外人不得入侵。

小丁找到支班长哭诉，牟师傅手脚比猴儿都灵活，无论换梭还是装纬，一把抢在前面，我根本插不上手……

支班长哈哈大笑说，你别看她挺着大肚子干活儿，照样是全国接头冠军！

到了该生的日子，就是不生。纺织女工们认为到了时辰赖着不出来，这么矫情一定是丫头片子。群众眼睛是雪亮的。一辆救护车将牟棉花送到中心妇产科医院，果然生了一个女孩儿。牟棉花给第二个女儿取名王凤，一是纪念母亲获得全国接头冠军，二是希望孩子长大成为一只金凤凰。

王凤一双小眼睛转动舒缓，哭声也不强烈。牟棉花顺口叫了一声傻凤。于是傻凤便成为王凤的乳名。徐贰芬同志拿着红糖和鸡蛋来到病房探视，说你参加全国擂台赛把细纱布勒在肚子上，孩子傻了也是你的责任！

不傻不傻，这孩子长大了跟我一样，特等劳动模范！牟棉花自信地说着，剥开煮鸡蛋就吃。

我奶水不多。这样我就把孩子送工厂幼儿园吧，中间只喂一次奶，还不耽误生产。牟棉花的心思已经飞回噪声隆隆的布场了。

我告诉你一个好消息，那座“劳模楼”盖到三层了，总共五层。徐贰芬继续说，我也有了好消息，正式任命在市总工会劳保部女工科担任科长。只要是革命工作就没有高低贵贱之分。

牟棉花认为这是三喜临门。一是生了王凤，二是“劳模楼”动工，三是徐贰芬同志有了新的工作岗位。

想到徐贰芬同志不生养，牟棉花拉住老领导的手说，一旦王凤说话了，我就让她叫您姥姥！

国家即将进入经济困难时期，那座全市瞩目的“劳模楼”建成了。这给全市工人阶级带来极大鼓舞。“社会主义是桥梁，共产主义是天堂”鞭策着人们。

鞭炮响，锣鼓敲，各行各业的劳动模范们欢天喜地搬进了“劳模楼”，向人们展示着社会主义美好生活图景。光荣的劳动模范们首先实现了“楼上楼下，电灯电话”的家居梦想。

参加了“实行粮食定量供应紧急会议”之后，市委第一书记赶来为“劳模楼”剪彩，挨家挨户祝贺劳动模范乔迁之喜。

“劳模楼”是依照苏联专家图纸兴建的，据说在列宁格勒有几百座这样的五层楼房。坚固的“士敏土”地面和厚重的红松实木门窗，充分体现了“傻大笨粗”的俄罗斯风格。尤其它将厨房设计在朝阳方向，一年四季阳光明媚，令人怀念站在河岸上的姑娘喀秋莎。王金炳的新家很大。二楼，一厨一厕一阳台，三室一厅，还有一个纵深的玄关。

市委第一书记走进门来，首先跟牟棉花握手称赞她是棉纺战线一面旗帜，然后指着王金炳说你就是那位工业战线红管家吧。

市委领导与这个劳模家庭合影留念。王金炳闪到一旁。只要妻子在场，丈夫甘心充当配角。一个鞋底，一个鞋帮。通常鞋底比鞋帮结实。创造全国挡车接头纪录的牟棉花，名气超过王金炳。

几年前，李亦墩调任宏光电器厂党委书记，便将王金炳带去担任仓库保管员。这位进城干部对工业管理有着独到见解，认为一座大工厂关键岗位很多，最为重要的还是仓库。工厂嘛，就是一进一出。进，通过仓库，出，也通过仓库。仓库是轴心。于是，王金炳跟白鸣岐学习珠算的“狮子滚绣球”和记账的“苏州码子”，竟然派上用场。做了仓库保管员，王金炳在仓库货架间钻来钻去，大到角钢铝锭，小到铁钉毡垫，一样样如数家珍。他当年被评为厂先进生产者，第二年获得市总工会“工业战线红管家”称号，之后被评为市级劳动模范。

乐乐呵呵搬进“劳模楼”，房子大了，孩子们欢天喜地成长起来，宛若一只只笋尖儿长成一株株青竹，看着令人欣喜不已。

家庭内部分配房间，王金炳牟棉花夫妻住一间；长子王援朝乳名“大朝”，次子王建设乳名“设子”兄弟俩住一间；王莹乳名“灵莹”，王凤乳名“傻凤”，姐妹俩住一间。

然而，这个劳模家庭的母亲经常“缺席”，父亲也不是“全日制”。大女儿王莹渐渐成长起来，早慧早熟早当家。下厨房做饭，进卫生间洗衣裳，去粮站排队买粮，跑副食店凭票打油，里里外外一把手。

每天傍晚放学，小学生王莹胸前挂着一串钥匙，推开家门系上围裙走进厨房挽起袖口儿淘米洗菜，俨然袖珍小厨师。妈妈是“棉纺战线一面旗帜”，无暇分心家务。爸爸是“工业战线红管家”，经常加班加点。王莹学会炒饭烙饼烧菜炖汤，加速成长起来了。

一连三年的“节粮度荒”，中国人民遭受大饥馑。特等劳动模范牟棉花享受“特供”待遇。“特供”分“糖豆”和“肉蛋”两个档次。糖豆是限量供应红糖和黄豆，肉蛋是限量供应猪肉和鸡蛋。每月凭“蓝本子”额外购买营养品。

“肉蛋”不多，却弥足珍贵，帮助孩子们减去几分菜色。王凤自幼受到“特供”影响，对劳动模范的荣誉充满向往。她几次询问妈妈怎样当上劳动模范的，妈妈不理会。她只得转向爸爸。

我觉得您跟别人没什么两样，怎样当上劳动模范呢？小女孩王凤迫切问道。

是啊，爸爸跟别人没什么两样。王金炳平生首次阐释自己。我负责的仓库里东西特别多，全都装在心里。一张口说出它们的规格型号，一伸手指出它们的存放位置。嘿嘿，人家叫我一口清……

小女孩王凤从爸爸的语气里感受到工人阶级的自豪，好奇地问道，您怎么没有妈妈的“蓝本子”呢？

妈妈是特等劳动模范，爸爸不是特等劳动模范。王金炳如实说道。

小学三年级学生王莹做出这种价值判断：妈妈最忙，特等劳动模范天天不着家，吃上“特供”。爸爸比较忙，市级劳动模范可以抽出一点时间料理家务，吃不上“特供”。

天冷。农历腊月二十三适逢“工业战线红管家”的公休日。牟棉花上早班，走了。王金炳便带领孩子们开始迎春大扫除，从早晨干到下午，这个劳模家庭面貌焕然一新。

大女儿王莹与小女儿王凤暗暗商定，一定要给妈妈一个惊喜。黄昏时分，傻凤搬了一只小板凳坐在门口等待妈妈下班归来。妈妈经常自愿义务加班，经常很晚回家。天黑透了。牟棉花终于回来了。

妈妈走进家门就喊渴，灵莹立即端来一杯白开水。妈妈咕咚咕咚喝了，猫腰低头脱了高鞠棉鞋，说了一声“困”径直走进卧室睡觉去了。

一天的辛苦劳动换来整洁面貌，妈妈下班回家视而不见浑然不觉。一种巨大的失落感袭击了小姐妹。傻凤委屈地看着姐姐灵莹，灵莹沮丧地看着妹妹傻凤，姐姐妹妹哇地一声哭了起来。

牟棉花听到两个女儿放声大哭，腰酸腿疼躺在床上问道，哭什么？你俩是不是考试都不及格啊……？说罢翻身睡去了。

全家人你看我，我看你，一时寂静无语。

特等劳动模范牟棉花继续保持着全国接头冠军称号。她每分钟的接头速度已经高达五十根。国棉十九厂职工都知道，牟棉花看管的织机永远擦拭得干干净净，她周边的工作环境永远清扫得一尘不染，她身穿的工作围裙永远一天一洗，她被评为全国棉纺行业文明作业标兵。

然而，牟棉花下班回家什么模样则无人知晓。尤其下了早班，超额完成生产任务的牟棉花走进家门连头巾也顾不得摘下，便走进卧室歇息了。

睡到晚饭时分她被厨房锅鸣铲响唤醒，起床走出卧室。饭菜香气扑面而来。牟棉花懒得洗手，抄起筷子端起饭碗张开嘴巴就吃。

王莹蒸了两屉发糕，拢了一锅汆汆汤，把肉联厂的下脚料拾掇干净，白菜豆腐烩成“一锅香”。她大声督促说，妈妈饭前要洗手！

乳名“傻凤”的王凤眨着眼睛困惑地说，妈妈，您在工厂那么干净，回到家里这么腌臜，这可不像是一个妈妈啊。

是呀，我也觉得有两个妈妈。设子接过话题说，工厂里一个妈妈，家里一个妈妈。

你是说我分身有术啊？牟棉花伸出筷子夹起一块炒白菜放进嘴里说，工厂里一个妈妈，家里一个妈妈，这样我不成了《西游记》里的妖精啦。

小学六年级学生王援朝放学回来。他走进家门表示赞成妹妹们的观点。妈妈，我也觉得您是两个人，工厂里一个，家里一个。您在工厂里是棉纺战线一面旗帜，特等劳动模范……

妈妈在家里呢？牟棉花一边吃一边问。

王援朝放下书包，摆出一副袖珍哲学家的样子说，您在家里主要是休息呗。

牟棉花听了儿子这几句话，咯咯咯笑起来。合着我在家里除了吃饭睡觉没别的事儿啊！

王莹平时特别崇拜哥哥王援朝。大朝哥哥说得对，您在家里除了吃饭睡觉确实没有别的事情，当然还要上厕所的。

牟棉花惊异地看了看王援朝，又惊异地看了看王莹，说大朝灵莹你们这两个小东西联合起来批判我啊。

王金炳下班走进家门，全家晚饭接近尾声。王莹从热锅里端出留给爸爸的饭菜，捧到桌前。

王莹延续着刚才的话题说，爸爸在家里在厂里表现一致，所以说我们有两个妈妈一个爸爸……

王金炳只听了这半截子话，停住筷子说，灵莹你不要乱讲，什么两个妈妈一个爸爸，咱们国家实行一夫一妻制……

牟棉花听罢，咯咯笑得直不起腰来。

我说金炳啊，你倒是想一夫两妻制呢，那是万恶旧社会……

曲轴卷

曲轴：把机器的往复运动变为回转运动，或把回转运动变为往复运动的轴。

——摘自《现代汉语词典》

7 孵化与走失

收音机里整天播放《我们走在大路上》。哼唱着这支鼓舞人心的歌曲，王援朝从小学升入初中，进了红星中学；王莹读小学五年级；王建设读小学三年级；王凤是一年级小学生。

红星中学坐落在近郊，隶属北京军区，招收部队子弟。王建设问哥哥咱们不是军人家庭你怎么去读红星中学呢。

王金炳为了掩盖真相出面解释，说大朝去读红星中学是组织对劳模家庭的特殊照顾。你们不要议论这件事情了。

妈妈上中班，晚饭不在家。小学五年级学生王莹俨然家庭领导人，督促傻凤饭前洗手，吩咐设子拿筷子，还给爸爸挪了椅子。

王援朝放学走进家门，搁下书包去卫生间洗手。王莹端来一盆白菜汤，汤盆里漂着十个小丸子。一人两个啊。她说着给每人碗里盛了两个小丸子，却只给自己碗里盛了白菜。汤盆里，漂着应当属于王莹的两个小丸子。

主食是热气腾腾的玉米面窝头。王莹催促大家吃饭，伸出筷子从汤盆里夹出一个小丸子放进哥哥碗里。

王凤瞪大眼睛盯着漂在汤盆里的最后一个小丸子。王莹小声警告说傻凤你眼珠子掉进碗里了。王凤只得收回目光低头吃饭。这时王援朝洗了手走出卫生间坐到桌前，抄起筷子吃饭。这位对哲学颇有兴趣的中学生嘴唇上一层毛毛茸茸胡须，大有破土成长的趋势。

王建设平时不爱说话，学习成绩中等。他看到姐姐悄悄夹给哥哥碗里一个小丸子，很想效仿。这时，王凤突然伸出筷子去夹汤盆里最后一个小丸子，啪的一声被姐姐的筷子中途拦截了。

姐妹的交锋惊动了陷入沉思的王援朝。他低头看着自己碗里的三个小丸子，扭脸向父亲问道，爸爸，您看我跟弟弟妹妹有什么不同吗？

王援朝说话喜欢使用书面语，显得郑重其事。王金炳搪塞说没有什么不同，低头喝了一口白菜汤。王莹为了掩盖真相，立即掰了一只窝头泡在自己碗里。

既然没有什么不同，为什么这样优待我呢？王援朝大声追问。

哥哥你在长身体，所以要增加营养的。王莹出面解释着，趁机将最后一个小丸子夹到自己碗里，企图缓解哥哥激动的情绪。

我长身体，你们不长身体？我需要增加营养，你们不需增加营养？真是莫名其妙。王援朝放下筷子离开饭桌回到自己房间去了。

王援朝与弟弟王建设住一间屋子，两张睡觉的床铺，两张写作业的方桌，很像学校男生宿舍的格局。王援朝实在无法接受这个家庭的特殊关爱，一头扎进“男生宿舍”。

王莹不知道哥哥的真实身世，只是崇拜他的年少博学。大朝不吃饭，她心疼，轻轻推开房门伸进脑袋说，哥哥你别生气了去吃饭吧。

明明每人两个小丸子，你偏偏优待我三个，拿我当宠物饲养啊？王援朝情绪冲动地说，灵莹，我书包里两块水果糖是你放的吧？你为什么这样做呢！

因为你是我哥哥，妹妹疼爱哥哥难道不对吗？王莹转身离开哥哥房间，穿过客厅躲到厨房去哭了。王建设跟进厨房小声安慰说，灵莹你别哭，往后我也学着做饭减轻你的家务负担！

饭不用你做，再说你也不会生炉子。你好好学习就是了，将来上大学当工程师。咱爸咱妈给你取名王建设就要你长大成才建设祖国的。我把白菜汤热一热，你给咱哥端到屋里让他吃吧。王莹说着抹了一把泪水。

王凤不愧“傻凤”，她吃饱喝足挺起小胸膛回屋去了。王建设遵照姐姐指示端着一碗白菜汤两个窝头走进房间说，哥哥你吃吧，灵莹都哭了。

王援朝不为所动，一手端着白菜汤一手抓着两个窝头，大步走进厨房。

照苏联图纸设计的厨房很宽敞。小女生王莹梳着两条小辫儿，穿着花布夹袄，腰间系着蓝布围裙，小大人儿似的拾掇着蜂窝煤炉子。跳跃的火苗儿映红她的脸颊，现出两只浅浅的酒窝儿，仿佛一颗熟透的西红柿。

灵莹……哥哥站在厨房门口望着妹妹，一时说不出话来。

王莹封住炉火撩起围裙擦了擦手，扭脸看见哥哥嗔怪地说，你怎么还不吃呢，绝食啦？

灵莹，你们为什么要把好吃的东西让给我呢？王援朝非常痛苦地问道。

你是男孩子，男孩子应当吃好喝好。我是女孩子，女孩子应当要吃苦耐劳。家家户户都这样啊。

王援朝强烈反驳道，你说得不对！咱家是爸爸辛苦操持家务，妈妈什么事儿都不管，你说这是为什么？

你吃饭吧，你吃完饭我告诉你。王莹说着拎起铁壶烧水——这是她给妈妈预备的热水。挡了一天车，妈妈下班回家是要热水烫脚的。

哦？王援朝听罢端起白菜汤就着窝头吃起来。好奇心驱使他快速进食。一眨眼之间，四个窝头三只小丸子一碗白菜汤，呼噜呼噜装进这个半大小伙子胃口里。

我吃完了。王援朝抹了抹嘴说，为什么咱家爸爸操持家务妈妈什么事儿都不管，你告诉我吧。

我告诉你什么？嘻嘻，我、也、不、知、道！说完，王莹一条小鱼儿似的从哥哥腋下钻过去，咯咯笑着跑回自己房间了。

你骗我！手里端着空碗王援朝脸上露出苦笑。他觉得妹妹乳名“灵莹”非常合适——又伶俐又晶莹，时时刻刻闪烁着可爱的光芒。

晚间，王建设写完作业，上床睡了。王援朝熄了灯，一手握着手电筒，一手握着笔，趴在被窝里写日记。

“这是究竟为什么呢？我在这个家庭里成为一个特殊人物。今年开学我外出参加军训想买一支手电筒，第二天爸爸下班就给我买了，还配了备用小灯泡。手电筒是奢侈品要花一块多钱呢。弟弟妹妹都很羡慕我。灵莹要买一支自动铅笔，央求半年爸爸才同意。设子喜欢机械要买一套“积铁”，至今爸爸也不点头。傻凤上学要买一个卷笔刀，只给她买了一块带香味儿的橡皮。”

他轻轻叹气继续写道："傻凤抱怨卷笔刀这辈子也买不上了。爸爸妈妈为什么这样优待我呢？难道因为我是家里长子。傻凤是家里老小，为什么不优待她呢？我总觉得这里有着不为人知的缘由。是的，这种特殊待遇给我带来很大压力。我是顶天立地男子汉。我不能这样生活下去，我要离开这里……"

写完日记熄灭手电筒，他躺在黑暗里失眠了。想到妹妹王莹，心头一阵温暖。灵莹真是好女孩儿，热情开朗善解人意，性格清澈细腻，举止端庄大方，我将来选择终身伴侣就要寻找妹妹这样的好姑娘……

十一点多钟，门响了。妈妈下中班回来了。王援朝侧耳听着。爸爸轻手轻脚开门。妈妈说了一个"累"字，坐在客厅藤椅上。爸爸拎来一只暖水瓶哗哗倒进盆里。

弟弟呼呼睡着，王援朝起身推开一道门缝儿向外窥视。客厅亮起灯光，妈妈将两只脚伸进热水盆里。爸爸蹲着给妈妈洗脚。

水烫吗？爸爸轻声问道。妈妈满脸惬意嗯了一声，闭目养神。

热水洗脚，血脉流通特别好。王金炳一眼看到妻子缺少小脚趾的伤残左脚脱口问道，白小林下放锅炉房劳动，他妻子回日本了吧？

你怎么想起问白小林呢？他妻子回日本去了。牟棉花突然哼了一声说，他非娶一个日本战争遗孤，国棉十九厂那么多大姑娘没得娶啦？

王金炳哗哗撩水，不言不语给妻子洗脚。隔在卧室里窥视的王援朝惊讶极了。他知道妈妈的左脚只有四根脚趾，却不知道半夜下班回家爸爸亲手给妈妈洗脚。这夜深人静的意外场面令王援朝心跳不止。爸爸真是一个好丈夫啊。

金炳，你知道我为什么这样累吗？布场织机实现高速化，从180转增到230了。我呢，还要求扩台！速度越高我越扩台，从看九台车扩到看十八台车，这样产量提高百分之百呢！我正在总结"查纬纱、查梭子、查布面织口、查经轴、查皮结"的"五查操作法"，纺织工业部准备向全国推广呢。

金炳啊，从咱们结婚你就给我洗脚，这一洗就是十几年。牟棉花似乎动了感情，伸手抚摸着丈夫脑顶。陷入沉思的王金炳猛然醒悟，连忙从历史长河里爬出来，心儿湿漉漉地上了岸。

王援朝看到，爸爸拿来一块白色毛巾给妈妈擦脚，之后将洗脚水倒进卫生间抽水马桶里。妈妈歪坐在藤椅里闭目歇息。爸爸倒水回来侧身冲着妈妈蹲下去。坐在藤椅里的妈妈睁开眼睛，面含微笑伸出胳膊伏在爸爸脊背上。

爸爸嘿哟一声挺身站起，猫腰撅腚背负着妈妈朝着卧室走去。

爸爸对妈妈太好啦！透过门缝王援朝看见妈妈垂下的两只脚丫子在空中摇晃着，好像在给一场无声的小合唱打着节拍——而且是小夜曲。

王金炳将妻子放在床上，累得喘着粗气。牟棉花起身站在床前，扬起右手练习着挡车接头动作。多少年来牟棉花为了创造“牟棉花工作法”，一根根纱线缠绕手指尖，指甲都磨厚了。三十岁光景已经显出过度疲劳状态：骨刺、腰肌劳损，一身毛病。好在她属于乐观主义者，做梦唱歌也是“我们走在大路上，意气风发斗志昂扬，毛主席领导革命队伍，披荆斩棘奔向前方！”

练得累了，牟棉花趴在床上。王金炳拿来伤湿止痛膏贴在妻子腰部，轻轻按摩起来。牟棉花发出舒服的呻吟说，金炳啊，你知道纺织工业“上青天”吗？就是上海青岛天津，如今追赶我接头纪录的人太多啦！俗话说，逆水行舟，不进则退。我要想保持全国冠军称号，不能死守必须进攻。怎么进攻呢，那就是打破五十五根大关！哎呀累死我也要拿下来啊……

王金炳一边给妻子按摩一边说，当劳动模范就是累，领导让你脱产去当干部你不当，那就累呗。

我去当干部坐办公室？那更累！我在生产第一线创造全国接头速度第一，这比当干部光荣多啦！牟棉花趴在床上说。

王凤半夜起来撒尿，趿拉着鞋推门走进父母卧室。王金炳扭头说傻凤你睡迷糊啦！王凤睁睛看着父亲给母亲按摩，突然冒出一句话说，长大我也要当劳模，当了劳模回家有人伺候我，多舒坦啊。

你呀？牟棉花咯咯笑了。你快长大吧，妈妈等你接班呢。你接了班妈妈就松心啦。

傻凤龇牙笑了笑，扭身回屋继续睡觉了。

王金炳上床睡觉，不言不语将妻子揽在怀里。牟棉花抓着丈夫胳膊压低声音说，你使劲儿搂着我！你使劲儿搂着我！

年轻真好啊，等到老了我连搂你的劲儿都没有了。王金炳说着，紧紧将全国棉纺战线一面旗帜搂在怀里。

睡着了。他做了一个梦。梦里自己还是华昌机器厂小伙计，端着水盆走进账房给老东家洗脚。水有点儿烫，白鸣岐嘴里发出咝咝声响，舒心而惬意。

老东家嘿嘿笑着说，饼子啊，从今往后无论走到哪里你都要把华昌机器厂忘得干干净净，你心里总想着我，那就成了负担！人活着不能有负担，有负担走不快啊。听着老东家叮嘱，王金炳蹲在水盆前嗯了一声。

王援朝失眠了。目击爸爸给妈妈洗脚，他心里乱哄哄的，一时弄不清生活的真谛。妈妈是劳动模范，爸爸也是劳动模范。妈妈好像只是厂里的劳动模范，回到家里既不劳动也不模范。爸爸好像是家里的劳动模范，去到厂里照样劳动而且模范。爸爸是全能丈夫，当劳模，做家务，管理孩子，伺候妈妈，好像什么事情都会做。妈妈呢？妈妈只是棉纺战线的一面旗帜，呼啦啦迎风招展。

喜欢独立思考的王援朝就这样在独立思考中，渐渐睡着了。

一连几天，王援朝想跟王莹单独谈话总是没有机会。王莹承担烦琐的家务劳动，放学径直走进厨房生火做饭，还要管理妹妹傻凤。

王凤语文考试不及格，王莹一边择菜一边监督妹妹默写汉语拼音字母十遍。小学生王凤默写八遍试图蒙混过关，吃了姐姐两巴掌——充当了晚饭。

晚饭之后，王援朝主动走进厨房刷锅洗碗，其实是为了跟王莹说话。王莹伸手制止哥哥说，这是傻凤的任务，女孩子从小就要干女孩子的活儿。

王援朝趁机小声问道，灵莹，你知道妈妈下班回家爸爸给她洗脚吗？

我知道……看到哥哥的惆怅表情，王莹立即补充说，我长大成人无论嫁给什么人，我也不要他给我洗脚的。

那你给他洗脚吗？王援朝求知欲强烈，追问妹妹。

自己的脚自己洗嘛，为什么要别人伺候呢？王莹爽快地回答。

进入初中三年级，红星中学要求毕业班学生统一住校。王莹提前动手为哥哥准备生活用品：洗脸盆、肥皂盒、牙刷子、茶缸子、饭勺儿、针线包……心里却舍不得哥哥。

王建设噘着小嘴儿找到爸爸说，我哥哥住校去，天凉就我没被子盖了。

王金炳恍然大悟。这哥儿俩夏天一人睡一张单人床，只要季节转冷就将两张单人床拼成一张双人床，哥儿俩合盖一床棉被。王援朝住校带走这一床棉被，王建设只能晾着了。

王金炳决定给大朝做一床新棉被。可是前几天远房表弟娶媳妇添衣服添被褥，借走今年的布票和棉花票，要明年归还。

牟棉花感慨道，我接连五年织布产量质量第一，给儿子做不成一床棉被！

你织了那么多布，那是公家的，给大朝做被子，这是私家的，你不能拿私家的事儿跟公家讲条件啊！

平日里唯唯诺诺的丈夫，一番话问住妻子。牟棉花软了，说咱俩分工吧，你去厂里找同事借布票，我去厂里找同事借棉花票，明年发了新的还给人家。

第二天上班，王金炳走进国营宏光电器厂，却不知道找谁去借布票。自从被评为劳动模范，同志之间没了油盐柴米的生活内容，光是比学赶帮争上游了。

走进中心仓库更衣室，接到紧急通知要求他去柴油机厂报到。自从跟随李亦墩同志调离503厂来到国营宏光电器厂，他从军工厂修理枪械的钳工变为地方企业的仓库保管员，十年以来保持着“工业战线红管家”的称号。他管理的宏光电器厂中心仓库连年被评为“红旗仓库”。如今忽然调离，他颇感意外。

物资科的胖科长喘着粗气跑来说有他的电话。王金炳去接了，电话里传出一个洪亮有力的声音。

你是金炳同志吗？我是李亦墩！我到任十天啦。你明天上午给我跑步到柴油机厂报到！这里是国家重点企业，仓库是企业的要害部门。你快来吧！今后我走到哪里，就把你调到哪里。我特别需要工业战线红管家为我掌管家当。

放下电话他告诉物资科长，李亦墩同志把我调走了。物资科长急了，你一调走，咱国营宏光电器厂就没有劳动模范啦。

王金炳想起那句顺口溜：我是革命一块砖，那里需要哪里搬。怀着恋恋不舍的心情走进中心仓库深处，他摸摸这里看看那里，每个角落都留下他的足迹，每只货架都洒下他的汗水，尤其那一册册用“苏州码子”编写的账簿，更浸透了他的心血。我在这里当了十年仓库保管员，还跟朱德委员长握过手呢。想起当年情景，他湿了眼角。

走到存放特殊物品的仓位，心头轰地一热。这十二箱进口绝缘材料是国家使用外汇购买的，具有反帝反修意义，领导指示必然妥善保管。于是，工业战线红管家王金炳认真守卫着，以仓库为家了。几年过去，如此贵重的物品存放着，迟迟不派用场，似乎成了多余的废物。无论废物不废物，王金炳照样精心保管着。那十二只印着外国字母的包装箱被他擦得一尘不染，胜过中国人民银行的保险柜。如今，他跟随李亦墩同志调到国营柴油机厂去了。也不知道这十二箱具有反帝反修意义的绝缘材料何时派上用场，这心情，就跟惦念亲人似的。

下班时候，他跟物资科长交了钥匙，特别指出那几册用“苏州码子”编写的账簿如果别人看不懂，可以随时打电话问他。物资科长拍着工业战线红管家的肩膀说，放心吧，你走了没人使用这种码子记账了。

听物资科长这样说，王金炳心里更加酸楚，好像自己断子绝孙了。这时候他已经知道，李亦墩同志调任柴油机厂厂长兼党委书记。那是一座拥有七千多名职工的国营大厂，属于第一机械工业部骨干企业。

回到家里他告诉妻子自己调到柴油机厂去了，我到新单位一个熟人没有，不能找李亦墩同志借布票吧。

牟棉花兴奋地抓住丈夫手说，我今天创造了新一轮万米无疵布的纪录！

王金炳说祝贺祝贺。然而，布票和棉花票的压力冲淡了创造万米无疵布纪录的喜庆气氛，好像一碗没放盐的鸡汤略显美中不足。

牟棉花说了声我要戒骄戒躁，咕咚咕咚喝了一碗白开水。她在厂里从来不喝水。这是多年练就的绝招儿。上班不喝水就不用上厕所，减少时间的浪费。只要上厕所就要别人替车，一替车质量便难以保证了。八小时里牟棉花除了吃饭不喝一口水，这是多年养成的习惯。工厂保健站大夫多次忠告这样对肾脏不利。肾脏不就是腰子嘛。牟棉花机器人儿似的一笑置之。

第二天一大早，王金炳拎着饭盒去柴油机厂上班。从住家到工厂不通公共汽车，他只能步行。步行费鞋，却省了车钱。

今天我就是柴油机厂的职工了。走出“劳模楼”，隔着一大片草地他看见前面“市长楼”停着一辆辆小轿车，有华沙，有吉尔，也有伏尔加。自从最后一位副市长搬走，这座名不副实的“市长楼”变成名副其实的“局长楼”。小轿车是来接局长们上班的。

机电工业局的高局长招手把王金炳叫进小轿车里，说捎他一程。老八路出身的高局长听说王金炳调到柴油机厂了，哈哈大笑说李亦墩就是喜欢聚敛人才，他恨不得把全市劳动模范都调到自己手下，这是水泊梁山的江湖思想！

王金炳替李亦墩辩解着说，管好工厂首先管好仓库，一进一出最重要。

高局长不以为然。这是典型的小农思想——春种出仓，冬藏入库。管好工厂最重要的是搞好均衡生产。现在柴油机厂的问题是总装车间上旬没活儿干，中旬不够干，下旬昼夜干不完。生产不均衡！我们派李亦墩去柴油机厂就是解决这个老大难问题的！

真是官儿越大越敢说话啊。王金炳听着高局长的高谈阔论，不敢吱声。

小轿车驶到柴油机厂。王金炳跟高局长道了再见拎着饭盒下了车。走进工厂大门，看到迎面挂出一条横幅标语“热烈欢迎工业战线红管家王金炳同志来到我厂工作！”

我又不是人家大庆的王铁人，配不上这么大场面啊。他有些自卑，快步走向门卫室。厂劳资科长迎上前来，说王副厂长专门迎候您呢。白白胖胖的王副厂长说，您是工业战线红管家，若不是李亦墩书记调您来，我们想都不敢想啊。

王金炳窘迫极了，搓着双手不知说什么好。王副厂长说李书记外出开会了，之后陪着王金炳前往仓库。

这是柴油机厂的“配套库”，规模很大，全厂十二个生产车间所有工艺流程的零部件都在这里形成配套。时时有进的，时时有出的，来来往往好像一座车船大码头。国营宏光电器厂的中心库与柴油机厂配套库相比，可谓小巫见大巫了。

七位仓库保管员列队鼓掌欢迎著名劳动模范王金炳同志到来。这时他倏地想起给大朝借布票的事儿，心里犯了愁。

从副组长手里接管工作，王金炳担任这座大型仓库的组长。面对如此陌生的环境他暗暗给自己打气：当年老东家口传心授的“童子功”记账法，我保证做到“一口清”。前年我给全国工业会议代表演示一口清功夫，指哪儿打哪儿，就跟打靶十环一样。

换上柴油机厂工作服，戴上工作帽戴上套袖，王金炳手持一叠叠卡片儿一头钻进一座座货架里，开始工作了。他时而踮起脚尖儿对号识货，时而猫腰寻找着牢记在心。他目光专注宛若新来的阿姨，努力认识着幼儿园的小朋友们。

他忘记了喝水忘记了吃饭更忘记了找别人借布票，甚至忘记了时间，完全融入这座仓库里——好比一条小鱼儿融入海洋。天色渐渐暗昏了。核对了几箱异型轴承的存放位置从仓库角落里钻出来，他发现同事们不声不响下班走了。偌大仓库里只剩下自己一个人。

敢情我忘记了吃午饭啊。腰酸腿痛口干目涩，他索性坐在一只铁桶上歇息。起身回到更衣室从饭盒里拿出忘了吃的午饭——两只窝头一根咸萝卜，就着白开水吃了下去。洗了洗手洗了洗脸，脱下工作时间穿的工作服，换上回家时间穿的工作服。工人就是这样。一辈子只有两套工作服，上班一套，下班一套。都是蓝色劳动布的。

收拾停当拎起空饭盒走出配套库，咣当一声锁了大门。这咣当一声也震动了王金炳的思想。我在宏光电器厂负责中心仓库，一个人。如今到了柴油机厂配套仓库，一群人。我一味加班加点大干苦干，别人心里怎么想呢？劳动模范处理不好班组关系，就梗了。今天他们不打招呼把我撂在仓库里下班走了，这就是矛盾的苗头吧。

天色暗了，一路行走看到金工车间亮着灯光，其余车间黑着。路过职工食堂闻到饭菜味道，意然想起当年华昌机器厂账房先生李亦墩给伙房胖厨子支招儿，一盘棋为他赢来三只杂合面饼子的陈年旧事。唉，我怎么总也忘不掉过去的事情呢？

拎着空饭盒走到工厂大门口，传达室的门卫向他投来疑问目光。他主动自我介绍。门卫哦了一声立即敬礼说，您是著名劳模王金炳师傅。

走出工厂大门沿着河堤行走。柴油机厂在河北，劳模楼坐落河南。一河之隔无论上班下班必须经过马家渡口。他决定不乘摆渡，徒步绕行上游那座木桥，这样每天往返多走四十分钟路程，却能节省过摆渡的四分钱。走路费鞋，然而鞋子可以自家制作，钞票则由国家印制，不由人。他暗暗算了一笔账，摆渡一天节省四分钱，一年就能节省十五块钱。这十五块钱是一个小学生从一年级到六年级的学杂费啊。

这时他又想起借布票的事儿，心里压力挺大。思着想着走过那座木桥，伴着桥下流水他决定舍近求远走三条石大街。很久没有从华昌机器厂门前经过，心里怀着几分念想。

天色渐渐黑了。他沿着具有百年历史的三条石大街走进当年的“华北机器工业摇篮”，看到一家锻造厂灯火通明，传出叮叮哐哐的锤击声。走到华昌机器厂大门口，他知道这里已经改名“通用机械附件厂”了。角门吱扭一响从里面走出一个人。光线昏暗，王金炳一眼认出这是白鸣岐。

他脱口叫一声老东家，然后便不知如何是好了。留着光头穿着灰色春绸裤褂的白鸣岐抬头看见昔日小伙计，愣住了。

你怎么还叫我老东家？这让别人听见就揭发你跟我划不清界限呢。白鸣岐走上前来仔细打量着说，饼子，你找我有事儿吧？

我一时失口。站在黑暗里王金炳小声解释说，我从这里路过可巧碰到您啦。

你调到柴油机厂上班啦？你跟牟棉花过得还好吧？拉扯四个孩子过日子有困难吗？白鸣岐一口气发问，那关切的表情好像老子多年不见儿子。

我今天刚到柴油机厂您就知道了？王金炳惊异地看着昔日老东家。白鸣岐也意识到自己失口，表情局促起来。

饼子，公私合营之后我吃股息了，当初政府说实行十五年赎买政策。我知道这座工厂不是我的了。可是我觉得公私合营以来，工厂反而没了主人。你说工人是企业主人，我看不像。你说厂长啊车间主任啊是企业主人，我看也不像。咱说那座退火窑吧，按照规矩早应当大修了，就是没人上心。工人在窑里拉屎撒尿，臭气冲天得罪太上老君啊！全厂无论工人还是干部，没有一个人像我当年那样心疼这座工厂啦！你说这到底是怎么回事儿呢……

工业战线红管家表情尴尬地望着这位资本家，一时语塞。白鸣岐再次追问昔日小伙计遇到什么难处了。王金炳不由自主说出布票二字，就收了口。

白鸣岐嗯了一声，转身走了。那噔噔步撵儿，说明身板儿很是硬朗。

这时通用机械附件厂大门敞开，灯光里梁三升和范金斗一人推着一辆自行车走出工厂。他俩看见王金炳，同时叫了一声劳模。

王金炳知道范金斗是厂工会主席，梁三升是副厂长，便说，你们进步了，厂里生产形势也很好啊。

范金斗接过话题说，绝对不能放松警惕，就说资本家白鸣岐，至今吃着股息这属于剥削啊。前几天他领着小孙女白瀛瀛进厂，围绕着那座退火窑东瞅西瞧好像这座工厂还是他家的。

我看他怀里揣着一本变天账。梁三升深沉地说，前两年蒋介石叫嚣反攻大陆，白鸣岐就跑到工厂后院转悠。你记得解放前夕挖过一条防空壕吧？我估计白鸣岐一定是观察地形妄图复辟资本主义。

当时从防空壕挖出一块玛钢墓碑。范金斗若有所思说，佟小喜的尸骨至今下落不明，有朝一日总会水落石出的。

是啊是啊。王金炳不便掺言，笑呵呵告辞走了。

一连几天过去了，布票成了一块石头压在王金炳心里。晚间上床歇息。已经入睡的牟棉花伸手抓着他的胳膊，让他搂着她。他说今天我没给你洗脚你就睡了，之后睁大眼睛注视着黑暗的天花板。她一头扎到他怀里含糊不清地说，今天我借到棉花票啦。

听说妻子借到棉花票，他心头压力陡然增大。思来想去竟然失眠了。妻子不失眠，歪头睡着了。

凌晨牟棉花起床，王金炳仍然醒着。妻子睡眼惺忪告诉丈夫，这几天进厂问谁借都说没有棉花票，可巧在厕所遇到靳大姑。我跟她说大朝住校没有棉被。她马上从裤衩里拆下一个小布包儿，说她把全部家当都缝在身上。果不其然从小布包儿里抻出两张棉花票，当场送给我说不用还啦。

王金炳受到感动，说解了燃眉之急感谢人家靳大姑吧。

牟棉花表情严肃地说，金炳，这件事情咱们保密，靳大姑是日伪时期东洋纱厂考官儿，成分不好。这要传扬出去别人会说我跟她划不清界限呢。

牟棉花上班去了。一夜未眠的王金炳却睡着了。六点半钟了，他仍然沉睡着。这是进入新中国以来他第一次睡过头。

王莹起床，以为爸爸妈妈上班走了，便走进厨房操持早饭。她知道哥哥晨跑去了。做好早饭她回到房间悄悄拿出那条包裹着五颗大红枣五块高粱饴软糖一撮花生米的白色手帕。这白色手帕上面绣着一颗红五星。它不仅仅包裹着食品，还包着一颗少女的心。

哥哥晨跑回来了，洗脸漱口之后坐在桌前吃早饭。王莹趁着弟弟妹妹没有起床，伸手将绣着红五星的白色手帕塞给哥哥，说明天你参加学校田径集训，补充一下营养吧。

这是过春节的东西啊你一直保存着呢？灵莹你为什么这样自己不吃……

王莹低头摆弄着肩头小辫儿，终于说出埋藏已久的心里话。

哥哥，我爱你……

王援朝停止咀嚼，霍地站起连声说不可思议。灵莹你不要这样好不好？我是你哥哥，你是我妹妹！即使少女怀春你也不能胡思乱想信口开河啊……

面对怒气不已的哥哥，王莹低头哭泣着说，哥哥你不要误会，是我没有表达清楚。你是我哥哥，我是你妹妹，可是我真的非常崇拜你非常喜爱你……

王金炳被惊醒了。他翻身下床跑进客厅看见墙上挂钟，连连说起晚了。

父亲的突然出现，使这场发生在兄妹之间的不为人知的冲突，戛然而止。

腋下夹着饭盒，王金炳跑出劳模楼。经过“市长楼”他心里说今天高局长要是捎我一程多好啊。一路小跑，他不敢绕行上游那座木桥，在马家渡口花二分钱过摆渡。他没有手表，估计肯定迟到了。远远看见柴油机厂大门，他心里说，我堂堂劳动模范上班迟到，影响多不好啊。

过了上班高峰时间，工厂大门冷冷清清。一个身穿黑色拷纱上衣的男人站在门口朝着王金炳挥手。

老东家！王金炳快步走上前去，一大早儿您怎么在这里呀？

我还以为你进去了，一直等到现在。白鸣岐从怀里掏出小纸包儿，伸手递给他。他接在手里，不知这是什么东西。

白鸣岐突然说，你看好端端的玛钢，它怎么市场越来越小呢？有人说清华大学教授王遵明研制成功球墨铸铁，简称“球铁”把玛钢给顶了。我不信！你说南方的水牛顶得了北方的黄牛吗？哼！

我一直想问您，佟小喜究竟埋在哪里啦？王金炳跳过玛钢，提出这个问题。

佟小喜是谁啊？白鸣岐满脸茫然望着这位劳动模范。

佟小喜就是瘦猴儿啊！一九四五年春天死了。李亦墩押着马车把棺材埋到西营门外乱葬岗子，解放前夕在工厂后院挖防空壕挖出佟小喜墓碑，还是玛钢铸的呢！王金炳一字一句回忆着发生在日伪时期的那桩公案。

这件事情你得去问李亦墩，我想他心里清清楚楚！不过，我劝你不要招惹一身腥气。白鸣岐说罢匆匆走了。

打开小纸包儿，看到裹着两张布票，一张面额一丈的，一张额五尺的，总共一丈五尺。他抬头望着老东家远去的背影，心情沉重起来。

连忙将裹着布票的小纸包儿装在贴身衣兜儿里，腋下夹着饭盒进厂了。多少年了，老东家的身影依然笼罩着自己，这辈子恐怕走不出了。

走进配套库，他找到负责考勤的副组长说，今天你给我画迟到吧，我晚了四十分钟。副组长干干巴巴笑着，您是著名劳动模范，我可不敢管您的事儿。

王金炳一时不知怎么办。七位仓库保管员各司其职各就各位，有条不紊工作着。有进货的，有出货的，还有换货的。他终于明白，调到这座大仓库担任组长，自己成了无事可做的脱产干部。唯一能做的只是洒水扫地，他抄起扫帚进入“工业战线红管家”角色。一辆轻型叉车开进仓库，副组长戴上手套引领装货去了。王金炳只好拿起一叠子卡片钻进货架里，继续熟悉物品存放位置。

我从宏光电器厂调到柴油机厂，从大忙人变成大闲人。中午吃饭他躲到一座货架后面，就着咸菜吃发糕，喝了一大碗白开水。俗话说人挪活树挪死。我一挪反而不成了？一种说不清楚道不明白的情绪笼罩心头，充满委屈。

厂党办秘书打来电话请王金炳去李亦墩书记办公室谈话。副组长接了电话终于在仓库深处找到这位特等劳动模范。

王金炳诚恳地说，也让我具体负责几个货位吧。

我是您副手，您有什么要求跟李书记提啊。副组长不冷不热说。

离开仓库前往厂党委书记办公室，一路上他摸着衣兜儿里的布票——这是一个不可告人的秘密。靳大姑送了棉花票，白鸣岐送了布票。恰恰这两个腐朽陈旧的人物给革命事业接班人王援朝拼凑了一床崭新的棉被。心里这样想着，王金炳苦笑了。

身穿白衬衣蓝裤子的李亦墩书记起身跟他握手。金炳，新的工作岗位你有什么困难吗？

从前是小仓库一个人，现在是大仓库一群人，一是不太适应，二是不太熟悉，三是不太胜任。

李亦墩给他斟了一杯茶水，大谈柴油机厂五年发展规划。王金炳认真听着，内心很受鼓舞。秘书走进来请李书记去会场给革新能手颁发奖状。李亦墩意犹未尽，问他还有什么问题。

王金炳咽下一口唾沫颇为艰难地说，我是仓库小组长，七位保管员各有分工，我也想具体管理几个货位……

李亦墩哈哈大笑说，你担任柴油机厂配套仓库小组长，他们的工作由你分派嘛。具体工作你一句话就解决了，还要我替你下达命令啊！

听了李亦墩同志这番话语一路回到配套仓库，王金炳思忖着。自从进了华昌机器厂就伺候老东家，让人家指使惯了。后来进了军工503厂修械所，还是听师傅的。后来管了仓库被称为工业战线红管家，主要是管物。论手艺吧，没手艺，论说话吧，没口才。如今被李亦墩同志调到柴油机厂担任仓库小组长，从管物变成管人。官儿不大，也是七个人的领导啊。我管物管惯了，根本不会管人。现在不是我掌权领导那七个人，是那七个人掌权领导我。看来，我只有领导自己的能力，干脆辞职吧。

下班回到家里。王莹做熟晚饭。晚间睡觉王金炳告诉妻子有人送了一丈五尺布票。牟棉花打着哈欠问谁送的。他犹犹豫豫说出老东家的名字。

咱家成什么啦！我那棉花票是一日伪工厂考工头儿送的，你这布票是一资本家送的，咱们用它买被里买被面买棉花做成棉被，偏偏盖在志愿军遗孤身上。你说这事儿让外人知道还不笑掉大牙？性格粗放的牟棉花歪在床上咯咯笑着，上气不接下气。

王金炳也意识到这床棉被与阶级立场有关。你把棉花票退给靳大姑，我把布票退给白鸣岐，行吗？

别人说靳大姑是坏人，我可没说啊。牟棉花止住笑声说，你退布票我退棉花票，咱们想把大朝冻死啊？睡吧睡吧，明天我上早班呢。

有了布票和棉花票，王莹主动领取采购任务。王金炳同意了。王莹去百货大楼买了被里被面和棉花套。可巧遇到几个男同学嘻嘻哈哈叫她“小家庭妇女”。

当天晚上，王莹在客厅里铺了一张凉席，挑灯夜战。她盘脚坐着飞针走线给哥哥缝被子——那样子活脱脱一个支前小模范形象。能够亲手给哥哥缝被子，王莹感到莫大满足。找来一块红绸剪了四颗“红心”她偷偷缝在棉被四角。

牟棉花下班回家径直走进卧室睡觉了。王莹抱着自己缝的被子追到床前盼望得到妈妈表扬。牟棉花嘻嘻笑着说，你就能耐吧，我看你长大成人也是劳累一辈子的命！

棉被的问题解决了。工业战线红管家王金炳还是难以进入“配套仓库一把手”的领导角色，他几次想找李亦墩同志提出辞职，担心对方骂自己没出息，忍在心里了。

王金炳面对那七个仓库保管员，真不知道如何领导他们。他们则各自为战地工作着。好像王金炳并不存在。他终于下定决心重新分工，找到副组长。副组长轻描淡写说，什么时候开会通知就是了，我们保证不迟到不早退踊跃参加。

碰了一个软钉子。内心苦闷想找人诉说，没有。王金炳恍然大悟，当了多年劳动模范自己根本没有知心朋友，人人都是见面点头的同事关系。

下班回家更是苦闷。他不想跟妻子诉说，说了牟棉花肯定骂他窝囊废。他也不想跟王援朝诉说，父亲的尊严肯定大打折扣。他更不能跟设子傻凤念叨，小毛孩子哪里懂得大人心思。

心事重重地想到王莹，父亲感到欣慰。灵莹这孩子懂事，年纪不大懂事不少，特别善解人意。

吃过晚饭，王莹指使傻凤刷锅洗碗，自己应邀陪同爸爸下楼散步。这个家庭从来没有饭后散步的习惯。王莹感觉新奇。

走出劳模楼沿着草地边缘行走。王金炳吞吞吐吐的样子逗得女儿笑了。您有什么话就说，我替您保密。比如您给妈妈洗脚我就没跟别人说过。

你为嘛不跟别人说呢？王金炳问道。

王莹郑重地说，这是您的秘密呀！不能随便讲给别人的。比如我的秘密，别人讲了我就不高兴。

草地边缘有几张公园椅，这是当年总工会为了劳模们户外休息特意安装的。王金炳看到女儿如此懂事，便坐下了。

灵莹啊，比如说你是小组长，你小组里有七个学生，原先他们各有分工，现在你要重新给他们分配任务，你怎么办呢？

小学五年级学生王莹眨着眼睛问道，您仓库里有七个人啊？

加上副组长七个，加上我八个。王金炳笨拙地表述着。

我在班里就是小组长，管着九个人比您多两个。我觉得当小组长就得说话，不说话没人听你的，说话了他们只好听你的。爸爸，您说了话他们就得听，不听不行。我以前说话他们不听，我就告到班主任那里。王莹滔滔不绝地说着，小领导人似的。

另外，您要给他们开会的，不开会是不行的。开会之前您要做到胸有成竹，比如分配张三做什么，分配李四做什么，把王五以前负责的工作派给赵六，把赵六现在负责的工作调给刘七。但是，您一定要熟悉情况，这样您说话就一针见血啦。

好！你按这思路替我写个发言稿，我提前背熟了，到时候哇啦哇啦一说，就成了。王金炳兴奋地拍大腿。

我写短点儿，写长了您背不下来，到时忘词儿就糟了，他们更瞧不起您啦。

灵莹，你不会笑话爸爸吧？这件事儿千万不要往外说啊。王金炳满脸忠厚里透出几分狡黠。

接受女儿建议，王金炳暗暗用功掌握了柴油机厂工艺流程和生产环节。实践出真知。他做到胸有成竹了。女儿写的发言稿，他背得滚瓜烂熟。

我呀解放前依靠白鸣岐，解放后依靠李亦墩，现在依靠王莹，我什么时候自己依靠自己啊。王金炳偷偷给自己鼓劲儿。不过，我依靠自己亲生女儿也不算什么错误！

开学了，王援朝住校了。他模仿解放军战士将那床崭新的棉被打成背包，轻轻哼唱着《我们走在大路上》，雄赳赳走出家门。

大朝威风凛凛的形象，进一步激发了父亲的斗志。他板着面孔找到副组长，说今天中午开会。副组长说咱们从来没有中午开会的习惯。

对方果然不买账。看来王莹的估计是对的。王金炳毫不退让地说，你上次跟我说什么时候开会通知就是了，你们保证不迟到不早退踊跃参加。现在我通知开会，你又说没有中午开会的习惯。谁给你们养成这种习惯啊？你有意见开会时候说。现在你去通知他们开会吧！

听到工业战线红管家这样说话，副组长嗯了一声转身走了。

王金炳对自己的表现感到意外。我说话真冲啊。仔细想想这冲劲儿是女儿给的。灵莹写的发言稿，简短有力，一句顶一句。

中午在更衣室里开会。七个人来了六个。王金炳望着副组长问道，你们不是保证不迟到不早退踊跃参加嘛，怎么差一个？你这副组长是怎么当的！

副组长自知理亏，跑出去找人了。

人齐了，开会。王金炳几乎一字不差把肚里底稿背诵一遍。我担任配套仓库小组长这是领导信任。我当小组长就要对领导负责，你们当保管员就要对我负责，这样大家目标就一致了。你们要是有这种习惯那种习惯，从今天开始就得去掉旧习惯养成新习惯。

王金炳继续背诵底稿说，配套仓库是一个整体，八个人一盘棋，不能各自为战。现在我重新划分保管员的分工，要求你们互相配合认真完成交接工作。

宣读了重新划分的仓库保管员责任区域。副组长首先举手反对说，你这样打乱了车间顺序，造成生产环节的混乱。

一点儿也不混乱。你们以前的分工是一车间二车间一个人管，三车间四车间一个人管，五车间六车间一个人管，好像按照生产环节走的，其实不然。就说工具车间和机修车间吧，这两个车间跟所有生产车间都有联系，你按照生产环节怎么衔接呢？就好比厨房墙上挂着一辫大蒜，你去揪一头他去揪一头，实际没人管理。现在仓库管理混乱就是这个原因造成的。这么长时间你们怎么没有发觉呢？我看你们什么都不缺就缺工人阶级主人翁精神！

保管员们你看我，我看他，他看你，没人说话。

我按照全厂生产工艺流程划分仓库保管员职责，这样就顺了。王金炳说着站起身来，你们回去按照我的思路每人写一份工作安排，明天上班交齐了。谁还想伸手往墙上揪大蒜，没门儿。好了散会吧。

散会了。王金炳独自走到仓库深处长长出了一口气。我从来没有这样长篇大套说过话呀，今儿哇啦哇啦成了话痨。他妈的，我可不像以前那么窝囊了，管人管物其实都一样，只要你手里有权力。他环视着这座大仓库轻轻说，你以为我有多大能耐？给你们开会都是我闺女出的主意。你们这一群大老爷儿们让一个黄毛丫头给整治啦。

副组长快步跑来说有您的电话。王金炳大模大样去接电话。这是红星中学教务处打来的，询问王援朝同学没有按时到校的原因。王金炳慌了，失手扔了电话筒。

大朝失踪了！他给国棉十九厂织布车间打电话。牟棉花听到消息请假跑回家里。这是新中国成立以来她第一次因为私事请假。想起勾连长和谷大姐，她深知大朝失踪这件事情的分量——天知地知，他是革命烈士遗孤啊。

其实，王援朝并未返回学校而是径直奔向郊区一个名叫金水村的地方。他表情严肃地站在金水村党支部书记面前，表示自己决心以实际行动学习侯隽和邢燕子，落户农村当一个社会主义新农民。

村支书吃惊地注视着这个初中三年级学生，说你还小哇，这社会主义新农民不是说当就能当的。

当天傍晚，金水村的村支书骑着自行车驮着王援朝，将这位热血小男儿送回家。王金炳连连拱手行礼表示感谢。自从离开华昌机器厂老东家参加革命工作，这是他首次使用旧式礼节表示谢意。

牟棉花看到儿子回家了，兴奋之余起身离家跑回工厂加夜班，说一定要把下午请假耽误的产量夺回来。

晚上，王金炳悄悄告诫王建设，只要大朝有动静一定及时报告。他悄悄锁了王援朝和王建设的卧室房门，放心睡觉去了。

转天清晨，牟棉花加夜班回家走到楼下抬头看见二楼窗口垂下一条绳子。上楼审问负责看守哥哥的王建设。王建设不但承认哥哥系着绳子爬出窗户攀着雨水管道从二楼溜到一楼跑了，还承认那条绳子是哥哥将床单撕成布条儿由弟弟亲手搓成绳子的。

设子，你是知情不举呢还是协助出逃啊？父亲气得浑身发抖，抬手给了王建设一巴掌。这是新中国以来王金炳第一次动手打人。

牟棉花更是难以控制情绪，一屁股坐在地上拍着大腿哭嚎起来。勾连长啊谷大姐，大朝死心塌地要当社会主义新农民，我可是没有办法阻止他啦！

王莹站在一旁机警地问道，勾连长是谁啊？谷大姐又是谁啊？

傻凤出现了，伸手指着姐姐突然揭发说，妈妈，是灵莹把大朝给逼走啦，那天我听见她跟哥哥在厨房里争吵，哥哥气得连连说不可思议……

你们闭嘴！牟棉花撵小鸡似的将傻凤和灵莹撵走，说，你们两个丫头片子别跟着添乱啦。说罢她走进卧室小声问丈夫说，金炳啊，我看大朝这孩子铁了心，你还有什么办法吗？

好吧，我去把他接回来。王金炳向妻子表了决心。

王金炳找到金水村，话说了一大筐，王援朝还是不回家。王金炳并不气馁，认为年轻人一阵两伙犯了犟脾气，过几天就好了。

过了几天，还是不见王援朝回家。牟棉花趁着公休日跑到金水村去做儿子的思想工作。王援朝照旧操着书面语说，平时你们对我太好了，好得让我觉得莫名其妙。四个孩子你们为什么偏偏对我特殊优待呢？只有俘虏才受优待呢。我忍受不了这种莫名其妙的生活。祖国好儿女志在四方，我就要落户农村做社会主义新农民。

牟棉花乘兴而去，失落而归。走进家门当头就说，金炳啊，大朝这孩子人不大，主意不小，真是勾连长的骨血。你还有什么好法子吗？

有哇！你给李亦墩同志打电话，替我请三天假！说着王金炳侧身躺在床上，伸手拉过一床棉被蒙在头上。

哎！这都什么时候啦你还睡觉？牟棉花没有看出这是工业战线红管家的最后绝招儿，嚷嚷起来。

捂在被窝里王金炳瓮声瓮气说，你去给大朝送信儿，就说他什么时候回来我就什么时候起来，他这辈子不回来我这辈子不起来啦！

牟棉花咯咯笑了，嘿！结婚这么多年我不知道，你还有绝食这一招儿啊？

以守为攻。这是典型的王金炳式斗争策略。当年老东家要挟少东家就用过这一手儿。

王金炳就这样躺了一天，不言不语不挪不动，光喝水不吃东西。王凤蹑手蹑脚走到床前小声说，爸爸您这样不会饿死吧？

胡说！你哥哥这两天肯定回来的。牟棉花下班归来大声斥责女儿。

一连两天，不见王援朝归来。这位对自己身世一无所知的志愿军遗孤终于实现了做社会主义新农民的誓言，落户金水村了。他在日记里写道：我享受不了家庭给我的特殊待遇，我更害怕妹妹王莹纯洁而炽热的目光，我愿意在金水村扎根落户当一辈子农民，春种秋收开创自己的新生活！

第三天，王金炳终于起床了。他摇摇晃晃走出卧室坐在客厅藤椅上，深深叹了一口气。这次绝食斗争失败了，失败在儿子手里。当年老东家也败在儿子手里——少东家听说父亲绝食，从东洋纱厂回来看了看，第二天又走了。

王金炳两眼失神说，我没有见过大朝这样的孩子！他怎么不怕老子饿死呢?

王建设走过来冒冒失失说，爸爸，我哥哥一定认为您是饿不死的。

你是说我假装绝食偷偷在被窝儿里吃东西？王金炳瞪大眼睛质问着。

王建设惊讶地反问，爸爸您真的在被窝儿里偷偷吃东西吗?

王金炳气急败坏地说，你们这一代孩子思想怎么这样复杂呢？唉!

王莹两只眼睛哭得跟烂桃似的，思念哥哥。她端来一碗鸡蛋汤面告诉爸爸，人饿久了只能先吃流食。

有人叩门。王莹跑去开门。王金炳看见副组长领着两个仓库保管员走进门来，手里拎着慰问病号的食品。

听说您病了，我们来看看您。副组长表情尴尬地将两盒藕粉放在桌上说，仓库的事情您不用惦念，我们按照新的分工搞了一份责任区域流程图，大家热情很高嘛。

王金炳暗暗笑了，心里说西方不亮东方亮，我败在大朝手里，配套仓库却被我捋顺了。

王金炳上班了。在家躺了三天体力大减。配套仓库工作却大有进展。他越发觉得应当感谢女儿。中午他去工厂小卖部，掏钱给灵莹买了两根红色塑料头绳儿，还有一包儿女孩子爱吃的酸梅。

牟棉花下班看到丈夫给王莹买的礼物，笑话他财迷，说幸亏有一包儿酸梅，要是光买两根红头绳儿你就成杨白劳啦!

王金炳尴尬地笑了，说新社会哪有杨白劳啊，连黄世仁都被镇压啦。

这时候，王莹躲在房间里写日记：“我万万没想到忠厚老实的爸爸居然绝食。他绝食这几天给家里省了好几斤粮食，同时我也看到爸爸性格的另一面。他不敢领导七个仓库保管员，却敢绝食。人啊，真不可捉摸。”

她还在日记里写道：“我懂了，真的爱一个人就应当让他去做自己愿意做的事情。我尊重哥哥的选择，只是心里舍不得他离开啊。”

泪水模糊了王莹视线，末了她大胆写道：“我爱哥哥，我很爱哥哥，我非常爱哥哥。哥哥是我的精神支柱，我真的不能失去哥哥……”

妹妹傻凤趁机偷吃着灵莹姐姐的酸梅，嘎吱嘎吱活像一只小田鼠。

8 疵点与鲜花

织布车间大墙上，挂着“开展社会主义教育运动”的横幅标语，给夜班工人增添了一道红彤彤景致。牟棉花忙碌着。清晨六点半钟就要交班了。织布车间噪声隆隆，一切在噪声中滋长一切又在噪声中湮灭。噪声擂响耳鼓，世界在噪声里变得简简单单清清净净——此时有声宛若无声。牟棉花沿着织机操作。织机得寸进尺地织着，一经一纬都在发出呐喊。坯布如雪，噪声如海，即使近在咫尺也要扯着嗓子喊叫。纺织女工响声大嗓儿，全国人民都知道。

女统计员怀里抱着表格来了，她脸色深重而且充满颗粒，外号荔枝壳。荔枝壳大步走到牟棉花身后高声说了一句话。她嗓音又尖又亮极具穿透力，因此被提拔为车间统计员。荔枝壳说给牟棉花的这句话，别人是听不到的。然而牟棉花认为全车间都听到了。

老牟啊，你今天的单班产量排在全厂第三，而且还出了疵布！女统计员荔枝壳又说了一遍。

什么？……牟棉花懵懵懂懂看着这颗荔枝壳，双腿发软心儿疾跳：连续十五年保持质量无疵品纪录，连续十五年保持全国织布挡车工接头速度第一，连续十五年保持棉纺系统单班产量第一。我是棉纺战线一面旗帜啊。

今天单班产量排在全厂第三还出了疵点，你弄错了？她向荔枝壳走了几步。

没错！没错！没错！没错！……

这一连串的声音撞击耳膜，只觉得脑海里泛起一堆泡沫。她想亲眼看看统计表，踉踉跄跄走了几步身体被越堆越多的泡沫吸起，升腾而去。

一只只梭子蓦然模糊了，一台台织机蓦然静止了，身体变成一只纸风筝渐渐飘扬起来。晕倒之前她内心竟然感到几分喜悦。这种喜悦的心情究竟为何而生，是解脱是逃避还是什么，她永远说不清楚。

牟棉花晕倒的时间是清晨六点十五分。荔枝壳发出一声恐怖的尖叫，这尖叫惊动了织布车间。无论下夜班的还是上早班的，都听到牟棉花晕倒了。

一辆白色救护车一路鸣笛将牟棉花送到工人医院。听说病人是全国著名劳动模范，曾经留学苏联的工人医院副院长披挂上阵。急症抢救室里，护士给牟棉花鼻孔插进氧气管。空气极其紧张。

徐贰芬同志现场指挥说，马上组织全市专家会诊，一个特等劳动模范怎么说昏倒就昏倒呢？我们没法向全国总工会和纺织工业部交代啊！

同情右派言论贬了官，徐贰芬秉性不改，说话直来直去依然具有冲击力。

全市专家会诊出具了一份书面报告。徐贰芬读不懂。主治医生耐心解释说，牟棉花晕倒的诱因是受到外界强烈刺激，导致牟棉花同志晕倒的主要原因则是过度疲劳。好比一台连续运转的机器必须按时检修。牟棉花是一台连续运转多年从不按时检修的机器。

您将一个人比喻为一台机器，这不太合适。以后不要这样讲了。前几年的反右运动大家都受到教育。徐贰芬表情严峻地说，牟棉花同志是我们棉织战线一面旗帜。她疲劳过度晕倒，这是现象。她的身体是否受到损伤你们应当全面彻底检查啊。

徐贰芬紧急请示市总工会主席，第二天牟棉花从急症室转入高干病房。

王援朝得知母亲病倒，是国棉十九厂工会给金水村大队部打来电话通知的。他脑海里呈现的母亲形象，不是急匆匆走出家门去上班，就是下班了慢腾腾走进家门，化作遥远身影而已。

村支书陪同王援朝从郊区的金水村赶到市区的工人医院，骑着自行车走了三个钟头。经过农村生活的摔打王援朝成为一个目光炯炯肤色黝黑粗手大脚的小伙子。他的劳动者形象代表着革命时代美男子的风采。

一路骑行赶到工人医院。大墙上贴着一幅大红标语：“移风易俗，提倡火葬！”医院门口可巧遇到王莹。她扎着两只羊角小辫子，蓝衣蓝裤白球鞋，胸前佩戴第一半工半读技术学校的校徽。

哥，你怎么在这儿啊！她的齐耳短发衬着粉红的脸蛋儿，表情又惊又喜。

灵莹，王援朝向妹妹问道，咱妈住在哪间病房啊？我找不到……

王莹掏出手绢猫腰为哥哥抽打着裤脚泥土，说你这衣服该洗啦。王援朝满脸窘迫，连连躲闪着。

村支书手里托着烟袋一旁观察说，这是你妹妹啊援朝？

王莹转向村支书自我介绍说，大伯您好，我是援朝的大妹妹叫王莹，还有个小妹妹叫王凤，念小学三年级。

我还有个弟弟叫王建设，念小学五年级呢。社会主义新农民王援朝努力摆脱妹妹突然出现带来的窘境，大声说道。

哥，咱妈住在高干病房三楼五号，这是市领导特批的。

王援朝听了，表情越发窘迫。似乎“市领导特批”不但没有给他带来荣誉反而增添了羞愧。村支书从帆布兜子里掏出几只新鲜玉米说，咱们赶紧去高干病房看望你妈，村里农活儿挺多，我们还急着返呢。

三楼高干病区门口写着“未经许可不得入内”。一个护理员把守着说，为了保障首长休息未到规定时间不得探视。

村支书怀里抱着玉米低声说，高干高干反而麻烦，我看还不如去住老百姓病房，移风易俗嘛。

王莹与把守楼道的护理员交涉说，三楼五号病房住着著名特等劳模牟棉花，她住进高干病房是市领导特批的，你非要我给市委办公厅打电话吗？

说着，王莹大步走过门口转身招呼说，哥，大伯，你俩进来啊！

村支书及时推了王援朝一把，两人进去了。王莹指着胸前校徽对护理员说，你不要害怕，有事情我负全部责任！

大摇大摆走进高干病房区。王援朝心悦诚服地说，灵莹，你真行啊！

走进三楼五号病房，首先是一间会客室，红漆地板，四周摆着沙发，中间一张茶儿，适合召开小型会议。这间会客室通往病房。王援朝快步穿过会客室走进病房。病房宽敞明亮。临窗的病床上躺着牟棉花。

妈妈！他大步跨到病床前，注视着身穿白色病号服的母亲，激动地说不出话来。牟棉花睁开眼睛看见儿子，努力地笑着。王援朝蓦然觉得母亲生疏了，好像从来不曾见过似的。

妈，我们村支书来看您了。王援朝闪身介绍着。鬓角添了几丝霜色的牟棉花强打精神说，谢谢老支书，你们要严格要求王援朝不要搞特殊化啊。

你放心，援朝是好样的。村支书说着捧出几只新鲜玉米递到床前。

王莹小声说我妈暂时吃不下东西输葡萄糖呢。她接过支书的新鲜玉米摆在窗台上。窗台上放着十几听罐头，有铁罐的也有玻璃瓶的，太阳照耀下闪烁着营养的光芒。

牟棉花有气无力地说，你爸在仓库加班，迎接中央领导视察。说罢转向村支书，您回吧老支书，村里工作不要耽误了。

老支书实实在在说，是啊，全国开展社会主义教育运动，一个文件接一个文件往村里传达，有时开会到半夜两点，转天照样起早下地干活儿。困啊，好多年轻人学会抽烟呢。我把援朝留下陪伴您，我返啦。

不行。牟棉花欠了欠身子说，开展社会主义教育运动谁都不能缺席，让援朝跟你一起回去接受锻炼！

王莹眨着眼睛看了看妈妈，又看了看村支书，心里特别希望哥哥留下。

灵莹，给你哥哥拿上几听罐头，让他跟老支书一起回去！牟棉花态度坚决。

我跟老支书一起回去。王援朝指着窗台说，村里五保户赵大爷一辈子没吃过肉罐头，我把那一听“红烧牛肉”给他拿去吧。

村支书极为感动地说，好啊！这次开展社会主义教育运动强调无产阶级立场，援朝关心老贫农这是活典型啊。

王莹拿过两听罐头塞给哥哥，低声说红烧牛肉的给赵大爷红烧猪肉的你自己留着吃吧。

王援朝对母亲说祝您早日康复，转身跟着村支书走了。王莹送他们走出病房，眼含泪水望着哥哥的背影走向楼道尽头。

一个护士怀里抱着一大束白色百合花走过去。王援朝回头看见护士走进母亲病房——也看见站在病房门外的妹妹目送自己。他朝王莹挥了挥了手，心头热乎乎的。

回到病房，护士送来的一束鲜花引起王莹的好奇。妈妈，这是谁送给您的？

你去问护士啊。牟棉花不动声色说，管它谁送的，把它插到花瓶里灌上两杯水。

妈妈，您一定知道这花是谁送的！王莹凑到母亲面前——脸对脸追问着。

不——知——道。牟棉花嘴里这么说着，心里却另有想法。这鲜花百分之百是白小林送的。车间的姐妹们光懂得送罐头，实惠。只有白小林这种又穷又酸的知识分子懂得送鲜花。

这几年来她与白小林接触不多，心里却不曾疏忽对方。尤其全国擂台赛关键时刻他送来一架望远镜，功劳太大了。

王莹给花瓶灌了水，捧起这束百合花爱不释手。姑娘爱花，这是千古不变的道理。母亲拖着长腔说，灵莹，你这么喜欢干脆拿回家吧，摆在你屋里养着。

这鲜花是人家送给您的，我凭什么拿走？王莹将花瓶摆上窗台说，您为什么不珍惜这洁白的百合呢？将来要是有人送给我鲜花，我一定倍加珍惜的。

牟棉花望着天花板突然反问说，灵莹，你是不是遇到白瀛瀛啦？

是啊，今天早晨我在街上遇到她了，她向我打听大朝在农村的情况，我还跟她提起您住院的事儿呢。王莹惊诧地望着母亲。咦，您躺在病房里怎么知道我在外面遇见白瀛瀛呢，您能掐会算？

我当然能掐会算。牟棉花暗暗认定是白瀛瀛告诉白小林“高干病房”的，于是微笑着问女儿，你知道白瀛瀛的父亲是谁吗？

我不知道。王莹走到病床前说，不过我知道白瀛瀛追求我哥哥，她这是早恋。她早恋干吗牵扯我哥哥？哼！

我也听说白瀛瀛追求大朝呢。牟棉花忍不住说道，白瀛瀛的父亲名叫白小林。

白小林是谁？王莹拿来湿毛巾一边给妈妈擦脸一边问道。牟棉花咯咯笑了，说白小林就是白小林呗。

王莹又惊又喜说，妈妈这几天您可没这样笑过呀，病好啦？

我身体本来好好的，一时头晕罢了。过几天我出院回厂上班去！

吱的一声门响有人走进高干病房，怯声怯语叫了一声牟姐姐，手里捧着一个纸包儿走到病床前。

是你啊荔枝壳！牟棉花看到车间统计员来了，表情随即紧张起来。王莹并不认识来者，很有礼貌地叫了一声阿姨。

荔枝壳脸色涨红，越发印证着她的外号。她说牟姐姐我是来向您道歉的，那天我统计错了，我的工作失误给特等劳模造成难以挽回的恶劣影响，我后悔不及啊。

牟棉花惊异地欠起身子说，你是老统计员你真的弄错了？我不相信……

反正是我错了。领导把我调离统计员岗位去后勤处清扫女厕所了。

啊！牟棉花有气无力地叹了一口气说，当年我在东洋纱厂当清扫工，从初条车间到细纱车间一天要扫二十几座女厕所呢。

那是万恶的旧社会，受罪。我给社会主义工厂扫厕所，光荣！荔枝壳把手里的纸包儿捧给王莹说，这一包红糖给你妈补补身子吧。

牟棉花扬起胳膊急声制止，我又不是坐月子吃红糖干吗？你家里不富裕拿回去给孩子们沏水喝吧。

王莹把一包红糖塞回去。荔枝壳唯唯诺诺接在手里，走到病房门口转身说，牟姐姐，您千万别让厂里领导知道我来看您了，到时候他们又要说我存心惊吓特等劳模。

荔枝壳走了。棉纺战线一面旗帜——牟棉花躺在病床上陷入沉思。唉，二十年时光转了一大圈儿，转来转去转到荔枝壳去清扫女厕所了。天色渐渐暗了，心情复杂的牟棉花突然呜呜哭了。

王莹站在病床前注视着母亲。渐渐她受到母亲感染，她也哭了。牟棉花止住哭声小声说，我哭有我哭的道理，你跟着凑什么热闹！

我好不容易逮着哭的机会，哭呗。王莹不甘示弱地抹了一把眼泪说，您哭有您的道理，我哭也有我道理呢。

我知道你心思。白瀛瀛一追求大朝，你就受不了。哭吧，今儿你痛痛快快哭个够吧。

妈妈这么一说，王莹反而不哭了。她擦干泪水站到窗前，一声不吭望着外面黄昏景象。唉，妈妈毫无顾忌地戳向女儿内心痛处，女儿只得以沉默抗议了。人们都说妈妈是个粗线条女人，今天我领教了。妈妈的线条粗得就像马路人行横道线。粗线条的女人轻易不哭。妈妈为什么突然哭泣呢？是因那一束鲜花还是因为这一包红糖？是因为产量质量问题被更正了还是因为女统计员被调去清扫厕所了？

晚饭时间，住院部膳食员给高干病房送来晚餐，一菜一饭一汤，说是营养搭配科学进餐。牟棉花看着肉烧茄子大米饭西红柿鸡蛋汤说，你吃吧。我等你爸来给我送小米粥呢。

王莹说您不吃我也不饿，我爸加班辛苦这饭菜留给他吃吧。

人影儿一闪，王凤不声不响走进高干病房。她身穿小花袄，胸前系着红领巾，手里拎着一只壶套，一进门就说妈妈小米粥来了。王莹迎上前去掀开壶套看到里面卧着一只小钢精锅，热热乎乎保着温。

傻凤你来送饭，咱爸呢？王莹端出小钢精锅把小米粥给妈妈盛在碗里。

小学三年级学生王凤盯着摆在桌上的肉烧茄子、大米饭、西红柿鸡蛋汤说，咱爸煮好小米粥又回厂了，说仓库连夜加班明天中央领导视察。

小护士走进病房和颜悦色地拔掉特等劳模胳膊上的输液针头，摘去棉纺战线一面旗帜鼻孔里的输氧管，说了声体温正常便退了出去。

牟棉花获得自由了，从病床上缓缓坐起举着胳膊跟王莹说，你要是考卫生学校毕业当护士多好，非去念什么半工半读学机械制造。

王莹笑着说，您现在的任务是把这碗小米粥喝下去！说罢她扭脸追问妹妹，傻凤你今天算数测验得了多少分？

六十。王凤脸不变色心不跳，如实回答着。

你才得了六十分？差一分就不及格啦。王莹给母亲喂了一勺小米粥，说，妈妈您看傻凤学习这么差以后怎么办啊。

王凤振振有词说，考六十跟考九十九一样，都是差一分。六十少一分不及格了，九十九多一分满分了。

牟棉花喝了两口小米粥，皱着眉头指着胸口说难受，侧身躺下不喝了。王凤趁机大声说，妈妈我饿了妈妈我饿了。

牟棉花指着小钢精锅说，傻凤你饿就把小米粥喝了吧，反正我不喝了。

王凤两眼盯着高干病房的一菜一饭一汤，得寸进尺说，我想吃大米饭！

你还想吃肉烧茄子和西红柿鸡蛋汤，对吧？王莹气愤地责问说，傻凤我告诉你，咱爸半夜加班回来饿了怎么办？这份饭菜是给咱爸留着的。你考六十分还想吃饭！

牟棉花躺在病床上发号施令说，灵莹，你就让傻凤吃了吧，你爸饿了让他喝我的小米粥。

王凤得到母亲批准，快步走到桌前抄起筷子夹了一块肉烧茄子放进嘴里，跟着喝了一口西红柿鸡蛋汤，之后端起大米饭吃了起来。

妈妈，您怎么一点儿都不疼我爸爸呢！王莹气得不知如何是好，狠狠瞪了妹妹一眼。

为了安抚王莹的不满情绪，牟棉花望着狼吞虎咽的王凤说，傻凤你要好好学习啊，你不好好学习将来怎么办呢？

我将来当劳模啊！王凤吃得心情舒畅，一边咀嚼一边道出远大理想。我学习不好肯定考不上大学，所以我进工厂当劳模呗。

你小丫头片子是想气死我呀！牟棉花伸手指着王凤，哭笑不得。王凤将最后一口饭扒进嘴里说，妈妈您放心，我将来一定跟您一样当上特等劳模的，病了也住高干病房！

傻凤，你吃饱了去水房洗碗！洗了碗擦桌子扫地，你跟我一块回家，回到家你马上给我写作业，不许听收音机！不许下军棋！王莹气哼哼指挥着妹妹，露出几分指挥若定的天赋。

旁观着大女儿有条有理有张有弛有礼有节地管理着小女儿，特等劳动模范牟棉花满足地笑了。灵莹真是好闺女，小小年纪替我挑起家务重担，顶起半边天。

拾掇干净了。王凤跑去从花瓶里掐了一朵百合花戴在头上，然后抱起壶套，准备出发。王莹则端起小钢精锅。姐妹异口同声向妈妈说了再见，一起离开病房回家了。

一前一后出了工人医院大门，王莹牵着王凤的小手儿走在华灯初上的大街上。妹妹哼哼唧唧要求乘坐电车回家，两张电车票四分钱。

姐姐说你考了六十分还有脸坐电车，走吧！

一路行走，路灯照耀下拉出两人倾斜的身影。经过人民印刷厂里面正在排演现代评剧《红色交通站》，“一个马副官，两个臭婆娘，两个灌一个，这里有文章！”的唱腔从大门里传出，王凤提出看戏的要求。王莹说你考了六十分还有脸看戏啊，没出息。

王凤急了说，这也不行那也不行，我考了六十分你枪毙了我吧。

姐姐笑着说，我们中国人民解放军优待俘虏，不枪毙你！

经过一家昼夜二十四小时营业的利民食品店，姐姐进去花一分钱买了一块水果糖，剥去糖纸塞在妹妹嘴里大声说，记住，你存我这儿的五分钱剩下四分啦！

嘴里吸吮着水果糖，王凤从姐姐手里讨回糖纸，一口将水果糖吐在手心里用糖纸重新包裹，小心翼翼装进衣兜儿说，什么时候我考了一百分才吃呢。

王莹忍着不笑说，傻凤你这样要求自己，恐怕一辈子没有机会吃这块糖啦。

姐，你说话总像锥子一样，扎人啊！王凤不满地叫唤起来。

尽管如此，姐妹俩还是手牵手走进劳模楼。一进家门王莹马上变了脸色，大声命令王凤罚站。王凤极其熟练地面墙而立，象征性地哭了两声。

傻凤！知道我为什么罚你站吗？

知道，我把高干病房的饭菜给吃啦。小学生王凤一气呵成地认了错。

哼，肉烧茄子大米饭，外加西红柿鸡蛋汤，你见了好吃的就扑，小狗儿似的。你这德行还想当社会主义革命事业接班人？王莹气咻咻说，咱爸加班需要增加营养，你却跟他抢吃抢喝！损人利己……

王建设满脸油污从屋里跑出来说，你们嚷嚷什么！把我思路都干扰了……

你又修理那只破闹钟？王莹看着执迷不悟的弟弟说，设子，人家扔进垃圾堆的东西你捡回来，我看一辈子修理不好的。

那我就修理它一辈子呗。这位小学五年级男生扭头回屋了。

傻凤，罚站结束，你回屋写作业吧！技校女生王莹俨然班主任气派，主宰着这个全市著名的劳模家庭。

夜里，睡梦中王莹听见门响，起床穿衣跑出卧室看到身穿工作服的父亲加班回来了。她揉了揉眼睛叫了一声爸爸，噔噔跑进厨房去热小米粥。王金炳跟进厨房说，我不饿啊留着小米粥你们吃早饭吧。

王莹一听急了，扭头注视着工业战线红管家说，您现在也是特等劳动模范啦，怎么这样轻视自己？妈妈生病住进高干病房，换了您肯定搬回普通病房去住。您一碗小米粥都不喝，让我怎么办呢？

王金炳受到极大震动，低头避开女儿锋利的目光说，我喝我喝，灵莹你给我盛一碗吧。

王金炳双手捧着大碗坐在客厅里喝着小米粥，一股暖流徐徐深入胃脘，弥散开来温暖着五脏六腑，舒心而惬意。他一口接一口喝着，领受着女儿的孝心。王莹端着一盆热水走出厨房说，爸，喝了小米粥您烫烫脚。

王金炳眼窝儿一热，端起大碗遮住脸孔，呲呲喝粥。

爸爸，我妈妈到底得了什么病？要是小病小灾也不至于住进高干病房吧。王莹把水盆摆在父亲面前，小声问道。

唉，看来你妈妈需要长期治疗。王金炳放下大碗从衣兜里抻出一张叠得四四方方的纸片。我问了主治大夫，你妈妈身上毛病挺多。我一样一样念给你听。低血压、肝大、收缩期心脏杂音、浅表性萎缩性胃炎、肾小球肾炎、植物神经紊乱、腱鞘炎、腰椎增生、脚骨刺、风湿关节炎，还有妇科病我就不念了……

这么多毛病啊！王莹手里紧紧攥着毛巾说，大夫说没有生命危险吧？

主治大夫说一台机器不能单纯依靠大修，日常维护保养更重要。你妈妈好比一台既不维护也不保养的机器，应当大修了也不大修，年久失修很难恢复。王金炳脱鞋扒袜把双脚泡进热水盆里说，大夫建议转入工人疗养院，一边治一边养，争取早日恢复劳动能力。

我妈都丧失劳动能力啦？王莹瞪大眼睛说，她要知道自己丧失劳动能力了还不急死！

添病如山倒，去病如抽丝。人病了就得听大夫的。王金炳接过毛巾擦干双脚。

王莹猫腰端起水盆突然问道，爸爸，我妈说白瀛瀛的父亲叫白小林，他是干什么的？

王金炳趿拉着两只布鞋说，白小林的父亲白鸣岐是华昌机器厂资本家，白小林从日本留学回国，从东洋纱厂到中纺五厂到国棉十九厂，三朝元老。他是技术科资料员，有时下放锅炉拉煤，有时抽到局里当翻译，挺不稳定的。

哦。王莹放下水盆计算着说，白瀛瀛的爷爷白鸣岐是资本家，白瀛瀛的父亲白小林留学日本，这么说她出身不好啊。爸爸，白瀛瀛追求我哥呢，她一星期给我哥写三封信。去年我哥照片登在《中国青年报》上，她一口气买了五十份报纸四处散发，花了两块钱呢！我哥立志做一个社会主义新农民，白瀛瀛这是拉我哥后腿破坏我哥形象。

王金炳眉头紧锁说，灵莹，这事儿你妈妈知道吗？

知道啊。我妈反倒说我小心眼儿。我爱护我哥成了小心眼儿，您说我冤不冤啊。王莹眼含泪水大声控诉着。

父亲叹气，劝女儿回屋睡觉。他穿过厨房来到阳台，独自望着茫茫夜色。

我离开白鸣岐多少年，好像总有一只纠缠不清的线团儿，拉拉扯扯的；牟棉花跟白小林之间呢，你欠我一根脚趾，我欠你一只眼珠儿，成了一对说不清道不明的冤家；现在白瀛瀛又摽上王援朝，这真是三代人一本账啊。

迎着夜色思绪翻滚，王金炳看到东方泛白露出几丝曙色。他呼吸着经过夜色过滤的新鲜空气终于明白了，不是这个世界太小，这个世界原本就不大。

天色大亮。一夜未睡的王金炳走出家门上班去。一个女学生骑着自行车驮着铺盖卷，迎面驶来。她梳着两只“小刷子”，一张团团脸，圆溜溜的眼睛，翘鼻子小嘴儿，小巧玲珑的样子。

王金炳一路走去，没有看到她就是美术学院附属中学女生白瀛瀛，也就不知道她此行前往金水村安家落户了。在这座城市里，白瀛瀛是继邢燕子和侯隽之后涌现出来的又一位自觉自愿落户农村的女知识青年。

一路骑行，临近中午白瀛瀛大汗淋漓地推着自行车走进金水村大队部，抬头看到这里成了“四清”工作队驻地。工作队一位老大姐询问了她的来意。白瀛瀛主动向她汇报了家庭情况，说爷爷旧社会是资本家，父亲曾经在日本留学，如今是国棉十九厂的职员。

“四清”工作队老大姐说，家庭出身自己不能选择，人生道路自己能够选择，你今天的行为说明你接受思想改造的决心和信心，今后看你的表现啦。

村支书听说来了一个安家落户的女学生，派人去叫王援朝。王援朝带领几个年轻人在村边积肥，闻讯沾着两脚粪土跑来。白瀛瀛一眼看见王援朝，满面绯红低下头去。王援朝一眼看见白瀛瀛，惊得一时语塞。这一男一女的表情，村支书看得明明白白，哈哈笑了。

欢迎欢迎。这位女学生你暂时住在周寡妇家里。收你不收你，我要跟“四清”工作队研究一下。

傍晚时分，为了表示落户农村做社会主义新农民的决心，白瀛瀛调和颜料抄起画笔在大队部墙上绘出一幅水彩画。画面左边是一座座棉花山，右边是一座座米粮仓，中间两个学生模样的年轻人，男的一手握着钢笔一手拿着锄头，女的一手拿着镰刀一手拿着活页文选。这幅宣传画下方写着一行大字：永远做社会主义新农民！

很快，白瀛瀛自愿去郊区金水村安家落户的消息传到工人医院，躺在三楼五号高干病房里的特等劳动模范牟棉花听罢，咯咯咯笑得流出眼泪。

我儿子王援朝不愧是革命军人后代，把白瀛瀛带到农村安家落户去了！白小林啊白小林，当初你不是崇拜日本吗？如今你女儿崇拜我儿子！

晚间时分，工业战线红管家王金炳拎着高腰提梁饭盒送鸡汤来了。牟棉花蓦然想起这只高腰提梁饭盒是铁路工人勾华东的遗物。勾华东死于抗美援朝战场谷香死于难产，这只具有纪念意义的铁路工人饭盒随同没出满月的王援朝来到牟棉花身边。睹物思人不禁伤感，牟棉花面对丈夫送来的鸡汤，没了胃口。

王金炳汇报说，一听说白瀛瀛去了金水村，灵莹急了，也闹着去安家落户。

我看灵莹中了魔怔！牟棉花一拍大腿说，咱们工人之家都去当农民，以后谁接班呢？再说白瀛瀛的妈妈回日本了，她出身不好没有前途所以追着咱家大朝不放。灵莹出身劳模家庭前途光明，她整天跟白瀛瀛较什么劲，真丢人。

你也不要把人家白瀛瀛说得没有前途。王金炳捧着一碗鸡汤说。

牟棉花接过鸡汤得意扬扬说，白瀛瀛只有跟了咱家大朝，她才有光明前途！

王金炳据理力争说，白瀛瀛要是去日本找她妈妈呢？

牟棉花喝了一口鸡汤说，那算叛国投敌吧？

小护士走进病房从棉纺战线一面旗帜的腋下取走体温计。工业战线红管家追问了一句。小护士说三十七度三，走了。

这汤——公鸡母鸡？牟棉花呷了一小口鸡汤，低声询问。

公鸡。工业战线红管家慢条斯理汇报说，一个老中医告诉我，这种季节男人喝鸡汤煮老母鸡，女人喝鸡汤煮大公鸡。所以我让设子去黑市买了一只大公鸡，白色的。那两只鸡爪子傻凤给啃了。

高干病房窗台上，那只花瓶里插着无名氏送来的第二束鲜花——依然是洁白的百合花。王金炳心里说，这玩意儿既不解饿也不解渴，聋子耳朵——摆设。

第二天，牟棉花从工人医院高干病房转入市工人疗养院，住进丙楼单人房间，开始了漫长的疗养生活。

9 理智与情感

王莹下定决心追随哥哥去农村安家落户，心儿飞到金水村。她照着镜子悄悄对自己说，不是我不爱这个家庭了，是我更爱哥哥。我要追随哥哥去建设社会主义新农村，去做社会主义新农民。

星期六晚上，哼唱着《共青团员之歌》，王莹坐在灯下给傻凤缝补书包。妈妈住进工人疗养院，爸爸在厂里加班，弟弟妹妹都睡了。她悄悄收拾行装，包括写满六册的日记本和哥哥留给她的长篇小说《牛虻》和《斯巴达克斯》，还有《简·爱》。在此之前，她不动声色做好各项准备，还写了一首“离家诗”：“父亲是从黄土地里走出来的，他用汗水湿润了这座城市，我是在这座城市出生的，我要用汗水灌溉父亲的黄土地，盛开丰收之花。”

她给爸爸留了一封信，说这个月油票花了，剩下的肥皂票、豆腐票以及鸡蛋票放在抽屉里，当心过期作废。她还告诉爸爸这月水费交了，电费没交。我每月替四楼张奶奶去买治疗老年瘙痒症的草药，这个任务交给设子。

写完这封信，她哭了。我为什么不留恋这个家庭呢？原因非常简单——我要阻止白瀛瀛得到大朝哥哥。

星期日清晨，爸爸加班没回家。王莹悄悄起床。洗了脸漱了口，还搽了雪花膏。平时她不喜欢打扮。今天为什么特意搽了雪花膏？她说不清楚。

弟弟王建设睡着，妹妹王凤也睡着，一切都在预计之中。溜进厨房，王莹悄悄吃了一块发糕。这种以玉米面为主以白面为辅颜色浅黄的蒸食，咬着很暄。

之后喝了一杯白开水，她将平时省吃俭用积攒的私房钱掖在贴身地方，总共三元五角八分。她穿了一身洗得泛白的“学生蓝”，拎起行李轻手轻脚走出家门。雪花膏特有的味道散发在空气里，为周围留下余香。

走出劳模楼，绕过容易遇到熟人的地方，一路疾走来到人民公园终点站，她心情紧张地踏上郊区 3 路公共汽车，抱着行李坐在前排。她一眼认出售票员是市级劳动模范田绍珍，便心怀崇敬地买了汽车票。田绍珍笑着说，后排小姑娘的票也由你买吧？

王莹扭身回头看见王凤手里拿着一块发糕坐在后排。天啊！她抱着行李挪到后排压住火气小声质问妹妹。傻凤！你怎么跑这儿来啦！盯我稍儿啊？

满眼眵目糊的王凤咬了一口发糕说，我看出你要去金水村，一出家门就绕到前头上了汽车等着你。傻凤实话实说。

秘密谋划多日的行动居然被妹妹识破，王莹恼羞成怒。傻凤摆摆手说：姐姐别生气我就想送你去金水村。

王莹转念一想，放缓语气问道，傻凤，你特别希望我去农村安家落户吧？

对！我特别希望你去农村安家落户，你走了我考试不及格就没人让我罚站啦。

王莹伸手刮了刮妹妹的鼻尖儿说，叫你傻凤，你一点儿不傻！

她知道妹妹是自己的尾巴，要想甩掉除非拿刀割了，只得掏钱补了一张车票。公共汽车开动起来。咽下最后一口发糕王凤身子一歪倒在姐姐怀里睡着了。

一条坑坑洼洼的公路，郊区 3 路公共汽车到达邓家店车站。王莹抱着行李拖着妹妹，下了车。她回头对售票员田绍珍说，我看过劳模光荣榜，你长得比照片好看！

春风迎面吹拂。十二华里土路走出二里王凤停下了，说脚疼。王莹说傻凤你不是发誓长大要做劳动模范吗？这么娇气。

王凤受到姐姐挖苦式的激励，只得起身继续赶路。走出三四里路后面来了一辆拉酒糟的马车。赶马车的把式大声询问她们搭不搭车。王莹看到马车上坐着一个衣冠楚楚的中年男人，便摆手谢绝了。

王凤急得一蹦老高，说姐姐你怎么不搭车呢，说罢小狗儿似的爬上马车，向王莹挥手说，姐姐我在村里等你啦。

这是我妹妹傻凤？她长了毛儿比猴还灵呢！王莹望着远去的马车苦笑了。

走近金水村头，看到一座秫秸扎的牌楼立在村口，上面的横幅标语是“艰苦奋斗建设社会主义新农村”。一个本村小伙子迎上前来接过王莹的行李说，村支书派我来接你。王莹知道这是王凤报告的消息，跟随小伙子走进村子。

一条土路引向大队部，沿途有土房也有砖房，参差不齐。一家铁匠铺传出叮叮当当的锻打声，清脆而亲切。王莹觉得金水村比自己想象的规模要大。本村小伙子回头告诉她，白瀛瀛的父亲也来了。

白小林啊！王莹脑海里闪过这个名字。竟然在这里相遇，太巧了。

走进大队部，首先迎将出来的是村支书。王莹在母亲的高干病房里见过这位农村干部，当头叫了一声大伯。“四清”工作队老大姐走上前来拉着王莹的手说，家里不放心派你们来看望哥哥呀。

不，我也是来安家落户的。王莹当即说明来意，从本村小伙子手里接过行李紧紧抱在怀里。

你也来安家落户？村支书愣愣看着王莹。王凤嘴里嚼着东西跑过来大声说，姐姐我吃的甜瓜是白瀛瀛给的！

谁给你东西你都吃，真没出息！王莹气得拧了拧妹妹耳朵。王凤咧了咧嘴角，继续咀嚼着嘴里残存的甜瓜。

在王凤的咀嚼声里，美院附中女学生白瀛瀛走进大队部。这姑娘跟王莹一样穿了一身洗得泛白的“学生蓝”，脚上却是一双崭新的白球鞋——这说明她来自一个生活富裕的家庭。

村支书指着白瀛瀛说，你长得瘦小单薄，这体格根本干不了农活儿。你安家的问题还没解决，王莹又来落户啦！

白瀛瀛低头辩解说，我有劲儿，我驮着行李骑了好几十里地。再说，我爸爸也同意我来农村安家落户……

村支书张开双臂轰鸡似的说，晌午了晌午了，先吃饭吧先吃饭吧。

吃饭的地方在村支书家里。一张矮脚饭桌摆在院子中央。一笸箩热气腾腾的玉米面饼子，一盆咸菜熬小鱼儿，真正的农家风味扑面而来。白瀛瀛坐在王莹对面。王凤坐在姐姐身旁，满怀羡慕地说白瀛瀛的白球鞋真好看啊。

王莹压低声音满脸微笑地对妹妹说，傻凤你给我闭嘴！

村支书亲手端来一盆玉米粥，说庄户人家的饭菜你们趁热吃吧。王凤立即抓起一只玉米面饼子，使劲儿咬了一口。

“四清”工作队老大姐也来吃饭了，坐在白瀛瀛身旁。王莹抬头望着村支书说，我哥哥呢？

村支书乐乐呵呵说，你哥哥下地干活儿，我派人去东开洼叫了，一会儿就回来啦。

“四清”工作队老大姐说，王莹啊，我知道你母亲是棉纺战线一面旗帜，你父亲是工业战线红管家，你爸你妈都是著名劳动模范。你应当接他们的班做社会主义新工人啊。

王莹冲着对方笑了笑，目光转向白瀛瀛发问道，你爸爸呢？你爸爸怎么不来吃饭呢？

他……白瀛瀛环视着左右，好像无法回答这个问题。

村支书对白瀛瀛说，噢，咱村有一台老世辈子的电辊子，一直没人认识洋文，荒了多年不会修理。你爸爸说那是日本金山株式会社产品，一个人正在农具仓库里翻译呢。

王莹稳操胜券地笑了，挺起胸脯大声说，你们知道白瀛瀛为什么长得瘦小单薄吗？因为她妈妈是日本人！

什么？“四清”工作队老大姐吃惊不小，白瀛瀛原来你有这种家庭背景啊！

我……白瀛瀛慌不择辞，满脸通红说不出话来。

王莹故作惊诧说，白瀛瀛你没把家庭背景跟“四清”工作队说清楚？这是不可以隐瞒的呀！

村支书蹲在矮脚饭桌旁边小声问道，白瀛瀛你妈妈真是日本人啊？

白瀛瀛双手捂脸轻轻哭泣起来。我妈妈是战争遗孤，回日本定居了……

王援朝手里提着一张铁锹跑进院子里，一眼看见白瀛瀛哭泣，愣住了。

哥哥！王莹起身，目光炽热地注视着王援朝。王凤伸出筷子夹了一条小鱼儿放进嘴里，含混不清地叫了一声哥哥。

你们怎么跑来啦？王援朝放下铁锹转向村支书问道，白瀛瀛哭什么呀？

“四清”工作队老大姐扯了扯王援朝的袖口说，你还是先吃饭吧。

王援朝顺势坐在白瀛瀛身旁，伸手拿起一只玉米饼子。王凤大声说，哥哥，你饭前不洗手！

村支书和工作队的“四清”老大姐同时笑了起来。

王莹注视着面孔晒得黢黑的哥哥，心头一阵伤感。哥哥怎么变成这样啦，脏乎乎的大手抄起饼子就吃，而且一直盯着白瀛瀛好像看不够似的。

村支书家的院子里，空气变得复杂起来。“四清”工作队老大姐起身离开饭桌走到院外，思考着如何对待白瀛瀛海外关系的问题。村支书起身跑到农具仓库去叫白小林来吃饭。王援朝看看白瀛瀛又看看王莹，跑进屋里洗手去了。

饭桌上只剩下三个女孩子。

白瀛瀛停止抽泣抬头对王莹说，我没有得罪你，为什么跟我过不去呢？我只想做一个社会主义新农民。我求你不要破坏我的事情好吗？

我没有破坏你的事情，我如实向组织反映你的家庭情况就是跟你过不去吗？王莹不急不躁说，你说你只想做一个社会主义新农民，我看你是来拉我哥哥后腿的，早恋！

我没有拉你哥哥后腿。性格软弱的白瀛瀛低声细语说，王莹，我只想做一个社会主义新农民，摆脱家庭出身海外关系给我带来的阴影……

看到双方出现对峙局面，王凤伸长脖子凑到王莹耳畔小声说，姐姐我跟你是一伙的。

沉默着。笸箩里的玉米饼子渐渐没了热气。盆里咸菜熬小鱼儿也渐渐凉了。

村支书引着一个人走进院子，是白瀛瀛的父亲白小林。王莹认出他是搭乘马车进村的中年男子。白小林头发乌黑，脸上戴着墨色眼镜，不高不矮不胖不瘦，上身穿着深蓝色夹克衫，敞怀露着白色衬衣，下身是浅驼色西裤，一双三接头式黑色皮鞋擦得锃光瓦亮。

白小林挨着自己女儿坐下，向着王莹王凤姊妹点头致意，表示友好。

王援朝介绍说，这是我的大妹妹王莹，这是我小妹妹王凤。

是吗？白小林隔着墨镜投来意外的目光说，王莹长得不太像你母亲……

王莹对视说道，白瀛瀛长得却很像你，这就是家庭烙印啊。

“四清”工作队老大姐回到饭桌前，颇为用心地看了看白小林又看了看白瀛瀛说，这真是家庭烙印，你们父女确实很像的。

王莹得胜地笑了。白瀛瀛望着王莹。这眼光里包含着哀怨，也包含着无奈，更包含着乞求休战的期待。

围桌而坐吃了顿沉闷的午饭。撂下筷子，“四清”工作队老大姐约请白氏父女去大队部谈话。院子里安静了。王援朝一副兄长作派，一边踱步一边批评王莹。

灵莹，我来金水村安家落户是要做一个社会主义新农民。你跑来干什么？谁都知道咱们是劳模家庭。你小小年纪就挑起家庭主妇的担子，成为全家离不开的人物。你走了全家瘫痪，爸爸的劳模当不好，妈妈的劳模也当不下去。弟弟妹妹更是没人照管。你就忍心放弃自己对这个家庭的责任吗？

王凤突然大声说，哥哥，你走来走去说话就跟电影里列宁一样！

王莹忍不住扑哧一声笑了，眼睛里闪动着泪花。哥哥，你要求我承担这个家庭的责任，你们谁对这个家庭承担了责任呢？我从小学三年级脖子挂着一串钥匙，放学回家走进厨房，淘米洗菜生火做饭，星期天一盆一盆地给弟弟妹妹洗衣裳。我尽了妈妈没尽的家庭责任，我尽了爸爸没尽的家庭责任。升入初中你住校了，我更尽了你没尽的家庭责任。今天我选择自己的生活道路，你反而批评我放弃家庭责任！哥哥你是男子汉，你什么时候为我着想呢？

我……王援朝被迫停住脚步，哑口无言活像一座雕像。

村支书蹲在一旁吧嗒吧嗒抽着烟袋，缓缓起身说，清官难断家务事。我掺和几句吧。王莹我问你，你是因为家庭负担太重才跑到这里安家落户吗？

不是。我从小承担家务劳动，从来不懂逃避。王莹态度鲜明地说，我就想跟我哥哥在一起，一起成为社会主义新农民。

那你哥哥如今要是在煤矿里挖煤呢？村支书抽了一口旱烟问道。

王莹斩钉截铁回答道，我就跟哥哥一起成为社会主义新矿工。

我明白了，你是无论如何要跟你哥哥在一起。可是我告诉你，你哥哥将来必然成家立业，你将来必然要出嫁结婚，你这辈子不能总跟哥哥在一起吧？

你怎么知道我将来必然出嫁结婚？王莹孤傲地笑了。大伯您是村支书，我跟您表明立场吧，只要你们收留白瀛瀛，你们就必须收留我！

王援朝终于说了话，灵莹，你这是无理取闹啊。

我没有无理取闹。王莹转脸对村支书说，我在半工半读技术学校学的钳工专业，我有技术。我来金水村安家落户能够发挥一技之长的。

王援朝诚恳地说，灵莹，你的最大特长是组织能力。我相信你将来能够领导万把人的队伍！因为你从小锻炼了这种本领。

王莹一时无法接受如此高度的评价，颇为吃惊地注视着王援朝。哥哥，我就要跟你在一起做社会主义新农民！

村支书发话了。好吧，吃饱了喝足了，咱们现在去找“四清”工作队，看看怎么解决王莹和白瀛瀛的安家落户问题。

王凤拍手赞成说，好啊，我就喜欢看你们吵嘴！我就喜欢看你们吵嘴！

一行人来到大队部。“四清”工作队老大姐开诚布公说，如今提倡知识青年回乡参加劳动与广大贫下中农相结合，我们应当积极支持。但是白瀛瀛和王莹属于在校学生，事情就不好办了。这几天我们暂时收留了白瀛瀛。今天王莹又来了。我们认为首先要经过家长同意……

王凤当即举手表态说，我同意！我同意我姐姐来这里安家落户！

“四清”工作队老大姐觉得这丫头傻得可爱，就说你现在还没有公民权，你说话是不算数的。

白小林微微躬身说，我是白瀛瀛的家长，我女儿自觉自愿来到金水村安家落户做一个社会主义新农民，我举双手赞成。我今天就是来给她送生活用具的。

说罢，白小林往鼻梁上推了推下滑的墨镜，谦恭有礼确实很像一个日本人。

村支书随即问道，王莹，你父母同意你来我们金水村安家落户吗？

王援朝轻轻咳了一声说，王莹不会撒谎，我替她回答这个问题，我父母是不会同意她离开家庭的……

王莹说话了。豫剧《朝阳沟》里银环妈思想落后反对女儿去农村，银环照样去了。我是半工半读技术学校的学生，完全可以决定自己的选择。只要你们收留白瀛瀛，就必须收留我！

对，你们必须收留我姐姐！王凤叫唤起来，好像一只汪汪咬人的小花狗儿。

村支书看着王援朝，“四清”工作队老大姐也看着王援朝。三人同时叹了一口气。

王莹面色惨白地说，我再说一遍，只要你们收留了白瀛瀛，就不能剥夺我做一个社会主义新农民的权利！

王援朝觉得妹妹思想坚定思路清晰表达明确，确实很有前途。

“四清”工作队老大姐当机立断说，这样吧，既然关系到兴无灭资移风易俗的革命原则，我们晚晌召开党支部紧急扩大会议做出最后决定。

村支书连忙说，援朝你是预备党员，党支部紧急扩大会议你也参加吧。

身材高挑肩膀宽阔的王援朝与文弱娇小面孔苍白的白瀛瀛一前一后走出大队部。此时金水村笼罩在傍晚炊烟里，家家户户飘出玉米粥的香味。渡过三年自然灾害难关，农村渐渐摆脱了粮食匮乏困扰。庄户人家依然保留着勒紧裤带的生活习惯，晚饭以稀食为主，玉米粥便唱了主角。

站在村头。绿绒绒的田野被即将落山的夕阳镀了一层含蓄的金黄。美院附中学生白瀛瀛被这种城市里难以见到的美景感动了，伫立小河畔。

你看过车尔尼雪夫斯基的《怎么办》吗？王援朝小声问道。

白瀛瀛摇摇头说，我只知道车尔尼雪夫斯基的名言“美是生活”。

我给你讲一讲《怎么办》里主人公的故事吧。王援朝音色雄浑地说，拉赫梅托夫贵族出身，却是一个充满理想的俄国青年。他为了考验自己的革命意志，竟然躺在一张钉满了钉子的毡子上睡觉，扎得浑身鲜血淋淋。为了远大理想和事业，他成为一个生活俭朴而体贴百姓的人。后来他还断然拒绝了一个年轻漂亮寡妇的爱情……

白瀛瀛听着王援朝的激情讲叙，目光火热地注视着自己心爱的人。

还有一个人物叫罗普霍夫。他发誓献身革命事业，得知革命同志吉尔沙诺夫深深爱着自己的女友薇拉，便悄悄制造一个自杀现场。让女友以为心爱的人死了。薇拉与吉尔沙诺夫结合了，罗普霍夫则远走国外。

你给我讲这个故事想说明什么呢？白瀛瀛品味着充满革命激情的爱情悲剧，越发困惑不解。

我觉得无论拉赫梅托夫还是罗普霍夫都是我学习的榜样。至于薇拉，后来她开了两间缝纫工场，生活也很幸福。王援朝充满崇敬地说着。

援朝，我不明白你意思……

我的意思是说我们应当把革命事业放在首位。譬如拉赫梅托夫，他的钢铁意志我要用一生时光去磨炼啊。

我来到农村跟你一起磨炼革命意志，你不欢迎吗？

我欢迎不欢迎，只是我个人态度，我们应当服从组织决定。晚晌召开支部紧急扩大会议，你耐心等待最后结论吧。

白瀛瀛眼泪汪汪说，要是没有王莹突然出现，我安家落户也不会遇到这么大麻烦。你妹妹好像把我当作敌人对待，我心里特别害怕她……

王援朝笑了。瀛瀛你不要害怕，到时候我会保护你的。

谢谢你！白瀛瀛破涕为笑——夕阳照耀下满脸金灿灿的表情。

咱们回去吧。我要去大队部开会了。说着，王援朝雄赳赳走在前面。白瀛瀛跟在后面柔声细语说，援朝，你走路的样子很像一个军人。

是啊，很多人不了解情况都以为我是部队子弟，可我百分之百工人家庭出身。

王凤返回大队部向姐姐通风报信，说大朝哥哥跟白瀛瀛出村谈恋爱了。王莹神色严肃，没吱声。她看到大队部院里蹲着一口水缸，伸手拉住妹妹说，闲着也是闲着，我给你洗洗头吧！说着去找肥皂和毛巾了。

王援朝回到大队部，瞅见王莹把傻凤的脑袋按在水盆里洗着。那种名叫“猪胰子”的肥皂泛起的泡沫包裹着小学三年级学生的脑袋，一团团一簇簇，仿佛一座袖珍雪山。看到王莹这种充分利用空闲时间的只争朝夕精神，哥哥心里感慨不已。泼辣勤快灵活实干，这就是王莹的一贯风格——无论走到哪里也不会发生丝毫改变的。

是啊，当年王莹在厨房里说了一声“哥哥我爱你”，我就批评她小资产阶级情调。她哭着反驳我说妹妹爱哥哥无可厚非。我知道她非常爱我，我是哥哥她是妹妹，这种情感只能是兄妹情感。与多愁善感的白瀛瀛相比王莹性格坚忍作风顽强，很少感情用事。她到金水村安家落户绝不是心血来潮。

村支部紧急扩大会议总共九人参加，包括老铁匠、大队饲养员、军属嫂子，还有老贫家赵大爷。是否接收两位女学生安家落户的争论，持续了半个钟头。渐渐统一认识并且做出决议，一个也不收。如果她们坚决要求做社会主义新农民，只能等到毕业之后了。

预备党员王援朝举手表态说，我服从支部紧急扩大会议的决定。他的声音发自肺腑的响亮。

散会了，点亮大队部院里的电灯。村支书板着面孔向宣布支部紧急扩大会议的决定，既不拖泥也不带水——无论是白瀛瀛还是王莹，金水村一个不留。

啊！白瀛瀛与王莹，一时谁也说不出话来。她们像两只受伤的小动物，你看我，我看你，然后一起看着村支书。

为什么呢？王莹率先发问。村支书露出笑容说，我说得明明白白，你怎么还问为什么呢。干脆你找一本《十万个为什么》回家看去吧。

我的情况跟王莹不一样，我来了好几天，你们也收留了我，怎么又变卦呢？我不走，我已经是金水村的人了。美院附中学生白瀛瀛细声细语申诉着，那样子好像比窦娥还冤枉。

你们谁也不要喊冤，支部紧急扩大会议决定两个女学生一个不留。现在去吃饭，村里给你们包饺子！今儿在村里睡一宿，明儿一睁眼村里派一辆骡车送你们回家。

王莹认为，这是一场没有胜利者也没有失败者的平局，不言语了。

在大队部里吃晚饭。黑面饺子，没肉。灯光照耀下，王莹低头吃着，同时瞟着白瀛瀛。白瀛瀛无意之间与王莹对视，苦笑了。

吃完晚饭，王莹和王凤跟随“四清”工作队老大姐去了临时住处。王凤拢着半湿的头发问道，白瀛瀛怎么不跟我们住在一起啊？

你多嘴！王莹低头制止着妹妹，笑着跟工作队老大姐道了晚安。

村支书打着手电筒领着白小林去王援朝屋里睡觉。王援朝住房是一条大炕。平时做饭烧灶，只有炕头热乎。王援朝将村里送来的被褥铺在炕头，自己睡在炕尾。村支书说了声你们休息吧，转身走了。

屋里掌着一盏油灯，炕沿上放着一本打开的书——《绞刑架下的报告》。

没电啊？白小林脱下深蓝色夹克衫露出白色衬衣，小声问道。

今天赶上停电。只好点着油灯看书了。王援朝进一步解释说，四周郊区村庄都通了电，大队部里有广播喇叭，还有电话。我觉得城乡差别正在一步步缩小，广阔天地真的大有作为。

我们休息吧。白小林往鼻梁上推了推下滑的墨镜，试探说。

王援朝起身从柜子上拿出牙缸子和毛巾，去院里洗脸漱口。白小林从提包里取出洗漱用具，跟随主人来到漆黑的院里。看来王援朝依然保持着城市学生的卫生习惯，晚间刷牙。

院里有一口水井。黑暗里王援朝熟练地摇着辘轳汲了一桶水，从桶里舀水刷牙。白小林模仿着，把一口牙齿刷得山响。王援朝刷了牙，蹲在水桶前面双手捧水洗脸，说这样节省一只脸盆。白小林问冬天呢。王援朝说冬天照常这样。白小林想说日本陆军学校就是这样训练士官生的，没敢说。

你夜晚也戴着墨镜，不黑吗?

不黑。习惯了。比如养成晚间刷牙的习惯，不刷牙就睡不着觉。无论什么事情，总会养成习惯的。

回屋上炕睡觉，熄了灯。黑暗里王援朝问白小林懂不懂俄语。白小林说只懂日语。王援朝说初中学了两年俄语，手头有一本俄文原版《铁流》。白小林想说日本男作家小林多喜二，也想说日本女作家宫本百合子，都没敢说。

我知道你爸你妈都是著名劳动模范。你母亲还保持着全国织布挡车工接头速度第一吧？如果我没记错她一分钟接头突破五十大关了，神速。

你对我母亲熟悉吗？黑暗里王援朝的声音飘荡过来，沉降在白小林耳畔。他下意识地摘下墨镜放在枕边说，应当说比较熟悉，我也在国棉十九厂工作。

王援朝纵深询问道，我母亲生病住院是不是疲劳过度造成的?

沉默好似浓浓夜色，渐渐凝固在这间农村的土屋里。既然白小林默不作声，王援朝说了声对不起，便侧身去睡了。

终于响起白小林的声音，深沉而绵长。棉纺行业是劳力密集型作业，而且存在环境伤害，那就是噪声和棉尘。噪声影响人的神经系统，棉尘影响呼吸道和肺部。纺织女工如果超强度作业，过度疲劳在所难免。过度疲劳的最坏结果是过劳死。就说日本的挡车女工吧，她们都是穿着旱冰鞋穿梭往来的，好像一只只燕子。不过目前日本小岛家族正在研制射流织机，那是非常厉害的。

怎么厉害？王援朝很感兴趣。

白小林字斟句酌地说，以前啊，日本是把中国当作他们领土用战争方式加以占领的，今后呢，日本会把中国当作他们的市场用资本手段加以占领的。就说小岛家族吧，他们从来没有忘记当年东洋纱厂是日本产业……

我们是社会主义主权国家啊！王援朝吃惊地说，帝国主义任意欺侮我们的时代一去不复返了。你说的小岛家族它只是一个家族而已，我们是拥有六亿五千万人口的中华人民共和国！你说将来日本资本会占领中国市场，我不敢苟同。

这是我个人的看法，你完全可以不同意。白小林说罢，不言语了。

半夜里，王援朝突然醒来了。他思忖着“半夜里我突然醒来”这句话的俄语怎么说，之后将目光投向炕头注视着黑暗里熟睡的白小林。这时候白小林轻轻说了两句梦话，不是汉语也不是俄语更不是英语，好像是日语。

王援朝无奈地笑了。说梦话也是日语，白小林都把自己研究成日本人了。

这时候有人轻轻叩击后窗。王援朝终于明白自己是被这种声音弄醒的。他起身凑近后窗低声问道，谁？

窗外一阵沉寂，之后轻轻响起白瀛瀛的声音。援朝，我只跟你说一句话，即使千难万险我也要跟你在一起。说罢，窗外的脚步声远去了。

唉，我何尝不喜欢你呢，这也是磨炼我的革命意志啊。王援朝叹了一口气，悄悄躺下了。

清晨起床。白小林随手戴上墨镜望着土炕不解地问道，王援朝你睡在炕席上不铺褥子啊？

你看过车尔尼雪夫斯基的《怎么办》吧，主人公拉赫梅托夫为了磨炼革命意志故意睡在钉满了钉子的毡子上。我跟他相比是小巫见大巫。说着，王援朝从板柜里找出一件白色线衣穿在身上——这是王莹拆了十九双劳保手套用课余时间给哥哥织成的，还在胸前用红线绣了“前进”二字。

沿着村道，王援朝引着白小林去村支书家。村里两个二流子蜷着身子蹲在墙根儿下晒太阳。看到白小林戴着墨镜一个二流子大声说，你是从城里面粉厂来的吧？

白小林停下脚步困惑不解地反问，您怎么认为我是城里面粉厂的呢？

另一个二流子嘿嘿笑着说，一看就知道！俺们村东头磨坊里的驴拉磨的时候也戴你那玩意儿……

白小林往鼻梁上推了推下滑的墨镜说，你这样比喻很不恰当！驴拉磨戴的是眼罩儿，我戴的是墨镜，这是两种完全不同的东西。说罢，就大步去追赶王援朝了。

两个二流子哈哈大笑。一个二流子说，还比喻不恰当？这城里人咋这么傻呢！

另一个二流子说，他兴许不是中国人，中国人没有这种戴墨镜的榆木脑袋。

王援朝走进村支书家的院子，满头大汗的王莹迎上前来兴奋地说，哥哥，我学会添柴火烧大灶贴饼子熬粥啦。

白瀛瀛袖手站在旁边，显然没有与农村生活打成一片。

吃罢早饭，一大群人聚在大队部门口送行。广播站先播放了“戴花要戴大红花，骑马要骑千里马”，村支书说换一首。又播放了“俺是个公社的饲养员”，村支书笑着说播这首歌儿她们更不愿意走啦，干脆放一首歌颂工人阶级的让她们回城吧。

村里广播喇叭响了，放出一首歌颂钻井工人的歌曲：“锦绣河山美如画，祖国建设跨骏马，我当个石油工人多荣耀啊，头戴铝盔走天下！头顶天山鹅毛雪，脚踏戈壁大风沙……”

村支书对车把式大声说，这辆骡车拉三个人，有白瀛瀛的父亲，有王莹，有王凤，还有几件行李。

“四清”工作队老大姐从大队部里跑出来告诉王莹，柴油机厂打来电话说今天阿尔巴尼亚外宾参观，王金炳同志不能请假来接你们。

你们知道阿尔巴尼亚吧？它是欧洲社会主义一盏明灯！

对，我爸爸肯定要给那一盏明灯表演一口清的绝活儿啦！王凤自豪地说。

王援朝一旁解释说，什么叫一口清绝活儿呢？就是偌大一座仓库无论你提问哪个零部件，我父亲都能一口气说出它的规格它的型号它的材质它的库存量以及具体存放位置。

村支书说，白瀛瀛你是骑自行车来的，还骑自行车回去吧。

王莹趁机走到白瀛瀛面前小声说，你没有留在这里，我也没有留在这里，咱们一比一打平了。

白瀛瀛推起自行车说，我不会跟你打成平局的，因为我从来不想跟你比赛！说罢，向送行人群挥手说了声再见，跨上自行车向着村西头骑驶而去。

好啊。村支书望着白瀛瀛出村的背影说，白瀛瀛思想通了！说着依次跟白小林和王莹握手道别，说欢迎你们常来金水村做客。

王援朝表情郑重地跟白小林握手，压低声音说，我认为今后日本的资本没有任何机会进入我们中国的。

车把式一甩鞭子，拉着客人们向着村口跑去了。

“四清”工作队老大姐朝着远去的骡车挥手致意，从衣兜儿里掏出一只白色信封递给王援朝说，白瀛瀛托我转给你一封信。

当场撕开信封，王援朝读着白瀛瀛的绝命书。

“援朝：你给我讲过车尔尼雪夫斯基小说《怎么办》里的男主人公罗普霍夫，他为了告别爱情制造一个自杀假现场，投身革命去了。我不会制造自杀假现场的，我只会留给你一个自杀真现场——因为我发誓跟你在一起，所以我将自己的尸体留在金水村西那一口苦水井里……”

啊！王援朝一声大叫，村西头菜园里有一口苦水井吧？白瀛瀛投井了……

“四清”工作队老大姐急忙问道，你怎么知道她投井啦？

这信里写得明明白白的！王援朝说着，朝村西菜园飞奔而去。他听村支书说过苦水井是“大跃进”那年凿的，当时就算放了一颗卫星。那井水苦得连牲口都不愿意喝。

冲出村口，远远看见井台旁边立着一辆自行车——这正是白瀛瀛的“飞鸽牌”。王援朝一路狂奔来到井前，看到井水动荡不定，猫腰抓住辘轳把的麻绳，顺着井壁降入井里。

瀛瀛！他喊叫一声。水很凉，双手抓着井筒，脚下触到一个绵软的物体。他一头扎向井水深处，屏住呼吸将白瀛瀛拖起，举出水面。这时井口传来村支书的声音，说这口水井淹不死人。

王援朝心头一喜，两脚撑住井壁两手攀住麻绳将白瀛瀛挂在汲水斗上。井口村支书亲手摇着辘轳，白瀛瀛的身体离开水面，缓缓升起了。

井口传来王莹的呼喊，哥哥！你一定坚持住啊……

水面齐胸，王援朝抬头望着越升越高的白瀛瀛，喘了一口气。只听嘭的一声闷响——麻绳断了。浑身湿透的白瀛瀛从空中落下，重重砸在王援朝头上。

王援朝缓缓沉下去。他挣扎着，企图举起双手托着白瀛瀛的身体。

村支书一看大事不好，疯了似的将井口辘轳掀翻，趴在井口大声呼喊着，我一定要把你们救上来！我一定要把你们救上来！

绳子断了，辘轳倒了，井筒又深又暗，人们束手无策。不知什么时候白小林冲上来。他弄来一根胳膊粗的竹竿将辘轳的铁钩儿拴在尖端，伸入井里。

白小林呼喊着女儿名字，一次次打捞着，好像有着使不完的气力。王莹跑来协助，被他的竹竿甩开了。只是一瞬之间，白小林迸发出惊人的力量，大喝一声将白瀛瀛从井里挑了上来——那场面就像从井里钓出一条大鱼。

白小林随手丢下竹竿，激动得五官变形脸孔扭曲，紧紧抱住湿漉漉的女儿，哇啦哇啦说着谁也听不懂的语言。

人们目击了一个世间罕见的父亲形象——极端亢奋的白小林情不自禁地讲出一大堆日语。

几个人抬起白瀛瀛，脑袋冲地两脚朝天，从肚子里往外控水。一股股浑水从她嘴里流了出来。王莹急了，从地上抄起那根竹竿大声说，还有我哥哥呢！还有我哥哥呢！

人们终于清醒了，涌到井台前。白小林抢过竹竿伸进井里，继续打捞着。

“四清”工作队老大姐哭着说，你能把你女儿钩上来，就能把王援朝钩上来！

王莹认为哥哥没救了，坐在辘轳旁边呜呜哭了起来。她看见几个人抬着白瀛瀛送往镇里卫生院，追过去大声说，你把我哥哥砸到井底，我饶不了你……

人们合力将王援朝从井里捞出来。王莹扑过去看到哥哥两眼紧闭脸色惨白，好像没了呼吸。她倏地冷静下来，想起在学校接受的急救训练，立即实施人工呼吸。她屈膝跪在哥哥面前，使劲儿掰开他紧咬的牙关，拉起他两条胳膊，一举一展一张一合地实施着战地紧急抢救。

哥哥你不能死，你死我也不活了。她一边做人工呼吸一边叫喊，疯了似的。

一辆驴车从村里赶来。人们将王援朝就近送往镇卫生院。王莹跳上驴车。驴车狭窄，胳膊施展不开，她索性嘴对嘴给哥哥做着人工呼吸。哥哥的嘴唇冰凉，使人想起青铜雕像。一呼一吸，一吸一呼，她竭尽全力挽留着哥哥的生命。

在镇卫生院打了强心针插上氧气管，一辆汽车载着生命垂危的王援朝前往城市铁路医院。王莹一路不停地做着人工呼吸。汗水湿透头发湿透衣裳湿透鞋袜，好像从水里打捞出来的不是哥哥而是她。

哥哥，我真的愿意替你去死。王莹站在城市铁路医院急救室门外祈祷着。

焦急的等待，煎熬着人们的心。从急救室里走出一位值班医生，他面无表情地问道，是谁一路不停给伤员做人工呼吸？

是我！王莹大步上前疾声问道，我哥哥怎么样啦？值班医生意味深长地看着王莹说，幸亏有你这么一个妹妹，否则他没救啦。

王莹啊地一声尖叫跳了起来，一把抓住这位医生的手说，谢谢您！谢谢您啊！

请你不要激动。值班医生冷静地说道，你代表病人家属进来签字吧。

坐在医生办公室里，值班医生手持X光片子向王莹介绍病情。尽管从小学三年级开始操持家务，她毕竟是孩子。如今挺身而出守护着哥哥的生命，王莹切实感到自己长大成人了。

走出医生办公室，王莹强作镇定告诉村支书，哥哥的颈椎受到严重损伤，即使积极治疗也要落个下肢瘫痪后遗症的。

啊！村支书失神落魄地说，咱们不能让援朝残疾啦！

王凤吓得哭了。王莹蹲下给妹妹擦眼泪说，妈妈身体不好住进疗养院了，咱哥的事儿不要让咱妈知道啊。

王凤使劲点头说，咱哥他死不了吧？

只要姐姐在，咱哥就死不了！咱哥要是残疾了，我伺候他一辈子！王莹握着拳头说道。

10　母亲与女儿

工人疗养院是一座仿古园林式建筑，有假山有湖水，闹中取静，别有洞天。牟棉花从工人医院转到这里，与钢厂劳模孟繁奎、百货大楼纽扣柜台模范售货员赵秀玉、自来水公司抢修队“铁姑娘”朱依华三位劳动模范编为一组。她的任务是组织疗养员开展政治学习。

今天不是政治学习日，下午自由活动。牟棉花决定悄悄返回工厂，以实际行动证明自己能够重返生产第一线。吃过午饭，楼道里静悄悄。她躲在房间里脱掉疗养院的疗养员服，改成日常装束：一件蓝底白花儿的布褂子，一条灰色布裤子，一双偏带坡跟黑布鞋。这一身外出散步的打扮，不会引起别人注意的。

自从进了工人疗养院，时间咣当一下松弛下来。除了一星期的三次政治学习，便是保健治疗和健康讲座，学打太极拳什么的。从一天八小时的紧张忙碌变成一日三餐的休闲疗养，特等劳动模范牟棉花很不适应。有时半夜翻身醒来立即光脚下床，以为上班迟到了，闹了几次笑话。

牟棉花认为，紧张的工作能够使人产生强大的抗病能力。一旦清闲下来便不行了，食欲不振、大便干燥、神经衰弱、月经不调……清闲，是“母”毛病，很快生出一堆小毛病。

因此，她决定悄悄返回车间一试身手，证明自己照旧是棉纺战线一面旗帜，证明自己照旧保持着全国接头冠军的称号，证明今天的牟棉花照旧是昨天的牟棉花。

一身家常装束的牟棉花走出工人疗养院侧门，没有引起门卫注意。12 路公共汽车来了。牟棉花一阵心跳上了车。她知道这叫心悸。工人疗养院保健医生建议服用柏子养心丹。吃了十多盒，不见好。上了汽车坐在前排渐渐定住心神。

到站下车，她看见国棉十九厂大门口形成人流，心头热乎乎的。正是中班工人进厂高峰时间。牟棉花快步走进滚滚人流，不禁兴奋起来。是鱼，就得在水里。是猴，就得在山上。是牟棉花，就得在棉纺厂。这样想着，她笑了。一种小鸟归巢的感觉，油然而生。

走进织布车间更衣室，她打开离别多日的更衣箱，看到自己的套袖、工作帽、平底胶鞋，心头一阵激动——扑扑腾腾好像怀里揣了一只小兔子。拿起那件印有“国棉十九厂”字样的围裙系在腰间，走进织布车间。

正好下午两点钟。这符合她多年习惯，中班，两点半钟接班她总是两点钟到场，这是特等劳动模范的表率作用。织布车间景物依旧，噪声隆隆取缔了纺织女工的耳朵，她们眼睛却明亮起来。姊妹们看到牟棉花突然出现，一排排织机响起惊喜的尖叫，这一声声尖叫淹没在噪声海洋里，上演一场无声电影。

牟棉花系上围裙走到织机前面，心儿疾跳仿佛见到久别的亲眷。上早班的小侯扑上来拥抱她说，牟姐姐你可回来了，想死我们啦。

又白又胖的支班长跑来，她拉着牟棉花的手泪花滚滚。震耳欲聋的噪声里牟棉花跟支班长大声交谈着，两人吼来吼去。她告诉支班长，今天回厂跟班作业就想证明自己能够重返生产第一线，不用疗养了。

早班交班，中班接班。小侯下班走了，中班接替小侯织机的是纺织技校毕业的小刘。看着青春年少的小刘，她不由想起当年的自己。

小刘激动地说，牟师傅您是棉纺战线一面旗帜。我下班回家就给我爸我妈说，我今天跟特等劳动模范牟棉花一起看车，太荣幸啦！

不知为什么，牟棉花感到织机陌生了几分，浑身大汗湿透衣裳。只觉得动作迟缓，脑子想到的，眼神达不到，眼神达到的，手脚做不到，好像一台机器掉了链子，左右失去平衡，前后难以衔接。一着急，心跳加快了。

小刘熟练地接头儿，一捏一挑一结，动作一气呵成。牟棉花知道自己遇到了新一代的挑战。

不要着急，拳不练手生，曲不唱口生。她告诫自己，跟小刘打了招呼，走向车间角落厕所。以往上班时间中途不去厕所，一口气八小时。如今憋不住了。走进厕所她想起医生说的话，工作时间故意不喝水故意憋尿，所以你患了肾小球肾炎。

一个戴着大口罩的女工走进女厕所，抄起扫帚叫了一声牟姐姐，随手摘下大口罩——原来是荔枝壳。

你还在扫厕所呢？牟棉花突然觉得双眼发黑，脑袋嗡的一声大了，身体朝前扑去。荔枝壳一把将她抱在怀里大声喊叫起来。救命啊！特等劳模死在我怀里，我吃罪不起啊……

牟棉花感觉自己好似一块大石头，朝着水底沉去。她隐约听到荔枝壳的呼喊，那声音很遥远，仿佛来自天外云端……

醒来时候，她睁眼看到徐贰芬站在病床前，不知这是什么地方。市总工会劳保部女工科科长徐贰芬同志又气又恼说，你又吓了我们一大跳！真是无组织无纪律，你以为自己还是当年东洋纱厂小女工啊？你现在是特等劳动模范，你现在是棉纺战线一面旗帜！你身体没有复元偷偷跑来上班，要是出了人身事故让我们怎么跟上级领导交代啊！

徐贰芬同志身后闪出王金炳。他小声告诉妻子这里是国棉十九厂保健站。牟棉花环视着双层玻璃窗终于想起，这里当年是东洋纱厂的急救所，我冻掉一根脚指头小伯役郝二黑背着我来这里搽了冻疮膏。

从晕倒到苏醒，牟棉花觉得经历了漫长时光，她注视着丈夫突然张口问道，孩子们都好吧？我惦记我保持了六年的接头儿纪录。

王金炳笑了。你那接头儿纪录早晚得被别人打破。你惦记有什么用？有人打破你的纪录是好事儿，说明长江后浪推前浪，革命自有后来人。

荔枝壳跑来看望说，牟姐姐保重身体吧，我还指望你给我说几句好话让我调回织布车间呢。

救护车将牟棉花拉回工人疗养院。人们一拨拨跑来慰问，送糕点送罐头送橘子汁。牟棉花成了大熊猫式人物，被重点保护起来。

输液、打针、吃药、针灸、推拿、拔罐子，治疗与保健结合，心理疗法与物理疗法兼顾，还增加了水疗。一时间，牟棉花偷偷回厂上班传为美谈——充分体现了工人阶级轻伤不下火线的大无畏精神。

一位老中医开了药方，告诉她做好长期服药的思想准备。回到房间她翻了翻《活页文选》又感到一阵眩晕，只得侧身靠在床头，哼哼唧唧忍耐着。

我身体真的垮了？我今年虚岁三十七就抱着药罐子啊。她想起二十年前的东洋纱厂考工场。靳大姑要我低头猫腰撅屁股，伸出右手捏住了左边耳朵，猫腰撅腚从左往右转，一口气转了六圈儿。如今添了头晕目眩的毛病。英雄不话当年勇啊。

午餐时间，牟棉花精神倦怠食欲不振。度过三年自然灾害，工人疗养院餐桌上见到鱼肉禽蛋，一日三餐为劳动模范们提供着营养。

疗养员吃饭四人一桌，一桌四菜一汤。牟棉花与赵秀玉和朱依华同桌吃饭，赵秀玉站柜台天生饭量小，朱依华在抢修队多年露天作业患了胃病。钢厂劳模孟繁奎饭量很大，三女一男科学搭配，达到了均衡饭量的目的。

进了饭厅坐在四号桌。赵秀玉说牟大姐你儿子真有出息啊。朱依华也夸赞着牟棉花的儿子，还说祝王援朝早日康复。

你们说什么呀？牟棉花好像顶了一脑袋泡沫，不解地问道。

孟繁奎翻开报纸说，小牟你教子有方，你儿子成了新闻人物上了报纸头版！

什么？牟棉花伸手夺过报纸，一眼看到头版头条位置一行大字标题："又一曲社会主义新人赞歌"，下面一行副标题是——"王援朝深井勇救落水女学生"。

这事儿我怎么不知道哇！牟棉花满脸疑惑站起身来，不知所措地离开餐桌走出饭厅大门。

突然得知儿子负伤住院的消息，做母亲的哪有不受刺激的。赵秀玉端起一盘冒着热气的饺子说，我给牟大姐送到房间里去，她心里有事儿一饿就虚脱啦。

咱们一起去！孟繁奎端起饺子走出饭厅，看见牟棉花摇摇晃晃倒在六角亭前。

孟繁奎大步赶上来说，小牟你说昏倒就昏倒，这成了磕头虫啦！

回到房间打吊针，牟棉花强打精神对护士长说，我想见见我女儿王莹……

第二天过午，第一半工半读技术学校女学生王莹顶着大太阳来了。她依然扎两只羊角小辫子，一身洗得泛白的"学生蓝"。经历了生活之火的冶炼，脸黑了人瘦了，长大成人了——从一块普通内涵的铁炼成一块特殊性格的钢。

是啊，谁也不会想到哥哥成了下肢瘫痪的残疾人。妈妈虚弱的身体承受不了强烈的刺激。王莹不知如何向母亲汇报哥哥病情，轻轻叩门走进母亲房间。

灵莹！牟棉花躺在床上唤着女儿乳名。王莹快步走到床前，佯装笑脸。自从哥哥出事她学会了假笑。

母亲看着女儿，女儿看着母亲。母女就这样对视着。牟棉花虚弱地笑了笑，伸出双手说妈妈想摸摸你的脸。

仿佛电流通过全身。王莹束手无策望着母亲。落生十五天，妈妈便中断母乳挡车去了。童年记忆里没有妈妈的亲吻没有妈妈的抚摸，只有幼儿园阿姨的面孔。她从小认为妈妈既不属于家庭也不属于自己，只属于工厂。

灵莹……牟棉花慢慢收回双手。女儿猛然醒悟，伸长脖子将脸蛋儿凑到妈妈面前。母亲伸出双手默默抚摸着女儿的脸颊。

任凭母亲抚摸着，王莹渐渐冷静了。您放心吧大朝受了轻伤，住几天医院就会好的。

牟棉花捧着女儿的脸蛋儿说，你现在还骗不了妈妈。你越说大朝受了轻伤，我越知道他受了重伤。报纸上说你哥哥救一个女学生，是吧？

女学生就是白瀛瀛。王莹终于说出一句实话。

哦。你给市总工会劳保部徐大姐打电话，请她派汽车拉我去医院看你哥哥！

徐贰芬乘坐一辆吉普车赶到工人疗养院。她走进房间笑着说，大家瞒着你还不是因为你身体虚弱嘛。反正瞒不住了，我陪你去医院看望大朝吧。

前往铁路医院。牟棉花与徐贰芬坐在吉普车后排。徐大姐，我特别重视自己保持全国接头儿冠军的纪录，这也是国棉十九厂的荣誉。

你千万不要以为我身体垮了。我一定会重返生产岗位的。

你不要想得太多，别人打破了你保持的接头儿纪录也抹杀不了你的贡献！你照样还是特等劳动模范，你照样还是棉纺战线一面旗帜。

坐在吉普车前排的王莹不由想起下肢瘫痪的哥哥。谁来照顾这位社会主义新农民一辈子？只有我了。我不光要照顾他这一辈子，我还要照顾他下一辈子！

走进铁路医院住院部，徐贰芬一把拉住牟棉花说，大朝跳进井里救白瀛瀛，没想到绳子断了白瀛瀛掉下来砸在他头上，伤了颈椎。现在下肢行动不便，不过医生努力争取让大朝重新站立起来，你一定要挺住啊！

我明白了。牟棉花镇定地向徐贰芬说，你要是相信我就让我自己进去看望大朝，你看我能不能挺住！

徐贰芬眯起眼睛想了想，转身对王莹说，你把妈妈送到哥哥病房门口就回来，咱们在楼道里等着。

王莹挽着母亲的胳膊走到哥哥病房门口。牟棉花扭脸看见女儿头发上沾了一丝草叶儿，伸手摘下来说，灵莹，妈妈挺得住。

牟棉花走进病房。徐贰芬跟王莹并排坐在楼道椅子上等待着。王莹低头摆弄着衣角说，徐阿姨您对我妈妈太好了，有了事情总是跑前跑后，我心里特别感激您。

徐贰芬侧身搂着王莹的肩膀说，你哪里知道，我跟你妈妈从一九四五年就认识。那时候你妈妈跟你这般年纪，比你还瘦，比你还矮，可胆子比谁都大。解放前夜国民党组织别动队破坏中纺五厂变电站，你妈妈硬是躺在汽车轮子前面把敌人挡住啦！

是吗？我怎么没听妈妈说过呢！王莹一下兴奋了，心里却越发觉得妈妈陌生起来。

你妈妈苦练挡车接头技术，没黑天没白天地练，手指甲都磨厚了，好像中了魔怔。你妈妈还特别谦虚，明明她创造了“牟棉花接头法”却不让报社记者宣传，她说那算不上什么。

王莹越听越陌生，好像徐阿姨在讲别人的事迹。王莹感慨地想到，这一桩桩事情不是妈妈不愿意给我讲，而是妈妈根本没有时间给我讲啊。

医院楼道里清清静静，空气暗暗有了斤量，吸进肺里沉甸甸的。王莹望着哥哥病房门口，想象着白瀛瀛给哥哥喂饭喂水洗手擦脸的场面，心里嫉妒起来。那是我的大朝哥哥凭什么交给你白瀛瀛呢？这样想着她对白瀛瀛的抵触心理越来越重，好似情敌一样。

徐阿姨看了看手表，说灵莹你还要赶回家做晚饭吧？王莹回答说，我让傻凤熬一锅小白菜儿，我提前烙好了“银裹金”的饼。

银裹金的饼？什么呀又是金又是银的！徐贰芬感到新奇，打听详细情况。

您问“银裹金”啊？王莹得意了，挺胸挥手拉开架式说，您说粮店每月只供应百分之三十的白面，那百分之七十的玉米面怎么吃？嘻嘻，我就发明了“银裹金”的饼。我教给您吧徐阿姨，先压出一张玉米面的饼，然后擀出两张薄薄的白面饼。玉米面的饼是瓤儿，白面饼是皮儿，一包一裹一捏缝儿，就成了“银裹金”的饼了。烙熟了您看吧，外表香喷喷是白面饼，一咬，里头黄澄澄是玉米面。又看好，又好吃。我弟弟设子参加植树劳动我给他烙了“银裹金”的饼。同学们羡慕极了，说看人家王建设不愧是特等劳动模范的儿子，吃百分之百的白面！其实呢？那是“银裹金”！

徐贰芬一声不吭地听着，出神地注视着这位心灵手巧吃苦耐劳的小姑娘。

您怎么啦，徐阿姨……？王莹被徐贰芬看蒙了，不知自己出了什么错。

哎呀，你这小丫头不得了！嘴一份手一份，既能说又能干。徐贰芬大发感慨说，我要是有儿子将来一定娶你做儿媳妇。可惜我不生养啊。

您说什么呀徐阿姨！王莹羞得红了脸，起身走向哥哥病房。徐贰芬一把拉住她说，你不了解你妈妈性格，她绝不让别人看见她掉眼泪。

这时，牟棉花走出儿子病房，表情恬静。王莹迎上前去搀住母亲。牟棉花闪开了，朝着徐贰芬微笑着。

大朝没有生命危险，我放心了。他脖子打着石膏两腿没有知觉，医生正在努力治疗。他坐几个月轮椅就好啦。牟棉花从从容容说着。

徐贰芬反而不放心了，小声试探着说，小牟，你没事儿吧？

牟棉花颇为轻松地说，我没事儿。这里有白瀛瀛陪伴大朝我更放心了。咱们回去吧。

一行人乘坐吉普车返回工人疗养院，路上王莹坐在前排几次回头观察母亲脸色。哥哥出了这么大的事情妈妈竟然如此镇定，王莹心里既惊异又佩服。

一路行驶着。她突然听见母亲小声对徐阿姨说，这几天我想让灵莹跟学校请假陪陪我，你看可以吗？

这很好嘛。你平时跟孩子们交流不多，这两天就让灵莹陪陪你吧。

吉普车驶进工人疗养院，停在甲楼花坛前面。王莹抢先下车去搀扶妈妈。牟棉花已经下了车，向车里说了一声徐大姐再见，快步向丙楼走去。

绕过甲楼，黄昏里王莹追上妈妈。牟棉花转身抓住女儿胳膊声音虚弱地说，灵莹，你搀着我啊……

她用力挽住母亲，发觉她浑身颤抖。扶着妈妈坐在六角亭里，王莹恍然大悟说，您一路上硬扛着啊？

牟棉花苦笑着说，傻闺女，我不想让徐大姐看到我是病秧子啊。

徐阿姨要是知道您这样子，您就不能重返生产岗位了？王莹小声问道。

妈妈要是不能重返生产岗位，活着还有什么意思？牟棉花伤感地说，妈妈要是不能重返生产岗位，还不如死了。

您除了重返生产岗位就没有别的念想？王莹不解地问道。

妈妈不言语，一动不动地坐着——暮色里好像添了一尊雕像。她听见这尊雕像迎着西沉夕阳说，灵莹，你晚上陪我住在疗养院，明天去学校请假。

王莹心头泛起一阵涟漪。这么多年了，妈妈风风火火嘻嘻哈哈大大咧咧好似铁质女人，偶尔头疼脑热，不打针不吃药睡一觉又去上班了。既不依赖家人也不要家人依赖。今天主动要求女儿请假陪伴——妈妈从来没有这样示弱啊。

咱们去吃晚饭。妈妈领着女儿径直走向饭厅。一进饭厅大门，牟棉花蓦然变了一个人——精神抖擞步伐轻快满面春风，嘻嘻哈哈跟别人打招呼。王莹惊愕地望着神话似的母亲，在四号桌落座了。

赵秀玉拉着王莹的手说，哎呀，这娘儿俩真像啊，一个模子刻出来的。

朱依华端详着王莹说，嗯，闺女长得比妈妈好看。这就叫青出于蓝而胜于蓝。要是一代比一代长得难看，还怎么接革命的班呀。

牟棉花笑着叫来饭厅服务员，说加一份饭菜另外付钱。赵秀玉立即制止，说钢厂老孟请假回家吃晚饭，不用加了，还是四人一桌。

我闺女吃人家老孟的饭菜，这不合适吧。牟棉花一丝不苟说，不行不行，我还是要交钱交粮票的。

有什么不合适？这是我们工人阶级的第二代嘛。吃！第二代吃第一代是应该的。赵秀玉笑眯眯递给王莹一块水果糖。

同桌吃饭的这两位劳动模范，只字不问牟棉花儿子的病情，好像故意回避着。

王莹悄悄看着赵秀玉阿姨，觉得这位百货大楼的模范售货员皮肤白皙眉清目秀，说话和声细语跟自来水公司抢修队的“铁姑娘”朱依华阿姨完全不同。朱阿姨皮肤粗糙高声大嗓，很像男同志。

晚餐四菜一汤，主食是二米饭。二米饭就是大米掺小米的饭。四菜是三素一荤，还有一盆清汤。王莹主动给两位阿姨盛饭，当即受到赞扬。牟棉花吃了一大碗二米饭，显出很好的食欲。全桌人只有王莹心里明白，心绪不宁脾胃不和的妈妈，这是强吃强喝。

闺女，疗养院的饭菜好吃吗？朱依华一边吃一边问。

王莹小心翼翼评点着，炒肝尖儿不错，青椒炒土豆也好，粉丝熬菠菜比较差，过火了。清汤更不行了，喝着发涩。

你会做饭啊？赵秀玉颇为意外，给王莹夹了一块肝尖儿。

牟棉花颇为荣耀地说，她小学三年级就给全家做饭啦！四年级拆洗棉被，五年级学会了织线衣……

妈妈您别说了，您再说我也成特等劳动模范了。王莹给妈妈盛了一碗清汤。

吃完晚饭，王莹起身收拾桌子，说去洗碗。朱依华告诉她疗养院吃饭不用自己洗碗。赵秀玉感动地说，这闺女天生热爱劳动将来跟妈妈一样也是特等劳动模范。

王莹陪着母亲走出饭厅去小树林里散步。天黑透了，妈妈的体力随即衰败下来，全然没了大庭广众之下的精气神。女儿觉得妈妈这样活着太累——特等劳动模范的光荣称号，就像一顶铁帽子戴在妈妈头上。

黑暗里散步，女儿陪着母亲走进丙楼跟值班护士长打了招呼，回到房间去了。王莹知道妈妈有早睡的习惯，伸手拉上窗帘。

走进卫生间，由于没有自己专用的洗漱器具，她撩了几把清水洗了洗脸。

妈妈站在卫生间门外说灵莹你要是刷牙就用我的牙刷吧。王莹嗯了一声，从漱口盂里拿起妈妈的白色牙刷看了看，放弃了。无论妈妈的太平洋牌毛巾还是妈妈的绿宝牌香皂，对女儿来说都是别人的东西。

牟棉花去铺床了。这时王莹想起，妈妈上床睡觉爸爸要给她打水烫脚的。如今妈妈独自住在疗养院，没了爸爸那盆热气腾腾的洗脚水。

于是返回卫生间拧开热水龙头，王莹哗哗接了一盆水。伸手试了试，不太热。她拿来暖水瓶添了一股子热水，端到床前。

牟棉花铺了床单，将两只枕头并排摆放，跪在床上展开毛巾被，竟然累得气喘吁吁。她回头看见女儿端着一盆热水站在床前，愣住了。

牟棉花慌忙坐在床边。王莹猫腰将水盆放下，蹲在床前动手给妈妈洗脚。

我不用你洗，我不用你洗。牟棉花的双脚东躲西闪，好像盆里漂着一颗水雷。

王莹低头看到妈妈缺少一根小脚趾的伤残左脚，便不坚持了。女儿毕竟了解妈妈的性格——争强好胜，不会轻易接受女儿援助的。

熄了灯。月光渐渐镀亮窗台，也镀出人间的轮廓。一张双人床，妈妈睡一侧，女儿睡一侧，共同盖着一床毛巾被。有生以来首次跟妈妈同床而眠，王莹不太适应。黑暗里母亲的声音趁着月光，轻轻响在耳畔。

王莹告诉母亲，半工半读技校学制三年，半天在学校上课半天在车间劳动，理论与实践相结合。学生毕业掌握一门技术，大多分配到国营大工厂，挺好的。

妈妈满意地哦了一声。有技术就好。当初你爸在资本家厂里当伙计，白天扫地擦桌子，晚上打水端尿盆儿，没有机会学手艺。解放后成了仓库保管员。

因为没有技术爸爸才去管仓库啊？王莹惊讶地问道。

那倒不是。你爸爸在503厂修械所当过钳工，修理了几十支步枪呢。

黑暗里，王莹望着天花板，想象着爸爸妈妈往昔的岁月。一个是私营工厂里的小伙计，一个是日本纱厂里的小女工，新中国双双成了特等劳动模范。

半夜王莹听到叹息声，原来妈妈也醒着。她翻过身去低声问道，妈妈您也失眠啊。

灵莹，我想跟你说说话。妈妈抓住女儿的手说，以后你毕业进厂当工人就是大人了，我提前跟你说说大人的道理吧。

你说吧，我听着。王莹闭着眼睛，等待母亲讲述大人的道理。

人的感情，那是很怪的。你不知道，当年我在日商东洋纱厂打瞎了一个工头儿的眼睛，因为他冻掉了我一只小脚指头。这是阶级仇民族仇吧？可是，后来我倒对他有了几分好感，甚至愿意跟他说话。这到底是什么心思，我自己都说不清楚。后来我寻思，可能他是知识分子吧，言谈举止引起我的好奇心。

王莹嗯了一声，静静听着。

你的心思，我看得清清楚楚。就说你跟大朝的感情吧，他是你亲哥哥，你是他亲妹妹，这不是明摆着的事情嘛，无论你对大朝感情多深，那也只能是兄妹感情。你要是连这点儿事情都弄不明白，那就自找苦吃了。

王莹又嗯了一声，继续静静听着。

白瀛瀛投了井，好啦！她为了你哥哥去投井，我敢说她跟你哥哥的婚姻铁定了。你想一想，一个女人为了跟一个男人在一起，她命都不要了，哪个男人不受感动？除非那男人是浑蛋。如今白瀛瀛一天二十四小时陪伴你哥哥，即使没有感情也会日久生情的。我了解大朝的性格，外表冰冷生硬其实心里软着呢。白瀛瀛的性格好像绵绵软软的，嘿嘿，这叫卤水点豆腐，一物降一物。

只可惜白瀛瀛家庭成分太高出身不好，跟你哥哥不般配。没有听到女儿回应，牟棉花提高音量说，灵莹你睡着啦？

没睡着。我听着呢。黑夜里王莹的声音好像一只小鸟儿，轻轻扑打着翅膀。

是啊，你不应该睡着。妈妈嘱咐你一句话，你哥哥跟白瀛瀛的事儿，你就不要掺和啦。

黑夜的房间里，盛满了沉默。

灵莹，我的话你听明白了吗？牟棉花翻身坐起，焦急地问道。

黑夜凝固着，像一团黏稠的颜色。王莹的声音从黑夜缓缓流淌出来，黏稠而沉滞——妈妈，我听明白了。

你听明白了就好。我知道你的脾气禀性，特别随我，认准一条道不回头，自己跟自己较劲。当初我认准进东洋纱厂做工，九头牛也拉不回来。将来你技校毕业要是当了产业工人，前途光明啊。你一定要认准这条道走下去。以后你搞对象啊结婚啊，妈妈决不干涉你。

妈妈您睡吧，咱们不说话了。黑暗里传来王莹的声音。

第二天一早，王莹去第一半工半读技术学校教导处请假，说陪伴生病的妈妈。教导主任告诉她，和平小学打来电话通知你今晚六点准时到校参加家长会。

王莹跟教导主任解释说，我弟弟王建设是和平小学六年级学生，我是代表爸爸妈妈参加家长会的，已经好几年了。

教导主任笑着问道，那你的家长会谁来参加呢？

王莹开玩笑回答说，我的母亲是祖国，您能让祖国参加我的家长会吗？

离开学校回家，她旋风似的走进厨房从咸菜缸里捞出几只自家腌制咸萝卜，抄起菜刀当当当切出一盘子咸萝卜丝，然后淋了几滴香油。挑开炉火烧开一锅水，转身舀了一盆玉米面，添水和面——蒸了一锅窝头。

她拿起粉笔在厨房小黑板上写道，我在疗养院陪伴妈妈，你们的晚饭——窝头蒸好，咸菜切好，小白菜汤临时做吧。祝爸爸工作顺利，祝弟弟妹妹学习进步。

看看厅里钟表，知道过了午饭时间，她掏出手绢返回厨房包了两只窝头，匆匆走出家门。为了提早赶回工人疗养院，她决定乘坐 9 路公共汽车。如果在这一站上车，车票五分，如果步行朝前走一站上车，车票四分。她决定节省一分钱，大步走出一站地。

坐在公共汽车里掏出手绢，细嚼慢咽吃了两个玉米面窝头。下了

9路汽车走进工人疗养院大门，远远看见妈妈坐在甲楼花坛前面。

灵莹！阳光下牟棉花起身迎上前来说，你还没吃午饭吧？说着递给女儿一只手绢，里面裹着两只白面包子。

妈妈，我吃过了。我回家做好了晚饭，他们一进家门吃现成的。王莹满头大汗把裹着两只白面包子的手绢递了回去。

今天晚上六点我要去和平小学参加设子的家长会。王莹挽着妈妈走向丙楼。

牟棉花一边走一边寻思说，灵莹，我好像从来没有参加过设子呀傻凤呀的家长会，是吧？

您只参加过大朝一次家长会，那是他小学五年级的时候。我的家长会您从来没去过。有一次我在少年宫做“学习雷锋好榜样”的主题演讲，您答应我去听，厂里加班您还是没去。

走进丙楼，牟棉花突然拉住女儿说，灵莹，今儿晚上我跟你去参加设子的家长会！

你跟我去？嘻嘻，应当说我跟你去！你是妈妈，我是女儿啊。王莹笑着说。

是啊，我是妈妈，你是女儿。牟棉花走进房间，打开柜子拿出一双女式黑色条绒布鞋，递给女儿。

女儿吃惊地望着母亲说，您想去制鞋厂当厂长吧？

妈妈扑哧一声笑了，脸上透露出几分当年的活力。王莹也笑了，她觉得妈妈只有铿铿锵锵的时候才是妈妈。一萎，便不是妈妈了。

牟棉花又从柜子里拿出一双男式五眼黑布便鞋说，这是给你爸爸做的。你知道我为什么不停地做鞋？我这是偷偷苦练挡车工基本功呢。从打夹纸、剪样儿，粘底儿，搓线绳儿，纳底子，一直到锁口、搪底、绱鞋，哪道工序不是操练眼神儿啊？哪道工序不是操练手劲儿啊？嘿嘿，有朝一日我要重返生产岗位……

牟棉花说到这里话锋一转，我住在疗养院里消息闭塞，也不知道我保持的接头纪录是不是被别人打破了……

王莹小声安慰母亲说，您创造那纪录多不容易啊，不会轻而易举就被别人打破的。

有时候我担心它被打破，有时候又盼望它被打破，心情特别矛盾。你说怎样办啊灵莹？牟棉花小孩子似的问道。

晚间六点钟，王莹哼唱着："接过雷锋的枪，千万个雷锋在成长……"陪同妈妈准时走进和平小学六年四班的教室。班主任孙老师认识王莹却不认识牟棉花，便向"棉纺战线一面旗帜"投来疑惑目光。王莹正儿八经介绍说，孙老师，我母亲参加我弟弟的家长会来啦。

孙老师一愣，随即双手鼓掌说，哎哟！您是王建设的母亲？热烈欢迎特等劳动模范光临我们的家长会啊！

牟棉花红了脸，连连摆手。王莹从来没有见过母亲如此窘迫，好像做错了什么事情的小学生。

我跟大家一样是来参加学校家长会的……说完，牟棉花快步走到后排落座。

王莹坐在母亲旁边小声说，人家鼓掌欢迎您这是光荣啊。

唉，人家哪里知道我从来不参加孩子的家长会，人家哪里知道我脱离生产岗位，人家哪里知道我住进工人疗养院病秧子一个！这叫光荣啊？白吃国家粮食白拿国家工资白住国家疗养院……

妈妈，您总跟自己较劲，这样太累啦。王莹小声劝慰着母亲。

家长会结束了。王莹主动向班主任了解弟弟的情况。孙老师说王建设的学习成绩中等，主要原因是他特别喜欢机器，上课经常走思。前几天学校茶炉坏了请来师傅修理，他一旁看得入迷，结果旷了一节课。

多年不跟学校老师打交道，牟棉花似乎成了"编外家长"，想说话也插不上嘴，尴尬地站在一旁。

孙老师说，王莹，你从小学三年级就代表父母参加家长会，担当家务劳动，照顾弟弟妹妹，人小志大自强不息，我们决定聘请你担任校外辅导员，这很光荣啊。

牟棉花一时忘了自己身份，大声对孙老师说，是啊，不光生火做饭洗衣服，就连全家人的被褥都是王莹缝的……

孙老师笑眯眯地说，您的特等劳模奖章有王莹一半功劳啊。

突然一阵眩晕，特等劳动模范牟棉花伸手扶住女儿。

11　地狱与天堂

素有“华北机器工业摇篮”之称的三条石大街，灯火通明。天气大热，人心比天气更热。这一条老街遍布工厂，一座工厂推出一台批斗会，好似唱起连台大戏。桅灯制造厂批斗一对坏分子，奸夫是副厂长，奸妇是出纳，一人脖子上挂着一只破鞋，双双低头交代着奸情，时有不堪入耳之细节。机械铸造厂批斗漏网中统特务，一只痰盂扣在老头儿脑袋上，只露着一张嘴，呼呼喘着秽气。一阵阵革命口号响起，将三条石大街变成巨型音箱，处处回荡着“无产阶级文化大革命”的声浪。

通用机械附件厂前身是华昌机器厂。它的批斗会主角自然是反动资本家白鸣岐。天气热。热得灯光仿佛泻下一团团火光。一只只夏虫积极扑向灯火，有蛾子有蝲蝲蛄有油壳螂，主动申请着死亡。人们脚下踩着昆虫的尸体高呼打倒反动资本家白鸣岐。

白鸣岐低头站在台上，大热天被迫穿着黑色棉袄棉裤，好似铠甲。铠甲捂出的汗水立即被棉袄棉裤吸收，身体脱水呈现木乃伊趋势。木乃伊胸前挂着“反动资本家”的牌子，头戴“木壳帽子”——称量粮食的斗。

有人向白鸣岐投掷烂西红柿和臭鸡蛋。这“斗”竟然起着战场钢盔的作用。反动资本家暗暗庆幸，心里对“木壳帽子”充满感激。

造反派头头梁三升派出两路人马。一路去抓“走资本主义道路当权派”李亦墩；一路去抓“人造黑劳模”王金炳。

在此之前，柴油机厂召开了批斗大会，“走资派”李亦墩闭口不谈日伪时期从事“地下工作”的经历，包括把瘦猴儿佟小喜尸体悄悄埋在华昌机器厂后院，将根据地急需的药品装进棺材运往冀中的内幕。他站在台上说这是党的保密纪律。不能讲就是不能讲。

去抓李亦墩的一路人马空手而归，说“走资派”成了香饽饽，柴油机厂造反派攥在手里不肯放人，必须拿厅局级当权派跟他们交换。

去抓王金炳的一路人马胜利归来。造反派头头梁三升当即给这位“工业战线红管家”挂上一块“人造黑劳模”的牌子，戴上一顶白纸糊的写着“资本家的孝子贤孙”尖顶帽子，噔噔噔押上批斗台。

“人造黑劳模”？人造还是黑的，发明这词儿的人太损了。白鸣岐心里颇为王金炳抱不平。我是旧社会资本家你们批斗我，王金炳是新中国劳动模范你们批斗他，这是大水冲了龙王庙——自家人不认自家人。

低头站在台上，王金炳想不通。十六年前我挑着行李去找李亦墩同志参加革命工作。离开华昌机器厂老东家嘱咐说，从今往后你千万不要回来。十六年兜了一个大圈子，我挂着“人造黑劳模”的牌子戴着“资本家的孝子贤孙”的帽子回来跟老东家并肩挨斗。真是山不转水转啊。

王金炳是吃晚饭的时候从家里揪来的。通用机械件厂革命群众冲进家门，高喊“打倒资本家的黑伙计！打倒资本家的孝子贤孙！”的口号。人们推着搡着骂着叫着，把王金炳押走了。王凤小鱼儿似的溜了。

造反派冲进卧室把正在修理闹钟的王建设摁在地上，一个大胡子说狗崽子屁眼儿里藏着金条，动手扒裤子搜身。王建设浑身颤抖好似虎口小白兔。

灯光照耀下，通用机械附件厂批斗会吸引了大批革命群众。一是由于王金炳的知名度，从“工业战线红管家”变成“人造黑劳模”。二是由于白鸣岐的特殊装束，人们毕竟没见过大热天身穿棉袄棉裤的。

一个农民打扮的老汉站在台下，声泪俱下控诉着。我是佟小喜的叔叔，解放之后我们迁坟，找到西营门外义地刨开坟头找不到棺材。敢情是空坟啊。万恶的资本家白鸣岐，你把我侄子佟小喜的尸首弄到哪儿去啦？

梁三升上台掀去“木壳帽子”大声逼问，白鸣岐你把我们阶级弟兄佟小喜的尸首弄到哪儿去啦？

你们送殡去了坟地，我坐在家里怎么知道哇？白鸣岐低头辩解着。

打倒万恶资本家！几个小伙子冲上台来挥动皮带抽打着。失去木壳帽子保护的白鸣岐双手抱头，东躲西闪。

你们不要打他……不知从哪儿借来胆量，王金炳喊了一嗓子。两个小伙子冲上来扳起王金炳胳膊往下狠狠一压，让他坐了一个“喷气式飞机”。胳膊很疼。肩膀很疼。腰很疼。腿很疼。从头疼到脚，然后从脚疼到头。王金炳患有腰椎增生和关节炎，咬牙扛着不敢挣扎。他知道挣扎必然挨打。

梁三升朝着台下大声说，革命群众你们看，一个是反动资本家，一个是“人造黑劳模”，俩人一丘之貉！

台下响起打倒“人造黑劳模”的口号。坐了“喷气式飞机”的王金炳心里说，有人造革，有人造棉，有人造丝，还有人造劳模？

你老实交代！佟小喜尸首到底埋在什么地方？梁三升厉声问道。王金炳明白了，梁三升这是存心诬赖好人。

批斗会现场一派静寂。一个人大步咚咚走上台来说我要揭发。王金炳听出这是当年看门人的声音。

那时候我在华昌机器厂看大门，有一天半夜学徒大炕冒了烟，伙计们都跑了出来。我亲眼见白鸣岐命令佟小喜爬到树上去给王金炳拿铺盖卷儿，夜风一拍受了凉，受凉发烧去摇大轮，没几天就死啦。这是一条人命啊！

这一番证词，腾地点燃了人们心头怒火，也改变了批斗会大方向，从追究瘦猴儿佟小喜的尸体下落转向追究佟小喜的死因。既然佟小喜是被万恶资本家弄病的，那么血债要用血来还。人们冲上台去，八条胳膊四双手，一起揪住反动资本家白鸣岐。

白鸣岐虚脱了，身子挺直昏倒台上。梁三升说资本家装死，一群人合力抬起身穿棉袄棉裤的白鸣岐嘿哟一声扔到台下，落地发出一声闷响。

顺着灯光，一群黑色油壳螂呼啦啦俯冲下去，爬满白鸣岐全身。顿时，反动资本家仿佛穿了黑亮亮的盔甲。王金炳以为白鸣岐摔死了——虫子来吃尸体。

台下有人拎来一桶凉水，哗地泼在白鸣岐身上。这水声诱导着王金炳——吓得尿了裤子。

梁三升将批斗会准星瞄向“人造黑劳模”说，王金炳！当年军工503厂发生爆炸死了一个叫杜大喜的，那颗手榴弹是你放进焦炭堆里的吧？

我的天，这梁三升怎么嘛事儿都知道哇。王金炳心惊肉跳地想着。佟小喜尸首还没找到，他又把杜大喜的人命往我身上栽。

王金炳不投降就叫他灭亡！台下革命群众义愤填膺。几个汉子挽起袖子上台，就要动手打人了。

要文斗不要武斗，你们不要打人！一队女学生突然进入批斗会场，一人手里拿着一册红皮《毛主席语录》。为首的女学生身穿绿军衣腰间扎着铜头皮带，胳膊上戴着红卫兵袖章语气冲天说，“无产阶级文化大革命”要触及人的灵魂，不要触及人的皮肉！谁是这里的负责人？

梁三升应答说，我！你们是什么人……

为首的女学生手里挥动铜头皮带朝梁三升说，我们是毛主席的红卫兵！你们擅自揪斗“人造黑劳模”，不触及灵魂只触及皮肉，这是破坏中央文革小组“十六条”的行为，我们要开会批斗你的！

梁三升一时不知如何应对毛主席的红卫兵，往后退了两步。

把“人造黑劳模”押回去！一声令下，两个女红卫兵押着王金炳下台。会场出现一阵骚动。为首的女红卫兵指着梁三升说，把这个人也押回去，连夜审问他为什么破坏“十六条”！

梁三升隔着人群跳脚说，你们是红卫兵小将，我是革命造反派，咱们井水不犯河水！

为首的女红卫兵趾高气扬说，呸，你有什么资格跟我讲井水河水？我们晚上还有任务，明天再来找你们算账！

这一群女红卫兵押解着王金炳大步离开批斗会场。佟小喜的叔叔扬起胳膊好似落水者扑腾着说，你们把“人造黑劳模”带走了，我侄子的尸骨往哪儿找去啊？

路过桅灯制造厂的批斗会场，那一对奸夫奸妇下台了，换了一个鸡奸男童的老头儿上台，低头猫腰接受批斗。好奇的人流涌动着，一时道路堵塞。“人造黑劳模”成了无人搭理的盲点，丢在一旁。

王莹突然钻出人群一把抓住爸爸胳膊说，您跑吧您跑吧！您不跑，回到柴油机厂您照样挨斗啊……

王凤窜上前帮腔说，爸爸您先躲到工人疗养院去，您不跑白不跑，反正现在没人管您！

望着突然出现的两个女儿，王金炳双腿发颤身子摇摇晃晃说，我两条腿不听使唤，跑不了啊……

王莹推开妹妹说，您当年半夜协助李亦墩翻墙逃跑，那胆量呢！

一群人呼喊着涌上来，这是来自柴油机厂的革命造反派。他们如获至宝似的抓到“人造黑劳模”，押回工厂批斗。

落到革命造反派手里。王金炳嘴唇不抖了，腿脚不颤了，脸色渐渐复原了。他心安理得地向女儿投来一瞥，目光里居然流露出几分跳伞者安全着陆之后的神情。

眼巴巴看着父亲被押走了。王莹转身躲到暗处，双手捂脸大哭起来。王凤陪着姐姐悄悄落泪。

傻凤你哭什么！王莹气急败坏斥责着妹妹。

我知道你为什么哭！王凤挺起胸脯说，你看到咱爸是熊包，就哭啦。

王莹霍地站起瞪大眼睛注视着妹妹。王凤连忙说，咱爸主动回厂挨斗，这叫自愿！怪不得咱们啊。

王莹在前，王凤在后，回家去了。半路上看到身穿黑棉袄黑棉裤的白鸣岐趺趺撞撞拐进一条小巷，消逝了。

姐妹俩疲惫不堪地走进家门。客厅里黑着灯，从弟弟房间里泄出一缕灯光。王莹迎着灯光推门看到王建设趴在床上哭泣。上前拉起弟弟却被他的大黑脸吓了一跳。

设子你怎么啦？这脸跟包公似的！

那拨造反派押着咱爸走了，又来一拨造反派，他们抓不到咱爸就说我是"人造黑劳模"的狗崽子，还说我爱好修理机器是走白专道路，给我抹了一个大黑脸……王建设双手捂脸哭着。

哥哥别哭了，你赶紧洗脸吧。王凤小大人儿似的劝慰着。王建设说已经洗了两遍，这是油墨洗不掉。

王莹从弟弟满脸怯懦的神色看到爸爸的影子，急声急语说，设子，一点油墨就把你吓住啦？你这样胆小怎么参加"无产阶级文化大革命"呀！你掉眼泪也冲不掉油墨，咱们动脑筋想办法嘛。

王莹指挥王凤说，你去楼下孟叔叔家讨一小碗白酒，兴许能擦掉油墨。

一会儿工夫王凤端着空碗回来了，说钢厂来了一群人把孟叔叔带走了，也说他是"人造黑劳模"。

坏了，都成了"人造黑劳模"，恐怕没有太平地方了。王莹拧着眉毛说，明天一早儿咱们去工人疗养院，千万不要告诉咱妈咱爸挨斗了……

姐，我存了一小瓶汽油。王建设小声汇报。

好啊，没有酒精就用汽油试试。王莹猫腰从床下找出一团棉花，准备蘸着汽油给弟弟擦脸。

一瓶汽油，一大团棉花，王莹把弟弟脸蛋儿基本擦干净了。王建设起身跑回屋里去了。

王凤在厨房里热了饭菜，小声告诉姐姐说，我听楼下邻居说头一拨人来抓咱爸，有一大胡子进屋扒掉设子裤子搜查，说他屁眼儿里藏着金条。

王莹听罢咬着嘴唇说，那大胡子太没人性了。说抄家就抄家说打人就打人，以后谁还敢当劳模呀。

我敢！王凤拍着胸口说，我的理想就是跟咱爸咱妈一样，长大以后无论如何我也要当特等劳动模范。

傻凤，你当劳模不怕挨斗呀？王莹试探着问道。

王凤笑了。当劳模还能一辈子挨斗哇？一定是光荣的时候多，倒霉的时候少。嘻嘻……

躺到床上睡觉，王莹回味着王凤的一番话。孩子嘴里吐真言。当劳模还能一辈子挨斗哇？人生在世，一定是好的时候多，不好的时候少。傻凤说得对，爸爸妈妈的倒霉光景一定会过去的。人活着，有逆风就有顺风……

又想起弟弟被造反派扒了裤子的遭遇。男孩子受得了这种刺激吗？唉！

不知不觉睡着了。睡梦里，王莹看见全家人围坐桌前欢欢喜喜吃着三鲜馅饺子，还有香醋和糖蒜。

一大早儿醒来，嘴里存留着梦里三鲜水饺的余香，乐观主义者王莹心情很好，起床去弄早饭了。推门走进厨房，傻凤已经煮了一锅玉米面粥，突突冒着热气。王莹满意地笑着说，傻凤啊你真是无产阶级革命事业接班人。

招呼弟弟吃早饭，没回应。王莹推门走进王建设房间。昨晚的大黑脸弟弟变成今早的小白脸弟弟。王建设揉着眼睛说，姐姐，我一宿没睡总算把射钉枪修好啦。这是我花两毛钱从破烂市买来的。

姐姐不敢问弟弟扒裤子的事儿，只得笑了笑说设子真是能工巧匠。

三个人一起喝粥吃早饭，想起今天是星期天不用跟学校请假。王建设嘟嘟哝哝说，我们学校全乱套了，找谁请假呀。有几个军队子弟带头造反，说资产阶级教育路线必须砸烂，还打了教导主任和历史老师……

王凤不解地问道，为什么打历史老师呢?

那几个军队子弟说从夏商周秦汉到唐宋元明清，中国历史都是毛主席带领工农红军创造的，所以专门打了历史老师。王建设认真介绍着。

王凤突然放下筷子说，也不知道咱爸什么时候才能回家?

不要害怕不要慌张不要着急，咱爸一定会平安回来的。王莹及时控制着悲伤气氛的蔓延，大声说咱们准备出发吧。

走出劳模楼，王莹发现“市长楼”前面围了一群人。空气紧张起来。王凤小兔子似的跑过去，又小兔子似的跑回来，一气三喘地说，一摊血！化工局戴局长跳楼自杀啦……

王莹一把将妹妹搂在怀里抚摩着脑门儿说，傻凤不怕，傻凤不怕……

王建设凝神思索着说，人从高空坠落跟铁球从高空坠落一样，都是重力加速度九点八一秒方。当年伽利略在比萨斜塔上做过这种实验。

设子你别说了，人跟铁球是不一样的。咱们走吧。王莹知道“市长楼”如今成了“局长楼”，一把把烈火渐渐烧到走资派头上了。

特殊时期特殊情况特殊对待。王莹决定乘坐公共汽车前往工人疗养院看望妈妈。走到公共汽车站上了公共汽车买了三张公共汽车票，花了一毛二分钱。王莹小妇人似的计算着，一毛二分钱能买一斤半玉米面，一毛二分钱能买十斤西红柿，一毛二分钱能买四根油条，一毛二分钱能买一斤酱油，一毛二分钱能买十二块小豆腐……

到站下车。远远望见工人疗养院大墙上的一溜大标语，颇有岁月痕迹了。从“认真搞好社会主义教育运动”到“面向工矿、面向基层、面向农村、面向边疆”；从“兴无灭资、移风易俗”到“横扫一切牛鬼蛇神”，从“坚决砸烂封、资、修”到“打倒走资本主义道路当权派”……一层覆盖一层，日积月累，积薄成厚，砖墙竟然被糊成了“纸墙”。

走进工人疗养院大门，王莹领着弟弟妹妹绕过花草茂盛的甲楼花坛，看见丙楼前面站着一群人。一股不祥之感掠过心头，王莹快步跑上前去。

一大群纺织女工围成一个大圈子。一个女工又哭又叫控诉着。王莹踮起脚尖伸长目光，一眼看到妈妈低头垂手站在中央。这是现场批斗会啊。她转身向着设子傻凤摇摇头，暗示弟弟妹妹不要出声。

那位纺织女工指着牟棉花大声批判说，你算什么特等劳动模范？假的！今天我要揭穿你的老底。你明明出了疵布，我是统计员当然如实统计。你听说出了疵布当场昏倒装死。走资本主义道路当权派为了保住你，非说我统计错了，非要我向你道歉，非要我去扫女厕所！

王莹蓦然想起这位纺织女工是妈妈住院送来一包红糖的“荔枝壳”。哦，妈妈夜班出了疵布，工厂领导为了保护妈妈处罚了荔枝壳，让她去做清洁工……

荔枝壳继续控诉说，这是资产阶级反动路线保护“人造黑劳模”的铁证！走资派对革命职工实行管、卡、压，对“人造黑劳模”牟棉花包庇纵容，还把她送到工人疗养院养尊处优享受资产阶级生活……

王凤小狗儿似的钻过人墙，大喊大叫冲到荔枝壳面前。阿姨！你胡说八道，我妈妈是好人，不许你数落她……

说着，王凤哇地一声哭着扑到妈妈怀里。荔枝壳连连跺脚说，把小屁孩儿拉出去！把小屁孩儿拉出去！

住手！一声大喝吸引了人们目光。王莹伸长脖子寻找声音来源。

白瀛瀛推着一辆木制轮椅将人圈子冲开一个豁口，驶到牟棉花跟前。王莹看见轮椅里坐着一个头戴草帽的人。啊，哥哥来啦！她顿时有了主心骨。

王援朝完全农民化了，身穿一件粗布汗褟儿，露出坚硬的肩头。古铜色的皮肤好似一尊坐在轮椅里的移动雕像，散发着庄严的气息。

一个又黑又瘦的纺织女工冲到轮椅前面质问道，你是干什么的？你想破坏我们现场批斗会啊！

王援朝摘下草帽拿在手里不慌不忙说，我们不想破坏你们的批斗会，但是不许你们吓唬孩子，她是无产阶级革命事业接班人。说着，王援朝向妹妹招了招手。傻凤快步跑到哥哥身旁，一把抱住王援朝大腿。

站在圈子中央的牟棉花看着风尘仆仆的儿子，半张着嘴想要说话，又闭上了。王援朝挥动着草帽大声对荔枝壳说，你们的现场批斗会继续进行吧！

纺织女工们面面相觑。望着横空出世的王援朝，荔枝壳好像坐在一辆突然抛锚的汽车里，蒙了。

王莹率领着弟弟王建设挤进人圈子，一起站在王援朝轮椅前面。

荔枝壳急赤白脸说，你们一家子想干什么？这是“无产阶级文化大革命”，我们就是要砸烂资产阶级反动路线，就是要批倒批臭“人造黑劳模”！

王莹受到哥哥智慧的启发说，我们支持你们的现场批斗会，你们继续批吧，你们继续斗吧。

那个又黑又瘦的纺织女工一看冷了场，带头高呼革命口号。打倒“人造黑劳模”！牟棉花必须低头认罪！

牟棉花蔫头蔫脑站在人圈中央，低头不语。王莹望着母亲，一股难以名状的情绪笼罩心头。妈妈是一个多么强梁的女人啊，现在萎了。

喊了一通革命口号，又黑又瘦的纺织女工指着牟棉花说，我们把你揪回国棉十九厂交给革命群众批斗！

白瀛瀛推动轮椅驶近荔枝壳。不行！王援朝表情庄重地说，你们开会批斗牟棉花是革命行动。但是不能把“人造黑劳模”攥在自己手里不让我们批斗吧？

什么！你们也要批斗牟棉花？荔枝壳瞪大眼睛好像看见外星人。

对，我们大义灭亲。你们革命我们也革命，你们革命不能阻止我们革命吧？

又黑又瘦的纺织女工跟荔枝壳嘀咕了几句，一时找不出反驳的理由。

王援朝突然大声命令说，王莹！王建设！你们把“人造黑劳模”牟棉花押回丙楼召开家庭批斗会！

王莹在左王建设在右，俩人架着牟棉花快步朝着丙楼方向走去。

荔枝壳气急败坏喊道，牟棉花，你躲得过初一躲不过十五，我们一定要把你揪回工厂交给广大革命群众批斗！

说罢，荔枝壳气哼哼地率领着纺织女工们撤走了。又黑又瘦的纺织女工走出几步回头指着坐在轮椅里的王援朝说，我知道你们是一伙保皇派！

纺织女工们走远了。王莹连忙搀着母亲走到哥哥轮椅跟前。牟棉花从“人造黑劳模”重返母亲角色，表情显得尴尬。

王建设从白瀛瀛手里接过轮椅，一边推行一边问道，哥哥，咱们真的要给咱妈开批斗会啊？

王援朝表情严肃地坐在轮椅里说，每个人都要经受“无产阶级文化大革命”的战斗洗礼啊。

走进疗养院丙楼，楼道里值班的护士长板着脸孔说，人人都做无产阶级革命派，从明天开始疗养员自己测量体温，自己打水取药，自己换洗卧具……

空气猛然黏稠了，人心沉甸甸的。王莹打断护士长话语，满脸微笑说，自己刷牙洗脸，自己吃饭睡觉……

王凤拦截姐姐话语抢着说道，自己放屁撒尿！

一句话轻松了空气，全家人进了母亲房间。值班的护士长气哼哼说，“人造黑劳模”还想骑在我们头上作威作福呀？没门儿！

进了屋，王凤扶着妈妈躺到床上休息。王莹抑制不住内心的崇拜说，哥哥真机智！你一番话把她们打发了。要不荔枝壳真把咱妈揪走啦！

那个又黑又瘦的就是纺校毕业的小刘。我住进疗养院她接替我看车。这小丫头变得这么厉害呀！牟棉花躺在床上说。

王援朝坐在轮椅里小声问道，灵莹，咱爸情况怎么样？王莹满脸堆笑说咱爸情况很好。王建设一旁鹦鹉学舌说咱爸情况不错。

王援朝看着初学说谎的弟弟，笑了。这时牟棉花坐起来说你们不用哄我，我成了“人造黑劳模”你爸爸处境也好不了。

为了避开妈妈的话题，王莹高声问哥哥，你怎么跑到工人疗养院来啦？这木头轮椅一路走了几个钟头啊？

白瀛瀛代替王援朝回答说，你哥心里惦着爸爸妈妈，半夜动身了。我推着他走了半宿，天亮进了市区。路过黄家烧饼铺我说买两个黄家烧饼，人家说不叫黄家烧饼叫人民烧饼，因为烧饼是人民创造的。

王建设不解地说，人民烧饼？那谁还敢吃它，一张嘴把人民都吃到肚子里去了……

设子，你不要这样说话，当心别人抓住小辫子批斗你呢。白瀛瀛提醒着。

我们班同学昨天批斗我了，说是白专分子。王建设小声说。

王援朝转向母亲说，这一场“无产阶级文化大革命”是史无前例的。我们无论遇到什么情况，一是要相信群众，二是要相信党。一时一刻都不能丧失革命信念。我们村里开始批斗“黑五类”分子，很乱。人人都有可能受到革命洪流冲击。谁也不要产生抵触情绪，尤其是妈妈，您的名气最大荣誉最多地位最高，更要加强世界观改造，主动接受“无产阶级文化大革命”的考验。

牟棉花没有见过儿子这样教训母亲，一时不太适应。转念觉得大朝说得句句在理，于是点头表示接受。

王援朝继续说，妈妈，我想去一趟柴油机厂。运动来了，您看我爸不会产生抵触情绪吧？

王凤及时插嘴说，我姐半路上让咱爸跑，他两条腿都吓软了，自觉自愿回厂接受批斗去啦！

全家人一阵沉默。王援朝表情郑重地说，我跟纺织女工们承诺大义灭亲召开家庭批斗会，咱们开始吧。

啊？王莹看着妈妈，王建设看着妈妈，王凤看着妈妈。谁也没有料到哥哥果真召开家庭批斗会。

白瀛瀛向着牟棉花解释说，您了解援朝的性格，他从来说话算话的。

好吧，我接受批斗！牟棉花一拍大腿，跨步站在房间中央。

人们目光一起投向王援朝。

我看别叫家庭批斗会，叫家庭批判会吧。王援朝目光投向母亲说，妈妈，我发言！我说了，你的名气最大荣誉最多地位最高，必须主动接受“无产阶级文化大革命”的洗礼！我再给你敲一敲警钟，那天夜班你是不是出了疵布？你的劳动模范称号是不是有水分？你是不是得到走资本主义道路当权派的庇护？你当劳模是不是产生了个人名利思想？这些都属于大是大非问题，你应当深刻反省，你应当勇于革命，你应当完全彻底放下多年形成的思想包袱，争取做一个无产阶级革命派。

王莹目不转睛注视着王援朝，心里越发崇拜了。哥哥说得多好，开门见山，言之有物，一语中的。

牟棉花同志，我的批判发言你接受吗？王援朝突然提高音量大声发问。

听到哥哥叫妈妈同志，王凤倍觉新鲜，嘻嘻笑了。

我接受，我接受。牟棉花略加思索地说，不过，我认为我的劳动模范称号没有水分，那是一经一纬织出来的……

我发言吧。王莹举手说，既然是家庭批判会我就一针见血了，那天夜班你究竟出没出疵布，这是关键！如果资产阶级反动路线真的保护了你……

房间的门被推开。门外，值班护士长拿着钥匙，她身后站着几个身穿绿色军装的男子。

咦，你们也来参加家庭批斗会啊？王凤抢先迎到门口，小大人儿似的交涉着。

一个中年军人指着牟棉花对一个青年军人说，她就是牟棉花同志。

青年军人走进房间朝着牟棉花点头说，中央有紧急任务，请您收拾行装跟我们走吧。

解放军同志，你们是从哪儿来的？轮椅驶上前来王援朝问道。

中年军人走进房间说，你们都是牟棉花同志的子女？我是警备区政治部的钟参谋。他们是总后勤部的同志，从北京来的。

寡言少语的白瀛瀛说话了，一嘴学生腔。我们能知道你们把她带哪儿去吗？

牟棉花毕竟经验老到，微笑着冲军人们说，你们拿来组织手续了？我是党员我不能空口无凭跟你们走的。

钟参谋解释道，牟棉花同志，现在基层党组织受到严重冲击，我以警备区政治部名义调你，请积极配合吧。

母亲没了主意，看了看大儿子，看了看大女儿，神色不定。

王援朝毫不犹豫地说，妈妈您收拾行李吧。我去跟解放军同志谈一谈。

白瀛瀛推着木制轮椅载着王援朝，驶出房间。楼道里，值班护士长弄不清这是来抓牟棉花还是来请牟棉花，观望着。

工人疗养院丙楼前面停着两辆军用吉普车，气氛庄严。白瀛瀛推着轮椅来到吉普车旁边。钟参谋笑着对王援朝说，小伙子你不要问了，特等劳动模范牟棉花同志今天必须赶到北京报到。这是一项光荣艰巨的国际政治任务。

我明白了。王援朝坐在轮椅里跟钟参谋握了握手，表情振奋。他认定妈妈此番进京不是坏事，而是好事。

牟棉花拎着一只包袱走出丙楼。王莹后悔不迭地说，我应该给您买一只人造革手提包，可惜来不及啦。

一个青年军人说，所有生活用品我们统一配备，包括毛巾牙膏什么的。

特等劳模牟棉花没有跟儿女们告别，径直钻进一辆军用吉普车，不露头了。

王莹无奈地向吉普车内挥手。王凤急得围着吉普车转圈儿，王建设呆呆望着吉普车的后视镜。只有王援朝大声说道，妈妈，一定给我们写信哇！

白瀛瀛凑近车窗对车内说，您晕汽车有治晕车的药，您晕飞机有治晕机的药，部队有卫生员！

吉普车里，没有传出牟棉花的回应，这使人们产生错觉——她并没有坐在车里。只有王莹心里明白——妈妈重新硬朗起来。重新硬朗起来的妈妈，雄赳赳气昂昂，那是不相信眼泪的。

两辆军用吉普车，一前一后驶出工人疗养院大门，奔着北京方向去了。

王凤孩子气地说，嘻嘻，有人再想批斗咱妈，可找不着人啦！

王家的儿女们一起走到工人疗养院大门口。一辆大卡车疾驶而来，嘎地停住。王莹看见有人押着徐贰芬站在车厢里。一个大胡子男人喊道，你们去把牟棉花揪出来，跟徐贰芬一起批斗！

这太惊险了。咱妈前脚走，后脚来了批斗的。王莹小声对哥哥说。

王援朝不动声色说，地狱并不遥远，就在天堂隔壁啊。

说着，王援朝挥手向弟弟妹妹告别，抓紧时间返回金水村。白瀛瀛拧开疗养院门卫室外面的水龙头，哗哗灌了两瓶子自来水，推起轮椅走了。

这是一个简单的时代——邂逅没有惊喜的握手，离别没有难舍的拥抱。见了就见了，走了就走了。

望着哥哥坐在轮椅里的背影，王莹突然热泪盈眶。我什么时候才能跟哥哥在一起呢。

返回金水村中途到达邓家店，天色黑了。推着轮椅长途行走，白瀛瀛两脚磨起血泡。路边，她停下轮椅给王援朝擦汗，之后去水渠边洗手巾。洗了手巾她脱掉鞋子，在渠水里涮了涮脚，感觉清凉几分。月亮升起来了，无意之间她侧脸看到水渠边躺着一个人，好像穿着黑色棉袄棉裤。趁着月光她看见这个人脸，尖叫一声跑了回去。

援朝，这个人我看着面熟！白瀛瀛扑到王援朝怀里说，好像是我爷爷……

资本家白鸣岐？王援朝镇定自若搂着白瀛瀛说，既然好像是你爷爷咱们把他救回家吧！

白瀛瀛颤抖着说，他是挨了批斗的反动资本家呀！我不敢……

你不敢？我敢！王援朝笑了。月光下他的笑容被镀了一层银色。

12　喧嚣与宁静

牟棉花的第一封家信寄自阿富汗，是写给孩子们的。她的家信经过特殊邮路转递，牛皮纸信封右下角印着“北京六五三九信箱”红字，散发着神秘色彩。

接到母亲寄自阿富汗的平安家信，孩子们又蹦又跳又喊叫。原来妈妈代表中国工人阶级出国援外了，光荣啊。

家信开篇是一段出自《纪念白求恩》的毛主席语录：“一个外国人，毫不利己的动机，把中国人民的解放事业当作他自己的事业，这是什么精神？这是国际主义精神，这是共产主义精神，每一个共产党员都要学习这种精神。”

抬头是大朝、灵莹、设子和傻凤，没有提到孩子们的爸爸。王莹读后断定，妈妈知道爸爸身在“牛棚”，有意回避了。

牟棉花的字体歪歪扭扭，概括了从北京到达阿富汗援建巴格拉密纺织厂历经的时光。

“我们中国援阿二期专家小组十六人，离开北京到达阿富汗的巴格拉密。这是一座在牧场上建立起来的纺织厂。一期专家小组完成厂区基本建设回国了，我们二期专家小组担负设备安装和工人培训，据说一直工作到开车投产，我们的任务就完成了。”

“我是织布挡车工，来到这里成了织布专家，专门负责布场项目。设备到了，等着开箱呢。机械工程师告诉我这里安装的新式织机，我们国家自己都舍不得用。我怕自己不熟悉新式织机影响工作，弄不好让美帝和苏修看笑话。我们是代表伟大的导师伟大的领袖伟大的统帅伟大的舵手毛主席来支援世界革命的。不能出现一丝一毫的闪失。三个月以后就要开展技术培训了，我担任布场首席技术顾问……”

王莹跑到新华书店买了《世界地图册》，全家人聚在灯下寻找地处西亚的阿富汗王国，然后寻找一个名叫巴格拉密的地方。

怎么找不到巴格拉密呢？王凤以为妈妈从此消失了，小嘴儿一咧，哭了。

王莹心里起急，表面故作镇定。她不言不语拿着妈妈的家信和《世界地图册》，悄悄到金水村找哥哥去了。

初春节气大地光秃秃的，麦苗儿尚未返青。金水村却苏醒了，村头几棵梨树白花盛开，驱散着残冬的懒散。王莹蹦蹦跳跳走进村子，看到一家大门上写着“此户系地主”，继续朝前走去，看到又一家大门上写着“此户系国民党伪军”。拐过碾房，几个武装民兵押着一个人迎面走来，那人胸前挂着“地主兼资本家钱子柏”的木牌子。

王莹闪到路旁。一个武装民兵盯着她问道，你进村找谁。王莹说出哥哥名字。对方嗯了一声，押着钱子柏走过去了。

白瀛瀛走出院子看到王莹，朝她无声地笑了笑。王莹径直走进哥哥住房。下肢瘫痪的王援朝半躺着看书，背后垫了两床棉被。灿烂的阳光扑到窗台上弄得哥哥好似镶在画框里的人物。王莹一眼认出那床紫色线绨被面的棉被正是当年自己亲手给哥哥缝制的。炕上摊着一堆书籍，有艾思奇的《大众哲学》、毛泽东的《矛盾论》，有斯大林的《论社会主义经济问题》，还有普列汉诺夫和费尔巴哈的哲学著作。

白瀛瀛连忙跃上炕头，伸出胳膊抱起哥哥坐在炕沿上，然后蹲下给他穿鞋。白瀛瀛躬身再次抱起哥哥，从炕沿挪到木制轮椅上。瘦弱的白瀛瀛有这么大力气，王莹惊了。一瞬之间王莹产生了幻觉——哥哥是一个大孩子，一时一刻也离不开白瀛瀛呵护。

王援朝并不认为自己是大孩子，坐在轮椅里看着突然到来的王莹，之后低头看了看手里的书，似乎在妹妹与书本之间做着选择。灵莹，我正在看梁漱溟的著作，他当年深入山东河北搞基层乡村建设，大胆实验真不简单啊。可惜赶上七七事变，半途而废了。

王莹知道梁漱溟是大右派，然而阿富汗来信比右派著作更重要。她将妈妈来信递给哥哥。他惊喜地接过信封抻出信瓤埋头阅读起来。

哥哥阅读的表情，宛如一尊石雕。他突然拍着轮椅扶手激动地说，灵莹，敢情妈妈代表四个伟大支援阿富汗人民建设去了，从全国纺织系统劳模队伍里选拔技术尖子，这是咱妈的光荣也是全家的光荣。

递上《世界地图册》王莹焦急地说，光荣是光荣，可是妈妈去了一个莫名其妙的地方，地图上根本找不到！

哥哥看了妹妹一眼，笑了。他打开《世界地图册》翻到“阿富汗王国”，仔细寻找着那个名叫“巴格拉密”的地方。

瀛瀛，你把眼镜递给我。王援朝特意戴上近视镜，目光在“阿富汗”上空搜寻着。

找不到吧？王莹催问说，我们在家里把阿富汗地图扫荡了好几遍，就是找不到妈妈说的巴格拉密。

我找到了，在这里。王援朝指着一个名叫“巴格兰”的地方说，Baghlan 可以翻译为“巴格拉密”也可以翻译为“巴格兰”。妈妈说的

“巴格拉密”在《世界地图册》里被翻释为“巴格兰”。巴格拉密的具体位置在阿富汗首都喀布尔正北偏西大约二百四十公里，坐落在阿姆河上游东岸。

巴格兰就是巴格拉密呀！怪不得呢。王莹接过地图册忘情地注视着哥哥。白瀛瀛及时递给她一碗白水，但不是取自阿姆河东岸的。

哥哥，你没去过阿富汗怎么知道巴格拉密距离首都二百四十公里？王莹对哥哥佩服得五体投地，一时忘了地图上印有比例尺的常识。

我瞎猜的呗。哥哥为了保护妹妹的自尊心，故意这样回答。

白瀛瀛留王莹吃午饭。尽管对白瀛瀛心存妒意王莹还是接受了。白瀛瀛毕竟是哥哥的未婚妻而且迟早会成为嫂嫂的。

王莹跟随白瀛瀛去做饭，发现房前屋后画满了水彩宣传画。烟熏火燎的灶间墙上画着一个男青年坐在轮椅上伸手指着广阔田野，表情很是豪迈。王莹伸长脖子看着男青年，原来是哥哥的形象。

这一定出自白瀛瀛的画笔。于是心里很不是滋味。归根结底王莹对白瀛瀛依然心存芥蒂——她毕竟抢走了亲爱的哥哥。

白瀛瀛夺走了我心爱的哥哥，就等于夺走了我内心炽爱。我的人生首次失败发生在这个名叫金水村的村庄。这里有田野，这里有炊烟，这里有苦水井，这里有骡车，这里有大队部和广播喇叭。白瀛瀛赢了，终于能够跟哥哥朝夕相处了。我败了，无论怎样我都要干出一番事业，败不气馁。

大灶返烟，灶间里宛若仙境。仙境里白瀛瀛还是坚持做熟了饭。她伸手从锅里拿了两个玉米面饼子，又捏了一撮子雪里蕻放进大碗里，起身送到后院去了。

王莹好奇，不声不响跟去了。白瀛瀛走路很好看，摇动腰肢好似风摆柳条。王莹看到后院一间柴房里钻出一个脏兮兮的老头儿，他从白瀛瀛手里接过大碗就返回柴房了。

这老头儿穿着黑夹袄黑夹裤，一副面孔似曾相识。王莹回忆着，从前在什么地方见过呢？一时想不起来。

吃了午饭，王莹想打听柴房老头儿的情况，白瀛瀛在场不便询问，就告辞了。

走到村头，迎面看到村支书拉着粪车去积肥。王莹看出他也成了“走资派”靠边站了，便轻轻叫一声大伯。这位身处逆境的村支书仍然不忘发表感慨，白瀛瀛是好孩子，为了跟王援朝一起成为社会主义新农民，投了井！这是以死明志啊。她是我们金水村贫下中农的亲闺女！

听了这番话王莹心里很不是滋味。唉，我败就败在那口苦水井上啦。

八个月之后，收到阿富汗寄来的第二封家信。此间王莹思念哥哥却没有理由前往。妈妈来信了，她兴高采烈踏进金水村。只要有接触哥哥的机会，王莹绝不放过。

正逢初冬季节。这时的金水村里规模最大的群众造反组织是“贫下中农战斗队”简称“贫战队”，夺了权。他们推举王援朝掌管金水村。王援朝以下肢残疾为由婉言谢绝，坐在家里读《资本论》。看到妹妹进门，他放下《资本论》阅读妈妈第二封家信。

牟棉花的第二封家信介绍了巴格拉密纺织厂的建设进度，说：“眼下正在调试设备，必须确保试车成功。阿方厂长托菲基阁下是阿富汗王室成员，对中国专家很友好。托菲基厂长招募了一百名年轻力壮的小伙子，要我把他们培训成为挡车工。我的老天爷，这些小伙子都是游牧部落的后代，骑马放羊粗手大脚，怎么接纱头啊。”

“我告诉托菲基厂长，您得招募女工。那位翻译把脑袋摇得跟拨浪鼓似的，说伊斯兰国家妇女不出来工作，从来没有女工。果然，我在大街上见到当地妇女身穿黑袍蒙着脑袋，顶着水罐走回家去。”

牟棉花在这封家信的末尾写道，“我的援外任务两年，也可能延长到三年。你们就等待我胜利回国吧。王金炳同志好吗？”

王金炳同志好吗？妈妈为什么这样问呢……读了母亲的远方来

信，乡村知识分子王援朝陷入沉思。

王莹认为这是妈妈对关押在“牛棚”里的父亲的思念。革命者是不能说“我想你爸爸的”。

白瀛瀛下地干活儿去了。王莹猛然想起后院柴房里的老头儿，便跨出哥哥住房门槛。身后追上来哥哥的声音，灵莹啊，你要去后院当心吓着瀛瀛的爷爷……

王莹转身回到哥哥屋里。原来柴房里老头儿是白瀛瀛的爷爷？我记得他是三条石 工厂的资本家白鸣岐啊。

资本家也是人。王援朝让王莹坐下，端起粗瓷大碗喝了一口水说，十月革命之后莫洛托夫乘坐装甲车去外高加索演说号召人们加入集体农庄。说是号召其实是强迫。于是出现了从肉体上消灭地主富农的过激事件。我们中国不能那样。咱们是平民百姓做不成国家大事，总做得成凡人小事吧？

哥哥，你是出于对白瀛瀛的感情才收留了她爷爷吧？王莹反问。

那天我们从市里返回金水村，白瀛瀛发现一人躺在水渠边，她说这个人看着面熟，其实是不敢认。我们找车把人弄到镇卫生院，抢救的时候白瀛瀛才认定这是她爷爷。这老头儿批斗会上摔折一只胳膊，逃了出来。

我知道哥哥富有同情心。不过这种事情要是被人发现了，那就不是收留而是窝藏啦。

王援朝笑了笑说，不管是收留还是窝藏，我是把白鸣岐当作一个研究标本的。《资本论》是死的，资本家是活的呀。

标本？在王莹思想里标本是泡在福尔马林药水里的。哥哥把资本家白鸣岐当作研究标本，她很不理解。

灵莹，当年白家也是地主。传到白鸣岐的父亲，他一口气卖掉全部土地，来到三条石开了一间铁铺，从铁铺到铁工厂，这当然是原始积累阶段。传到白鸣岐，他是货真价实的资本家了。我计算了一下，白家当年卖掉的田亩与白家后来拥有的工厂相比，资产翻了三番。这就是地主吃地租与资本家吃剩余价值的不同结果啊。

王莹睁大眼睛听着哥哥说话，满脸迷茫表情。王援朝继续说，假若以后有机会建立村办工厂，白鸣岐是有用之人。我看中国农业迟早要向工业转化的，尽管非常遥远。

他知道妹妹对政治经济学不甚了解便拿起妈妈家信说，灵莹，既然咱妈在信里问到咱爸，我认为应当回信说明爸爸的现实处境，让妈妈通过外交部或者总后勤部把爸爸从“牛棚”里解放出来。

哥哥，你这样做就分了妈妈的心啊！王莹非常惊讶地说。

王援朝再次笑了。你以为咱妈现在就不分心吗？她更分心！咱妈出国援外，最惦记的就是咱爸何时走出“牛棚”。所以她在信里问“王金炳同志好吗”。如果咱们回信说咱爸出了“牛棚”，她肯定不信。咱们不如请咱妈出头营救咱爸。你知道吧，咱妈的性格就是做强者心里最踏实，做弱者心里最不踏实。如今能够营救别人就是强者，被别人营救的是弱者。你让咱妈做一次强者，她心里反而踏实了。

王莹激动地注视着哥哥，一句话也说不出来。哥哥太深刻了，哥哥太精辟了，哥哥太明辨了……她找不出更多词语表达对哥哥的崇拜，只得兴奋地叹了一口气。

趁着白瀛瀛不在，王莹说出了心里话。哥哥，你起初立志做一个社会主义新农民，来到金水村安家落户，那很好。现在你下肢行动不便，继续留在农村没有实际意义了。你躺在哪里都是看书，既然这样为什么不回城市去呢？

灵莹，我要是躺在城市楼房里看书那是空想社会主义者。你知道傅立叶和圣西门吧。我要是躺在农村土炕上看书就是实践了。梁漱溟当年在山东搞乡村建设失败了，如今成了反面人物。我天天思考，究竟怎么建设社会主义新农村？毛主席说，阶级斗争，一抓就灵……

王莹随口说道，以粮为纲，全面发展。学习大寨经验，劈山造田，争取亩产上纲要跨黄河过长江……

王援朝摇了摇头说，除了阶级斗争，光靠种地也不行。我在金水村调查了两户地主，田德茂是土里刨食的土财主，只有几十亩地多年没有大发展。钱子柏则不同，村里有亩地，常年吃租子，同时还在城里开工厂开店铺，做了资本家，亦农亦商财产连年增长。当年晋商票号都是地主出身，他们不甘于土地。我研究了附近村庄十几户地主发家史，很有收获。依我看来中国农村人多地薄，社会主义新农村光靠种庄稼肯定不行。一旦城市经济发展，农村劳动力便有了去向，当然这是很久以后的事情了。

这一番话，王莹听不大明白。王援朝及时变更话题说，你回去就给咱妈写信吧，让她通过有关领导争取早日让咱爸走出“牛棚”。

告别哥哥，王莹走到村口迎面遇到一群佩戴着红卫兵袖章的女学生。看样子她们是高中学生，显得成熟而稳重。一个中等身材面孔瘦削的女学生显然是首领，开口向王莹打听王援朝住在哪里。王莹警觉地打量着这一群来意不明的女学生。这位首领自我介绍名叫滕维丽，开门见山说她们是女四中的学生决定步行去祖国边疆做社会主义新农民，临行之前特意向王援朝取经。

王莹放心了，详细向这位名叫滕维丽的女学生首领指点着王援朝家的方位。滕维丽走上前来将一枚毛主席像章别在王莹蓝布褂子的左胸前说这是革命留念，转身走了。

走出村子，身后突然跑来一群人，有男有女有老有少，还有胳膊上戴着“贫战队”红箍儿的持枪民兵。她站住看着这一群人奔向村西，听到人们吵吵嚷嚷说钱子柏死了。王莹一惊，钱子柏不就是胸前挂着“地主兼资本家”木牌子的老头儿吗？这时有人告诉她钱子柏投井死了，就是村西菜园的姑娘井。

姑娘井？王莹跟随人们跑向村西菜园。啊！这就是当年白瀛瀛投的那口苦水井啊！

是啊，当年白瀛瀛投井没死，村里就叫它姑娘井啦。人们解释着。

钱子柏的尸体打捞上来摆在井台旁边，远远望着好像一条出水的鲨鱼。王莹不敢近看，心里想这口姑娘井没淹死姑娘，淹死一个老头儿。

村里这样动荡混乱，哥哥竟然专心致志躺在家里看《资本论》读“空想社会主义”，真是心有静气。从哥哥想到父亲，她心头一沉。尤其远远望着躺在井台旁边的溺水尸体，王莹心慌了。万一爸爸关在“牛棚”里寻了短见……

回到家里，王莹动笔给妈妈写信。闭门构思打好腹稿开篇写道，“妈妈，首先让我们共同敬祝伟大的导师伟大的领袖伟大的统帅伟大的舵手，我们心中最红最红的红太阳毛主席，万寿无疆万寿无疆万寿无疆！”

然后，她说我国革命形势一派大好。敌人一天天烂下去，我们一天天好起来。开场白之后，她开始详细介绍家里情况，报了平安。她总共写了三页纸。末尾，绞尽脑汁想出一个含蓄而明了的句子：“妈妈，请您跟有关领导呼吁一下让爸爸回家吧。”

到邮局买了一只印着毛主席语录“千万不要忘记阶级斗争”的信封，王莹把这封含着特殊使命的信函寄往“北京六五三九信箱”。

王莹惦念关押在“牛棚”里的父亲。她突发奇想，要是让父亲看到母亲的家信那该多好啊。既然敢想，王莹就敢干。她拿出母亲来信让王凤抄写一遍，寻思着如何送到父亲手里。

王凤抄写的家信，字体歪歪扭扭，有的地方涂涂抹抹，跟牟棉花的亲笔信相比，基本再现了原貌。因此她的抄写几次受到姐姐表扬，说你的错字别字特别像咱妈。傻凤不傻，一边抄写一边嘟嘟哝哝说，姐姐你别表扬了，你越表扬越说明我的字儿难看。等咱妈回国了我告诉她，你这叫拐着弯儿骂人。

我可不敢拐着弯儿骂你，咱妈去阿富汗是代表四个伟大！就是代表伟大的导师伟大的领袖伟大的统帅伟大的舵手毛主席去支援世界革命的。咱妈来信说中国支援建设阿富汗王国巴格拉密纺织厂是毛主席他老人家亲自点头的，这是头号国际主义任务！王莹滔滔不绝说着。

王凤不说话了。她从小就服从姐姐的权威。即使到处高喊打倒“权威”的革命口号，王凤也不敢造姐姐的反。哥哥去农村了。姐姐便是家里的擎天柱。

王凤歪歪扭扭的抄写越来越像牟棉花——深得母亲笔体的精髓神韵。王莹甚至认为，父亲阅读时一定认为这就是来自阿富汗巴格拉密的原件。

听说姐姐为传递信件发愁，王建设找出射钉枪去小树林里做实验了。他满头大汗跑回来告诉姐姐，这把射钉枪是他在破烂市买的，经过大修有了射程。

他向姐姐解释说，我给射钉枪加了腔管儿，用弹簧代替气体动力，把咱妈的来信搓成纸卷儿塞进腔管儿，嘭地一声就能发射到“牛棚”窗外草堆里。

王莹不放心，第二天一大早儿跟弟弟一起去了。柴油机厂处于半停产状态，安静无声。只有关在“牛棚”里的“牛鬼蛇神”们按时出工，去废品仓库清理废旧钢铁。“牛鬼蛇神”是不允许家属探视的，过着与世隔绝的劳改生活。

出工之前，集体高唱那首《牛鬼蛇神之歌》：我们是“牛鬼蛇神”，反动透顶，腐朽至极，有着无比肮脏的灵魂！我们是“牛鬼蛇神”，恶贯满盈，血债累累，永生永世不得翻身！我们是“牛鬼蛇神”，头顶生疮，脚底流脓……

提前探明了，王金炳睡在“牛棚”临近第三个窗口的铺位。窗外不远便是工厂大墙。射钉枪的射程，恰恰就是从墙头到达“牛棚”的距离。

酷爱机器的王建设满脸兴奋攀上柴油机厂墙头。只要咱爸一露面儿我就挥手指着窗外草堆，他就明白了。

说着，王建设对准第一排“牛棚”第三个窗口，满怀信心地发射了。王莹只听到一声闷响——那纸卷儿便飞到“牛棚”窗外的草堆里去了。可巧，爸爸推开窗子看到趴在墙头的女儿和儿子，愣了。王建设挥手指着窗外草堆。王莹看到父亲连连点头，表示明白。

这太好啦！激动的王莹捶了弟弟一拳头说，设子，你真棒呀！

溜下墙头，王建设伸手揉着右眼——射钉枪的弹簧蹦出腔管儿打伤了眼睑，视线一片模糊。

就这样，关押在“牛棚”里的王金炳收到妻子的两封远方家信，都是从窗外草堆里捡回的纸卷儿。他反复阅读之后撕成碎片吞下肚去，把妻子的话语留存心里，暖融融的。关在同号“牛棚”里的一个“历史反革命”上吊自杀了，却没有动摇内心怯懦的王金炳的生存信念。他的存活无疑与牟棉花来信有关。妻子的家书宛若一股清泉，滋润了王金炳龟裂的心田。妻子的家书好似一盏明灯，给漫漫长夜里的丈夫带来光亮。

吞到肚里的妻子家信，王金炳竟然能够通篇背诵，一字不差。身陷“牛棚”的“工业战线红管家”管理仓库的“一口清”技能，此时没了用场。于是他便将记忆力完全倾注在妻子家信上，字字烂熟于胸，句句脱口成诵。

关押在“牛棚”里的王金炳认为自己跟墙头结下不解之缘。当年李亦墩同志半夜逃跑卡在华昌机器厂墙头上，是我踮起脚尖儿伸手托了他屁股一把。如今我的儿子趴在柴油机厂墙头上嘭地一声给我射来一封封家书。嘿嘿。墙头这地方，真好。

然而，王金炳也养成了“心病”，一有机会便将目光投向“牛棚”窗外的草堆里，寻找秘密家信。他的心弦绷得紧紧，随时都要断裂。他尽力装出一副若无其事的样子。这样的特殊生活，把王金炳折磨成为一个表面镇定自若内心忐忑不安的男人。

终于，王莹收到母亲回信。这是她出国援外的第三封家信。捧在手里越发有了分量。她小心翼翼拆开阿富汗来信，仿佛在拆卸雷管。信中，妈妈还是没有彻底克服错别字。她主要讲述巴格拉密纺织厂，语气流畅自然，就跟面对面说话似的。

“阿富汗国王接见了我们。我没怯场，当面向国王建议招聘当地女工培训。翻译告诉我，国王问为什么男工不行。我说全世界我不知道，反正中国的挡车工百分之九十五是女工，男工特别少。为什么少呢？因为男工长得又高又壮，转身慢，步子沉，抬头低头都不容易。还有，男工手指粗大，装纬费劲，换梭费劲，接头更费劲，既影响产量又影响质量。大马拉小车，划不来呀。国王听了翻译之后，笑了。”

“过了几天阿方托菲基厂长对我说，国王同意招收少量女工培训，尝试一下。我一听乐得拍手，说先招十个吧。”

不知为什么，王莹觉得妈妈说起巴格拉密纺织厂的事情，过于啰嗦。她急于读到有关爸爸的内容，便伸长目光在字里行间寻找着。

没有。妈妈只字未提关于爸爸的事情。王莹疑惑了。难道妈妈没有看懂我的信？不会的。我请她通过外事部门呼吁爸爸回家，这也是解除出国援外人员的后顾之忧啊。假若爸爸在“牛棚”里寻了短见，那才是政治影响呢。

牟棉花在家信里写道：“我跟设备项目经理说，咱们先开动六台织机开展实际操作培训吧。培训了十五天，我选了五个男工五个女工，轮流上场，技术比赛。那天来了不少观众，还有王室成员。结果呢，装纬换梭，接头巡车，男工们满头大汗，手忙脚乱，转身猫腰都费劲。女工们脚快手巧眼神灵活，利利索索，脸不变色气不喘。我告诉托菲基厂长，不论中国还是阿富汗，女人都是天生织布纺线的好手，男人比不上的。”

“现在，他们打破妇女不进工厂的惯例，专门允许我招聘三百名阿富汗女工进入巴格拉密纺织厂。他们说我创造了阿富汗妇女的历史。”

尽管这封信里没有提到爸爸，王莹还是命令妹妹傻凤立即抄写一份。当天晚上妹妹抄写完毕交给姐姐说，你们又不是不会写字怎么总让我抄写呀？哼，一定是害怕这事儿暴露了，追查的时候全是我的笔迹。

你小死丫头思想这么复杂！我可没想到追查笔迹的事儿……王莹惊得瞪大眼睛看着妹妹，气得胸脯一起一伏。

好吧，我也留下笔迹！说着王莹抄起钢笔在信件末尾添了一句话：“爸爸，我是王莹，您千万不要想不开，我们天天盼望您平安回家。”

王莹余怒难消地说，现在好了吧？现在有了我的笔迹有了我的名字，到时候追查起来就没你事儿啦。

姐姐，我跟你开玩笑呢。王凤咧开缺了一颗门牙的嘴，笑了。

你以后少开这种玩笑！王莹指斥着王凤说，咱们革命家庭就是不许出现自私自利的风气。爸爸关押在“牛棚”里受罪，我们还担心追查笔迹？没羞！我们学校院里也有一座“牛棚”，校长和一大群老师关押在里面只能喝脏水……

说着，王莹突然呜咽了。有一天一个“牛鬼蛇神”扫厕所溅了我一鞋脏水，我张口骂他十恶不赦，还把扫帚丢到了楼下。骂出口我就后悔了。因为我想我爸爸也在工厂扫厕所啊。

王凤跑去拿来毛巾，给姐姐擦拭泪水。王莹继续说，其实咱们不用惦念妈妈，她出国援外受到王室尊重还创造了阿富汗妇女历史。咱爸太不容易了，窝窝囊囊一点脾气都没有，关押在“牛棚”里吃苦……

咱妈命好呗！国内一乱，她就被毛主席派到阿富汗去了，躲过多少倒霉事儿啊。王凤说着给王莹端来一杯水，姐姐，你命也不错，从小在家里当领导，我是你的兵。

王莹破涕为笑，觉得妹妹既可恨又可爱。她将傻凤抄好的信件交给设子，由弟弟“射”给父亲。

王建设领命，第二天一大早儿悄悄去了柴油机厂。这是妈妈的第三封家信。在此之前他已经将两封搓成纸卷儿的家信发射到“牛棚”窗外草堆里。他小毛贼似的趴上墙头举起射钉枪瞄准第一排“牛棚”的第三个窗口，准备发射了。

迎着晨曦，他看到远处变电站挂着一条陈旧的标语：“严禁触摸电线，五万伏高压一触即死，违者批斗！”

王建设认为这条标语实在荒唐，一触就死了，违者你批斗谁啊，批斗死尸？

这种情绪影响了射钉枪，它突然出了故障，发射不成。王建设从墙头溜下来，坐在墙根排除故障。对酷爱机器的王建设来说，沐浴着晨光修理射钉枪，优哉游哉就是享受。他甚至不愿意很快修好射钉枪，就像饮者不愿意很快喝光一壶好酒。太阳升起，照耀着墙内“牛棚”也照耀着王建设的脸。修好了。他重新攀上墙头，举起射钉枪瞄准目标——只觉得右眼视力不强，第三窗口外面的草堆一派模糊，不如以往清晰了。这几年他总是半夜点燃一盏油灯，偷偷摆弄齿轮发条什么的，伤了眼睛。

他嘭地一声发射出去了。与此同时，他看见爸爸的身影出现了——王金炳缩头缩脑被两个造反队员押解着，从东头拐过来沿着第一排“牛棚”向着第三个窗口走来。王建设吓得屏住呼吸，伏身观察着。

爸爸躬身哈腰走近第三个窗口，伸手指着窗外的草堆，好像低头交代着什么罪行。一个造反队员指着爸爸鼻子，不停地训斥着。另一个造反队员抬腿随意踢了一脚，望着草堆啊地叫了一声。

王建设知道自己刚刚发射的纸卷儿——妈妈的第三封家信被发现了，离开墙头拎起射钉枪，迎着晨风跑回家去。

回到家里，姐姐给弟弟做好了早点，馒头切片儿夹着白砂糖端上桌子，大有犒劳功臣前线归来的味道。其实王建设脸色并无异常，王莹断定出事了。她直觉的准确有时候连自己都感到惊讶。

督促弟弟洗了手，她盛了一碗米汤，坐在桌旁看着他吃着早点。王建设咬了一口馒头片儿抬头看了姐姐一眼。王莹心里咯噔一下明白了，弟弟百分之百遇到了意外情况。

看弟弟吃完早点，王莹坐在桌前收拾着碗筷说，设子，无论出了什么事情，你总得让姐姐有个思想准备吧？

王建设低下头去，细声细语说出事情经过，我要是提前一秒钟发现爸爸被押过来，也不会把纸卷儿发射出去的。

王莹手里捧着碗筷凝神思考说，这么说，咱妈的第三封家信落在造反派手里了……

起身回到自己房间，王莹坐在桌前提笔写信。她眉头紧皱，一边思索一边写着。我妈妈出国援助阿富汗人民，这是毛主席委派的，这是发扬国际主义精神。谁敢说她是“人造黑劳模”？谁敢说谁就是怀疑毛主席！谁敢追究她的家信问题？谁敢追究谁就是反对毛主席！

一连抛出一顶顶大帽子，她上纲上线写得风起云涌。这封信终于写完了，累得脸色泛白。找出一只信皮将信瓤封好，找到掸子拔了三根鸡毛粘在信封上。

王莹将妹妹叫到房间里，手持“鸡毛信”耳提面命，好一番叮嘱，反复说红卫兵团二十四小时住在我们学校里。

傻凤听罢并无惧色地说，人家海娃把鸡毛信夹在羊尾巴底下藏着，我藏哪儿呀？

现在又没有日本鬼子你藏什么羊尾巴？狗尾巴也用不着。王莹露出临危不乱的乐天性格，数落着妹妹。

黄昏时分，爸爸突然走进家门。王凤喊叫着扑上去，一头扎进爸爸怀里。王建设木头木脑叫了一声爸爸，没话了。

王莹又惊又喜从厨房跑出来，扎煞着沾着面粉的双手，眼睛里闪动着泪光。

手里拎着行李，王金炳不安地错动着双脚瞧瞧女儿瞅瞅儿子，一时无语。王莹上前接过爸爸的行李说，您去洗洗吧，换一身干净衣服，歇一会儿咱们吃饭。

王莹钻进厨房翻出全部“库存物资”，决定给爸爸炒四个好菜：腌肉炒白菜，葱头烩猪血，油渣烧海带，咸鱼炖豆腐。主食是“银裹金”烙饼。

她干活儿十分利索，并行不悖做着三件事情。一边握刀切着海带丝，一边瞅着锅里煎的豆腐，同时腾出一只手搓洗着腌肉，厨房里刮起一阵青春旋风。

一只只小咸鱼投入锅里煮着，她眼睛盯着沸腾的酱汤暗暗想道，那第三封家信被造反派发现了，他们反而放了爸爸？这是欲擒故纵啊。

理不清头绪，心里越发警惕了。她将妹妹叫进厨房重新叮嘱一番。傻凤眼巴巴看着炖在锅里的东西，咽下一团口水。

记住，我一递眼色你就溜走，不声不响下楼去。别忘了鸡毛信！我不是给了你一毛钱吗？你坐 3 路公共汽车，四站地就到了我们学校。

吃饭了。王金炳局促不安，看了看坐在左边的王建设，又看看坐在右边的王凤，堆出满脸谦卑的笑容。离开这张家庭饭桌一年多了，一切都显得生疏。随着拿起一双乌木筷子，上面刻着的“保家卫国”的字样早已磨光了。他想起这是结婚时候李亦墩和徐贰芬送的礼物，说是添碗添筷子添人丁。

如今，李亦墩同志关进市直机关“牛棚”成了“走资本主义道路的当权派”。徐贰芬同志贬去茶淀农场，说是“右倾分子”。只有这一双磨秃的老筷子记载着昔日风光。

王莹捧着一摞“银裹金”热饼摆上饭桌，低声喝斥王凤说，咱爸一回家你怎么变成资产阶级大小姐啦？厨房端菜去！

王建设主动拿起一张热饼递给爸爸，说您吃您吃。王金炳接在手里说，设子，你长高啦。

爸爸，您瘦了也黑了。王建设实话实说，却不提拿射钉枪往草堆里发射妈妈家信的事情。

可能出于避讳的原因，家庭空气沉甸甸的。爸爸的归来没有带来多少喜庆色彩反而添了几分忧虑气氛。只有厨房里飘出饭菜香味，平添了一股家常味道。

终于，四个热菜全部端上桌子。王凤眼睛一亮随即伸出筷子奔向咸鱼炖豆腐。不幸中途被姐姐的筷子拦截。王莹笑眯眯说，傻凤，今天是给咱爸接风，不是让你撒风。抢！你不知道咱爸最爱吃豆腐咸鱼？

王金炳手里拿着一张烫手的“银裹金”烙饼，低头吃着。这时他想起自己乳名叫“饼子”。饼子吃饼。不由苦笑了。王莹看到爸爸光吃饼，就催促他吃菜。王金炳机械地举起筷子，却伸向平时并不爱吃的油渣烧海带。

王建设很快吃了两张饼，搁下筷子离开饭桌回自己房间了。王凤重点吃了腌肉炒白菜和葱头烩猪血，咀嚼着起身回自己房间了。王莹看着弟弟妹妹的离开，突然意识到这个家庭如今缺少几分温暖。

吃了咸鱼也吃了豆腐，王金炳充满歉意地说好吃好吃。

爸爸……王莹不无哀伤地注视着心神不宁的父亲，印证着自己的内心判断。终于看到高压之下爸爸的怯懦，不由心头一痛。王莹只是一个缺乏社会经验的姑娘，却从爸爸游移不定的目光里强烈地感受到，惶惶不可终日的挤压，度日如年的煎熬，大水没顶的挣扎，悬崖失足的绝望……

晚饭之后，王金炳立即起身跑到厨房里刷锅洗碗，延续着“牛棚”养成的劳动改造的习惯。王莹明明知道刷锅洗碗是王凤的任务，却没有阻止爸爸。爸愿意躲避就让他躲避吧。

就寝之前，王莹站在卫生间里搓洗爸爸替换下来的衣裳。啊，从那一片片污渍就可以想象“牛棚”的滋味。“牛棚”啊，使胆大的男人越发胆小，使胆小的男人敢于自杀；使软弱的男人走向疯狂，使疯狂的男人变得温顺。

端着一盆湿衣裳走出卫生间去往阳台，王莹看到爸爸独自坐在客厅里。灯影里父亲越发显出木讷，似乎正在努力将自己变成一尊木雕。她轻轻叹了一口气，觉得生活除了凄苦，好像没有别的滋味。

晾了衣服，王莹打了一盆热水端到木雕面前说，爸爸您烫脚吧烫了脚就休息呢。

面对一盆热水，王金炳突然双手抱头伏在桌上，嘤嘤哭了起来。

王莹拿来一条毛巾放在桌上，躲进自己房间。她不愿意看到父亲的眼泪，尽管她知道父亲的软弱，也知道有时候眼泪是男人天空下的小阵雨。

过了一会儿，王莹听到父亲站在门外说，灵莹，你出来跟我说说话吧。

爸爸一定是有话要说的，一旦说出来心里就痛快了。这样想着她来到客厅里落座，跟父亲隔着一张桌子。苏联式的房子越发空旷。空气却黏稠起来。

灵莹，前面那两封家信，我看完以后就撕碎嚼烂吞到肚里去了。王金炳低头说着。

好啊，这种事情是要保密的。您吞进肚里最安全。王莹劝慰着说。

可是，吞下肚去我心里倒盛不下了。心里总是嘀嘀咕咕的，管不住自己的眼珠，动不动就往窗户外面瞟，瞅瞅那草堆。有一次夜里做噩梦，梦见那草堆着火了，还燎了我头发。我啊地叫一声，醒了。

王莹看到父亲痛苦诉说的样子，起身斟了一杯白开水递给他说，爸爸，您这是吓的，越害怕心里越紧张。

是啊，睡在我旁边铺位的一个“三青团分子”看出苗头儿，就去揭发了，说我心神不定肚里有鬼。造反派连夜提审，啪啪拍着桌子说发现了我的罪证。我一害怕就招了。一大早儿他们押着我去现场。我心里想反正两封信都吞到肚里去了，查无实证……

可是您没想到一走进那草堆，人家就发现了第三封家信，这是设子刚刚发射的。是吧？王莹问道。

是啊。王金炳垂头丧气地说，他们押着我往草堆那里走，嘭地飞来一个纸卷儿。我知道这一定是设子射来的，恰恰落到他们手里了。后来我听这封信上还有你写给我的几句话，这事儿把你也牵扯进来了……

恐怕这件事情他们不会善罢甘休的。王莹思忖着说，一定是妈妈通过有关领导把您保出“牛棚”了，可巧这时他们发现了第三封家信就成了您的新罪证。他们只是象征性地把您放回来……

他们很快就会把我抓回去继续关在“牛棚”里吧？王金炳惊恐地说，灵莹，爸爸窝囊，爸爸胆小，爸爸没出息。可我还是要求你别把这事儿告诉你妈妈。

王莹点点头说，您别内疚了。多长的铁棍都能磨短，多硬的骨头都能煮软。无论怎样您永远是我爸爸呀！

灵莹，有你这句话我心里就踏实了。王金炳勉强地笑了笑，回屋睡觉了。

第二天一早，王莹起床在厨房给全家弄早饭。楼下响起一阵口号声。伸长脖子仔细听，呼喊的口号居然是“揪出内奸分子牟棉花！打倒泄露国家机密的王家小集团！”。她趴上阳台探头看到楼下摆着好几只糨糊桶，一群人手持扫帚正往墙上刷大字报。

他们果然来啦！王莹离开阳台穿过厨房越过客厅跑进卧室，一把从床上拉起酣睡的妹妹说，傻凤！穿上衣服出发吧。我昨天跟你说的事情，乘3路公共汽车坐四站地就到了我们学校找红卫兵团……

睡眼惺忪的王凤抬头望着姐姐说，我知道你是让我送鸡毛信去！

嘭嘭嘭！有人狠力叩门了。王莹跑去开门。柴油机厂造反派凶神恶煞般拥进来，高喊“揪出王家叛国小集团，打倒‘人造黑劳模’”。王凤趁机小鱼似的游出家门，下楼去了。

造反派押着王金炳和王莹下楼。王建设不知所措地跟在后面。姐姐扭头笑着对弟弟说，设子没你事儿，你该干什么干什么吧。

楼下，牟棉花的第三封家信已经被抄成大字报，刷在墙上公布于众了。王金炳听见有人高呼“打倒叛国者”“打倒内奸分子”的革命口号，双腿颤抖起来。王莹担心爸爸受到惊吓，扯了扯他的衣襟暗示他不要害怕。

然后，王莹以攻为守，一声尖叫扬手指着大字报说，这是谁贴的大字报？他妈的给我站出来！

一个柴油机厂造反派头头儿走过来说，小丫头片子你还会骂街，这大字报是我贴的你敢怎么样！来人啊，把她给我五花大绑了！

上来几个汉子推着搡着，七手八脚将王莹捆得好像一只大粽子。

王建设举着射钉枪冲上来说，不许欺负我姐姐！不许欺负我姐姐！

造反派头头儿乐了，说这小子拿凶器吓唬人，快缴他械！快缴他械！

几个汉子抢去射钉枪，把又踢又咬的王建设摁到旁边。被缚的王莹怒目圆睁小母老虎似的吼叫着。谁要伤我弟弟一根毫毛，我跟谁没完！

父亲王金炳百分之百罪人形象，躬身垂头站着，好像没了魂魄。

王莹声嘶力竭叫着。我母亲出国援外是受到毛主席委派的。这是国家机密！你们贴大字报泄露国家机密，还诬赖我们是叛国小集团？你们一个个才是苏修美帝的内奸！我要到北京去告你们……

一个蓬头垢面的老婆儿嘴里叼着一颗不冒烟的烟卷儿，站在人群里看大字报。这大字报抄写的正是牟棉花泄露国家机密的罪证——那第三封家信。肮脏的老太婆嘴上叼着的烟卷儿并不点燃，好像一种象征。她眯着眼睛看着大字报，喃喃自语。操，敢情牟棉花出国援外了，怪不得没见批斗这娘们儿呢……

王莹你不要自找苦吃！我们现在就陪你去北京，我们还要把牟棉花从阿富汗揪回来呢！造反派头头儿指着王莹鼻子说。

你们放屁！我妈妈遵照毛主席指示出国援外，这是发扬国际共产主义精神……

那个嘴里叼着烟卷儿的老太婆冲出人群，伸手撕着墙上大字报，嘿嘿笑着念念有词：你们不要揪棉花，你们不要揪棉花……

王莹呆呆看着这个突然出现的老太婆，觉得她好像妈妈厂里的靳大姑。

你是什么人？你敢破坏革命大字报！两个造反队员扑过来揪住老

太婆的头发，押向大卡车。

人们纷纷嚷叫起来。这疯婆子是国棉十九厂的，去年就疯了！

前推后搡扭胳膊摁肩膀，疯婆子依然结结实实叼着那一颗并不冒烟的烟卷儿，好像它长在嘴唇上。听到人们喊叫她是疯子，两个造反队员松了手。

一队红卫兵从远处跑来，足有好几百人，掠过“市长楼”踏着中央草地径直奔“劳模楼”来了。柴油机厂造反派顿时紧张起来，一起投去目光。

王莹长长出了一口气。好啊，这是妹妹拿鸡毛信去学校搬来了救兵。

红卫兵的首领竟然是曾经去金水村向王援朝取经的滕维丽，而且送给王莹一枚毛主席像章。滕维丽走上前来慢条斯理说，牟棉花代表中国工人阶级援助阿富汗人民，这是党中央毛主席的委派，这是发扬国际主义精神，你们跑到这里贴大字报，究竟长谁的志气？究竟灭谁的威风？

滕维丽语气突然强硬起来，你们是工人阶级造反派，你们更应当听毛主席的话。我要求你们马上给王莹松绑，不要做亲者痛仇者快的事情！

战场一片沉寂。柴油机厂造反派好像寻找着反击武器，心律出现间歇。

疯婆子悄悄溜到王莹面前，嘴里念念叨叨：你们要听毛主席，你们要听毛主席的话……

王莹注视着疯疯癫癫的靳大姑，从她的目光里看出几丝慈祥。

一个女人突然挤出人群，一拍大腿质问滕维丽。你说牟棉花代表中国工人阶级援助阿富汗去了，她一个“黑劳模”代表得了吗？你说牟棉花发扬国际共产主义精神去了，她一个“黑劳模”发扬得了吗？

这是荔枝壳啊。王莹看到荔枝壳身后站着十几个佩戴“红纺战斗队”袖标的纺织女工，吵吵嚷嚷着。

我们就是要把牟棉花打翻在地踏上一只脚，让她永世不得翻身！

滕维丽一挥手，外围待命的几百名红卫兵战士呼啦一声在现场形成一个包围圈。他们一手举起“红宝书”，一手举起“椅子腿”，节奏急促地高喊着：文攻武卫！文攻武卫！

你们要不悬崖勒马，我们红卫兵联合会就要采取革命行动啦！滕维丽大声发出警告。

荔枝壳冲上前来尖声喊道，谁敢保护“人造黑劳模”，我们就跟谁斗争到底！

她一句话，好似点燃了烈火，现场骤然升温，人们开始互相推搡了。王莹气愤地喊着，荔枝壳你公报私仇……

一群女红卫兵冲上去擒拿荔枝壳，跟纺织女工们扭打起来。

王凤窜到王莹面前，一边松绑一边说，姐姐，你快跑吧！你快跑吧！

王莹望着从文斗转向武斗的混乱场面，犹豫了。我跑？咱爸怎么办呀！

王凤转身飞快地窜到王金炳面前说，爸爸，趁着乱劲儿您快跑吧！快跑吧！

王金炳突然猫腰从地上捡起一块砖头，啪地拍在自己面门上，登时红汁流淌，脑袋成了一只血葫芦。

爸爸你疯啦！人家还没打你，你自己打自己啊……小女孩王凤尖叫着望着父亲，仿佛看到一只怪物。

王金炳浑身颤抖地说，不用他们打我，我先把自己打了吧。

王莹跑过来哭着说，爸爸您这是干什么！自残啊……

我、我还是跟他们回“牛棚”去吧。回到“牛棚”我就踏实了。王金炳抹着满脸血迹说着，好像只有“牛棚”才是他的安全归宿。

链条卷

链条：机械上传动的链子。

——摘自《现代汉语词典》

13　扫帚与芒果

王援朝告诉王莹，咱家很快就会渡过难关一步步走向好转的。哥哥的判断果然灵验，两件喜事接踵而来。一是强调“三结合”爸爸被“解放”了，走出“牛棚”恢复工作，重新成为柴油机厂中心配套仓库保管员。二是王莹技校毕业了。由于半工半读毕业生没有上山下乡任务，她被分配到东方制冷设备厂成为工人阶级的光荣一员。

“牛棚”岁月将王金炳改造成为一只惊弓之鸟，他表情紧张地嘱咐女儿进了工厂一定要虚心向工人阶级学习，首先是不怕脏不怕累，别人不愿意干的工作，你一定要抢着干。再者是搞好团结，跟同志们打成一片……

灵莹，你给阿富汗写信告诉妈妈你参加工作了，让她高兴高兴。王金炳说着压低声音说，大朝真的收留了白鸣岐？这是窝藏包庇反动资本家呀！

说着，王金炳转身走进卧室，好像害怕了。

一大早儿王莹前去报到。东方制冷设备厂坐落在市郊接合部，距离9路公共汽车终点站不远。工厂大墙上刷着一条“最高指示”的大标语：“革命委员会好。”王莹拎着兜子走进工厂大门，主动跟传达室打招呼说是来报到的。传达室老头儿笑着说，总共十五个新工人，你是第五个报到的。

从“工人阶级必须领导一切！”的大标语前面走过，她找到政工组。办公室很简陋，两张办公桌，一只文件柜。迎面墙上贴着一条最高指示：“要节约闹革命。”一位白白胖胖的中年男子埋头写着什么。王莹叫了一声师傅。

在社会上叫同志，在工厂里叫师傅，这是两种最为亲切的时代称谓。

她递上分配通知书说是来报到的。对方抬头朝她投来审视的目光，提笔批了一行字：请生产组安排该同志参加新工人进厂教育学习班，统一分配工种。

找到生产组办公室。女同志小杜让王莹填表，说填了表你去工具库接受七天进厂教育，然后分配工种。

第一课是“东方制冷设备厂的历史与现状”。主讲者正是那位白白胖胖的政工组长范金斗。王莹给自己的笔记本编了号码“1970A”，一丝不苟记录着工厂概况。

“咱们东方制冷设备厂归口第一机械工业部，生产各种类型的制冷设备，比如说本市食品二厂的三座冷库，就是我们厂生产安装的。前几年还生产了几套大型制冷设备，援助社会主义友好邻邦朝鲜和越南，受到外贸部长李强同志的好评。我们厂总共五个一线生产车间。你们这十五位新工人进厂，我们就有八百四十三名职工了。这是新鲜血液。毛主席说世界是你们的。希望你们能够接好革命班，迅速成长争取早日挑起大梁！”

王莹一边听一边记录，她在“朝鲜”二字下面画了一道杠杠，表示重点。范金斗的讲话使得新工人们了解到工厂的基本情况。尤其讲到明年的生产任务援助阿尔巴尼亚的三套大型制冷设备，王莹激动了，心里哼唱起那首全国传唱的《北京——地拉那》。

“北京，地拉那，中国，阿尔巴尼亚，英雄的城市，英雄的国家，中阿人民并肩战斗，团结在马列主义旗帜下，万岁——毛泽东！万岁——恩维尔·霍查！万岁——伟大光荣的党，万岁——北京地拉那！”

介绍工厂概况，范金斗谈到一线生产车间的十二个工种，着重提醒新工人们做好从事艰苦作业的思想准备，比如喷漆工序接触二甲苯就属于有毒有害作业。你们可能不知道，机械行业流传这么几句话，“车钳铣，没法比；电气焊，凑合干；要翻砂，就回家”。还有“王八瞪蛋是冲工，大锤震耳是铆工，溜溜达达是电工，轻轻松松是化验工”。

坐在后排的一个浓眉大眼的男生举手说，还有，断子绝孙是老公！

人们哄堂大笑，好像是相声专场演出。大家为什么发笑，王莹却听不懂。

范金斗不急不躁说，老公？我们是社会主义工厂不是封建王朝皇宫，哪儿有什么太监啊！

王莹这时听明白了，老公原来就是太监啊。她意识到自己的单纯，社会上很多术语，自己是听不懂的。

范金斗表情和蔼地指着浓眉大眼的男生说，你叫什么名字？那位男生起立回答说，我姓董叫董泰建。

白白胖胖的政工组长范金斗不动声色说，董——泰——建。泰建？怪不得你对断子绝孙的事情特别明白呢。

人们再次哄堂大笑。王莹也跟着笑了。董泰建——董太监。她觉得工厂真是一块幽默宝地，就连这位从容稳重不苟言笑的政工组长范金斗说出话来也这么灵活机智令人回味。

董泰建满脸尴尬对身旁男生说，我叔我婶嘱咐我进了工厂别多嘴多舌，人家工人一句话能把你噎死，今天我算领教啦。

听了范金斗的报告，王莹对东方制冷设备厂有了了解，笔记本密密麻麻写满几页，心里十分充实。

董泰建凑到王莹面前自我介绍说，我是从第二半工半读技术学校分配来的。王莹敷衍说我是第一半工半读技术学校的。董泰建嬉皮笑脸说，你是第一半工半读，我是第二半工半读，我比你大一倍啊。

你再大也超不过《清宫秘史》的李莲英吧？一定是受到工人阶级幽默的感染，王莹说出这样一句话。

人们听了笑得前仰后合，当场给董泰建确定了绰号：董公公。

生产组小杜走来批评董泰建说，你这是偷鸡不成反蚀一把米。新工人进厂应当虚心学习工人阶级优良品质，不要学得油嘴滑舌一身社会习气。

董泰建只得自我解嘲说，他们叫我董公公，好哇！我是大公无私的公，我是公而忘私的公，我是公事公办的公……

你怎么不说你是公共厕所的公呢？小杜一句话堵了董泰建的嘴。

这就是工厂语言啊，小杜这样的女同志说出话来也是一口咬到骨髓里。王莹暗暗想到父亲母亲。妈妈说话爽爽快快，从来不拖泥带水，直来直去特别符合工厂风格。相比之下爸爸吭吭唧唧显得沉闷，好像一间没有天窗的屋子。这可能与他是仓库保管员有关吧。

中午时分，王莹走进职工食堂独自坐在角落里打开饭盒吃着“银裹金”烙饼。这种烙饼，看外表你在吃白面饼，只有自己知道咽下去的是玉米面。食堂中央摆着一只大铁桶，有人端着饭盒去舀汤。免费的。王莹端着饭盒走过去，舀了一勺倒进饭盒里，转身悄悄喝了一口，笑了。这清汤就是食堂刷锅水，加了一撮子食盐而已。她捺着性子喝得出汗，出了食堂沿着厂道走去。

午休时间，一个身穿草绿军装的年轻军人一手拎着小桶一手挥着板刷正往车间大墙上刷写标语。已经刷写了“抓革命，促生产，”六个大字，王莹知道还有六个大字是“促工作，促战备！”

如今是标语时代。工人疗养院在刷写标语，柴油机厂在刷写标语，东方制冷设备厂在刷写标语，处处都在写标语。王莹迎着标语走去，看到这个年轻军人穿着两只衣兜儿的军衣，知道他是战士不是干部。干部四个兜儿。

过午的阳光照耀着年轻战士，汗水浸湿帽圈儿好像戴一道箍。他停下板刷回头操着南方口音说，你是新工人吧？别进车间啊，那里是军工保密产品。

你写的仿宋字不保密吧？王莹看到对方比自己大不了几岁，笑着问道。

啊？我的仿宋字当然不保密。年轻战士看了看王莹，伸出板刷蘸着白浆继续书写。王莹转身走开。他停止书写大声问道，喂，你叫什么名字？

王莹转身望着这个身材适中眉清目秀的南方口音的兵，说我叫王莹。对方立即自报姓名说，我叫冯五一。

你叫冯五一？那你一定是劳动节那天出生的！王莹惊奇不已。

年轻战士摇了摇头说，我也不知道我爸爸为啥给我取了这个名字。

王莹问道，你是解放军战士，你到东方制冷设备厂来干什么呀？

三支两军啊。冯五一冲着王莹大声说，你知道三支两军吗？

知道哇！三支是支左，支工，支农，两军是军管，军训。王莹对答如流。

冯五一突然不好意思了，低头说我们的主要任务是支左，过几天还要对你们这批新工人开展军训呢。

看到对方这种表情，王莹不明白他为什么窘了，说了声再见扭身走了。年轻的冯五一注视着王莹远去的背影，一时忘了继续书写大标语。

下班回家吃过晚饭，王莹坐在灯下写信。她是写给朝鲜民主主义人民共和国一个名叫崔莹的女孩子。

“崔莹你好，首先敬祝中国人民的伟大领袖毛主席万寿无疆！我叫王莹，我一九五二年三月十一日出生，那一天罗盛教烈士被授予‘一级爱民模范’称号。他为了救你，落入冰窟献出自己宝贵生命。为了纪念罗盛教叔叔，我出生那天我爸我妈一致同意给我取名王莹。这样，你和我就成了同名的人。”

“崔莹，今天我走进东方制冷设备厂报到，成为一名社会主义中国的新工人。我们这座工厂前几年还向你们国家出口制冷设备呢。我知道你们国家提倡千里马精神，我们国家提倡鼓足干劲力争上游多快好省建设社会主义的精神。你是崔莹，我是王莹，我提议，咱俩在不同的工作岗位上开展社会主义劳动竞赛。你说好吗？”

写了信，装进信封，王莹不知道怎样寄给远在朝鲜的崔莹，便小心翼翼放在抽屉里。王建设推门告诉姐姐，他组装的矿石收音机出声音了。接过弟弟耗费半年心血攒成的矿石收音机，果然听到中央人民广播电台一组标题新闻。

“我国第一台具有先进水平的韶山型大功率半导体干线电力机车在湖南株洲机车车辆厂试制成功。”

“河南省红旗渠工程全部建成。该渠建成后，林县水浇地面积从不到一万亩扩大到六十万亩。”

“原国民党空军上尉黄天明、学员朱京蓉驾驶 T — 33 喷气机起义，从台湾飞返大陆，在中南地区某机场安全降落。”

第二天，厂里专门召开忆苦思甜大会。十五名新工人参加，还有东方制冷设备厂的十八名武装基干民兵。说是大会，总共不过一个排的兵力。

会场前面摆了一张长桌子，算是主席台。会议由政工组长范金斗主持。他发言非常实在，说忆苦思甜大会主要是忆苦，甜还用思啊！你们生在新社会长在红旗下，本身就泡在蜜罐儿里。你要是感觉不到甜，那是忘本了。列宁说，忘记过去就意味着背叛。背叛不就成了《红灯记》的王连举啦？

范金斗做出准备鼓掌的姿势说，今天请来当年三条石华昌机器厂老工人、现任通用机械附件厂革委会副主任梁三升同志给我们作忆苦思甜的报告！大家鼓掌欢迎！

身穿劳动布工作服的梁三升大步走到前面，十分正规地给大家敬了一个军礼。董泰建恶习难改说着风凉话，你又不是军人给我们敬什么军礼呀。

王莹扭头制止说，人家敬军礼怎么啦？毛主席号召全民皆兵嘛。

全民皆兵？瞎子瘸子一起上阵啊，嘻嘻……

王莹心里为董泰建感到悲哀。小伙子五官端正身材匀称。可惜整天嘻嘻哈哈的，没正形。

梁三升落座，开始作报告。你们知道当年三条石工人的悲惨处境吗？我给你们哼唱一首歌谣吧：“三条石，靠运河，棒子面，大粗箩，想抽烟，有锯末，要喝水，有臭河。”

王莹听着，冷静地将这首歌谣记在笔记本上。她依稀记得这位梁三升就是当年批斗父亲的主角，如今成了三条石老工人代表，到处忆苦思甜作报告。

这时候，梁三升讲到挂在华昌机器厂账房墙上的“昧心表”。万恶的资本家啊！上班拨快一个钟头，下班拨慢一个钟头。这样工人一天就多干两个钟头，一个月就多干六十个钟头，一年就多干七百二十个钟头。他们压榨工人血汗不管工人死活，铁证如山。

“昧心表”，王莹认为这是华昌机器厂剥削工人的典型案例，便详细记录在笔记本上。父亲也是三条石工厂出身，可是从来没有给她讲过资本家疯狂剥削工人的故事。父亲工作太忙，根本没有时间给孩子们开展忆苦思甜的教育。王莹认为父亲是一株树，常年栽在工厂仓库里。母亲好似一朵棉花，早早将自己纺进棉纱里去了。

梁三升又哼唱了一首歌谣，说明当时工人的伙食：“韭菜长吃，菠菜种吃，一年到头吃饺子！”

哼唱之后，梁三升解释说，韭菜长吃就是韭菜长到二尺多长，最后一茬跟草一样，给我们吃。菠菜种吃就是菠菜老得打了籽成了种子，给我们吃。一年到头除夕夜，才给我们一顿黑面饺子吃，牙碜的只好囫囵吞下肚子，不敢合牙！

听着黑面饺子的故事，王莹猛然想起今天下班回家做饭。工厂五点钟下班，走进家门六点钟。全家吃什么菜做什么饭呢？她走神了，耳朵离开水深火热的三条石工厂，心思走进自家的厨房。

焖一锅粳米饭，买二斤韭菜炒着吃吧。今天的新社会韭菜跟过去的三条石韭菜肯定不同。今天的新社会韭菜只有半尺多长，不老不嫩，小虾皮炒韭菜正合适。西红柿便宜，煮一锅汤，又红又酸又开胃。

坐在工具库里的小型家庭主妇构思着晚饭，王莹下意识地抬头寻找着钟表。工具库里没有钟表。她联想到三条石华昌机器厂的“昧心表”，便抬头注视着慷慨激昂的梁三升同志。

苦大仇深的梁三升口才很好，讲到一个名叫佟小喜的学徒，一九四五年死于资本家的虐待。佟小喜外号瘦猴儿，受了风寒资本家不闻不问，一个人躺在炕上等死。后来果然死了，万恶的资本家假慈悲，把尸体装进棺材发丧。谁都认为佟小喜被埋在西营门外乱葬岗子，可是后来在工厂院子里挖出了他的墓碑。工人弟兄的尸骨何在，至今也是一个谜！

这个惊险故事再度吸引了王莹思绪。她停止自家晚饭的谋划，捧起笔记本埋头写道：三条石学徒佟小喜，外号瘦猴儿，死后究竟埋在何处，如今仍然没有答案……

忆苦思甜报告会，拖得时间很长，字字血声声泪控诉着万恶的旧社会。武装基干民兵排长霍地站起，带领大家高呼革命口号，声声震荡着空旷的工具库。

不忘阶级苦，牢记血泪仇！加强纪律性，革命无不胜！工人阶级必须领导一切！誓将“无产阶级文化大革命”进行到底！

第四天，一位安全员讲课。他黑脸膛大嗓门，拉开丁字步环视着会场，首先念了一段毛主席语录：“要奋斗就会有牺牲，死人的事情是经常发生的。”念罢这段语录话锋一转，说毛主席他老人家讲的是革命战争年代的牺牲精神，我们为了解放全人类不惜赴汤蹈火不怕肝脑涂地。今天我们是和平年代经济建设，就必须做到安全生产了。

你们这一批新工人里的女同志请举手！安全员突然一声大喊。王莹立即举起手来，回头看一看，还有另外四名女同志举手。

安全员倒背双手一边溜达一边说，先说你们女同志进车间吧，必须佩戴工作帽而且要把发辫掖到帽子里。前几年第九机床厂一个女车工，身材苗条，脸蛋白净，一双大眼睛，两条黑油油的大辫子，走在大街上百分之百回头率。那天上早班迷迷糊糊忘戴工作帽，上了车床一抡摇把，大辫子绞进卡头，三绞五绞就把脑袋给削了，死啦！

这个女工故事听得王莹心里直冒冷气，合起笔记本不敢记录了。好在我梳着两条齐肩的短辫子，没有什么危险。

安全员清了清喉咙继续说，再说男同志吧，你小伙子年轻帅气，细皮嫩肉两只手，无论干什么活儿都戴着手套。可是安全操作规程明文规定，上钻床打眼儿不能戴手套。话说第二汽车配件厂一个钳工，小伙子平时喜欢乐器业余时间练习小提琴，因此特别保养自己的一双手。

王莹心里想，这又是一起流血事故吧？

那天小伙子戴着手套上钻床打眼儿，一不留神手套绞进钻头，只是一眨眼工夫就绞住袖口，他穿了一件崭新的工作服，那袖口特别结实，手臂也绞进去了。残疾啦！

王莹情不自禁举手问道，那小伙子要是穿一件旧工作服呢？

你问得好！安全员喝了一口水说，首先，他要是不戴手套只绞一个手指头，他戴了手套就把一只手绞进去了。其次，旧工作服不结实呀，钻头一绞就烂了，兴许还有机会挣脱，新工作服绞不烂，他半条胳膊也搭进去了。

新工人听罢，你看我，我看你，显然给吓住了。

新工人同志们！机器是什么？你严格按照安全生产规程操作，它是你的好伙伴。你马马虎虎毛毛躁躁不遵守安全生产规程操作，它是一只吃人的铁老虎。铁老虎啊，就是武松转世也拿它没有办法。一句话，必须严格执行安全生产的各项规章制度，有了设备隐患，及时发现及时报告及时整改，不过夜！

绰号董公公的董泰建又开始嘟哝。这一上午我光听惊险故事了，敢情工业生产比抗美援朝伤亡都大啊？一会儿削了脑袋一会儿绞了胳膊，这往后谁还敢当工人啊。

嘟嘟哝哝不过瘾，董泰建索性站起来说，毛主席教导我们，一不怕苦，二不怕死。毛主席还教导我们说，下定决心，不怕牺牲，排除万难，去争取胜利……

黑脸膛的安全员冲着董泰建嘿嘿笑着说，小伙子，我们提倡为革命而牺牲，坚决反对拿人命换产值！毛主席还教导我们说，宇宙间人是第一可宝贵的。你懂吗？

他懂，因为他姓董嘛。王莹为了让董泰建就坡下驴，笑着对安全员说。

生产组小杜走过来压低声音说，董泰建，你不要以为自己是革命烈士遗孤就可以随便说话，你要是违背了毛主席教导我们照样批判你！

董泰建做了一个鬼脸儿，不言不语坐下了。

敢情你是革命烈士遗孤啊？王莹回头看了看董泰建，对这个信口开河的小伙子有了新的认识。

董泰建挤眉弄眼说，我是革命烈士遗孤又怎么样？毛主席教导我们——不要吃老本，要立新功。

立新功？王莹一下想起远在农村的哥哥王援朝。她想象着哥哥坐在轮椅里的情景，伤感了。哥哥当初被评为“全国青年社会主义建设积极分子”，可是他下肢残疾了怎么立新功呢？

七天的新工人进厂教育，军训只有半天时间，主要项目是队列行走。年轻的解放军战士冯五一来了。他主动投来目光跟王莹打招呼。她朝冯五一点点头，表示回应。

十五个新工人，十男五女，分为两拨练习基本动作。身着国防绿军装腰间扎着武装带的冯五一耐心做出示范。学员们一遍遍练习，人人练得满头大汗。进入列队行走练习，表情严肃的冯五一要求王莹出列，“立正、稍息、向右转、起步走”，单独演示一番。

王莹个子不高却身材挺拔，行走起来体态庄重步姿标准。没人知道，她用白布将隆起的胸脯勒平，呼吸显得急促。

冯五一指着王莹对大家说，她的动作非常规范！你们照着她的样子做。

啊？王莹没想到自己一下成了样板，不好意思地笑了。

训练列队行走，冯五一带头高喊“提高警惕，保卫祖国，要准备打仗！”的口号，十分威武。王莹突然激动了。是啊，大家迈着统一步伐呼着统一口号向前走去，心头涌起一股强烈的归属感。这种归属感使她确认自己工人阶级一员的身份，充实着人生价值。

这样的往返列队行走，王莹并不觉得枯燥。她偷偷看着发号施令的冯五一，觉得这位拿起板刷能写大标语，喊起口号能训练队列的年轻战士，称得上文武双全了。

军训结束了。冯五一郑重其事地跟王莹握手告别，颇有几分意味深长的感觉。董泰建不合时宜地凑过来告诉王莹，咱们马上就要分配工种了。

分配工种照常在工具库开会。东方制冷设备厂又干净又轻松的工作岗位挺多，比如检验工化验工画线工，舒舒服服小干部似的。又脏又累的工种也不少，比如喷漆工电焊工司炉工，一天累得臭死还属于有毒有害作业，对象都不好搞。

宣读分配工种名单之前，政工组长范金斗讲话。他表情严肃说这次进厂的十五名新工人有一个清洁工名额，你们谁想去可以自愿报名。

会场里一片沉寂。王莹坐在中间，她朝左边看看，左边的新工人低着头；她往右边看看，右边的新工人也低着头。

清洁工？就是扫地刷厕所吧……有人小声问道。

范金斗点了点头说，主要负责清扫厂道，属于露天作业比较艰苦。

王莹想起母亲说过，当初她在日商东洋纱厂做清扫工，一天清扫十几座女厕所呢。如今妈妈照样是特等劳动模范而且出国援外了。是的，革命工作不分贵贱高低。心里这样想着，王莹缓缓举起手说，你说是清洁工啊？我报名吧。

十四个新工人齐刷刷将目光投向王莹，一下照亮了她的脸。一贯严肃的范金斗露出少见的笑容，冲着这位自愿报名当清洁工的姑娘点了点头。

还有报名的吗？范金斗清了清喉咙，面对鸦雀无声的会场开始宣读分配工种的名单。第一个便念到董泰建——工具库保管员。

董泰建站起身来环视着空空如也的工具库说，保管员？这里什么都没有我怎么保管呀！

范金斗说，你先把自己保管好了，过几天工具一入库，你就有得管啦。

依次宣读名单：两名车工，两名磨工，两名刨工，三名装配钳工，一名天车工，一名幼儿园保育员，一名食堂炊事员，一名汽车队搬运工。一共十四名。

外加一名清扫工。总共十五个人，齐啦。范金斗宣读完毕说，希望新工人在新的工作岗位上，斗私批修反骄破满，不要吃老本要立新功。

嗡的一声散了会，新工人们欢欢喜喜去工作岗位报到了。生产组小杜告诉王莹清洁工属于后勤组。王莹就去后勤组报到了。填写劳保卡片，领取了工作服和劳动保护用品，有套袖、脚盖、护肩、高靿胶靴、乳胶手套、油布围裙以及防尘眼镜什么的，一共要发十几种劳保用品。

发放劳保用品的老头儿摘下老花镜望着王莹说，闺女，听说你是自愿报名当清洁工的？这活儿以前都是“牛鬼蛇神”干的……

听到“牛鬼蛇神”这四个字，王莹回味着。是啊，我为什么自愿报名当清洁工呢？思来想去自己也说不清楚。开弓没有回头箭，当了就当吧。

董泰建跑来了，笑嘻嘻问道，女雷锋！你真要当清洁工啊？

这是我自愿报名的，还有假吗？王莹略为迟疑地回答。

好！你要是赶上抗日战争，一定就是刘胡兰啊。董泰建嘻嘻笑着说。

当天下班回家，王莹在饭桌上宣布自己做了清洁工。王凤瞪大眼睛说姐姐你犯错误了吧。王建设反驳说姐姐是不会犯错误的，她一定是自愿的。

王莹期待着爸爸表态。王金炳只说了一句话，做什么都是革命工作，没有高低贵贱之分。

女儿以为自己做清洁工的选择给父亲带来苦恼，等到弟弟妹妹吃饱离开饭桌，便悄悄询问父亲有什么想法。王金炳犹豫再三，终于向女儿道出内心苦闷。李亦墩同志调我去六九七五工程当仓库保管员，那是一座露天材料库啊。

王莹以为父亲不愿意管理露天仓库，便劝了几句。父亲摇摇头告诉女儿，不是不愿意管理露天仓库，是觉得自己成了李亦墩同志的尾巴。他到哪儿，我就随到哪儿。从华昌机器厂到了军工 503 厂，从军工 503 厂到了国营宏光电器厂，从国营宏光电器厂到了柴油机厂，如今从柴油机厂到了六九七五工程。还不知道下次跟随李亦墩同志调到什么地方去呢。

这都是革命工作需要。王莹这样劝慰父亲。王金炳愁眉不展说这十几年我调来调去成了万金油，涂抹到哪儿都行。李亦墩同志是六九七五工程的副总指挥。我明天就去他那里报到了。

清洁工王莹开始工作了。她身穿白色小帆布工作服，腰系油布围裙，脚踏高靿胶靴，雄赳赳气昂昂清扫着厂道。想起远在阿富汗的妈妈得知女儿做了清洁工一定会说，灵莹哟，想不到事隔二十多年你也做了清洁工，现在可不是东洋纱厂啦。新社会三百六十行，行行出状元。你好好干，人家著名劳动模范时传祥还是掏粪工人呢。

冯五一身穿军装腋下夹着一卷大批判材料沿着厂道走来，兴高采烈哼唱着革命歌曲。只听他啊地叫了一声，停住脚步注视着这位女清洁工。

你怎么……？冯五一根本没有想到王莹做了清洁工。你怎么扫了马路呀！听说你爸你妈以前都是特等劳动模范呢。

我爸我妈是特等劳动模范我就不能扫地啊？王莹抡起扫帚继续清扫厂道。

之后遇到了范金斗。这位政工组长感慨地说，你不愧劳动模范的后代，主动做了清洁工。你做得对，你做得好，你做得又对又好！

王莹并不知道这位政工组长与父亲当年都是华昌机器厂小伙计，只不过范金斗“摇大轮”充当电辊子，王金炳寸步不离伺候老东家，外号“小公公”。

清扫厂道，她渐渐熟悉了自己的领地，哪里有沟哪里有坎，全在心间。一条厂道几乎成了一册大书，她挥帚扫地好似挥笔写字。她还在更衣室门外设立了“失物招领箱”。扫地遇到有人遗失东西，拿回来放进箱子里。

王莹渐渐体会到清洁工的艰苦。冬天风吹，夏天日晒，往往被别人低看一眼，以为你犯了错误接受改造呢。董泰建确实不低看她，一有空闲就跑来搭讪。王莹冷脸，一声不吭地扫地。董泰建不怕冷脸，拉磨似的围绕着她。不知为什么，王莹觉得这个浓眉大眼的小伙子不错，就是稀汤寡水的不受别人待见。

下午，王莹完成清扫任务之后在水房洗脸，后勤组长跑来叫她去花房集合。厂里分配下来一张自行车购买证，后勤组十八个人做成十八个纸阄儿，全部到场轮流抓。王莹早就认为爸爸走路上班下班实在辛苦。可是家里孩子多积蓄少日子紧，他只能依靠步行。此时她盼望自己能够抓到那只写着“有”字的纸阄儿，给爸爸买一辆崭新的自行车。

王莹排队等待抓阄儿，位列十七。一二三四五，抓到的都是“没有”。轮到烧茶炉的刘姐第六个抓阄儿。她打开纸团啊地大叫一声

“有”，那模样好似范进中举。人们得知自行车落到刘姐手里，嗡地散去了。没有给爸爸抓到自行车购买证，王莹心情有些失落。唉，看来爸爸的步行只好继续下去了。

离开花房，迎面看到董泰建驾驶电瓶车撞过来。她吓得一声尖叫，董泰建猛地刹车一本正经说，你真想买一辆自行车？我给你搞一张购买证吧！

说大话，你去哪儿搞购买证？王莹撇了撇嘴，根本不相信。

董泰建从身后抽出一把小铲子说，这是我专门为你做的，遇到清扫不掉的脏东西，一铲子下去就干净了。

王莹心头腾地热了，接过这一把用不锈钢做成的小铲子。从小接过操持家务的担子，王莹习惯于关怀别人，极少受到别人关怀。今天终于有人关怀自己了。她满怀感激地说，董泰建啊董泰建。

下班回家下厨做饭，王莹脚手不闲。好比李铁梅“里里外外一把手”。完全充当了家庭主妇角色。吃过晚饭王金炳低声低语说，今年不是建国二十周年大庆嘛，我被选为机械行业工人代表去北京参加天安门国庆观礼。明天就集中了。

这是好事儿啊！王莹高兴地说，这么光荣的事情您怎么还犯愁呢？

当了这么多年的劳动模范又蹲了这么长时间的“牛棚”，我不愿意显山露水了。我最大的心愿是自己管理一个小仓库。

女儿只得劝慰父亲说，参加国庆观礼是政治任务。别人想去还去不成呢。

十月二号一大早儿，全厂青年工人紧急集合前往火车站迎接国庆赴京观礼代表团胜利归来。男的身穿崭新的蓝色劳动布工作服，人人戴白色长檐工作帽；女的身穿白色小帆布工作服，人人戴蓝色无檐工作帽。手里挥舞着小红旗。

火车站前人头攒动，旗帜飘舞。王莹跟随队伍走进站前广场，感觉一下淹没在浩瀚无边的大海里。随着队伍行走她感觉有人扯住自己袖口，便下意识地甩甩胳膊，回头一看是董泰建。

他急了。我是怕你挤丢了找不到队伍才拉你一把！你是金枝玉叶不让摸啊？

王莹看着急赤白脸的董泰建，扑哧笑了。我这金枝玉叶还没急，你太监倒急了。董泰建气咻咻反驳说，我这辈子兴许能当上太监，你这辈子肯定当不上金枝玉叶的。

我不当金枝玉叶，你去当太监吧。王莹继续逗乐儿，占了董泰建的便宜。

这时候，站前广场的大喇叭播音了。人群发出嗡嗡回荡，千军万马似的。王莹扬起脑袋竖起耳朵仍然听不清楚。她只好大声询问董泰建。董泰建趁机紧紧抓住她的手，朝她投来火热的目光。王莹不知如何是好。为了避免难堪，她只得装作若无其事的样子，伸长脖子东瞅西瞧。

董泰建极其殷勤地说，广播里说伟大领袖毛主席送给我市工人阶级一颗什么果，一会儿火车就到了！

她担心董泰建的勾当被别人发现，狠狠瞪了对方一眼。外号“董公公”的小伙子愣了愣，终于撒了手。人群又是一涌。生产组小杜吆喝着大家别掉队。王莹和董泰建追随着“东方制冷设备厂”的旗帜，朝着出站口方向涌去。

广播喇叭传出播音员激越的声音，说是伟大领袖毛主席送给我市工人阶级的芒果到了！

站前广场轰地掀起一波声浪，扑面而来。播音员的声音被覆盖了。一波波声浪扑来，王莹感觉双脚腾空，朝前飘浮着。一种茫然无助的情绪笼罩心头，想哭。此时，她多么希望有人抓住自己的手，有力地握着。董泰建凑近耳畔大声说着什么，脸与脸贴得那么紧。她分明感受到男人的呼吸吹进耳孔，潮湿而急促。她懵懵懂懂保持着这种距离，嘴唇冰凉。平时在家里接触爸爸哥哥弟弟，他们都是男人，却从来没有今天这种难以言状的感觉。这种感觉使她确认了身为女性的身份，同时增添了几分迷茫。

不知道为什么，站前广场突然一静，她终于听到广播喇叭里说“手捧金色芒果大步跨出车厢的是工人代表王金炳同志！”

是爸爸呀！王莹感觉醉了，内心幸福得一塌糊涂。人山人海，女儿根本看不到父亲身影。欢迎仪式结束，铁路工作人员在站前广场捡到四百八十五只鞋子，各式各样满满装了十大筐。

王莹回家做好午饭，打卤捞面，还配了两样菜码。然而，爸爸午饭没有回来，晚饭也没有回来。一连三天，不见爸爸回来。终于，她从报纸上看到了父亲的行踪。

原来，伟大领袖毛主席为了给进驻上层建筑的工人毛泽东思想宣传队撑腰作主，几次在北京接见来自全国各地的工人阶级代表，特意把一颗颗外国领袖送给他老人家的金色芒果赠给全国各地的工人阶级。在国外金色芒果被称为“圣果”，意义非同寻常。国庆观礼之后，本市工人阶级代表王金炳小心翼翼从北京捧回金色芒果，一下火车即受到本市二十万产业工人的夹道欢迎，盛况空前。为了及时把毛主席的恩情送到工人阶级心坎上，工人代表王金炳从火车站直奔钢厂，之后去了兴无化工厂和代代红毛纺厂，两天跑了四十二座工厂，二十八万革命职工瞻仰了毛主席送给工人阶级的金色芒果。

第三天中午时分，一辆佩戴红绸的大轿车驶到东方制冷设备厂大门口——毛主席的金色芒果来啦！喜讯传来，全厂职工列队迎送。广播喇叭介绍现场实况说：“金色芒果光闪闪，毛主席恩情重如山。同志们，我市工人阶级代表王金炳同志手捧玻璃盒子走出大轿车！玻璃盒子里装着毛主席他老人家送给我们工人阶级的金色芒果！”

现场欢声雷动，高呼“毛主席万岁！”，争相目睹金色芒果的风采。王莹挤在队列里急得又蹦又跳，这是爸爸的光辉时刻我不能看不见啊！

董泰建挤到王莹身后，猫腰一头扎进她两腿之间。王莹吓得叫了一声。董泰建猛然挺身站起，稳稳当当将她驮在肩膀上。一时间，王莹视野开阔，一眼看见爸爸手捧一只玻璃盒子大步走过，满脸微笑。很久没有见到爸爸这种笑容了，她激动得没了眼泪。

王金炳手捧芒果回到大轿车里了。董泰建缓缓蹲下身子，王莹双脚平稳落地。一群人围观着这种俗称“傻小子驮媳妇”的场面。有人起哄说，董公公，你快去追你媳妇呀！又有人挖苦说，太监哪有媳妇啊，废物一个！

我操你祖宗，以后谁要敢叫我太监我劈了谁！董泰建突然翻脸了，双手叉腰气势汹汹说。

王莹羞得红了脸，伸长脖子看着父亲乘坐大轿车离去，转身跑了。

王金炳一天要跑很多工厂，向工人阶级展示着毛主席的金色芒果。人们听说他在北京跟毛主席握过手，所到之处大家便频频跟他握手。跟他握手等于跟毛主席握了手。就这样不停地握手，他患了腱鞘炎，手腕贴了伤湿止痛膏，仍然隐隐作痛。

到了第八天，毛主席的金色芒果出现黑斑，开始腐烂了。金色芒果变成黑色芒果，不能展示了。有关领导紧急命令工艺美术制品厂以石蜡染色仿制替代品，供奉在军管会大厅毛主席塑像前面。

已经腐烂的芒果摆放在市委第三招待所王金炳房间里。这怎么收场呢？他跑去问张三，张三躲闪了。他拉着李四询问，李四回避了。好像人人都不愿意接触这件事情。王金炳反而成了多言多语的饶舌鬼。噢，他渐渐明白了。留它又留不得，扔它也扔不得，没人愿意承担责任啊。

领导为他摆了庆功晚宴，四个凉菜四个热菜，鸡蛋汤白米饭，都是从市直机关食堂端来的。王金炳知道巡回展示金色芒果的任务圆满结束，心里居然有几分伤感。于是他破天荒喝了一杯啤酒，满嘴马尿味道。领导关怀地说，王师傅生活方面有什么困难尽管提出来。他想说需要一张自行车购买证，因为大女儿参加工作了。转念一想自己从来没有向领导提过任何要求，就没张嘴。

喝了啤酒晕晕乎乎回到房间，他一眼看到那只渗汤流汁的乌黑芒果，眼窝儿一热。从怀里掏出一条素白手绢将这只芒果包裹起来，好像包裹了一桩心思。

一夜未眠，他起早带着手绢包裹的芒果离开市委第三招待所，回家了。十天没回家，增添了几分陌生感。金色芒果变成乌黑芒果——这是绝对机密。他悄悄将它藏在自己卧室里。这是毛主席的芒果必须妥善安置。他存心不让孩子们知道。一旦出事，免受牵连。

这只芒果完全溃烂了，卧室里弥散着一种腐败的香气，味道怪怪的。傻凤跑进来询问什么味道，被他撵了出去。当天夜里他剔除腐烂果肉，剥出一只扁似牛舌的芒果核儿，摆上窗台晾干。他点燃一炷香，跪在芒果核前，一连磕了三个响头说，毛主席我对不起您，我让您老人家的芒果烂啦。

总是担心有人追究芒果下落，好像成了埋在家里的一颗定时炸弹，随时都会发生爆响。于是惴惴不安，度日如年。王莹不了解爸爸的心思，使用一系列词汇形容忧心忡忡的父亲：如履薄冰，如坐针毡，如鲠在喉，如临大敌……

总而言之，女儿对父亲的猥琐表现深感失望。您都跟毛主席握了手，还有什么值得自卑的呢。

王金炳偷偷将那颗晾干的芒果核儿栽在一只花盆里，还浇了水。有时弄一只西红柿埋在土里，促进土壤酸性。他嘿嘿笑着说，我用西红柿喂养芒果呢。

第二年开春，竟然发芽了，从花盆土壤里钻出一棵油亮翠绿的幼苗儿，那叶子又细又长，好像妻子的两片眉毛。

活啦！毛主席的芒果活啦！王金炳悲欣交集，不觉流下泪水。

14 初恋与情殇

王金炳在家只字不提往事，王莹自然不晓得范金斗与他的老关系。俩人都是资本家工厂的小伙计，如今渐行渐远。一天，王莹提着胶皮管子给一排冬青浇水，后勤组长通知她马上到厂部会议室参加重要会议。她顾不得脱下高鞠胶靴就去了。脚步咚咚走进会议室看见坐着一群陌生人，她只认识政工组长范金斗。会场气氛庄严，她伸了伸舌头解下油布围裙顺势坐在角落里。

范金斗对上级领导汇报说，自从接到市里电话通知我们立即抽调六名骨干力量，作为第二批工人毛泽东思想宣传队随时待命。这次我担任工宣队长，工宣队员有苦大仇深的安师傅，有参加过中印边境反击战的复员军人阙师傅，有学毛著积极分子薛师傅，还有锅炉工童师傅和新工人王莹同志。

听到自己的名字，王莹不知所措地站起朝着大家点头致意。范金斗趁机介绍情况说，她就是新工人王莹同志，她主动要求去做别人不愿意做的清洁工，任劳任怨扫马路！受到全厂职工一致好评。王莹同志技校毕业有文化，我看可以担任工宣队内勤工作。

这很好嘛！领导模样的同志拍板说，你们这一支工宣队人员构成合理，老中青三结合。王莹同志作为全厂青年工人代表入选工宣队，说明你们注意吸收新鲜血液。你们要认真学习毛主席关于工人阶级占领上层建筑的最高指示，要认真吃透工宣队肩负的历史使命和现实任务，随时待命进驻长征中学！

长征中学？就是我设子读书的学校啊！王莹不由偷偷笑了。我进厂几天就成了工宣队员，一起去占领上层建筑了。

下班在工厂大门口遇到董泰建，她心血来潮邀请这位太监去家里吃饺子。他问了地址和时间，嘻嘻笑着说保证准时出席。

回到家里，王莹一头扎进厨房，右手握刀剁馅儿，左手掺水和面，左右开弓，齐头并进。她一会儿擀着饺子皮一会儿包馅儿，脚手不停闲好像生了三头六臂。王凤放学回家看到厨房里的姐姐满头大汗，放下书包马上洗手，自觉加入包饺子的行列。

傻凤！你包的饺子小元宝似的，比我包的好看多啦。王莹惊喜地说。

王凤得意了，自我表扬说不光会煮饺子还会蒸包子。姐姐伸出手指戳着妹妹脑门儿。说你胖你就喘，说你白净你就觍脸，说你进步你就自满，说你……

姐姐，你在工厂学会说快板啦？王凤掐断王莹话流，笑了。

王金炳下班走进家门，摘下工作帽露出新剃的光头。王凤拿起掸子给爸爸扫着裤脚浮土说今天咱家吃饺子。王金炳呜了一声好像不为所动。王建设放学走进家门叫了一声爸爸，王金炳照样呜了一声，抬手搔了搔光头。

晚间六点半钟，王莹开始煮饺子。那家伙怎么还不来呢？她暗暗反思着。我请董泰建来家里吃饺子是不是太唐突了？俗话说人逢喜事精神爽，我入选工宣队不要得意忘形啊。

饺子一锅锅煮熟了。王莹盛了四碟子，配上醋和蒜端上桌子。一人一碟埋头吃了起来。王莹拿起第五只碟子盛了八只饺子，还放了一双筷子。每次家里改善伙食王莹都给妈妈盛上一份摆在桌上，这样全家就团圆了。

设子，饺子好吃吧？王莹喜不自禁问道。

王建设一边咀嚼一边说，好吃是好吃，饺子什么馅儿的？

爸！你们叫我傻凤，现在设子都傻得不知道饺子什么馅儿啦……王凤委屈地控诉着，夹起一个饺子放进嘴里。

王莹突然问道，那你说饺子什么馅儿的？

王凤嘿嘿傻笑了，什么馅儿？我也不知道，光顾吃啦。

王莹心里等待董泰建的到来，趁着这个机会大声宣布自己入选工人毛泽东思想宣传队，过几天进驻长征中学。

王金炳停住筷子，脸上露出难得一见的笑容说，灵莹，六九七五工程指挥部也推选我去工宣队，说是进驻北开大学。我坚决不去，就让开吊车的老黄抢着去了。

这是光荣的政治任务，您怎么不去呢？抬头看到父亲面露怯色王莹问道。

灵莹，那一阵子我手捧芒果巡回展示出尽了风头，还是踏踏实实管理仓库吧。王金炳如实回答女儿说，我觉得最适合我的地方就是仓库。

王建设停住筷子恍然大悟。咦，长征中学就是我们学校啊！之后凝神思索说，姐姐你进步速度太快了，当工人才几天就变成工宣队了。

王凤颇为羡慕地说，哼，长大了我也进工宣队……

晚间八点钟，还不见董泰建露头。王莹感到几分失落，走进厨房把预留的饺子煮熟晾凉，数了三十个装进饭盒里。王凤溜进厨房小声问道，姐姐这饺子你给谁带去啊？王莹回答说一个同事。王凤问是男同事还是女同事。

你这是搞外调呢？王莹瞪了妹妹一眼。王凤一边撤退一边说，这么好的饺子你拿到厂里去，我看你是在搞对象！要不是搞对象你舍得把这么好的饺子给别人吃啊！

妹妹说完就跑了。王莹站在厨房里发愣。是啊，我为什么要把饺子带给董泰建呢？难道我真的跟他有了感情？

第二天上班，王莹端着盛满饺子的饭盒来到工具库，大声招呼出来董泰建。她故意轻描淡写地问他为什么没去家里吃晚饭。董泰建噢了一声抬手挠着头发说，你真请我去你家吃饭啊？我还以为是开玩笑呢。

我什么时候跟你开过这种玩笑！她把饭盒塞到他怀里，气哼哼走了。

下午，董泰建归还饭盒来了，迎头就说饺子味道不错。他递来饭盒之后把一支钢笔塞给她，说了声祝你进步，扭头走了。

这是新款英雄牌钢笔，特制铱金笔尖。她知道很贵的。董泰建赠送钢笔就跟战友离别似的。于是心里美滋滋的。

三天之后，王莹跟随工宣队在长征中学全体师生的夹道欢迎下走进这座有着几十年历史的著名学校。身穿工作服头戴工作帽的王莹手举红宝书在欢迎的人群里寻找着王建设，一直走进工宣队驻地就是学校从前的物理实验室，也没见到弟弟身影。哼，这家伙是个落后分子，就连欢迎工宣队进驻学校的活动都不参加。

她回到家里郑重地告诫弟弟说，设子你以后必须积极参加学校各项政治活动，公共场合见面不要叫我姐姐，我们工宣队员要公事公办。

王建设眉头紧锁不解地说，姐姐当了工人没几天，一下成了工宣队员管着学生，这就叫摇身一变吧？

设子你不要乱讲。我们都是小小螺丝钉，党把我们拧到哪里我们就在哪里发挥作用。

重返校园生活，从当学生到管学生，身份骤变。王莹也感到自己在加速飞翔，很高很快。她在工宣队里负责内勤工作，抄写文件接听电话，活动范围以室内为主。有时从操场走过，她身穿标志着工人阶级身份的蓝色劳动布工作服，步伐稳健表情凝重目光直视，透露出一种超越年龄的成熟。学生们私下叫她“小王师傅”。

表情木讷的王建设严格服从姐姐的嘱咐，即使迎面走过也不跟姐姐打招呼。他的这种冷漠表现顿时遭到同学们批判，纷纷指责他对工宣队员“小王师傅”缺乏无产阶级感情，狂妄自大。

王建设一时无所适从，回到家里冲姐姐说，非让我假装不认识你，我都快成地下工作者了……

仲春时节，这座城市的应届初中毕业生迎来一次选调机会。百分之一点五的比例留城，作为新鲜血液充实到工矿企业。其余百分之九十八点五的学生，依然上山下乡接受贫下中农再教育。二百个人里选调三人，这比例太小了。

性格内向的王建设躲在自己房间里喃喃自语。我要是留城当工人，天天修理机器多好啊！我要是留城当工人，天天修理机器多好啊！

王凤向姐姐报告说，设子兴许神经啦！两眼直勾勾看着我……

王莹推开弟弟屋门，看到目光呆滞的弟弟大虾米似的躺在床上，凝视着天花板，心头一痛。

好弟弟，无论留城不留城你都要一颗红心两种准备，即使上山下乡，你也可以修理电磨啊抽水机什么的。

哦。王建设缓缓挪过目光投向姐姐说，我特别喜欢工厂，我特别想当技术革新能手……

你从小就是这样，姐姐知道你的心思。

长征中学应届毕业生依照军事建制编为四个连十六个排，总共七百二十三名学生，按照百分之一点五比例计算，只有十点八人留城。经过四舍五入，核定名额十一人。进驻长征中学的工人毛泽东思想宣传队是最高领导机构，工宣队长范金斗主持会议，研究敲定这份沉甸甸的选调名单。

王莹负责这次会议记录。她手握英雄牌钢笔，埋头疾书着。这支钢笔是“董公公”送给她的礼物。想起董泰建嬉皮笑脸的样子，王莹心里挺温暖的。这家伙送我钢笔什么意思，他可能喜欢我吧？

收拢思绪，王莹暗暗红了脸。她知道自己走神了，便聚精会神开会。此时已经确定了十人留城名单，一个存疑。苦大仇深的安师傅提出三个候选人：八连三排的姜卫东、七连一排的米文革、六连五排柳向阳。请大家三中选一。

还有其他候选人吗？工宣队长范金斗沉稳地问道。然而没人言语。面对无人发言的局面，工宣队长范金斗准备拍板了。

有！“小王师傅”缓缓举起手来，这动作，就像她缓缓举手报名去做清洁工一样——迟缓而坚定。

我推荐一个候选人，就是六连二排的王建设，男生。

王建设？我们怎么没听说过这个名字？不是骨干吧。工宣队员们互相询问着，并不认为这是一个合适人选。

王莹继续说，我郑重推荐王建设留城，因为他是我弟弟。

小会议室里一片哗然。

你弟弟？这不行。我们是毛主席的工宣队，必须秉公办事！范金斗表情庄严说道。

俗话说举贤不避亲。我弟弟天性喜欢机器，上小学偷偷把我妈妈的基洛夫牌手表给拆了……

参加过中印边境反击战的复员军人阙师傅说，拆了就装不上了吧？这种淘气的孩子小学敢拆手表，中学就敢拆座钟！

对，上中学他把家里座钟拆了，擦了擦油泥重新装好，走得挺时准的。

苦大仇深的安师傅说，修理手表也好修理钟表也罢，这能说明什么问题呢？

说明工人家庭出身的孩子应当接班成为社会主义新工人。王莹从容不迫地说，你们现在去学校防空洞工地看一看，王建设帮着修理水泵呢。他天生就是当工人的材料……

范金斗站起快步走出会议室，径直奔向学校后院的防空洞工地。

一个蔫头蔫脑的男生迎面走来。范金斗叫了一声“王建设”，问他水泵修好了吗。

王建设停住脚步说，他们不懂行，把线头接反了所以电机不转。

范金斗板着面孔问王建设喜不喜欢工厂。王建设说喜欢机器。范金斗说你懂得钳工车工吗？

钳工怕打眼儿，车工怕削杆儿。王建设漫不经心答道。

电工呢？范金斗不无欣赏地望着王金炳的儿子，故意沉着脸色。

电工？四句方针，别拿钳子当榔头，别拿螺丝刀当锥子，别拿电线系腰带，别拿电工刀子切萝卜。

这四句话是什么意思？范金斗索性审问起来。

什么意思？凡是拿钳子当榔头的，拿螺丝刀当锥子的，拿电线当裤腰带的，拿电工刀子当菜刀的，那都不是真正的电工。王建设对答如流，好像上辈子就是电工肚里一条蛔虫。

你愿意上山下乡做农民还是愿意留城进工厂做工人？

王建设呜了一声说愿意做工人学技术，转身走了。范金斗从王建设身上看到当年王金炳的影子，笑了。

返回小会议室，工宣队长范金斗拍板决定，王建设选调留城了。

学毛著积极分子薛师傅说，我保留意见。王建设留城，我看这是王莹同志走后门儿！

王莹镇定自若说，薛师傅，我说过了，这是举贤不避亲，不是走后门儿。

第二天，长征中学贴出大红榜，十一人选调留城名单王建设身列其中。当时他蹲在学校食堂里给一辆平板车安装轴承。几个同学跑来报喜说王建设你留城当工人啦。

王建设自言自语修理着平板车说，最好的润滑油是四氯化钼。

性格内向的王建设喜怒不形于色，当天放学回家他还是突然拥抱了姐姐，说了声谢谢。王莹为了维护弟弟的自尊心说，你选调留城是组织决定，这跟我没有关系呀。

手持分配通知单，王建设走进华北电机厂报到。华北电机厂将王建设分配到机修车间，学徒。每月工资人民币十七元，外加二元五角福利费，三元交通补贴，总共二十二元五角。王建设觉得这是一笔令人头晕目眩的大数目。

上班的第三天赶上发薪日。王建设领到人生第一笔工资。下班回家路上走进一家小饭馆，憋足了劲头花掉一斤粮票九毛钱，吃了一斤猪肉包子，完全彻底解了馋。吃着包子，王建设心里纳闷。我一不是红卫兵二不是班级骨干，选调留城怎么轮到我头上呢？姐姐说这事儿跟她没关系，那跟谁有关系呢。

吃了包子，王建设跑到古旧书店买了一册《机械学原理》和一册《电工学》，耗资一元五角。走进百货大楼他给爸爸买了一顶蓝呢帽子，给妈妈买了一条毛线围巾，给坐在农村木头轮椅上的哥哥王援朝买了一张海绵坐垫，给妹妹王凤买了一件花布小褂儿，唯独忘记给姐姐王莹买礼物。

王莹一点也不抱怨弟弟，反而叮嘱他一定走又红又专的道路，认真改造世界观刻苦钻研技术，争取早日成为出类拔萃的好工人。

进工厂当工人修理机器，弟弟实现了夙愿。王莹长长出了一口气。这时她收到阿富汗来信，妈妈写了整整五页，着重介绍了巴格拉密纺织厂最新动态，

“上次写信我说了，我培训三百名纺织女工的消息引起巨大震动。当地一家报纸说我开辟了阿富汗妇女走出家门迈向社会的新纪元。紧接着我向阿富汗王室提出第二条建设性意见，取消十二小时工作制，改为八小时工作制。原先他们的工矿企业都实行十二小时工作制，加上路途时间，工人每天劳作高达十四小时，工人多累呀，肯定影响干劲儿。我建议改为八小时三班工作制。几次交涉托菲基厂长同意了。工作时间缩短了，产量啊质量啊反而上去了。巴格拉密纺织厂一下出了名。工人们围着我唱歌跳舞，说我是真主派来的。阿富汗王国的首相接见我，他的名字我给忘了。得，首相挽留我在这里延期工作三年。”

读着妈妈的来信，王莹笑了。她能够想象妈妈的得意心情。是啊，一个劳动模范以劳动为荣，这是最大幸福。一个劳动模范不能以劳动为荣，那是最大痛苦。爸爸蹲在“牛棚”里的时光，正是这样。

妈妈来信进一步激发了王莹的责任感。王建设参加工作了，她担心弟弟钻牛角尖认死理，变为白专分子。一天上午她向学校工宣队长范金斗请假，前往华北电机厂。

华北电机厂当年属于劳联援建项目，规模很大。她从工厂大门走到机修车间，足足用了十五分钟。走进机修车间党支部办公室，她主动做了自我介绍。车间书记吃惊地看着她说，你是王建设的姐姐啊？你穿了一身工作服我还以为来了一个学工劳动的女学生呢！

我长得这么小吗？从小学到中学都是由我代替父母参加弟弟妹妹的学校家长会啊。王莹笑着对车间书记说，我想了解一下我弟弟进厂以来的表现。不过您不要告诉他我来了，那样伤了他自尊心。

车间书记很受感动说，你这当姐姐的真是操心的命。王建设这孩子挺不错的。外表稳稳当当，从不多言多语，对师傅也很尊重。他见

了机器呀跟见了亲爹似的，围着转圈儿。我听说他偷偷自学《机械学原理》，有出息。那天他看见车间角落里摆着一台旧的三级减速箱，忍耐不住动手拆开了。他师傅火了，说你以为这是幼儿园搭积木啊？我处分你！结果呢，他依照原样又给安装好了。

王莹说，这等于犯了自由主义，您还得批评他呀！

他跟师傅解释说，就是想看看减速箱里是什么东西，所以给拆了。我看你弟弟是蔫大胆儿。不过如今小青年有这种钻研精神也不是坏事儿。他师傅跟我说，这小子无师自通心灵手巧，将来是块好材料呢。

谢谢书记，以后对王建设您要严格要求。我们也是工人家庭，特别希望孩子们早日成为工人阶级合格的一员。

车间书记十分爽快地说，我知道，你父亲是劳动模范王金炳。前几年在民园体育场里召开万人批斗大会，我记得他左边站着一个“日本狗特务”，右边站着一个“走资本主义道路当权派”，你爸爸脖子上挂着“人造黑劳模”的牌子。当时我就想，人家是实打实干出来的劳动模范怎么是人造的呢。现在你爸爸挺好的吧？

我爸爸去年恢复工作了。谢谢您关心他。王莹起身告辞，车间书记哎了一声说，我想起来了，你弟弟从来不在车间澡堂洗澡，工人们都笑他是大姑娘，不好意思脱裤子……

是啊？王莹不好意思地笑着说，我弟弟性格腼腆，你们经常开导他吧。

走出车间书记办公室，王莹寻思着。当年设子被造反派扒了裤子，说是搜查黄金，这形成了心理阴影吧？

这样想着，她来到宽敞明亮的机修车间，远远地看见满脸油污的弟弟跟随师傅修理一台马达。多年以来分担着母亲角色的姐姐，激动了。

设子啊设子，你不是从小就喜欢修理机器吗？这次姐姐让你遂了心愿。工宣队开会敲定留城名单，我说是举贤不避亲，可是符合留城条件的学生太多了，姐姐为你走了后门儿啊。设子你一定要给姐姐争气，你要是不给咱家争光可就伤了姐姐的心啊！这样想着王莹渐渐冷静下来。她知道自己其实肩负着一家之长的重任，为了弟弟妹妹随时挺身而出。

一心一意跟随师傅修理电机的王建设并不知道姐姐来访。他抬起手背蹭了蹭额头汗水，递给师傅一只扳手，然后低声请教着电机的线圈箍数。这个小徒工与大机器的终生恋爱，就这样开始了。

快步走出华北电机厂大门。王莹看到一百多人拉着一百多根绳子，嗨哟嗨哟拖着一辆“地牛”缓缓驶来。三十八只胶皮轮子的“地牛”上载着一台巨型锅炉。华北电机厂的大门楼太低了。几个工人手持焊枪正在切割，焊花儿好像一簇簇节日焰火。

这是蚂蚁啃骨头啊。王莹被工人阶级的力量感动了，跑上前去扯着绳子。这时候，她确实感到自己就是一台大机器上的一颗小螺丝钉。

中午时分赶回长征中学，简简单单吃了午饭，一块发糕一根咸萝卜，喝了一杯白开水。下午工宣队长范金斗找她谈话，头一句就说王莹你回厂吧。

什么，您让我回厂？王莹毫无思想准备，吃了一惊。

原来，长征中学工宣队里，苦大仇深的安师傅和复员军人阙师傅对王莹公然举荐弟弟王建设留城，很有意见。俩人联名给上级领导写信，强烈要求处分走后门儿的王莹，以达到惩前毖后、治病救人的目的。一开始上级打算不了了之。安师傅和阙师傅出于高度革命责任感，连续向上反映情况。经过几次研究上级领导认为公开处分王莹等于是给进驻上层建筑的工宣队抹黑。

那就让王莹同志回厂吧。上级领导一句话，范金半只得让王莹离开长征中学工宣队，返回东方制冷设备厂。

王莹回厂了。一时间议论纷纷，有人说她犯了生活作风错误，有人说她经济方面出了问题，有人说她阶级立场不坚定，就是没人说她走后门儿让弟弟选调留城了。王莹觉得好笑，懂得了假做真时真亦假的道理。她继续做清洁工，抡起扫帚沿着厂道清扫着。

冯五一闻讯跑来询问原委，你怎么没有提干反而还做清洁工呢?

王莹扛着扫帚，笑而不答。冯五一告诉她，我脱下军装就地复员去华北电机厂报到，过几天就走了。

你也去了华北电机厂?王莹突然咯咯笑了。这笑声来自遗传，跟当年牟棉花面对白小林发出的笑声一样——就是觉得好笑而且发自肺腑。

冯五一显然不能适应这种笑声，感到莫名其妙。其实他是专门来向王莹表明心迹的。他事先背熟的台词是：王莹啊从我第一次见到你就留下很好的印象。现在我复员地方了，希望你我以后保持联系。我还希望咱们在革命同志的基础上，进一步发展个人关系。

错过表明心迹的机会，冯五一怏怏而去。几天之后，解放军战士冯五一复员了。市荣复转退军人安置办公室果然将这位南方口音的复员军人分配到华北电机厂武装部，担任干事。冯五一与华北电机厂的缘分，从此开始了。

性格强梁的王莹继续做东方制冷设备厂的清洁工，天天抡着扫帚往地上“写大字儿”。她还负责给厂区小树浇水。遇见熟人，她既无愧色也无惧色，反而弄得对方特别不好意思，远远躲了。怎么董泰建那家伙也没露面啊?难道我真的成了瘟神。王莹心里空落落的。

妈妈当年在东洋纱厂做清洁工，只干了三个月日本就投降了。我要有做一辈子清洁工的思想准备。在哪里跌倒在哪里爬起来，我要以攻为守。

一天，她穿着高靿雨靴戴着橡胶手套，推门走进党支部郑重递交一份入党申请书，然后大声说我要入党。党支部书记表情窘迫说，你从学校工宣队回来群众议论很大，再说你没有入团就申请入党……

王莹表示决心说，有很多革命老前辈都是没有入团直接入党的，我要向他们学习!

走出党支部王莹笑了。看党支部书记不知所措的样子，足以说明我王莹在东方制冷设备厂绝非等闲人物。好吧，咱扫地也要扫出大名堂。这时候，她特别想念大朝哥哥，恨不得扎在他怀里大哭一场。

公休日，王莹带着两封妈妈的来信，去金水村看望哥哥了。下了郊区公共汽车行走十二华里，一路快走进了哥哥的院子，听见屋里哗哗水响。白瀛瀛的声音传出来。灵莹，我正给你哥洗澡呢，一会儿就好啦。

王莹坐在石礅上等着。这时她想起资本家白鸣岐，起身去了后院。后院柴房敞着门，花白头发的白鸣岐闭目养神，坐在屋里自言自语着。

大工厂啊，一弄就把市场全占了，那叫大资本主义。可是养活劳动力主要依靠小工厂啊，这叫小资本主义。大资本主义，太大了就容易死。小资本主义，反而容易活着……

王莹在技校学过政治经济学，知道“帝国主义是资本主义的垂死阶段”的名言。看来白鸣岐说的大资本主义就是垄断资本主义，便轻轻咳了一声。

白鸣岐被惊动了，缓缓睁开眼睛看着王莹，不浓不淡地笑了笑。

你知道我是谁吗？王莹站在柴房门口，仔细打量着这位资本家：眼睛不大，目光有神，光头方脸，大耳阔口，还有一双寿星眉。

白鸣岐抖动着寿星眉说，我知道，你是王援朝的妹妹王莹。

你说的大资本和小资本是什么意思啊？王莹追问。

什么意思？就是说小工厂比大工厂要好，小工厂养人啊。你在小工厂里上班比在大工厂里上班舒服，是吧？

我在大工厂里上班。王莹旗帜鲜明告诉对方东方制冷设备厂不是小工厂。

白鸣岐听罢似乎有些失望，起身走出柴房说，我在村里办了一座小玛钢厂，才八个人。

你在这儿办了小工厂？这是资本主义尾巴！王莹急赤白脸说，你这是给我哥哥添病啊。

这是你哥哥让我办的，你哥哥说不管出了什么事情他都兜着。白鸣岐振振有词说着并且对王援朝表示钦佩。你哥哥胆子真大，他若是出生在八国联军打中国的年代，一定是大英雄！

王莹回到前院，哥哥坐在轮椅里等待她了。她看到哥哥头发湿湿的便抄起毛巾包裹着他额头说，小心感冒啊。

白瀛瀛诚惶诚恐给王莹端来一大碗白水。王莹接过大碗咕咚咕咚喝了，压低声音说哥哥你怎么敢在村里办小工厂呢，当心被人揭发啊。

哥哥古铜色脸庞，一双目光炯炯有神，当年文弱内向的大男生变成刚毅沉稳的社会主义新农民。他不慌不忙向妹妹解释着原由。一是自行车零件厂闹派性，没人干活难以完成出口阿尔巴尼亚自行车的生产计划，只好将自行车曲柄的生产任务扩散出来，金水村趁机建起一座焖火窑接过这批玛钢曲柄退火的任务；二是以村办小玛钢厂为活案例，从头到尾分析中国基层农村如何创造生产资料。

全国批判三自一包，我们拥护。毛主席还说以粮为纲全面发展嘛。我们金水村以粮为纲普遍种了冬小麦，那全面发展也应当包括副业吧？小玛钢厂就是我们金水村的副业。抓革命促生产，我们既有理论依据又有实践典型，是彻头彻尾的唯物主义者啊。

噢……王莹听罢，哑口无言望着坐在轮椅里的农村思想家。她不知道说什么，只是切切实实感受到哥哥的力量，这种力量是何等深沉何等强劲何等不同凡响啊。然而，哥哥这种生产资料理论与毛主席的阶级斗争理论毕竟南辕北辙，心里暗暗捏了一把汗。

哥哥平静地读着妈妈来信，突然兴奋起来。他认为妈妈在巴格拉密纺织厂的工作，平凡而伟大。一是她招收了三百名纺织女工终止了阿富汗妇女居家不出的古老传统，二是建立八小时工作制废止十二小时工作制，这两点功绩绝对具有划时代意义，一定会进入阿富汗王国史册的。

王援朝坐在轮椅里激动地挥动着胳膊好似中国版本的列宁。灵莹啊，进入人类历史——我们做人就是要做这样的人！我们做事就是要做这样的事！你知道哥伦布发现新大陆吧？

妈妈敢情这么伟大，已经跟哥伦布摆一块啦。王莹完全被哥哥震住了，猛然感到一阵眩晕。这时候她突然想起，一向眩晕的妈妈自从到了阿富汗便没了眩晕，病好了。

她很想把自己的故事讲给哥哥听，从工厂清洁工到进驻上层建筑的工宣队员，从上层建筑工宣队员退回工厂继续做清洁工。一会儿是龙，一会儿是虫。然而她还是没有开口。面对哥哥，她有一种难以名状的感觉，渴望亲近又不敢亲近。

哥哥此时当上了金水村革委会主任，吃过饭要去大队部办公。王莹跟哥哥告别。白瀛瀛友好地送她走出院门。王莹回头注视着业余女画家问道，你怎么还不跟我哥哥结婚？面色苍白的白瀛瀛淡淡一笑，说这事儿你应当去问你哥哥呀。

别了白瀛瀛，王莹走到村头往东望去，果然看到远处冒出一股黑烟。那是哥哥冒险开办的小玛钢厂。不知为什么，她心目之中的哥哥倏地陌生了。熟悉的那个人没了，变成这个似曾相识的人。她若有所失地思忖着，心里莫名地痛苦起来。

回到东方制冷设备厂上班，王莹懵懵懂懂的好像在金水村喝了迷幻药，一时缓不过劲儿来。她也不知道自己到底出了什么问题。只是感觉哥哥变成另外一个人了。或许从前哥哥就是这样，我不了解而已。如今哥哥真是理想主义者，铤而走险做着凡人不敢做甚至不敢想的事业。就那样饲养着一个资本家作为研究标本，就那样建立一座村办小工厂作为实践基地，就那样尝试着走一条创建社会主义新农村的路子。哥哥胆量真大，可是随时都会被扣上一顶“和平演变”大帽子的。

抡着扫帚清扫厂道，她想起白鸣岐的言论，小工厂比大工厂好。她不同意这种说法，大工业就要大工厂，大工厂促进大工业。这时一个念头从心底升腾起来：我既然进工厂当工人就应当研究工厂这门学问吧？什么是工厂，什么是工人，工厂与工人是什么关系，机器与工人是什么关系……这一系列问题我不能稀里糊涂，必须搞清楚弄明白的。

董泰建终于出现了——这是王莹遭贬回厂以来这家伙首次露面。他留了两撇小胡子，好像故意将自己塑造成为国民党特务形象。王莹为了避免尴尬开口就问，我的自行车购买证你还没搞到啊。董泰建不以为然说你真的搞不到一张购买证，我还以为你说着玩儿呢。

我告诉你，《滨河日报》的一位见习记者四处抓素材呢。我撺掇他来采访你。你做好思想准备啊。说完董泰建匆匆走了。

王莹永远不会忘记改变自己人生命运的那个下午，她左手拿着抹布，右手拎着不锈钢小铲子，擦洗厂道两侧的标语牌子。乍暖还寒，她的两只小手儿变成十根水灵灵的胡萝卜。《滨河日报》见习记者吉顺利远远观察着，对这位清洁女工任劳任怨的主人翁精神产生了敬意，举起照相机啪啪拍了几张照片，之后跟她攀谈起来。

王莹似乎意识到这是展示自己的大好时机，充满诗意地对见习记者吉顺利说，我认为做清洁工很有意义，深秋清扫落叶，内心充满对来年春天的期待。隆冬清扫积雪，内心希望理想像白雪一般纯洁。夏天清扫积水，内心对水流千里归大海的道理有了深刻认识。我做清洁工时间不太长，可是思想觉悟却有不小提高。一把扫帚，教给我实践出真知的道理。

见习记者吉顺利惊了，他为王莹诗一样的语言吸引，尤其是“一把扫帚，教给我实践出真知的道理”这句话无疑构成一篇通讯的“文眼”。

临近三八国际劳动妇女节，来了一个老记者。他的举止稳重很像中学语文教员，漫不经心询问着王莹家庭情况。王莹说出爸爸妈妈的名字，这位老记者先是一愣，然后会心地笑了。

解放初期的《群众日报》刊登大字新闻《勇士验枪记》，正是这位名叫罗成汉的记者给军工 503 厂修械所青年工人王金炳拍摄照片，发表在头版位置引起广泛关注。光阴荏苒似流水。小伙子变成老头儿，罗成汉却无巧不成书地采访了王金炳的女儿王莹。一个记者的镜头和笔尖，二十年间塑造了父女两代工人形象。

当年你爸爸的枪法很准，一枪就撂倒一只野兔子。缅怀往事的老记者嘟哝了一句。王莹听不懂。她不知道当年爸爸在靶场验枪歪打正着射中一只野兔，结果上了报纸；更不知道爸爸拎着这只野兔去李亦墩同志家里相亲，女方正是纺织女工牟棉花。

三八国际劳动妇女节那天，《滨河日报》在“纪念三八”专版右下角位置刊发表来自工业战线的通讯《一把扫帚，教给我实践出真知的道理》，署名本报记者罗成汉、吉顺利，主人公正是东方制冷设备厂的女清洁工王莹。

那位老记者名叫罗成汉啊。王莹牢牢记住这个名字。董泰建跑来满脸坏笑说，看见报纸了吧？祝贺你卷土重来！祝贺你东山再起！祝贺你复辟成功！

东方制冷设备厂轰动了。不认识王莹的人们特意跑来看看这位上了报纸的女清洁工，参观大熊猫似的。厂部会议室里，厂级领导们人手一份《滨河日报》，紧急开会研究如何对待王莹。一方意见是找到《滨河日报》，强调这篇通讯见报之前应当由厂方审稿。一方意见是既然已经见报应当因势利导培养爱护王莹这个青年女工的先进典型。

午休时间，王莹来到工具库对董泰建说了一声感谢。董泰建竟然羞涩了，低头说你不用感谢这是你自己努力工作换来的荣誉。王莹没有想到董泰建如此腼腆，一下被感动了。

下班之后，王莹怀里揣着一份刊登着自己劳动照片的《滨河日报》，回家途中买了门票走进人民公园。她寻找一个没人的角落坐下，失声痛哭。

这是一场淋漓尽致的泪水，这是一次畅快至极的释放。从小肩负家务劳动的王莹首次感受到哭泣对自己来说是多么舒心惬意。她尽情地哭着，从有声哭嚎转入无泪啜泣，渐渐感到浑身轻松。

安师傅，阙师傅，我为弟弟走后门儿进工厂，你们就要一棍子打倒我啊。可是我没倒，我扶着一把扫帚站了起来。告诉你们，我妈妈当年就是从一把扫帚开始的，如今我也是从一把扫帚重新开始……

我永远感谢老记者罗成汉，我永远感谢小记者吉顺利，我永远感谢《滨河日报》。她自言自语着，一直说到天黑。

几天之后，清洁工王莹被厂里推荐到市委党校“工人学哲学读书班”去了。毛主席说，“让哲学从哲学家的书本里和课堂上解放出来，成为广大人民群众改造世界的武器”。

王莹学习十五天结业回厂，感觉收获不小。怪不得哥哥酷爱哲学，它既是显微镜又是望远镜，可以把世界看得很小也可以把世界看得很大，真是好武器。半个月的学习，她认识了同班的小伙子孔小围。

回厂没几天，王莹脱产了。放下扫帚离开后勤组，调到“厂办”当干部，俗称“以工代干”。这个新的工作岗位是坐在办公室里给各式各样的人开具各式各样的介绍信，手里写字的铱金笔正是董泰建送给她的“英雄牌”。

走出人生谷底，王莹还是想借机将哥哥与白瀛瀛剥开。她几次给金水村打电话，请求下肢致残的哥哥回城休养一段时间。王援朝彻底谢绝了妹妹的好意。他立志做社会主义新农民的志向没有改变，他立志建设社会主义新农村的决心没有改变。王莹深知，自己对哥哥的爱慕既不能表达也不能实现，只能深深埋藏在心底。兄妹就是兄妹，这是铁定的血缘关系，这是今生今世根本无法逾越的珠穆朗玛峰。

一天下午，工具库出了工伤故事。王莹听说被砸伤的是董泰建，嗡的一声脑袋大了。一排货架突然倒塌，一只锥形齿轮恰恰砸中董泰建后脑，已经送到医院去了。她马上跑到工具库看见满地血迹。你们告诉我，小董没有生命危险吧？

没人回答王莹的提问。只有沉闷的空气笼罩着事故现场。五脏六腑好像变成铅块。一个工人小声说，昨天公休我在黑市还看见董泰建花三十块钱买了一张自行车购买证呢。

赶到医院手术室。门前亮着“手术中”的红灯，安全科长告诉她董泰建还在抢救之中。楼道里椅子上堆着董泰建脱掉的血衣。王莹冲动起来，想哭。这时候她渐渐明白，自己心里其实挺喜欢这个外号“董公公”的小伙子。尤其他热情外向的性格，令人感到踏实。

安全科长从董泰建的上衣里掏出一只牛皮纸信封递给她。她看到信封上染有血迹，打开信封看到信纸里包裹着一张自行车购买证。

信纸上歪歪扭扭写着：“王莹，有人送给我一张自行车购买证，我用不着它，送给你吧。怎么样？我说话算话吧。咱工人阶级就是说话算话。我觉得你当了办公室干部应该买一块手表，工作需要嘛。你要是没有手表购买证，我可以帮你搞一张的……”

王莹的泪水洒落在自行车购买证上，心里又酸又热。你这个倒霉鬼，你花三十块钱在黑市买了一张自行车购买证，还跟我说大话呢。

手术室门外的红灯熄灭了。一个男医生走出来毫无表情地说，人不行了，你们送太平间吧！

什么？王莹猛然冲上去指着男医生的鼻子说，你胡说八道！你胡说八道！

这位医生吓得倒退几步，想跑。王莹揪住他衣领声嘶力竭喊叫着，臭老九，你马上把小董给我救活啦！你马上把小董给我救活啦……

她的失态似乎说明，她彻底失去了自己并未察觉的人生初恋。

15　都市与村庄

十七岁的王凤高中毕业，正值上山下乡运动进入尾声。尾声也是声，只是知识青年插队落户的去向由黑龙江内蒙古的远天远地，收缩到城市周边地区，近多了。不光近了，还有新政策，简称“看走看留”。比如家里有三个孩子，一个上山下乡走了，一个留了城，这叫走留相等，那么第三个孩子属于可走可留。比如家里有四个孩子，两走，一留，这叫走大于留，那么第四个孩子可以留城工作。还有一种情况叫留大于走，王家就是这样：王援朝走了，王莹和王建设留城，一走两留，一小于二，很显然王凤必须上山下乡。

这时候的王莹，已经担任东方制冷设备厂办公室副主任，而且光荣加入了中国共产党。由于厂办主任姓王，人称“老王主任”，王莹则被称为“小王主任”。她留着齐耳短发，身穿一件经过改裁略显腰身的绿色军装上衣，典型的女干部形象。这件军装是冯五一死乞白赖送给她的，追求之心溢于言表。王莹对冯五一不冷不热不远不近不卑不亢。傻凤对当了厂办副主任的姐姐钦佩不已。尤其对姐姐从哪里跌倒从哪里爬起的不服输劲头儿，更是崇拜。

王凤的个子高出姐姐半头，粗粗拉拉的性格，模样却出落得不错，眉端目正直鼻梁，外加一双毛坯型丹凤眼。她被分配到外县赤泥公社木塔村插队落户。该村十年五涝三旱一蝗灾，一个工分只有九分钱。王莹认为妹妹去那里接受贫下中农再教育，肚子都填不饱怎么做无产阶级革命事业接班人呢。

王莹思忖着，不由自主进入了“家长角色”。妈妈援外出国了。爸爸自从走出“牛棚”重新成为仓库保管员，早出晚归甚至早出晚不归。王莹自然成了这个家庭的真正女主人。妹妹王凤高中毕业上山下乡，这跟当年弟弟王建设初中毕业留城一样，面临人生十字路口。自幼操持家务的王莹一如既往地肩负起家长职责，劳心劳力为妹妹操持起来。大不相同的是如今的厂办小王主任比当年的工宣队小王师傅，社会关系多了，办事能力强了。

坐在办公室里，王莹拨通市知识青年安置办公室的电话找到熟人，她说本着“有亲投亲有友靠友，就近解决插队落户”的安置原则，我妹妹王凤要求去郊区金水村插队，因为我哥哥王援朝在那里安家落户了。

熟人好像找不出不同意的理由，要求递交一份经过学校加盖公章的书面申请，事情就成了。

一个电话便把问题给解决了。小王主任对自己的办事能力感到满意。是啊，我什么时候能够把复杂的事情弄得简单，再把简单的事情弄得复杂，就说明我真正成熟了。下班回家，她告诉傻凤把她从外县木塔村弄到近郊金水村了——投靠哥哥王援朝。妹妹啧啧称赞说，姐姐你本事真大，一个电话就把我从大队人马里择了出来了。

王莹难以抑制得意的心情，撩了撩眉毛向妹妹自豪地宣布，傻凤，这不算高难度，当年设子留城那才是百里挑一呢。

你承认设子留城是你走了后门儿？王凤抓住漏洞突然袭击姐姐。

你不要瞎说啊，我什么走后门儿？天底下哪有妹妹往姐姐脸上抹黑的。

自从得知傻凤插队落户的消息，王建设忙悄悄为妹妹组装一辆自行车。他仍然不在工厂浴池洗澡，手却越来越巧了。他制出地模，用薄皮铁管滚沾硼砂焊接，做成自行车架。几次跑到废品公司仓库，买了两只旧车圈一个旧车把，经过矫正送到乡镇电镀厂镀亮。其他零件有的购买现成的，比如辐条一分钱一根，链条是三轮运输社淘汰的，一毛钱；有的自己动手制作，比如车座便是旧弹簧改装的，挡板是马口铁做的。内胎外胎则是金牛牌的，货真价实。

一辆土造自行车，总共花了六十三块钱，便这样大模大样出现在人们面前。王莹又惊又喜望着弟弟说，设子啊，你小子天生就是能工巧匠！天底下要是有一百个王建设，那自行车厂就黄啦！

王建设小王莹两岁，受到姐姐表扬不好意思地笑了。尽管弟弟不知道当初姐姐为了他留城走后门儿，被迫退出长征中学工宣队回到工厂做清洁工，却从小目睹姐姐为了这个家庭付出多年艰辛。

这时候的王金炳跟随李亦墩同志从六九七五工程调到机车车辆配件厂，担任成品仓库管理员。他下班回家一眼看到儿子的杰作，绽开满脸笑容。

设子，如今有钱也搞不到自行车购买证。你这是自力更生啊。王金炳一手拎着车把一手提着车架，使劲儿掂了掂这辆自制的自行车说，越沉越结实，越沉越结实。

傻凤感动地说，谢谢设子哥哥，谢谢设子哥哥……

王建设说，爸爸，我也给您攒一辆吧。

王莹抬手阻拦说，不用你攒，我准备给咱爸买一辆零二型飞鸽牌自行车。

不用设子攒，也不用灵莹买，我多年走路上班下班习惯了，除了费鞋没有什么贬处。王金炳实实在在说着，谢绝了儿女的好意。

生活是简单的：一辆自制自行车，驭着一只自制木箱，自制木箱里装着傻凤的衣服鞋袜和被褥以及零用物品，这便一个知识青年上山下乡的全部家当。

到了动身那天，王金炳一大早儿叮嘱了傻凤几句话，便上班去了。家里留下王莹和王建设。去往金水村的路程不太远，也不太近。王莹从厂里借了两辆自行车，打算一起骑车送傻凤去金水村插队落户。好在村里有大朝哥哥照应。

离家之前的早点是烧饼油条和豆浆，以壮行色。吃饱了，上路浑身都是力气。就在仨人推起自行车即将出发的节骨眼儿，一声鸣笛冯五一引来一辆绿色跃进牌卡车，疾速驶来嘎地一声停在“劳模楼”前面。

围观的人们看见卡车的车头上挂着一朵大红花，卡车两侧贴着红色大标语：“上山下乡光荣，插队落户革命！”卡车上还支着一面大鼓，两个小伙子手持鼓槌站在车厢里，随时准备敲锣打鼓。

傻凤一看自己排场大了，乐了。嘻嘻，这比我结婚还热闹呢。

王莹啼笑皆非说，傻凤！你说这话就跟你结过婚似的，傻不傻呀？

复员军人冯五一身着绿色军装，只是没了领章和帽徽。少剑波在革命样板戏《智取威虎山》里唱道：“一颗红星头上戴，革命的红旗挂两边。”说得正是中国人民解放军的领章和帽徽。没了领章和帽徽的冯五一不改军人本色，站在卡车上发号施令说，王莹！上山下乡多光荣啊，你们怎么可以骑自行车去呢。

傻凤喜不自禁地问姐姐，这复员军人这么热情他是冲谁的面子啊？

王莹思索了一下说，他是华北电机厂武装部干事冯五一，设子厂里的同事。

听说冯五一是设子厂里同事，傻凤转向王建设说，谢谢设子哥哥！谢谢设子哥哥为我弄出这么大场面。

王建设不知道妹妹为何感谢自己，也不知道冯五一为何开来卡车给傻凤送行。他向妹妹呜了一声，脑子里却寻思着电磁铁的原理。

锣鼓敲响了。王建设看着傻凤爬上卡车，一下明白了电与磁的关系。

哦，动电生磁，动磁生电。要么导体切割磁力线，要么磁力线切割导体。有电就有磁，有磁就有电。王建设喃喃自语，好像念经的和尚。

王建设神情恍惚爬上卡车，啊了一声随即转身爬下来，跑到驾驶室前面大声对王莹说，我去拿一组矽钢片试试！一试就明白了。姐姐，我就不去送傻凤啦！

站在卡车上的傻凤一听，立即哭了。王建设不知如何安慰妹妹，快速眨动着眼睛说，傻凤别哭傻凤别哭，这又不是你结婚出嫁我不去送你……

王莹看到弟弟说话如此着三不着两，推门跳出驾驶室咯咯咯笑了。她的笑声震荡着四周，极富穿透力。冯五一手持铜锣站在车上，忘情地注视着这位梦中情人。傻凤不傻，一眼看出这位复员军人的心思全在姐姐身上，不哭了。

卡车开动了，离开这座大名鼎鼎的“劳模楼”驶上五一大街，拐上劳动路朝着郊区方向开去。冯五一站在车厢里一声吆喝，两个小伙子一个擂鼓一个敲锣，一路咚咚锵锵驶向郊区金水村。

傻凤听着热热闹闹的锣鼓，觉得冯五一这人不错。他一心追求姐姐，不知姐姐中不中意他。冯五一是华北电机厂武装部干事，我姐是东方制冷设备厂办公室副主任，俩人都是全民企业干部，大脚配长鞋，铁板配烙铁，挺合适的。

村民们涌到村头迎接了。王莹向着菜园苦水井方向投去一瞥，推开车门跳出驾驶室。村支书带头喊起“热烈欢迎知识青年插队落户”的口号。

村支书老了，抖动着花白头发跟王莹热烈握手说，你上技校时我就看出你有大出息，当了大工厂办公室副主任了吧？你还得进步呀！

白瀛瀛推着轮椅走上前来。王莹注视着坐在轮椅里的哥哥，真想跟他拥抱。她知道这不是社会主义新农村的礼节，便克制地跟哥哥握了握手。然后冲着白瀛瀛点头致意。白瀛瀛瘦了，含有几分憔悴。这几年白瀛瀛创作了不少农民画，其中人物画像《大队记工员》参加中国美术馆举办的“全国工农兵画展”，受到文化部好评。

白瀛瀛，你一定好好照顾我哥哥，别把心思全放在画画儿上。王莹向白瀛瀛说着，不经意间流露出“小王主任”的女强人味道。

王凤扑上来搂住王援朝，大声说大朝哥哥我来跟你在一起啦。王援朝笑了，不言不语。王凤打量着哥哥突然冒出一句话说，让设子给你攒一辆铁管轮椅吧，你坐这辆木头轮椅就跟小人书里的诸葛亮似的！

村支书哈哈大笑说，傻凤说得对，援朝就是我们村里诸葛亮！他给乡亲们出点子，那叫符合实际，那叫立竿见影。就说科学养猪吧……

坐在轮椅里的王援朝终于说了话，老支书啊，您让大伙回村说话吧。

哥哥说话果然占地方。老支书扬手招呼大伙说，回村说话吧！回村说话吧！

村支书转脸对王莹说，你哥现在是村支书啦！接了我的班。如今金水村大变样，办起了副业队搞起了小工厂，村里的老娘儿们编结麦秸秆儿提篮出口小日本儿，前几天外贸公司还补助我们二百公升柴油指标呢！

看到哥哥在金水村拥有一言九鼎的威望，王莹幸福地笑了。白瀛瀛凑过来给王援朝戴上一顶草帽，那意思是防晒。又递来一块白手巾，让他擦脸。王瀛瀛对王援朝的关爱，一下刺激了王莹，她从白瀛瀛手里抢过轮椅，推着。

一群人敲锣打鼓来到大队部。王凤一把拉住姐姐胳膊兴高采烈说，原来咱哥当了村支书啊！嘻嘻，以后没人敢欺负我啦！

你不要以为这样你可以在村里搞特殊化，咱哥从来都是按原则办事的。

你也是按原则办事，为什么走后门儿让设子留城进工厂呢？王凤锁定目光等待姐姐回答。

王莹被妹妹问住了，咽了一口唾沫说，咱哥跟我不一样，咱哥是一个完全彻底的理想主义者。

这么说你是现实主义者？妹妹紧紧追问不放松。王莹苦笑着说，以前叫你傻凤真是错了，敢情你什么都明白啊！

这时候王莹终于想起冯五一,四处寻找着。此时冯五一站在大队部外边，活像一个掉队士兵。王莹问冯五一为什么不进去。他沉着面孔不说话。她笑着向他道歉说一进村就把你给忘了。冯五一反唇相讥说你没进村就把我给忘了。

她使劲拉着冯五一袖口，走进大队部来到哥哥轮椅前面，大声介绍说这是冯五一同志，华北电机厂武装部的干事。

王援朝跟冯五一握手，满脸微笑说冯干事您要多多帮助我弟弟王建设。王莹一旁看着，觉得哥哥的言谈举止很有几分乡村领袖的风度。

王援朝跟冯五一聊天儿，不失时机打听冯五一南方家乡农村的情况，充实自己关于中国农村调查的资料。看见两个男人谈得投机，王莹推起妹妹的自行车，跟随人们陪同王凤去了“知青点”。

“知青点”里住了一个女知青，满嘴普通话插队四年了。王凤看到村里有当支书的哥哥撑腰，吃饭睡觉有这位女知青做伴，好像一步迈入共产主义天堂，咧嘴乐了。

王莹主动跟这位女知青寒暄着——绝对一副女干部形象。这位女知青自报姓焦名慧珠。焦慧珠心直口快说，你哥哥跟白瀛瀛怎么还不结婚呢？你们全家人应当操持操持啊！

王莹审视着焦慧珠，说国家提倡晚婚嘛。王凤愣头愣脑说，对！还提倡晚恋呢，我就要晚恋！

人们哄地一声笑了。笑声里王莹说，是啊，你不当上劳动模范不谈恋爱，不当上特等劳动模范不结婚。

咦！姐姐你怎么知道我心里的想法？傻凤惊讶地追问，好像自己的心思就是高度国家机密。

在“知青点”安顿了妹妹，王莹一行人去大队部吃午饭。这几年金水村形成惯例，知识青年插队落户第一顿吃忆苦饭，忆旧社会之苦，思新社会之甜。因此大队部院子里特意垒了一口大灶。忆苦饭的材料是豆腐渣、野菜叶、麸子，加上少许高粱面儿，蒸出一锅窝头儿。

人们蹲在大灶周围，一人手里捧着一只松散松散的大窝头，包括敲鼓打锣的两个小伙子和卡车司机，一律只争朝夕地吃着这顿代表万恶旧社会的饭食。由于逢年过节经常忆苦思甜，人们对此很有经验——快速吃进肚里。一犹豫就凉了。凉了，吃起来难度更大。

吃了忆苦饭，王莹一行人要返回市里了。哥哥王援朝让妹妹王莹推着轮椅走出大队部院子，漫无主题地说了几句话。

灵莹啊，冯五一这人不错，农民家庭出身，当兵入伍在解放军这座大熔炉里锻炼几年，既有动口能力也有动手能力，我看大有前途的。

哦。王莹明白了哥哥的心思，嗯嗯应承，不愿纵深讨论。她话锋一转说，哥哥，你跟白瀛瀛的婚姻问题什么时候解决啊？

咱们国家这几年可能会出现大变化，所以我不急于解决婚姻问题。

你的想法我完全同意，我们国家前景尚未明朗，不要急于解决个人问题。王莹郑重地表态。

灵莹，你是能够做出一番事业的人。王援朝坐在轮椅里几次挺直腰板，似乎想要站立起来。咱妈出国援外，咱爸一心扑在仓库里，如今你当了厂办副主任，家里外面负担增加，你要保重啊。

她控制不住自己了——站在轮椅后面伸手抚摸着哥哥头发，呜咽着。王援朝任凭妹妹的抚摸，轻轻说灵莹我们回去吧。

哥哥，我要去看看村外那口苦水井。王莹固执地说，当年要是没有那口苦水井，你就不会下肢瘫痪啊！

你不要去了。王援朝轻声安慰着妹妹说，你为什么抱怨苦水井呢？毛主席诗词里说“牢骚太盛防肠断”，我们都不要意气用事的。

王莹渐渐冷静下来，调转方向推着轮椅返回大队部。远处小工厂腾起一股青烟。王莹压低声音问道，全国农业学大寨，你的小玛钢厂犯忌啊。

王援朝坐在轮椅里从容说道，以粮为纲，全面发展。什么叫全面呢，就是不能片面。什么叫片面呢，光种粮食就是片面。金水村妇女们用麦秸秆编结菜篮子出口，既为国家创造外汇还充分提高了农村麦秸秆的附加价值，这是什么？这就是一分为二的唯物辩证法。

哥哥的本质没有发生丝毫变化，说出话来依然充满哲学家味道。农民光靠种庄稼，打煤油买针线的零钱都是卖鸡蛋换来的，这叫鸡屁股银行。旧社会为什么有的地主进城办工厂？就是为了加快积累加大积累，从此成了地主兼资本家。土财主一辈子省吃俭用，以为地里能够长出金条，从二顷地熬成三顷地，这样的积累过程太漫长了……王援朝滔滔不绝地说着。

推着轮椅走近村头。大槐树下身穿绿色军衣的冯五一哨兵似的张望着，大声吆喝着，王莹王莹，你妹妹安排好了，咱们返回啦！

回到大队部，王莹跟老支书告别。她突然想起当年那位“四清”工作队的老大姐，就打听。老支书叹着气说，她是玻璃研究所的干部，前几年挨了革命群众批斗，一时想不开喝敌敌畏自杀啦！

临别之际听到这样的坏消息，王莹心情受挫。尽管情绪低落她还是向白瀛瀛道别，拜托她精心照顾哥哥。之后王莹转向王援朝说，哥哥，傻凤我交给你了。这孩子一门心思想当劳动模范，可惜生不逢时啊。

抓革命，促生产，我倒认为傻凤不是生不逢时，恰恰是生逢其时。坐在轮椅里王援朝俨然以哲学家口吻评点着傻凤的前途，兼有预言家色彩。

一听自己前途有望，傻凤乐了。她目送姐姐拉开车门坐进驾驶室，咧嘴哭了。卡车开动了，傻凤追上去大声哭嚎说，姐！我从小跟你在一起，你走了我怎么办啊？

王莹从车窗探出身子说，我又没死，你哭什么！有事儿问咱哥哥，实在不行就给我打电话……

冯五一站在车厢里扯着嗓子喊道，王凤，你有事儿给我打电话也行！

汽车里，王莹坐在副驾驶位置流下眼泪。妹妹从幼儿园到小学，从小学到中学，自幼跟随姐姐长大。如今姊妹分离，姐姐心里沉甸甸的。妈妈出国援外一年年被挽留，一年年推迟归期。妈妈在巴格拉密成为全城皆知的大名人，走车间进班组经常引起纺织女工欢呼。她在阿富汗为中华人民共和国增光添彩，同时却成了这个中国家庭的“境外母亲”。

清静了。王凤在金水村开始了她的知识青年生活。知青点里，一条大炕睡两个人，先来的焦慧珠占了炕头，后来的王凤睡在炕尾。占了炕头的焦慧珠比王凤大三岁，是从通辽奈曼旗转到这里的老知青。从远天远地的内蒙古转到城市远郊，自然要有几分门路。焦慧珠中等身材小眼睛大嘴巴，最显著的特点是下乡几年皮肤晒不黑，令人羡慕。很快，王凤便不羡慕焦慧珠了。焦慧珠皮肤晒不黑是因为她很少下地干活儿。平日里王凤下地干活儿挣工分，焦慧珠懒虫似的躺在知青点里吃零食，嘴里嗒吧嗒吧嚼得山响使人想起田鼠。

全国掀起“农业学大寨”的热潮，形势一派大好，实现农业八字宪法，亩产上纲要，过黄河，跨长江。王凤滚一身泥巴炼一颗红心，想当劳动模范的念头越来越强烈。尽管在农村同样能够成为劳动模范，她还是盼望在工厂胸前佩戴大红花的幸福时刻。她找了一只小木桶，过一天日子就往里头扔一颗高粱米，记时。嘻嘻，什么时候这只木桶盛满了，我就能离开农村去工厂了。

焦慧珠在邻村认识一个名叫丁巧良的男知青。他比焦慧珠小两岁，因此被称为小丁。小丁不高不矮不胖不瘦不黑不白，挺精致的。他骑着一辆半旧的永久牌自行车。只要路过金水村就进来看望焦慧珠，于是也认识了王凤。

丁巧良手巧得很。他会裁衣服，会织毛衣而且是“阿尔巴尼亚针”，还会理发什么的，很多女人会做的活计，除了生孩子他都做。细细致致的丁巧良认识焦慧珠，就是经人介绍来给她剪头发的。那是“铁姑娘”发型。丁巧良听说王凤从小住在“劳模楼”，立即抖擞精神说“劳模楼”名气很大，那座苏式建筑无人不晓。

丁巧良常来常往。焦慧珠瞅见王凤跟丁巧良聊得热闹，小嘴儿一噘不高兴了。小丁你以后少往我们女知青点跑好不好？别忘了你是来接受贫下中农再教育的，不是赶庙会聊大天儿的！

噢，那你俩聊吧，王凤知趣地走出知青点。她身后焦慧珠轻轻哼了一声，含着几分骄狂。王凤暗暗笑了，我哥哥是村支书我谁都不怕。你表舅是市里的大官啊，他鞭子再长也抽不到村里的耕牛。

初春天气里，炊烟四起，一股燃烧秸秆儿味道笼罩着金水村。王凤从村东走到村西，来到王援朝的院外隔着篱笆喊了一声哥哥。白瀛瀛走出屋子打开柴门引着傻凤进院，说妹妹你来吃饭吧。王凤说今天知青点轮到焦慧珠做饭，丁巧良来看她我就躲出来了。

走进王援朝居住的北房。哥哥的大炕上堆放着各类书籍，精装的简装的线装的，居然还有俄文版的《列宁选集》和《欧根·奥涅金》。哥哥除了吃饭睡觉，几乎成了看书的雕像。

屋里光线不强，王凤看见哥哥坐在轮椅里双手捧着一本书全神贯注读着，双脚泡在一盆热水里——好像一株正在吸取养分的植物。

哥，你别看书行吗？我有件事儿问你。王凤央求着。王援朝合起书本向妹妹问道，傻凤，你跟焦慧珠闹意见啦？

你怎么知道？王凤惊讶地说你坐在轮椅里真是能掐会算的诸葛亮啊！

一块儿吃晚饭吧。白瀛瀛端着一笸箩玉米饼子走进来。王凤看见笸箩里有两个白面卷子，断定这是白瀛瀛给哥哥吃的。村里人都知道，只要有白面白瀛瀛绝对不让王援朝吃粗粮。自从苦水井事件造成王援朝下肢瘫痪，白瀛瀛内心万分愧疚，抱定为王援朝奉献青春的决心，其实是赎罪心理。

晚饭是玉米面饼子就咸菜疙瘩，喝水。这便是农村好饭食。王援朝把两个白面卷子让给妹妹。王凤转让给白瀛瀛。白瀛瀛目光低垂嘴里嚼着玉米面饼子。

吃罢晚饭，白瀛瀛拾掇利落了，摘下围裙回去了。农村毕竟思想保守，未婚男女不可同居。这些年白瀛瀛独自住在旁院里。她房间里挂了一只小铜铃，一根细铁丝绳通过小滑轮进入另院王援朝住房里。无论昼夜，只要王援朝伸手扯动铁丝，那边铜铃响起白瀛瀛便跑来了。

看到白瀛瀛回避了，王凤说话随便了。她将焦慧珠因为自己跟丁巧良经常聊天而吃醋的事情说了，向哥哥请教对策。

我问你两个问题，一、焦慧珠跟丁巧良有没有确立恋爱关系？二、你跟丁巧良是什么关系呢？

王凤想了想，说焦慧珠跟丁巧良是革命同志关系，我跟丁巧良也是革命同志关系。

既然这样，你心里怎么想的就怎么做，表里如一嘛。既然是革命同志关系，就应当自然相处。王援朝大度地说，这种事情，谁小里小气谁被动，谁大大方方谁主动。

什么？王凤以为哥哥一定讲出一番严肃道理，比如加强团结尊重同志避免矛盾什么的。没想到哥哥如此清爽洒脱，一下感染了妹妹。

对，丁巧良从来没有追过焦慧珠，焦慧珠也从来没有爱过丁巧良，他俩就是革命同志关系。我也不能把焦慧珠吃的醋装到瓶子里去。王凤说着笑了，露出一颗小虎牙。她觉得哥哥真是高人，说出话来永远与众不同。

进入“三夏”。夏收夏种夏藏，正是农民最苦最累的季节。夏天的太阳光芒好似刀枪，一不小心皮肤便晒起一层水泡。为了躲开大太阳暴晒，起早割麦子，贪黑割麦子，特别辛苦。然而无论起早还是贪黑，两个人的“知青点”轮流值班做饭，焦慧珠做一天，王凤做一天。收了新麦子。于是焦慧珠建议这几天把全年积攒的老白面吃了，腾出瓦缸迎接新白面。王凤认为这个建议很好。她哪里不知道这是焦慧珠即将离村返城的信号。

没有面肥，蒸不成馒头。轮到王凤做饭她就烧灶烙饼。晚晌的白面烙饼散发着香气在黑暗里弥散着，直入脾胃令人馋涎欲滴。

平时吃不上白面，面对热腾腾香喷喷的大饼，双方竞争气氛浓烈起来。你吃一张饼，我吃一张饼，一边咝咝吸着凉气一边快速咀嚼着。好似风卷残荷雨打落叶，十张大饼眨眼之间吃得精光。平分秋色难分伯仲的平局，使得紧张空气松弛下来。

焦慧珠咀嚼着最后一口胜利果实说，王凤啊，你好好在这儿干吧，我认为只要坚持下去就会迎来胜利曙光。革命样板戏《沙家浜》里新四军指导员郭建光念了《论持久战》一段话：“往往有这种情形，有利的情况和主动的恢复，产生于‘再坚持一下’的努力之中。”

王凤端起茶缸子喝水，没往心里去。焦慧珠继续开导说，王凤啊，你是工人家庭出身，父亲母亲从前都是劳动模范，这是政治资本。你哥哥虽然坐着轮椅可是手里有权啊。村支书就是土皇上！以后遇到选调工矿企业的机会，他还能错过你啊？

你什么意思呀！王凤停止咀嚼打量着喜不自禁的焦慧珠说，听这苗头儿你要回城啦？我怎么没听说来了选调任务呢……

嘻嘻，这是戴帽儿下达，你懂吗？焦慧珠说出这句走后门儿的专业术语，得意地眨着一双小眼睛。

你表舅出来工作啦？王凤起身松了松裤带，合理安排着胃里的五张大饼。

批林批孔以后，我表舅恢复原有待遇，派到市生产指挥部当主任，行政十一级呢。

你睡吧，我去一趟茅房。王凤不紧不慢走出知青点，窜出院子奔跑起来。一路疯跑来到哥哥院前，扯起嗓子喊哥哥，没有应承，跑到旁院喊白瀛瀛，也没有应承。哥哥一定去麦田慰问夜间割麦子的农民了。

王凤深一脚浅一脚跑出村子，奔向开洼。经过那口“姑娘井”她心底腾起一股怨气。为了抢救白瀛瀛我哥落了下肢瘫痪的毛病，白瀛瀛你欠我哥的债一辈子还不清。远远看见麦田里火把晃动，王凤大声喊叫着哥哥。有人告诉王凤说支书送了绿豆汤坐着轮椅回村去了。王凤匆匆赶回村里，看见小玛钢厂红了半边天，奔了过去。

小玛钢厂院子里，人们正在浇铸。白亮亮的铁水从炉眼里奔流而出，注入一只只长柄端包里。一个个小伙子抄起长柄端包接满铁水。铁水遇到水汽，迸出噗噗声响。小伙子们啊啊叫着将铁水浇进砂模里。一瞬之间凝成铸件。

王凤看见哥哥坐在轮椅里，身后立着白瀛瀛。轮椅旁边立着一只铁桶，王凤猜测那是绿豆汤。很快，炉里铁水出尽了，热火朝天的浇铸战役告一段落。小伙子们来到铁桶前面，白瀛瀛一碗接一碗递去绿豆汤。

院子东面是一座焖火窑。一个老头儿出现了，指挥几个小伙子往铁箱里码放铸件，不时大声喝斥着，说出一堆行业术语。王凤听不懂行业术语却知道这老头儿是白瀛瀛的爷爷白鸣岐。

人们抄起铁钩子从砂型里扒出一只只暗红的铸件，咋咋唬唬的。王凤一串小步跑到哥哥面前，张口询问什么是戴帽儿下达。白瀛瀛听了一惊，以为戴帽儿下达现行反革命指标。王援朝听罢妹妹讲述说焦慧珠的情况我知道，昨天接到了公社革委会主任电话，指名道姓要把她调选回城。这就叫戴帽儿下达指标。

那不行！焦慧珠躺在知青点屋里不干活儿，整天吃零食跟耗子似的。凭什么选调她不选调我？凭什么她当工人我不当工人？我从小发誓进工厂当劳模，昨天夜里还梦见自己胸前戴着大红花呢！哥哥，我非当工人不可……

王凤说着一屁股坐在地上，哇哇哭了起来。伸手拉起哭泣的王凤，白瀛瀛发现这闺女乳名傻凤，说起话来语言恰当逻辑清楚词句有力，一点也不傻。

没出息！王援朝一声怒吼，吓得王凤止了声。王援朝低声说傻凤咱们回去谈吧。白瀛瀛猫腰拎起没了绿豆汤的铁桶。王凤主动推起轮椅说，哥哥，焦慧珠选调回城当工人，我也要选调回城当工人。

王援朝侧脸对白瀛瀛说，敢情傻凤的性格跟灵莹一模一样，也是动不动就跟别人较劲。白瀛瀛接过话题对王凤说，傻凤你跟焦慧珠较什么劲？她表舅吴玉旗是市生产指挥部的主任，如今老干部走后门儿谁也挡不住的。

王凤停住轮椅说，我哥哥就能挡住，我哥哥要是挡不住，谁还挡得住啊？马列著作白看啦……

白瀛瀛平静地评判说，其实你们王家兄弟姐妹性格都一样，不是跟别人较劲就是跟自己较劲，反正必须较劲。这也是人生动力吧。

你这是表扬还是批评啊？王援朝笑着反问白瀛瀛。王凤知道哥哥平时笑容很少，此时的笑容不知是凶是吉。

傻凤，你跟焦慧珠较劲属于竞争行为，这不算什么坏事儿。你回去睡觉吧，什么话也不要说了。王援朝语气和缓劝说着妹妹。

这事儿就完啦？王凤非常失望，心里空空旷旷回到知青点，看到焦慧珠躺在炕头睡了。她悄悄躺在炕尾，一宿没合眼。哼，焦慧珠不好好劳动反而戴帽儿选调了，天下还有没有公理？就是打到党中央见到毛主席我也不服气。

天一亮，王凤偷偷跑到大队部，从窗户爬进去给姐姐打电话。东方制冷厂的交换台告诉她，现在清早六点钟小王主任还没上班呢。

心急火燎。等到七点半钟终于接通姐姐电话。小王主任听了妹妹哭诉，说了声我知道了就撂断电话。

临近中午，一辆深绿色吉普车驶进村子吱地一声停在大队部院门外，身穿蓝色干部服的王莹推门走下车来。退位的老支书快步迎出大队部说，好闺女你当了大干部坐上小汽车啦。

王莹抿了抿齐耳短发说，老支书您好，我去富庄搞外调顺路进咱村看看。

老支书转身召唤王援朝。王莹进屋推起哥哥轮椅，说去知青点看看傻凤。王援朝恍然大悟，傻凤搬来救兵了。

王凤是我亲妹妹，我不救她难道还要白瀛瀛同志越俎代庖吗？王莹又露出跟别人较劲的苗头，说话咄咄逼人。

昨天我还跟傻凤讨论咱们兄弟姐妹的性格问题——特别喜欢较劲。你呀这么多年一直跟白瀛瀛较劲，现在傻凤也学你的样子跟人家焦慧珠较劲。

王莹接过话头发问，那你在农村整天跟谁较劲呢？

灵莹，我对你实话实说吧——我也整天跟自己较劲。王援朝低头说着，一丝悲凉从目光里溢出，飘散在空气里了。

你看，把金水村建成一个革命化村庄，我做得到。但是把金水村建成一个既革命又富裕的村庄，太难啦。

我们是工业学大庆。你们是农业学大寨。大干苦干加巧干呗。王莹不以为然。

你不懂啊。穷，这也是一座必须搬走的大山。我们不能越革命越穷吧？金水村老农民一辈子没穿过棉裤一辈子没用过手纸一辈子没喝过开水的，大有人在。你在城市工厂里是不会有这种切身体验的……

哥哥，我不是来跟你探讨中国农村问题的，王莹主动切换话题说，焦慧珠走后门儿选调了，傻凤怎么办？我不能眼巴巴看着妹妹遭受这样的打击……

王援朝凝神看着东方制冷设备厂办公室副主任说，灵莹，你变得尖刻了。我记得以前你不是这样的。

王莹围绕着王凤的话题不松口。哥哥你要是不愿意出头，这事儿干脆交给我去办吧。

王援朝慢条斯理说，焦慧珠选调了就走呗，傻凤留在金水村继续劳动，这很正常。我们没有必要把这件事情看得这么严重。

王莹一下失态了，双手推着轮椅脸色苍白声音颤抖说，哥！我不能让傻凤踏进社会第一步就遭受这种失败！你知道这种失败对傻凤来说意味着什么吗？一生的阴影！

灵莹！王援朝吃惊地转动着轮椅凑近妹妹说，你小题大做了吧？

王莹背过身去，不让哥哥看见泪水。哥哥，我心里就有一个失败的阴影，这个阴影今生今世恐怕很难消除了。我不能让傻凤重蹈覆辙留下心灵创伤！

我没想到你受了这么大刺激……王援朝颇为意外地说，不知怎样安慰妹妹。

老支书慌慌张张跑进来说，援朝，我找遍全村也不见王凤，焦慧珠也不知道她去了什么地方。五保户瞎奶奶说一大早儿王凤跟她告别，说这辈子再也照顾不了您老人家啦！

什么！王莹一拍桌子，傻凤也要走白瀛瀛那条路，寻死觅活呀？说着她冲出大队部，朝着村口奔去。

一贯稳如泰山的王援朝也慌了，请老支书发动基干民兵四处寻找。说罢打开扩音器，准备广播寻人。白瀛瀛捂住麦克风小声说，援朝，这要是传出去影响不好吧？女知青寻短见……

王援朝抹了一把额头汗水说，万一傻凤有个三长两短，我怎么向父母交代啊！

白瀛瀛思索着说，我有一次自杀经历，我觉得傻凤不会寻短见的……

王援朝急了，你就是气象专家也不敢保证老天爷不下雨呀！走，你推着我去找傻凤，幸亏那口苦水井淤浅了。

王莹一路奔跑，在村西一片小树林里看到妹妹身影。傻凤！你不要想不开呀！看到姐姐声嘶力竭的样子，傻凤一伸舌头冲姐姐做了一个鬼脸儿说，姐，我等候你多时啦！说着王凤拿起破麻绳挂在自己脖子上，说要勒出一道血痕。

天啊！王莹仔细打量着妹妹说，小死丫头，你这是制造假自杀现场？

对！王凤使劲扯了扯破麻绳说，你以为我真自杀？没门儿！我还没当劳动模范呢。我就是拿自杀吓一吓咱哥，逼他找一个戴帽儿下达的指标。姐，你一定给我保密啊！

说着，王凤抡起胳膊将一条破麻绳挂上树杈伸长脖子说，姐，你快去给咱哥报信儿，说我自杀啦！咱哥不是有本事吗？我看他这次怎么对待我！

王莹双腿一软坐在地上，连连摇头说，你不是傻凤，你是精凤啊！

当天晚上，王援朝坐在大队部沉思。白瀛瀛送来晚饭说，傻凤情绪稳定了，今晚睡在五保户瞎奶奶家里。

王援朝连连叹气说，要不是麻绳断了，傻凤就没命啦！看来她以死相拼非得选调回城不可啦。

傻凤来咱村插队落户是想当劳动模范的，一看理想无法实现，就跟焦慧珠攀比了。这种攀比心理很沉重很危险，女孩子往往容易走上绝路。

我看这事儿就怨你。是你给傻凤树立了自杀榜样，你跳井，她上吊，都属于意志薄弱的表现。这叫自杀未遂，假若上纲上线就是自绝于党自绝于人民！

白瀛瀛补充说道，王莹临走时跟我说无论如何也要保证傻凤的生命安全，一定二十四小时派人盯着她……

这几天你在瞎奶奶家陪着傻凤。她说不选调回城就不活了，看来是钻了牛角尖儿。唉，这件事情只能由我亲自出马啦。

一大早儿，王援朝自己摇着轮椅来到大队部，趁着电话线路不忙，抓紧拨打本市查号台，终于查到市生产指挥部办公室的电话号码。

他镇定心神，按照电话号码径直打过去。接电话的男同志自称康秘书。王援朝说找生产指挥部吴玉旗主任听电话。康秘书盘问了几句，说吴主任正在开会。

请你转告吴主任，我是西郊区金水村党支部书记王援朝，我有非常重要的事情向他汇报。康秘书我约一个时间好吗？

你的事情可以向基层党组织汇报嘛。再说你一个农村支部书记的事情跟吴主任有什么关系。康秘书不解地说。

吴主任的外甥女焦慧珠同志在我村插队落户，目前面临选调回城……

好吧，您不要讲了。康秘书打断王援朝说，我马上请示一下吧。

几分钟之后，电话里再度响起康秘书的声音，这位农村支部书记同志，吴主任不能接你电话，以后你也不要再打电话了。

这是我给吴主任一个机会，他放弃了。既然他放弃，我也没有别的办法了。王援朝啪地挂断电话，无声地冷笑了。

第二天上午八点钟，市委大门口出现一辆木头轮椅，轮椅里坐着面容沉静身穿蓝色中山装的王援朝。他身后站着白瀛瀛。

王援朝举起一卷白布，白瀛瀛徐徐拉开——这白布条幅上写着十个黑体大字：吴玉旗，请你不要走后门儿。

呼啦一声围了一群人。王援朝和白瀛瀛不言不语，合力拉开这幅大标语，尽力展示着。市委大楼窗户纷纷打开，人们伸头探脑解读着这条标语的含义。

这几年上访者都是要求恢复名誉落实政策的，矛头指向某某某尚属首次。

《滨河日报》机动记者吉顺利路经此地，举起相机拍下“吴玉旗，请你不要走后门儿。”白布黑字大标语。

来了几个身穿便衣的保卫干部，不声不响收缴了大标语，不声不响将王援朝和白瀛瀛带走了。

木头轮椅被推进市委大楼旁边小院里，停在大树下。坐在轮椅里的王援朝指着一个保卫干部说，请你去给我端一杯白开水。

保卫干部冷笑说，你跑到市委捣乱还想喝水啊？你抗旱吧！

白瀛瀛挺身反驳说，喝水是我们的正当要求，你们不给水喝才是捣乱呢。

王援朝极为和气地说，就你们这种政治思想水平还来保卫这座大楼？真是岂有此理。

一个干部模样的男子跑进院子，拿出工作证递给那几个保卫干部说，我是市生产指挥部吴主任的秘书姓康，我有事情跟你们解释一下。

几个保卫干部跟着康秘书走进办公室。几分钟之后，为首的保卫干部走出来对王援朝说，你跟吴主任之间的私事，跑到市委大楼打标语干什么？真是混淆视听！走吧走吧走吧。

请你去给我端一杯白开水。王援朝指着那个保卫干部说，你听见了吗？

康秘书劝解说，村支书同志，你到吴主任办公室去喝茶好啦！

王援朝不予理睬，目光径直射向那个保卫干部说，你的听力好像出了问题？耳聋的人是不能担任保卫干部的。

那个保卫干部无可奈何地撇了撇嘴，嘟嘟哝哝进屋打水去了。

王援朝是在一间小会议室里喝上龙井茶的。不等康秘书说话，他先开了腔。我知道你马上就要告诉我吴主任在开会，今天没有时间见我。其实我也没有时间见他。请你转告他，身为老干部应当给我们年轻干部树立表率，否则怎么继续革命呢？你还要转告他，不要上嘴唇一碰下嘴唇就下达什么戴帽儿选调指标。他这样做在我们基层农村影响很坏，这是行不通的……

你有什么具体要求？我会转告吴主任的。康秘书意味深长地说。

请你不要随便打断我说话，你为什么说我跟吴主任之间是私事呢？你们为了维护自己面子，真是处心积虑啊。

白瀛瀛小声说，我们写的白布大标语，现场记者已经拍照了。

瀛瀛，吴主任不怕记者拍照，他一句话就会摆平的。但是，吴主任一百句话也摆不平我们农村基层党支部。王援朝说着转向康秘书，目光炯炯。

康秘书放下架子小心翼翼问道，王支书，您乘坐轮椅这么远跑来，我一定把您的要求转告吴主任的。

抿了一口龙井茶，王援朝不紧不慢说，我们金水村只有两个插队落户女知青，吴主任戴帽儿下达指标弄走一个，剩下一个昨天上吊啦！万幸的是麻绳断了。否则这起知青自杀事件给党的上山下乡政策带来极坏影响。我们不能给吴主任扣帽子，但是这起自杀事件绝对是他戴帽儿下达选调指标引起的。吴主任能够摆平报社记者，摆不平我们金水村广大贫下中农！我的话你听懂了吗？

其实多拿出一个选调指标，矛盾全解决了。白瀛瀛画龙点睛说。

你们的意思我明白。康秘书匆匆走了。

午饭时间，女服务员送来四菜一汤。王援朝动手盛了两碗米饭苦笑着对白瀛瀛说，吃吧吃吧，咱俩是代表金水村贫下中农吃这顿饭的。

吃过午饭，康秘书出现了。王支书，你的问题解决了。我派了一辆小卡车送你们，就不用坐轮椅走路啦。

王援朝板着面孔说，你说问题解决了，这让我怎么理解呢？

我一看就知道你就是读了很多书的农村基层干部。这种事情还用我解释吗？我希望回去之后你不要多言多语。总而言之，你的问题解决了。

一切尽在不言中。王援朝大度地笑了。白瀛瀛崇拜地望着王援朝，拿出手帕擦着他额头汗水。

康秘书把卷成一团的白布标语递给白瀛瀛，也掏出手帕擦汗说，我从来没有见过你这样敢于冒险的农村基层干部。

乘坐小卡车回到金水村，得胜归来的王援朝闷闷不乐。毕竟共同生活多年，白瀛瀛知道他闷闷不乐的原因。晚间歇息，白瀛瀛打来一盆热水给他洗脚，小声劝慰着。援朝，我们不能一味生活在理想王国里，有时候必须面对现实啊。

我身为人兄啊。王援朝轻轻叹气说，今天咱俩演了一出双簧，威胁恫吓就像两个乡村无赖，跟他们做了一笔肮脏交易。

这笔交易他们不会变卦吧？白瀛瀛小心翼翼问道。

王援朝思索着说，要是新提拔的干部就不好说了，这种蹲过“牛棚”的老干部不会变卦的。

这一夜，王援朝失眠了。他躺在大炕上注视着黑乎乎的屋顶，自言自语。

我做了一笔无耻的交易，公然要挟老干部，充当小丑儿角色。为了妹妹我只能这样做。生活真是一只大酱缸，萝卜茄子一起腌啦……

一连两天，王援朝手里拿着一册涅克拉索夫的诗集轻声朗诵着。白瀛瀛深知爱人内心痛苦，拿着梳子给他梳理着头发。

援朝，你白头发越来越多了。白瀛瀛小声说，咱们只是普通老百姓，国家大事用不着咱们去操心。你探索社会主义新农村道路也不能毁了自己啊。

唉，老百姓的生活太苦了，我们共产党闹革命是为了让老百姓过上好日子。我想找到一条既革命又富裕的农村道路怎么这样难呢……

这恐怕办不到吧？毛主席强调以阶级斗争为纲。白瀛瀛轻轻拔掉王援朝一根白头发说，他没强调以富裕为纲啊。

一天过午，王援朝坐在大队部里接到公社副书记打来电话。你们村那两个女知青，一个叫什么焦慧珠，一个叫什么王凤，她俩一块选调。明天到区里体检后天调档，马上走人！

从来不苟言笑的王援朝突然来了一个恶作剧——您什么时候戴帽儿下达指标，把我和白瀛瀛也选调回去吧！

公社副书记哈哈大笑说，你是我们这儿的宝贝，就是选调你去党中央、国务院，我们也不放人！哎，昨天市生产指挥部有人打来电话了解你的情况呢。

王援朝不以为然说，好啊，这是要选调我呢。

王援朝立即给王莹打电话，说傻凤的选调问题解决了。小王主任在电话里追问怎么解决的。金水村党支部书记王援朝说，我们应当相信群众，我们应当相信党。这是两条基本原理……

哥哥，你背诵的是毛主席语录啊。王莹在电话里咯咯笑了起来。

灵莹，你一定要保持这种笑声。这是你的真正性格。什么时候这种笑声消逝了，你的性格也就消逝了。王援朝故作平淡地说着，其实是叮嘱。

别人都说我的笑声很像咱妈。王莹在电话里丝毫没有察觉哥哥的内心苦闷。哥，有一件事情我只能告诉你，昨天咱妈突然回国直接住进工人疗养院，绝对不允许家属探视。

哦？王援朝手持电话听筒神色镇定地说，看来妈妈出了什么问题，否则不会突然回国直接住进工人疗养院的。

从一封封家信看，妈妈在巴格拉密纺织厂取得了很大成绩而且受到外方高度评价。难道她犯错误了？王莹在电话里分析说，假若咱妈犯了严重错误，应当直接送到军队农场不会送回工人疗养院的。如今全国重新批判唯生产力论，矛头对准只低头拉车不抬头看路的错误思想。咱妈出国援外属于外事活动，我估计一定是受到什么大人物牵连了。

灵莹，你的分析，我同意。这里面肯定有文章。咱们等着吧，一旦形势松动，自然烟消云散。

哥，咱妈太可怜了，援外八年，抗战都胜利了。她没有功劳也有苦劳吧，不但没有受到表彰反而不明不白送进工人疗养院隔离了。看来澄清一缸水，需要好几年啊。

这件事情必须严格保密，只有你知我知。王援朝叮嘱妹妹说，就连咱爸也不要告诉他。这次傻凤选调回城就算献给咱妈一份厚礼吧。咱妈性格乐观，她一定会扛过来的。

放下电话，王援朝自言自语说，妈妈援外八年，突然回国隔离了。你知道什么叫荒唐吗？这就叫荒唐。

白瀛瀛走进大队部，王援朝停止自言自语提高音量对未婚妻说，傻凤选调啦，我这个小丑儿总算谢幕了！说罢啪地抽了自己一记耳光。

白瀛瀛扭过脸去，不声不响流下泪水。她悄悄走出大队部跑到知青点，把这好消息告诉王凤。

喜从天降。王凤扑上前来搂住白瀛瀛脖子，竟然叫了一声嫂子。白瀛瀛羞得满脸绯红，说还没结婚呢不要这么叫嘛。

王凤小马驹似的跑到村外小树林里，哇哇哭了一场。哭痛快了，她自言自语说，假自杀真是好武器，哥哥果然把我的事情办成啦！还嘱咐我保密。

体检，填表，调档。焦慧珠并不知道王援朝的上访插曲。她心里纳闷问王凤说，你怎么跟我一起选调啦？

王凤笑了笑，一副忠厚老实的表情说，是啊，你怎么跟我一块选调啦。

村里召开欢送会。依照惯例，临别吃的还是忆苦饭。王凤抱着小木桶来了，哗地将半桶高粱米倒入大锅里，一起煮了野菜粥。

说是盛满一桶，没想到半桶我就选调了，提前啦。王凤心里美滋滋的。

老支书送给两位女知青一人一罐金水村泥土，说是终身纪念。白瀛瀛研墨铺纸，作画留念。她首先给焦慧珠画了一幅墨荷，取出污泥而不染之意。王援朝挥毫给焦慧珠的墨荷题了四个隶书小字：不进则退。

白瀛瀛给王凤画了一只凤凰，凤头为工笔，其余写意了。焦慧珠酸溜溜说，给我画黑乎乎的荷花，给她画带彩的凤凰……

老支书笑笑说，人家是姑嫂，你是外人挑什么理儿啊。

看着凤凰跃然纸上，王凤欢欢喜喜问道，哥，你给我题什么字呢？

白瀛瀛站在一旁小声建议说，不鸣则已。

好！王援朝由衷地欣赏白瀛瀛的建议，一挥而就，写出四个颜体小字。

老支书赞叹道，一个会写一个会画，援朝瀛瀛真是天生一对地设一双啊。

就这样，乳名“傻凤”的王凤跟有着高官表舅的焦慧珠打起铺盖卷，一同乘坐拖拉机离开插队落户的金水村，选调回城了。

王凤与焦慧珠一同分配到纺织工业局，从纺织工业局一同分配到针织工业公司，从针织工业公司一同分配到第五针织运动衣厂，第五针织运动衣厂劳资科将她俩一同分配到成衣车间缝纫工段。

焦慧珠奇怪地说，王凤你又不是我的影子，怎么一直跟着我呀？

是呀，我怎么一直跟着你呀？从纺织工业局一直跟到第五针织运动衣厂成衣车间缝纫工段！王凤颇为厚道地说，这就叫有缘千里不分散吧？

是啊。焦慧珠居然受到一丝感动，表示相信缘分了。

上班没几天便领到当月工资，称为“上打薪”。王凤手里攥着十九块七角五分钱，担心人民币展翅飞了。她是躲到女厕所去哭泣的，尽管味道不太好。她的哭泣可巧被焦慧珠撞见。她发现焦慧珠也是躲到女厕所来哭的——姑娘见姑娘，两眼泪汪汪。

成衣车间的主任是个五十多岁老娘儿们，由于结过两次婚人送外号“双枪老太婆”。她找到王凤和焦慧珠谈话，说你俩展开“一帮一,一对红”的社会主义劳动竞赛吧，争取早日加入中国共产主义青年团。

我还是争取直接入党吧。王凤满怀豪情地说。焦慧珠暗暗发笑，认为王凤确实很傻。

王凤好奇地问焦慧珠，喂，你有好表舅怎么安排你做缝纫工呢，又苦又累的。

你不要小看缝纫工！焦慧珠义正词严地说，我们是产业工人，非常光荣的。你这种思想还想直接入党？我看你团都入不成！

你的意思是让我重新加入少先队吧？王凤故作诚恳地说，样子更傻了。

王凤暗暗发誓说，你以为我傻呀？我一定要当上特等劳动模范，跟妈妈一样。

16　归去与归来

黄昏时分，王莹独自走进工人疗养院，绕过人工湖穿过一片桃园，看到高干疗养楼被一圈篱笆隔开，小竹亭里一个解放军战士站岗值勤，说不许探视。王莹故意犯了脾气，大步闯进楼里。

一位军官模样的男子张开双臂阻拦说，闲人免进，你马上退出去！

我妈妈出国援外八年，劳苦功高，你们凭什么不让探视！我妈妈犯了什么错误？王莹试探着说。

我只负责这里的保卫工作，你的问题一概不能回答。军官不卑不亢说。

王莹企图激怒对方放开嗓音说，把你们领导叫出来，我要当面问问他！你们懂得革命人道主义吗？你们的阶级立场哪里去啦？你们要是讲不出道理，我去党中央找毛主席说理……

你要去党中央找毛主席说理，那是你自己的事情。你在这里无理取闹，我们会采取措施的。

王莹立即软了，掏出当初董泰建赠送的英雄牌钢笔说，我给您留一个电话号码，什么时候允许探视了通知我好吗？

军官模样的男子摆摆手说，这座楼里不光住着一个人，请你马上离开吧。

王莹心里明白了。妈妈这次住进工人疗养院，果然背景非同寻常。面对如此严密的管理，她能够掂出其中斤两。

走出高干疗养楼，她好像冲刺的短跑运动员奔向对面那座小假山，从怀里抽出一面小红旗，一边呼啦啦挥舞一边高声喊道，妈妈，我是灵莹，我代表全家看您来啦！妈妈您一定坚持下去，坚持下去就是胜利……

高干楼三楼的一个窗口里人影一闪，随即消失了。王莹认为这就是妈妈，咧嘴哭了。妈妈，我记得您爱吃炖猪蹄儿，我一定给您送来！

喊得嗓子哑了，王莹走下假山坐在湖边号啕大哭。这时候她才明白，无论自己多么强大心里也需要一个妈妈。

一天天过去了。终于盼来允许家属探视的消息。打来电话的居然是徐贰芬。王莹又惊又喜说徐阿姨您恢复工作啦。

王莹啊，警备区政治部负责牟棉花同志的护理工作，她住在高干疗养楼期间，一日三餐，每天洗澡，听收音机看报纸，身体很好。今天她搬回工人疗养院丙楼恢复疗养院正常生活，交给我们市总工会管理了。徐贰芬用公事公办的口气说，特殊时期结束了，所以允许家属星期天探视了。

徐阿姨，我妈妈被隔离这么久，她究竟出了什么问题？王莹追问着。

具体情况我不清楚。我可以给你打个比方，一个人被一件事情牵连，可能这个人跟这件事情没有什么关系。然而澄清起来需要时间。时间不到，着急也没有用的。所以说时间是最公正的裁判。我的话你懂吗？

谢谢徐阿姨。放下电话王莹在办公室里走来走去，兴奋得不知如何是好。终于可以见到妈妈啦！八年时光仿佛隔了一个世纪。

王莹拉开办公桌抽屉，看到一把不锈钢小铲子。这是董泰建给我做的，我永远不会忘记那家伙嬉皮笑脸的样子。翻开日记本看到夹着一张自行车购买证。这是董泰建留下的纪念。董是我的初恋吗？尽管后来在党校学习认识了孔小围，“董公公”却好似相片底板留存在记忆深处。

星期天去工人疗养院看望妈妈，一定要带上炖猪蹄儿的。王莹想起国营副食店买不到这种东西，打电话求助冯五一。冯的老战友在农场管事儿，几乎成了他的“司务长”。

下班回家，王莹看到父亲在厨房里做饭，立即换鞋洗手准备接替爸爸。王金炳摆摆手表示饭熟了，转身把醋瓶子递给女儿。

这时候有人叩门，她开门看见一只血淋淋的猪头，吓得一声尖叫。王建设闻声从卧室跑出来，以为姐姐遇见阶级敌人。

冯五一双手捧着一只猪头，站在门外气喘不迭说，猪蹄儿有什么好吃的，我从农场弄一只大猪头给你，全家炖着吃！

王莹哭笑不得。我让你买猪蹄儿你就买猪蹄儿，谁让你擅自做主弄来一只大猪头啊！

冯五一尴尬地解释说，猪头比猪蹄儿好啊，这是农场战友特意送来的。

王金炳走出厨房替冯五一解围说，灵莹，既然人家小冯送来了还是收下吧，咱们如数交钱就是了。

我可没有闲钱买猪头。冯五一，你把它退回去换成六只猪蹄儿！

好吧。冯五一双手捧着猪头挺直腰板迈开大步，噔噔噔下楼去了。

唉——。王金炳一声低叹，走进厨房继续做饭了。王建设目不转睛注视着姐姐，突然无声地笑了。

姐，冯五一在厂里威风凛凛，派头特大。见了你怎么变成面团儿啦？

王凤上中班，不在家。晚饭家里只有仨人。王金炳从厨房里端出一盘子茴香馅饼递给女儿，灵莹啊，你的脾气秉性很像你妈妈，好强好胜不会拐弯儿。冯五一好心好意送来猪头，你一句话给人家撞了回去……

爸爸，我炖猪蹄儿是为了星期天去……王莹张口解释却被父亲打断了。

我知道，你炖猪蹄儿是去看望妈妈。我早知道你妈援外回国直接住进工人疗养院，人家不让扩散消息。王金炳略显伤感地说，好啦，现在允许探视了……

王建设坐在餐桌前摆弄着一只小变压器，接过父亲递来的一盘子馅饼小声问道，我妈妈真的回来啦？我都忘了咱妈长什么样儿了……

是啊，星期天咱们去工人疗养院，全家总算团圆啦！王金炳回到厨房去了。

晚间，缝纫女工王凤下中班走进家门，一头扎进卧室，睡着了。这间卧室历来号称“女生宿舍”。小时候家里穷，冬天姐俩合盖一条棉被。后来傻凤长高了，姐俩经常伙穿一件花布小褂儿，一双皮鞋也是俩人倒替着穿。你中有我，我中有你，成为多年姊妹生活写照。站在床前看着呼呼睡去的傻凤，王莹想起小时候母亲下班走进家门也是这样，疲劳过度上床就睡了。如今缝纫工妹妹重复着挡车工妈妈的生活道路，好像一个模子复制出来的。

她拿来毛巾给熟睡的妹妹擦脸擦手，嘴里轻声念叨着。傻凤，星期天咱们去工人疗养院看望妈妈，全家团圆啦……

傻凤猛地睁开眼睛。什么！咱妈回来啦？说着瞪大眼睛四处寻找着。

你睡吧，星期天你歇班，咱们全家一起吃团圆饭。姐姐抚摸着妹妹的头发，心疼极了。妹妹为了超产，天天累成这种样子。

傻凤又睡着了。王莹坐在床前，莫名地伤感了。过了八年没有母亲的生活，似乎习惯了。如今妈妈归来，她反而忐忑了。

笃、笃、笃……，有人叩门，这声响不轻不重，好像黑夜里挤出的私语，时隐时现。王莹披衣走出卧室靠近单元门充满警惕地问道，谁呀？

单元门外响起南方口音说猪蹄儿买来啦。噢！冯五一这家伙雷厉风行，竟然夜半返回了。她轻轻开门。冯五一双手捧着六只猪蹄儿走进门来说，这是后蹄儿，后蹄儿比前蹄儿好吃。

王莹看他满头大汗，斟了一杯白水递去。冯五一接过水杯咕咚咕咚喝了，扬起胳膊用袖口抹了抹额头汗水，说了声再见扭身就走。

这大半夜的，你辛苦啦。王莹心里过意不去，送他出门。楼道里很黑，她说了一声谢谢。她听见自己的声音飘浮着，轻柔而温馨。冯五一似乎凝固了，不说话。他与她就这样面对面站在毫无光亮的楼道里，只听到男女混合的呼吸声。

谢谢你没拿我当外人，无论大事小事都招呼我……冯五一声音颤抖着。

她连声表示谢意，好像一尊外冷内热的雕像。黑暗里他摸索着下楼去了。王莹心里说，我一有难题就找人家冯五一，又不正儿八经跟他谈恋爱，唉！

星期天是公休日，王凤歇班在家睡懒觉。女缝纫工很累的，腰酸腿疼，脖子僵直。王凤满勤满点，平时睡眠不足。好不容易歇班，睡不醒了。

站在厨房里手持镊子拔着猪蹄上残存的猪毛，王莹的神情好像民间雕刻家。锅里烧开水，她焯了猪蹄儿，然后炒色。素常家里很少炖肉，一是太贵，二是凭票供应，炖一小锅肉就要用去全家三个月的肉票。三是炖肉需要时间，家里没有闲人。主持家务王莹坚持细水长流的原则，反对一曝十寒。说起炖肉她有一套独特保藏法：即使夏季每天将熟肉沸煮十分钟，其间绝对不许掀开锅盖，保证十日不坏。

过午时分，王凤起床走进厨房。看到姐姐忙得满头大汗，妹妹不好意思地笑了。王莹说全家去工人疗养院吃团圆饭，庆祝妈妈援外归来。王凤拍手说总算能见咱妈了，这比见毛主席还难呢。

你不要乱讲。王莹盯着妹妹说，你现在是工人阶级一员，必须给自已嘴头挂一把锁，有时候一句话毁人一生啊。

王凤心悦诚服地嗯了一声，说饿了。姐姐给妹妹盛了一小碗烧辣豆儿，让她就着馒头吃午饭。傻凤一边嚼着辣豆儿一边说，八年了咱妈可能都不认识我啦！

不过，你这馋劲儿咱妈一辈子忘不了。王莹一边拾掇调料一边告诉妹妹，咱妈回国有一段时间了，大概受了什么牵连，现在经过组织甄别，没事儿啦。

王凤对政治不大敏感，听了姐姐这番话，她既无惊讶也不无感慨，嗯嗯呀呀应承，嚼着白面馒头。

下午四点钟。经过简单打扮姐妹走出家门。王莹穿着灰色上衣，三翻式直腰，蓝裤子。王凤穿着蓝色上衣，男女不分的制服式样，灰裤子。姐姐妹妹并肩走着——上灰下蓝与上蓝下灰，活像两只对偶的色块儿。一路上，两只色块儿犯了难，谁也说不出究竟应该给妈妈买什么礼物。

距离公共汽车站不远的地方，有一家水果店。门口摆着一箱箱青苹果，说是出口转内销的。一眨眼之间排起长队。

这东西挺实惠的。王凤跑去“夹塞儿”花一块二毛五买了五斤苹果拎在手里，满脸喜悦地说，总算把给咱妈买东西的任务完成了。出口转内销的苹果万岁！

傻凤，除了喊毛主席万岁不许乱喊万岁。姐姐以高度的政治觉悟告诫妹妹。傻凤刷地向姐姐敬了一个民间军礼，表示认错。

走进工人疗养院大门，王凤一手拎着一兜子白面馒头一手拎着一兜子青苹果，蹦蹦跳跳说好几年了这里没变样儿。迎面是甲楼花坛，绕过甲楼花坛是六角亭，正是当年牟棉花晕倒的地方。过了六角亭就是丙楼。王莹认为从高干楼重返丙楼意味着妈妈重返正常生活，不清不楚不明不白的日子过去了。

跨进丙楼，一个小护士圆圆的脸蛋儿亮晶晶的眼睛翘翘的鼻子，迎面打着招呼。王莹觉得小护士挺可爱，问她贵姓。小护士笑眯眯说我叫舒芸。

这时王凤站在妈妈房间门外，却不敢伸手叩门。王莹嗔笑了，弓起手指叩门。房间里传出一个遥远而熟悉的声音说，那就进来吧。

这是妈妈的声音！王莹心跳加快了，回身拉起妹妹的手。王凤本能地朝后退着。王莹急得压低嗓音说，这是去见咱妈又不是去见老马猴，你怕什么呀！

王凤轻声辩解说，我不怕见老马猴，我怕见咱妈……

推门走进妈妈房间。房间很大。首先给人距离感。房间中央摆着一张八仙桌子，一看就是临时借来的。靠墙立着两只老式文件柜，显然是退役的。临窗摆放着一张大床。母亲牟棉花端坐床前，远远地冲着女儿们笑。

王莹放下饭盒快步走上前去，一把拉住妈妈的手。妈妈的手冰凉。王莹下意识地松了手，竟然想哭。牟棉花的目光越过大女儿投向小女儿。王凤站在姐姐身后，低低叫了一声妈妈。

看到小女儿躲躲闪闪的，母亲哈哈大笑说，哎哟！傻凤长这么大了？俊啦。说着又将目光转回王莹，近距离打量着大女儿。

一看你就是个女干部。牟棉花起身奔向老式文件柜，从里面拿出两双布鞋。一双女式黑色条绒偏带布鞋，递给小女儿。一双黑色平绒偏带布鞋，递给大女儿。这两双布鞋都是麻线纳的千层底，一敲梆梆响。

王莹看见母亲鬓角斑白，脱口说道，妈妈您又做鞋呢，您忘了前些年造反派说您躲在疗养院里养尊处优。

牟棉花果然还是牟棉花，脸上透露出几分当年的活力，操着多年不改的高腔大嗓说，我在巴格拉密纺织厂多忙啊，也没忘了给你们做鞋。你看，我用当地的薄皮子给你爸你哥你弟做了皮袜子，老爷儿们冬天穿上特别挡寒！他奶奶的，造反派说我做鞋是养尊处优？那人家制鞋厂怎么办？全部枪毙啊！

王莹笑了，她深切感到妈妈只有铿铿锵锵才是妈妈。一萎，便不是妈妈了。

你们知道我为什么不停地做鞋？我这是苦练纺织工人基本功。从打夹纸、剪样儿，粘底儿，搓线绳儿，纳底子，一直到锁口、搪底、绱鞋，哪道工序不是操练眼神儿啊？哪道工序不是操练手劲儿啊？嘿嘿，有朝一日我要重返生产第一线……我说灵莹，如今国内棉纺厂都恢复正常生产了，也不知道我保持的接头儿纪录是不是被打破了……

王凤突然说了话。妈妈，我爸说您当年做梦都在苦练基本功。那纪录别人轻而易举就能打破啊？打不破的。

牟棉花欣慰地笑了。有时候我担心它被人打破，有时候又盼望它被人打破，心情矛盾就跟小孩子似的。你说我怎么啦灵莹？

王莹向妈妈点点头，没说话。八年过去了，援外归来的妈妈仍然在跟自己较劲，念念不忘当年创造的全国接头纪录。其实我的性格很像妈妈，也爱跟自己较劲。一个人的性格恐怕很难改变了。

咣当一声门响，王金炳左手提着一只饭盒右手拎着一只饭盒“破门而入”。他张口对妻子说，你中午说的小鱼炖豆腐和酱烧鸡爪，没了。我在食堂买了猪血炖豆腐和红烧鱼头。

敢情爸爸中午就来了。王莹小声提醒妹妹，你快把苹果拿到水房洗洗吧。之后转向母亲说，傻凤参加工作有了工资，她特意给您买了五斤苹果，还是出口转内销的呢。

牟棉花立即满脸笑纹。太好啦，就连傻凤都当上工人了，咱们百分之百工人家庭啊。对啦，我从阿富汗给你们带回五公斤沙耶枣，他奶奶的机场不让过关。我心疼东西，打开提包可劲儿吃，没吃几颗胃口就顶啦。全给机场扣啦！

扣了多亏呀！我要是在机场保证帮着您把沙耶枣全吃啦。王凤惋惜地说着，伸手递给妈妈一个挂着水珠儿的青苹果。

门儿轻轻推开了，小护士舒芸探头，小圆脸儿一闪缩了回去。紧跟着王建设身穿汗渍斑斑的工作服走进房间。看见儿子脸有油污，牟棉花伸出双手激动地说，设子，你也长这么高啦！你是保全工吧？我一看就知道你修理机器下班没洗脸就跑来看妈妈，真是好孩子！

妈妈……王建设憋得吭吭哧哧说，我、我好多年没见您了，您都快不认识我了。我的情况您知道吧？从闸口小学升入长征中学，然后……

王凤抢过话题说，然后你选调留城进了华北电机厂机修车间，三年出师一级工。一年之后转为二级工。对吧？

王建设松弛下来，略显羞涩继续说，技术考核让我锉了一个六方内孔，我得了优秀。从一级工的三十五块五涨到二级工的四十一块六毛四……

牟棉花拍了拍手说，好啊！你爸爸看了大半辈子仓库，没有手艺。你学了技术有了手艺，就又红又专啦。

听了儿子流水账似的汇报，母亲欢欢喜喜打开柜子。柜子里存着十几双手工布鞋，样式有男有女，类型有单有棉，面料有平绒有灯芯绒还有礼服呢。

取出一双男式五眼黑布便鞋递给王建设说，我估计这几年你脚长了，就按照四十二号尺码做的。

一旁仔细观察母亲，王莹心里又悲又喜。悲的是妈妈援外回国，稀里糊涂被隔离了，最终不了了之。喜的是妈妈获得正常生活居然没有半句牢骚，乐乐呵呵跟没事儿一样。这正是老劳动模范的本色。

小护士舒芸送来一瓶葡萄酒，说是丙楼全体医护人员的心意，之后冲着王建设嫣然一笑，告退了。

咦？王莹看着满脸窘色的弟弟，心里打了问号。她动手把从家里带来的炖猪蹄儿和烧辣豆儿摆出来。王凤也动手将爸爸拎来的猪血炖豆腐和酱烧鸡爪端上桌。一堆筷子和一摞碗都是临时从食堂借来的。一盆苹果一盆馒头。八仙桌上初步显现家庭晚宴的气氛。

我还从疗养院伙房叫了四个菜呢。牟棉花兴奋地说，今晚全家胜利会师。

大朝和瀛瀛还没来呀？就差他俩了。王金炳小声嘟哝着，摆放着碗筷。

王凤补充最新情况说，我哥哥现在是村支书，出市进市都是小拖拉机接送，带着轮椅。

王建设在卫生间洗净脸上油污，走出一个亮亮堂堂的小伙子。王莹趁机压低声音向弟弟打听小护士舒芸的情况。王建设拧开葡萄酒瓶告诉姐姐，自己跟舒芸是中学同学，她选调进了护士学校。王莹看到弟弟红了脸，心里有了底数。

笃笃响起敲门声。推门走进风尘仆仆的白瀛瀛。王莹没有看到轮椅，惊诧了。

白瀛瀛扔了手里的大草帽，双手捂脸哭泣起来。王凤立即递来手巾。

牟棉花端坐床前大声说，你是白瀛瀛吧？八年不见我都认不出了。你别哭，告诉我大朝出了什么事情！

一大早儿援朝被公社叫去了，说是进了学习班让我去送铺盖卷儿。他们说王援朝私自开办小玛钢厂，带头走上唯生产力论的道路，以生产压制革命，以发展副业代替阶级斗争，打成复辟资本主义黑典型了……

牟棉花走上前来一把搂住白瀛瀛说，好闺女，别害怕，有风刮风，有雨下雨。有涝就有旱，有阴就有晴，有饥就有饱，我在阿富汗八年都过来了，我看过几天大朝就回来啦！

白瀛瀛继续抽泣说，工作组查封了小玛钢厂，我怀疑这是有人打击报复。当初为了傻凤选调回城，我推着轮椅送援朝去市里告了生产指挥部吴主任，他吃了哑巴亏耿耿于怀，这次工作组里就有康秘书！

啊？傻凤手里拿着苹果呆呆望着白瀛瀛。怪不得我选调进了工厂，敢情哥哥为我去市里上访啦！

王建设突然插话说，不光我哥为傻凤选调出头上访，我进工厂也是我姐出了力！因为这事儿工宣队把我姐清退了，让她回工厂继续扫马路……

这一番话犹如导火索，猛地引爆了。白瀛瀛和王凤几乎同时放声大哭。王建设无声地抹着眼泪，站在一旁。

王莹眼窝儿湿了，转身走到窗前极力控制着泪水溢出。父亲王金炳围绕着八仙桌子走来走去，一时不知如何劝慰儿女们。

牟棉花突然拍响双手朗声大笑说，大朝为了傻凤选调上访，灵莹为了设子留城出力，我听了心里特别高兴！这是咱们工人家庭兄弟姐妹的情分啊。金炳，今天我要挨个儿给孩子们敬酒！

四只小碗，斟满了红色葡萄酒。牟棉花起身给自己斟了一大碗，首先注视着白瀛瀛说，你代表大朝吧，反正你早晚是他媳妇。不要哭哭啼啼的，只要坚持就有胜利那一天！

一只大碗与一只小碗咣地一碰。白瀛瀛仰脸喝了酒抬手抹着嘴角说，听您这句话我就宽心了。

灵莹，我该敬你啦。牟棉花端着大碗举给大女儿说，《红灯记》里唱的穷人孩子早当家。我出国援外八年，油盐柴米酱醋茶，家里家外全凭你支撑着，妈妈对不起你呀。

王莹从母亲眼睛里看到泪光。从小到大，没有听过妈妈的哭声，也没有见过妈妈的泪水。此时的泪光无疑来自妈妈心田深处。女儿被深深感动了。

女儿的小碗与母亲的大碗轻轻一碰，发出沉闷声响。王莹小声说谢谢妈妈，一饮而尽。牟棉花压低声音问道，灵莹，你怎么没请冯五一来呢。

人家现在是华北电机厂的武装部长。王莹故意正面回答，其实是搪塞。母亲放声说他就是当了全世界的武装部长，你配他也绰绰有余。

牟棉花斟满大碗转脸向儿子说，设子，你从小老实巴交，今儿喝醉了吧！

这时，突然响起敲门声打断母子碰杯。傻凤跑去开门。一个戴墨镜的中年男子手捧一束纸花问道，请问这是牟棉花同志房间吗？

傻凤觉得来者面熟。电影里凡是佩戴墨镜的，不是特务就是汉奸。这时白瀛瀛惊讶地叫了一声，爸爸，您怎么来啦？

噢，是白小林来啦。牟棉花说着放下大碗离开桌子，快步迎上前来。

很多年没见了，你好吗？白小林。牟棉花望着鬓发斑白的老相识，热情说道。

白小林伸手将一束红彤彤的纸花递给牟棉花说，不好意思，如今买不到鲜花只好以纸花代替吧。

谢谢你呀！牟棉花接过这束纸花说，一起吃晚饭吧，我们刚刚开始。

不打扰了。你八年援外归来，我跑来看看就是了。白小林说着就要告退。

白瀛瀛一把拉住父亲胳膊说，您别走，您知道我爷爷在哪儿吗？他离开金水村小玛钢厂就没了音讯！

你爷爷还是抱着玛钢不放手啊。如今在内蒙古发现了稀土矿，咱们国家推行球墨铸铁，高碳低硅大孕育量！白小林抬手往鼻梁上推了推墨镜说，他老人家恨我，多年没有往来，我也不知道他躲到什么地方去了。

白小林抬手往鼻梁上推墨镜的习惯动作，一下打动了牟棉花。几十年过去了，白小林一如既往地重复着这个标志性动作，好比他一如既往地研究着日本。往事如烟雾散去，只有鼻梁上的墨镜存在着。

瀛瀛，别让你爸爸走！牟棉花发号施令说，白小林，我家大朝跟你家瀛瀛是未婚夫妻，咱们也算亲家了。既然是亲家就留下吃晚饭吧！瀛瀛，快给你爸爸斟酒！

家庭晚宴增添外人白小林，气氛多了几分拘束。只有王凤不管不顾，想吃什么夹什么，丝毫不影响竞技状态。牟棉花让白小林喝酒。他遵命喝下一小碗葡萄酒，脸色变成关云长。

王金炳伸出筷子给白小林夹了一块炖猪蹄儿，中途脱落砸在猪血炖豆腐上，汤汁四溅好像投下深水炸弹，一下迸到牟棉花脸上。她叫了一声说，白小林你自己夹，省得王金炳笨手笨脚照顾你弄得满世界汤水！

听了这话，王莹抬头看了母亲一眼，心里很不满意。白小林毕竟是外人，妈妈当着外人挖苦爸爸，这很不妥当。这时王金炳嘿嘿笑着给白瀛瀛夹了一块猪蹄儿。白瀛瀛表情紧张地说，谢谢您，我从来不吃动物四肢的。

王莹走思了，想起大朝哥哥。进学习班等于关拘留所，失去自由同样难熬。她起身离开饭桌快步走进卫生间。卫生间很宽敞，她站在镜子面前打量着自己面容——那一小碗葡萄酒使得东方制冷设备厂办公室小王主任面若桃花。

她对着镜子里的桃花自言自语。哥哥，自从你兴办小玛钢厂请来白鸣岐做技术顾问，我就担心有人扣你一顶走资本主义道路的帽子。现在开展批判右倾翻案风运动，你果然成了活靶子。你不知道我心里多惦记你啊……

走出卫生间，家庭宴会进入尾声。白瀛瀛坐在桌旁小口咬着馒头，象征性地吃着。王建设摆弄着手里的筷子，若有所思。王金炳不愧模范仓库保管员，动手收拾杯盘狼藉的桌子，一丝不苟的表情。

只有妈妈在跟白小林聊天，兴致很高。白小林遗憾地说，可惜我没有出国考察的机会，只能依靠书本了解外面世界，弄得眼界越来越小思路越来越窄，你给我讲讲巴格拉密纺织厂的情况，它也属于阿富汗的国有企业吧。

牟棉花久经政治风雨，闭口不谈阿富汗，转换话题说起保持多年的接头纪录。

白小林认为牟棉花创造的接头纪录永远无人打破了。牟棉花面露喜色，急于知道永远无人打破的原因。

日本工业的更新速度很快。据说我们国家也将更新织机。那么挡车技术指标全变了，接头速度失去可比性。就好比一辆马车创造的速度是不能拿一辆汽车相比的。你创造的接头纪录成了历史，永远陈列在光荣榜上。

王莹看到母亲渐渐变了脸色——从惊喜变为沮丧，之后转为无奈的平静。

白小林不懂得看脸色行事，继续若无其事地说，你总结创造的“牟棉花工作法”也没了用场。织机提速，节奏动作全变了……

唉——。牟棉花极其失落地说，我出国八年落了伍，只能在疗养院里做鞋啦。

王莹不忍看到妈妈受到这种精神打击，一边收拾桌子一边向白小林说，要是按照您的这种观点，咱们国家几百万纺织工人面临淘汰啊？

对！每一次科技浪潮兴起，必然伴随一批牺牲者。日本经济起飞，一大批人难以适应电子工业时代，失业了。

科技浪潮？王建设受到新鲜词汇的吸引，瞪大眼睛望着白小林。您说的电子工业，就是晶体管代替电子管吧？

嘿嘿。白小林兴致高涨地说，我看了日文资料，很厉害的。现在的电子计算机一间屋子摆不下，将来能够缩小到一只火柴盒！你年轻努力钻研吧，有朝一日中国跨进电子时代，你就走在前面了。

说罢，白小林起身问白瀛瀛，你妈妈从日本来信了吗？

白瀛瀛摇了摇头，说没有。白小林起身告辞，说是去工厂值夜班。王建设对白小林的电子工业时代产生了极大兴趣，亦步亦趋跟着白小林走了，那样子好像徒弟跟着师傅。

白瀛瀛不无忧虑地对牟棉花说，我爸爸几句话就把设子给迷住了，他千万不要走上白专道路啊。

牟棉花不动声色说，你爸爸是白专道路，我儿子是红专道路。

王莹与王凤动手拆了八仙桌子，姐姐抱着桌面儿，妹妹抱着桌腿儿，送回食堂。走出丙楼绕过六角亭，王莹一眼看见灯影里王建设匆匆向身穿白大褂的护士舒芸挥手告别，转身大步追赶白小林去了。

王凤放下桌腿儿小声说，姐姐，设子搞对象了！

你什么都懂，一点儿也不傻。王莹望着弟弟的背影说，我看白小林更有吸引力，设子扔下舒芸追他去了。

哼，你们都搞对象了。王凤颇为清高地说，大朝哥哥跟白瀛瀛，设子哥哥跟舒芸，你跟冯五一，凑成三对儿。全家就我立场坚定，这辈子不当上劳动模范，我坚决不谈恋爱不结婚！

王莹扑哧一声笑了。傻凤，说到做到，不放空炮。我时时刻刻监督着你。

送还八仙桌子，姐妹俩回到妈妈房间，王金炳对女儿们说，你妈妈出国八年，头晕的老毛病没打针没吃药，好啦。

太好啦！妈妈既发扬了国际主义风格又治了自己的老毛病，一举两得。王莹说着露出“小王主任”面目，统筹安排说，爸爸今晚您住下吧，老夫老妻八年没说话，照着一宿聊吧。白瀛瀛跟我和傻凤回家去住，我们还要商量探视哥哥的事情呢。

牟棉花眯着眼睛看着大女儿，颇为欣赏地颔首微笑。行！灵莹比妈妈强多了。我活了大半辈子只会挡车接头，你年纪轻轻就会调动人马啦！

王凤趁机从桌上抓了一个苹果装进衣兜里。牟棉花递过两个苹果说，一人一个！回家吃。早睡早起，按时上班。傻凤想当劳动模范，这辈子也不能迟到……

王凤几乎叫嚣着说，您别说这辈子，我下辈子也不会迟到！

三个姑娘走了，屋里只剩下老夫老妻。王金炳走进卫生间洗了手，甩着水珠儿走出来。他抬头看了看妻子，说了声你胖了。

我胖啦？牟棉花走上前来，一把拉住丈夫的手。这八年吃的是牛羊肉，我都快变成阿拉伯人了……

李亦墩同志调到建筑工程机械厂担任党委书记。他调我去管仓库。这是他第七次调我啦。王金炳突然提起这个话题，多少包含着几分委屈。

这也是领导对你的信任啊。牟棉花并不理解丈夫的心思，随口说道。

唉！王金炳小心翼翼将妻子搂在怀里。渐渐，他心跳加快，热血上涌，目力模糊，呼吸急促……一种久违的感觉笼罩着这个男人。他闭住双眼开始用力，紧紧搂住妻子，唯恐失去似的。

突然听到妻子扑哧一声笑了。王金炳好像听到上班铃声，头脑蓦然清醒了。

嘿嘿，白小林真会吓唬人，他以为织机提速我就成废物啦？牟棉花从丈夫怀里摆脱出来，嘻嘻哈哈说起这个话题。

王金炳白白激动了一场，表情尴尬地站起身来。

金炳啊，我告诉你一个秘密，我们在巴格拉密纺织厂安装了新型织机，比国内领先一步。牟棉花很是得意，好像嘴里含了一颗糖果衣兜儿里又装了两颗糖果的小姑娘。所以说，新型织机根本难不住我牟棉花！

棉花，你出国援外辛辛苦苦，末了不明不白送进疗养院……王金炳欲言又止。

你有话就说嘛，窝窝囊囊的老毛病还没改啊？牟棉花性急地说。

我是想说，你受尽委屈一点怨气都没有，这真不容易啊。

嗨！这么多年咱们什么风雨没经历？有的事情你不要弄得太明白。八年援外，我不求有功，但求无过。你蹲了一年零九个月“牛棚”，最后不也没有变成牛嘛。知足吧，我们做劳模就是要知足常乐……

说着，牟棉花踮起脚尖儿抚摸着丈夫的鬓角说，我在巴格拉密纺织厂为祖国争了光添了彩！人一辈子有这样八年时光，没白活啊。说着，她得意地搂住王金炳的脖子，好像兜儿里又添了一颗糖果。

丈夫拨开妻子的胳膊说，松手吧，这老胳膊老腿的当心扭了腰啊。你那头晕的老毛病，这一回国千万别犯了……

犯不了。咱们洗洗躺下吧，你把这些年咱家的事情好好跟我念叨念叨。牟棉花走进卫生间洗漱去了。王金炳不言不语，动手铺床。

八年了，王金炳没有这样铺床。八年了，王金炳失去夫妻生活，过着光棍的日子。铺开床单，摆开枕头，拉开被子，他的心儿再次激荡起来，双手有些颤抖。他伸手掐了掐大腿，似乎在警告自己不要冲动。他感到心里空空荡荡，甚至感到几分委屈。多少年了，他不曾体验这种委屈的心理。此时嗡地一下涌上心头。我有什么委屈呢？他暗暗质问自己。蹲“牛棚”的时候我都没有感到委屈，今天这是怎么啦？没出息……

牟棉花身穿短裤和小背心走出卫生间，浑身散发着雪花膏的味道。王金炳回头望着妻子，感觉自己的身体好像一座正在融化的冰山。

金炳啊，这八年委屈你啦！牟棉花倏地动了情，一头扑到丈夫怀里。王金炳笨手笨脚抱起妻子，仿佛将一只炸弹搬到床上。牟棉花吃吃笑着说，你往仓库里运货呢。

他急促地喘息着，渐渐唤醒了男人意识。他感到四肢僵硬，身体却好似一只气球，渐渐鼓胀起来。

当，当，当。有人敲门了。王金炳慌了，松手把牟棉花卸在床上。牟棉花倚着床沿大声发问，谁呀？这么晚了还敲门！

门外响起一个轻柔的女声。我是舒芸。王建设特意嘱咐我，临睡之前给您量一次血压……

设子真是孝子啊。牟棉花趿拉着一双布鞋，跑去开门了。小护士舒芸手里捧着血压计甜甜地说，太晚了打扰您。您以前血压正常吗？

舒芸给牟棉花量了血压，说偏低。之后转向王金炳，说给您也量一量吧。王金炳没有思想准备，愣了。舒芸轻轻将气囊缠在他胳膊上。他木头人似的坐在床前，表情窘迫。

哟，您的血压高啊。舒芸抬头说，可能是精神紧张造成的，明天我再量吧。

关了门。牟棉花坐在床前无声地笑着。金炳，我看你是精神紧张，这还没办事儿血压就上来啦！就跟什么都没见过似的……

我哪儿精神紧张啦？血压高那是护士量错了。王金炳反驳着妻子，想给自己找回几分颜面。

牟棉花双手捂脸躺在床上吃吃笑着。天啊，素了八年，今儿晚上算是老和尚遇见老尼姑啦！

从来不开玩笑的王金炳站在床前说，你怎么嘻嘻哈哈笑成这样儿？我告诉你公安局在外面逮人呢，说是要抓嬉皮笑脸犯……

哎，我想起来了，我给你做的那两双鞋合脚吗金炳？牟棉花翻身坐起，思路又跑了题。

于是，老夫老妻半夜忙着试鞋。可惜，一双鞋大了，一双鞋小了，都不合脚。

没事儿，鞋大了我穿一双厚袜子就行了。王金炳安慰着妻子。

牟棉花突然落泪了，紧紧靠着丈夫肩头说，你呀，一定是上辈子欠我的……

你不欠我的，我也不欠你的。王金炳再次搂紧妻子说，咱们只欠党和人民的。

我还欠孩子们的……牟棉花心头一阵酸楚，歪在丈夫怀里。

王金炳安慰着妻子，起身走进卫生间打了一盆热水端到床前轻轻说，八年了，我给你洗洗脚吧……

牟棉花苦笑着说，这么多年我是国棉十九厂专业挡车工，是孩子们的编外妈妈，是你的业余妻子……

说着，牟棉花号啕大哭。

17　已知与未知

打倒“四人帮”，金水村党支部书记王援朝平反了。当初他开办小玛钢厂被定为走资本主义道路的黑典型，白瀛瀛忠贞不弃，受到村民们好评。这场姻缘是铁定了。秋去春来，王莹在办公室接到白瀛瀛打来电话，说星期六举行婚礼。

撂下电话，王莹还是受了刺激，好像永远失去了什么。是啊，一旦结了婚，哥哥便百分之百属于白瀛瀛了。唉，我为什么是王援朝的亲妹妹呢？这就是命运。我若不是王援朝的亲妹妹，这场婚姻绝对轮不上白瀛瀛的。

下班路上，王莹买了两斤螃蟹，拎了一串回家。爸爸说从来不吃这种东西。王莹说煮熟了送到工人疗养院给妈妈吃。一大意，跑了一只母的。全家动员实行大搜捕，从厨房到卧室，从客厅到阳台，硬是不见踪影。王建设若有所思说，找一只螃蟹这么难，找一个人更不容易啊。

你想找什么人啊？馋嘴的傻凤做出吃螃蟹的准备，问道。

这是王建设的内心秘密。既然打倒“四人帮”，拨乱反正就应当找到给他造成心理伤害的大胡子——那个当年扒掉他裤子从肛门里搜查金条的“造反派”。找到那家伙我一定要狠狠瞪他一眼。这便是性情和善的王建设——瞪对方一眼便是最大的暴力还击了。

煮熟螃蟹，王莹派傻凤送到工人疗养院让妈妈尝尝鲜，顺便告诉她老人家，星期六大朝哥哥跟白瀛瀛举行婚礼。

革命时代的婚礼，简单而朴素。结婚贺礼曾经风行送毛选四卷和毛主席像章，后来渐渐恢复生活气息，一般送礼是脸盆暖瓶枕套之类，重礼也有半导体收音机和座钟什么的。然而结婚无论多么简朴，洞房里四床被子必不可少。依照本埠习俗四床被子婆家承担，两床红色两床绿色，谓之“红倌儿绿娘子”，结婚前夜送入洞房，压床。

于是，王莹连忙打电话到第五针织运动衣厂成衣车间，想约王凤下班一起去百货大楼采购。成衣车间接电话的是个女的，大声说不能占用工作时间接电话，啪地撂了。王莹犯了“小王主任”的脾气，重新拨通妹妹车间电话，责问对方。我是王凤的姐姐，你说不能占用工作时间接电话，家里有急事怎么办？

对方哈哈大笑说，你是王凤的姐姐？你是她姥姥也没用！王凤专门嘱咐我，为了保证产量工作时间绝对不接电话。你妹妹为了超产都玩了命啦。

哦，看来傻凤真想当劳模啊。王莹暗暗发笑，并不认为妹妹的不懈努力能够取得什么成果。傻凤傻凤嘛，一只傻乎乎的凤鸟而已。

下班回家，晚饭变成家庭会议。一人手里拿着一个大包子，素馅，一边吃一边讨论王援朝的婚事。王金炳说了句兴无灭资移风易俗，便不说话了。

王建设表态，说亲手做一件礼物送给哥哥作为结婚纪念。傻凤问他做什么，设子闭口不语，好像决不招供的革命者。

设子，我听说冯五一调到你们车间当书记啦？王莹想起这件事，问道。

是啊，冯五一上任召开全车间大会，还表扬了我。散会之后我师傅问我，新来的冯书记是你未来的姐夫吧。我说不知道这码事。

全家默然，集体专心吃着素包子。王莹心里说，这是谁造的舆论，我成了冯五一的未婚妻。

王金炳抄起马勺盛了一碗玉米粥，说家有千口主事一人，大朝的婚事灵莹你就拿主意吧。

好吧，您去工人疗养院跟我妈打个招呼，到时候你们二老出席婚礼。王莹不知不觉进入“小王主任”角色，当场拍板决定说，傻凤，明天你请半天假我也请半天假，咱俩去百货大楼买被里被面被套，缝出四床被子，那工作量也不小啊，咱们一定准时送到哥哥新房里。

我不想请假……傻凤停止咀嚼，低头说道。

自己的权威受到怠慢，王莹不高兴了。你明天不想请假后天不想请假，咱哥的婚礼你不能不参加吧？

我就是不能请假。我要是请了假，焦慧珠的产量肯定超过我……

大朝哥哥的婚礼，我一定要参加的。王建设关键时刻说了话。

王凤嬉皮笑脸说，设子，你参加哥哥婚礼是增长见识，到时候你跟舒芸结婚就有经验啦。

王莹瞟了瞟傻凤说，你不愿意请假就别请假，不要逮谁掐谁。

姐，你参加咱哥的婚礼吗？傻凤居然反问了，一下击中王莹要害。

王莹只得搪塞说，我的首要任务是给咱哥做好四床被子。婚礼嘛，咱爸咱妈肯定要参加的。

第二天，一大早王莹赶到厂里去车队订了一辆212型吉普车，说是星期六去金水村。调度车辆，这是小王主任的权力。王莹坐在办公室里给妈妈打电话，说找厂里要了车星期六送你们去金水村参加婚礼。牟棉花坚决反对使用公家汽车。王莹说我不占公家便宜我交汽油费的。电话里妈妈问你怎么不去参加婚礼呢。王莹提顿着说明天厂里有重要会议我不能请假的。

这时，党办主任打来电话通知她马上到孔书记办公室谈话。

党委书记孔满囤同志是厂里一把手，平时不苟言笑很有威望。看到王莹走进来，心宽体胖的孔书记露出少有的微笑。小王啊，你进入青年干部梯队名单好几年了，经过厂党委研究报局党委批准，决定提拔你担任厂党委副书记，你自己有什么想法啊？

我……王莹没有想到提拔如此迅速，不知应当表示谦虚还是应当表示感谢，只得低下头去。

我平时与你接触不多，但是对你的情况有所了解。你出身劳模家庭是青年干部梯队里的佼佼者，另外，我儿子孔小围多次跟我提起你呢。好吧，星期六上午八点钟召开全厂中层干部大会，我要在会上宣读关于你的任命。小王你今年二十几岁啦？

二十四岁半。王莹极其精确地回答，颇为感激地望着孔书记。

啊，我儿子孔小围比你大两岁，今年二十六了。他选调北京钢铁学院读书，明年毕业。孔满囤意味深长地说，你们相处得不错吧？

王莹脸色绯红说，我们是党校工人哲学班的同学，后来一起参加批儒评法学习班。孔小围评论《盐铁论》的文章写得很好，钢笔字也不错呢。

孔书记听罢深感欣慰地说，经常通信只知道他的字写得不错，经常见面就会知道他的人也不错啊。

王莹点头嗯了一声，似乎承诺着什么，又似乎回避着什么。

离开孔书记办公室，王莹躲到无人地方稳定自己的情绪。敢情我的提拔沾了孔小围的光！我并没有跟他明确恋爱关系啊。

情绪稳定下来，想到妹妹傻凤不肯请假，只好从厂里搬救兵了。王莹依次找到生产科小杜、工会小尹、团委小郑，约定下午二点钟集合在家里缝被子。

怀里揣着布票棉花票和工业券，临近中午时分王莹赶到百货大楼。经过二楼纽扣柜台一眼看到模范售货员赵秀玉，过去打招呼。赵秀玉显老了，认不出王莹是谁。王莹说我是牟棉花女儿王莹。

王莹！赵秀玉笑容僵住，凝固了满脸皱纹。你妈妈好吗？你还记得跟我们一块疗养的朱依华吧？自来水公司的特等劳模人称铁姑娘，她死啦！

赵秀玉双唇颤抖地说，如今打倒“四人帮”，我们劳模有了盼头，你回去告诉你妈妈无论遇到什么事情都不要想不开，一定要活着啊。我们是党培养的红劳模不是“人造黑劳模”！

王莹去棉布柜台买了四床被里，一律什锦白；买了四床线绨被面，两床红的两床绿的；买了四床棉絮被套，两床厚的两床薄的。

双手拎着东西，王莹好像一只笨重的狗熊，一路喘着赶回家去。小杜小尹小郑这三位援军已在门前等候。王莹连声抱歉，掏出钥匙进了家门。

找出两床凉席铺在客厅地上，摆开两只针线笸箩。生产科小杜跟王莹一拨，工会小尹跟团委小郑一拨，展开被里摆好被套附上被面，一叠，动手引线了。中间引出两趟线，最见手工。小杜好奇地问，家里家外，你妈妈真的什么都不管啊？怎么哥哥结婚还得妹妹亲手操持啊。

王莹笑着回答说，我从小学三年级就当家了。然后飞针走线引出一趟直线。她缝的红色被子是哥哥的。小郑跟小尹缝的是绿色的被子是白瀛瀛的。

团委小郑感慨地说，王莹你天生操心受累的命，能者多劳呗。听小道消息你要高升啊？

咱是革命一块砖，党往哪搬就哪搬。王莹故作轻松地说着，心里还是想着孔满囤意味深长的话语。是的，我跟你儿子孔小围有交往。这并不等于我是你孔家未来儿媳妇啊。我要是这样被提拔了，别人一定会说是裙带关系。

包起四个被角，团委小郑说新婚缝被子好像应当往被角里放四片菊叶。工会小尹说菊花也叫九花，封建迷信思想讲究长长久久。生产科小杜缝着红色被角说那就祝你哥你嫂长长久久。王莹强作笑颜表示感谢。

四床被子缝好了，两红两绿很是体面。王莹心猿意马地挽留同事们吃晚饭。她们谢绝了，说你结婚的时候我们也来给你缝被子。

同事们走了。王莹抚摸着四床被子。我为什么爱上亲哥哥呢？真是遭罪啊。这时咣当一声门响，她连忙擦干眼泪，装成没事儿人。

上早班的傻凤回来了。平时她下班从不回家，盯着哪台缝纫机闲着，一屁股坐下就干活儿，给自己增加产量。

王凤瞅见四床棉被摆在那里，心里愧疚却嘻嘻哈哈说，什么季节结婚都要做棉被啊，赶上热天小两口非捂出一身痱子不可。

你倒想捂一身痱子呢！王莹赌气地找出两条旧床单，分别包裹了四床棉被，使劲儿系成两个大包袱。她一手拎起一个大包袱，鼓鼓囊囊下了楼。王凤追到楼下，眼巴巴看着姐姐将两只大包袱压扁，赌气似的捆在自行车后架上。

我知道，咱哥结婚你心里不好受。这么远的路程你非骑自行车去送，这不是存心受罪吗？王凤小声劝着姐姐。

我就是存心受罪。你不是想当劳模吗？去当吧。王莹推起自行车一阵风地骑走了。望着姐姐背影，王凤嘟嘟哝哝。你们进了工厂，有口才的当了干部，懂技术的做了师傅，我没口才没技术只能拼命。水往低处流，人往高处走。我想当劳模难道不对吗？

王莹骑着自行车出了市区，天黑了。过了邓家店便是黄土路。一路颠簸，她停下自行车靠在一棵大树旁边，径直走到水渠边。她不知道这里正是当年白瀛瀛发现白鸣岐的地方。白瀛瀛救起爷爷送往镇卫生院，使得这个反动资本家存活下来——成为长寿老人。

看看四处没人，她褪下裤子露出屁股解了手，慌忙起身跑回大树下。天黑，她一看自行车没了。急忙四处寻找，发现一个人影儿推着自行车驮着两只大包袱跑了。她不声不响追赶上去。那人好像不会骑车，推着自行车一跑一趔趄。王莹追了十几步，伸手紧紧抓住自行车后驮架。

这是一个农村汉子。他弓着身子拼命向前推着自行车。王莹紧紧抓住后驭架，竭力朝后拖着。女人没有男人力量大，就这样走出二十多步，脚下拖出一道浅沟。那男人停住脚步转身挥起拳头，狠狠砸在王莹手上。她一疼，松了手。那男人推车子朝前跑了。

推了十几步那汉子回头叫了一声。他再次看到她双手紧紧抓住自行车，身子像一条拖出水的大鱼。这汉子不肯失去抢到的东西，再次转身挥拳狠狠捶打她。她一声不吭，就是不撒手。

远处突突驶来一辆拖拉机，不时闪起车灯。这汉子吼叫说，俺没见你这么犟的女人！说着丢下自行车狠狠踢了王莹两脚，转身跑进庄稼地里，没了踪影。

王莹呻吟着爬起来，拍打着浑身泥土。她渐渐镇定下来，走到水渠边撩水洗脸，叉开五指拢了拢散乱的头发，将自己拾掇得利利落落。我犟？这是我哥哥结婚入洞房的喜被，我不犟你就得了逞！

那辆拖拉机驶近了，停下来看着王莹。有人抢你东西啊？

你们这儿阶级斗争太复杂，胆敢动手抢工人阶级的东西。王莹说着捆紧两只大包袱跨上自行车，朝着金水村方向骑去。

进了金水村，王莹寻找着路径。黑夜跟白天不同。白天很容易找到哥哥住处，黑夜却代表着迷失。

白瀛瀛迎将出来，穿过院子引着王莹进了新婚洞房。洞房布置得朴素大方。大炕还是大炕，铺着褥子。土墙壁新糊了报纸，有《人民日报》有《参考消息》，使人觉得这是一座文字仓库。迎面墙上贴了一幅毛主席像，侧面墙上挂着白瀛瀛的油画《广阔天地大有作为》。纸窗户上贴了一个大红的喜字。

哥哥瘦了，头发很长，更像一位困顿潦倒的乡村知识分子了。依照本地风俗，王莹脱鞋上炕，解开包袱将四床棉被摆在大炕角落里，两红两绿。这时她眼窝儿里突然涌满泪水，滴落在那床红色棉被上。白瀛瀛端来茶缸子，请她喝水。她接过茶缸子喝水，便掩盖了眼泪。

哥哥，我要了一辆吉普车，星期六咱妈咱爸咱弟咱妹都来参加婚礼。那天我厂里有重要会议不能请假，不来了。

王援朝宽厚地笑了笑说，咱们国家从大乱走向大治，工人阶级是国家脊梁。你们越忙说明形势越好。星期六的婚礼，新事新办，移风易俗，喝一盅喜酒吃一碗喜面就是了。灵莹，你工作忙不要来啦。

王莹郑重其事跟哥哥握了握手，表示新婚祝福。这是通行于革命同志之间的礼节，这也是有生以来妹妹首次跟哥哥革命同志式的握手。

告了别，王援朝让白瀛瀛送王莹出村。她谢绝了，推着自行车扭头对白瀛瀛说，你一定要好好照顾我哥哥。黑暗里白瀛瀛微笑着说，你放心吧，我跟援朝毕竟是夫妻啊。

是啊，人家毕竟是夫妻。王莹受了这句话的刺激。天黑路颠，她一口气骑到那棵大树下，停下车子朝着茫茫田野大声喊叫起来。

抢我自行车的那个混蛋，你他妈的滚出来！这是工人阶级的天下，姑奶奶就要管教管教你！你是“四人帮”的残渣余孽，挨千刀的……

她破口大骂，极力发泄着。她尖利的声音好似一把杀人刀子在夜里闪烁着寒光，吓得满天星星眨眼，震慑着立在田野里的庄稼。

星期六一大早儿，东方制冷设备厂的212型吉普车来了。王凤很早起床满脸愧色说，姐，我不能参加哥哥婚礼我上班去了……

王金炳换了一身蓝色中山装，脚穿一双新布鞋，显得特别庄重。当年登上天安门侧观礼台就是这身打扮，还捧回了毛主席送给全市工人阶级的金色芒果。谁也不知道他将那颗芒果核儿培育出新苗儿，经过几年盆养竟然长成一株小树，移栽到楼前草地里了。

王建设穿了一身洗得干干净净的劳动布工作服。工作服是工人阶级身份的象征。印在胸前的“北方电机”四个字说明你是著名国营大工厂的工人，走在大街上也是一份荣耀。王建设怀里抱着一个纸盒子，里面装着他为哥哥结婚制做的礼物。这是一册不锈钢大书，封面上刻着两句话：难行万里路，可读万卷书。

王莹看了这册不锈钢大书说，设子，内秀啊！这两句话说得特别贴切。哥哥行动不便，不能行万里路，却能读万卷书啊。

姐，你知道不锈钢主要成分是嘛？是镍铬合金。这种合金液态的流动性不好，冷却之后有韧性有强度……王建设又红又专地说着。

吉普车载着王家父子，去工人疗养院接上牟棉花，一起前往金水村出席王援朝与白瀛瀛的婚礼。

于是，王莹抓紧时间清洗厕所。自从女儿长大有了例假，父亲便不使用家里厕所了。不论刮风下雨他都走出家门去公共厕所。想到这里王莹感动了，认为自己有个好父亲。

拾掇利索了，王莹走出家门去东方制冷设备厂上班。工厂大门口遇到范金斗，她叫了一声范主任。范金斗离开“党办”主任位置多年，在家病休。他说王莹你的情况我知道了，以后肩上担子更重啦。

王莹望着脸色黯淡的范金斗说，这都是当年您给打下的基础，您是工宣队长，我是工宣队员……

上午八点钟，东方制冷设备厂党委书记孔满囤端着水杯走进小礼堂。他身后是领导班子成员，依次走上主席台。

厂党委组织部长宣读了关于王莹同志的任命决定。王莹坐在后排看到中层干部们交头接耳，好像对这项任命决定感到突然。孔满囤挪过话筒说请王莹同志上主席台跟大家见面。会场里一阵骚动。新任党委副书记王莹起身走向主席台。

领导班子成员们带头鼓掌，请王莹讲几句话。会场蓦然变得鸦雀无声。

王莹冷静地说，我是三门干部——家门校门办公室门，既缺乏基层工作锻炼也缺乏领导工作经验，希望今后能够得到领导和同志们的帮助。

这几句开场白，王莹说得是心里话。孔书记很满意，请王莹就座，之后简单向大家介绍着她的基本情况，几次使用“年青有为”“表现突出”这样的字眼，既是鼓励又是表扬。

之后，孔书记铺开发言稿，开始作全厂第一季度工作报告。一位女中层干部突然举手说道，我想请新任党委副书记王莹同志回答一个问题。

会场气氛紧张起来。已经落座的王莹重新站起，认出台下这位女中层干部正是供应科副科长韩卫红。

王莹同志，你主动承认自己是三门干部，既缺乏基层工作锻炼又缺乏领导工作经验，请问你如何弥补这些不足呢？另外，你认为咱厂生产方面存在的主要问题是什么？韩卫红站在台下大声问道。

韩科长，您说请我回答一个问题却提了两个，我回答哪个问题呢？王莹笑着反问。

身体微胖的韩卫红一愣，说那就请你回答生产方面存在的主要问题吧。

我不懂生产，你既然问了我只能大胆回答。我认为咱厂生产存在的主要问题是生产与计划互相背离，比如要我回答一个问题你却提出两个问题，这样必然造成混乱。

会场嗡地发出一阵笑声。韩卫红窘得脸色泛白，不言不语坐下了。

王莹继续说，生产与计划互相背离，势必造成目前生产不均衡的局面。生产不能按照计划进行，就乱了。上游工序无所谓，造成下游工序上旬没活儿干，中旬等活儿干，下旬加班加点突击战。所以我们要实现按计划生产，结果是计划赶不上变化，难以达到均衡生产的状态。所谓计划赶不上变化，还是我们生产调度不当造成的。我认为，首先是生产计划得当，其次是生产调度合理，最后是有一套行之有效的补救措施。我们必须提高应变能力，及时抓住主要矛盾，这样才能随时掌握生产主动权！

会场响起一阵不大不小的掌声。孔满囤对准话筒说，王莹同志自称三门干部，却对咱厂生产方面存在的问题提出自己的见解，这很好嘛。

散会了。王莹在小礼堂门外追上韩卫红说，韩科长请你多提宝贵意见啊。

韩卫红哼了一声说，你以为我是针对你啊？我是针对姓孔的……

当天下午，王莹搬进“党委副书记办公室”，她看着崭新的办公桌、崭新的电话机、崭新的暖水瓶、崭新的文件柜……心头一阵激动，我是工人的女儿，我的根在工厂。环视着自己的办公室，她觉得这里正是自己的归宿。

这位新任厂党委副书记坐在办公室里，不知不觉到了下班时间。她想象着今天哥哥结婚的场景，心头五味俱全。

办公桌上的电话机响了。她抓起话筒喂了一声，却听到冯五一的声音。

真是巧合，你升任厂党委副书记，我也进入青年干部梯队名单，派到机修车间当支部书记，接受锻炼和考验。我看这是缘分！咱们一定努力工作，争取更大进步。说着冯五一换了话题，王建设跟我请假说今天去金水村参加婚礼，既然你哥哥结了婚，你就死心了吧？

死心？你这话什么意思！自己的隐私被别人看穿了，王莹不满地反问。

我知道你爱王援朝，他是你亲哥哥啊。爱情不是海市蜃楼，你必须面对现实。想当初我是驻厂军代表，你是进厂新工人。如今我们应当明确恋爱关系了，你为什么迟迟不表态呢？

放下电话，王莹想起一个死去的人——董泰建。其实董泰建生前并未与她确立恋爱关系，然而每每回忆却常有几分情窦初开的感觉。人就是这样，逝去的时光经过浓缩渐渐炼成黄金。于是董泰建不再是董泰建，成为一个模糊而理想的初恋符号。

下班遇到孔满囤，这位党委书记站在小轿车旁边说，王莹今后上班下班你搭我的车吧。明年孔小围毕业，你们好好处一处。

王莹不知如何答复，满脸窘色。骑上自行车回家心里乱哄哄的。走进家门空空荡荡。全家人出席哥哥婚礼还没有回来。走进厨房准备做饭，居然变得笨手笨脚，先是碰歪了咸菜缸子，然后裤脚挂倒醋瓶子。她生自己气了。即使孔满囤是混世魔王，我也不至于手慌脚乱啊！

有人咚咚咚叩门，很有气势。冯五一身穿绿色军装站在门外说，王莹，我祝贺你提拔，请你出去吃饭！

好啊。不知为什么王莹突然渴望解脱，首先是渴望解脱厨房劳作，然后渴望解脱生活拖累，继而渴望解脱内心苦恼。冯五一的突然出现好像猛然推开一扇门，一股新鲜空气扑面而来。

不行，我还要做饭呢。转念王莹踯躅了。冯五一豪爽地说，我请你们全家人吃饭好啦！

一阵楼梯脚步声，王建设跑进家门脸色苍白气喘吁吁。姐！我告诉你一件事情……看到冯五一在场，弟弟止声，拉着姐姐走进自己房间，嘭地一声关了门。

姐，大朝哥哥原来不是咱爸咱妈的亲生儿子！这是婚礼上老支书说的……

只觉得嗡的一声，王莹感到头重脚轻，身体似乎蒸发了。设子，你快告诉姐姐，老支书他怎么说的？

王建设皱紧眉头说，老支书主持婚礼介绍大朝哥哥身世，说他亲生父亲勾华东牺牲在抗美援朝战场，他亲生母亲谷香出身贫苦的纱厂女工，难产死了。老支书的意思是大喜日子公开大朝哥哥真实身份，让他知道自己是革命烈士遗孤，继续进步争取更大光荣……

王莹浑身颤抖起来，伸手扶住墙壁支撑着身体说，怪不得咱爸咱妈从小对大朝那么好，原来他不是亲生自养的……

姐，你怎么啦？王建设担心姐姐晕倒，起身搀扶着她。

设子，姐姐没事儿……说着王莹走出王建设房间，迎面看见父亲站在客厅里，那表情好像重新进了“牛棚”。

爸，您回来啦，我妈呢？王莹强作镇定，脸色好似一张白纸。

灵莹，你……王金炳揪心地注视着女儿。吉普车直接送你妈回工人疗养院了。你哥哥结婚她特别高兴，中午还喝了两盅果子酒呢。

王金炳不合时宜地转播着结婚现场实况。冯五一站在客厅里，好像一个多余的值勤战士。

一股浓浓的绝望情绪笼罩着王莹心头。爸爸，大朝不是你们的亲生儿子，你和妈妈为什么不告诉我呢？一瞒这么多年……

王金炳低头错动着双脚。当初啊，我跟你妈发誓保密，对待抱养的儿子一定要比对待亲生的儿子还要亲！所以不能让大朝知道自己是孤儿，这一瞒就是二十六年……

王莹轻轻说了一声荒谬，转身走进自己房间，不慌不忙换衣裳。她打开柜子找出一双黑色半跟皮鞋，还特意佩戴了红色发卡，站在镜子前面梳理头发。她历来干练敏捷，此时却动作迟缓，对着镜子自言自语。

我要知道大朝跟我毫无血缘关系，绝对不会让他娶白瀛瀛的。这就是命运啊！

这么多年了，我一直为别人活着。王莹打扮完毕走出自己房间，向着爸爸微笑说，爸爸，你们的晚饭我不管做了，我和小冯出去吃饭。

跟随冯五一下楼。她身穿白底蓝花短袖衫灰色涤卡裤子。冯五一身穿绿色军装。这是典型的本地姑娘配外地复员军人的样板形象，绝对恋人关系。

她特意穿了半高跟皮鞋，身姿挺拔腰肢摇摆，平添女性味道。走出“劳模楼”，钢厂劳模老孟迎面走来，望着这一对拥军爱民的最佳组合，呵呵笑着表示赞赏。快步走过“市长楼”横过马路，冯五一轻轻拢着她的肩头。王莹并未躲闪，望着大街对面的大众菜馆。

冯五一，你真的爱我吗？王莹侧身突然问道。一辆无轨电车开了过去。

冯五一愣了，从王莹的眼睛里看到蒙蒙细雨。我当然爱你！从我当军宣队到现在，整整追了你七年，你还怀疑我对你的感情？

那你什么时候娶我呢？王莹咄咄逼人问道。

冯五一疑惑地说，王莹，你不会是破罐儿破摔吧？

王莹苦笑说，是啊，孔满囤的儿子孔小围也惦着我这只破罐儿呢。你回答呀，你什么时候娶我？

冯五一使劲跺了跺脚操着江西口音说，你讲什么时候我娶你，我就什么时候娶你！

不久，在“揭批查”运动中，东方制冷设备厂党委书记孔满囤被划为“帮派人物”降职调走了。一度传出王莹是“坐火箭上来的双突干部”，是“孔满囤未来儿媳妇”的说法，悄然弥漫着。然而，王莹紧急刹车没有成为孔满囤的儿媳妇，于是上级党委没有将她“拿下”。柳暗花明又一村。王莹不但没有被“拿下”，反而以党委副书记的身份主持东方制冷设备厂工作。

王莹成为东方制冷设备厂的临时“一把手”，她随即在全厂发起

"开展社会主义义务劳动竞赛"的号召，一下成为新闻热点。

工人们平时加班，是不发加班费的，发加班券。所谓加班券便是加班凭证，印成一张张纸卡，盖有车间主任的印章。假若工人有事请假，歇一天班交一张加班券便抵消了，视为出勤。在"把'四人帮'造成的损失夺回来"的声浪里，王莹带头提出"捐献加班券"，东方制冷设备厂职工们积极响应，很快捐献五千七百八十二张加班券。这极大地激发了全厂职工的干劲，被当地报纸连续报道，一下出了名。记者吉顺利采写的长篇通讯《我们是社会主义主人翁》在广播电台连续播出，引起强烈反响。

出了名，王莹被任命为东方制冷设备厂党委副书记兼厂长，一夜之间成女强人了。

她以东方制冷设备厂党委副书记兼厂长的身份到金水村看望哥哥，她说，为了纪念你牺牲在朝鲜战场的亲生父亲勾华东，你应当恢复本名勾援朝。

王援朝说，无论姓王还是姓勾，我永远是你亲哥哥。

你本来就不是我亲哥哥，你应当姓勾，不应当姓王。王莹坚持着。

我明白你的意思，不过这辈子咱们的兄妹关系是不可改变了。王援朝反驳着。

王莹古怪地笑了。我告诉你，一切都可以改变的。你相信吗？

唯一不可以改变的是时间。凡是过去的事情，都成为定局。王援朝说。

是啊，时间本身不可以改变，但是时间可以改变一切。只要我们活着，就存在改变的可能。王莹雄辩地说着，用目光打败了这个原本姓勾的哥哥。

到了国庆节，王莹与冯五一结婚了。转年她生了一个大胖小子，取名冯器。与周继红、马文革、庞卫东这一类充满时代气息的名字相比，冯器是一个冷僻而生涩的名字。

18　缱绻与绝决

自从做了成衣车间缝纫工，王凤欢欢喜喜。工厂多好啊。清晨上班把自己的饭盒放到蒸箱里去干活儿。中午打开蒸箱，一只只饭盒散发着各种各样的香味，你中有我，我中有你，你中有他，融洽极了。下班洗澡，赤身裸体站在热水喷头下，理直气壮冲洗着。结伴乘坐公共汽车回家，一路乐乐呵呵使你觉得社会主义处处有亲人。当了工人，王凤终于体验到追求人生幸福的含义。

起早贪黑苦练基本功，人累得瘦了一圈儿——从中号变成小号，人却秀丽了几分。为了尽快提高缝纫技术，王凤做梦竟然手摁缝纫机扳柄，脚踩缝纫机踏板。一觉睡醒了，床单蹬破了。

王莹看到妹妹如此执着，说傻凤中了魔怔。王凤振振有辞说咱爸跟我说过当年咱妈苦练挡车接头技术，去厕所还练习结扣呢。

自从王援朝跟白瀛瀛结了婚，王凤感觉姐姐大变了。尤其得知王援朝不是亲生哥哥，姐姐好像受到很大刺激，闪电似的嫁给冯五一。姐姐出嫁，多年的“女生宿舍”成了王凤闺房。从小受到姐姐呵护，王凤难以承受孤独的冷清。以前姐姐管得严，该起床叫她起床，该吃饭叫她吃饭，她觉得很不自由。如今姐姐搬走她没了管束，心里却失落了。王凤特意买了一只闹钟，叫起儿。

做了三年缝纫工，王凤连年被评为先进生产者。她的竞争对手焦慧珠不甘落后，被纺织局团委评为五四青年突击手。两个姑娘之间的劳动竞赛好似一场马拉松，你追我赶在通往荣誉的道路上奔跑着。全国工业战线拨乱反正，一度改称“学大庆标兵”的劳动模范恢复原本称号。这个消息令王凤激动无比，认为有了盼头。

成衣车间缝纫工段，王凤的缝纫机紧挨着焦慧珠的缝纫机——好像汪洋里的两条小船。她俩工序相同定额相同，都是流水作业给运动衣上袖子，可比性很强。缝纫女工的职业病是腱鞘炎和静脉曲张。王凤不怕职业病，她只怕自己这辈子当不成劳动模范。

无论早班还是中班，吃饭休息半小时。王凤从不停车，一边咀嚼一边干活儿。人们都说她是塑料人儿。她有两手绝技令焦慧珠难以比拟。一是吃饭速度奇快，最多两三分钟。二是憋尿，八小时工作时间绝对不去厕所。不知吃了什么仙丹妙药。王凤爽快地告诉焦慧珠，当年我妈妈做挡车工就是八小时不喝一口水，八小时不去一趟厕所。焦慧珠不无羡慕地说，王凤摊上个好妈妈，把不喝不尿的基因遗传给了她。

于是，焦慧珠在胃口与膀胱这两条战线上，处于先天生理劣势。

这天早班，坐在缝纫机前的王凤与焦慧珠埋头工作着。这一批运动衣是红色的，映得红了半边天。临近午休时分，车间主任双枪老太婆领着一个五官端正皮肤白净的小伙子走进缝纫工段。第五针织运动衣厂职工百分之九十女性，几乎“女儿国”，只是缺少细皮嫩肉的唐僧。女工们以为唐僧来了，齐刷刷的目光照亮了这位尚未西天取经的“和尚”。这个小伙子正是丁巧良。

王凤抬头啊地叫了一声。焦慧珠头也不抬喊道，王凤有人踩你脖子啦？

全国掀起知青返城大热潮，丁巧良搭乘“病退”快车，离开农村返回城市，进了第五针织运动衣厂成衣车间，学做保全工。他走进成衣车间大步来到王凤和焦慧珠前面，指着快速走针的两姐妹对双枪老太婆说，我要跟她们一样做缝纫工！我要跟她们一样做缝纫工！

双枪老太婆嘿嘿笑着说，小伙子愿意干老娘们儿的活儿，我头一遭见到你这样的鸟儿！

王凤一旁插嘴说，他还会织毛衣呢，阿尔巴尼亚针！

焦慧珠抬头瞅见丁巧良，天啊！山不转水转，咱仨又凑一锅啦。

丁巧良笑了，说了两句毛主席引用过的诗词：海内存知己，天涯若比邻。

王凤小声问焦慧珠，他这话什么意思啊？

焦慧珠得意地说，这话是说给我的，跟你没关系……

一男两女——三个返城知青终于在缝纫机喧嚣声里，意外会师了。王凤暗暗告诫自己，当初在知青点焦慧珠喜欢吃醋，如今又跟丁巧良相处，一定多加小心，免得焦慧珠整天酸溜溜的好像吃了杨梅。

厂里规定，缝纫工上岗经过十天技术培训，之后试工三个月转入熟练工。丁巧良不愧是丁巧良，技术培训第三天即达到产量。双枪老太婆惊诧不已，逢人便说缝纫工段来了一个百年不遇的奇才，这小伙子要去唱戏肯定是梅兰芳啊。

王凤慌了。以前焦慧珠是竞争对手，又来一个百年不遇的丁巧良，天天超产超额。其时，王凤日产量从 405 件跃到 597 件了，领先焦慧珠 12 件。丁巧良反而领先王凤 6 件。王凤发了愁。我的理想是当冠军，跟我妈妈一样当全国冠军。如今丁巧良好比一座大山立在面前，我可怎么跨越啊。

心里苦恼，王凤指望姐姐给她出个好主意，大幅度超越焦慧珠和丁巧良，一路领先当上劳动模范。她下了早班挤上公共汽车去看姐姐。大街上的标语更换了内容，主要是强调解放思想什么的。她心里说解放思想就是解放生产力，我思想解放啦怎么生产力不提高呢？真急人。

走进东方制冷设备厂，门卫问她找谁。王凤报出姐姐名字，门卫立即拨通“简报办”电话。

简报办？王凤疑惑地接起电话筒。门卫解释说，简报办就是党办。它天天发简报就叫简报办了。

电话里传出一个女声，音色优美却操着审问语气。王凤突然恶作剧地说，我跟王莹是自幼失散的姐妹，求你让我们见面吧。

女声极其惊诧地说，请你先到党办，我马上向王莹书记汇报。

手里捏着入门证，王凤暗暗笑着走向办公楼。沿途，她看到一条大道扫得干干净净，就跟医院似的。经过几年企业整顿，很多工厂依然“脏乱差”。看到东方制冷设备厂如此整洁，王凤心里好生惊奇。沿着工厂大道路经一个小广场，她看到这里矗着一座“奖惩台”。左边牌子上贴满红色的表扬信和奖励通知，右边的牌子上贴着一份份白色检讨书和惩罚布告。王凤觉得这是一处景致，便凑上去观赏。

她选中一份工人检讨书，认真阅读起来。原来这个工人在锅炉房值夜班睡觉被查处，罚款十元。尽管这个工人家庭生活困难却心悦诚服接受这笔罚款。“这是领导对我的挽救，我一定遵守劳动纪律，以后无论夜班白班绝不睡觉了。”

姐姐管理工厂真严格，锅炉房夜班睡觉，这在我们第五针织运动衣厂根本没人管，更甭说罚款了。王凤颇为感慨，心里暗暗佩服起来。

奖惩台上方挂着一条大标语：“一奖一惩，自浊自清；严管狠抓，公私分明！”

这时候，快步走过去两个男工，一边走一边小声发牢骚。

操，咱厂现在是裙子队当家，她们天天送简报印简报发简报，一群娘儿们登了天，一份简报治天下！

干脆咱把自己劁了，没了那二两肉儿保准吃得开。王莹成了铁腕人物，党政大权一手抓，我看咱厂回到母系社会啦。

大道上出现了一个个身穿白衬衫蓝裙子的女子，有的匆匆地走进车间，有的忙忙地奔出办公楼。总而言之随处可见如此装束的“半边天”。

她们就是裙子队吧？王凤思忖着找到办公楼里“党委办公室”的牌子，正要伸手敲门，门却开了。一个皮肤黢黑面貌俊秀的女同志审视着说，我是“党办”主任滕维丽。你真是王莹书记失散多年的妹妹？

王凤一本正经点头承应说，党办也叫简报办，为什么呀？

藤维丽不承接这个话题。王莹书记在三楼会议室出席我厂与金水村实业有限公司的签约仪式，你稍候吧。

姐姐的工厂跟哥哥的农村签约？这倒挺有意思。王凤按捺不住好奇心，悄悄溜出“党办”兼“简报办”，来到三楼会议室门外。她从门缝里看到会议室墙上挂着横标：东方制冷设备厂与金水村实业有限公司合作建厂签约仪式。会议室中央一张大桌子上摆着四份等待签字的合同。

会议室里，王莹手持讲稿发言，她身旁的电镀轮椅里坐着身穿白衬衣蓝裤子的王援朝，这装束很像一位因病致残的大学生。是啊，国家恢复高考了，哥哥热爱读书为什么不去考大学呢。哥哥要是大学毕业一定成为大学问家。

会议室响起一阵掌声。王凤听到姐姐说话的声音："工农联盟这句口号我们喊了多年，广大农村贫困面貌还是没有得到改变。今天我们双方签署合作建厂的合同书，只是一个开始。有人说我们这样做是错误的，违背了以粮为纲的指导思想。我认为这是胡说八道。农村发展副业有什么不对？我决定从下月开始将我厂的十六种配套零件扩散到金水村去生产！我们还要帮助金水村建立通风除尘设备厂和换热器厂！《人民日报》发表文章说，实践是检验真理的唯一标准。我们这样做好不好，检验一下好啦！"

一只大手拍了拍王凤肩膀，这力量很厚重。王凤回头看到滕维丽。这位"简报办"主任表情严肃说，我们东方制冷设备厂在王莹书记领导下，解放思想勇于探索大胆实践，引起社会广泛关注。一会儿有记者采访王莹书记，她很忙的。

王凤只得回到"党办"。她看见一堆堆纸张，认为这里确实应当称为"简报办"。临近下班时间，一个个身穿白衬衫蓝裙子的"裙子队"进进出出。藤维丽主动向王凤介绍说，她们统一着装是各车间各科室的"简报员"，每天下班之前必须将当日情况送到"党办"，统一汇总打印成册，报送王莹书记。

哦，原来工人们说的"裙子队"就是这一群简报员。看来姐姐真成铁腕人物了。王凤随手拿起一张《东方职工报》，这张企业内部报纸的头版位置发表王莹署名文章《干得好，就是要发奖金》，副标题是"驳物质刺激论"。头版右下角刊登一幅《王莹书记深入班组调查研究》的照片。王凤端详着照片里头戴安全帽的姐姐，那形象仿佛多年不见的亲人，生疏了。当初妈妈援外八年，陌生了，如今又添了一个陌生的姐姐。

王凤不知道，姐姐管理工厂主要依靠“半边天”，无论车间科室一把手多为女同志。王莹认为女性比男性更忠诚。她着手建立的简报制度，属于信息快速通道。基层简报员递交简报，被滕维丽汇总分为“正事”和“闲文”两类。王莹对“闲文”最感兴趣，往往从中发现问题。譬如企业整顿优化组合，一线职工思想波动，她从“闲文”里发现问题，当即采取措施给老工人们吃了定心丸。

王凤拿起另一张《东方职工报》，头版套红通栏标题：热烈庆祝我厂 4Fv7k 制冷压缩机荣获机械部质量银质奖章！左下角是王莹写的文章《反骄破满，企业更上一层楼》。王凤认真阅读姐姐的文章：“列宁同志在《严整组织和专政》一文中指出，‘任何大机器工业即社会主义的物质的、生产的源泉和基础——都要求无条件地最严格地统一意志，以指导几百人、几千人以至几万人的共同工作。这一必要性无论从技术上、经济上或历史上来看，都是很明显的……’”

哎哟，姐姐很懂马列，一引用一大段，好厉害。姐姐就是有水平，否则年纪轻轻不能当上党委副书记兼厂长啊。

突然之间，鸦雀无声。王凤抬头看到王莹快步走进来，简报员们纷纷起立，表示恭敬。王莹同样身穿白衬衫蓝裙子，一派精明强干的气质里透出几分毋庸置疑的权威。她抬手指着妹妹说，王凤你存心添乱，什么失散多年的姊妹必须见面，有事情回家去说！

看到王莹生了气王凤知趣地笑了笑说，你真忙啊姐姐。

王莹转向滕维丽说，近来社会上有人看到我们东方制冷设备厂经济效益好，眼红了。新闻报道严重失实，以后这种不怀好意的记者，我一律不见！你马上召集各车间简报员到会议室集合，我去讲话。

王凤觉得姐姐变成一个铮铮作响的铁女人，便起身伸了伸舌头说，我去家里等你，行吗？

好吧。王莹从抽屉里拿出一只塑料袋说，同事出差从上海带回来的大白兔奶糖，你拿去吃吧！

手里捧着一袋“大白兔”奶糖，王凤兴高采烈地走了。嘻嘻，姐姐掌管这座工厂，居然有一个“简报办”，居然有一个“裙子队”，居然把生产任务扩散到农村去了……心里装着一大堆新鲜风景，王凤走到工厂大门口。

这里聚着很多人，有男有女有老有少，一个个伸长脖子好像等待着什么，期待之中略有几分紧张气氛。一个记者正在现场采访一个老汉。老汉满脸喜悦说，东方制冷设备厂发放奖金出了名，每月十五号下班我都来接我女儿，她身上有钱我担心半路不安全啊。

你不认为这是奖金挂主帅物质刺激吗？记者大声问道。

一个中年妇女挤上来说，奖惩分明有什么不对？先进生产者的奖金一发就是三四十元。完不成生产任务的落后分子，必须缴纳罚金。我儿子月月超产，拿奖金心安理得！谁说王莹书记不好？她顶着上级压力为职工们谋福利，我们拥护她……

一个身穿白衬衫蓝裙子的姑娘阻拦说，你是记者可以向上级机关了解情况，不要存心诱导职工家属嘛。

王凤看明白了，今天是发放奖金的日子，职工家属担心半路钱财有失，纷纷前来充当保镖。东方制冷设备厂奖金发放日已经成为这座城市的独特景观。

这时，一辆电镀轮椅载着王援朝从东方制冷设备厂驶出。王凤快步迎上前去叫了一声哥哥。王援朝看到王凤开口就说，灵莹对我支持太大啦，我们刚刚签订了合作协定书。金水村要办十家工厂，傻凤你到我们服装厂担任技术顾问，我高薪聘你！

王凤瞪大眼睛说，我是国营企业工人，随便跑到你们那里是要受处分的。

这就要看你的胆量了。解放思想迈大步，很难。僵化思想不迈步，很容易。我当然不会勉强你的。王援朝坐在轮椅里，手里好像只缺一柄羽毛扇了。

推轮椅的是一个小伙子。王凤问嫂子呢。王援朝说有人攻击金水村实业有限公司是夫妻店，为了避嫌我让瀛瀛画画儿去了。她的《金秋十月好风光》，中国美术馆收藏啦。

一辆蓝色小卡车开过来，小伙子猫腰将王援朝抱进驾驶室，那辆轮椅也被司机放进车槽里。哥哥从车窗里伸出手来向着妹妹道别。王凤突然看到车厢侧面挂着一条横幅上面印着十个大字：金水村诚意招聘各类技术工人。

前几年你开办玛钢厂不是聘过白鸣岐吗？王凤扒着车窗问哥哥。

是啊，不过白鸣岐的最大理想是重新拥有自己的工厂。这是资本家情结。我们是乡村企业，所以他走了。我招聘技术人才的原则，无论白猫黑猫抓住耗子就是好猫！

望着远去的蓝色小卡车，王凤嘟哝着。你们想解放思想就解放吧，反正我既不想考大学也不想当干部，就想在生产第一线当劳动模范。

王凤饿着肚子赶到姐姐家里。鸟儿还要归巢呢。你女强人在厂里忙得四脚朝天总要回家吧。王凤寻思着找到姐姐家。开门的是姐夫冯五一，他嘴里叼着一支铅笔，手里捧着一本书，呆头呆脑看着王凤。

姐夫，你是想参加高考吧？王凤走进姐姐家，这是一套三室一厅单元房。

现在时兴减去十岁嘛，我也减了。冯五一充满自信，好像越活越年轻了。

王凤看到客厅地上摊着一堆书，有企业管理的，有运筹学的，还有一册许国璋英语。

拨乱反正，抓纲治国，时代大变，我们不学习是不行的。冯五一极有心得地说，以后光搞政治不行，还要懂得业务，提倡“四化”干部嘛。

我“四化”不了，一沾书本就头疼。从小考试不及格，所以家里叫我傻凤。

找你姐姐有事儿？那就耐心等待吧。她经常三天两宿不回家，女强人啊。所以我必须发愤学习，赶过她！说着冯五一将手里书本递给王凤说，你帮我复习一下，从第三单元开始，你问我答。

《日本的企业管理》？王凤看着书名蓦然想起白瀛瀛的父亲白小林。哎，姐夫你要是学习日本企业管理，白小林就是活教材啊。他大半辈子研究日本工业，打成日本特务都不改悔啊。

白小林？好啊。我看如今中国成了日本的大市场，日立牌电视机东芝牌录音机三洋牌洗衣机，还有象球牌杀虫剂和太阳牌啤酒，大量进口！冯五一兴高采烈地说，学习日语很重要。

王凤跟冯五一聊着。楼下传来汽车声。冯五一跑去开门说，东方制冷设备厂的女独裁者回来啦！

果然，被姐夫称为女独裁者的王莹气宇轩昂走进家门。王凤看到姐姐也是白衬衫蓝裙子，一双黑色皮凉鞋，心里说这是裙子队的总舵主啊。

咦，傻凤你怎么来啦？王莹走进卧室换衣服去了。王凤追进卧室说，你告诉我有事儿回家谈，你怎么忘啦？

出去出去，王莹不愿意让妹妹目睹自己换衣服的场景，小声驱赶着王凤。

哼，当年睡一个被窝儿，谁避讳谁呀？我还记得你左边乳房有个痦子呢。王凤瞥了一眼姐姐的红色胸罩，气咻咻回到客厅里。尽管生了气，姐姐的红色胸罩还是令妹妹感到新奇，它真像两只小红碗，引人遐想。

王莹换了一件宽松的橘色连衣裙走了出来，透出几分寡见的柔美。王凤呆呆注视着党委书记兼厂长的姐姐说，你在家里好漂亮啊。

我在厂里不漂亮吗？王莹端了一杯白开水，并没有递给妹妹而是自己喝了。

你在厂里不漂亮。王凤坚定不移地说，你在厂里板着面孔好像慈禧太后!

我像慈禧太后?王莹笑得喷了水。冯五一走过来说，这有什么可笑的?人家王凤说得非常形象。

我只是一个小厂长，人家慈禧太后是国家级干部!王莹忍住笑声反驳着丈夫。这时王凤也笑了，她终于看到昔日姐姐的影子。想说就说想笑就笑，这才是真正的王莹。可惜如今不是当初了。

王凤随即想起一件事情，凑上前去压低声音说，姐，舒芸心里挺痛苦的，她说结婚以来设子睡觉从来不脱裤子……

什么?这可不是好兆。王莹惊了。这是心理问题还是生理问题啊?

我一个大姑娘怎么懂得这种事儿啊!王凤红了脸。

好吧，舒芸不是工人疗养院的护士吗?你告诉咱妈找她谈谈，看看设子到底出了什么问题。王莹快刀斩乱麻地说，傻凤你有什么问题，快说吧。我七点钟还要去市里汇报工作呢。

冯五一端来一盘包子说，王书记兼王厂长，您吃晚饭吧。

老冯，你怎么总是阴阳怪气的?王莹抄起筷子夹起一个包子，不失时机地批评着丈夫。

王凤心里说，姐姐，以前这包子你肯定让给我吃，现在你自己吃了也不问我饿不饿。王莹同志你变修了。

她知道姐姐时间紧迫，便简明扼要说出自己的苦恼。王莹一边吃着包子一边说，你跟焦慧珠是平等竞争，都是女的。丁巧良是男的，这竞争就复杂了。不是我给你泼冷水，傻凤你恐怕很难战胜丁巧良。他是男的还会织毛衣?天啊，男同志一旦具有女同志天赋，那就成精了。同样道理，女同志要是具有男同志的天赋，也成精了。

你厂的滕维丽就具有男同志的天赋吧?王凤突然发问。

啊?王莹停止咀嚼注视着妹妹。你不记得滕维丽啊?那年就是她带着一群女红卫兵给咱家解了围，后来她到金水村向大朝哥哥取经，一群女生步行去边疆插队落户，她还送给我一枚毛主席像章做纪念呢……

说着，王莹看了看挂钟说了声车来了，丢下筷子跑进卧室换衣服。很快，脱去橘色连衣裙的王莹重新穿上白衬衫蓝裙子跑出卧室，换上一双平底皮鞋，拎起提包噔噔下楼去了。

你姐姐就是这样，忙得很像国务院副总理兼外交部长。冯五一摊开双手无奈地说着，突然话题一转。哎，王凤你也知道滕维丽啊？

我看她忙前忙后的，一定是我姐的左膀右臂吧？王凤试探问道，她好像比我姐大四五岁呢。

这个滕维丽是返城老知青，招工进了东方制冷设备厂做喷漆工，你姐姐发现她懂点历史懂点哲学还懂点政治经济学，有思想有口才，就以工代干提拔了，据说她现在是你姐的亲密战友啊。

王凤没有追问亲密战友的含义，反而想起舒芸。设子哥哥睡觉不脱裤子，这是什么毛病呢。

走出姐姐家门，王凤觉得毫无收获。天黑了。她无精打采走向公共汽车站。姐姐忙，今后只能依靠自己了。一个竞争对手焦慧珠，一个竞争对手丁巧良，我是腹背受敌。这几天焦慧珠逢人便讲插队落户期间丁巧良向她提出恋爱要求遭到拒绝的往事，以此抬高自己身价。丁巧良呢？不言不语承受全厂舆论的压力。王凤越发觉得小巧是好男人。好男人是不应当蒙受这种冤屈的。

坐上公共汽车王凤突然笑了。一条念头犹如一道闪电照亮心田。好啊！这是一个好办法，这是一个好办法……

丁巧良啊丁巧良，此时我要是提出跟你搞对象，你不会拒绝吧？我要是跟你谈恋爱，你就不会跟我竞争了吧？我不但要跟你搞对象谈恋爱，我还要跟你结婚呢。我不但要跟你结婚，我还要跟你居家过日子呢。

第二天上班，王凤找到丁巧良悄悄说，喂，今天下班咱俩去看电影吧，和平电影院上演《神女峰迷雾》，特别好看呢。

丁巧良惊讶地看着面带羞涩的王凤，不由点了点头。傍晚时分，王凤与丁巧良并肩走进和平电影院。这里，正是当年王金炳约请牟棉花看电影而且邂逅白小林的地方。多年之后，新一代的恋爱在这里启动了。

开演了。黑暗里看着风景优美的神女峰，王凤塞给丁巧良一只大苹果。这是她狠心花五角钱买的。丁巧良迟疑了一下，还是接受了“五角钱”。

黑暗里，丁巧良掏出小刀削着苹果皮。

事不宜迟。王凤咬了咬牙，预着脸皮低声问道，小丁啊，我对你印象不错，你对我印象呢?

丁巧良哎呀一声，好像削了手指头。王凤一把抓住他的手。光线太暗，她伏身看着。丁巧良的手很细很白，手指并没有被小刀削破。王凤索性抢过小刀，摸着黑削着苹果皮。然后，她切了一块苹果塞到他嘴里继续追问说，你对我印象到底怎么样啊?你说话呀!

我对你印象挺好的。丁巧良终于咽下一口苹果说，在农村插队的时候我就这样认为。

一场电影王凤没看一眼，她隔一会儿便将一片儿苹果塞进丁巧良嘴里，好像在喂养一只可爱的大公鸡。

小丁啊，咱俩在同事基础上成为好朋友，你看行吗?王凤趁热打铁问道。

嗯。黑暗里丁巧良咀嚼着苹果，点了点头。

你嗯什么，说话呀。王凤不甘心地追问着。

嗯，咱们是好朋友。丁巧良终于说出这句婚姻预言。

王凤乐了，说从今往后咱们互相关心互相爱护，一帮一,一对红。

嗯，一帮一,一对红。丁巧良重复着。

拉勾接吊，一百年不许变!说罢王凤心里美滋滋的。爸爸妈妈哥哥姐姐，你们不应当叫我傻凤。嘻嘻……

自从与丁巧良恋爱，王凤便将竞争对手远远甩在后边。只要王凤的缝纫机出了故障等待检修，丁巧良立即将机器让给她，自己承受减产的损失。这样，焦慧珠便成了没有援兵的孤军，独自奋战。俗话说，一人难敌四拳。丧失竞争优势的焦慧珠只得躲到女厕所里落泪，后悔自己没有主动找丁巧良谈恋爱，将优势拱手让给王凤。

好似一朵含苞待放的鲜花，焦慧珠决不甘心中途凋谢。她给自己选择了一条道路，请假复习功课准备参加高考。有人跑来劝说王凤也参加高考，实现人生理想。王凤笑了。我从小学就是差生，不是语文考五十分就是算术不及格。想起上学就头疼。俗话说条条大道通北京，我就是要当劳动模范，像爸爸一样去天安门观礼！

焦慧珠努力考大学，两次落榜。她灰心了，回到车间继续缝纫女工生涯，沉默寡言。她的身体好像垮了，一休病假便是十天半月，沦为可有可无的人。

轻装上阵的王凤风光无限，她产量猛增被誉为“走在时间前面的人”。够了结婚年龄，她嫁给丁巧良并且生了一个大胖小子，毅然给取名丁苹果。她坚决认为电影院里的那苹果至关重要，而且永远也不会腐烂的。

齿轮卷

齿轮：机器上有齿的轮状机件。通常是成对啮合，其中一个转动为主动轮，另一个被带动为被动轮。作用是改变传动方向、转动方向、转动速度、力矩等等。

——摘自《现代汉语词典》

19　黄昏与破晓

挺着五个月的大肚子，王凤照常上班。她说当年妈妈肚子里怀着我，八个月还上班呢，我一定继承劳模传统争取更大光荣。

有时，乘坐公共汽车没有“雷锋”让座儿，丁巧良只得抢先上车替她占位，避免站立之苦。有一次站到中途，王凤感到难以坚持便对一个小伙子说，我花五毛钱买您的座儿吧？小伙子只得起身让了。这就是傻凤的幽默。落了座她大大咧咧说，我替肚里孩子谢谢叔叔了。

上班坐在缝纫机前面，她依然保持着行业生产纪录，日产 857 件"丛中笑"牌短袖运动衣，连年超额完成生产计划 209%。这个纪录使她被誉为"走在时间前面的人"并且获得劳动模范称号。然而，王凤的心思不在北京的香山而在西藏的珠穆朗玛峰。她暗暗发誓，跟时间赛跑争取提前跨入二十一世纪。

王凤结婚之前，一心想当劳动模范。结婚之后，无论洗衣做饭还是烧煤买菜，举凡家庭事务她全部扔给丈夫。为了确保劳模荣誉，不理家政的妻子很快塑造了居家丈夫——丁巧良竟然成为"再版的王金炳"。

身为人妇，王凤几乎没有动手洗过自己的衣裳，包在内衣内裤。每逢例假她更不必担心，丈夫肯定备下卫生纸了。与父亲王金炳伺候母亲牟棉花相比，丈夫丁巧良只差一盆洗脚水了。母女的人生经历惊人的相似甚至相同。王凤完全成为牟棉花的当代翻版——吃咸不管酸，穿单不管棉，一门心思扑在工作上。

一切生活琐事王凤不用操心不用受累，她几乎高呼丈夫万岁了。当初与丁巧良谈恋爱，她怀着减去一个竞争对手的私心。如今解决了婚姻大事她也被评为令人羡慕的市级劳动模范，同时还收获了一个任劳任怨的模范丈夫。真是既称心又如意。世界上这样的好丈夫比大熊猫还少，就让她赶上一个。于是，王凤得意地给丈夫取了一个爱称：巧巧。

嘿嘿。丁巧良也不反对，就巧巧了。

出嫁之前，王凤暗暗发誓不当上劳动模范不结婚。结了婚，她暗暗发誓不当上劳模不生小孩儿。当上劳动模范王凤有了更高的追求，暗暗发誓不当上特等劳动模范不怀孕。百密一疏，她竟然怀了孕。起初没来例假，她以为劳累过度紊乱了。一门心思钻研自己的"三针两圈，四快一稳”工作法。就这样大大咧咧拖着。到了恍然大悟的时候已然四个多月了。她气得跺脚说，怪不得我爸我妈叫我傻凤呢，这事儿我傻透了。

丁巧良的母亲坚决不同意儿媳妇人工流产，还替王凤申请了生育指标。由于担心王凤铤而走险又去做“人流”，丁巧良形影不离妻子左右，既是保护也是监视，成了一条尾巴。

下了早班，王凤腆着大肚子踱出车间，走向工厂门口。丁巧良手里拎着一只装有两斤挂面一斤猪肝半斤鸡蛋的菜篮子，好像警卫员随在身后。

前几天全市劳模座谈会上，王凤悄悄告诉母亲自己怀孕了，还抹了眼泪。牟棉花教导女儿，你是人家媳妇就得给人家生儿育女，这是人间大道理。你要是连生小孩儿的困难都克服不了还想当特等劳模啊。我要是只当劳模不生孩子，今天有你吗？

王凤理屈了，只得同意保胎。她一边保胎一边偷偷总结“三针两圈，四快一准”的“王凤工作法”，挺着大肚子向着特等劳动模范的高峰攀登。

保卫科长亲自驾驶一辆吉普来了。如今满世界都是吉普车，这是全民军事化的残留影响。车里坐着厂工会主席，请王凤上车。丁巧良不明底细，追了几步。王凤坐在车里看着丈夫，觉得他走路姿势越来越像父亲王金炳了。为了打消丈夫顾虑，她说去金水村看哥哥。你回家给我做晚饭吧，我想吃熘肝尖儿和鸡蛋羹，外加凉拌西红柿。

丁巧良满脸疑惑望着远去的吉普车，匆匆回家准备晚饭去了。

一路驶向金水村，车里谁也不说话。领导要求此行严格保密，认尸之前不许走漏消息。坐在吉普车里王凤感觉胸口坠了一块大石头，几乎窒息。当年，为了回城自己曾经“自杀”，那毕竟是假装的。今天有人真正自杀了，王凤受到强烈震撼。她暗暗祷告，希望从那口“姑娘井”打捞上来的女尸不是焦慧珠。

吉普车径直驶向金水村。王凤看到黄土路改成柏油路，几座厂房矗立在田野里：异型钢材厂，工程塑料厂，有机化工厂，电子器件厂，通风除尘设备厂，有冒白烟的有冒黑烟的，一派工业区景象。远处的村落立起一片“小二楼”，阳光下“马赛克”闪烁着中国特色的光芒。

王凤知道，这几年金水村崛起完全是大朝哥哥的功劳。俗话说，撑死胆大的饿死胆小的。哥哥不愧志愿军遗孤，胆大心细，处处抢得先机，人称敢吃螃蟹第一人。别的乡镇不敢办工厂，他敢。别的乡镇不敢跟外国人做生意，他敢。别的乡镇不敢私人雇工，他敢，还说根据《资本论》计算，雇工不超过七个不算剥削。哥哥在金水村实业公司的基础上从银行贷款注册成立金水联合销售公司，进入流通领域，什么赚钱倒腾什么，包括广东水货。如今，就连港台商人也知道中国北方金水村有一个“轮椅书记”。

吉普车停在西菜园，几个人下车走向苦水井。几个警察站在那里，等待认尸。看到王凤挺着大肚子来了，警察以为她是死者亲属，立即撩开蒙着尸体的白布，请她认领。

一眼看见小腿上的青记，王凤就哭了。当年知青点里无数次看到焦慧珠这块青记，她还说它像一片桑叶。如今，这片桑叶飘零了，永远落入无边的沉寂。保卫科长搀起大哭不止的王凤，说保重身子。工会主席撩开尸布看着死者面孔，确认就是焦慧珠。一个警察说既然确认就通知死者家属吧。

坐在吉普车里王凤抽泣着。焦慧珠啊焦慧珠，即使没有获得劳模称号，即使没有考上大学，即使身体有病，你也不应该自杀啊。从知青插队到选调回城，从缝纫女工到苦水井尸体，王凤不敢想了。当初要是知道焦慧珠走这一步，我宁愿把劳模称号让给她。

坐在吉普车里保卫科长抚摸方向盘说，警察发现焦慧珠临死前在井台上写了一行字，是“一步赶不上，步步赶不上，后悔错过丁巧良……”。

啊！王凤望着车外静止的风景，心儿疾跳。这时工会主席拉开车门坐进车里说，敢情焦慧珠一直爱着丁巧良啊，痴情。

王凤觉得心脏就要爆炸了。她推开车门下了车说，你们走吧我去村里看望哥哥。说罢，挺着大肚子企鹅似的走向金水村。

泪水，再次斟满眼窝儿——她朝苦水井方向祭奠着。焦慧珠啊焦慧珠，你责怪我夺走你的爱情吧，你责怪我夺走你的劳模荣誉吧，你错就错在放弃了丁巧良，这就是你的悲剧根源啊。

几个身穿米黄色工作服的小伙子骑着自行车下班归来，主动跟这位孕妇打招呼。你找援朝书记吧？他去了小孤庄。

我哥不是当了董事长吗？王凤感到意外。你们怎么还叫他书记啊。

一个小伙子笑着说，无论他当不当书记，永远是我们当家人。我们金水村没有王援朝，还是一个土窝窝儿呢。

老支书的儿子小支书迎面跑来。王凤说你还认识我吗。小支书说您是援朝书记亲妹妹，好比皇亲国戚谁不认识啊。

小支书叫来一辆“拉达”轿车，说援朝书记在小孤庄抢地呢。

抢地？动刀动枪啊。王凤坐在车里以为两村之间发生了械斗。小支书介绍情况说，动刀动枪那是没文化的粗人，援朝书记说要想征得小孤庄土地，只能智取不能强攻，还举了杨子荣智取威虎山的例子。

王凤不解，金水村那么多田地怎么还要别人的地皮呢。

小支书纵深介绍说，援朝书记给全村讲话，说美国地下石油很多，光开采别人的。我们金水村盖工厂不能糟蹋自己的耕地。别看如今一窝蜂占用农田建造厂房，有一天他们总要后悔的。工业用地一租五十年，我们盖工厂就要占用外村土地！谁让他们比我们傻呢。……

坐在车里王凤不无担忧地说，你们把厂房盖在人家土地上，这不牢靠啊。

起初大家也担心花钱替别人置了产业。援朝书记说，当年日本人把工厂盖在中国，现在不是又回来啦。反正我们都信服援朝书记。眼下好几家公司抢购小孤庄地皮，都是官倒。援朝书记亲自出马就是要跟他们较量一番……

你们种菜、养猪、搞副业，挺好的，为什么非得建厂房搞工业呢？弄得我哥哥前几年撤了职罢了官。

援朝书记研究农村问题二十多年，手里掌握三十五户地主发家史，包括我们村的钱家和田家。他说农民要想发家致富，光靠种地不行，必须有人离开黄土地搞实业去！

一路说着，小轿车停在小孤庄大堤上。下了车王凤看见哥哥，笑了。

王援朝剃了光头，下巴颏留着一撮胡子，古铜色中式对襟棉袄系着两排瘩疙襻儿，藏青色裤子扎着裤脚，脚踏一双青色骆驼鞍鞋，坐在轮椅里跟小孤庄书记攀谈着。

这形象着实令王凤感到意外。从小到大没见过王援朝如此装束——好像是在拍电影。这是我大朝哥哥吗？她满心疑惑走上前去。

王援朝迎着王凤招招手，继续他的谈判。王凤不远不近地听着。

小孤庄书记笑着说，俗话说远亲不如近邻，近邻不如对门。按道理我们这块地应当先给你们金水村使用，可是好几家公司都表态了，有一家公司总经理据说还是副市长的外甥呢。

王援朝说，好几家公司都表态，就等于都没表态。你们没有签订意向合同吧？无效嘛。什么副市长的外甥？高干子弟占地不给钱，别人躲都躲不及，你们这是存心把自己往火坑里送啊。

王援朝讲到这里挥了挥手说，好啦，我这人既相信马列也相信风水，左青龙右白虎前朱雀后玄武，我必须从天上观看地势，这马虎不得啊。

王援朝指着写在纸扇上的电话号码对小支书说，你给空军刘政委打电话，我花两万块钱租了一架直升飞机，请他们马上飞过来。

援朝书记花两万块钱租直升飞机看风水？小孤庄书记瞪大一双斗鸡眼说，你不是开玩笑吧？

我不能眼瞅着你们往火坑里跳，好啦！我到你们村委会去等候直升飞机吧。说着王援朝捋了捋胡子，命令一小伙子推着轮椅走了。

王凤小时候看过京戏《借东风》，此时觉得哥哥好像诸葛亮转世。她从哥哥身上发现一种前所未有的气质，这气质是属于男人的，与权力有关也与金钱有关，总而言之合为一股力量，有些豪迈，又有些霸气。

坐在小孤庄大队部里喝着热茶。“轮椅书记”跟妹妹聊了起来。王凤悲伤地说起焦慧珠的自杀。王援朝表情淡然说，自杀的人未必是失败者，活着的人未必取得最后胜利。一张人生考勤卡，有人迟到，焦慧珠只是早退而已。

这时小孤庄的领导班子成员窃窃私语，一致认为王援朝张口就租用直升飞机观看风水，财大气粗值得合作。

小支书满脸汗水跑来报告，说直升飞机已经起飞，保证准时到达。

果然，一会儿天上传来隆隆声响。小孤庄书记说，我们相信您的经济实力，这两万块钱还是省下吧，无论高干子弟还是低干子弟，这块地皮我们谁也不给自己留用啦！

“轮椅书记”哈哈大笑说，既然直升飞机来了就不要空载，我带我妹妹上天飞几圈儿，让她肚里孩子提前欣赏祖国大好风光！

直升飞机落在打麦场上。两个身穿飞行服的军人向王援朝敬了军礼，合力将他抬进直升飞机。一瞬间，王凤产生了幻觉——以为一个重伤员离开战场前往后方医院抢救。这时她心头一酸。哥哥啊你是残疾人，这是跟谁较劲呢。

直升飞机的强烈震动使得王凤浑身颤抖。哥哥大声喊道，傻凤你有什么事情就说吧！你在天上说话，神仙们都能听到。

王凤紧紧搂着哥哥肩膀凑近耳畔大声说，舒芸找我哭了好几次，说结婚以来设子睡觉不脱裤子，国家安定团结，家庭也不能动乱啊。设子天生就是当技术标兵的材料，这问题不解决舒芸就要离婚啦！

王凤扯起嗓子喊着。王援朝毫无表情地听着。这时候直升飞机掠过金水村，画了一个圆圈儿朝着小孤庄飞去。她示意哥哥专心观看风水。王援朝连连摇头说，什么风水！我租直升飞机是为了把小孤庄领导班子镇住。农民什么都不怕，就是怕你有上天入地的本事。说着，王援朝翘起胡子大笑不止。他的笑声被直升飞机噪声淹没，好像上演一场哑剧。

直升飞机围绕小孤庄飞了两圈，开始降落了。王援朝扯住妹妹耳朵将一串话语灌进她心里：傻凤，你们必须找到当年扒掉设子裤子的造反派大胡子，解铃还须系铃人啊。

平稳降落在打麦场上。王援朝伸出手指点击着王凤脑门儿说，当劳动模范既是终点也是起点，人生道路很长，必须扮演各种角色。你就任劳任怨给丁家生一个大胖小子吧！

下了直升飞机。小孤庄领导班子成员站在打麦场上，点头哈腰对王援朝表示敬意。王凤心里说，一架直升飞机把他们吓成这样，我哥成了中央大首长。

一辆黑色小轿车疾速驶来，吱地停在打麦场上。小孤庄书记说康总来了。

被称为康总的中年男子走下轿车，满脸疑惑地望着暮色里的直升飞机。王援朝一眼认出来者正是当年市生产指挥部的康秘书，便笑了。

康先生，山不转水转，您也下海做生意啦。王援朝驱动轮椅迎上去，甩手唰的一声打开墨色纸扇。

是你呀？西装革履的康总打量着坐在轮椅里的王援朝。表情僵住了。

小孤庄书记胆小怕事，连忙对康总说这块土地本村使用，不转让了。康总脸色阴沉大声说不行。小孤庄书记一看大事不好，转身想溜。

“轮椅书记”缓缓驶向康总。小孤庄的土地小孤庄做主，你凭什么说不行？姓康的我实话告诉你，这块土地我们金水集团征用了。你要想拿到这块土地使用权，我可以高价转让给你。

你太猖狂了，你知道我是什么背景吗？康总露出满脸秘书相。

王援朝谦和地笑了，这次你要敢滥用权力，我就敢坐着轮椅去中南海告你。你害怕党中央吧？我这辈子就是要跟你们这一群以权谋私的官商官倒唱对台戏！你有本事先买一枚飞毛腿导弹把我这一架直升飞机打下来。没火气了吧？

康总气得脸色惨白，浑身颤抖指了指王援朝，一跺脚钻进小轿车，轰地开走了。王凤腆着大肚子看了一出好戏，笑了。

王援朝表情郑重说，傻凤，进什么山唱什么歌，见什么人说什么话。我们对付小官僚不能软弱，他们最怕硬的！好啦，天黑了我派车送你回去吧。说着，哥哥塞给王凤五百块钱，请她转交设子改善生活。

王凤很为哥哥感到得意，“轮椅书记”权力真大，天上的直升飞机一张口就租，地上的汽车一张口就派。这种乡镇企业家比国营企业家气派多了。

坐进哥哥派的汽车里，心里寻思着哥哥的变化。有时他咄咄逼人，顶得那位康总恼怒而去；有时他高深莫测，弄得小孤庄书记俯首贴耳；有时他略显油滑，好像拿什么都不当一回事儿；有时他慷慨激昂，对社会不良风气充满忧愤……总之，单纯的书生哥哥变了，变成复杂的江湖哥哥。

王凤叫司机直接开到东方制冷设备厂。她知道姐姐经常睡在办公室，很少回家。一路上司机不停赞颂着援朝书记，好像士兵崇拜将军。士兵拉着将军的妹妹驶进东方制冷设备厂，一派灯火通明。一幅大标语挂在门楼上“苦干实干加巧干，誓夺利润一千万！”

汽车径直开到办公楼前，王凤下车，让司机回去。她腆着肚子上楼来到党委书记办公室门前，听到里面传出高声争论。我姐姐是一把手，谁敢和她争吵啊？

王莹的声音：你知道我为什么非要完成一千万利润吗？这样咱们

就跨进机电系统十强行列了，这样咱们就可以申请国家拨款进行全厂技术改造了，这样咱们就成为名副其实的国营大企业了！明天机电工业局唐局长主动来厂商谈全面技术改造项目，我们不创出千万元利润，他才不理我们呢。有人说我王莹把东方制冷设备厂搞成独立王国，我不怕！

滕维丽的声音：你不怕？我怕！我认为创千万元利润属于过激行为。这几年咱厂利润都在四百万左右，这真实地反映了我们的生产能力。你硬把明明完不成的利润指标压给车间科室，迫使下面弄虚作假！你知道配套库为了完成你下达的利润指标把大五金小五金都卖了吗？你知道财务科为了凑足数字把应当付给外协单位的加工费扣着不给吗？还把去年余款打成今年的利润……

王莹的声音：我把你从喷漆工段提拔上来，认为你是知音，你倒跟我唱起对台戏！我申报项目你说我好大喜功，我看你是胡说八道！全国很快实行“拨改贷”，咱厂必须搭上国家拨款最后一班车，我有什么不对？

滕维丽的声音：你创下千万元利润，企业元气大伤，患了浮肿症！一旦消肿就成了瘦小枯干的困难企业……

浮肿？王凤站在门外听出这是两个女强人的争论，公事。她推门就进，屋里的争论戛然而止。

姐姐的办公室十分简朴。一张办公桌两只文件柜，一盆君子兰两只沙发，还有一张单人床。王莹对妹妹的突然出现感到意外，却不动声色。滕维丽端详着王凤的大肚子说，我看你怀的是男孩儿。

你怎么知道是男孩儿？预言家啊。王莹平静地反问，这表情丝毫看不出方才发生一场面红耳赤的争论。

我插队落户当过赤脚医生，给十几个产妇接生。孕妇怀男怀女，走路姿势不一样的。滕维丽说着起身离去，走出王莹办公室。

王凤立即试探说，姐，我看你跟滕维丽关系很不一般，怪不得外面传说你俩同性恋呢。

你住口！王莹啪地一拍桌子，顿时摆出国营企业领导者的派头。

外面还传说，你把东方制冷设备厂搞成女儿国，总工程师是女的，总会计师是女的，技术科长是女的，党办主任是女的，家属工厂厂长是女的……

王莹盛气凌人说，女儿国有什么不好？阴盛阳衰，男人窝囊所以妇女顶起半边天！我告诉你就连烧茶炉的都是女的。她开水烧得就是比男的好！我们厂创一千万元利润，说明妇女不光能顶半边天，还能顶三分之二的天！

王凤告诉姐姐说，我挺着大肚子不是来听你作报告的，焦慧珠自杀了，死在苦水井里啦。王莹听罢恍然大悟，焦慧珠活够了，你挺着大肚子来报丧啊。

听姐姐说话，王凤心里别扭了。那边哥哥听了焦慧珠死讯，挺平静的，这边姐姐听了焦慧珠死讯，也挺平静的。这人要是成了企业家心就硬了，一点同情心没有。

姐姐似乎意识到自己的生硬，缓和语气说傻凤你好好保胎，女人不生孩子不是完整的女人。我掌管这座大工厂照样给冯家生孩子，我把儿子寄养在江西奶奶家里，可怜冯器从小得不到母爱……

王凤的语气也缓和下来，一五一十将舒芸的委屈告诉姐姐。王莹凝神沉思说，大朝哥哥不生养，要是设子也不生养，咱们劳模世家断了香火啊！

我能生养啊，咱家香火断不了！王凤拍着自己肚子说。

你是真傻假傻？你生的孩子姓丁，我生的孩子姓冯，都是外姓人。只有大朝和设子的孩子才是正宗王家香火。王莹催促说，傻凤你赶快回家吧，丁巧良一定等急了。

王凤耍赖说，我的亲姐姐，我挺着大肚子多不容易，你派车送我回家！

王莹沉着面孔说公车不能私用。王凤一扭屁股坐在沙发里假哭起来。王莹立即伸手搀扶妹妹，说好啦我跟车送你回家好吗？王凤登时变成笑脸，咯咯乐了。从小到大，妹妹首次让姐姐服从，于是心里很有成就感。

坐进小轿车，王莹命令司机沿着厂区兜一圈儿，让妹妹欣赏自己工厂的灯火夜景。她告诉王凤，白天工厂好似一个血气方刚的小伙子，活力无限。晚间工厂更像一位安稳的少妇，稳健而从容。妹妹以为这是读诗，突然意识到姐姐肩头扛着一座大工厂，好辛苦。我坐在缝纫机前只是一门心思，姐姐领导一座工厂创造千万元利润，何止八门心思。于是她小声劝慰姐姐不要用力过猛。

王莹爽快地笑了。大朝哥哥说过，一个人一生总要有一次高高的起跳。那高度可能超出你的能力，你使尽浑身解数也要跳过去的。金水村就是这样起步的。一方面集资去做水货电器生意，积累利润；一方面派人承包几家即将破关的小企业，然后逐步侵吞。当时，大朝哥哥做的都是超出自身能力的事情，最终跃过龙门，给金水村掘得第一桶金。有人说那桶金里包藏着非法成分，却成为辉煌历史了。

小轿车行驶着。王莹不由自主靠在妹妹肩头小憩，好像疲倦的女学生。为创下千万元利润，姐姐几乎熬尽心血。自从姐妹先后出嫁，妹妹便没了与姐姐亲密接触的机会，此时她心头暖暖的。人为什么长大呢？姐姐不当厂长，我不当劳模，我们姐妹永远睡在一个被窝儿里多好啊。

王凤住在平房区。汽车驶到胡同口，王莹扶着妹妹下车。丁巧良迎上前来叫了一声凤儿。看到这对恩爱夫妻，王莹放心了。叮嘱丁巧良几句，她钻进小轿车走了。

丁巧良挽着妻子胳膊走进院子，说吃饭吧：熘肝尖炒好了鸡蛋羹蒸好了。王凤一阵伤心告诉丈夫焦慧珠投井自杀了。丁巧良停住脚步望着妻子，好像火星人看着水星人。王凤一边抹泪一边说，巧良，焦慧珠在井台留了遗书，她特别后悔当初没有跟你搞对象……

丁巧良转身跑进小厨房，锅碗瓢盆的声响掩盖了一个男子汉的哭声。

乘车远去的王莹当然听不到妹妹与妹夫的哭声。天黑了。驶进那片被称为工人新村的平房区。方才王凤一番话使得姐姐心痛。是啊，我当了工厂领导却冷落了亲弟弟。内心愧疚，她饿着肚子前来看望王建设了。

工人新村人口稠密，住房狭窄，甚至老少三辈共居一室。没有厨房，每逢夏天一家一户屋檐下蹲着一只煤球炉子，那火苗好似小鬼儿的舌头。每逢冬天无论多冷人们也要去公共厕所，排队方便。这工人新村分明成了工人旧村。

设子结婚的时候王莹送来四床棉被，两红两绿，跟当年送给大朝哥哥的一样。她记得弟弟住址十五段七排，一间十二平方米北屋，门前一株香椿树。

远远下车，她步行寻找那株香椿树。黑暗里她看到通道窄仄，香椿树长得又细又高，越过房脊寻求着更大发展空间。可巧舒芸推门出来给炉子续煤，叫了一声姐，便抹了一把泪水。王莹劝慰说不要悲观有困难咱们解决嘛。

舒芸引着王莹进屋，抄起冷水瓶给姐姐斟了一杯白开水。这冷水瓶其实是医用量杯，无言地说明着舒芸的护士身份。

建设加班去了。他们车间一到月底就加班，吃不得吃睡不得睡，人都累瘦了。舒芸小声说着。

王莹放下水杯打量着这间十二平方米的屋子：红砖地面擦得光光亮亮，床上被子叠得规规整整，角落里码放着锅碗炊具，洗得一尘不染。再看弟媳舒芸，身穿工人疗养院的白色护理服，显得俭朴文静，一看就是合格的家庭主妇。

拉着弟媳的手坐在床前，王莹说我是专门来看你的，有什么难处你都说出来，千万不要自己扛着。

舒芸似有难言之隐，猫腰从双人床下拉出一只木箱子，抽泣着说建设就是喜欢收集这些螺丝钉，心肝宝贝儿似的。王莹伸手打开木箱子，看到里面盛着各式各样的螺丝钉，有烧蓝的有镀锌的，有钢质的有铜质的，有粗丝的有细丝的，统统被主人擦得锃光锃亮，活像一颗颗珍藏多年的小宝贝。

舒芸一旁介绍说，这些螺丝钉啊，有苏联的有日本的有美国的有德国的，都是建设一颗颗收集的。我听说有收集邮票的收集火花的收集烟标的，还没听说有收集螺丝钉的……

萝卜白菜，各有所爱嘛。王莹看到弟弟有着如此收藏癖好，暗暗吃惊。

是啊。我知道建设是大好人，不抽烟不喝酒光知道钻研技术，所以嫁了他。可是结婚之后他从不脱裤子睡觉，你说是我有毛病还是他有毛病啊！

难道你们没有夫妻生活吗？王莹同情地看着舒芸，轻声问道。

好歹有过几次，他不愿意脱裤子，就跟有人捉奸似的。睡着了我听他说梦话，总是捂着屁股说大胡子追来，扒裤子搜查金条……

好妹妹，真是委屈你了。设子是我亲弟弟，你就是我亲妹妹。我觉得他不是生理问题，这都怪当年抄家受到惊吓留下心理创伤。王莹越说越激动，挥动着胳膊好像大会演讲。好妹妹你相信姐姐，咱们没有过不去的火焰山！

舒芸觉得这件事情难度很大，低头说，姐，我偷偷请教了大夫，他们认为建设心理阴影太重，必须消除情绪记忆实施心理脱敏……

心理脱敏？你给我详细说说，只要我弄明白了，一定能够帮助设子闯过心理难关，让你们夫妻过上美满生活！

你看看吧。舒芸从抽屉里找出一个小本子说，这是我们工人疗养院心理医生的治疗方案，我看就像排一场话剧，实施起来难度不小……

看来首先要找到那个大胡子充当道具，你知道线索吗？

舒芸机敏地说，我调查了，大胡子名叫胡学东，现在不留胡子了，开了一家名叫“咱家厨房”的小饭馆……

院子里传来一阵响动。舒芸随手将小本子塞给王莹，小声说建设回来了。果然，身穿蓝色夹克式工作服的王建设拉门走进屋里，脸上戴着一副墨镜手里提着一只帆布兜子。他看见姐姐在座似乎感到意外，被动地咧嘴笑了笑。

看到墨镜，王莹不由想起白小林。设子，这黑灯瞎火的你还戴墨镜啊？

王建设满头大汗说，那天烧电焊灼了眼，大夫开病假我没歇。厂里大修，一个萝卜一个坑。

舒芸递去毛巾让丈夫擦汗，顺手接过帆布兜子，绝对贤妻良母形象。

王莹夸赞弟弟，设子穿着工作服显得一表人才。王建设再次咧嘴笑了笑，说工人穿工作服，本色呗。前几年陈永贵当国务院副总理还扎着白手巾呢。

设子，你们厂形势不错吧？产值利润都能完成吧？群众对冯五一评价怎么样？王莹一口气说着，好像听取基层工作汇报。

我姐夫这次担任技术改造办公室主任，为争取大项目东奔西跑特别忙。听说还要引进日本生产线什么的，他报考函授大学钻研企业管理呢……

是吗？以后你姐夫有动态你及时告诉我，他读函授大学我一点都不知道。

舒芸惊诧不止，你和姐夫不在一起啊？

王莹不以为然说，没离婚也没分居，我忙他也忙，往往几天见不上。设子，你的情况怎么样啊？

王建设略带羞涩说，经过厂里选拔比赛我得了冠军，厂领导让我代表全厂参加全市机械行业技术比武，有车工钳工焊工那样的专业选手比赛，也有综合类全能选手比赛，我参加五项全能比赛……

王建设喝了一口水告诉姐姐，五项全能比赛就是拿一个工件儿要你按时完成。这工件儿包含多种技术，有车工有钳工还有钣金工和烘装什么的，有时是制造一个工件，有时是修复一个工件，考验你的综合技术能力。嘿嘿，哪一座工厂都有几个这样的全能选手……

看到弟弟长了出息，王莹特别高兴。好啊，姐姐没白疼你！从小就看出你是能工巧匠的好材料。你调到姐姐厂里吧，我让你当技师！

姐，这辈子我不打算离开北方电机厂，除非它不要我了。王建设说罢抬头看着姐姐说，这阵子我跟白小林学日语呢……

你学日语干嘛？王莹颇为惊异。白小林从来不得志，你拜他学日语千万不要走偏啊。

你看，咱们从日本进口的东西越来越多，不光家用电器，好多工厂都从日本引进生产线呢。我学日语就想看懂他们的机器说明书，将来会有用的。

王莹认为弟弟很有心路，满意地笑了。舒芸挽留姐姐吃晚饭。她说回厂值班，起身告辞了。

送到门口王建设突然说，姐，我听别人说你党政大权一把抓，职工代表大会成了摆设，依靠裙子队发简报治理工厂，你要注意影响啊。

姐姐有姐姐的难处，一方面实行厂长责任制度，一方面强调职工代表大会制度，一个是实的，一个是虚的。这种情况我要是实行民主管理，鸡一嘴鸭一嘴很容易乱套。这是目前国有企业普遍存在的问题。

舒芸小声说，如今工厂时兴承包制度是跟农村学的。农村种庄稼跟工厂开机器不一样。我看有人承包小工厂对待工人比资本家还狠，延长工作时间，免除劳保用品，动不动就罚款，工人哪还有主人翁地位啊。

王莹惊异地看着弟媳，觉得她挺有思想。走出狭窄通道，王莹突然扭脸注视着弟媳说，舒芸，你和建设是恩爱夫妻，我一定把你们问题解决了！

一路上，王莹坐在车里翻看着舒芸的小本子，上面写着心理拯救计划。首先让王建设见到大胡子，消除惧怕心理，然后设法使胡学东成为一个狼狈不堪的角色，让王建设目击现场从而令胡学东形象破损失去威力，促使王建设彻底消除心理阴影达到健全自我人格的目的。

好吧，我把这个行动计划交给滕维丽实施，天下没有比她更认真更负责更有办事能力的人了。所以有人私下议论我跟滕维丽是同性恋，纯粹胡说八道！

一路回到厂里，天黑透了，王莹也饿透了。她给食堂主任打电话说要了一份捞面。滕维丽看到办公室亮起灯光便来叩门汇报工作。维丽啊，我正要找你呢！王莹说着将寻找胡学东救治王建设心理疾病的任务交给滕维丽。

你弟弟太可怜了，这属于“文革”后遗症啊。表情严峻的滕维丽充满正义感。

有人咚咚敲门，滕维丽觉得这种声音既生硬又生疏，越俎代庖问了一声谁呀。王莹脸上闪过一丝不易察觉的不悦之色，随即补充一句说进来吧。

首先进来一只大托盘：一钵热气腾腾的三鲜卤，四碟菜码儿是黄瓜丝、青豆儿、芹菜叶，红粉丝。随后进来的第二只托盘上是两只碗，大海碗里盛着白亮亮的面条儿。小海碗里盛着热气腾腾的面汤。

面对如此轰轰烈烈的场面，不明底里的滕维丽伸手阻拦说，两位师傅，大晚晌的你们干什么？

王莹捂着嘴笑着说，食堂主任真会巴结领导，我要了一份普通捞面，他弄成老佛爷进膳啦！好啦咱俩吃吧。

老佛爷进膳，我可担当不起！性情耿介的滕维丽嘟哝着，对这种公开巴结领导的行为很是不满。

两位送饭的厨师走了。王莹用央求的口吻说，维丽，你不要绷着阶级斗争面孔好吗？你的最大优点就是不会溜须拍马。我吃饭交饭票这也不算搞特权啊！

你交饭票不假，但是你开了食堂给厂领导送饭的先例。滕维丽毫不妥协地说，上行下效，你看吧很快食堂就会给车间领导送饭。这种恶例不可开啊！

第二天上午，滕维丽走进党委书记办公室说，一大早儿我在菜市场找到胡学东，把情况跟他讲了。我说治疗一个人的心理创伤就跟演一个小品似的，必须有规定情景和规定情节，只要他配合还有酬金。他当场拒绝，说响应毛主席伟大号召积极参加“无产阶级文化大革命”没有错误，谁有创伤只能自认倒霉……

王莹杏眼圆睁问道，胡学东还说什么？

他特别嚣张，说从今往后不刮胡子恢复当年模样，还说工人阶级有骨气，金钱面前不动摇。

王莹好似一头愤怒的小母狮子，啪啪拍着桌子说，他算什么工人阶级？他有什么资格讲骨气？他是败类他是残渣余孽！他给我弟弟造成心理阴影，弄得夫妻生活不和，他还敢重新留起大胡子？我看他是敬酒不吃吃罚酒……

滕维丽第一次看到王莹如此失态，只得保持镇定地说，那咱们就罚酒啦？

罚酒？美死他啦，我要罚他喝农药！王莹继续疯狂着说，我弟弟是什么人？他是劳动模范的儿子，他是技术革新能手！我从小把他带大不伤一根毫毛，却遭了他胡学东的罪，我饶不了这个罪魁祸首！

王莹你冷静一下，一会儿机电工业局唐局长进厂视察，你要陪同呢。滕维丽不卑不亢给王莹斟了一杯水。

我是家事国事天下事，事事忧心啊！王莹感到一阵委屈，蓦然觉得自己并不是一个幸福的女人。

我一定要把设子调到厂里放在自己眼皮底下，就算我对弟弟关照不周的补偿吧。这个念头瞬间强烈起来，她吩咐滕维丽立即操办。

滕维丽迟疑地说，王建设为人老实却很有个性，他愿意在你羽翼下生活吗？

什么羽翼不羽翼的！我从小学三年级主持家务，当年设子留城就是我走的后门儿，谁不知道我是王家的擎天柱！王莹又气又恼说。

你这种姑奶奶思想，王建设恐怕难以接受。你在厂里说一不二，你在家里不能搞一言堂啊……

你不要说了！王莹再次失态，粗暴地指责滕维丽说，你给我出去……

此时正是清晨，滕维丽觉得王莹肩头披满暮色，仿佛独自站在黄昏里。

临近中午时分，两位厨师端着托盘走进王莹办公室。她呆呆望着托盘里的四菜一汤，哭笑不得。滕维丽说我开了恶例，一语中的啊。

一个清洁女工挥动拖布擦拭楼道地板从厂党委书记办公室门外经过。王莹交了饭票对两位厨师说，你们把四菜一汤送到她休息室吧。回去告诉你们食堂主任，再敢给我送饭，我马上撤他职！

清洁女工不知如何是好，叫了一声王莹书记。王莹站在办公室门口大声说，知道我为什么请你吃饭吗？当年我也是清洁工。这四个菜你吃不掉不要浪费，下班带回家去！

下午王凤打来电话忧心忡忡说，姐，我要是不跟丁巧良搞对象，我要是不评为市级劳动模范，焦慧珠也不至于投井自杀吧？昨天小丁哭了半宿，好像焦慧珠是我害死的。

你光明正大跟丁巧良谈恋爱，你勤勤恳恳当上劳动模范，不偷不抢不奸不滑，一辈子心安理得。焦慧珠年纪轻轻自杀，令人同情。可是没人逼她走这一步啊！你无缘无故把死亡责任揽到自己身上，傻凤你脑子进水啦？

其实我跟小丁挺美满的，焦慧珠自杀好像朝我们生活里扔了一块大石头，全乱啦。王凤对姐姐充满依赖说，你说我怎么办啊？

傻凤，大石头扔进水里咣地溅起一团浪花。这块大石头沉到湖底，渐渐淤没了。你们的水面恢复平静，你们的生活照常进行。

王凤的情绪明显好转。姐，你这么说我就宽心了。我最怕失去后勤部长丁巧良！没有丁巧良，我这劳动模范就当不下去了。

20 故人与黄花

自从“四化”干部吃香，冯五一下定决心从“万金油干部”向业务领域迈进。人啊，就要随着社会潮流变化。当初参加“三支两军”，人们喊他“冯代表”，复员到北方电机厂机修车间人们喊他“冯书记”，如今他更希望人们喊他“冯工”，可惜自己没有工程师职称。担任北方电机厂技术改造办公室主任，他攻读函授大学并且向白小林学习日语，悄悄进步着。

北方电机厂系苏联援建的一百五十七个大型项目之一。多少年过去了，设备老化，工艺落后，生产能力难以提高，七千人的企业处于受缚状态。于是，急于突围的北方电机厂向国家申请全面技术改造项目，资金总额达到一千二百万元人民币。这样一个鼓舞人心的大项目，工程量大、涉及部门广，协作关系繁多，近乎一场持久战。中国人就是不怕持久战。冯五一在这场持久战中渐渐摸索出一门“项目学”。他深知，争取项目的核心就是争取国家拨款，这是大学问。比如，国家规定凡是项目总额超过一千万元人民币的大项目，必须报请国务院备案。这多了一个婆婆。婆婆越多事情越难办。企业向国家申请拨款项目，就是小媳妇与婆婆之间的博弈。

有消息说既然企业“利改税”，那么申请项目也“拨改贷”了。也就是说今后企业申请项目，从国家拨款改为银行贷款。这是新生事物，企业弄不好就成了杨白劳。因此，华北电机厂全面技术改造项目必须今年立项。

担心项目难以过关。北方电机厂召开领导班子会议，冯五一列席会议。看到如此重要的会议出现冷场，他举手要求发言，冒冒失失说出一番话：各位领导，我谈一点个人想法。我们是不是考虑把项目总投资从一千二百万元改为九百八十万元，余下的二百二十万元，放在第二年申请追加投资。

北方电机厂老厂长是一位三八式老干部，威望很高。他猛然站起瞪大一双金鱼眼睛盯视着这位操着南方口音的年轻干部。会议室气氛猛然紧张起来。人人知道老厂长的口头语是“我处分你！”。看来，口无遮拦的冯五一撞上枪口了。

一时间，冯五一后悔了，后悔自己吐露真言。大胖子伪装小瘦子，长袍乔装短袄，这是地方企业向国家“钓鱼”的秘密手段。一旦暴露后果不堪设想。

小冯，你能把一千二百万的项目裁改成为九百八十万吗？老厂长发问。

我……脸色惨白的冯五一不知晓老厂长的真正意图，语塞了。

黎总会计师举手表示不赞成，我们国营企业申报项目应当实事求是，不应当裁改，更不应当放长线向中央钓鱼！

童总工程师更是旗帜鲜明说，小冯同志啊，你的想法要不得！我们这样做是欺骗国家拨款，谁愿意做这样的骗子手呢？

老厂长嘿嘿笑了。我们当然不能欺骗国家！不过，有时候我们要把复杂的事情简单化，有时候我们也要把简单的事情复杂化嘛。

领导班子成员面面相觑，一时不能领会老厂长的心思。老厂长大手一挥说，散会吧，小冯你留下！

会议室里只剩下一老一少。老厂长倒背双手不停地踱步，仿佛临战之前的大将军。冯五一忐忑不安地坐着，活像一个等待军事法庭判决的小士兵。

小冯，如今我们北方电机厂处于生死之间，假如拿不到大项目我们就面临淘汰。这样一座大工厂不能枯萎在我们手里。因此，无论正面进攻还是两翼迂回，你必须给我攻克这个山头，我给你配备一个尖刀班！

我？冯五一军人出身却听不懂老厂长这几句军事术语。您的意思是……

你脑袋生虫子啦！我为什么把你留下呢？就是因为你在会上发言很好嘛。你不是技术改造办公室主任吗？你马上挑选几个人成立秘密工作小组，争取用最短时间把一千二百万的方案改为九百八十万，余下二百二十万的追加投资方案，你也同时拿出来！

厂长，这等于把一件大号毛衣伪装成为中号的，既不能少了袖子也不能缺了领子，难度很大啊。

对！我看你具有这个能力。老厂长拍着冯五一肩膀说，你办好这件事儿，我奖励你一个二胎指标！

冯五一下意识朝老厂长敬个军礼说，我不想违反党的独生子女政策，您还是不要奖励我吧。

好吧，你不要二胎我提拔你担任副厂长，召开常委会通过就是了。

一下肩头压了副厂长重担，冯五一兴奋不已。这是老厂长对自己的特殊信任，从中层干部到副厂长是一个大台阶。绝大多数人是迈不上去的。天赐良机，吉人天相，冯五一站在新高度了。

下班回家，很晚了。冷锅冷灶。冯器托养给江西老家的母亲。王莹工作繁忙不着家，家便成为空巢。冯五一躺在床上，紧急受命的兴奋渐渐转换为婚姻不和的沮丧。冯五一怏怏走出家门去找吃饭的地方。

他心里清楚，自己苦苦追求王莹多年，她心灰意懒就嫁了，其实缺乏婚姻基础。结婚之后丈夫意识到妻子有着极其矛盾的两极性格：一方面有着合格家庭主妇的天性，另一方面有着典型职业女性的特点，令人难以把握。譬如为了穿着合身，她无论多忙也要亲手给丈夫织毛衣，然而为了工作，她几天不回家睡在办公室里。冯五一喜欢吃妻子炒的菜，却很久不知其味。有时冯五一极端地认为，吃不着见不上睡不了，这就不是自己妻子了。

天色已晚，他饥肠辘辘朝前溜达着，猛然想起“咱家厨房”。那里馄饨不错，馅儿鲜汤浓，老板娘半老徐娘风韵犹存，佐料似的。

走进“咱家厨房”，冯五一看见店堂里只有两个顾客，一个是戴墨镜的白小林，一个是戴墨镜的王建设。他知道内弟拜白小林为师学习日语。

姐夫与内弟，关系微妙。冯五一便主动坐到远处。落了座，老板娘过来打招呼，满脸职业微笑。哎哟！我知道你夫人是大名鼎鼎的王莹，如今风头正劲。当年提拔她担任厂党委副书记，我还当场举手提问呢。世事难料命运不同，人家当了大厂长，我开了小饭馆，一天一地啊。

这位老板娘竟然是当初东方制冷设备厂供销科副科长韩卫红，站在冯五一面前侃侃而谈。

只要有人当面夸赞妻子，冯五一往往笑而无言。做女强人的丈夫，闭嘴不语是最佳选择。他要了四两包子一碗馄饨，候着。

远远望着一师一徒，冯五一暗暗笑了。我拜白小林为师是学日语。王建设拜白小林为师，不光学日语还学会戴墨镜啦。

冯五一朝着白小林挥挥手，等于打了招呼。这时老板娘端着包子来了。韩卫红比当年胖了，瓜子脸变成磨盘脸，杨柳细腰变成水桶粗腰，然而大炮筒子脾气丝毫没有改变。

你回家告诉王莹，我的经济问题放到今天根本不算问题，辞了职我也不后悔。我们开了这间饭馆是夫妻店。丈夫管伙房，我管店堂，毛主席说自己动手丰衣足食嘛。说着，韩卫红扭脸冲着操作间喊道，哎，当家的你出来跟客人见见面！

一个身穿白色罩衫的中年男子从操作间走出，光头，四方大脸。韩卫红大声介绍说，他叫胡学东，在家吃劳保呢。

坐在远处的王建设听到胡学东的名字，霍地站起隔着墨镜注视着这个中年男人。胡学东并不知道这位顾客的特殊身份，顺手抄起抹布擦着桌子。白小林更是不知内情，催促王建设落座默写日语片假名。

王建设不坐，伸手缓缓摘下墨镜，目光如炬注视着胡学东。胡学东无意之间遇到这两道目光，满脸迷惑表情。他与这位顾客对视一个瞬间，便挪开目光。

冯五一低头咬了一口包子。太咸，转而吃馄饨。韩卫红聊兴甚浓索性落座说，老冯，你知道当年孔满囤为什么提拔王莹吗？其实应当提拔我！

韩卫红谈兴大发，双手托脸架在桌上好似突突发射的机关枪。老冯，事过多年不用隐瞒了。孔满囤是好色之徒，他占了便宜许诺提拔我。后来因为他儿子跟王莹搞对象，就提拔了未来的儿媳妇。结果呢？鸡飞蛋打！

望着性格粗放的韩卫红，冯五一心里说，改革开放总有人成为牺牲品的。韩卫红遭到时代淘汰心里憋闷无处发泄，于是逢人便讲自己当年秘史。这种女人胸无城府口无遮拦，往往容易坏事的。

冯五一警惕地看着厨房方向。韩卫红笑了，你放心吧胡学东听见又怎么样？反正我一朵鲜花插在牛粪上啦！

被电焊灼伤眼睛的王建设重新戴上墨镜，恭恭敬敬对白小林说，白老师，今天我收获很大，不光跟您学了日语平假名片假名，我对自己心理素质也有重大发现。人生道路上的关关卡卡，其实没有迈不过去的……

吃饱了，冯五一起身凑到白小林桌前说，您又收学生啦？这样王建设既是我内弟又是我学弟，亲上加亲了。

白小林沉吟说道，当今改革开放日本企业涌入中国，小岛家族也卷土重来。你们学习日语很有用处的。

这时，一群身穿制服的人涌进小饭馆。有工商的、有税务的、有城建管理的，有卫生防疫的，好像各路人马大会师。胡学东走出操作间，叼着烟卷迎上去。

工商局的冲着胡学东发问，你开饭馆有营业执照吗？

卫生防疫的对胡学东说，你做饭时间抽烟违规，有健康证明吗？

我身体结结实实就是健康证明，你们到底要干什么？胡学东毫不示弱。

冯五一看到饭馆门口滕维丽身影一闪，消失了。他知道这个女人是王莹的心腹。她的神秘出现必然与王莹有关，于是顿生疑窦。

果然，卫生防疫的人对胡学东说，你白色罩衫合格，工作裤脏兮兮的，你脱下来我们要检查的！

韩卫红扑上来护着丈夫说，他没有传染病你们检查裤子干什么？你们这是无理刁难！

我们这是联合执法大检查，没有传染病不要怕卫生防疫检查嘛，你们要是无理抵制，我们就吊销你的卫生许可证！

胡学东下意识地垂手摸索腰带，不由流露几分怯色。韩卫红看见丈夫这种模样，拍着大腿喊叫起来。胡学东你怕啦？他们这么欺负人你也不敢哼一声，我怎么嫁了你这么一个软蛋啊……

王建设起身绕过两张桌子指责这群身穿制服的人说，我看你们这样做太过分啦！执法人员逼着人家脱裤子，这不是卫生检查这是人格污辱。

胡学东又惊又怕看着慷慨激昂的王建设，脸色酱紫说不出话来。王建设伸手拉起白小林说，白老师，咱们走吧！

冯五一认为是非之地不可久留，起身跟随走出饭馆。看到王建设陪着白小林走远了，他大声说王建设你很有正义感啊。

远处街口，滕维丽向身穿浅蓝色风衣的王莹汇报着。你弟弟真是大好人！当年自己受了姓胡的欺负，就忍耐着。今天看见姓胡的受欺负，就仗义执言。我精心安排这场活报剧让他现场心理脱敏，没想到演砸啦！

王莹颇为伤感地说，我弟弟心太软，同情仇人！明天我就把他调到咱厂，看谁敢欺负他。我还要送他去参加全国机械行业技术比武，让他得金牌！

冯五一走到街口看到妻子，颇感意外。王莹，你们好像谋划什么事情呢？

王莹笑而不答。于是，这对殊途同归的夫妻沿着大街并肩走去。走过五根路灯杆，没话。又走了五根路灯杆冯五一忍耐不住，主动谈起北方电机厂的全面技术改造项目，还提到自己临危受命担任北方电机厂副厂长。

你们厂的大项目占在盘子里，别的厂没戏了吧？王莹试探着问道。

冯五一实话实说道，如果我们厂项目上去了，咱们这座城市肯定不会有第二个企业了。中央只能雪中送炭不能肥内添膘啊。不过，我们必须裁成九百八十万元，这样就不必报送国务院了。

你们要这种小手段对不起国家啊，那人民币可不是大风刮来的。

反正肉熟在锅里，人民币还是人民的。咱们回家吧我还要连夜修改项目报告书呢。

王莹觉得丈夫成了“话痨”，一口气泄露了企业机密。冯五一，副厂长要有副厂长的素质。去年我出国参观罗马尼亚工厂，人家保密措施极其严格，一粒砂子也不让你带走。

冯五一尴尬地笑了。你是我老婆我提防什么呀，我跟外人是不会说的。

一进家门，冯五一突然抱住妻子，冲动地喘着粗气。王莹心里叹了一口气。男人掌握了权力，马上就有了性欲。一个大项目压在肩头居然有心思做爱。男人啊就是灵肉分离的动物。

身为人妻很久没有满足丈夫了，自觉理亏便顺势歪在他怀里，一派出工不出力的样子。不知为什么她竟然想起《东方制冷设备厂全面技术改造实施方案》，心里乱七八糟的。

冯五一急匆匆跑进卫生间洗澡去了。王莹坐在客厅里听着哗哗水响，想到为弟弟精心导演的“心理脱敏”活报剧没有成功，不由生出几分怨气。

设子啊设子，姐姐为了清除你心里阴霾，派滕维丽联络工商税务卫生防疫一群人，多不容易啊。这样想着她随手拿起冯五一扔在沙发上的《北方电机厂全面技术改造项目计划书》，翻阅着。

一个念头好似一股清风掠过水面，荡起一片不易察觉的涟漪。她被自己这个突发念头吓了一跳。天啊，争取一个项目难度很大，败坏一个项目很容易啊。

丈夫甩着水珠儿走出卫生间。王莹心思停留在《北方电机厂全面技术改造项目计划书》里若有所思说，一个城市向国家申请项目，同时容不下两个啊。

冯五一以为王莹提议夫妻共浴，兴奋异常地说，容得下两个！容得下两个！

她摇了摇头。冯五一披着毛巾被跑进卧室了。王莹走进卫生间打开热水器，温水喷涌而出。她自言自语说，社会主义市场经济说是摸着石头过河，有时站在河边却不许你去摸石头。看来，企业发展还要跟上级领导机关斗智斗勇啊。

走进冯五一卧室，王莹躺在床上木然接受丈夫抚爱。冯五一爬上来不停地亲吻她。她想起恩格斯名言：没有爱情的婚姻是不道德的。是啊，革命导师说得不错。可是我们年青时代根本没有爱情，更谈不上道德不道德了。

冯五一发力作着，充分享受着来之不易的性爱。他呼呼喘气摇动着床铺，似乎开着一辆破旧不堪的小拖拉机一路驶向高潮。中途王莹突然问小拖拉机说，哎，你们的项目计划书报送国家计委了吗？

小拖拉机戛然停住——好像车胎瘪了。黑暗里丈夫苦笑说，我要是向别人介绍你的先进事迹，一定说你做爱都想着革命工作。

王莹由衷地说了一声对不起，起身披衣回自己卧室去了。她赤身坐在床边扑哧一声笑了。我的先进事迹是做爱都想着革命工作？于是一发而不可收地大笑起来。她咯咯笑得流出眼泪，笑得上气不接下气，笑得肚子阵阵绞痛，笑得大脑缺氧头晕目眩，笑得浑身瘫软无力……

冯五一埋头坐在客厅里，嘴角叼着一支香烟。自从接受项目“瘦身”任务，他开始吸烟了。听见妻子卧室里传出难以遏制的笑声，震落了指间烟灰。

王莹，你再笑就变成江青啦！他大声发泄着做爱之后的不满情绪。

清早上班，王莹坐在办公室里翻开《东方制冷设备厂全面技术改造实施方案》，思忖着。自从创造利润一千万元奇迹，市里局里对东方制冷设备厂另眼相看。唐局长转达局长办公会精神，准备将东方制冷设备厂全面技术改造项目上报国家计委。

滕维丽推门走进党委书记兼厂长办公室。全厂一千六百名职工只有她可以径直走进王莹办公室。王莹头也不抬说道，唐局长老奸巨猾，申报国家项目北方电机厂排第一位，他催促咱们申报材料这不是鸡孵鸭子白忙活嘛。

这么说你打算放弃啦？滕维丽吃惊地问道。

放弃？除非我改名李莹张莹刘莹赵莹。我不但不放弃还要争取成功。说着，王莹话题一转问道，心理脱敏计划没有成功，怎么办呢？

滕维丽解释说，心理脱敏疗法有科学道理，但是不会人人有效。设子心地善良品格端正，我认为应当依靠他自身力量清除心理阴影。

王莹在一份材料上签字说，你去劳资科开一张商调函，去北方电机厂把王建设调来！至于安排在哪个车间让他自己挑选好啦。

王建设本人同意吗？滕维丽似乎抱有不同看法。

你去办理调动手续吧！王莹板着面孔说，我是党委书记兼厂长，设子当然愿意调到姐姐厂里工作嘛。我不打招呼是想给他一个意外惊喜。

滕维丽走了。王莹坐在办公室里心头充满姐姐关爱弟弟的自豪感。是的，倘若没有胡学东给设子造成心理创伤，我也想不到把弟弟调到自己眼皮底下。设子是技术尖子，举贤不避亲嘛。转念想到妹妹，王莹自责了。哎呀，这几年我对傻凤关心不够，她怀了孕，一旦生了孩子增加家务负担，这给她保持劳动模范称号带来很大困难啊。

电话响了。王莹办公桌上摆着两部电话机，一部红色一部黑色，颜色搭配很是和谐。她抄起红色电话筒，听到机电工业局规划处姜处长的声音。好啊！她呼地一声站起，连声说谢谢姜处长。放下电话难以控制激动心情，她不停地走来走去。

这太好了！没想到申报项目进展神速，国家计委明天派员进厂考察，看来我们大有希望啊。

立即打电话叫来滕维丽，王莹高兴得活像小姑娘。维丽，这次咱厂项目很有可能进入中央大盘子。你还跟我争论不休！要不是创出利润一千万元的奇迹，国家能够这样重视我们吗？人没有业绩，得不到提拔，企业没有业绩，得不到重视。只要我们进入中央大盘子就有希望搭上国家拨款末班车。以后企业申请技术改造只能向银行贷款了，那还本付息的日子不好过啊。

滕维丽表情郑重说，我还是保留自己观点，大项目必须大胃口，我们应当首先考虑自己的消化能力。

好啦，明天国家计委两位同志进厂考察，级别不高却是实权人物。一定搞好接待工作。但是，接待工作不要弄巧成拙。第三机床厂去年给市经委送礼就全市通报啦。

临近中午，劳资科邴科长满脸焦急跑了进来。王莹书记，你弟弟不愿意报到非要回到北方电机厂去……

胡闹！王莹把手里英雄牌钢笔往桌上一摔说，你叫王建设到我办公室来。

不等邴科长去叫，王建设推门走进姐姐办公室。邴科长立即回避了。王莹抬头望着身穿北方电机厂天蓝色工作服的弟弟，表情和缓下来。

设子，你坐啊。王莹笑吟吟给弟弟沏了一杯热茶。我把你的调动手续办好了，你怎么不肯报到呢？傻小子！东方制冷设备厂发奖金出了名，你是技术尖子肯定能拿一线奖金，明年厂里分房你把那间平房交了，姐姐分你一套一室一厅的楼房。你要是不听姐姐的话就太没良心了……

王建设把茶杯放在办公桌上说，我从小不喝茶水的，你怎么忘啦。

你把姐姐气糊涂了。王莹给弟弟换了白开水。出嫁多年，她对弟弟妹妹生疏许多。譬如忘了设子不喝茶水，譬如忘了傻凤衣服尺码。

车间主任告诉我你姐姐把你调走了，我不相信就去问我姐夫，他说是真的。姐姐，我不想离开北方电机厂，你让我回去吧。

设子！你怎么不理解我一片苦心呢？姐姐就想治好你的心理创伤，过上正常生活。咱妈从来不管家务，姐姐管啊。我从小学三年级脖子挂着钥匙，同学们嘲笑我是小家庭妇女！今天姐姐把你调来是疼你呀！姐姐不怕顶着随意安排亲属的名声，姐姐就是要让你跟舒芸过上幸福美满生活……

姐，你说你疼我，你不征求我意见就把我调来，这不尊重我啊。你还记得李亦墩叔叔吧，这么多年他把咱爸调来调去从不考虑咱爸的心理感受……

听到弟弟举出父亲的例子，王莹没话了。她知道父亲被调来调去的苦处。

设子，你听说风动工具厂改成自行车零件厂了吧？你也听说低压开关厂改成电冰箱厂分厂了吧？如今企业变化多大呀。只有咱们东方制冷设备厂固若金汤，既是市优又是部优，企业稳定市场广阔。你这样的技术尖子大有用武之地。再者说，我堂堂企业一把手，今天把你调来，明天你就回去，我就威信扫地了。

噢，我真的影响你的威信啊？王建设听罢，极其认真问道。

王莹知道自己射中靶心了。是啊，为了维护姐姐的威信，你也要在东方制冷设备厂工作一段时间吧？

老实巴交的王建设把姐姐的威信看得极重，他无可奈何地说，那我暂时不回北方电机厂了……

看到弟弟应允王莹欣慰地笑了。设子，你愿意去哪个车间就去哪个车间，不过我还是建议你去机修车间，你大有用武之地的。

姐，过一阵子对你威信没有影响了，我调回北方电机厂行吗？

你先安心工作吧，我相信到时候你就不愿意回去了。王莹坚定不移地说。

王建设不知所措地望着姐姐，嗯了一声起身离去。王莹送出办公室，目送弟弟下楼。她心头猛然一颤。弟弟走路姿势很像父亲啊。不知为什么她心绪乱了，隐隐感到伤感。我强行把弟弟调来，难道错了吗？

下午，劳资科邴科长打来电话说，王莹书记，王建设要求去食堂维修组，我只好尊重他本人意愿了。

这确实令王莹感到意外。设子这家伙是怎么搞的，跑到食堂维修组做什么？喜欢锔锅补灶啊！

临近下班，机电工业局总工办打来电话吹风说，这次国家计委派员到我市考察项目，主要去两座工厂，一个是北方电机厂，一个是东方制冷设备厂。至于是先去北方还是先去东方，你们等候通知吧。

好啊，这次东方制冷跟北方电机争盘子，我跟冯五一成了对立面。这叫不是冤家不聚头。我就喜欢跟自己人较劲。王莹不由想起“文革”期间的独特风景：夫妻二人观点不同立场对立，一回家就辩论，一见面就争吵，吃饭不同桌，睡觉不同床，一时成为货真价实的冤家。如今“文革”一去不复返，却再度出现“夫妻冤家”。为了争夺项目，经济领域爆发一场没有硝烟的战争。过去是耍钱赌场无父子，今日是项目战场无夫妻。嘻嘻，好在冯五一蒙头睡大觉——丝毫没有敌情观念呢。

清晨小雨，国家计委的“京官”到达，提出首先考察东方制冷设备厂。消息传来王莹认为这是好兆。滕维丽持不同观点，说国际体操比赛首先出场的往往被打低分。王莹一急说了粗口，他妈的这不是国际体操比赛啊。

一个年轻的女强人说了粗口，却显出几分异样的美丽。滕维丽只得笑了。

京官们到达东方制冷设备厂，市里局里公司里陪了一群人。小雨未停。一辆辆汽车停稳，十几把雨伞竞相开放，遮得人们没了面目。

王莹站在办公楼前迎候，浑身沐雨煞是醒目。滕维丽塞来一把雨伞。王莹压低声音说你弱智啊。

众人进了会议室。王莹拿毛巾擦干头发，人也显出几分湿润。她没有想到这两位国家计委干部，一位是蔡工，另一位竟然是孔小围。毕竟当年曾经有所交往而且还被传为“孔家未来的儿媳妇”，王莹不知如何是好。孔小围却显得极其成熟，做出素不相识的样子。

王莹暗暗佩服孔小围的表现，心里踏实了。项目考察汇报会由唐局长主持。孔小围是这次项目考察组的组长。王莹介绍了东方制冷设备的基本情况。其间，蔡工两次打断王莹，询问了几个关键数字。王莹对答如流。她看到孔小围沉静似水，一派置身事外的模样。

重头戏是下午的项目实施方案汇报，上午会议内容比较轻松。王莹几次将目光投向孔小围，寻求对视。当年她将初吻给他，此时她坚信能够从孔小围目光里读出东方制冷设备厂的前途。然而，孔小围要么低头做着记录，要么将目光移向窗外，从来不把目光投送过来。王莹蓦然感到失落。

午餐设在警备区招待所，工作餐分为主辅两桌。局里唐局长、公司高经理以及市里的几位处长陪同孔小围主桌落座。王莹和几位副厂长陪同蔡工落座辅桌。滕维丽穿梭于两桌之间，应酬着。

孔小围朝着王莹投来目光说，王莹书记，你是一厂之长请你坐这桌嘛。王莹立即起身回答说，孔组长我陪蔡工吧，一会儿过去以茶代酒，敬您。

这位蔡工东北口音，喜说好讲没有国家机关干部的矜持。几分钟便熟络起来。王莹压低声音说了一声蔡工拜托了。蔡工同样压低声音说孔小围是考察组组长，他还是钻石王老王呢。

王莹心里一惊。屈指一算自己今年三十三，孔小围分明三十五了。这么多年过去了孔小围单身未娶，说明他对爱情颇为苛求，没有随波逐流成家立业过日子。这样一想，王莹自惭形秽，认为自己是俗人。

蔡工，孔组长一表人才怎么会是钻石王老五呢？王莹撂下项目大事小声打听着孔小围的婚姻详情。

据说，孔小围念念不忘当年女友，就守身如玉了。蔡工说罢蔫蔫地一笑，颇有几分幸灾乐祸的意味。

第二天是考察项目用地。东方制冷设备厂东侧有一家老字号糕点厂，坐落在项目扩建范围里。王莹向孔小围介绍说，如果市计委和规划局实施土地置换，另批一块地皮给糕点厂，问题就解决了。

孔小围看了王莹一眼说，哎哟，市里的事情你就做主了，很有魅力嘛。

唐局长以为京官不高兴了，连忙解释说这只是厂里的初步想法，我们知道距离实施方案还有十万八千里呢。

孙悟空一个筋斗就是十万八千里嘛。孔小围颇有含意地说着从食堂门前走过。这时身穿工作服的王建设拖着一根三角铁走来，看见孔小围不由啊了一声。当年孔小围与王莹交往去过家里几次，还送给王建设"毛选五卷"做礼物。此时孔小围向王建设挥了挥手，一切尽在不言中了。

一群人并没察觉孔小围与这座工厂存在关联，一起走向金工车间。王莹陪同孔小围走在最后。她压低声音说，您的父亲身体好吧，请代我问候他老人家。

孔小围笑了笑说，他老人家身体很好，有时候提起往事还谈到你呢。

尽管孔满囤被划为"帮派人物"，毕竟提拔了我啊。没有那次关键的提拔，便没有今天的我。一种羞愧袭上心头，王莹觉得对不起孔家。尤其自己后来闪电般嫁给冯五一。财是债，情也是债。回忆当年王莹心里打翻了五味瓶。

当天晚上是厂方送别宴会。两位京官在东方制冷设备厂考察两天，工作圆满结束，转往北方电机厂继续考察。送别晚宴，王莹陪坐孔小围身旁。

不知是惜别还是怀旧，王莹心头泛起阵阵惆怅。她记得孔小围在钢铁学院读书的时候最喜欢吃红烧鸭脖，提前叮嘱厨师精心烧制了一盘。

红烧鸭脖端上桌子。孔小围目光一亮。他并不侧脸去看王莹，而是沉浸其间喃喃自语。我很久没见这道菜了，难得啊。

孔小围向手捧酒瓶的滕维丽说，既然见到红烧鸭脖，今天我喝一盅白酒留作纪念吧。

滕维丽不了解孔小围与王莹的旧情，高兴地斟了一盅白酒。孔小围端起酒盅注视着王莹说，你厂的项目我认为很有希望啊。

王莹突然湿了眼角，抄起酒瓶往一只玻璃杯里斟满白酒。她与孔小围默默对视，然后仰脸伸颈一饮而尽。

孔小围摇了摇头说，王莹书记你不要过饮，我认为一切都会好起来的。

一大杯白酒下肚，王莹面若桃花。酒的力量在她体内弥散开来，四肢轻飘飘的。哦，当年妈妈昏倒在织机车间就是这种感觉吧。这样想着王莹侧脸注视孔小围，猛然觉得他距离自己很远很远，微笑着。孔小围的微笑从来都是很迷人的，包括在钢铁学院校园里的初吻。

与孔小围握别，王莹好似腾云驾雾的仙女被滕维丽扶走了。滕维丽问她回家还是回厂，王莹却说去工人疗养院看望妈妈。天晚了，滕维丽认为她说的是酒话，决定派车送她回家。

王莹潸然泪下指着滕维丽说，你不听命令我撤了你，我告诉你，酒后得真知！一个人活到八十八岁还是有妈妈好啊！我要去工人疗养院……

滕维丽也哭了。王莹，我知道你心里特别苦！疼了弟弟疼妹妹，疼了哥哥疼父亲，疼了家里疼厂里，就是没人疼你！好吧，我现在送你去工人疗养院。

王莹好强，骑着自行车去工人疗养院。滕维丽等人不敢阻拦，一路开车悄悄跟在后面。看到这位孤独的女强人驶进工人疗养院大门，她放心回转了。

当天晚上王莹住在工人疗养院母亲房间。夜半时分，她酒醒了。牟棉花笑着说，灵莹，你是喝的敌敌畏啊还是喝的白酒啊？

无论什么时候母亲总是嘻嘻哈哈的。多年的劳模生活使她历练得刀枪不入了。

妈，您还记得孔小围吧？女儿躺在床上眨着一双大眼睛问母亲。

记得！他爸叫孔满囤。你跟孔小围搞对象，搞到半截子突然不搞啦！我做了一双布鞋也没来得及送给人家。灵莹，要说你也够没良心的……

妈！我不是让您来给我开批判会的。您给孔小围做的鞋还在吗？

在！一双不少。说起鞋子，特等劳模牟棉花抖起精气神儿，起身掏出钥匙，打开老式文件柜。

文件柜三层隔板，满满腾腾盛的全是布鞋。有单的，有棉的，有男式的，有女式的。最高一层隔板上贴着一张纸条，上面写着七个大字：送给总工会领导的。中间一层隔板上写着：送给老山前线的。下面一层写着：送给全市劳动模范的。王莹惊呆了，一把抓住妈妈的手说，这些年合着您光干这种活计啦！

牟棉花支应着说，有多少热，发多少光。我做鞋这是苦练基本功，有朝一日重返生产第一线，还要做好传帮带呢！

如今换了第三代高速织机，您的基本功恐怕……王莹说着止了声，不愿意打碎这位老劳模的美丽梦想。她催促母亲把当初给孔小围做的布鞋找出来，心里说我要抓紧时间给他送到宾馆去。

灵莹，你当初要是嫁给孔小围，兴许被当成“双突干部”拿下啦。俗语说有得就有失。牟棉花找出那双多年没有派上用场的布鞋抚摸着逝去的时光说，人生在世，谁也弄不清楚哪块云彩下雨啊……

母女结束半夜对话。王莹一觉睡到第二天上午九点钟，起床了。她匆匆洗漱跟妈妈打了招呼，早点不吃就走了。丙楼外面，王莹看到停放着十几辆自行车，却怎么也找不到自己那辆。

我的自行车丢啦！王莹喊叫着跑回丙楼，只得给厂里打电话派车来接了。楼道里迎面遇到弟媳舒芸。

大姐，一大早儿我看见咱妈拎了一桶水给你擦车呢。她还说你这辆自行车尘土二寸厚，足有一百年没擦洗啦。

牟棉花捧着那双布鞋沿着楼道走过来说，灵莹，给小孔的鞋你忘了拿啦！

王莹接过布鞋说，妈，我自行车丢了，我得打电话让厂里派车来接我！

牟棉花听了嘿嘿笑着说，丢了就丢了吧，旧的不去新的不来嘛。

舒芸拉着王莹跑到那十几辆自行车近前，猫腰观看。姐，这辆擦得锃光闪亮的黑色飞鸽牌自行车就是你的吧？

王莹拍了拍脑门儿，转身对母亲说，妈，你把我的自行车擦得露出本来面目，我反而不认识它了，还以为丢了呢。

老牌劳模牟棉花不以为然地说，当年我跟你一样，一年三百六十五天不拾闲儿，忙得顾脸不顾腚的。别说自行车，我袜子破了大窟窿都没时间补上。

每次都是我给您补袜子呢。您什么家务活儿都不会干！王莹抢先说着一步迈进回忆的长河里。

牟棉花哈哈大笑，对啊，今天我给你擦自行车算是回报。你把冯器从江西老家接回来，反正我闲着没事儿干给你带孩子吧！

多少年了，牟棉花终于有了几分家庭主妇的味道。王莹颇为知足地望着母亲说，明年我把冯器接回来上小学。

骑着自行车进厂，没到办公楼就听到一阵锣鼓声。几个身穿白色工作服的食堂大师傅敲锣打鼓前来报捷。大红捷报上写着大功率搅馅机研制成功，今天投入使用。从今往后全厂职工吃饺子吃包子不用人工剁馅，一按电钮就行了。

王莹带头鼓掌庆贺说，古语说兵马未动，粮草先行。你们食堂工作非常重要。我要为你们的小改小革请功，这台机器是谁带头研制的？

一个大师傅抢先回答说，我们研制了三个月被一个难题卡住了。新调来的王建设鼓捣了半个钟头就解决啦。

另一个不知内情的大师傅说，王莹书记，王建设真有两下子，他还要动手制作消毒箱呢。这搅馅机是他的开门红！

王莹毫不掩饰地笑了，只是心里默默说道，你们不知道，我们劳模家庭的子女，一个个都是真材实料好样的。

送走报捷的厨师们，王莹坐在办公室里给后勤科长打电话，说食堂掀起技术革新热潮，你不要犯了官僚主义啊。电话里后勤科长表示马上去现场慰问有关人员，发现先进典型人物立即上报厂部。

设子啊设子，你进厂就打响头一炮，真给姐姐争气！从小我就看出你有大出息。但愿你跟舒芸明年生个大胖小子！沉浸在喜悦里的王莹不由自主哼起《红梅赞》。这是她自幼喜欢的歌曲，因为是江姐唱的。

当天晚上，王莹骑着被母亲擦得干干净净的自行车，来到警备区招待所。举凡这种独来独往的事情，她是从来不坐厂里汽车的。

她穿了一件黑色连衣裙，白色高跟凉鞋。手提塑料袋里装着那双妈妈保存多年的孔小围的布鞋。她知道蔡工住在703室，便径直走向705房间，伸手按响门铃。

门开了。孔小围身穿一套紫色睡衣，满脸惊讶表情。

这是我妈妈当年一点心意，可惜迟到了。王莹拿出那双四十二号尺码的布鞋说，你不请我进去坐一坐吗？

身材高大的孔小围侧开身子说，热烈欢迎。

她矮，他高。她侧身走进房间从他胸前掠过，心头一颤。当年她依偎在他肩头的情景，怦然重现。

这么多年了你为什么还没有结婚呢？她突然问孔小围。

孔小围注视着她说，既然这么多年都过去了，我为什么非要结婚呢？一个人守着内心的一片故土生活，很好嘛。

那我更应当把这双布鞋送给你了。王莹与孔小围对视着，脸色绯红。

王莹勇敢地说，小围，当年是我对不起你，今天你能原谅我吗？

孔小围听罢扭过脸去，不让王莹看到他的眼睛。

21 女人与女人

工人王建设性格内向，从来不肯将内心苦闷说给妻子。护士舒芸则认为丈夫调到姐姐厂里乃是天大好事。因为，她意外有了身孕。

先去医院验尿，说怀孕了。她没有声张，拖了几天再去检查，确定无疑了。舒芸也不知道丈夫是如何走出心理阴影的。反正他结束了睡觉不脱裤子的历史，开始了男人的正常生活。妻子不敢询问，担心伤了丈夫自尊心他又把裤子穿上。于是壮胆打电话向王莹报喜。

舒芸在电话里羞涩地说，姐，还不知道生儿生女呢。

舒芸，无论生儿生女都是咱王家的伟大胜利！无论生儿生女你都是咱王家的大功臣。设子调进我们厂工作，为职工食堂搞了好几项技术革新被评为厂级先进生产者，他给我争了光他为我露了脸，这是双喜临门啊！

舒芸激动地说，姐，今后我们有好日子过啦……

是啊，我们厂全面技术改造项目一旦得到批准，必然引进国外先进设备，那时设子更有用武之地了。

放下电话，她不知道如何庆祝这件事情。很想打电话叫一碗喜面，又怕食堂主任趁机谄媚弄一桌满汉全席，便拿着饭盒奔了食堂。沿途遇到工人们，纷纷打招呼叫着王莹书记。她心里感到亲切，认为自己还是拥有群众基础的。

来到职工食堂后门，王建设满脸油污走来。设子，我是来吃喜面的，舒芸怀孕你知道吗？

王建设先是惊异，之后低头不好意思地说，噢，怪不得舒芸这几天美得唱歌呢，敢情有了……

咱们全家庆贺啊，摆一桌酒席！王莹热烈地说着，好像弟弟打了大胜仗。

哪儿有不见产品就报捷的。王建设既憨厚又窘迫地说，姐，我还是想调回北方电机厂去……

你还不踏实！王莹当头否决了弟弟的要求。你在这里大有用武之地，今年你是厂级先进生产者，明年争取评为局级先进生产者。人家傻凤都当上市级劳模了，你不比她差呀！

我还是想调回北方电机厂。王建设越发固执起来。当初姐姐强行将他调出北方电机厂，为了维护姐姐的威信暂时留在东方制冷设备厂。他为职工食堂搞了几项炊事机械技术革新，仍然有人说他是沾了姐姐的光。这使他越发坚定离开东方制冷设备厂的决心。

设子，你一门心思留在这里吧！半年之后你就当爸爸了。王莹拍拍弟弟肩膀，匆匆走进食堂后门。

一个老工人迎在小食堂门口，叫了一声王莹书记。王莹认出是大五金仓库保管员。她对父亲的同行特别敬重，停下脚步笑了笑。

老保管员从她笑容里获得勇气。王莹书记，我儿子对象逼着结婚，再拖就散啦。我想找厂里借一间小房把喜事办了，出了蜜月就腾房……

好借好还，再借不难。您写一份申请交给滕维丽，我告诉她想办法解决就是了。王莹说着走进小食堂吃捞面去了。

老保管员鸡啄米似的点头，追了几步连声致谢说，王莹书记你不愧是特等劳模的女儿，说人话办人事，最有人情味儿……

东方制冷设备厂领导班子成员吃小食堂。三位副厂长的饭桌上一盆熏鸡蛋几只酱猪蹄儿，胆固醇挺高。看到王莹进来他们立即闭嘴，表情很是紧张。她断定他们又在抱怨手里没有实权，虚职空架子。端了一碗面条，王莹走近饭桌望着熏鸡蛋说，你们男人不坐月子吃这么多鸡蛋干吗？浪费能源啊。

许副厂长说，这年头女人就是吃香，我恨不能变成女人坐月子，天天吃鸡蛋。可惜投错胎啦。

王莹知道许副厂长为人平庸气量狭小，贪权而且无能。他分管能源科和维修车间，工作很不得力。王莹绵里藏针说，老许啊，这年头女人吃香你就想变成女人，到时候男人吃香你可变不回来啦！人生在世不能患得患失哟。

端着饭盒走出小食堂，滕维丽追上前来直言相劝。王莹，你说话锋芒太露，办事不留余地，总是给别人带来压力，这样下去就成了孤家寡人！

王莹嘴里嚼着面条说，孤家就孤家，寡人就寡人，有你做助手足够了。我告诉你吧，舒芸怀孕啦！

这说明王建设正常啦？滕维丽由衷地说，这个大难题解决了，你也不用劳心费神了。

一个五短身材的工人穿着拖鞋走出工具库，是钳工林和平。滕维丽上前制止说工作时间不能穿拖鞋。林和平大声嚷嚷你们裙子队横行霸道仗势欺人。

王莹十分气愤，裙子队是你给取的外号！她们都是模范简报员。你违反厂规接受罚款吧！

我知道你是裙子队总后台，你上班下班坐小轿车，你吃饭厨师给你送，你大权独揽安插亲信包括你弟弟，我看应当罚你款！死鬼董泰建怎么看上你啦……

心情一下变坏了。王莹盯着钳工林和平说，你不要无理取闹，我会叫劳资科扣你奖金的。

你有种把我开除了，我男子汉大丈夫不在你女儿国混啦！林和平叫嚣着。

王莹伸手将饭盒里的面条倒入路边垃圾桶，快步走了。这个混账钳工张口就提董泰建，他是存心揭我伤疤还是脱口而出呢？

坐在办公桌前王莹拉开抽屉，看到董泰建为她制作的不锈钢小铲子此时闪动着滞重而幽暗的光芒。多少年过去了，记忆的底片不但没有褪色，反而浓重不减。王莹信奉辩证唯物主义，不认为人间存在鬼神。她却认为自己与董泰建之间存在某种颇为神秘的约定。董在虚幻世界里没有忘记她，她在现实世界里也没有忘记董。

翻开抽屉里的日记本，里面夹着一张自行车购买证。这是董泰建花三十块钱从黑市买来送她的。她永远难忘董泰建笑嘻嘻的表情：王莹啊，这自行车购买证是别人送给我的，你用吧。

王莹愿意将这张自行车购买证保存一辈子。她曾在日记里这样写道，我怎么忘不掉董泰建呢？我并没有跟他谈恋爱，他却成了我内心的初恋。

心情越发郁闷。舒芸怀孕带来的喜悦，被冲淡了。王莹打电话叫来生产科长听了生产进度汇报，之后起身走出办公室。女强人排遣内心烦恼的方法很简单，那就是让自己变得更忙。一忙添三乱，一忙也解三烦。

国家劳保条例规定哺乳期女工当班享受三十分钟喂奶时间。王莹特意修建一间喂奶室。前几天落成了，她要亲眼看看。

猛然想起自己的哺乳期，感觉十分遥远。为了工作毅然中断哺乳让孩子改吃奶粉，送到婆婆家寄养。唉，当年妈妈一心棉纺不管家务，如今我也成了缺乏母性的女人吧？想起远在江西山村的儿子冯器，王莹承认自己亏待了孩子。

喂奶室里，三个女工在给孩子喂奶。看到这里清静整洁，王莹放心了。她问那两个孩子的名字。一个女工回答叫高杰，另一个女工回答说叫古晓勇，第三个回答姓谢，说请人取了十几个名字都不满意，还没上户口呢。

姓谢？那就叫谢东方吧！王莹随口给这个女孩儿取了名字说，咱厂经济效益好，奖金高，劳保待遇不错，明年又要分房子，你们不感谢东方制冷设备厂还有良心吗？

哎？王莹书记取名有道理，我回去跟孩儿她爸爸说一声干脆就叫谢东方吧！那女工手捧硕大的乳房说。

要是咱厂技术改造项目上马，那形势更好啦！王莹高兴地离开喂奶室，路过晒图组看见两个女工忙着装订工程图纸，动作拖泥带水，身旁积压了一大摞。王莹走过去，动手捡页、折叠、裁直，然后抄起订书机叮叮咣咣装订起来。

你们知道猪姥姥是怎么死的？笨死的！王莹笑着说。这两个女工听罢无地自容，低头寻找着地缝儿。

王莹书记能干，手一份口一份。这是全厂职工共识。在她眼里别人做事总是慢半拍。然而，她抓住毛病决不放过的强硬性格，往往令人难以接受。久而久之形成一股隐隐的怨气，弥漫开去。

当天晚上，领导班子成员轮到王莹住厂值班。其实不值班她也经常睡在办公室里，几乎以厂为家了。每逢王莹住厂值班她都叫来滕维丽陪着。

关了灯，两个女人坐在黑暗里聊天别有情趣。谁也看不清谁的面容，却心心相印。王莹喜欢滕维丽的才干，更喜欢她的坦诚。黑暗里，她谈到董泰建，还有那张令人感动的自行车购买证；她还谈到孔小围，并且主动承认前几天悄悄去了北京，俩人在天坛公园坐到天黑……

滕维丽突然打断她的倾诉，问道，王莹，你去北京看望孔小围，是重述旧情呢还是争取项目呢？

王莹顿时语塞了，好像无法回答这个问题。黑暗里沉默着。沉默里演化着两个女人的真情倾诉。

喂，你跟孔小围这是工作呢还是私情？你为了咱厂项目付出代价太大了。黑暗里滕维丽动情地说，我知道，那天晚上你去了孔小围的宾馆房间。女人嘛，动什么也别动感情，谁动了感情谁没有好下场！可是孔小围恰恰能够决定咱厂项目的命运，你就奉献了……

怪不得有人说咱俩是同性恋，只有你理解我！王莹被感动了，一把抓住滕维丽的手说，我要是拿不下这个大项目，真对不起自己啊。这么多年只有你晓得我的苦处。在厂里，我是孤家寡人；在家里，我是同床异梦。其实我只活了一个风风光光的外表……

没有灯光干扰，两个女人同时抽泣起来。一个是女强人，一个是女强人的亲密助手。她们淋漓尽致地哭着，越哭心里越敞亮，好像给自己松了绑。

袒露了隐私，王莹赢得了轻松。维丽，你说孔小围究竟怎样对待咱厂的项目呢？我心里没底。

人的感情最脆弱，有时不如一张薄纸。假若孔小围因爱生恨，关键时刻从中作梗，形势就急转直下了……

王莹按亮台灯，起身绕过办公桌走向这位老姑娘。你看问题入木三分，我怎么没有想到这种逆反心理呢？

当年上山下乡我趴在油灯下读过几本心理学著作。你想啊，一个男人把自己弄成钻成王老五，谁也不敢保证他没有心理变态的倾向。滕维丽颇有见地说，这种因爱生恨的例子不少，最为典型的是英国作家王尔德根据《圣经》故事创作的《莎乐美》。莎乐美疯狂地爱着先知乔卡南，可是人家不理她。有一天希律王不惜以半壁江山求她跳舞。莎乐美却说，我不要你的半壁江山我要先知乔卡南的人头。这是典型的因爱生恨报复心理啊。

王莹瞪大眼睛注视着滕维丽，好像有几分惊异又有几分伤感。她轻轻叹了一口气问道，维丽，你至今独身生活不会心理变态吧？

滕维丽被问得满脸涨红说，这么多年没人这样问过我。咱们相处时间不短了，你说我心理变态吗？

我观察了，你从来不在工厂浴池洗澡，夏天也不穿裙子……王莹小心翼翼说道，唯恐伤害了亲密助手。

请原谅，我不能向你解释原因，因为这是我的隐私……滕维丽满脸歉意。

没有人知道，这位博览群书的党办主任双腿上文了字，那是当年狂热青春的痕迹。她左腿刻着“扎根边疆”，右腿刻着“永不变心”，八个楷书大字。随着狂热年代的逝去，滕维丽食言了。她没有扎根边疆而且变了心。放弃诺言返城之后，每逢遇到生活挫折她便认为这是天谴。因为毕竟有人恪守诺言扎根边疆了，譬如为金训华守墓的陈健。其实知识青年放弃诺言返城的，全国不下几百万人，只有滕维丽认为自己理亏。她刻于双腿的八个大字犹如一副对联，横批则写在心头：性格悲剧。

空气黏稠了。电话适时响了，空气重新流动起来。这么晚了是谁打来电话啊。王莹抄起听筒，表情立即灿烂了。看到王莹表情如此灿烂，滕维丽断定电话里是男性，便起身告退。王莹示意滕维丽落座，手持电话筒聊了起来。

电话里，孔小围信马由缰聊着，似乎漫无主题。王莹盼望对方口中说出“项目”二字，心弦绷紧了。

对于王莹来说，东方制冷设备厂全面技术改造项目既是一次辉煌的怀孕也是一次宏伟的分娩，她最怕胎死腹中。孔小围打来长途电话却只字不提项目之事。王莹心里七上八下，于是只得叮嘱孔小围保护肠胃不要着凉。

聊着聊着，王莹听到电话里有人喊“孔科长”。孔小围解释说住在宾馆研究“盘子”呢，随即道了再见。

研究盘子？放下电话王莹望着滕维丽。孔小围不喜欢聊天，当年我们外出散步他就很少说话。这么晚了打来长途电话什么意思呢？

滕维丽颇有信心说，他还跟你说了什么话？咱们分析分析吧。

他好像没有固定话题，天上一句地下一句，最后嘱咐我抓紧时间调养身体，十几天之后就忙碌起来了，一旦忙碌就不得闲了。

好哇！滕维丽激动了。孔小围说一旦忙碌起来就不得闲了？他的潜台词是十几天之后项目下达，你就忙得没有时间调养身体啦！

真的？王莹小心翼翼拍了拍手，好像彩民并不相信自己中了大奖。

滕维丽自负地说，每个人讲话都是有心理背景的。孔小围也不例外。咱厂项目前景非常乐观啊！

王莹哇地蹦了起来，小女生似的说，你分析有道理，咱们应当庆祝一下吧？

两人并肩走出黑暗的办公楼。王莹手里拎着一只提包，既紧张又兴奋还有几分不知所措的焦虑。她突然想起往事便牵住滕维丽的手说，记得那年我哥哥结婚我去送棉被，走黑路遇到一个劫道的，我牢牢抓住自行车不撒手……

是啊，如今你牢牢抓住大项目不撒手，人的性格是改变不了的。

维丽，你说实话咱厂项目真的有戏吗？王莹突然弱了，再次求证着。

滕维丽觉得此时王莹特别真实特别可爱特别动人，便开导说，谋事在人，成事在天。你为了东方制冷设备厂费尽心血，只要问心无愧就是了。

远处，几个中班女工拎着毛巾香皂洗头膏嘻嘻哈哈走过来，抬头看见王莹在此，她们吓得扭身就跑。工厂规定工作时间洗澡罚款二十元。王莹伸手数着黑暗里越跑越远的女工们，笑着说七个人逃了一百四十元人民币。

滕维丽主动变换话题说，这次职代会上有人提出咱厂中层干部只有百分之三十二是男的，说你是不是犯了女权主义？

胡说八道！王莹爽快地反驳说，女人就是比男人强，你看逃跑的那几个女工，我看就比男的聪明！要是男的就被我逮住啦。

我还是劝你宽以待人。这意见我也提了几次，你不听。有时一块小石头也能绊人一个大筋斗的。

你去昼夜小卖部买些花生米榨菜丝什么的，我去咱厂招待所开房间，还是202房间啊，咱们喝茅台庆贺！

喝茅台庆贺什么啊？滕维丽故意发问，闪现出几分压抑很久的活泼。

王莹也故意回答说，喝茅台庆贺那七个女工逃跑！

去小卖部买了酒菜，滕维丽叩开招待所202房间，惊了。给她开门的是一位身穿紫色连衣裙烫着大波浪卷儿发型的女郎，一双白色高跟鞋哒哒作响。

平时穿惯了“裙子队”的统一服装，千人一面。此时王莹的崭新形象弄得滕维丽难以置信，以为遇到了神话故事。她伸手摸着紫色连衣裙面料说，王莹，你是短发呀怎么一眨眼就披肩啦？

这是发套！王莹得意地说，我哥哥去俄罗斯谈生意给我捎来礼物。他通过这件礼物告诉我，一个人在社会上要有几副面孔。上次去北京见孔小围我戴了这只发套。增添了几分女人味儿吧？

滕维丽目光里闪烁着悲悯神色说，女为悦己者容，人之常情。婚姻跟爱情不一样，婚姻是实体摆在那里，爱情比较微妙，好像多年不熄的炭火……

今夜咱俩一醉方休吧！王莹摘下烫着大波浪卷儿的发套说，我跟你掏心窝儿说，接到孔小围打来的长途电话，我心里很热乎！

滕维丽表示自己没有酒量，只好舍命陪君子。两个女人隔着桌子相视而坐，手里端着杯子。她们的日常生活好比一台不停运转的机器，于是酒精偶尔充当润滑剂，一路杀入心田将一池水变成一团火。

王莹高高举起杯子说，一是庆贺咱厂项目前景光明，二是庆贺我弟媳舒芸怀孕，干杯！

滕维丽毫不犹豫喝了一大口，呛得满眼泪水。不知为什么这位老姑娘突然很想喝醉，便主动喝了第二口。

时间模糊了，滕维丽视线也模糊了——好像看见王莹不停地喝酒。朦胧之间她想告诉这位女强人，你不是在喝酒你是在跟自己较劲。舌头沉甸甸好似一床厚棉被，抬不起来。

窗外天色明亮起来。滕维丽躺在一张床上，不省人事。王莹颇为慈祥给她盖好被子，一头栽在另外一张床上。

今天，我要跟外界断绝联系彻底放松……王莹躺在床上，哭了。

做女人真没意思，从小家务劳动不停闲，长大之后还要嫁人，嫁人之后还要生孩子，这一辈子还要爱别人，还要让别人爱……

早晨上班，厂办主任老彭便接到市政府办公厅打来电话，说今天下午两点钟主管工业的曲副市长进厂听取东方制冷设备厂全面技术改造项目的汇报。老彭放下电话立即向党委书记兼厂长王莹报告，却四处寻找不到王莹踪影。他知道滕维丽是王莹的影子，便四处找寻滕维丽，影子同样不知去向。

她们上天啦还是入地啦？男子汉老彭急得搓手跺脚。为了争取这个项目费尽心血。今天曲副市长终于来了，关键时刻王莹书记不在场，没人能够代替啊。

老彭给王莹的亲属打电话，无论父亲母亲哥哥妹妹均不晓得女强人下落。老彭知道王莹夫妻感情冷淡，还是拨通冯五一电话。冯副厂长很是冷淡地说老婆好几天没回家了。这时老彭绝望了。

招待所房间里。醉酒的王莹不停地诉说着，尽情宣泄内心委屈。这种声音唤醒了滕维丽。她蓦然清醒，缓缓起身扶着墙壁挪到门前。王莹听到门响大声斥责说，滕维丽，我不许你出去……

滕维丽不睬，摇摇晃晃走出房间。酒精好似一只只小虫爬进大脑，麻痹着神经。我必须给厂里打个电话，万一有急事我们下落不明啊。

一个服务员跑过来。滕维丽只说出“给厂里打个电话……”，便迷糊了。服务员以为人死了，登时吓得一声尖叫。

厂办主任老彭赶到厂招待所，走进房间感觉这里酷似自杀现场。尤其那只茅台酒瓶躺在地上，令人想起杀虫剂。老彭站在床前大声说，王莹书记今天下午两点钟曲副市长进厂听取项目汇报。处于半昏迷状态的王莹嗯了一声，说项目果然下达了。

下午，东方制冷设备厂会议室里高挂“热烈欢迎市领导光临我厂指导工作”的横标。三位副厂长一位总工程师一位总会计师以及技术改造项目筹备小组全体成员，正襟危坐等候曲副市长的到来。

总工程师低声问一位副厂长，王莹书记怎么喝得酩酊大醉呢？以前她是滴酒不沾的。喝酒误事啊。

另一位副厂长叮嘱总会计师说，消息一旦传播出去，王莹就成了女酒鬼。一会儿曲副市长到了，咱们统一口径说她出差了，一时赶不回来。

会议室里人们窃窃私语，好像一群参加高考准备作弊的不法考生。

厂办主任老彭跑进会议室报告说，现在一点五十分，你们赶紧决定由谁向曲副市长汇报项目情况啊。

总工程师面有难色地说，这个项目前期工作都是王莹书记亲手抓的，谁也不了解具体情况啊。

一位副厂长说，王莹既是运动员又是教练员，我们拿她没有办法。

是啊，咱们是聋子耳朵——摆设。一位副厂长说。

话音没落，党委书记兼厂长王莹大步走进会议室。她跟往常一样身穿“裙子队”统一服装——白衬衫蓝裙子，只是两眼稍稍浮肿，似乎睡眠不足。

人们惊得起立，注视着这位据说大醉不醒的党委书记兼厂长。王莹手里捧着文件夹说，你们背地里说我坏话啦？

几位副厂长互相交换着眼色，表情很是尴尬。

王莹笑着说，谁是聋子耳朵，我给谁免费安装一只助听器！好啦，大家跟我下楼迎接曲副市长吧。

看到大醉不醒的王莹如此神速地恢复元气而且说话咄咄逼人，厂办主任老彭咧嘴笑了。我的天，王莹书记不是凡人啊。

下午两点钟的项目汇报会准时召开。王莹大唱独角戏，滔滔不绝向曲副市长汇报着东方制冷设备厂全面技术改造方案的详细内容，企业自筹五十万，局拨款一百二十万，市拨款一百五十万，申请国家拨款五百五十万，总资金八百七十万元人民币。

王莹口若悬河，根本不看手里准备的材料，一组组数字脱口而出，一道道设计方案如数家珍。其间曲副市长两次打断王莹，很有兴趣地向她询问有关治理氟12以及联合国对臭氧层的保护公约，那样子俨然国际制冷专家。王莹笑着告诉曲副市长，这次八百七十万元的项目主要是上能力。至于CFC研制，包括五十万螺杆制冷机的开发，只能二期项目上水平了。

曲副市长兴致勃勃说，王莹你有能力创出一千万元利润，就有能力拿下CFC嘛。现在联合国教科文组织提供项目资金，从十二工位提高到二十二工位。世界银行的无息贷款，高达三百八十万美元啊。

谢谢曲副市长对我们企业的信任。王莹微笑着说，饭嘛，还是要一口一口吃的。我们主要精力放在八百七十万元大项目上，同时动手准备CFC工程。

好啊，今天我进厂就是要告诉你，市里拨款的一百五十万元存在五十万缺口，只能你们自己承担啦。

王莹的微笑变成苦笑，转向陪坐曲副市长身旁的唐局长说，局里拨款的一百二十万，前几天告诉我已经缩水成为一百万了。这样加起来我们企业就要多拿七十万元啊！尽管这不是一个大数目……

厂总工程师突然插言说，去年我们厂搞了一个全年创千万元利润活动，把企业自有资金榨干了，如今又添了七十万，加起来企业自筹一百二十万元。我看将来项目上去了，企业也贫血了……

王莹打断厂总工程师话语，径直向曲副市长叫板。这个项目究竟给不给我们？我们接受这七十万元缺口资金也没有实际意义啊。

只要你们自己解决资金缺口，项目很快下达！曲副市长迫不及待地说。

我明白了，中央已经批准我们厂的项目，市里局里趁机榨我们的油水啊。王莹露出天不怕地不怕的性格，大声说道。

你们可以放弃嘛，只要你们放弃我就把这笔资金转到北方电机厂去。曲副市长不冷不热地说，其实以前北方电机厂排在东方制冷设备厂前边，不知什么原因国家计委把你们排到前面了。

听到“北方电机厂”，王莹心虚了。她故作强硬说，曲副市长您不要吓唬我，我知道既然国家计委把项目下达给东方制冷设备厂，谁也改不成北方电机厂。既然如此，我请各级领导放心，我们接受这七十万元资金缺口……

一位副厂长呼地站起说，王莹书记，你在东方制冷设备厂一言九鼎，绝对权威。不过我希望你认真考虑企业承受力，不要把咱厂拖得筋疲力尽吐了血……

王莹笑着对这位副厂长说，你们没看出咱厂项目国家计委已经下达？如今咱们就是不想上项目也得上啦！吐血怕什么，补血呗。

唐局长与曲副市长相视一笑，好像双方都达到了目的。

曲副市长站起身来说，我宣布，东方制冷设备厂全面技术改造项目扩大初步设计获得批准，你们按照任务书实施啦！

尽管预感项目前景乐观，一旦真正落到肩上王莹还是激动了。她终于迎来这一天——东方制冷设备厂从中型企业向大型企业迈进了。

会议结束。王莹送曲副市长上车。他小声赞扬几句，问她哪所大学毕业的。王莹回答半工半读技校。曲副市长颇感意外地钻进灰色小轿车，走了。

厂总工程师走过来极为感慨地说，王莹书记，今天听了你向曲副市长的汇报，我认为你达到了专家水平，不能说你是外行领导内行了。

王莹抬头看着德高望重的总工程说，您过奖了，我看过您写的书……

说罢，王莹脸色惨白仿佛一具纸人儿，摇摇晃晃站立不稳。厂办主任老彭跑过来说，王莹书记虚脱啦！王莹书记虚脱啦！

那三位有职无权副厂长冷漠地站在旁边，象征性地呼喊着保健站大夫。

22 充实与空虚

王莹一头扎进八百七十万元的技术改造项目里，现场调度，跟班劳动，一天工作十六个小时，摸爬滚打成为全厂头号“工作狂”。她既忘记了别人也忘记了自己，脑子里只有“八个月项目竣工”这句口号。然而，这句口号遭到几位副厂长一致反对：“这是搞工程不是搞运动，搞工程强调精心施工，搞运动提倡大轰大嗡，不能以搞工程的方式搞运动，更不能以搞运动的方式搞工程。”

王莹不无鄙夷地说，你们跟我说绕口令呢？咱厂项目必须八个月完成。只要八个月完成，我就敢向上级张嘴申请CFC项目，包括建立主机性能实验室。一家生产制冷设备的企业没有主机性能实验室，就是小作坊！你们知道建立主机性能实验室需要多少投资吗？四百八十万美元！

副厂长们以沉默的方式对这位党委书记兼厂长表示抗议。不消几天，关于王莹好大喜功的议论传扬开去。车间工人们听到这样的议论：王莹不惜饮鸩也要追求自己政绩，早晚弄垮了东方制冷设备厂。

冯五一打来电话说，这次北方电机厂申请项目失败，老厂长引咎辞职了。放下电话王莹静静坐着，任凭时间凝固在自己周围。其实时间是流淌的，仿佛一滴滴水珠溅落在她的心头。

你们北方电机厂任命冯五一担任副厂长，已经输在起跑线上了。我是智者，冯五一是愚者，狭路相逢智者胜愚者败。改革开放就是优胜劣汰。这怪不得我。她自言自语辩解着，情绪渐渐稳定下来。

拨通王援朝的电话。哥，我提出八个月竣工口号遭到众人反对，就连滕维丽也认为操之过急。你的意见呢？

王援朝简明扼要回答，你做到八个月完成，你就是对的。你做不到八个月完成，你就是错的。

哥哥的回答充满哲理却缺乏实用性。王莹挂了电话。没人逼迫我八个月完成项目，我这是自己跟自己较劲。一个人的性格难以改变啊。

王莹下班回家泡了一碗方便面，权作晚餐。夜里失眠，她翻来覆去拷问自己，王莹啊王莹，你的人生目标到底是什么呢？

子夜时分，咣当一声门响。王莹断定冯五一回来了。当初身材单薄的冯五一增肥增重，如今走进家门好像从动物园里跑来一只狗熊。今天狗熊不同以往，身上带来一股酒味儿。

王莹不由紧张起来。平时滴酒不沾的冯五一，还是比较斯文的。一旦饮了酒，那就没有把握了。她悄悄起身下床，踮着脚尖儿凑到卧室门前。

卧室的门呼地被拉开——身穿睡衣的王莹好像被镶在一张空旷的画框里的人物，暴露无遗。她本能抱着胳膊挡住胸部，望着满嘴酒气的冯五一。

你……为什么喝酒啊？王莹张口责问，停留在党委书记兼厂长角色里。

冯五一猛然伸出双手扳住妻子的肩头，两眼透着血丝说，我为什么不喝酒？酒能浇愁，酒能壮胆，酒能助阳……

没出息！王莹挣扎着企图摆脱丈夫双手的控制，却无法摆脱。冯五一蛮力十足说，我们厂项目完蛋啦，我们厂项目完蛋啦！

冯五一显然醉得不轻。王莹被丈夫一搡仰面朝天倒在床上。他露出满是赘肉的肚皮。王莹翻身坐起，骂他混蛋。冯五一啪地打了妻子一巴掌，打破了家庭暴力的零纪录。

你滚开……王莹咬了他手腕一口。他不顾疼痛挥拳打在她脸上。她被打得松懈了，哭泣起来。一种从未体验的惨遭强暴的感觉好像大幕急速落下，笼罩着天地。冯五一挥起巴掌不停抽打着。

就这样抽打累了。冯五一伏在妻子身上不动了。王莹一动不动，唯恐激起丈夫第二轮攻击。这时她听到冯五一的哭泣。

我们彻底失败了，我们彻底失败了。冯五一翻身离开，摇摇晃晃回自己卧室去了。

王莹躺在床上，好似木头人儿。一种深深的悲哀袭上心头弥散全身，使她忘记了肉体疼痛。她蓦然想起孔小围。我把自己全部身心贡献给东方制冷设备厂，包括我与昔日恋人的缠绵悱恻……

从丈夫房间里传出如雷的鼾声。撒过酒疯的冯副厂长睡去了。一贯弱势的男人竟然如此强硬了。俗话说酒壮熊包胆，冯五一成了这条俗语的实践者。

清早起床，神情恍惚的王莹走进卫生间洗脸漱口，看见镜子里的女强人脸上残存着软组织挫伤的痕迹，透出乌青颜色。今天约好去局里见唐局长，这种形象肯定有碍观瞻。越想心里越恨，她拎着毛巾径直走进丈夫卧室，气哼哼站在床前。冯五一翻身坐起瞪大眼睛望着妻子颇有新意的面孔。

哎哟！这是谁把你打成这样儿？你告诉我谁打的，我现在就去找他！

王莹无奈地笑了。一时难以判断冯五一是真孙子还是装孙子，她手里绞着毛巾说，我也不知道打我的人是谁，反正是一个大混蛋呗！

不行，俗话说打人不打脸。我要让那个大混蛋给你赔礼道歉。冯五一义愤填膺说，你去公安局报案吧。

这几年夫妻接触不多，彼此生疏了。王莹感觉冯五一变化很大，可惜从外表看不到内里，好比眼镜片上蒙了一层雾气。

你还记得昨晚的事情吗？王莹仔细观察着丈夫面部表情变化。

冯五一注视着天花板，一边回忆一边说，昨晚我们喝酒了。项目没被批准，我们领导班子喝了一顿自我安慰酒。老厂长掉眼泪了，说项目没有争取下来他也到了退休年龄，只好把北方电机厂烂摊子交给我们了。大家都哭了，我替老厂长喝了几杯白酒，心里特别难过……

听到丈夫这番话，王莹心虚了，主动安慰冯五一。你们厂的项目今年不行，明年争取嘛。北方电机厂是国家重点企业，比我们东方制冷设备厂强多了。

冯五一连连摇头说，你们厂重要啊，没有你们老百姓吃不上雪糕喝不到冰镇啤酒，那样就会影响安定团结的。再说明年就拨改贷了，我们厂掉队了。

王莹回避项目二字说，老冯你是企业领导，无论顺境逆境都要正确对待。你当副厂长有反对派吗？

冯五一得意地笑了。你是一把手，树大招风。我是小草儿，没人忌恨我。

王莹换了一身职业装，拎起皮包快步走出家门去局里汇报项目进度。冯五一坐在客厅里寻思着。莫非昨晚是我打了她？我喝的酒里掺了豹子胆啦！

上午八点钟，王莹按时走进唐局长办公室，里面坐着六七个人都是局里的处长。唐局长认识王莹十几年了叫她小王。这是一种历史见证人的亲切称呼。

小王，怎么光来你一个人啊？唐局长惊异地问道。

规划处长显然了解东方制冷设备厂“一人天下”笑着说，女将出马，一个顶仨嘛。

好啊能者多劳。八百七十万的项目还是要依靠集体力量嘛。唐局长说着，戴上老花镜问道，小王，你还要加快工期是吧？

王莹表示必须八个月完成项目。她全面介绍了自己的想法，如何实行双层交叉技术改造，如何采取单行道施工法，如何调整工艺流程。胸有成竹，如数家珍。

唐局长说，只要你做到八个月竣工，我就请世界银行派员进厂考察，不光 CFC，还要把环保型五十万螺杆制冷机的无息贷款项目拿下来！哎，小王你脸怎么啦？

人们听到唐局长提示，一起注视这位女强人的脸——确实青痕隐隐，被一层粉底遮掩着。

王莹嫣然一笑。我夜里做梦，梦见我们厂项目任务不能按期完成，心里着急呀，就打了自己一巴掌。醒来一照镜子想起两句宋词，青山遮不住，毕竟东流去！

人们哄地笑了。有人是信以为真的笑。有人是将信将疑的笑。有人是佩服王莹机智的笑。局总工办主任极不知趣地说，我给冯五一打电话一问就清楚了。

是啊。王莹趁机叹了一口气说，这次北方电机厂的项目怎么没上去呢？

知识分子出身的唐局长实话实说，其实局里保了北方电机厂，不知什么原因国家计委还是把项目给了你们厂，我们只能服从大局啦。

唐局长，我保证八个月项目竣工！下一步只要市里局里支持，只要世界银行放款，无论 CFC 还是 SIA，我什么项目都敢接！

唐局长目不转睛注视着王莹说，我很欣赏你的勇气，咱们一不搞“大跃进”，二不搞一言堂。

散了会，为了更多接触局机关干部，王莹故意留在食堂吃午饭。没有遇到大领导，却在院子里遇到白小林。这位身材消瘦腰板挺直的老者依然戴着一副墨镜，腋下夹着一个纸包。

毕竟白小林是王援朝的岳父，王莹主动跟他打招呼。白小林扶了扶墨镜说，你是王援朝的妹妹？我知道你当了大厂长。

王莹谦逊地笑着问白小林来局里做什么。白小林取出腋下纸包说找王局长要求出书。王局长办公室里来了一位高龄上访者把时间全占了。

这是我研究日本的最新成果《日本的经验值得注意》，四十万字，二十九幅插图，它对中国企业管理人员很有帮助！出版社要我自费出版，买书号。我哪里有钱，就找王局长请求支援。

白瀛瀛在日本卖画赚了钱，您怎么不向她求援呢？王莹好奇地盯着对方墨镜。她不知道墨镜后面的那只眼睛正是当年母亲打瞎的。

白瀛瀛有钱，是她自己的。我跟女儿绝无经济往来。当年我跟我父亲就是这样。他老人家供我赴日留学之后，我没花家里一分钱。

这时机电工业局机关食堂的饭菜香味飘过来。白小林咽了一团口水说，你知道从前的东洋纱厂吗？那是日本小岛家族企业。如今小岛家族重新进入中国转入机械制造行业投资了……

王莹打断他的话问道，出版社找你要多少钱？

书号费、编辑费、排版费、印刷费，杂七杂八总共一万五千块钱。白小林申辩说，他山之石，可以攻玉。这本书价值何止一万多块钱，它让我们发现日本企业内幕，发人深思啊。

好吧，你明天去东方制冷设备厂财务科取支票吧。王莹说着将沉甸甸的书稿还给白小林，转身走向局机关食堂。白小林望着王莹背影莫名其妙地笑了。

食堂里，王莹主动跟局办公室柴主任打招呼，为了避免无话可说的尴尬场面她即兴利用从白小林那里获取的信息资源说，听说来了一位高龄上访者，今天上午王局长好辛苦啊。

中年谢顶的柴主任好像发现了知音立即抱怨起来。最辛苦的是我！那位上访的老先生八十多岁了，早年是咱们机械系统一家工厂的资本家，姓白。他怀里抱着一大堆样品说要复兴玛钢生产，死活缠着王局长不放。王局长金蝉脱壳把他交给了我，这位白老先生到了中午还不走。这不，我还得给他打饭！

这位高龄上访者名叫白鸣岐吧？你赶紧到院里找他儿子白小林，这样你就解脱啦。王莹献计献策说。

柴主任听罢如获福音，放下饭盒跑出食堂满院子寻找白小林。王莹笑了，白鸣岐占了白小林的上访时间，这父子俩真是一对冤家啊。

有人喊“王莹书记”。王莹知道只有官场上这样称呼自己，回头看见局组织部郑佳兰。王莹私下叫她郑姐姐，很亲密的。郑姐姐走过来寒暄几句看到王莹脸上青痕，知趣地不问。两人坐到角落里，低声聊了起来。

王莹啊，又有好几封匿名信寄到局里，反映你的问题。有两封刚刚批到我手里，那字儿写得很漂亮，办公体。老练的小郑表情淡漠却说着极其重要的话。

这是故伎重演呗。王莹故作轻松地说，以前有几封匿名信，要么反映我跟滕维丽关系不正常，要么反映我把外加工的任务发给乡镇企业。这次匿名信又有什么新的内容啊？

小郑摇了摇头说有新内容，反映你不发挥领导班子积极性，大搞一言堂治厂，强烈要求局组织部派员进厂调查，尽快实现党政分设，建立健全东方制冷设备厂领导班子，早日结束延续多年的不民主局面。

倾听着郑姐姐叙述，王莹闭目思索好像回味一部老电影。小郑趁机起身买饭去了。

小郑介绍的匿名信内容，对王莹打击很大。她不怕有人写信攻击她跟滕维丽是同性恋关系，也不怕有人写信揭发她财务账目不清，更不怕有人写信攻击她任人唯亲结党营私。清者自清，浊者自浊。王莹最担心有人写信指责她造成东方制冷设备厂一手遮天的局面。她心里承认，自己党政领导一肩挑，并不正常。然而正是由于这种一言堂的局面消除了障碍、减轻了阻力、统一了意志，使她甩开膀子大干一番事业，赢得了全面技术改造项目。一旦形成所谓集体领导，不是喝茶聊天就是扯皮捣蛋，一群和尚不如一个和尚，那样工厂就完了。

越想越生气，王莹鼻尖沁出汗珠儿。她抑制着委屈情绪在食堂里重新找到小郑，坐在桌前压低嗓音说上次我跟你说了，我很想欣赏匿名信的书法艺术。现在这种想法更强烈了，我一定要知道暗箭是从哪里射出来的。

你给我出了个大难题。组织部的工作原则你不是不懂，刘书记批示近期找你谈话，老头子非常重视东方制冷设备厂领导班子问题。你的性格我了解，就是听不得不同意见。我看你不要冒这种风险啦。小郑委婉拒绝了王莹的要求。

王莹继续掘进说，我肩膀上扛着一个八百七十万人民币的大项目。我实话告诉你，我创下一千万元利润掏空了企业。这次又找银行借了一百二十万元打到项目里去，压力太大啦。

小郑安慰说，你的缺点就是不容人，如今国有企业一把手都有这种毛病，你怕什么。

郑姐姐，咱脚正不怕鞋歪。可是那明枪易躲暗箭难防。哪怕犯天大的错误我也要见到匿名信字迹！王莹咬紧牙关脸色铁青说。

你当了这么多年一把手，就是改不掉自己跟自己较劲的老毛病。小郑同情地说，请你容我几天时间吧。

没心思吃午饭，王莹走出机关食堂。既然暗箭齐发，我为什么不出击呢？这时有人打招呼，原来是宣传部杨大姐。王莹一把拉住她说有急事找“老头子”。杨大姐神秘地说，刘书记有午睡习惯，你有事儿赶紧去，一会儿他打呼噜啦！

轻轻叩响刘书记办公室，没人应声。王莹执著地叩着，充满韧性。一个打字员悄悄走过认出王莹，小声提示说午休时间老头子脾气大啊。

王莹笑了笑继续轻轻叩门。她心里说我拼死拼活给局里创出一千万元利润，老头子凭什么不见我？这样想着，手重了。

局党委书记办公室的门吱扭一声开了。被称为老头子的刘书记板着面孔打量着王莹说，我在里面替你数着呢，你一共敲了二十七下！别人叩门最多九下就不敢敲了，你胆子真大！

我胆子大也是被别人挤兑的。去年我完成一千万元利润，今年拿到八百七十万元大项目，不知道得罪了什么人，一个劲儿写信告我的状。干脆我辞职来局里管茶炉，我保证全天让您喝上我烧的开水！

这位掌握实权的党委书记态度强硬地说，小王，你这是跟别人较劲还是跟自己较劲？东方制冷设备厂形势这么好，你不要自毁江山！

王莹低头了。您为了保住东方制冷设备厂大好形势就把我免了吧。地球离开谁都转，东方制冷设备厂离开谁项目都能完成。

我听说你喊出八个月项目竣工的口号，你真能实现吗？刘书记问道。

我不光八个月竣工，竣工之后我还要争取世界银行贷款，上马CFC项目。如今全世界嚷嚷保护臭氧层，南半球还破了一个大窟窿，非氟环保型制冷机前途光明，咱不能坐失良机啊！

刘书记目光定定注视着王莹说，如此看来你在厂里大搞一言堂还有理啦？

我当然有理！王莹悄然进攻说，我是工厂不是党校，到了年底您找谁要产值要利润？当然找我要。他们说我一手遮天，我还说他们平庸无能混光景呢。刘书记，要么您把我调走，要么您把反对我的人调走，二者必居其一，您当机立断吧。

刘书记嘿嘿笑了。你敢跟我叫板，很有勇气啊。好啦你走吧我要午睡了！

您午睡，我还饿着肚子呢。我遇到这么大阻力您不能拖延不管！王莹大声说着，走出刘书记办公室下楼去了。

离开机电工业局大楼，王莹不由自主走进附近一家进口化妆品专卖店。售货员笑脸相迎向她介绍一款高档粉底。这时她猛然想起冯五一打人的罪证，抄起柜台上的小镜子照了照自己的脸。唉，没人相信东方制冷设备厂党委书记兼厂长在家挨丈夫的打。可是偏偏就挨了。

一赌气买了一块粉底，转身走出化妆品专卖店。一位身材精瘦的老先生迎面走来。他白发白眉白胡须，一身银灰色中山装，手里拎着装着金属管件的网袋，叮当作响。

多年不见，王莹依然认出白鸣岐。她上前叫了一声白老先生。这位高龄上访者目光炯炯，好像并不认识她。

您在金水村玛钢厂做过技术顾问，我哥哥名叫王援朝。

你也知道玛钢？那位王局长还不如你呢。提起玛钢白鸣岐兴奋不已抖动着眉毛胡子说，我建议恢复玛钢生产，我手里有绝活儿，我可以亲自挂帅上阵。

尽管不了解玛钢的生产周期和市场用量，王莹还是佩服白鸣岐老骥伏枥的精神。白老先生您何必上访找王局长呢，如今允许注册私人企业啦。

八十多岁的白鸣岐小孩子似的笑着说，我不是没钱嘛，我要是资金充足明天就恢复华昌机器厂，接着做老东家！

您融资吧，您以您的技术做资本，走合伙人走股份制的路子，都行。这样一个钱变成两个钱，两个钱变成十个钱。王莹开导着对方。

丫头，你比你爸强百倍！我要是融了资开了工厂，请你去当顾问。如今开工厂跟当年大不相同。我知道自己过了时。过了时我心不死，我一定要恢复华昌机器厂，我当老东家让我儿子当少东家。现在我去市科委上访！白鸣岐毕竟老了，一边诉说一边走开了。

望着老者远去的背影，王莹很是感慨。一个人抱定理想不变，一辈子就会咬定青山不放松。仔细想一想，其实咬定青山不放松的人，很多。妈妈从不放弃重返生产第一线的念头，爸爸从不放弃管理仓库的“小六九”和“苏州码子”，傻凤从不放弃当特等劳动模范的念头，设子从不放弃做技术标兵的目标，还有我，从不放弃东方制冷设备厂的前途。

路过一家婴儿用品专卖店，王莹走进去买了两套小衣服。舒芸临近产期住进医院，一旦分娩无论生男生女都要隆重庆贺一番的。

付了款走出商店，王莹看见厂里的“蓝鸟儿”停在路旁。司机小郭是二十啷当岁儿的小伙子，钻出汽车叫了一声“王莹书记”。

八百七十万元的大项目，配给一辆进口轿车指标，于是买了这辆“蓝鸟儿”。王莹深知司机属于关键岗位特殊人物，便选用了四肢发达头脑简单的小郭开车。

你怎么来啦？王莹机警地问小郭。自从出现匿名信，她对外界提高了警惕。

小郭机械地答道，滕主任说您上午来局里开会，乘坐公共汽车很辛苦就派我来接您了。

滕维丽毕竟是滕维丽。王莹坐进车里睡着了。小郭从反光镜里看到王莹书记额头青痕，不由放缓车速。一减速她醒了，小声嘟哝说我可坐不惯牛车。小郭只好加速驶向东方制冷设备厂。

小郭你径直开到食堂给我买两个糖馒头，我早点没吃午饭也没吃，亏了两顿啦。

嚼着糖馒头坐在办公室里。滕维丽抱着一摞简报走进来说，今天是项目开工第十五天，金属结构车间搬进临时工房生产，锅炉房工地实现三通一平，总装车间加固完毕，电器车间地面全部破开，总而言之工程进展顺利……

王莹咽下一口馒头说，你把简报放下吧。我得到情报有人给局里写匿名信告我，说我不发挥领导班子成员积极性，大搞一言堂治厂，要求尽快健全东方制冷设备厂党政领导班子，早日结束不民主局面。

滕维丽不苟言笑说，你身兼党政两职一言堂治厂，这情况基本属实啊。

王莹气得笑了。你怎么帮着别人说话呢！我要你帮我分析分析，这次匿名信是谁写的。

我写的啊。滕维丽怀里抱着一摞简报迎头回答，笑了。

电话铃响了。王莹瞪了亲密助手一眼说，你写的？你也学会开玩笑啦，一点儿都不幽默！

王莹抄起电话筒随即发出惊喜的尖叫。舒芸生了一个大胖小子！七斤八两呢。党委书记兼厂长激动地站起，不知如何表达心头喜悦。维丽，从今天开始简报员小结会我不去讲话了，你去！我避免别人说我抓着权力不放……

滕维丽不由笑了。她觉得这位女强人有时极其深沉令人生畏，有时特别稚嫩显得可爱。王莹，你把给简报员开小结会的权力下放给我，这就说明你不搞一言堂啦？

我不跟你胡扯。你说给那七斤八两的大胖小子取什么名字？我在喂奶室给女工小孩子取名出口成章，怎么轮到我弟弟的小孩儿就不灵啦！

滕维丽建议说，你们是劳模世家，你弟弟叫王建设是第二代人，那么第三代应该叫王继承吧。

好！这名字取得贴切，我看就叫王继承。王莹手里举着半个糖馒头说，孩子百岁儿那天我们全家聚餐请你参加！不过这名字就算我给取的，你只能做无名英雄。你快去给简报员们讲话吧。

支走滕维丽，王莹动手拨叫北京长途电话。不知为什么她很想跟孔小围通话，告诉他厂里项目进展顺利，告诉他弟媳生了大胖小子，告诉他……

一连拨叫七八遍，叫不通。她猛然放下电话暗暗庆幸没有拨通。毕竟属于昔日恋人，不能失态的。

一天天过去了。王莹发现自己活得非常充实。是啊，人是亲情动物，弟弟的喜事不亚于创下一千万元利润。这时，局组织部小郑打来电话悄悄说，局党委决定调整东方制冷设备厂领导班子，一位副厂长调任外厂担任工会主席，另一位副厂长去一家连年亏损的小厂担任正职。

这太好了，老头子支持我啦！王莹兴奋地走出办公室，乘坐“蓝鸟儿”驶出工厂，嘴里哼唱着“红莓花儿开”。

今天是王继承的“百岁儿”，王莹去国风大酒楼订餐，翻开菜谱一样样儿点菜。司机小郭说，王莹书记无论大事小事您都亲自操办，累不累啊。

假若这句话从那几位副厂长嘴里说出来，王莹肯定认为属于不满情绪。这句话从司机小郭嘴里说出来，却引发了王莹伤感。是啊，我天生操心受累的命，一辈子不得消停的。

风风光光点了一桌菜，八凉八热。交罢订金和递送费，她要求傍晚六点钟准时送达，还亲笔写下地址：市工人疗养院丙楼 101 房间。

离开国风大酒楼，王莹指示小郭驶向郊外方向。通车不久的外环路车少人稀，给人以大道通天的感觉。那两位副厂长调走，弟弟喜得贵子，可谓双喜临门。这时想起那两封匿名信，她内心产生一股强烈的反作用力。我不怕有人恨我，就怕不知道恨我的人是谁。我要尽快挖出隐藏在厂里的赫鲁晓夫式的人物，保持安定团结的大好局面。

这车你敢开到多少迈啊？王莹大声问小郭。小郭立即提速沿着全程封闭的外环路飞驰而去。

一百五十迈！小郭大声向领导报告。王莹笑了，她大声喊叫着

《海燕》里的名句：让暴风雨来得更猛烈些吧！

小郭不知道这是高尔基说的话，弄不懂大晴天哪儿来的暴风雨。一辆黑色吉普呼地超车窜到前面去了。王莹急了，说追它追它。

小郭提到最高时速，紧紧咬在黑色吉普后面。王莹说超它超它。紧紧咬了五公里，距离渐渐拉开了。王莹还在喊超车。小郭说人家是美国福特，咱超不了它。果然，前面的美国福特渐渐远去。

小郭气馁说，王莹书记您有本事弄一辆好车，我保证逮谁超谁！

一辆交警的摩托车追来，示意小郭停在路旁。中年交警敬礼说，你超速行驶违反交通规则，请接受处罚吧。王莹摇下车窗玻璃问罚多少钱。中年交警对坐在车里的王莹说，看样子您是领导，就是政府总理也不能公路飙车啊。

小郭不甘心地说，前面那辆美国福特你怎么不罚呢？一碗水端平嘛。我告诉你它牌照最后四位数是5858。

我追不上5858！你知道谁坐在那辆吉普车里吗？金水集团董事长王援朝！他逢年过节慰问交警，我们几位局长亲自迎接呢。

王莹递出一张钞票注视着中年交警胸前警号说，你不要拿金水集团说事儿。是我让司机开快车的，你罚我吧。

中年交警递过罚款收据说，好！掏自己腰包不用公款报销，您要是男的一定是焦裕禄同志的继承者！

我现在就给你们局长打电话，说54627602交警执法不公，软的欺，硬的怕，严重损害了人民公安的形象！

中年交警一时不知如何应对，懵头懵脑望着这位女领导。女领导目光似刀说，我今天心情很好，让你给搅了。

小郭借机告诉中年交警说，你说金水集团董事长王援朝？他是我们王莹书记哥哥。当初金水村穷得要命，是我们厂把十三种零件扩散给他们村办工厂的！

中年交警不知所措地说，你说的王援朝就是那个农民企业家吧？

什么农民企业家？王援朝先生是货真价实的知识分子！王莹依然

保持着少女时代心理，绝不容忍任何人贬低大朝哥哥。

王莹催促开车。小郭挂挡提速然后好奇地问道，那交警说的焦裕禄是谁啊？

你们年轻人只知道金庸和琼瑶。我们中国有很多英雄人物，安业民、欧阳海、王杰、贺向魁、蔡永祥、刘英俊、门合、麦贤德，还有英雄少年赖宁……

司机小郭抢答，还有《红岩》里的江姐和许云峰，《英雄儿女》里的王成！

我说的都是真人，你说的都是艺术形象，两码事儿！王莹没了说话兴趣，坐在车里闭目养神。

我一定要查出给局里写匿名信的人。不排除定时炸弹就没有安宁之日。写匿名信的家伙究竟是谁呢？一定是那两个落荒而走的副厂长……

下午四点钟，王莹乘坐“蓝鸟儿”驶进工人疗养院。护士长满脸堆笑说，王莹啊，这十几年我看着你进步，从技校学生到青年工人，从普通干部到企业一把手，一步一个脚印走过来。如今坐上小轿车前途无限啊。

王莹不好意思地说，护士长，当工人当干部都是为人民服务。

护士长毫无顾忌说，我看当劳模不如当领导。你妈妈是特等劳动模范，不过公费住在这里而已，你爸爸也是特等劳动模范，上下班照样挤公共汽车，一辈子光吃苦啦！

王莹不知如何反驳护士长。如果滕维丽在场那是肯定引经据典的，包括《家庭、私有制与国家起源》什么的。王莹最佩服滕维丽的知识广博。老知青在农村读了很多书，上通天文，下晓地理，谈天说地访古论今。然而肚里东西太多，也就嫁不出去了。

尽管不同意护士长的说法，内心还是感到荣耀。如今时兴学历文凭，我一个技校毕业生成了国有企业一把手，当然值得自豪。

绕过甲楼沿着小路走向丙楼，一只路牌指向远处：水疗开放，药浴优惠。盲人按摩，刮痧拔罐。远处的饭厅则挂出一条横标：酒席包桌，快餐盒饭。

看来工人疗养院也创收了，全面开放。以前，住进工人疗养院是身价的象征，非劳动模范莫属。如今只要有钱随意进出。据说，乙楼住进一个大款就是为了圆劳模梦的。他每天清晨穿着一身工作服湖边散步，还协助保洁员清扫楼道洗刷厕所，后来被税务局请去谈话了。

看到工人疗养院的变化，王莹内心感慨不已。这些年社会生活确实发生了很大波动。许多国营企业的公费医疗无以为继，有的劳动模范大病住院工厂没钱，家属只得东拼西凑勉强支撑，哪里还住得起工人疗养院。只有牟棉花例外，她作为市总工会特殊疗养员，成为这里的“三朝元老”。

走过六角亭，想起当年母亲从阿富汗援外归来全家聚餐的情景，恍如隔世。身后传来一阵稀里哗啦响声，王莹回头望去忍不住笑了。王金炳骑着一辆破旧不堪的自行车，叮叮咣咣驶来。

爸！您什么时候学会骑车啦？王莹小孩子似的跳起，拦住爸爸。

灵莹，你妈妈做鞋入迷，我三天两晌去市场买布头买麻线，我要不学会骑车，你妈做的鞋还不够我跑路穿呢！王金炳近乎控诉地说着。

王莹止住笑声，注视着父亲。她发现爸爸挺幽默的，多年以来他的幽默被遮挡了，人们光知道工业战线红管家，忘了他是男子汉。

爸爸，是谁教您骑车子啊？多年步行上班的人悄然骑上自行车——王莹惊喜地发现自己拥有了全新版本的父亲。

不用别人教，改革开放讲究自学成材。我花三十块钱买了这辆旧车，在工厂废品库后院摔打几天，摔打成材了。

王莹咯咯笑得流出眼泪。爸爸，您变得这么会说话，逗死我啦。

王金炳故意板着面孔说，我没变，就多了一辆破车呗。

这辆自行车您买谁的？文物啊。女儿接过父亲的自行车推了几步停在丙楼前面。这辆“中”字牌自行车很旧，好像博物馆里陈列的

“老爷车”。

我买白鸣岐的。我以为他死了，敢情还活着！他说需要钱，大量变卖家当。这辆破车是国民党时期产品，他卖二十，我给了三十。他说重新注册华昌机器厂，注册资金不能低于五十万元。他还说当年资本家挂牌子挨批斗一分钱不值。如今五十万元就可以注册工厂当资本家，赶上好世道了。

爸，那叫民营企业家不叫资本家。王莹替父亲纠正着。

一样！他雇人干活儿，工人挣小钱儿，民营企业家挣大钱，这跟资本家有什么两样？所以白鸣岐非要重新注册华昌机器厂，不然死不瞑目啊！

王莹望着一口气说了一大堆话的父亲，既为爸爸感到惊奇也为白鸣岐感到惊奇。白鸣岐人生之路走了一个大圆圈，趔趔趄趄踉踉跄跄返回原点，非要恢复原状不可。这个世界太令人惊奇了。

灵莹，人活一口气！比如你玩儿命争取大项目，比如我死活不愿意离开仓库，比如你妈妈中了魔似的做鞋，比如傻凤做梦都想提高产量，比如设子钻研技术要当尖子，比如大朝跟别人竞争地皮倒腾钢材指标，其实就是一个心气儿。你看那花朵儿，无论如何都争着开放，老天爷也拦不住的！

父亲真的变了。以前说话吞吞吐吐，如今说话清清楚楚，让人听得明明白白。女儿陪着父亲走进丙楼推开妈妈的房门，一进屋就被堆得小山儿似的鞋子惊呆了。

这场面令人想起解放战争年代的支前模范。牟棉花戴着老花镜盘腿坐在床上，飞针走线纳着鞋底儿。听到门响，她的目光越过老花镜投射过来，那样子既像贫农老大妈又像地主老太婆。王莹觉得阶级阵线混淆了，咯咯笑了。妈妈，志愿军从朝鲜回国三十多年，您还做鞋干什么呀！

牟棉花头也不抬地说，这九十九双军鞋，我要寄给驻守老山前线战士们，你知道猫耳洞吧？他们为了保卫祖国藏在里头……

王莹走到床前注视着妈妈的花白头发。中越关系缓解，边境开始排雷，猫耳洞早就撤啦。

真的？这么说我犯了主观主义错误……牟棉花陷入反思。

王金炳不慌不忙说，既然做了就别浪费，等到中国宇宙飞船上天，你把这九十九双军鞋捐给空军吧。

父亲变得健谈，母亲反而不说话了。王莹动手收拾鞋子，发现母亲房间里增添了两只立式柜子，统统用来保存鞋子。她看到一只柜子侧面贴着一张发黄的索引纸，上面写着一堆小字儿："冶金系统查抄物资，38号"。

查抄物资？王莹心儿一动。这是多年之前流行如今变得生疏的词语，已经被人忘却了。然而，资本家这个词语渐渐浮出水面，重新回到人们嘴头。私营企业老板被工人们称为"资本家"，建筑施工队头头儿被工人们称为"资本家"，就连摆摊叫卖服装的个体户也被称为"小业主"，还有那个梦寐以求重返资本家身份的白鸣岐。由此看来，我们朝着资本时代走去了。

怀里抱着几双布鞋，王莹思索了。假如资本时代到来，我们国有企业命运怎样呢？她从小就认为企业是国家的，职工也是国家的。在党校听课老师讲到什么是资本主义国家的"有限公司"，什么是"现代企业制度"与"产权股份制"。如果与西方私有制相比，我们的国营企业恰恰没有主人。所谓国营只是概念而已。厂长不是主人却行使着主人的权力，工人是主人却被所谓公仆管束着。

这样想着王莹心里乱纷纷的，仿佛飘来漫天雪片。这时吱扭一声舒芸推门走了进来，报告说大朝哥哥来了。

大朝哥哥当然是王援朝了。王莹想到哥哥腿脚不便，放下鞋子跑去迎接。

一辆黑色轿车停在工人疗养院的甲楼前边。它车身很长，黄昏里仿佛来了一只庞然大物。王莹的"蓝鸟儿"停在旁边显得寒酸。这是哥哥的"坐骑"，名曰加长型"凯迪拉克"。

凯迪拉克的车门敞开了，两条铝合金轨道缓缓伸出，宛若一头巨兽吐出两根獠牙。一辆轮椅沿着两根“獠牙”滑出车外。王莹终于看到这个本名勾援朝如今却叫王援朝的风云人物。

王援朝留着小平头，下巴颏蓄着一绺胡须，脸上戴了一副老式粗框眼镜，不知道是近视还是远视。他身穿圆领儿古铜色布衫，款式别致。这种打扮既像识字的老农又像怀才不遇的画家，就是不像堂堂金水集团董事长。漫漫时光将一个知识青年打磨成为这种深不可测的样子，王莹心里难以评价。

然而，她内心还是深深爱着哥哥。一个人自幼生成的情感犹如一棵越长越粗的大树，尽管屡遭砍伐它的根子依然存在。

白瀛瀛怎么没来？王莹伸手去推轮椅，没想到这辆电动轮椅自动驶去了。看来随着祖国四个现代化的进程，哥哥首先实现了自动化。

王援朝回头对妹妹说，白瀛瀛回来住了几天，拿了三十八幅画又回日本了，说是东京举办什么战争遗孤省亲画展。

如今出国成风，中国人都想往外国跑，既然白瀛瀛有日本血统，认祖归宗就是了，还省什么亲呢。王莹试探着说。

护士长跑来惊异地盯着凯迪拉克说，哎哟，父亲骑着一辆破自行车，不值几十块钱，儿子坐着一辆高级轿车，兴许一两百万吧？父子父子，这算不算两个阶级啊？

王援朝不睬护士长，一按电钮轮椅朝前驶去。王莹笑着为护士长解围说，什么阶级不阶级，说是让一部分人先富起来嘛。

一部分人先富起来？王援朝停住电动轮椅用背影对妹妹说，我担心这一部分人为富不仁，慢慢拉大中国的贫富差距。

王莹笑着问道，你属于那一部分先富起来的人，你也为富不仁嘛。

王援朝点点头。这几天金水村的外来工要求增加工资，派出五个人代表三千八百人的利益跟我谈判。我派副手接待，谈不拢。我跟五个代表见了面，告诉他们不能增加工资。他们罢工了。弄得金水村垃圾都没人清运了。

这就是为富不仁吧。王援朝平静地说，我当场辞退全部外来工，没想到他们立即分化了。

王莹感慨地说，人一旦富了，心就变。金水村一旦富了，就成了孤岛。孤岛四面环海，哪儿是大陆啊！

你说得好！人无远虑，必有近忧。我在考虑金水村和金水集团走向何方啊！如此下去，危机潜伏总要爆发的。

哥哥的话打动了妹妹，她想起自己的东方制冷设备厂——处于远虑与近忧之间，那情形宛若一座烟雾缭绕的山坳，颇有云深不知处的感慨。

王援朝操纵着电动轮椅驶进丙楼101房间，先叫了一声爸爸，再叫了一声妈妈。王金炳乐乐呵呵注视着养子，反而不说话了。

牟棉花快人快语。大朝，你这一身打扮是唱京戏还是演话剧呢？我在阿富汗见到大阿訇留着胡子，人家是大阿訇啊。你留胡子做什么？

王援朝避开胡子问题说，妈妈，阿富汗被苏联军队占领十年，王国改为共和国，一个名叫卡尔迈勒的人当了政府总理。您老人家援建的巴格拉密棉纺厂的厂长托菲基先生是王室成员吧？王室流亡国外啦。

什么？托菲基先生人品不错，对中国专家特别友好。那座棉纺厂有咱们中国专家多少心血呀……牟棉花好似怀念远方亲人说，咱们为什么不出兵援助阿富汗呢？

王莹摆手制止说，妈妈您不要瞎说，这牵扯国际关系呢。

我没瞎说！当年咱们不是出兵朝鲜啦？后来抗美援越咱们也派了军队，还有支援西哈努克亲王的柬埔寨……牟棉花为阿富汗动了肝火，振振有辞。

王莹劝阻说，我看您的架式就差给党中央写信了。当今国际形势大不相同，咱们国家不想惹事儿只想抓紧时间搞好经济建设。

舒芸拎着暖瓶走进来，依次跟爸爸妈妈哥哥姐姐打招呼，面含羞涩地给大家沏茶。王莹接过茶杯说，舒芸啊，一会儿把王继承抱来让大家看看呀！

温柔贤惠的舒芸立场坚定说，不叫王继承叫王舒。建设姓王，我姓舒，取名王舒多好啊。

失去给孩子取名的权威地位，王莹很失望，只得低声询问奶水如何。舒芸点头说奶水很足，转身出去了。

王援朝轮椅里的“大哥大”响了。牟棉花伸出目光四处寻找着，弄不清这是什么叫唤。她看见儿子抄起大砖头似的手提电话喂了一声，便笑了。

冲着电话发布了一连串指示，王援朝放下“大哥大”说，我们金水集团下属几家工厂急需技术工人，高薪聘请呢。干脆让设子去我们那儿，国营企业有什么值得留恋……

哥哥，你不要一概而论。王莹喝了一口茶水说，国营企业确实遇到了困难，有倒闭的有转产的，也有蒸蒸日上的，我们厂就是例子。如果我们八个月完成技术改造项目，再接再厉拿出新型环保制冷机投放市场，既保护臭氧层又赢得经济效益，你能说我们厂没前途吗？

灵莹，除了铁路电力石油航天之类的垄断行业，多如牛毛的中小企业最终不会存活的。你应当未雨绸缪，提前谋划出路。

王莹乐于跟哥哥争论，兴奋起来说，我们的出路就是上规模上水平！现在你瞧不起我们厂了，当初不把十三种配件加工任务扩散给你们村办企业，你怎么起步啊？

王援朝不慌不忙说，所以我成立金水销售公司主要销售你们生产的制冷设备嘛。当然也卖我们自己的产品。

王金炳一旁小声说，你俩就跟“文化大革命”大辩论似的……

王莹想起那辆黑色福特。哥哥，那天你在外环线飙车坐吉普，今天怎么换成凯迪拉克啦？

今天中午我跟港商谈生意。我谈生意要是不坐好车，对方以为我没有经济实力。王援朝翻腕亮出手表说，平时我不戴金壳劳力士，今天只能随俗了。

窗外有人高喊国风大酒楼送餐来了。屋里兄妹的争论戛然而止。王莹觉得跟哥哥争论非常惬意，恨不得继续下去。

王莹向舒芸说，你让护士长打开会议室，全家聚餐，宽宽敞敞豁豁亮亮的。

护士长打开会议室，招呼护士们摆放一只大圆桌。送餐的把八个凉菜八个热菜端上桌子。王莹掏出钱包结了账。舒芸局促不安地说，让您花了这么多钱。

你快把孩子抱来吧！咱们王家添了一个接班人，我花多少钱都高兴！

气氛被王莹鼓动得热烈起来。全家人落座。牟棉花坐主席，右侧是老伴儿王金炳。王援朝将轮椅停在母亲左侧。王莹坐在爸爸身旁。

王金炳不急不躁说，大朝今天来跟全家聚会，真是太好了。傻凤和巧良太远，一路要换乘两次公共汽车。设子下班就过来吧？

话音落地，一阵脚步声王凤走进会议室，当头就说今天公司组织部找我谈话，动员我脱产当干部。我表态不同意……

傻凤，你为什么当时就表态呢？王莹打断妹妹的话语，问道。

王凤咧嘴笑了。是啊，公司组织部的人也这样问我。我说咱天生就是干活儿的料，离开生产第一线还算什么劳动模范啊！

牟棉花伸手敲着桌面大声插话说，傻凤说得对！脱了产还算什么劳模？我住疗养院还给社会各界人士做鞋呢。咱是劳动模范不能脱产……

王援朝摇摇头说，您的观点不全面。你以为劳动模范都是动手干活儿的工人？如今很多劳模走上领导岗位。像我爸这样做一辈子仓库保管员的，不多。

王金炳嘿嘿笑了。前几天李亦墩同志的秘书给我打电话，特意嘱咐我不要办理退休手续，说市里成立了“大联化”调我去当仓库保管员呢。

是吗？我很羡慕你呀金炳！牟棉花一旁拍手说，我文化不高，永远记着吴运铎《把一切献给党》和陈学昭《工作着是美丽的》这两本书。人活着，就得工作啊。

爸爸，您跟李亦墩好像拴在一根绳儿上，他动弹您就动弹，走了十几家工厂了吧？王凤不知深浅，问道。

不算华昌机器厂，九家。王金炳不褒不贬不卑不亢，笑着说。

王凤又想起自己的事情，急了。你们七嘴八舌的，我到底当不当干部啊？

突然没人说话了，一时之间陷入集体沉默。王凤哼了一声伸手从碟子里捏起一只香酥鸡腿说，我明白啦！当初我跟丁巧良搞对象就是自己决定的，结果呢？我既当上劳动模范又嫁了好丈夫。这次，我还得自己拿主意。

说着，王凤张嘴啃起香酥鸡腿，一派舒心惬意的样子。王莹向妹妹打听丁巧良为什么没来。王凤吮着手指余香说，他在家看孩子呗。

王莹突然有些羡慕妹妹了。傻凤的人生理想就是当劳动模范。这很幸福。除此之外傻凤好像没有别的追求，这就更幸福了。

吃了香酥鸡腿，王凤伸手去捏油焖大虾。牟棉花伸出筷子击打着女儿的手背说，你怎么一点规矩没有，你这德性还提拔你当干部啊。

王金炳小声嘟哝说设子大概又加班了，给他打个电话吧。听了父亲建议，王莹瞥了一眼王援朝的“大哥大”。牟棉花随即说，灵莹你别不好意思，拿大朝的电话打吧！

母亲一句话击中要害，王莹腾地红了脸。她身为一厂之长那是有尊严的。然而国营企业财务管理制度严格，不能配备“大哥大”。因此这种象征身份的手提电话便普遍成为民营企业家的标志。

王援朝主动递过“大哥大”说，灵莹你打吧，我的电话费金水集团报销。

接过手提电话，王莹坏了情绪。从小到大，哥哥嘴里说出的话语，要么是优美浪漫的诗句，有歌德有拜伦有普希金；要么是深含哲理的名言，有亚里士多德有黑格尔有车尔尼雪夫斯基；一次次感动着少女时代的王莹。如今，王莹成了中年妇女，却从哥哥嘴里听到“我的电话费金水集团报销”这样极具实际意义的话语。她的心儿也随之沧桑了。

既然沧桑了，接过沉甸甸的“大哥大”拨通党委办公室问滕维丽食堂维修组有人加班吗。电话里滕维丽支支吾吾，好像嘴里含了一块热豆腐。

你牙疼啊？王莹预感弟弟出了事，追问着。

滕维丽扛不住追问，说了实话。来了一辆警车把王建设抓了，说他以前打伤一个人，胳膊折了……

王莹毕竟是一厂之长，镇静自若。她不慌不忙走出会议室对“大哥大”里的滕维丽说，你不要声张，我们给孩子过百岁儿呢，你赶紧寻找关系把人保出来，我弟弟老实巴交一定是公安局抓错人啦。

关闭“大哥大”王莹返回桌前笑着说，食堂鼓风机坏了，中班工人吃不上饭啊。设子参加抢修回不来，咱们开始吧！

王凤大大咧咧说我肚子早饿瘪了。这时舒芸抱着大胖小子走进来，引起一阵欢呼。尽管不是第一次见到隔辈人，牟棉花还是撩起大襟擦了擦眼泪。

王莹接过孩子亲了一口说，好小子，长大成人也当劳动模范，继承全家光荣传统啊！

王援朝接过孩子哈哈大笑说，长得很像设子，将来也是个能工巧匠啊。

人们轮流抱着孩子，好像接力赛。王凤问叫什么名字。舒芸小声说叫王舒。

不行！就叫王继承。王莹毫不妥协地说，这名字最好谁也不要争论了。

舒芸不说话了，接过孩子抱在怀里好像担心被谁抢走似的。王援朝带头端起斟满红葡萄酒的玻璃杯说，今天全家聚会庆贺，无论孩子叫什么名字都是咱王家后代……

牟棉花捅了捅老伴儿说，金炳你是一家之主，你发表社论吧！

我又不是两报一刊。王金炳举起酒杯说，我素常不喝酒，今天是我孙子百岁儿，叫王继承也好叫王舒也好，大家举杯吧！我当了大半辈子劳动模范，其实没什么本事。今天看到儿女们都有出息，心里特别高兴。大朝是乡镇企业家，灵莹是国企女强人，就连傻凤也要当干部了，设子是普通工人，我看将来也有出息，不在你们以下！

父亲的一番话，说得儿女们感动不已。空气反而显得沉重了。

舒芸受到激励，觉得嫁给王建设做媳妇，值。她抱着孩子小声说，爸爸，谢谢您！我一定把您的话告诉建设，让他长大出息。

王莹说，爸爸您好口才，以前我们以为您笨嘴拙舌呢……

牟棉花端起酒杯说，今天人人都要说几句吉利话儿，喜喜兴兴的。老头子说得挺好，我补充几句，一呢我要祝我孙子茁壮成长，二呢我要祝阿富汗巴格拉密棉纺厂和托菲基厂长平安无事，大家干杯行吗？

儿女们知道，妈妈的大半生荣耀，一是保持着全国接头冠军纪录，二是援建了那座遥远的棉纺厂。于是，纷纷举杯维护着她老人家的大半生荣耀。

我也说几句祝酒词吧！王凤抄起酒瓶说，我不祝别的，祝我当了干部还能保持劳动模范称号！

王凤的样子，活像一个紧握手榴弹誓死保卫阵地的孤胆勇士，人们哈哈大笑，继续喝酒。

王莹兴致高涨，给爸爸敬了酒，跟妈妈干了杯，然后转向王援朝。哥，平时跟你接触的机会不多，喝酒的机会更少，今天我敬你三杯！

说着，她一连喝了三杯红葡萄酒，满面透红。她显然有了酒意，炽热目光笼罩着王援朝，内心延续着多年的情感。她心里大声说，从小我就是爱王援朝，这难以更改啊。

王援朝不与王莹对视，目光投向满桌饭菜，好像考虑如何收拾局面。舒芸把孩子交给婆婆抱着，起身给大家敬酒。她依次跟爸爸妈妈哥哥姐姐妹妹碰了杯，突然泪眼汪汪。桌面气氛暧昧起来，好像包藏着什么隐情。

王凤停住酒杯说，舒芸你怎么了，角膜炎啊？

一定是建设出了事儿，你还假装快乐瞒着我！舒芸掩面抽泣说，灵莹姐，我听见你打电话说公安局警车抓人什么的……

牟棉花与王金炳面面相觑。王凤急不可耐问道，设子真的出事儿啦？

王莹缓缓放下筷子，故意笑了。设子是给警察带走了，这肯定是错案啊！设子从小连蚂蚁都不踩，他怎么会惹事儿呢？我让滕维丽找公安局，今天就把他保出来！

舒芸哇地一声哭了。我就觉得建设要出事儿啊！多少年他从来不失眠，这几天兴奋得睡不着觉……

牟棉花环视着儿女们说，咱们没事不惹事，有事不怕事。反正不能让设子受了委屈！

舒芸你不要哭了。王援朝挪了挪轮椅从屁股旁边抄起“大哥大”拨通电话，操着命令口吻说，你马上给公安局刘政委打电话，东方制冷设备厂有一个名叫王建设的工人被他们带走了，这到底是怎么回事儿？十分钟给我回话！

王金炳惊奇地注视着大儿子，好像老农意外发现了一块高产田。王凤却不高兴了，炮火直射王援朝。哥！你怎么不说王建设是你弟弟呢？没劲！看来不是亲哥哥就是不贴心……

牟棉花打断傻凤说，什么贴心不贴心，大朝就是你亲哥哥！

王援朝笑了。傻凤，你一张嘴就是大批判文章。我要是跟公安局说王建设是我弟弟，那一大帮警察明天就来找我办事儿，这个安排子女上班那个要求亲戚调动。你是不当家不知当家难啊。

王莹再度举杯说，舒芸不要哭了，别说设子没事儿，就是有事儿我保证他明天回家。咱们大家干杯，先祝国家繁荣昌盛，再祝家庭平安幸福！

酒杯碰到嘴唇，“大哥大”丁零丁零叫唤起来。果然不出十分钟便有了回音，这证明了王援朝的权威。舒芸瞪大眼睛，期待着。

王援朝捋了捋胡须，随手抄起手提电话。他嗯嗯呀呀听着电话里传来的声音，毫无表情。

放下“大哥大”，王援朝摇摇头说，前些天设子把人家胳膊打断了，侦察了好一阵子，刑警队找到目击证人。设子今天放不出来了，明天我继续找关系吧。

舒芸忍着泪水说，大朝哥哥，您把情况给我详细说说，行吗？

王援朝不紧不慢讲着：那条小街没有路灯，那天晚上设子遇到一个名叫胡学东的人，就动手打了，还把他裤子扒下挂在树上。胡学东光着屁股追，设子绊倒了他，把姓胡的胳膊摔折啦。

王莹呼地站起啪啪鼓掌说，挨打的是胡学东？这太好啦！我提议大家举杯，庆祝王建设彻底战胜了自己！

牟棉花与王金炳互相看着，不明白王莹喜从何来。

王莹独自干了杯，指着舒芸说，你给我满上！今天我要痛饮三杯，庆祝我弟弟挺直腰板成为真正的男子汉！

王援朝颇为理解地说，好事变坏事，坏事变好事。这就是唯物辩证法。不过，把人家胳膊打断总是不对的。我们赔偿姓胡的经济损失，托人把设子保出来就是了。这笔钱，我出。

我出！王莹争强好胜地说。饱经风霜的牟棉花瞥了女儿一眼说，灵莹，你就别跟自己较劲啦，人家乡镇企业就是比你国营企业好办事儿，你还没有大哥大呢！

妈妈，您什么时候变得瞧不起国营企业啦？王莹气咻咻坐下，不服气。

母亲向女儿解释说，灵莹你别生气，我出身国营企业怎么会瞧不起国营企业呢？我是告诉你别跟自己较劲……

好吧，那么我派滕维丽去找胡学东，让他开出价钱来。不过这种人一定借机敲竹杠的。

王凤嘟嘟哝哝说，设子真笨啊，打了人还被人家给认出来啦……

你才笨呢，我看设子打胡学东就是为了让那小子知道他是谁。你忘了《水浒传》里武松杀人之后在墙上写了杀人者打虎武松也？你妇道人家不理解男子汉的心理！王莹抨击着妹妹。

王凤不甘示弱反击说，你不是妇道人家？你什么时候变成男的啦？

王莹笑了笑说，我要是变成男的肯定不娶你这样的傻媳妇。

王凤摇头晃脑说傻人有傻福。牟棉花大幅度摆手说你们不要掐了菜都凉了。

一下安静下来。王金炳突然自我批判说，就冲设子敢打胡学东，他比我强一百倍！

喝了很多红葡萄酒的王莹注视着临近退休的父亲，满心欢喜地说爸爸真变了，变得敢说心里话啦。

舒芸忧心忡忡地给王援朝斟了酒，压低声音说，大朝哥哥，您一定说话算话把设子保出来啊。

王莹听到这句话伸出筷子指着舒芸说，你的任务是带好孩子，别的事情用不着你操心。

家庭晚宴就这样收了尾。牟棉花端起酒杯试探着说，我提议干杯，你们同意吗？

众人们纷纷点头，表示赞同。

我只有一句祝酒词，祝坏事变好事！牟棉花硬硬朗朗说着，一口气喝干了杯子。

那个既叫王继承也叫王舒的大胖小子，哇地哭了。

23 海水与火焰

过午的阳光爬进窗户，送来秋意。被称为“裙子队”的简报员们换了白衬衣蓝裤子，走出车间走进科室，忙忙碌碌行走在厂道上。王莹由衷地认为工厂就是自己的家。工人离开工厂就会成为无枝可依的小鸟儿。

小鸟儿离不开大树。这次大朝哥哥充当了大树，庇护着王建设这只小鸟儿。王援朝亲自出面找到公安局长走关系，将这次打人案件定为“误伤”。王援朝掏腰包赔偿伤者，叮嘱弟弟在拘留所蹲足十五天，事情就摆平了。王建设是东方制冷设备厂职工，拘留期满王莹派滕维丽去拘留所领人。

滕维丽前脚走，后脚跑来厂办主任老彭，满脸焦急报告有人在工厂大门口贴了大字报，引起路人围观。

说我是工厂女皇，说我是小江青，是吧？王莹镇定自若说，这都什么年代了还贴大字报？这些人真弱智。

老彭简明扼要介绍着大字报内容，一说你弟弟仗势欺人打人致伤，关进拘留所。二说你创出一千万元利润是虚假繁荣，榨干企业骨髓。三说你上马项目是假，追求个人政绩是真……

王莹指示老彭说，你派人把大字报清除干净，我看贴大字报跟写匿名信是一伙人。

老彭中肯地说，我认为不是一伙人。

你知道这么清楚，那就是你写的！王莹气咻咻说。

王莹书记，这种玩笑开不得！老彭吓得连连摆手脸色煞白。

吓走了老彭，王莹独自坐在办公室里，偷着乐。男人就是这德性，遇事三慌。面对突发事件脸不变色心不跳，只有江姐和刘胡兰。

随手拿起《企业管理》杂志，她想起以毕生精力研究日本的老头儿，立即拨通财务科长的电话。有个叫白小林的先生来过吗？我说好给他一张支票的。

财务科长声音颤抖说，没没没来过，真真真的没来过。

你干吗这么紧张，财务出了问题？王莹颇为不解地问道。

财务科长结结巴巴说，没没没出问题，王王王莹书记。

放下电话，王莹心里盛着两个惊讶。一是惊讶白小林有知识分子骨气，不来取支票；二是惊讶财务科长语无伦次，好像腰里被人捆了炸药。怪不得都说中层干部怕我呢，敢情我成了母夜叉。

下午两点钟，王莹来到三楼小会议室，主持 CFC 项目的第三次论证会。她开门见山告诉大家，现在全厂两条战线作战，一条战线是八百七十万元的技术改造项目，确保八个月竣工。另一条战线是提前介入 CFC 项目的先期工作。

自从调走两位副厂长，更加确立王莹一个声音喊遍全厂的局面。新调来的洪总工程师思想活跃，认为生产非氟环保型制冷机乃是中国企业走向世界的大好机遇，特别支持王莹。

前两次论证会上有人提出环保型制冷机市场前景问题，引发一部分人共鸣。王莹及时掌握会议动向，提出“企业不但适应市场还要培育市场”的大胆想法，并且以 BP 机与手机为例，说明任何新生产品的市场都要经历培育用户的过程，譬如逐渐被广大市民接受的早餐巴氏奶。她的比喻生动贴切，压倒了不同声音。

这次 CFC 项目论证会顺利进行着，没了反对派。滕维丽站在会议室门外打着手势把王莹叫了出去。

你把设子接回来啦？王莹走出会议室，急切地问道。

滕维丽递过牛皮纸信封说，王建设出了拘留所大门，走了，他说你看了这封信就明白了。

他不回厂跑到什么地方去了？王莹伸手接过牛皮纸信封问道。

滕维丽为难地说，他说去滨海开发区打工……

CFC 项目论证会结束，王莹回到办公室看了弟弟的信，气得拍了桌子。女强人的小手指不强，拍击过猛，肿了。

设子你这没良心的东西，放弃国企，漂向社会，不走正道啊！

莹姐：你好！

首先我要感谢你对我关照。有时候我回忆童年，妈妈留给我的印象很浅，她上班匆匆走出家门，下班回家疲劳不堪进屋睡了。留给我印象最深的不是妈妈是姐姐。你从小学三年级下厨房烧饭做菜，还学会缝补衣裳。记得那年暑假学校开了游泳课，你用了妈妈一条旧围裙染成红色给我缝了一条泳裤。从小到大，我几乎没有得到过母爱，却在你身上得到补偿。所以，你是我的好姐姐，我一辈子感激你。

你把我调到你厂里。我知道你是为了照顾我。但是我不能接受你的好意。我要求回到北方电机厂。你坚决不同意说影响了你的威信。为了你的威信我留下来，搞了几项小改小革就算对你的交代吧。你还是不让我离开。我呢，北方电机回不去，东方制冷不愿待，成了一棵无根小树儿。小树儿无根，多可怜啊。

前些天可巧遇到胡学东，他借酒撒疯骂人，我把他打了。我进了拘留所。即将离开拘留所一刹那，我想明白了。

我打胡学东被拘留，肯定给你带来了不好影响。我就借这机会离开东方制冷设备厂吧。你放心，我有一身好技术，走向社会闯一闯。改革开放不是解放生产力吗？我属于生产力一分子，我应当解放自己去寻找新的位置。

我在国营企业长大，太熟悉了。却不晓得在外资企业在合资企业在私营企业当工人是什么滋味，所以我要尝试。因为在这个世界上除了国营企业毕竟还有其他工厂。我没有经历旧社会，我很想知道如今的私营企业主究竟如何对待工人。听说国营第三电镀厂被金水集团兼并之后，主人变成外号胡胖子的承包商，经常打骂工人。我想，工人没有变，工厂变了。

我离开东方制冷设备厂，很对不起你的。这几天我就让舒芸到厂里把我的劳保用品交回去。职工储金会里有我九十块钱，我会让同事取出买营养品给胡学东送去。我要是亲自看望胡学东，他肯定躲在病房里不敢见我。那天晚上他向我求饶，声音是颤抖的。黑暗里我听到他骨折的声响。我没有想到我会成为一个让胡学东害怕的人。

姐，请你不要找我，也不要派滕维丽劝说我。我不光是你弟弟，我还是男子汉。我是不会轻易改变主意的。

你永远是我的好姐姐。因此我要劝说你一句话：东方制冷设备厂不是你的，也不是别人的，它跟北方电机厂一样，好像是有人遗忘在这里的一堆东西，也不知道主人何时回来。你只是暂时替别人看管这堆东西而已。所以你不要用力过猛。用力过猛容易伤着自己。

再见。弟弟祝姐姐好运！

下班回到家里，王莹身穿睡衣躺在卧室床上第二次阅读着弟弟留下的这封信。灯光下她惊异了。原来设子文笔这么好，尤其他把国营企业比喻为有人遗忘在这里的一堆东西，真是既新颖又奇特，发人深省。那么这一堆东西命运如何呢？可能物归原主，可能被别人窃取，可能无人问津渐渐生锈……

设子劝我不要用力过猛，用力过猛容易伤着自己？王莹开始重视弟弟的忠告，暗暗思忖着。是啊，我拍桌子就属于用力过猛，伤了小手指头。

尽管对王建设的文笔称赞有加，王莹还是认为弟弟的离厂出走是自己的一次重大失败。在此之前她对自己的凝聚力非常自信，如今连弟弟都凝聚不住，这既动摇了她的威信，也引发了她的反思。

半夜饿了。她跑进厨房找东西吃，竟然发现一张纸条贴在墙上。出于条件反射，她看到纸条首先想起匿名信，苦笑了。他妈的，我中了魔怔啦！

这是冯五一留给她的便条，内容简单：王莹同志，我回江西老家接孩子，最多五六天便返回。

这时她想起远在江西余江县的冯器——自己的亲生儿子。母亲忘记儿子，这是罪过。她怀着负罪心理打开冰箱看到一派苍茫景象，没了食欲。

既然失眠，她索性穿衣走出家门，骑上自行车去厂里了。全厂技术改造项目热火朝天，挑灯夜战不休息。骑车半路上，一辆进城送菜的马车爆了轮胎。她嗅到满车黄瓜散发出的清香，便想买两筐慰劳夜班工人。押车的摇头不卖。她听出是金水村一带的口音，就问对方认识王援朝吗。黑暗里她听到押车的狠狠地说，操，王援朝算什么东西！

这是有史以来王莹听到对哥哥的最为恶毒的评价。她只得放弃黄瓜骑车走了。看来无论哪里只要当权就有仇敌。只要行使权力就会得罪人。得罪人就要受到攻击。这样想着，冲淡了心中匿名信带来的烦恼。

金工车间灯火通明。几个工人正在调试一台异型车床，争论得脸红脖子粗。一个老工人大声说，你们谁也不服谁，我明天把王建设叫来，以他为准！

王莹站在远处，悄悄听着。弟弟出走留下的伤痛袭上心头。工人们还不知道王建设离开东方制冷设备厂了，仍然信奉他为技术尖子。

她怏怏回到办公室躺在沙发里。她意识到无论分享成功的喜悦还是分担失败的痛苦，自己都是一个孤独的女人。

第二天一大早儿电话铃响了。她睡眼惺忪抓起电话筒听到传来小郑神秘的声音。

王莹啊，我私自向你提供笔迹是违背组织工作原则的。我思想斗争很多天，希望你能够理解我。

王莹认为小郑卖关子。局机关干部就是这样，首先铺垫，之后说明，最终切入正题。

郑姐姐，这件事情真是为难你了。我永远不会忘记你关键时刻对我的帮助。这次就算咱俩玩一次鸡毛信游戏，你看好吗？

小郑在电话里顿了顿说，好吧，我把鸡毛信粘结实了，你派人来取吧。

这既是暗语也是玩笑话。王莹派司机小郭开车去取。临近中午，小郭取回来一只中号牛皮纸信封。王莹剪开，里面是一只小号牛皮纸信封。王莹想象着小郑当时的模样——绝对地下工作者。

剪开小号牛皮纸信封，从所谓鸡毛信里抻出一页复印纸，还有小郑附信。王莹首先读信。

小郑这样写道："王莹同志，我从两封匿名信里摘取五十个汉字，互不连贯，没有具体意义。这样既维护了组织工作原则，也没有辜负你的托付。我选的五十个汉字，有左右结构的也有上下结构的，基本能够反映一个人的书写风格和特点。有一点我必须强调，无论你认定这个人是谁都不许打击报复人家。一个大厂长应当具有这种风度。最后我要向你说明，我认为这两封匿名信并没有对你进行人身攻击和谩骂。为了搞好东方制冷设备厂，很多观点出以公心。"

郑姐姐真是好人。王莹无奈地笑了。写匿名信告我出以公心？索性署名好啦。我们东方制冷设备厂真是盛产活雷锋啊。

拿起那一页复印纸，王莹只看了十几个汉字便屏住呼吸。这字体太熟悉了，一时想不起来谁。她克制着急躁情绪揣摩着，越发觉得十分眼熟。

嗡的一声，她觉得脑袋大了，变成了一只旋转的地球。这地球越来越重，压得她难以支撑，双手托腮气喘吁吁。

他妈的，你怎么会写匿名信告我呢？这真是不可思议……王莹浑身瘫软，心理即将崩溃。她端起茶杯喝了一口水，却呛了。这时候电话响了，催命似的。

她不接，任凭电话机无耻地叫唤着。此时，她认为一切都是无耻的，包括小郑复印的五十个汉字。伸手拉开办公桌抽屉，她从里面拿出一只硬壳日记本。这是当年滕维丽赠她的礼物。日记本扉页上有滕维丽的题词："王莹，我要感谢你的知遇之恩，我不是什么宝珠，倘若没有你的发现，我将一辈子黯淡无光。”

手捧老式日记本，王莹逐字对照着时隔多年的笔体，心里宣判着友谊的死刑。滕维丽啊滕维丽，我真不明白你为什么这样做。难道这是老姑娘嫁不出去的变态心理？

有人笃笃笃叩门。全厂只有滕维丽无须叩门径直走进党委书记办公室。王莹断定这不是叛徒敲门，收起小郑的来信和日记本，说了一声进来。

厂党委组织部的简部长推门走进来。这位简大姐平时少言寡语，不谈工作她是不说话的。当初王莹正是通过简大姐与机电工业局组织部的小郑认识并且成为密友的，因此她对简大姐另眼相看。

王莹书记，咱厂科协主席职位空缺很久，局里几次催促安排人选。你看咱们是继续拖呢还是着手安排呢。简大姐一板一眼说道。

在这位组织部长心目中，工厂科协主席属于虚职，没钱没权没分量，中层干部队伍里没人愿意赴任。一贯服从领导指示——这使简大姐赢得了王莹信任。

王莹振振有词地说，我看这事儿不能拖了。我们企业发展首先依靠科技进步。这次咱厂项目得到国家计委批准，主要因为科技含量。我们论证的 CFC 项目世界银行愿意提供贷款，也是因为科技含量。所以说科协工作非常重要。我们必须委派有文化有魄力的优秀干部担任厂科协主席，你看滕维丽合适吧？

简大姐愣了。厂党委办公室主任调任厂科协主席——这出乎组织部长意料，甚至完全颠覆了她从事组织工作几十年的经验。

哦，应当先找滕维丽同志谈谈吗？简大姐问道。

王莹不冷不热说，我知道这是组织工作程序。你通知滕维丽吧，一定告诉她这是组织对她的信任，希望她正确对待这次工作调动。

第二天全厂召开第三季度工作总结大会，同时表彰全厂技术改造项目先进人物。八个月的工程，已经完成三分之二，形势喜人。会场悬挂巨幅标语写着“赢得大机遇，力争大发展，作出大贡献！”

这十五个字是王莹与滕维丽反复切磋确定的口号。面临国有企业陷入困境的年代，王莹领导的东方制冷设备厂理所当然成为一面迎风招展的旗帜。

王援朝乘坐轮椅来了。大名鼎鼎的金水集团董事长的出现，吸引现场记者争先恐后地拍照。电视台女主持人伸过话筒采访。王援朝大人物似的摆了摆手说，我是来向东方制冷设备厂学习的，你们应当采访王莹啊。

王莹对哥哥的到来心怀感激。她认为自己与哥哥心灵相通。哥哥往往在她最需要支持的时候，突然出场送来意外惊喜。

王莹接受了记者们的采访。她的开场白非常精彩："我可以告诉你们，我们国有企业不但能够走出困境而且能够创造胜景！"

滕维丽忙前忙后不停闲，她并不知道自己的职位好似一块浮冰，已经漂移了。王莹接受记者采访的时候，滕维丽站在身旁做出保驾护航的样子。

中午，食堂吃捞面。这是继打倒"四人帮"以来，时隔多年东方制冷设备厂再次免费向全体职工供应三鲜打卤面，包括大蒜。

然而，任何喜悦也不能冲淡密友背叛带来的痛苦。毕竟王援朝明察秋毫，他跟妹妹握手告别的时候画龙点睛说，灵莹，你必须把自己变成一块花岗岩，这样才能经受别的石头的撞击。

你说什么样的石头最伤人心呢？王莹装作漫不经心的样子，问道。

王援朝轻声轻语说，当然是自己人，譬如我，譬如设子，譬如傻凤……

王莹一下受到感动，紧紧握住哥哥的手说，你的比喻非常残酷。不过你们永远不会伤害我的，即使伤害了也是无意的。

当天晚上，王莹将自己反锁在卧室里，怀里抱着一只小绒熊大哭——向这只毫无生命的玩具倾诉着内心的哀伤。

滕维丽的无耻背叛，动摇了王莹的生活信念。在此之前，她相信人间友谊的存在。尤其是同性之间的亲密友谊。如今，那两封匿名信宣告了友谊的死刑。所谓友谊不过是欺骗的别称罢了。王莹幻灭了，任凭泪水冲刷着心中的石头。

半夜里，冯五一拎着旅行包走进家门，身后跟随着九岁男孩儿冯器。他听到卧室里传出妻子的哭声，以为有人死了。冯器听到陌生的母亲发出陌生的哭声，怯生生躲到父亲身后，好像一头可怜的小鹿。

冯五一咚咚敲门说，王莹啊你不要哭了，要奋斗就会有牺牲，死人的事情是经常发生的……

卧室里传出王莹的声音。你懂得哀莫大于心死吗？不是她人死了，是我心死啦。

王莹你开门吧，我从江西把冯器接回来啦……

王莹卧室的门猛然打开。冯器看到一个身穿睡袍满脸泪痕的女人冲出来，吓得转身跑进厨房。王莹不顾儿子惧怕追进厨房大声说，冯器，妈妈想死你啦。

冯器躲到冰箱旁边，忐忑不安地望着母亲。

情急之下王莹顺手打开冰箱问儿子想吃什么。冯器连连摇头，好像要躲到冰箱里面去。王莹失意地抹着泪水，不知如何是好。

冯五一看着母子相逢的场面无可奈何地说，女强人被儿子打败了，母性真是一种弱点啊。

王莹行动起来。跑进卫生间摁亮电热水器烧水，准备给儿子洗澡，之后返回厨房，找出一瓶橙汁两块巧克力一筒薯片，递给儿子。

冯器不言不语注视着陌生的妈妈，目光里充满冷漠与惶恐。这种目光对王莹挫伤很大，她转身跑到自己卧室。

她的电话机装在自己卧室里。她焦急地拨通工厂党办夜间电话，传来滕维丽的声音。此时，儿子的回归使得王莹完全忘记了滕维丽的背叛，只记得她在厂里值班。

我告诉你，我儿子从江西回来了，明天我要带他上街买东西，你通知有关部门明天项目碰头会挪到下午两点钟，我一定按时赶到厂里的……

恐怕不行了。今天上午简大姐找我谈话，中午我就交接了党办和简报办的工作。明天上午八点钟简大姐送我去厂科协报到，在分厂那边挺远的。电话里滕维丽不卑不亢说，新任党办主任是张贡菊，要不要我把这个任务转告她？

犹如一盆冷水泼在头上，王莹猛然醒悟。啊，我撤了她的职怎么给忘啦。放下电话，这位党委书记兼厂长难以克制悲哀情绪。我对滕维丽的感情确实难以割舍。她对我的无耻背叛又确实难以原谅。

王莹寻思道，咦，电话里滕维丽怎么不向我申辩呢？电影里的叛徒几乎都在狡辩啊。犟——这正是滕维丽的性格特点吧。

走出卧室，王莹看到冯器躲到冯五一卧室里，她笑眯眯说，冯器你怎么不说话呢？妈妈好几年没听到你的声音了。

她听到儿子操着江西口音不耐烦地说，对不起我要睡觉啦！

第二天一大早，王莹破天荒把厂里工作撇在一旁，带着儿子上街购物。冯器的情绪趋于稳定，表情淡漠地跟随母亲走进一家快餐店。母亲问儿子想吃什么早点。儿子说稀饭就辣椒。王莹蓦地明白了冯器是江西乡下孩子，面对大城市的繁华生活属于外来人。

只好走进一家粥店要了一碗稀饭一只烧饼，还有腌椒。冯器操着赣音小声说北方辣椒是假的，不辣。王莹只好跑到附近便利店买了两瓶红油辣酱，说回家给你吃吧。冯器的面孔由于辣酱的到来而现出几分血色。

王莹足有几年没有逛街了。一派生疏景象。此时她意识到自己距离生活其实很远。身为职业女子，我没有胸针没有耳环没有发饰甚至没有纱巾，几乎丧失了所有小情小趣，只有一座东方制冷设备厂。

好啊，这样我也满足了。王莹安慰着自己牵起冯器的手走进一座服装商厦，来到运动服装柜台。她四处寻找着本市第五针织运动衣厂“丛中笑”牌运动衣。记得十年前它被评为“部优产品”。柜台里售货员笑了，说那种牌子没人认，现今热销的都是南方民营企业产品，有广东的有浙江的，北方土老帽儿的东西根本卖不出去。

哦，改朝换代了，王凤的第五针织运动衣厂同样面临生存危机。王莹心里不是滋味，领着冯器去买旅游鞋。穿过商厦大厅她看到一个熟悉的身影。

设子！她大声喊道。那身影拎着工具包匆匆进了电梯，高升而去了。她知道弟弟故意躲着自己。站在电梯间外面她心情极其失落。设子宁可漂泊打工也不肯留在我厂里，我是瘟神啊。

心情变得一团糟。低头看看儿子冯器，大眼睛直鼻梁黑发茂密，面庞清秀身材匀称，多体面的一个男孩儿啊。只有在这种时候王莹才感受到孩子永远是母亲的爽心果。工厂呢，有时则是厂长的堵心丸。

给冯器买了穿的戴的，然后去吃麦当劳。要了麦香鱼、麦乐鸡、薯条、可乐什么的。王莹悄悄打开一瓶辣酱递过去，满脸讨好的微笑。冯器毫无表情地瞥了一眼辣酱，吃着。母亲觉得冯器陌生起来，似乎这个儿子是塑料做的跟自己毫无血缘关系。她意识到这种情绪很危险，便咬了咬嘴唇暗暗批判自己。你把儿子送到江西农村，你逃避做母亲的职责当然受到亲情的惩罚。如果你不接受这种惩罚就等于失去儿子……

下午赶回工厂参加项目碰头会，王莹嗅出自己手上残存的辣酱气味。这是儿子的味道啊。于是心头热乎乎的，尽情享受着身为人母的欢愉。抬头看见新任党办主任张贡菊，王莹想起滕维丽。无论如何还是要跟叛徒谈一次的，正式终止个人关系。这样想着，她随即付诸行动，拿笔给厂办主任老彭写了一个纸条：请通知滕维丽下班之后到我办公室谈话。

项目碰头会上，党委书记兼厂长首先讲话。她说全厂技术改造项目进展顺利，八个月竣工绝无问题。形势大好。我们应当抓住时机打响第二战役——CFC 项目。如今，氟 12 对大气层的危害受到联合国教科文组织关注，国家环保总局将环保型制冷机列为重点开发产品，世界银行给予贷款。大家都知道，从计划经济向市场经济全面转化，谁搭上“政策的车”谁获益。我们如果开发生产国家大力推广的新型环保制冷机，必然获益的。

参加碰头会的中层干部们表情惊讶，却没人当场提出反对意见。

王莹环视着会场问道，你们有什么不同看法吗？如果有就摆到桌面上，不要在下面搞小动作。如果没有不同看法，我就宣读 CFC 项目领导小组名单了。

依然没有人说话，于是形成货真价实的一言堂局面。

王莹自我解嘲说，有人攻击我独断专行，写了匿名信告状。可是你们不发言怎么形成群言堂呢。我为什么强调 CFC 项目，这是天赐良机啊。我们错过这个机会，它就被别人拿去啦！

洪总工程师发言说，抓住机遇趁势而上，我同意王莹书记的工作安排。

新任党办主任张贡菊说，我不是专业干部，不懂技术。听了王莹书记讲话我深受鼓舞。我们应当以大决战的速度紧紧抓住这次难得的机遇！

设备科长也表示赞同说，确保八个月完成全厂技术改造，同时打响 CFC 环保品牌战役，我们必须树立大局观念！

王莹笑了，宣读 CFC 项目领导小组名单。她要求十天之内拿出可行性报告，一方面给国家环保总局打报告，同时接触世界银行。

散了会。她回到办公室等候滕维丽。从前，王莹没有时间概念，无论早晚都泡在厂里。吃饭有职工食堂，睡觉有办公室沙发。如今有了冯器，心境大不相同。既有了后顾之喜也有了后顾之忧。

晚间六点钟，仍然不见滕维丽露面。王莹担心儿子饿饭，焦急地拨通家里电话。冯五一接电话说，厂里项目泡汤我清闲了，在家给冯器做饭呢。

王莹放下电话，一阵心慌意乱。真是应当感谢孔小围，眼睁睁北方电机厂的项目泡了汤，东方制冷设备厂成了幸运儿。这是天壤之别。

坐在办公桌前随手翻了翻台历——九月十七日。今天好像不是寻常日子。她寻思着，一个人影浮现脑海——哦，今天是董泰建的忌日。这么多年过去了，她还是能够想起那个嬉皮笑脸的小伙子。

活着的人，岁数年年增长，从青年而中年。死去的人，永远定格了，成为一张镶在镜框里的老照片。回想当初跟董泰建打交道的年代，王莹感到一阵莫名的空虚。这时有人笃笃敲门，她说了声请进。

滕维丽走进来，满头大汗解释说，对不起让你久等了，我从分厂骑车过来车胎爆了，一路推着走。

那么我们就做一次简单的谈话吧。王莹请对方落座当头问道，滕维丽，你知道我为什么突然调离你吗？

滕维丽点点头说，一定是有人把我写给机电工业局党委书记的两封信给你看了。

你很坦率。那么请你告诉我，你为什么写这两封匿名信呢？王莹眯起双眼，好像一个学生思考着一道难解的数学题。

我平时多次给你提意见，你不听。我认为这样下去你面临深渊，东方制冷设备厂也面临深渊。我只能采用这种极端的方式请上级领导机关解决你独断专行的问题。否则你就毁啦。

我毁啦？你什么意思！王莹渐渐愤怒起来。

是啊，从表面看你取得了很大成绩，同时也酿造着更大危机。你知道现在谁是东方制冷设备厂的主人吗？广大职工不是主人，因为他们没有任何权力决定企业前途；你也不是主人，尽管你手握大权却听命于上级领导机关……

这种言论我听多了，你也不要讲了。王莹打断对方说，我知道你是一个坦诚的人，你为什么匿名写信呢？

滕维丽无奈地笑了。起初我是署名的，经过思想斗争改为匿名。因为我认为署名对你更为不利。谁都知道咱俩关系极好，甚至有人传言你我同性恋。记得厂办主任老彭说过，假如王莹只剩下一个朋友那就是滕维丽。既然这样我要是署了名，只能说明你众叛亲离成了孤家寡人。我不想让你承担这种名声，所以匿名了。

沉默了。王莹起身踱步围绕着滕维丽说，这么说我还要感谢你？感谢你没有署名。

我不要你感谢。反正我不能看着你走向失败吧，那样就不是真正的朋友了。

我的天，现在咱们不是真正的朋友是真正的冤家。王莹双手颤抖说，依照你的逻辑你写匿名信出于良心，否则你就署名了？

是的。我是上山下乡的老知青，当初我发誓扎根边疆永不动摇，后来返城了。这是我一生的最大食言。除此我问心无愧。滕维丽从容不迫说，我是一个追求完美的人。如果你认为我在为自己狡辩，今天我就给局党委书记写一封署名信，继续反映你一言堂治厂的问题。

你的心理好像出了问题。王莹站起说，从今往后你我之间多年的私人友谊，结束了。咱们握手告别吧。

滕维丽跟王莹握了握手。两人对视着。滕维丽中肯地说，我送你一句话，一个争强好胜的女人，有时候最虚荣。她的失败，往往出于这种虚荣。

这句话你去送给别人吧。我从小操持家务，什么粗活儿脏活儿都干过，我不用香水不涂唇膏不穿漂亮衣服，我是一个没有多少虚荣心的女人。

滕维丽笑了。但是我有虚荣心，所以我换房搬到劳模楼住了，才三天。就在你父亲隔壁四单元，三楼五号。

如今人们都住新楼，你怎么往旧楼里搬啊？王莹不解地问道。

虚荣心啊。我从小向往劳动模范可惜当不成劳动模范，就搬到劳模楼去住吧。滕维丽一本正经说着，起身走了。

王莹独自坐在办公室里。很晚了，她不开灯，任凭黑暗抚摸着自己。黑暗里她感觉空气黏稠，一呼一吸很费力量。人在困境之中，往往发力。一个女人失去一个男人的爱，未必是坏事。一个女人失去一个女人的爱，便不得而知了。

一路上嚼了几块饼干，王莹乘坐“蓝鸟儿”回到家里。冯五一听到门响走出卧室，告诉她给冯器联系了学校，明天上午去五马路小学报到。

冯器睡了。王莹走进自己卧室换了睡衣，准备洗澡。冯五一指着摆在客厅茶几上的几页文件说，你看看吧，看完了咱们谈谈。

她猫腰看了看，吃了一惊。离婚协议书？她扭脸看着冯五一，一股从来不曾体验的失落感袭上心头。你打算跟我离婚？

冯五一点点头，那样子很像意志坚定的革命志士。是的，为了维护你的威信，我决定跟你协议离婚。这样不经过法院裁决，不声不响没人知道。如果你同意这种方式，咱们坐下来商量一下如何分割财产……

你真的要跟我离婚？王莹问道。这时候女人的虚荣心主宰着这位党委书记兼厂长，依照她的逻辑离婚二字不应当是冯五一首先提出的，而是她。

我跟你离婚有四大理由，导火索是我前几天接到一个电话。打电话的人告诉我，是你揭发了我们北方电机厂的“钓鱼项目”，结果国家项目拨款被你们东方制冷设备厂拿到了。你为了自己的工厂出卖了自己的丈夫，属于史无前例的女人！所以，我必须跟你离婚。

坐在客厅沙发里，王莹古怪地笑了，说冯五一你有香烟吧给我一支。

女强人也有意志薄弱的时候。冯五一得意地说，我有海洛因你吸吗？

好吧，我同意离婚。王莹从茶几上拿起塑料笔在离婚协议书上签了字，说财产分割好商量，要么你搬出去住，要么我搬出去住。

你不要挪窝，我搬出去住就是了。冯五一大度地表了态。

不过，我有一个要求，你必须告诉我，那个电话到底是谁打给你的……

我不会告诉你的。冯五一摇摇头说，你也不要打听了，一旦真相大白对你打击太大了。

给你打电话的是滕维丽！对不对？王莹脸色惨白盯着即将成为前夫的丈夫。

你跟滕维丽亲密无间，有人还说你们同性恋。冯五一惊异地反问，她对你那么忠诚你怎么怀疑她呢？我看你心理出了问题！

你还想保护滕维丽？嘿嘿，你越保护她越说明她出卖了我！她是大叛徒大内奸……王莹尖叫着，似乎失去自我控制能力。

王莹冲进厨房，拎出一瓶白酒拧开盖子咕咚喝了一口。滕维丽太卑鄙了，我饶不了这个下贱的女人……

一连喝了几口白酒，王莹两眼布满血丝。冯五一！滕维丽竟然打电话向你告密，你俩什么关系？

冯五一呆呆看着疯狂的王莹，好像看着电影里即将发疯的女主人公。他担心这位即将成为前妻的妻子精神崩溃，心里怯了。

冯五一，我承认我出卖了你们厂的项目，因为我捍卫我们厂的项目。滕维丽为什么把我出卖给你，你必须跟我说清楚！说着，王莹狠狠将酒瓶摔在地上，酒液伴着玻璃碎片，四处飞溅。

哇地一声……卧室里传出冯器惊恐的哭声。儿子的哭声并没有阻止母亲的疯狂，她扑向冯五一揪住他的衣领，喷着浓烈的酒气说，你必须跟我坦白，你跟滕维丽究竟什么关系！

天上掉下个滕维丽——冯五一没有料到事态发展到如此境地，他跑进卧室里安慰着哭泣的冯器。王莹满脸透红站在卧室门口——好像刽子手等待着犯人的口供。

疯狂的刽子手使得冯五一心理崩溃了。他走出卧室对王莹说，你不要哭了不要闹了更不要喝酒了。我把事情真相告诉你吧。

王莹瞪大眼睛望着他说，你要是敢欺骗我，我就杀了你……

我跟你实话实说吧，这件事情跟滕维丽毫无关系，给我打电话的是孔小围！

孔小围？王莹望着即将离婚的丈夫，表情僵硬地笑了。冯五一，你敢对天发誓没有欺骗我吗?

冯五一啪啪拍着胸脯发誓，我要是欺骗你，出门遇到车祸!

缓了一口气冯五一说，那天孔小囤从北京打来长途电话揭发你。我不相信，他在电话里发誓，他要是欺骗我，出门遇到车祸。

王莹仿佛遭受电击，浑身颤抖起来。冯五一慌了，连忙解释说，孔小囤为什么捅出这个秘密，我也捉摸不透啊。

这是因爱生恨啊。王莹倒退两步坐在沙发里，脸色苍白好像下了地狱。

冯五一颇有绅士风度说，你放心我不会把这件事情说出去。你为了工厂项目跟孔小囤鸳梦重温，也算是舍己为公。只可惜孔小囤后发制人，在你后院里放了一把火。

王莹起身说渴。冯五一给她斟了一杯水说，咱们夫妻一场我要站好最后一班岗啊。

我跟孔小囤是一场孽缘。当初我抛弃了他。如今他给了我项目，最终还是报复了我，一拳出手砸毁了我的家庭。男人，跟女人就是不一样。

24 凹凸与舒卷

“大联化”工程名声很响，是国家投资建设的重点企业。王金炳被李亦墩调来，管理基建工地仓库。这位工业战线老领导是“大联化”工程总指挥。他拍着王金炳的肩膀说，一辈子有幸经历这个大工程，光荣啊。

迎来“大联化”开工投产，王金炳调任特殊原料仓库管理员。他依然像一颗永不生锈的螺丝钉，紧紧拧在这里。

李亦墩同志功成身退，调任市人大常委会副主任。离厂那天他特意前来看望老伙计，身旁陪着一大群企业干部。他赠送一只半导体收音机说，金炳啊你不要退休，中华劳动模范基金会评选“新中国十大劳动模范”，前提条件是在职在岗。你要是退了休就没有资格参选了。

王金炳嘿嘿笑着，没说话。他心里说退休不退休还不是领导决定，我这一辈子没有自己做过主啊。

李亦墩同志被簇拥着走了。王金炳抄起仓库保管室的电话打到工人疗养院，告诉牟棉花评选新中国十大劳模的消息。电话里他听到老伴儿叹了一口气说，你努力吧，可惜我不在岗啦。

听了牟棉花的感慨，王金炳越发珍惜自己的岗位。是啊，工作一天，光荣一天。工作一辈子，光荣一辈子。

此时王金炳并不知道，为了确保王金炳“工业战线红管家”这面旗帜，新任市人大常委会副主任的李亦墩特意给市委书记章德浩写信，提议将该同志退休年龄推迟五年。章德浩书记批示说：“我们必须为王金炳同志创造有利条件保留工作岗位，争取荣获全国十大劳动模范称号。”

特殊原料仓库规模不大，每天进料出料要求佩带海绵口罩，俗称“猪嘴巴”。库房里安装了旋风式除尘器，偶尔出现故障便是粉尘飞扬。那种白色粉尘吸进喉咙，又苦又涩。前任仓库管理员交接工作的时候说，您这么大年岁还不退休？这里不是适合人类生存的地方。

王金炳认为这人思想落后，没吭声。工业战线红管家接过特殊原料仓库的钥匙，继续着仓库管理员的生涯。

这座仓库管理制度严格，化学粉料损耗率只有千分之零点三。那种代号 575 的化学进口粉料，价格极贵。这位工业战线红管家精打细算，很快摸索出一套减少损耗的办法。那就是进料出料的时候，尽量不启动除尘器。一旦除尘，工作环境粉尘浓度小了，却有一部分粉料被除尘器排掉。王金炳宁可被化学粉尘呛着，也不愿浪费国家财产。至今他还记得三十多年前《人民日报》发表了一篇《发扬一厘钱精神》的评论员文章。多少年过去了，他依然赞成这样的口号，可惜现今马路边一毛钱也没人猫腰去捡了——说是经济效益太低。

地处工厂偏僻角落的特殊原料仓库，平时工作量不大。王金炳便悄悄打开李亦墩同志送给的半导体收音机。多少年来，他对自己的生活基本满意，同时隐约感到缺少几分滋味。至于缺少什么滋味呢，他懵懵懂懂说不清。

他不喜欢听音乐，也不喜欢听戏曲，只喜欢听本市广播电台的“早间快报”和“午间新闻”。听新闻节目，长见识。

儿女们工作忙，平时很少见面。有时在广播电台新闻节目里听到有关儿女们的消息，王金炳小孩子似的高兴。譬如广播里报道，近年金水村走集体富裕的道路，土地由村委会统一对外租赁耕种，本村农业劳力全部转入金水集团所属企业，全面实行公费医疗制和养老制。村民福利待遇明显增加，去年全部搬入三室一厅楼房居住，并且免费配备电视、电话和煤气罐。人称“中国北方第一村”的金水村发展成为拥有二十八家企业，年产值八亿的中国大型综合企业集团。集团董事长王援朝表示，明年全村将实行入托、入学集体负担制，对考入名牌大学的子弟每年奖励十万元。

听着广播喝着白开水，王金炳嘿嘿笑着说，大朝这孩子真有本事，不愧是志愿军烈士后代，硬是把金水村弄成全国闻名。这次大朝去德国治病，要是能够治好双腿自己走路就好啦。

一天中午，王金炳从广播新闻里听到东方制冷设备厂开发环保型CFC制冷机获得国家环保总局批准的消息。那位男播音员说，市委书记章德浩深入企业召开现场办公会，提出“一条龙”示范工程方案。

什么是“一条龙”呢？这肯定跟麻将牌无关。王金炳侧耳听到很多新鲜词语，比如“整合”和“盘活存量”什么的，他只好打电话向住在工人疗养院里的老伴儿请教。

电话里牟棉花告诉他，这几天报纸上说的“一条龙”就是利用行业龙头企业的巨大拉动作用，带活身边一群困难小企业。

哦，咱们灵莹真不简单把企业弄成龙头了。王金炳高兴得好像拾了金元宝。至于王莹跟冯五一离婚，老两口一无所知。由于外孙冯器的守口如瓶，两位老人仍然认为北方电机厂的冯副厂长是自家姑爷。冯五一也不愿意刺激这两位老人，只好继续扮演着乘龙快婿的角色。

半导体收音机成了父亲了解儿女们近况的传声筒。王金炳经常纳闷，怎么听不到二丫头的情况呢？咱家傻凤也是特等劳动模范啊。

工业战线红管家不知道，此时的第五针织运动衣厂处于半停产状态，面临工艺陈旧产品老化市场衰退的严峻局面，“丛中笑”商标成了落伍品牌，昔日辉煌随着西边的太阳落山了。

牟棉花打来电话，说收音机里报道冯五一代表北方电机厂跟什么阿尔贝托公司谈判，要成为我市第一家中法合资企业。昨天，白小林打来电话跟我聊天儿，我向他打听阿尔贝托公司。敢情天底下没有白小林不知道的事情。他说这家法国公司跟日本小岛家族有关联交易。小岛家族在中国投资兴建了纺织机械厂生产新型织机。你知道吧，小岛家族就是当年东洋纱厂的东家。这么说他们回来啦！

王金炳开导电话里的老伴说，兴咱家大朝去人家德国治腿，就不兴人家小日本儿来中国投资啊？咱们中国是一座大茶楼，谁来喝茶都欢迎，嘿嘿……

老夫老妻通电话，有好消息也有不好消息。牟棉花告诉王金炳，工人疗养院大量裁人，舒芸下岗回家了。

是啊，如今国有企业面临困境，我们只能挺住。你还记得当年节粮度荒吧？多饿呀！全家不是挺过来啦。

长期住在工人疗养院的老牌劳动模范，只剩三人。据说属于“特殊照顾”。国有企业不景气，有的老劳模连医药费都难以报销，莫说疗养了。牟棉花认为自己给组织增添负担，心里不是滋味。于是，互相回忆，互相感叹，互相安慰，互相激励，渐渐成为老夫老妻通话的主要内容。

一连串日子过去了。王金炳接管特殊原料仓库半年时光，发觉自己胸脯渐高，他认为这样下去不利于劳动模范保持谦虚谨慎的工作作风，便戒骄戒躁驼背行走。一天下班洗澡，他低头看到自己乳房突起，颇有女性化趋势，穿起衣裳跑出职工浴池。

幸亏学会骑自行车，他惊慌不已骑车回家一头扎进卧室里，脱掉上衣仔细观察着。两个乳房明显增大，跟老娘儿们似的。怪事，我当了一辈子男人怎么老了倒变成女的啦？

当天夜里，他躺在床上双手捂着乳房寻思。各级领导都要求我继续保持工业战线红管家光荣称号，即使乳房大了我也要坚持下去的。

既然乳房大了，就要管束。第二天是公休日。王金炳出了家门。他知道郊区还残存着几家供销社，远离市区不会遇到熟人。

中午时分，郊区供销社顾客稀少，他气喘吁吁站在柜台前面说买胸兜。一个大老头子跑来买胸兜，怪事。年轻的女售货员羞得红了脸，随手拿了一只白色中号老式胸兜。王金炳举着钞票说我要十只，好像抢购紧俏商品。交了钱把十只白色胸兜一股脑儿塞进帆布提兜里转身就走，还忘了找钱。

跑出农村供销社蹁上自行车一口气骑出三里地，他钻进一片小树林里，上气不接下气地打开帆布提兜。这种老式胸兜俗称“勒子”，起着妇女束胸作用。他瞪大眼睛盯着十只白色的“勒子”满脸欣慰地说，它们足够我戴到死啦。

一路骑行回到市区，他走进化工染料店买了一包儿红色颜料。第二天上班趁着中午休息反锁仓库大门，他偷偷摸摸生火煮了一锅红汤，把十只白色“勒子”一股脑儿染成大红颜色。嘿嘿，红色不怕脏，禁䐢。

他一边染色一边哼唱着那首老歌：“戴花要戴大红花，骑马要骑千里马，唱歌要唱跃进歌，听话要听党的话！”

他悄悄佩戴红色胸兜上班，感觉贴身戴了一朵大红花，胸部勒成平板了。噢，怪不得前任保管员说这里不适合人类生存呢，敢情长奶啊。

我老了，什么都不怕，胸脯高了就是胖了呗。王金炳给自己做着思想工作。每当进料出料，为了节约粉料照旧关闭旋风式除尘器，佩戴着“猪嘴巴”在粉尘飞扬的仓库里工作。那红色胸兜管束着两只乳房，也包裹着一颗老劳动模范的苦心。

王金炳永远也不会知道，那代号575的粉尘里含有雄性激素。他的乳房突起正是由于“长期吸入外源性雄性激素粉尘，其在体内代谢为雌性激素，从而导致男性出现女性化特征即双侧乳房发育”。这一串儿聱牙拗口的句子只能出现在职业病防治所的病历里。然而王金炳从来不去医院看病。他只懂得去郊区供销社购买十只“勒子”掩盖身体变化的秘密。

住在工人疗养院的牟棉花，渐渐察觉报纸上广播里宣扬普通人的消息越来越少，报道有钱人的消息越来越多，譬如一个大款给农村老娘买了一架直升飞机，农忙播种洒农药，农闲载着老太太上天兜风看云彩玩儿。牟棉花并不认为人们都富了，譬如从收音机里听到下岗女工为了供养两个孩子上学，偷偷卖肾。买飞机的卖肾的，什么消息都有，就是没有评选十大劳模的消息。

自从得知评选新中国十大劳动模范，她便有了心思。自己不在岗位，她特别盼望老伴儿当选。担心评不上，便心存顾忌，想问又不敢问。每逢公休日王金炳来工人疗养院探视，也回避着这个话题。

牟棉花准备写书了。她认为自己是棉纺战线一面旗帜，一辈子的东西应当留给后人，不能湮没了。比如接头技术，比如“牟棉花工作法”，即使织机换代，中国棉纺女工的奋斗历史不能忘记。

听说牟棉花写书，中风偏瘫躺在高干病房里的徐贰芬大姐打来电话预祝牟棉花写书成功。牟棉花在电话里向这位革命老大姐表决心说，您放心吧，我一定多快好省写完这本书。

她写书的高级参谋是靳大姑。这位七十三岁的“老棉纺”历经沧桑，修炼成为人世罕见的老妖婆。她老人家耳不聋眼不花，腰不弯背不驼，走路一阵风，说话如敲钟，依旧满嘴粗话。

听了牟棉花的豪言壮语，靳大姑撇了撇嘴说，扯你娘的蛋，什么多快好省？你写书也搞“大跃进”啊？你他妈的不要命了，我三朝元老还想多活几年呢。

牟棉花不敢惹靳大姑，说只争朝夕嘛。靳大姑说你争来争去也只能活一辈子。你这辈子是国棉十九厂挡车工，你下辈子还是啊？

对，我下辈子还是国棉十九厂挡车工！牟棉花不服气，反驳靳大姑。

靳大姑掏出烟卷儿叼着，依旧不点燃说，你住在疗养院里任屁不知道，咱国棉十九厂南院黄了，剩下北院几个车间维持生产。等到你下辈子投胎转世再当棉纺女工，北院也黄了八期啦！

真的？牟棉花极其失望地看着手里鞋楦子说，挺好的国营企业怎么黄啦？

你知道合成化学厂吗？你知道耐火器材厂吗？你知道风动工具厂吗？你知道医疗器械厂吗？你知道低压开关厂吗？靳大姑一口气说着，好像相声《报菜名》里的“贯口”。

都黄啦？牟棉花仿佛不忍心打听遇难亲人的下落，小声问道。

看到牟棉花动了感情，靳大姑反而安慰说，也有好企业，就说东方制冷设备厂吧，龙头。电视里你闺女大出风头。国营企业走出困境兴许就从灵莹这儿开始呢。

借您的吉言。牟棉花送走靳大姑，马上给王金炳打电话。她跟老伴儿约定星期天上午去看望国棉十九厂。从她说话语气里王金炳感觉到国棉十九厂不是一个厂而是一个人。

星期天歇班，王金炳骑着一辆红色小三轮车来了。牟棉花站在工人疗养院门口候着，远远望去老伴儿好像骑着一团火焰。

这辆小三轮车是王建设为父亲制作的，说是送给爸爸的退休礼物。儿子并不知道父亲推迟退休。他利用几个公休日去废品公司买钢管，跑汽车修理厂寻轴承，到车具市场购置零件，在橡胶制品商店配轮胎，只花了五十二元钱做成这辆小三轮车，还特意喷成天蓝色。王建设是穷工人，送小三轮车给老爹就等于大款送给老爹“奔驰”。

王金炳连连摇头，执意要红色的。那时他胸部尚未突起，也没有偷偷佩戴红色“勒子”。然而他还是喜欢红色。他认为自己这辈子与红色息息相关。外孙冯器知道姥爷脾气，操着难以改变的江西口音告诉他老人家，红色的英语单词是“瑞德”。于是王建设只好“瑞德”。

小三轮车改变颜色，须要重新喷漆。家里既没有喷枪也没有气泵。英雄无用武之器。活人不能让尿憋死。王建设弄了一罐红漆找来喷枪，拉来一根胶管连接喷枪，在“劳模楼”前面拉开“喷漆工”的架式。王金炳惊诧地说没有气泵你怎么喷漆啊。

王建设眼里这世界就是一座大工厂，材料取之不尽，工具用之不竭。他借来一只拖拉机内胎，拿出脚踏打气筒吭哧吭哧踹气。踹了半个钟头——干瘪的拖拉机内胎胀得粗似牛腰，居然变成一台具有压缩空气功能的“气泵”。拧开节门噗噗喷了起来，不消片刻就给小三轮车喷了一层红漆，“瑞德”了。

王金炳极为感慨地说，设子啊你生不逢时，工厂不景气你这样的技术尖子没了用武之地。

王建设从容地摇了摇头，低声说山不转水转。那语气里充满一个普通工人的自信。

特意给车厢里铺了棉垫，王金炳扶着牟棉花上车。牟棉花甩手不让他扶，气哼哼说你恨我不老哇。尽管工人疗养院两年没有安排疗养员全面体检，牟棉花坚决认为自己身体运转正常。机器是老了，却没有毛病。

乘坐小三轮车前往国棉十九厂，牟棉花特意穿了那件蓝色毛哔叽上衣。这是当年国家发给赴阿富汗援外人员的礼服，代表中国专家形象。一路上，王金炳为了掩饰胸部，缩肩收腹骑行着。一辆辆汽车从身旁驶过，这辆红色小三轮成了一道弱小的风景。

国棉十九厂鼎盛时期，职工近万人。正是当年牟棉花得到外号“牟大胆儿”的地方。此时，南院关闭，生着一丈多高的蒿草。北大门照常通行。门卫拦住这辆红色小三轮车。王金炳解释说牟棉花是这里的老职工，今天回厂看一看。卫门认为坐在车里老婆子是来讨账的退休职工，摆手拒绝进厂。

你们的医药费厂里分期分批解决，催也白催！门卫大声解释。

一辆切诺基吉普车从厂里驶出，门卫立正敬礼。一个花白头发男子从车窗里伸出脑袋对门卫说，请牟大姐进去吧，她是咱厂的特等劳模！

牟棉花听说有人认识自己，下了小三轮车朝着切诺基大声反问说，你是谁啊认识我？

花白头发男子推门下车说，牟大姐我是郝伯生。您不认识我啦？就是郝二黑啊。

郝二黑？牟棉花寻思着，渐渐想起日伪时期东洋纱厂梳棉工房小伯役，之后想起国民党时期中纺五厂的小护厂队员，终于想起国棉十九厂青年突击手。她一把拉着对方的手说，是你呀郝二黑！你一九七〇年支援大西北，什么时候调回来的？

我在新疆伊犁毛纺厂工作二十多年，去年调回来担任国棉二厂厂长，现在着手筹建金纺集团呢。国棉十九厂南院明年拆迁，北院也要走土地置换的路子。您别看棉纺行业不景气，当年地处郊区的国棉六厂国棉九厂还有北大桥仓库，随着城市扩大变成甲等地段啦，地价大涨可值钱呢。

牟棉花并不晓得郝伯生“以土地换生存，以生存求发展”的战略思路，只是泛泛地笑着说，郝二黑，我盼着你振兴咱们棉纺工业呢！

这一阵子我忙，五一节我去看望您，咱们探讨如何重振棉纺工业雄风，好好聊一聊。郝伯生挥手说了声再见，拉开车门钻进吉普车。

牟棉花突然大声喊道，默西！默西！你穿多少码的鞋呀？

郝伯生扭身返回，满脸惊诧地望着这位出身日本东洋纱厂的特等劳动模范。

牟棉花略显顽皮地说，我想考一考你的记性。你没忘了这句日本话啊？我记得“文革”把你打成小汉奸，说你给日本人当伯役是卖国贼。

我哪有权力卖国啊。不过如今我有权力卖厂啦。现在我去拜访香港房地产大亨，洽谈迁厂的事情。郝伯生笑着回答说四十二码的，猫腰钻进美国出产的吉普车，开走了。

王金炳知道凡是牟棉花看重的人，她都要做一双鞋子。上至党的高级领导干部，下至普通劳动者，这成了一种金钱难买的特殊待遇。

牟棉花重新坐在小三轮车里问门卫，这位郝伯生同志现在什么职位？

门卫恭敬地回答说，他是金纺集团总经理，就等于是过去纺织局的局长。

于是，“工业战线红管家”骑着红色小三轮车载着“棉纺战线一面旗帜”，驶进国棉十九厂北院。工厂大道上，人来车往都是陌生面孔。工厂大道两旁，都是陌生景致。牟棉花恍然大悟：打从工人疗养院前往阿富汗援建巴格拉密棉纺厂，我离开国棉十九厂将近三十年，似乎是上辈子的经历了。

蹬着小三轮车王金炳念叨着。棉纺行业大变样！一是这几年棉花紧张，全国各地棉纺厂都去产地抢购原棉，供不应求就涨价，涨了价还往棉包里掺沙子压分量。二是这几年企业没有资金购买原棉，趴着不能生产。三是这几年国营企业被条条框框捆着手脚，没办法跟乡镇企业和私营企业竞争……

咦，你怎么知道这些事情？牟棉花坐在小三轮车里，觉得老伴儿突然变成一个“万事通”。

我听广播啊。秀才不出门，便知天下事。我呢，仓库听广播，保管知天下。王金炳乐乐呵呵用力朝前蹬去。

望着陌生的厂区呼吸着陌生的空气，牟棉花顿时觉得老伴儿也陌生了。说是老夫老妻，这大半辈子都来不及端详对方。忙啊。这样想着心头一阵悲凉。

南院与北院之间的大水坑，填平了。当年牟棉花去梳棉工房报到就是踏着冰面跑过来的。大水坑变成一个小广场。小广场门楼上的残存标语写着“建设四个现代化”。过了小广场便是停产多日的南院。牟棉花叫王金炳停车，环视着一派荒芜的景象。

东边的锅炉房只剩下半截烟囱。那是她打瞎白小林一只眼睛的地方。那时白小林叫小林白，一派日本人打扮。西边的变电站是当年护厂队把守的地方。解放前夜白小林跟她并肩躺在大卡车前面。关键时刻白小林站在了人民一边。

这就是我十六岁考进来的工厂啊。望着被一条条木板钉死的车间大门，牟棉花眼窝一酸，坐在小三轮车里呜呜哭了。

稳若泰山的王金炳说，旧的不去，新的不来！我劝你多想高兴的事儿，心里就不难过了。你看远处织布车间，当年纺织工业部主办全国纺织擂台赛，上海许金娣青岛陆根萍还有北京石家庄西安郑州无锡一大批技术尖子，都来了。偏偏是你牟棉花一鸣惊人打破挡车接头全国纪录，一直保持到今天啊。

听了王金炳讲述，牟棉花破涕为笑。以前三棍子打不出一个屁，现在你学会说话啦？

王金炳低头踏着小三轮车说，改革开放，我是跟收音机里单田芳学的。

一辆白色豪华面包车驶进小广场缓缓停下。一群西装革履的男人下车，打量着周边厂房。一个翻译哇啦哇啦说着外国话热情地介绍着情况。

王金炳远远望着说，这是日本考察团，那翻译是白小林。

一群日本人。牟棉花眯着眼睛说，他们是来开工厂的还是来买地皮的？告诉郝二黑一定不要贱卖啊！

驶出国棉十九厂大门，门卫抬手给这辆小三轮车敬礼。牟棉花笑着说，看来还是有人敬重劳动模范的，这小子不光给小轿车敬礼呢。

一路上，情绪波动的牟棉花不停向王金炳发问，好像怀里抱着一本《汉语九百句》。

金炳啊，你跟收音机里单田芳学会说话了，那你告诉我纺织行业还能振兴吗？不光国棉十九厂，还有傻凤的第五针织运动衣厂，还有大姑爷的北方电机厂，怎么越弄越不行呢？人家灵莹怎么把厂子弄得那么好呢？你要是见到李亦墩同志，一定问问国有企业怎么走出困境啊！

你不说我还忘了，市人大办公厅打来电话，明天下午李亦墩同志叫我谈话，我说大半辈子上班没请过假，人家说通知大联化党办了，派车送我。

牟棉花乐了。你明天替我问一问李亦墩同志，咱国有企业到底怎么办。

第二天吃过午饭，王金炳锁了仓库大门拎着一桶热水走进更衣室。他脱光衣裳摘下红色“勒子”，洗澡。他认为自己胸部突起属于个人隐私，但是传扬出去对企业影响不好。一个老头子看管一座仓库，长出老娘儿们胸脯，这肯定传为笑话。一传十十传百，败坏了国家重点企业“大联化”的名声。王金炳深知“大联化”是自己的最后一座工厂，越发珍惜晚节。

洗了澡，把该洗的胸兜扔进水盆，换上新的“勒子”。他念叨着顺口溜：戴上勒子，胸脯平坦，不戴勒子，两座小山。

动手清洗泡在水盆里的“勒子”。白盆清水，水里仿佛盛开两朵大红花。他注视着这两朵大红花，浸得渐呈酱紫色，嘴里念叨着冯器教的英语“瑞德”。嘿嘿，瑞雪兆丰年的瑞。道德的德。

清洗了“勒子”，他打开更衣箱把这只湿乎乎的胸兜挂在里面。为了保守身体机密，他不敢把胸兜晒在光天化日之下。只要洗了“勒子”便直接挂进更衣箱里，鬼鬼祟祟地晾着。因此他在更衣箱里安了一只大灯泡。大灯泡成了小太阳。小太阳偷偷烘烤着他的人生秘密——那一只湿漉漉的“勒子”。

“工业战线红管家”一贯爱厂如家，这只耗电的大灯泡是他一生之中的最大浪费了。

晾好胸兜，好像完成战争年代的坚壁清野。去见李亦墩同志应当注意仪表。他拿起一面小镜子鉴定着自己的形象。镜子里的王金炳面容光亮，一张国字脸，两只小眼睛，光头大耳，直鼻阔口，五短身材，一派和蔼老头儿形象。

换了一身干干净净的工作服，穿上老伴儿亲手做的尖口布鞋，他站在仓库大门外候车。大门两侧矗立标语牌子，左边写着“特殊材料仓库，非公莫入”，右边写着“爱惜国家财产，安全第一”。他很想在这里拍一张照片，为自己这段特殊人生经历留一个纪念。

驶来一辆深蓝色小轿车，司机摇下车窗玻璃问是仓库王师傅吗，他点头说是。很久没坐小轿车，他显得很拘谨。一路疾驶到达市人大办公楼。他坐在车里不知如何开门，显得手足无措。

就是不如骑小三轮车方便。他嘟嘟哝哝表达对小轿车的不满。这几年他的性格有了些许变化，以前遇到不满意的事情，嗫嚅而已。如今敢于小声表态了。

走进市人大接待室。接待员起身引领来访者乘坐电梯到达九楼。908室是一间铺着猩红地毯的小会客厅。茶几上摆着一盘苹果。他坐沙发里等着，伸手摸了摸苹果。

塑料的。他笑了。当年在国营宏光电器厂当仓库保管员大量接触塑料制品，一摸就知道真假。那时塑料属于新兴工业材料，特别金贵。

李亦墩同志走进小会客厅，脸色晦暗。王金炳起身迎接，吃了一惊。这位老领导去年离开“大联化”，不到一年时光竟然体弱不堪。这时服务员捧来两块热毛巾端来两杯热茶，撤走那一盘假苹果。

金炳，你好吧？李亦墩气喘吁吁说，你有什么想法大胆谈嘛，不必拘束。

我？我什么想法也没有。您叫我来，我就来了……

既然你没有什么想法，我开门见山吧。李亦墩略显难堪说，去年我不让你退休是为了参加新中国十大劳模评选，为此我还给市委书记写了报告。假若你当选，也是我们这座城市的光荣嘛。但是……

老首长，您不用做我思想工作。我差距很大。王金炳扳着手指头说，老英雄孟泰，上海邱才康，大庆王进喜，北京张秉贵，农业王国藩，还有当了高级领导干部的倪志福和郝建秀……我哪比得了啊。评不上我不会有情绪，我要站好最后一班岗。

李亦墩禁不住笑了。金炳，这次评选范围不包括去世的，也不包括走上领导岗位的，主要面对多年坚守生产一线的劳动模范。所以我认为你很有希望入选。不过，这次评选活动取消了……

取消了？王金炳望着老领导，感到几分意外。

其实早就取消了，我老了记性差，忘了告诉你。咱们国家的事情有时候变化很大。取消的原因我也不太清楚。我相信你是能够正确对待的。

我能够正确对待！王金炳不由站起，猛然感觉“勒子”紧绷，胸口好像包裹一层黏稠的红色。李亦墩看到他有几分异样，目光里充满疑问。

为了掩饰胸部不适，王金炳立即问道，牟棉花让我问您，咱们国有企业到底怎样走出困境啊？

噢？牟棉花真是好同志。国有企业怎样走出困境，这个问题复杂得很。一个国家面临时代巨变总要有所牺牲。当年红军长征携带辎重血染湘江，不得不抛弃重物轻装前进。我们前进路上不扔掉包袱，怎么求得生存呢？

王金炳表情惊恐。您是说国有企业成了国家前进的包袱，只好抛弃啦？

我不是说国有企业成了包袱，我是说国有企业应当扔掉包袱，轻装上阵。

东方制冷设备厂吸收几座小企业成了龙头，这是轻装上阵吗？

李亦墩连连摇头说，我很欣赏王莹的干才。这次全市搞龙头企业，是自上而下的不是自下而上的。究竟是一手高棋还是一手昏着，我们拭目以待吧。

看着老领导疲惫不堪的样子，王金炳主动告辞。李亦墩突然拉住他的手，两眼闪烁泪光说，金炳，你一定要保重身体。这大半辈子我把你调来调去的，你任劳任怨从无二话，我很感动啊。

王金炳紧紧握着老领导的手，一个尘封已久的念头倏地掠过脑海。他鼓起勇气大声问道，有件事情您实话告诉我，当年瘦猴儿的尸体到底埋在哪儿啦？

李亦墩瞪大眼睛说，哎呀！这么多年了你总是打听这件跟你毫无瓜葛的事情。你真是一根筋的好人啊！

说着，李亦墩抚着额头回忆道，为了腾空棺材装运药品去解放区，我就把那具尸体拖到华昌机器厂后院埋了。“文化大革命”造反派批斗我，我保守机密闭口不讲。还有护送药品的铁路工人勾华东同志后来在朝鲜战场牺牲了。我要把这段经历详细写进回忆录里的。

获知事情真相，王金炳感到特别满足，好像终于还清一笔旧债，无愧于死者了。其实历史就是失物招领处，有人认领的即有了家园，没人认领的永远是野生的。

告别时分，李亦墩激动地拥抱了这位工业战线红管家。王金炳一时忘记自己胸部的秘密，与老领导紧紧相拥。他感到李亦墩同志身躯瘦小虚弱，内心依然如火。遥想当年华昌机器厂的账房先生，几十年的风雨泥泞经历，终归平淡了。

第二天上班，“大联化”工会主席来到特殊原料仓库，大声叫着“王师傅”。王金炳满身粉尘打开仓库大门。他灰头土脸的形象，吓了对方一跳。

年轻的工会主席很是意外。王师傅，您平时就在这种环境里工作？

这都怪我没开除尘器。王金炳解释着，满脸认错抱歉的表情。

面对飞扬的粉尘，工会主席后退两步说，我代表全厂职工向您表示感谢。您为了工人阶级的荣誉坚守岗位不退休，是我们学习的榜样。今天接到上级指示，可以为您办理退休手续了。我专门安排一个报告会，请您给全厂青年工人做报告，讲一讲老劳动模范艰苦奋斗的优良传统……

懵懵懂懂听着，王金炳知道自己的劳动生涯走到了尽头。他独自坐在仓库大门外，寻思着。为了能够参加新中国十大劳模评选，上级领导命令我延期退休。如今不评选了，当然要我退休呢。

起身回到更衣室打开更衣箱，动手拾掇东西。他关了那只大灯泡，摘下半湿的红色“勒子”。

今后，无论是谁接管这座特殊原料仓库都不要再受伤害了。节约一公斤粉料，长出一对奶子。这可不是好事情。王金炳找出一截子红色粉笔在白墙上写了一行大字：进料出料，必须开动除尘器！不开除尘器，人要受害的！

一旦真正告别工厂，心里还是空落落的。他宽慰自己说，退就退吧，我从十八岁进华昌机器厂，没年没节一直工作到今天。人家老红军老八路都歇了，我也歇吧。反正苏州码子和狮子滚绣球没了用场，人脑改成电脑啦。

收拾停当，他给牟棉花打电话说评选新中国十大劳模活动取消了。电话里她啊地叫了一声，好像很失望。他说不评就不评，咱们这辈子荣誉不少啦。

电话里牟棉花长吁短叹，金炳你是大好人啊！领导让你往东你绝不往西，领导让你打狗你绝不撵鸡。从听领导的话开始，到听领导的话结束，没错！

放下电话，王金炳嘿嘿笑了。我工作了一辈子居然没有犯过错误，都快成圣人啦。

装配线卷

在流水作业法的生产过程中，按次序在不同的工作区把各个零件或部件装配成整体，这种工作组织叫装配线。

——摘自《现代汉语词典》

25　理想与现实

厂里给职工下达任务，每人推销两千件“丛中笑”牌棉毛衫，不完成任务不发工资。于是“走在时间前面的人”王凤彻底摆脱“产量”二字带来的沉重压力，从缝纫女工变成推销员。多年养成的争分夺秒的习惯，一旦清闲下来好像机器生了锈。人，跟机器一样，一闲就锈了。一锈就死了。王凤当然不愿意生锈。丁巧良在家看孩子。她东奔西走，忙于推销。十天只卖了一百五十件。

只好给大朝哥哥打电话请求购买。金水集团办公室主任说王援朝董事长去德国治腿了，疗程一百天。大财神不在，王凤撂下电话，乘坐公共汽车去了北方电机厂。

自从申请项目吃了败仗，北方电机厂老厂长退位，冯五一代理厂长职务。王凤猜测姐姐婚姻已经破裂，还是硬着头皮找到这位“姐夫”，推销她的棉毛衫。

冯代理厂长哭穷，三角债缠身银根吃紧，莫说棉毛衫，袜子也买不起。他表示自掏腰包买两件。王凤笑了，把带来的样品送给了他。

冯五一说，现今机械行业只有东方制冷设备厂一枝独秀，可是起了内讧。上面派来一位郑书记，偷偷召开几次座谈会，指责王莹接受世界银行贷款的CFC项目是决策失误，批评王莹八个月完成全厂技术改造项目是激进冒险，挖苦王莹成立龙头企业是好大喜功，总而言之把你姐姐全盘否定了。

这事儿我姐知道吗？王凤听说姐姐处境危险，急了。冯五一暧昧地说，大路通天，各走一边。我跟你姐姐井水不犯河水。

王凤转身就走，这位徒步推销棉毛衫的劳动模范竟然拦了一辆出租车赶往姐姐工厂。只要把情报及时告诉姐姐，我花多少钱打车都值得了。

王凤并不知道，机电工业局领导几经犹豫终于拍了板。“老头子”找王莹谈话，问她愿意担任书记还是愿意担任厂长。改革开放以经济建设为中心，企业实行厂长责任制。王莹认为担任厂长更有作为，便表了态。拱手交出厂党委书记职位，肩头的两副担子减为一副，王莹被削了权。

行政机关面临改制，机电工业局改为机电控股集团，统管机电行业国有资产。最令王莹感到意外的是新任厂党委书记是郑佳兰。她被提拔为局组织部副部长不久，便被派下来担任东方制冷设备厂党委书记。

适逢机关精简分流，郑佳兰接收十几位干部来到东方制冷设备厂担任中层职务，原有级别不变。这种做法赢得了亲信，并且壮大了麾下人马。派性出现了。王莹的势力，远远不如郑佳兰了。

郑佳兰的到来，令王莹不知如何相处。以前局里的“暗线”郑姐姐，一下变成自己厂里的郑书记。这好像猪八戒照镜子，里外都觉得别扭。尤其她与小郑在“匿名信”上的秘密勾当，显然成为彼此内心的最大尴尬。果然，这种尴尬心理很快造成互相猜忌，一下结成疙瘩。渐渐，人们察觉到在郑佳兰书记与王莹厂长之间，出现严重隔阂。首先是郑书记撤消了“简报办”，多年形成的“裙子队”风景线在东方制冷设备厂里消失了。

经营多年的“半边天”垮了，失去工厂毛细血管，这是动脉不能容忍的。王莹当即成立统计办公室简称“统计办”，将各车间各科室的“简报员”改编为“统计员”，继续着血液循环。

“统计办”运行了，却找不到合适人选担任“统计办”主任，暂时让厂办主任老彭兼着。这时候，王莹内心特别怀念友谊时代的滕维丽。

走进东方制冷设备厂，王凤说找王莹。门卫漫不经心呜了一声挥手让她进去。王凤看到这里增添了几座高大厂房，却没了以往生气。哼，没有我姐就没有东方制冷设备厂，我姐使得企业兴旺发达，谁让你们削她权呢。

推门走进党委书记办公室，看到滕维丽正跟郑佳兰谈话。噢，我姐不是党委书记了。王凤痛恨自己没有记性，转身退出寻找厂长办公室去了。

滕维丽继续与党委书记郑佳兰谈话，主动要求调到家属工厂担任厂长。郑书记听罢很不理解。我知道王莹调你担任厂科协主席是打击报复，可是你为什么愿意去家属工厂收拾烂摊子呢？

我只想换一个工作环境。你安排老同志担任厂科协主席吧，我愿意去生产第一线做一些实际工作。

好吧，你肚子里有多少苦水都倒出来，我是党委书记一定给你做主的。

我肚里没有苦水。当初我反映王莹的问题是看到很多国有企业领导人，实行一支笔签字、一个声音说话、一个人独断专行。我以东方制冷设备厂为例子给局党委书记写信，反映普遍存在的问题。我跟王莹之间不存在个人恩怨。藤维丽态度诚恳地说。

你什么时候有苦水就什么时候找我倾诉。这位党委书记沉吟片刻说，要是王莹厂长不同意你去家属工厂，我也没有办法啊。

滕维丽另辟话题说，家属工厂属于分厂建制，多年以来发挥不出积极性。我要求给我独立法人的自主权，独立核算的经营权，独立产品的开发权。我搞了调研，我们这座城市采暖率不高，我准备开发一种民用产品——家庭燃煤取暖炉。三年之内市场不会疲软。只要有了这个家底，我争取做大做强。一旦龙头企业遇到困难，我也会支撑一下的。

好啊，我说服王莹给你拨几十万元启动金，你轰轰烈烈干吧！郑佳兰送滕维丽走出办公室，内心感叹不已。连滕维丽这样耿直的人都找我了，王莹你真的成了孤家寡人。

王凤退出党委书记办公室，东询问西终于在三楼找到厂长办公室。好似探马急报，她满头大汗走到桌前抄起水杯就喝。姐，你办公室没安窃听器吧？

你这是怎么啦？王莹忍不住笑了，觉得妹妹神秘兮兮的样子特别可爱。

姐，都说你们当官儿的钩心斗角，我担心你吃大亏啊！缝纫女工气喘吁吁把紧急情况告诉姐姐，说害怕耽误时间专程打出租车来的。

王莹一把抓住王凤的手。王凤看到姐姐湿了眼窝儿，喉咙发酸说，姐，这些年你多不容易啊！把儿子扔给农村婆婆，把工厂当作日子过，把床铺搭在办公室里，把婚姻都毁了，我要去联合国替你鸣冤叫屈……

姐姐扑哧一声笑了。傻凤，你真是我好妹妹！我有什么冤有什么屈？你看咱妈援外八年劳苦功高，就那么不明不白回来了，一声不吭啊。再看咱爸，这些年被领导调来调去就跟棋子似的，也一声不吭啊。姐姐不冤不屈，你闹什么！

你辛辛苦苦把厂子弄成龙头企业，让他们捡了便宜柴火！王凤好像随时准备吃人的小母老虎，而且绝不吐骨头。

你带来的情况其实我都知道。傻凤你放心吧，姐姐不贪污不受贿不会被他们扳倒的。

你不知道！我看见滕维丽跟郑佳兰谈心呢。她是你的人啊，怎么反水啦？

傻凤，你一会窃听器一会反水，电视剧看多啦？你不是去找冯五一推销棉毛衫吗？好啦，姐姐买一千件！月底给职工发奖品。

我一件也不卖给你！马上就有人攻击你，说姐姐公款买妹妹一千件棉毛衫。我不替他们给你积攒罪状。身负推销任务的王凤大义凛然，端起水杯一饮而尽，抬腿就走。

傻凤，姐知道你平时舍不得花钱打车，我派车送你回去！王莹追出办公室。

王凤故意高声说道，你成了孤家寡人也是我亲姐姐！你不怕小人们说你公车私用啊？

鸡毛蒜皮的小事儿，我存心给他们拼凑罪状呢。王莹无所忌惮地笑了。

看到姐姐如此硬朗，王凤眉头舒展了，觉得姐姐丝毫没有改变——越是较劲越不服输，越是不服输越较劲。

派遣“蓝鸟儿”送妹妹回家。王莹突发奇想，这次大朝哥哥在德国要是治愈下肢瘫痪多好啊，我很久没有看到双腿走路的王援朝了。

返回办公室看见滕维丽站在楼道里。她依然穿着“裙子队”时代的白色衬衫，说王莹厂长我有事情找您谈谈。

一前一后走进厂长办公室，王莹给昔日密友沏了一杯茶。滕维丽谢绝厂长好意说，你忘了我从来不喝茶的。

王莹脸上掠过一丝尴尬表情又很快恢复平静。不喝茶也好，你有什么事情吗？

有，我请求你同意调我去家属工厂当厂长。我腾出厂科协主席的位置安排老同志。我找郑书记谈，她同意了。

你为什么愿意去家属工厂啊？只要你跟我实话实说，我当然会认真考虑你的要求的。王莹不急不躁说。

我不知道怎样跟你解释，你知道我是理想主义者，有时自视甚高，有时又怀疑自己眼高手低……

王莹注视滕维丽说，我猜出你葫芦里卖的什么药了，你想在家属工厂尝试自己的企业改革设想，对不对？

滕维丽点头承认说，还是你了解我的性格。我打算实行职工股份合作制，使工厂初步拥有主人，之后我以融资形成企业社会化，扩大关联交易。总而言之，我想以家属工厂为实验基地，闯一闯。

王莹灿烂地笑了。我喜欢你这种争强好胜性格。不过，正确的想法未必产生良好的结果，这方面我很有失败的教训。人事难测啊。

其实我的性格跟你一样。只是你树敌太多，所以你的争强好胜被说成专横跋扈，你的积极进取被说成好大喜功。滕维丽一针见血说。

你要是打出家属工厂独立核算的旗号，马上就成为众矢之的。别看现在郑佳兰全力支持你，只要你取得成绩她就会扼杀你的。平庸的狗尾草不能容忍身边长出一株钻天杨。王莹似有几分伤感说，你去尝试吧，只要你尝试成功我就拜你为师，在全厂推广你的经验。

滕维丽突然激昂地说，王莹，只要我做大做强了，有朝一日就去兼并你的龙头企业！

坦诚相见，两个女人不知不觉重返友谊时代，无拘无束交谈着。这时，王莹蓦然意识到自己其实是离不开滕维丽的，尽管她背叛了自己。滕维丽似乎也察觉自己进入“时光隧道”，一时不能自拔了。

王莹大度地笑了。个人恩怨终归个人恩怨，既然交谈了，就开诚布公吧。市领导决定把咱厂弄成龙头企业，掀起救活濒危中小企业的高潮。我认为咱厂有责任有义务有能力带活几个处境困难的小厂，比如通用机械附件厂和林业工具厂，还有空气压缩机厂和第三水泵厂，我们毕竟还是社会主义市场经济嘛。所以我积极响应了。

滕维丽不假思索说，什么事情都有两面。龙头企业可能带活几个小厂，同时龙头企业也可能被几个小厂拖死。捆绑不是夫妻嘛。市领导搞龙头企业工程还是沿用计划经济的思路，搞的是政治不是经济。很可能龙头企业被拖垮了，那几个小企业也没救活。

喘了两口气滕维丽继续说，王莹，壁虎危急时刻甩掉尾巴，求生啊。不甩掉尾巴就被拖死了。如果危急时刻反而添了一条尾巴，下场可想而知。

王莹不高兴了。我愿意成为龙头企业是出于社会责任感。假若人人各扫门前雪，莫管他家瓦上霜，还有谁关键时刻敢于挺身而出呢？东方制冷设备厂既沾了计划经济的光，也吃了计划经济的亏，是凤凰就要涅槃啊。你老知青出身是理想主义者，没想到你也反对咱厂成为龙头企业。壁虎是虫，我们是龙啊！

滕维丽动了感情。王莹，我相信你说的是心里话，时代不同了。如今官员们以成败论英雄，而且官位越高越注重成败。所以，你的悲壮心理他们永远不会理解的。

说着，滕维丽低头挽起裤管，露出当年亲手文在大腿上的豪言壮语“扎根边疆，永不变心”八个深蓝色的汉字。你看，这就是我从来不进工厂浴池的原因。想当初我发誓扎根边疆不动摇，站在金训华墓前发了誓。上海知青陈健说话算话为金训华守墓没有返城。可是我返城了。

我发了誓我却返城了。进了工厂，我内心感到理亏感到歉疚。工人们劝我不要谴责自己，在那充满谎言的时代多少人背弃诺言啊。可是我不能原谅自己。因此我选择了独身生活。

我的这种负罪心理有人不会理解的。你的理想主义有人也不会理解的。官员需要的是政绩。我们的英雄主义只能自己享用了……

王莹低下头去，好像疲乏了。片刻，她抬头注视滕维丽说，对于我来说你是叛徒，我们之间的私人友谊不存在了；对于企业来说你是忠臣，我们之间的工作关系还是存在的。

滕维丽感慨不已说，其实，工人永远是工人，变化的只是企业。

不，企业永远是企业，变化的只是工人。王莹提出相反见解。

这两个女人，一个离异一个未婚，一个女强人一个准女强人，重新回到原本状态。平和而互不妥协，坚持着自己的观点。于是，办公室里流动着真实的空气，直入心脾。

几天之后，电视台现场直播本市重点工程——电视塔落成典礼仪式。据说这是亚洲第三高塔，全市瞩目。正值工厂午休时间，党委书记郑佳兰要求各车间各科室组织职工收看，以日新月异的城市建设成就鼓舞全厂士气。

王莹坐在厂长办公室里观看电视直播。现场主持人说今天剪彩热点多多，包括八对新人的空中婚礼。然而引人瞩目的首推“九大螺栓的紧固”。

电视里主持人仔细讲解着。即将启用的电视塔全高四百一十五点二米，处于三百五十七米处的发射架基座由九只超大螺栓固定。“九大螺栓的紧固”系电视塔工程的最后工序，届时我们看到一名工人手持大号扳手高空作业，逐一对九只已经紧固的超大螺栓进行安全验收。如今这道工序演化成为象征性仪式，既表现了“百年大计，安全第一”的一贯追求，又展示了工程建设者的勇敢精神。哦。这属于高空展示啊。王莹听明白了。

这时，舒芸打来电话，提醒王莹观看城市频道的电视塔现场直播。她正要询问弟媳下岗之后的情况，对方匆匆挂断电话。王莹好生纳闷，今天舒芸这是怎么啦？

电视画面出现一个身穿杏黄色工作服头戴杏黄色安全帽腰间挂着大号扳手的工人，乘坐高速电梯直达三百三十五米平台。他脸部佩戴有机玻璃防护面罩，反射着阳光。离开平台缓缓钻入露天圆笼式阶梯，向着发射架基座一步步攀登而去。风很大，杏黄色工作服鼓胀起来，好似一只气球。

镜头推近。屏住呼吸王莹看到登攀者掏出电工刀在工作服上划开两道口子，“杏黄色气球”漏了风，顿时瘪了。这家伙真聪明！她不由叫了一声好，心儿咚咚跳着。这个工人将安全带挂在发射架底座上，稳稳举起大号扳手，开始紧固一只只超大螺栓。现场主持人的解说伴着风声，声嘶力竭了。

各位观众，我们看到这位勇士紧固了第三只超大螺栓。这不仅需要超常臂力，更需要超常的胆识和超常的勇气！我们听到现场乐队高奏“咱们工人有力量”，人们随之高声歌唱。

王莹仿佛进入现场，一步迈到电视机近前，心儿揪紧了。

各位观众！现在推近第五只螺栓的特写镜头，请看请看，他的大号扳手紧紧咬住第五只螺母，啊，这只螺母向左旋转了三厘米！各位观众，这绝对不是象征性动作，第五只螺母确实被他紧固啦！在此之前，这只螺母并没有完全紧固到位……

高空风声骤紧。王莹双手捂住眼睛，不敢看了。现场主持人的声音穿透风声时隐时现。各位观众各位观众，我们现在得到这位登高英雄的名字，他叫王——建——设！

王——建——设！王——建——设！王——建——设！声音回荡着，敲击着王莹耳鼓，震响内心深处。

设子！王莹撒开双手盯着电视画面。她看到，紧固了第九只螺栓的王建设撩开防护镜，那面孔被劲风吹得变形。他挣扎着从怀里抻出一条红色绸带，双手拉扯奋力展开。电视立即播出这个特写镜头——这条红色绸带上写着一行大字“死亡，不属于工人！”

“死亡，不属于工人！”王莹哭了，她知道这是苏联电影《列宁在一九一八》里的台词。

电视镜头推成王建设的面部特写。

设子！王莹扑到电视机前，伸出双手抚摸着屏幕里弟弟的脸庞，久久不肯放开。她声音颤抖地说，设子，好样的！姐姐没有白疼你……

26 隐情与真相

东方制冷设备厂吸纳四个濒危小厂，成为“龙头企业”。锣鼓响，彩旗飘，鞭炮阵阵。被吸纳的四个小厂职工们群情振奋，自发吃了喜糖。他们认为企业归入东方制冷设备厂好比认了干爹，好日子不远了。

又是秋凉季节，东方制冷设备厂的 CFC 项目宣告完成，当天报纸头版头条给予报道。手捧报纸，王莹亦喜亦忧。喜自不必说，同时建成的主机性能实验室填补国内一项空白，令人扬眉吐气。忧呢，世界银行的贷款增加到九百六十万美元，沉甸甸压在肩上。

国家环保总局终于为东方制冷设备厂新型环保制冷机上市召开新闻发布会，将十大城市列为试点推广城市。这次新闻发布会的主题口号是“推广新型非氟制冷机，保护臭氧层！”

王莹总算松了一口气，我们“搭政策车”的战略，收到初步效果了。

然而，国家没有规定不使用环保制冷设备者必须承担法律责任，更没有出台限制使用氟利昂产品的强制性法规，因此，不环保的制冷设备依然大行其道，而且大搞业务回扣，扩大销售领域，形成市场强势力量。东方制冷集团的CFC环保制冷产品价格偏高利润偏低，销售商回避。任你大力宣传环保产品有利于保护地球臭氧层，还是无人喝彩。

随着十大试点推广城市总共十五项试点工程完结，CFC产品上市经历的短暂繁荣开始消退，产品进入缓销阶段。

传统产品市场竞争激烈，几近饱和，CFC环保新型产品没人买账。东方制冷设备厂进入半停产状态。当年为了争取全厂技术改造项目企业自筹资金，已然抽骨剥筋榨干全部积蓄。新增世界银行九百六十万美元贷款，企业不堪重负难以为继。

职工没了奖金，勉强维持基本工资发放，拖欠水费电费排污费，技术人员赋闲，职工食堂关门，汽车队停驶……一时间全厂怨气横生，纷纷指责领导盲目决策造成重大失误，毁了企业。

地球又不是你们家的，用得着你王莹保护臭氧层吗?

有市场的产品，不做，非做没市场的产品，这是自找倒霉！你王莹自找倒霉，害得全厂职工跟着你没饭吃。

尤其“以一个龙头企业带活一群企业”的指导方针，完全失败。龙头企业不但没有带活四家小企业，反而被龙尾巴拖得气力尽失。积重难返，在郑佳兰带动下强烈要求王莹下台的呼声，越来越高。

王莹内心委屈极了。为了企业发展，我付出极大心血甚至与孔小围鸳梦重温。有人假公济私，我却假私济公，最后成了企业罪人。想起当初滕维丽的忠告，王莹一声叹息。

党委书记郑佳兰主持召开党委扩大会议，气势汹汹列出一大堆问题，要求东方制冷设备厂厂长当场回答质问。

王莹吃惊地看到有百分之八十的中层干部举手支持郑佳兰，其中包括劳资科邴科长、宣传科倪科长、党办主任张贡菊，甚至还有厂办主任老彭。

我的天，敢情我平时得罪了这么多人。仿佛置身人民战争汪洋大海，女强人毫无思想准备，忙于应对中层干部们质询。

厂工会主席以前担任副厂长，被王莹拿下了。他首先向她发难。王莹厂长你毫无休止地向世界银行贷款，从德国进口数控机床就花了一百万美金，如此重大事项你为什么不通过职代会？现在十个环保城市的试点工作完成了。CFC环保型制冷机面临不被市场接受的局面，你身为厂长应当负什么责任？

王莹起身反问，你身为工会主席应当负什么责任？你号称工人领袖整天搓麻将喝大酒不干正事，有什么资格问我！CFC项目是国家从计划经济向市场经济过渡期间上马的，也就是通常所说的双轨制时期。如今市场不认可，这很不正常。这种局面，我们只能依靠自己培育市场。目前正在加大新产品宣传力度。

劳资科邴科长起身指责王莹把弟弟调进厂里属于权力腐败。后勤科长批评王莹让食堂送饭到办公室里是官僚作风。

鸡毛蒜皮的事情。王莹强抑怒火看到坐在角落里的新任家属工厂厂长。是啊，滕维丽的预言应验了，我沦为众矢之的啦。

环视着坐在会议室里的乌合之众，王莹想起王援朝关于会议的精辟论述："人多的会议不重要，重要的会议人不多；解决小问题开大会，解决大问题开小会；解决关键问题不开会，不解决问题老开会。"

这样想着，王莹笑了。这就是她的性格，天不怕地不怕，即使一个人面对一群人也绝不含糊。

会议从下午开到晚间，王莹看看手表大声说，应当散会啦！国家规定八小时工作制，你们明天接着开，我继续奉陪！

武装部长老吴是郑佳兰从局里调来的亲信，他要求继续开会，彻底揭开东方制冷设备厂的盖子。

王莹啪地一拍桌子说，你他妈的以为开我的批斗会呢？工厂陷入困境，你们袖手旁观毫无实际行动，反而往我身上泼污水！说着把水杯里的残茶往地上一泼，朝着郑佳兰哼了一声起身走出会议室，好像突出重围的穆桂英。

内外交困，腹背受敌，四面楚歌，山穷水尽……王莹终于品尝到这一组组词汇的滋味，苦笑了。

打电话叫来生产调度室的几个人，研究恢复生产 BFB 系列非环保老产品。既然停了，恢复生产谈何容易。面对越来越多的民营企业竞争，王莹着手组建了四支推销小分队奔赴“三北地区”。她亲自上阵开拓本地市场，骑着自行车来到尚未开业的太平洋商厦。

没想到太平洋商厦总经理是当年百货大楼售货员赵秀玉。这位老牌劳动模范满头银发端坐办公室，好像某种老年品牌的形象代言人。

赵阿姨，您还没有退休啊？王莹回想赵秀玉与母亲一同疗养的日子，以为时间凝固了。已然过了退休年龄的赵总经理低声告诉她，七个人争夺总经理位子谁都没抢上，领导让我坐在这里贡献余热。我知道这日子不会长久，过渡性人物呗。

噢，这么说您是有权不用过期作废啦？王莹从皮包里掏出合同书，小孩子似的笑了。

你只要不让我卖国，凡是对人民群众有益的，我什么都敢卖。你只要不让我买毒品，凡是对人民群众有益的，我什么都敢买。赵秀玉一反当年逆来顺受的模范售货员性格，抚着办公桌得意地笑了。

我们这些老劳模死一个少一个。你知道钢厂劳模老孟吗？他拿退休金跟老伴儿过日子，舍不得吃舍不得喝还给希望小学捐款呢。天下劳模是一家，你是牟棉花的亲闺女就是我的亲闺女！你有什么难处尽管说吧。

于是，王莹从太平洋商厦得到一张全套制冷工程订单，十二层楼的制冷面积。她眼含热泪走出这座全市最大的百货商厦，饿着肚子走进一家饭馆，面对两盘凉菜一瓶啤酒，心情很是复杂。

他妈的，保护大气臭氧层的产品没人搭理，破坏大气臭氧层的产品倒成了香饽饽！中国人只认钱不认科学，我们的 CFC 产品成了社会牺牲品……

一辆花花绿绿的“大篷车”停在饭馆门外，从车里跳下两个身披红色绶带的姑娘手持喇叭宣传着产品。王莹听到她们的广告语是“百姓牌家用取暖炉，送给百姓们一个温暖冬季”。隔着窗子王莹看到滕维丽从“大篷车”里跳下来，快步走进饭馆。

服务员，我买五斤包子！滕维丽扭脸看见王莹，径直走了过来。

自从家属工厂独立核算自主经营，法人代表滕维丽大力开发家用燃煤取暖炉。这座城市集中供热率只有百分之三十五，绝大多数家庭冬季没有暖气，煤气中毒时有发生。于是俗称“土暖气”的家用燃煤取暖炉有了广阔市场。滕维丽领导的家属工厂更名东方小型锅炉厂，并且获得了生产低压压力容器的资质，一跃成为“新星企业”。有人传言，郑佳兰同意滕维丽独立就是为了削弱王莹的势力。一支箭射了两只鸟儿。

据说，东方小型锅炉厂独立核算以来，实行股份合作制。工人阶级变成工薪阶层了。滕维丽的职工却成了股东，内部竞聘上岗，不达标下岗，每逢年底分红，俨然实行现代企业制度的样板。

藤维丽明显瘦了，落座桌前对王莹说，我们占领了百分之三十八的市场份额，但是不敢掉以轻心！今年突然冒出两家竞争对手瓜分蛋糕，一个燃气的一个燃煤的，我们必须加大宣传力度抢在采暖期到来之前掀起促销热潮……

我跟你一样，东奔西走推销产品呢。太平洋商厦订了一套制冷设备，依靠我母亲的老劳模关系。王莹自嘲地说着。

包子来了，热气腾腾装满两袋子。藤维丽双手拎着说，其实我当厂长还是依照你的样子去做。比如职工病了，我一定亲自看望。再者我也实行一言堂了。不过我的一言堂跟你的一言堂完全不同。实行现代企业制度跟实行传统管理有着本质区别。所以，我能够理解你的独断专行了……

是啊，不当家不知当家难啊。王莹讪笑说，我听说郑佳兰很支持你的工作，你说渴她就让你喝水，你说难受她就给你吃药，借机给你更大的经营自主权，要是没有她的支持你也不敢做大做强啊。

滕维丽摊开双手说，我不想向你解释我跟郑佳兰的关系。我只想搞好一个企业。还记得以前我说过的话吧，有朝一日我的小厂要兼并你的大厂，咱们走着瞧吧。

说罢，滕维丽拎着五斤包子风风火火慰问她的职工去了。王莹没有心思吃饭，手指蘸着啤酒在桌面上写字。她写出一连串的问号，心里乱糟糟的。

国有企业的路子越走越窄，人人都说私营企业不受条条框框限制，拿回扣送礼金，我看这都是表象。本质是什么呢？难道我们国家改革了，我们国有企业必然全面退出历史舞台……

手里有了这份订单，却没有改变郁闷的心情。她结了账叫服务员把饭菜打包带走。

大街上，滕维丽嘴里嚼着包子向过往行人宣传新产品——她脸上没有窘色没有惧色没有愧色，充满力争上游的劲头。王莹一旁看着心头涌起一股热流。

这就是中国工人啊。跌倒了，站起来，就是不肯趴下。一步一步朝前走，尽管远处的目标显得朦朦胧胧的。

走上前去王莹拍着滕维丽肩膀说，你行！我从小就佩服比我强的人。我真盼着有朝一日你把我兼并了。

我小厂兼并你大厂恐怕需要很长时间，但愿那时我身体没垮，硬硬朗朗跟你见面。

我就盼着别人把我打倒呢。一旦重新爬起来，我必然变成新的王莹了。

怀里揣着太平洋商厦制冷工程订单，王莹骑自行车回到厂里。传达室里聚着一群闲人，她停下车子大声说，你们就这样闲着？应当找事情做啊。

我们找什么事情做，去南极保护臭氧层？一个青年工人说。

一个门卫感慨地说，厂子兴旺你坐小轿车，厂子困难你骑自行车，晚啦！

王莹知道怨不得工人，骑着车子进了厂。她径直奔向生产科着手组织生产。生产科长为难地说，一部分职工放假回家，车间缺乏生产骨干。既然放了羊，想招回来就难了。

她想起弟弟，王建设那样的技术尖子太少了。开工了，她到金属结构车间跟班劳动，跟了早班跟中班，一干十几个小时。她心里说我是工人出身，我什么都不怕！

一连几天，父亲踏着小三轮车进厂给她送饭。保温罐里的饭菜热乎乎香喷喷，一下引来泪水。爸爸多不容易啊，平时还要照顾两个外孙，一个冯器一个丁苹果。人老了，却享不得清福。

金属结构车间的钢材存放在露天仓库，生了很重的锈。王莹认为假若父亲管理这座仓库，那钢材绝对不会生锈的。她带领几个青年工人除锈。除锈的工具是钢刷和扁铲。她想起当年做清洁工的不锈钢小铲，跑回办公室打开柜子找到董泰建的遗物，派上了用场。

返回金属结构车间的路上遇到郑佳兰。王莹并不认为郑是坏人，却认为郑是庸人。庸人的最大特点是自己毫无建树却成为颇有建树者的绊脚石。

郑佳兰颇为真诚地说，王莹，咱厂成了这个样子真是让人意想不到啊。

这位党委书记的工作服上衣经过改裁，掐腰儿，头戴白色无檐工作帽，好像故意露出几片刘海，显得年轻。王莹打量着这位年长自己两岁的党委书记，发现她文了眉。那两道眉毛好似两片又细又长的柳叶儿，挺好看。哦，郑佳兰还佩戴耳饰，是那种不显山不露水的耳钉。不知为什么，面对女人味儿逐渐浓重的郑佳兰，王莹思绪乱了，颇有自叹弗如的心理。

多少年来，王莹第一次产生这种弱势心理，因为她从来不认为女人应当具有多么浓重的女人味道。于是她故意不以为然地说，咱厂确实面临困境，我们在哪里跌倒在哪里爬起来就是了。

我并没有跌倒，是你跌倒了。郑佳兰撩了撩美丽的眉毛说，我希望你振作精神放下包袱，尽快爬起来。不过，我担心你吃不消这桩案件的……

王莹仍然一派冲锋陷阵的语气说，你有话就说，身为党委书记不要吞吞吐吐的。

那我就开门见山吧。前几年我们厂的一部分产品由金水销售公司销售吧？现在金水销售公司更名为金水物流公司，主要做临港贸易。郑佳兰不待王莹回答继续说道，这个隐藏多年的问题是金水集团新任副董事长检查工作发现的，东方制冷设备厂的产品竟然躺在他们仓库里睡大觉，包括三台大型制冷机……

这怎么可能呢？金水销售公司年年跟我们结账，一分钱不欠的。他们的销售业绩也是连年飘红嘛。王莹理直气壮反驳着，没有一丝疑虑。

是啊，我们的产品没有卖出去，金水销售公司却年年跟我们结账，这就怪了。难道咱厂出产的制冷机是黄金，他们存在仓库里等着升值？这种事情地球人认为不可思议，除非你哥哥王援朝是火星人。

多年以来对哥哥的崇拜心理，使得王莹不能容忍任何人对王援朝不恭。她顿时怒目圆睁再现小母狮子风采说，郑书记！有问题你谈问题，不许讽刺我哥哥！今天念你初犯我不追究。下次我保证撕烂你的嘴！让你用鼻子喝粥做外星人……

郑佳兰被小母狮子吓住了，脸色泛白倒退两步说，王莹你这么冲动啊，今天我不跟你谈了，反正金水集团是不会放过这件事情的。

王莹逮理不让人说，你别吓唬我！你告诉我谁是火星人，今天不说出真章你休想脱身！

王莹你真犟啊。党委书记毕竟能屈能伸随即强做笑颜说，好吧，我郑佳兰是火星人，行吗？

争强好胜的王莹听罢反而无话可说了。这犹如一名拳击手面对一团空气。她气哼哼拎着不锈钢小铲子走了。

郑佳兰望着这位进取能力很强防守能力很差的女强人背影说，王莹同志，你败就败在性格上。既不可爱又容易伤人。作为女人我比你幸福多了，我丈夫爱我，每天晚上给我搽丰乳霜。你呢？没人疼没人爱没人搭理……

这样寻思着，郑佳兰以为挽回几分颜面，回到办公室给金水集团物流公司新任总经理打电话。葛总，我们希望你们及时查清库存账目，东方制冷设备厂一定积极配合你们行动。

电话里葛总哈哈大笑无拘无束说，你们国有企业就是钩心斗角，出了乱子互相拆台。我们跟你们不一样，遇到麻烦一致对外，事情摆平之后才清理门户呢，谁的责任谁扛着，明刀明枪明着干。

放下电话，郑佳兰自我解嘲说，国有企业名声这么不好哇？这都是计划经济惹的祸。

王莹在金属结构车间跟班劳动。如今企业领导深入班组干活儿的，极少，主要精力转向宾馆里的合同谈判和酒楼应酬的杯盏之间。跟班干活儿王莹发现工人技术水平出现滑坡。很多年不搞行业比武好像技术贬值了。一个青年下料居然划错了线，气割下来一看，短了。短了就短了，换一块钢板就是了。

唉，技术骨干们走了，据说去了私营企业薪水很高。传来这么几句顺口溜：“伺候国营厂，心里热爱共产党，工资就是不见长；伺候私营厂，心里仇恨资本家，月月高薪拿回家。”

中午休息，王莹端着饭盒回到办公室给金水集团打电话。接电话的小姐自称总裁助理，说王援朝先生不在这里办公了。王莹报出自己名字。对方笑了，说王援朝先生留了您的名字，您可以给他家里打电话。

给他家里打电话？王莹从总裁助理小姐口中得到一个新的电话号码，心里纳闷。白瀛瀛去日本定居，大朝哥哥从德国治腿回来住在金水集团总部大厦1298房间。今天哥哥怎么回到家里办公而且换了陌生电话号码。

她疑惑不解地拨通这个陌生电话，果然听到哥哥雄浑的声音。她当头就问哥哥是不是有了新家。王援朝回答说，不但有了新家，还有了新的生活。

王莹心头一紧，说有重要事情跟哥哥面谈。王援朝说出新家的地址，并且要求妹妹保密。王莹记下地址更为惊异。哥，这地方是简易平民小区啊。

我是简易平民我住在简易平民小区，这符合事物的基本逻辑啊。

哥哥好像变了。这种声音这种语气这种表达方式，使得王莹想起当年那个满怀理想刻苦读书的乡村知识分子。

晚间六点钟收工，王莹在金属结构车间吃了一碗方便面，跑到职工浴池洗澡。锅炉房煤源紧张，水温不高。她担心着凉感冒，匆匆冲洗穿衣离去。几个女工全身赤裸议论着，一致认为王莹辛辛苦苦十几年，这次走了麦城。

骑着自行车按照地址找到哥哥的楼幢，王莹暗暗吃惊。这果然是平民区。楼道里灯光昏暗，有一户人家门外码放一摞蜂窝煤，严阵以待寒冬的来临。空气里飘浮着油烟味道。靠墙停放着几辆破旧自行车。想起乘坐加长型凯迪拉克的金水集团董事长竟然入住这种地方，王莹难以置信。找到103单元，她拍打着防盗门。

小时候，性格刻板的哥哥偶尔弄出一次笑话，譬如把牙膏当作鞋油，引得全家爆笑他却无动于衷。这正是哥哥可爱之处。王莹希望今天同样上演牙膏变鞋油的喜剧，再次拍打防盗门。

单元门开了，透过防盗门栏栅王莹看到哥哥。他剃了光头，下颏撅着一缕胡须，身穿蓝色制服坐在轮椅里打开防盗门说，灵莹，你是光临寒舍第一人。

从小到大，哥哥依然唤着妹妹乳名，令她感到亲情的温暖。这温暖驱赶着周身秋寒。她一步迈进哥哥新家，大声说你搞的什么名堂啊。

三房一厅的格局，不足七十平方米。老图纸，厅小，房大。走进朝阳的大间，她看到满墙书架。走进朝阴的小间，她又看到满墙书架。

哥，你是中国北方第一村的书记又是金水集团董事长，还有工夫看书啊。她大声发问着径直跨入哥哥卧室，看到一张大床和一排柜子。

灵莹，你怀疑柜子里藏着人，是吧？王援朝操纵着电动轮椅笑眯眯说，倒是有一个大活人，正在厨房煲汤呢。

王莹立即奔向厨房，果然看到一个白发苍苍的老头儿正在做饭。咦，这是你请的家厨啊？

不等王援朝回答，那老头儿操着满嘴东北口音说，是啊，我是来做饭的……

跟随着王援朝的电动轮椅，王莹来到那间朝阳书房里，一屁股坐在沙发里。无论什么时候，只要在哥哥面前她便成了一个略显任性的女孩子，特别随便。

王援朝操纵手里的遥控器，打开顶灯，关闭墙灯，之后合拢了薄纱窗帘。看着哥哥手里那只功能颇多的遥控器，王莹笑着说你高科技啦。

老头儿给她端来一杯热茶。王莹觉得老头儿不错，就问雇一个月多少钱。王援朝说保密，你跑来有什么事情，说吧。

你先说。王莹环视着哥哥新家说，你变化这么大，还是你先说吧。我大胆猜测啊，你一定跟白瀛瀛离婚了……

我还是先跟你说说辞职的经过吧。王援朝调整着轮椅靠背的角度说，我辞去金水董事长职务，你感到意外吧？

真的！王莹挺身站起。你一到关键时刻就弄出大响动，这到底出了什么事情？

这个星期一，我召集金水集团高层班子紧急会议，当场宣布辞职。他们蒙了，紧张得没人说话。我以为他们当面不便发表意见，就离开会议室让他们自由发言。结果呢，九个人在会议室里坐到中午，谁也不说话。原来他们担心这里有诈，以为我佯装辞职考验他们是否忠诚。

王莹好像在听单田芳评书，嘻嘻笑着说，他们拿你当了白脸曹操，一个个唯恐掉到你设的陷阱里。

王援朝受到妹妹情绪感染，得意地说，你的性格就是开朗，要是傻凤和设子听说我辞职，兴许不会笑的。

设子好像不太在乎权力什么的，一门心思钻研技术。傻凤比较看重人的社会荣誉，所以从小闹着当劳模。王莹说着感到跑了题，扯回来说哥哥你继续讲辞职的经过吧。

那老头儿走进书房说晚饭烧好了。王莹立即表态吃过了。王援朝指着电视机说，这样吧灵莹，我去厨房吃饭，你在这里看录像。我专门录了像，为了给自己留个纪念。我敢说，当今中国敢于这样做的掌权者，没有！

你把 DVD 调好再走！王莹说着转而指挥老头儿说，给我茶杯续点儿热水。

凡是在单位当领导的，言谈举止都是你这种样子。王援朝插好光盘按下键纽，把遥控器递给妹妹说，你知道我在金水村当年外号叫什么吗？小列宁！你知道我在金水村如今外号叫什么吗？小禹作敏！

你快去用膳吧，我看录像了。王莹坐在沙发里看着电视机里播出的 DVD 画面——王援朝身穿黑色中式夹袄，正襟危坐说话了。

“今天，我正式辞去金水集团董事长职务，权力交给由九个人组成的董事会，并且由董事会向全国乃至海外招聘执行总裁。同时，我还辞去金水村党支部书记职务。”

“这十几年来，从金水村支部书记到金水集团董事长，从来都是我说了算。我知道这样不好，曾经三次改革权力体制，都不成。为什么不成呢？首先村民们不答应。大家说，一个穷村发展成为中国北方第一村就是一个声音喊出来的。假若变成五个声音十个声音，就乱套了。一百只公鸡轮着打鸣，天就黑啦。我承认，在金水村的发展初期依靠个人权威，简便易行，切实有效。”

“当然，我们就这样发展起来了。当初金水村离开我，那是不行的。如今金水集团离开我，也是不行的。这十几年里我有几次重大失误，包括盲目发展工业造成环境污染。但是没人问责没人追究，于是形成一个古怪逻辑：王援朝犯了天大错误，也不为错误。”

“有人说，这种官本位现象广泛存在于中国，官场如此，商界如此，处处如此。我承认处处如此，但是我很想改变。”

电视画面里的王援朝端起茶杯喝了一口水，继续说着。电视机前王莹也跟随哥哥喝了一口水，继续听着。

“我读了很多书，从中国古代的王安石变法到日本明治维新，从以色列的恩盖迪基布兹农庄到日本的山岸会村落。我深刻意识到目前这种行之有效的体制，可以获益一时，却贻害长久。我插队落户金水村就开始研究中国农村问题，研究了梁漱溟也研究了毛泽东。如今，金水村不是一个村了，金水集团也不是一个集团了，它成了一个社会标本，无形之中引导着人们。如今人们还在说，不学习金水村怎么能够致富呀。其实，我们的第一桶金，既倒腾过走私电器也变卖过钢材指标，竟然被誉为思想解放的先驱。这是误导啊。”

“我们金水村和金水集团的体制，很不好。我决心以自身作为实验田——试一试我们究竟能不能真正实行体制改革。我辞去金水村支部书记职务，全村实行集体领导民主政治。我辞去金水集团董事长职务，全集团实行科学现代化管理。我的辞职就是这场实验的开始。”

“我知道，我的辞职肯定引发一场动荡，可能很多人指责我是一个幼稚的理想主义者，甚至指责我破坏了现有的权力秩序和现行的游戏规则。从这个意义讲，我的辞职已经不是我本人的利益得失了……”

王莹看到这里呼地站起，离开书房大步奔向厨房。哥！你这是放弃权力搞实验啊？我告诉你，金水集团走了一个独断专行的王援朝，马上出现一个专行独断的刘援朝，这就是中国特色。你企图依靠自己辞职形成的小气候改变社会大环境，这是绝对不可能的！

王莹崇拜哥哥热爱哥哥甚至暗恋哥哥，因此也敢于批评甚至反对哥哥。王援朝同志，我以为你早从幼稚的理想主义者变成老谋深算的政治家了，没想到你骨子里还是书呆子啊！

王援朝手里捏着半个馒头。王莹伸手抢过来咬了一口说，小列宁同志，这都什么年代了你还犯“左派”幼稚病？

老头儿看到王援朝空了手，马上递来一个馒头。他接过馒头说，灵莹倒是读过几行马列主义著作，还懂得“左派”幼稚病啊。

老头儿满脸堆笑对王莹说，您让他吃了饭再说，行吧？

王莹觉得这老头儿挺慈祥的，便向王援朝大声说，你快吃吧，我在书房等你辩论呢。

回到书房，电视机里正在播出最后一组画面，王援朝极富感情地说，“如今很多人变了，有的化蝶为蛹，有的化蛹为蝶。我风风雨雨几十载，理想主义者的本质没有发生根本性变化，我愿做一条千里回游的大鲟鱼，最终采取这种自我批判的方式完成最后一跃。这最后一跃象征着理想，也意味着悲壮，因此我越发义无反顾。”

王莹被哥哥的诗情感动了。可是，哥哥这样做好比向大湖里投进一粒米，激不起任何浪花自己却被吞没了。

从哥哥想到自己，我也属于最后一批理想主义者。争取 CFC 项目，建立龙头企业，这都是冒险之举啊。现实主义者安步当车，一路走来毫无闪失。理想主义者一往无前，最终落得一身是非。

王援朝操纵着电动轮椅驶进书房。灵莹，你继续对我开展大批判吧。你说什么我都接受。

王莹朝着哥哥笑了。一个男人主动放弃权力，很不同寻常。我是女人我都不肯辞职，我真的很佩服你。不过，你以自己的辞职终结金水集团的封建管理体制恐怕没有效果。你的金水集团是一片麦田，怎么可能生出稻穗儿呢？

说得好！即使仍然生出麦穗儿，我也不感到遗憾。关键是我做了。一个男人做了他想做的事情，足矣。王援朝沉静如水，注视着妹妹。

全国闻名的金水村，资产雄厚的金水集团，你说辞就辞了。你果然做了一件别人想都不敢想的事情。王莹继续回味着，连连摇头。

是的，今天市委组织部副部长打来电话责问为什么擅自辞职。我说我的级别是村支部书记，根据干部管理权限由乡党委负责，我根本无权向市委请辞。至于金水集团属于工商局注册的大型集体企业，上级无归属，产权不明晰，既是婆婆也是儿媳妇，既是独生子又是大孤儿，只好自己给自己当家做主，辞了。

市委组织部副部长说什么呢？王莹关切地询问，忘情地看着这位坐在轮椅里依然能够掀起一场特殊风暴的中年男子。

他要求我谢绝所有新闻媒体采访，他说立即向市委书记汇报。王援朝思忖着说，灵莹，我就是想通过自己辞职引发高层领导关注政治体制改革的问题。如今，金水集团尾大不掉，很可能变成一只巨型经济怪兽啊。你知道吧，我们金水村有了自己的警察自己的法庭自己的保安队，代表着高度富裕阶层的利益。我们的社会正在走向私有化，很多事情令人始料不及的。

听了哥哥这番话，王莹想到自己的东方制冷设备厂，感觉压力沉重。一个念头小鱼儿似的跃出水面，哗地在脑海里溅起一朵浪花——她猛然想起金水销售公司仓库里积压制冷设备的事情，便向哥哥核实。

王援朝笑了。我刚刚辞职，新的领导班子便查出问题了。这说明他们没有顾忌我的权威，有闯劲儿！我承认，金水销售公司仓库里积压着你们的产品，这是我年年命令他们跟你们厂结账的，一分钱也不拖欠。

为什么呀？产品积压你们退货就是了，为嘛掏钱买单呢？

哥哥终于低下头，注视着搭在轮椅踏板上的双脚。妹妹看到哥哥穿着妈妈亲手做的布鞋，明绱，千层底儿，尖口儿——这是落伍的样式。

哥，你年年为我结账为我买单，这到底为什么呀？王莹催问着，目光里闪动着泪花。

灵莹，我这样做还不是为了支持你嘛。王援朝小声说着，好像理亏似的。

我从小争强好胜，你心里疼我爱我关心我，不忍心看到我失败，是吧？王莹追问着。

王援朝用力点了点头，终于承认了深埋内心多年的情感。

王莹双手捂脸，呜呜哭了。那老头儿悄悄走进来，轻轻递给她一块雪白的毛巾。她接过毛巾无遮无拦地哭着，竟然体会到一种从来不曾体会的快感。

晶莹的泪水浸透毛巾，湿润而厚重。她抬头注视着老伯说，请您给我换一块毛巾……

王援朝突然激动地说，灵莹，这位老伯就是我的生身之父勾华东啊！

啊！王莹感到一阵眩晕，这种眩晕带来一股莫名其妙的冲动，仿佛看到人生的曙光。

老头儿平静地说，我没死，被俘了，先关押在永济岛，后来去了台湾。四十多年过去，我还是回来啦……

王莹兴奋不已。哥，认祖归宗吧，你应当改名勾援朝！你必须改名勾援朝！

27　谷底与峰巅

我二十多年没住家了，不能老死工人疗养院吧？你选个黄道吉日接我回家，咱们好好过日子！电话里传来牟棉花乐观的声音。金炳啊，你伺候我大半辈子，这后半辈子由我伺候你！今世许愿，今世还报。当年我在巴格拉密学会烤羊肉，一定做给你吃！

听得王金炳心头热烘烘的。他举着电话筒说，棉花，咱们早睡早起，每天吃了早饭我蹬小三轮车拉着你，咱们不逛公园不逛商厦专门逛工厂，工厂才是最好景致呢！先逛我工作过的那几家工厂，再逛灵莹啊傻凤啊她们的工厂，反正不用花钱买门票呗！

牟棉花补充说，还有北方电机厂，听说冯五一跟法国人合资，有中国百分之五十一股份，控股啊。

你选个黄道吉日，五一节！五一劳动节肯定是黄道吉日。那天咱们不要汽车，我骑小三轮车接你，更舒服。一言为定，保密啊，到时候给儿女们一个惊喜。王金炳动情了，仿佛即将迎娶媳妇入洞房的新郎官儿。

新郎官儿放下电话，犯了愁。老伴儿回家过日子，我大老爷儿们挺着大老娘儿们胸脯，多不好意思。伸手摸了摸胸脯，好像小多了。改革开放形势大好，他相信自己身体会复元的。

退了休，给全厂青年工人做了一场报告。他语速不快却鲜活生动，大白话里掺着俏皮话儿和顺口溜，令人耳目一新。进入信息时代社会上出现了“股市反弹”“预售楼花”“汽车按揭”“信息爆炸”无数新生词汇，王金炳作报告依然引用“葫芦掉进井里——看着下去了其实漂着呢”，“借钱买藕吃——口口都是债窟窿”，“阴天半夜看勺子星——找不着北”这一系列老话儿，反而充满新意，当场赢得一次次热烈掌声。

老天爷，敢情我有口才啊。早年华昌机器厂伙计们都这样说话，看来工人语言依然充满跨越时空的生命力，感染着人间。

退休了他不放心，去了特殊原料仓库。接任者是中年男职工。他叮嘱说进料出料一定开动除尘器，防止粉尘害人。对方拿出“猪嘴巴”说，只要防护用品穿戴齐全开动除尘器，没事儿。

是啊，我为了节约粉料不开除尘器，受了病。只要不呼吸粉尘，一切都会正常的。他暗暗开展自我批评，认为责任不在工厂而在自己。

明天五一节。一大早儿王金炳找出一张大红纸和一瓶墨汁，指派外孙冯器和外孙丁苹果写出“欢迎回家”四个大字，贴在迎面墙上。冯器是王莹的儿子，丁苹果是王凤的儿子，这两个男孩子询问姥爷欢迎谁回家。王金炳板着面孔说出五个字：别问了，保密！

十三岁的丁苹果比十五岁的冯器还要聪明，抢答道，欢迎我姥姥回家呗！

对，欢迎你姥姥回家，我要弄一桌丰盛酒席，现在就去菜市场采购。

兴冲冲走出“劳模楼”。他上身穿着一件红色T恤衫，这是冯器丢弃不穿的衣裳，老人家变废为宝平添几分青春气息；他下身穿的一条绿色运动裤是继承丁苹果的，依稀可见“第四中学”字样。于是，大外孙的红衫和二外孙的绿裤，这两种极不协调的颜色搭配起来，形成老骥伏枥的气势。红色T恤衫过长，绿色运动裤稍短——远远望去活像一位国营马戏团的道具管理员，慈祥里面透出几分滑稽。

道具管理员走到那株来历不凡的芒果树下，抬头望着枝繁叶茂的树冠喃喃不止。老伙计啊你也二十多岁了。南方种子在北方长得这么壮实，你全托毛主席的福啊。

记得那是林彪出事的第二年春天，他捧着花盆把这株生命力极强的芒果树苗儿移到室外——栽种在“劳模楼”前面的草坪边缘。春秋浇水，冬天包裹塑料布。就这样它默默成长着，只是从来不结果。北方人不认识芒果树，就打听。王金炳总是嘟嘟哝哝回答说，神树，神树。

五一节放假人们睡懒觉，清晨“劳模楼”反而显得清静。如今的“劳模楼”名不副实了。有的劳模提拔成了领导干部，搬走了。有的劳模去世了，儿女住在这里，要么在市场里卖布头要么推车摊煎饼，前进在下岗再就业的道路上。总而言之，“劳模楼”失去昔日光环，成为普通居民住宅楼。前面的“市长楼”打从落成以来，由市长而局长，由局长而处长，一路走低，如今称其“科长楼”也勉为其难了。

名不副实的“劳模楼”与名不副实的“市长楼”之间夹着一块绿地，形成院落。此时大院门口聚了一群人，还架起一台水平仪，远远测量着前面那一座青砖红顶的“市长楼”。王金炳把这台测量工程的仪器当作电视摄像机，以为这里正在拍摄电视连续剧。他看见远处几个身穿杏黄色信号服的人在绿地里围绕着“市长楼”插了一面面小红旗儿，还挂了一幅幅“工程重地，请勿靠近”的标语，好像外景地。王金炳扭头望着那一面面迎风也不招展的小红旗儿，越发认为这是在拍摄电视连续剧。

去年冬天，一个名为《劳模家庭》的电视剧组叮咚叮咚按响了门铃，说是前来采访老牌劳动模范为剧本补充素材。光头导演像模像样地在客厅里架起摄像机一口气给王金炳录了三个小时，请这位工业战线红管家从一九四九年说到一九五九年，又从一九五九年说到一九六九年，从一九六九年说到一九七九年，从一九七九年说到如今。三个钟头竟然讲了四十多年的故事。历史成了一块压缩饼干。王金炳很想谈谈将来，导演却没了兴趣，撤伙了。

骑着小三轮车驶进宏光菜市场。这里曾经是国营宏光电器厂，那座高大宽敞的中心仓库经过改建成为蔬菜水果区。当年王金炳荣获“工业战线红管家”称号。革命元勋朱德同志视察工厂，还在这里跟他握了手。

宏光电器厂仓库的痕迹，荡然无存。王金炳仿佛进了陌生世界。一排排标明号码的不锈钢摊位摆满各式各样的蔬菜，五颜六色室内植物园似的。

他回忆当年这里存放的配件名称：触点、卡座、线圈、拨叉、端盖、支架、垫片、螺钉、丝锥……种类繁多，记录着计划经济的工业繁荣。如今，变成蔬菜摊位：黄瓜、西红柿、芹菜、辣椒、茄子、苦瓜、豇豆、胡萝卜、香葶、茼蒿……也是种类繁多，诉说着改革开放的大好形势。

放眼望去，轴承变为倭瓜，铜条变成蒜苗，金刚砂变成黄小米，铝线变成粉丝，砂纸变成紫菜，钢珠变成鹌鹑蛋、油毡变成海带……不光换了日月，而且换了人间。骑着小三轮车驶过几个摊位一眼瞧见冬瓜，停车询问价钱。摊主说一块钱一斤。他嗯了一声调动屁股离开车子，伸手将一只只冬瓜摸索了一遍，连连摇头抽身离去。摊主极其不满地说老头儿你从前是地雷工厂质量检验员吧。

不理会摊主的挖苦，却考证出这堆冬瓜占据的正是当年存放漆包线的地方，后来改为存放矽钢片。这样思量着，鼻子嗅到了从前的味道。这时他突然抖了抖肩膀——似乎调整着肌肤与“勒子”的间隙。又驶过几个摊位，他认定来到当年存放铝箔的位置。他选中一只墨绿色冬瓜。双手捧着上秤一称，冬瓜摊主说六块钱，然后套上塑料兜儿递给他。他微笑着取出微型弹簧秤，当场复核斤两。摊主吃惊地望着微型弹簧秤，那表情好像看到了飞毛腿导弹。

五斤半。你应该收五块五，不应该收六块钱。王金炳吃力地指着悬挂在微型弹簧秤下的冬瓜说。冬瓜摊主不耐烦了，说这年头敢情还有您这么较真儿的人，好啦你说五块五就五块五吧。

不是我说五块五就五块五。五斤半冬瓜就应该五块五。王金炳表情随和语气舒缓，说得有板有眼有理有节。摊主理屈，也就词穷了。王金炳递去一张五十元面额的钞票。对方接过去随手找了钱——四十四元五角。

王金炳从菜篮子里取出袖珍验钞器，把摊主找回的四张十元面额钞票逐一插入袖珍验钞器，检验真伪。冬瓜摊主气得面孔变成一只巨大西红柿，之后从西红柿变成一只巨大白馒头。您是中国人民银行退休的行长吧？

驶过一个个摊位，买了油菜买了豌豆买了榨菜丝买了鸡胸肉买了羊腿，便去买海米了。平时他老人家主要任务是“饲养”两个学生。严格遵循四菜一汤的基本原则，四菜是两荤两素，汤则随季节变更，主食大米饭。今天采购为了迎接老伴儿回家，所以添了羊腿。

找到海货摊位他看见三十几种海米，好像人们把大海晒干了。几经斟酌还是选了那种三十五块钱一斤的“金钩海米”，说买四两。海货摊主是一个皮肤白皙的中年妇女。满脸堆笑称了四两海米装进塑料袋。王金炳从菜篮子里取出微型弹簧秤，复秤。半斤？我要退给你一两的。

卖海米的中年妇女笑了，说我们厂长要像您这样实事求是多好。堂堂北方电机厂改名阿尔贝托电机制造公司，中方控股百分之五十一。动力车间大老刘会算命，说冯五一当厂长搞合资占百分之五十一股份，这是天数。可是外方连年增资，中方死要面子活受罪，没钱只好折股啊。眼看着外方从百分之四十九升到百分之七十一，人家控股了。我是工程师被裁了，跑这儿卖海米来啦。

听到这个消息，王金炳咯噔变了脸色好像死了亲人。不是中方控股吗？怎么掉到外国人手里了……

您还不相信？外国人控股马上裁员，一线生产工人降了百分之五的工资。工人不敢罢工，只能忍着。

王金炳眉头拧成一个肉疙瘩，上海馄饨似的。他转身去买了两斤喷了催熟剂的西红柿。他心里有详细分配方案：西红柿一斤给人吃，一斤“喂”树。那芒果树喜欢南方酸性土壤。多少年他一次次将西红柿埋在树下，一次次抵消着盐碱土壤的侵害。二十年过去了。西红柿从五分钱一斤涨到一元钱一斤，他照样买来喂树。这一株从芒果核儿变成芒果树苗儿终于长大的芒果树，俨然老汉的“宠物”。处处省吃俭用时时精打细算的王金炳，只有喂养这株堪称人间奇迹的芒果树，绝不吝惜金钱。

完成采购任务回家，王金炳站在卫生间里打量自己。明天接棉花回家好比我们再次结婚，我应当穿得体体面面吧？这样想着，他决定花钱添置衣裳。

吃了午饭去自动提款机取款。退休金每月八百二十元，全国总工会劳模津贴每月一百元，市总工会劳模津贴每月八十元，三项相加王金炳月收入一千元。不是美金是人民币。人民就要花人民币。

取了款，王金炳乘坐巴士去服装城。红灯。他无意间看到路旁报刊亭前站着一位身穿银灰色中山装的老翁。老东家！他啊地叫了一声。到站停车，他下了巴士往回跑。二十多年没有见面他老人家硬朗啊。

报刊亭前面空空荡荡，没人。他扒住报刊亭窗口大声问道，那位老先生呢？那位老先生呢？

小窗口里回答说，您就是老先生啊，怎么自己找自己呢。

王金炳哑口无言，环视四周看不到老东家身影。一定是我看花了眼。这么多年往事仿佛河水倒流，经常重现梦里——白鸣岐坐在华昌机器厂账房里手里嘎啦嘎啦搓着山核桃说，饼子啊饼子。

怀里揣着一千元人民币，他看到“铁鸟服装专卖店”毫不犹豫走进去。售货小姐注视着这位身穿红色T恤衫绿色运动裤的老汉，笑了。

王金炳沿着货架寻找属于自己的款式。给我拿一件衫衣，再配一条西裤。说罢坐在试衣间门口等待着。售货小姐拿来一条蓝色西裤。他想起幻觉里的老东家身穿灰色中山装，便说要灰色的。售货小姐立即夸奖他有眼力。

试衣间里，脱去邋邋遢遢旧衣裳，换上舒舒展展新服装。镜子里出现一个身穿白色衬衣灰色西裤的老头儿，挺精神的。多少年了，他从来没有穿戴得如此郑重其事。走出试衣间选了一条铁鸟牌皮带，系在腰间。交款时收银台小姐告诉他一共九百九十八元，打八五折。

啊？一贯精打细算的工业战线红管家被天文数字吓住，狠了狠心咬了咬牙讨价还价说，既然优惠就给我打九折吧。

收银台小姐笑得捂着嘴说，老先生打九折比打八五折还贵呢。

交了款，把替换下来的红色T恤衫和绿色运动裤装进“铁鸟”的袋子里。我的八辈祖宗啊，我从来没给自己花过这么多钱，今天打破世界纪录了。

手里拎着过去的自己，他昂首阔步走出服装店。路经一家茶叶店突然哎呀叫了一声，他猫腰捂着胸口。

我的勒子呢？我的勒子丢啦！他脸色苍白双唇颤抖，好像世界末日到了。

咦，我在试衣间里没看见胸兜，我从家里出来就没戴吧？他渐渐冷静了，伸手摸着胸脯——左右都比较平坦了。

好啊！这说明我不需要勒子了。他大步走近茶叶店玻璃窗打量着映像里的自己。白色衬衣灰色西裤黑色皮鞋，老汉一切正常。

真他妈的好啊！终于摆脱了胸兜桎梏，他兴奋地骂了一句粗话。好似当年欢迎解放军进城。消费了九百九十八元的老头儿，目光分外明亮，自豪挺起胸膛，双脚充满弹性，大步向前走去。

当天晚上，王金炳收拾卧室将两张单人床合并起来，拼成双人床。铺床的时候他难过了，落下几滴眼泪。继而清洗厨房，之后拾掇厕所。他特意在抽水马桶里投放一块“蓝精灵”，显得很讲卫生。独自忙到半夜，依然兴奋不已。

清晨，阳光很好。今天五一劳动节。身穿九百九十八元好衣裳的王金炳走出劳模楼来到芒果树下擦拭小三轮车，那心情就是去接新娘子。牟棉花多年没有回家居住，今天非同寻常。出发之前，他特意给工人疗养院丙楼房间打电话，铃声叫唤没人接听。嘿嘿，棉花是三朝元老的疗养员，一准跟护士们告别去了。

骑上小三轮车，退休老劳模王金炳一路哼唱着现代京剧《红灯记》，不是李玉和是李奶奶。李奶奶是老旦。他有时也唱《沙家浜》的沙奶奶。沙奶奶也是老旦。此时的“李奶奶”没了胸部隐私，昂首骑行了。一方面告别勒子，一方面迎接老伴儿回家，他认为这是双喜临门。

驶进工人疗养院大门，正逢“三产”进货，一辆大卡车堵住通往丙楼的道路。身穿白色衬衣灰色西裤黑色皮鞋的王金炳绕路从假山后面骑过，直达丙楼。几个护士从丙楼里跑出来，表情紧张。靳大姑嘴里叼着烟卷儿走上前来，叫了一声金炳，无论遇到什么事情你都要挺住啊！

棉花怎么啦？衣着光鲜的王金炳丢下小三轮车，大声问道。

靳大姑毫无表情说，这朵棉花终归纺到线里去了。她走啦，一个人坐在藤椅里走的。

王金炳古怪地笑了。我这不是来接她回家嘛，她不坐我三轮车往哪儿走啊？

说着，感到大事不好，他大步冲进楼道奔向牟棉花的房间。靳大姑大声招呼着护士们。你们拉住他！你们拉住他！

牟棉花身穿蓝白相间的疗养员服装安然坐在藤椅里。她戴着一副老花镜，左手握着一只鞋底儿，右手捏着一根细麻绳儿，身体微微侧倾脸庞低垂，好像寻找掉在地上的顶针儿。

地上扔着一张报纸《北方周末》。这是一份著名报纸，有深度有广度有速度。尤其"文化大视野"专版，经常刊登人们闻所未闻的事情。

值班医生满面愧色说，我估计凌晨时分牟大姐突发大面积心梗，可惜我们没有及时发现……

王金炳缓缓蹲在藤椅前面，抬头注视着不辞而别的老伴儿，泪流满面。

棉花，今天五一劳动节啊！你让我接你回家过日子，你怎么说话不算话呢？王金炳伸手摸着牟棉花冰凉的脸庞，声音颤抖。

你住疗养院，我看管仓库，咱们几十年了。你让我骑三轮车拉你去逛工厂，你怎么自己走了呢……

两个护士过来搀住王金炳。他异常冷静说，牟棉花是有组织的人，你们给市总工会打电话吧。我要把她遗体接回家去！

靳大姑走进房间伏在他耳畔说，金炳，你看牟棉花纳鞋底儿的手法，两根手指头捏着一根细麻绳儿，这还是"牟棉花工作法"的接头儿技术啊。

王金炳看了看老伴儿留给人间的最后姿态，转身盯着靳大姑眼睛说，是啊，这就叫一辈子！这就叫一辈子！

受到王金炳情绪感染，靳大姑望着遗体说，牟棉花你放心走吧！我一定替你把那本书弄出来……

王莹闻讯赶到母亲房间，从地上拾起《北方周末》这张报纸。她心里明白，母亲一定是阅读一篇标题《人言可畏的误读》的文章，受到强烈刺激的。这篇文章谈到本市某集团董事长违背市场规律大搞“亲属交易”，以代销名义连年收购某国营企业产品，尽管积压仓库却照样结账，以此造成某国营企业尽产尽销的虚假繁荣。他为什么这样做呢？因为那家国营企业女厂长是这位集团董事长的妹妹。这种以亲情为纽带的交易现象被经济学家称为“近亲繁殖”，必然孕育出营销领域的“怪胎”。这怪胎反映了商品经济幼稚时期的“企业失重心态”。

然而，不知是大众误读还是有人误导，这起属于经济领域的虚假销售的案件竟然以讹传讹演化成为兄妹之间的丑闻。“近亲繁殖——怪胎”。消息不胫而走，“兄妹乱伦”成为街头巷尾茶余饭后的热门话题。《北方周末》编者按指出，如此严重的误读发生在广大民间，足以说明大众心理的严重倾斜。兄妹乱伦这是多么刺激的话题！于是人们由误读到误传，齐心协力将一个扭曲的销售事件改造成为一对扭曲的男女关系，并且轰轰烈烈上市了。

王莹猜测，母亲深夜做鞋疲累了，随手拿起这份报纸阅读，一眼看出这是发生在大朝与灵莹之间的一场风波。她老人家是否受到“兄妹乱伦”的刺激从而诱发大面积心梗，不得而知。王莹还是充满内疚地撰写着讣告。

说是卒年六十五岁。其实减去当年报考东洋纱厂的虚报年龄，牟棉花实足活了六十三。靳大姑清清楚楚记得，黄毛丫头牟棉花的工号是丙字 9551。谁也没有想到这四个阿拉伯数字预示了女主人公的死期——公元 1995 年 5 月 1 日病逝于工人疗养院丙楼。这么一朵棉花，纺来纺去活过一个甲子。

工业战线红管家兼唯物主义者王金炳坚决认为，这只是一个巧合。

丧事从简。牟棉花遗体告别仪式规模不大。李亦墩同志步履蹒跚出席了。王莹扑到这位伯伯怀里抽泣说，妈妈发病我不在身边，我一辈子不能谅解自己！

灵莹不要难过。你把东方制冷设备厂办好，就是对你母亲的最好报答。李亦墩小声安慰着王莹。坐在轮椅里的王援朝已然泣不成声。

王凤伏在王援朝耳畔小声说，哥，你从来都是金水集团铁腕人物，虽然辞了职也不要让人看出你有一副软心肠啊！

王援朝擦去眼泪，吃惊地望着乳名傻凤的妹妹。全家极度悲伤之际，只有傻凤理性不减，头脑特别清醒。

李亦墩拍着王援朝肩膀劝他节哀，你去德国治腰治腿疗效怎么样？

马克思和恩格斯的故乡，治腰治腿都有疗效，说着王援朝抬手指着脑袋说，当然，这里的疗效最大。

你辞去金水集团董事长职务好像另有原因吧？李亦墩压低声音说，外界传说你在幕后照常掌握权力，以退为进这是高明之举啊。

王援朝并不承接李亦墩话题，神色淡定地说，金水集团下属二十八家企业，有的属于乡镇企业还是属于民营企业？有的属于个体企业还是属于合伙企业？很混乱的。只要产权明晰了，我们的事情就好办了。

王凤拉着李亦墩的手说，我们厂拿到两份订单，这一批运动衣即使赔本也要做。您说国有企业到底怎么办啊！

我老啦，以后全靠你们支撑天下了……李亦墩呼吸急促地说着，退场了。

一个戴墨色眼镜穿银灰色衬衣藏蓝色裤子的人走进吊唁厅。王金炳一眼认出这是白小林。一辈子研究日本企业管理的白小林注视着躺在鲜花丛中“棉纺战线一面旗帜”，满脸泪水。

谢谢你啊棉花，没有你，解放前夜我就不会参加护厂队行动，不参加护厂队行动，我就成了历史反革命，一解放肯定枪毙了……

跟死者家属握手，鬓发斑白的白小林依次对王莹和王凤说，以后你们的孩子要是去日本留学千万别上坏人的当，我的咨询公司专门接受国内企业和人士对日本方方面面的咨询。你们的事情，我免费！

白小林与王建设握手，说你是三百三十五米登高英雄。这位登高英雄趁机向“日本通”请教说，小岛株式会社出产的高速织机，它的配套电机是三井公司的吧？

咦，你怎么知道这些情况，可以直接阅读日文资料啦？白小林大为惊讶，往鼻梁上推了推下滑的墨镜。

王建设不动声色说，一知半解……

走出吊唁厅，沉浸往事里的王金炳突然想起老东家，便打听了一句。白小林表情平淡地说，我们的父子关系你最清楚。我从日本留学回来进了日商东洋纱厂，他对我不肯宽恕。解放后我娶了日本遗孤，他更不愿意。“文革”结束落实政策，他老人家搬了家，从此失去联系。前几年我在大街上见到他，老爷子挤在人群里买彩票，说中了五百万头奖就去开工厂……

王金炳感慨不已说，你们爷儿俩其实性格相同，都是一条道跑到黑的人，你迷上了研究日本，他老人家手里有绝活儿这辈子就想开工厂当东家。

白小林突然问道，金炳，你看我这辈子还有可能接替我父亲当少东家吗？

王凤插言制止道，今儿是我妈追悼会，你别跟我爸闲聊好不好？这么大年纪改不掉书呆子毛病！

苍老的靳大姑没有来到吊唁厅，她步伐沉重径直走进火化操作间。操作员驱赶她说，工作重地闲人免进。靳大姑从怀里掏出一只油纸包缓缓打开，露出一小截儿形似腊肠的东西。她表情郑重告诉操作员说，一起火化吧这是死者的小脚趾，我保存将近五十年啦。操作员受到震撼，连连点头。

靳大姑朝着特等劳动模范的遗体大声说，牟棉花你整齐了，走吧。

遗体告别仪式之后，王金炳独自坐在殡丧馆院里，抬头望着那座大烟囱冒出一股股白烟，表情淡然。

棉花飞到天上去了，飞吧，你一辈子好强，飞到天上去吧。

一辆切诺基吉普车疾驶而来。被牟棉花生前称为郝二黑的郝伯生不等停稳，推门下车快步跑到王金炳面前说，我下了飞机往这儿赶，还是没见到牟大姐最后一面！

王金炳指着大烟囱冒出的缕缕白烟说，二黑！你现在大声跟牟棉花说话，她还听得见呢。

郝伯生抬头望天眼含热泪高声喊道，牟大姐，我四处跑贷款赔笑脸，就是不愿意再给别人当小伯役啊！您放心走吧，我一定要让您在天堂看见咱们高新纺织科技园开工典礼的日子！

入冬不久，李亦墩发病住院。高干病房下达病危通知书。医院给王金炳打电话说老领导要见你。王金炳知道李亦墩没儿没女，徐贰芬几乎成了植物人。唉，我就算是他的家属了。

王金炳站在病床前面。李亦墩气息微弱说，对不起啊。这一辈子把你调来调去的，你能原谅我吗？

王金炳连连点头，尽力安慰着这位改变自己人生道路的老领导。李亦墩苦着脸儿说，我的心愿是建立一座劳动模范博物馆，让子孙后代看到你们留下的足迹，可惜没弄成啊。

王金炳哭了。您放心，只要我活着就一定要把咱们足迹留给后代。我还记得您的象棋下得特别好，您给胖厨师支嘴赢了瘦厨师，让我吃上杂合面饼子。

李亦墩抖着满脸病容颇为尴尬地说，当年为了革命工作我把佟小喜尸体拖出棺材随便埋了，很不人道。我听说华昌机器厂旧址拆迁，你一定要找他的骨殖正式下葬啊。

人之将死，其言亦善。老领导留下这两句善言，几天之后撒手而去了。于是，人间没了王金炳的知情人。他们共同经历的往事宛若淡淡雾霭，朦胧里透出几分清晰，清晰里又显出几分朦胧。清晰与朦胧之间翻过一页页时光。

开春了，熏风吹绿那株芒果树。王金炳牢记老伴儿遗愿。他将牟棉花一寸底板放大成二十二寸照片镶进铝合金镜框，立在小三轮车厢里。照片放得太大，亡妻形象略显失真，反而衬出天国的遥远。

劳模楼下，遇到脸色苍白的滕维丽。她每天清晨环绕这座“劳模楼”行走五圈，几个月以来越走越瘦，减肥效果明显。

滕维丽叫一声王老先生，很亲切的样子。王金炳满脸堆着和蔼笑容，承应着。多年以来，首长接见叫他“金炳同志”，工厂里叫他“王师傅”，晚辈们叫他“王伯伯”，小孩子们叫他“王爷爷”，只有这位身穿黑色连衣裙的滕维丽称呼他“王老先生”。王老先生经常与这位女邻居聊天却从来不提王莹。他知道滕维丽曾经是王莹下属，早掰了。如今滕维丽是知名企业家，领导着东方小型锅炉厂。仿佛前世有缘，王金炳与滕维丽成了忘年交。

滕维丽看到牟棉花大幅遗像，恭敬地鞠了一躬，之后钻进接她上班的小轿车，走了。王金炳看看相片，望着远去的小轿车，蓦然觉得牟棉花的眉眼跟滕维丽颇有几分相似之处，不由笑了。此时的王金炳并没有察觉自己的深刻变化——老伴儿去世以来，他正在渐渐变成乐观主义者。

驶过“市长楼”，王金炳开始了陪同老伴儿参观工厂的历程。马路边一辆公交车进站。一群背着书包的学生一拥而上，争先恐后互不相让，局面混乱。王金炳瞅见外孙丁苹果伸出两只胳膊划水似的拨开人群，抢先上了车。

优胜的走了，剩下劣汰的，好似几棵豆芽菜栽在站台上，可怜巴巴消耗着水分。王金炳发现一棵严重缺乏水分的豆芽菜正是大外孙冯器。

这都过去几趟车啦你怎么还没走？担心孩子上学迟到，王金炳上前询问。

冯器表情漠然，好像动画片里一株沙漠植物。我爸我妈嘱咐我不要抢乘，有老人让老人，有孩子让孩子，先人后己就是先让别人上车自己末后。我只能这样了。要是在网络游戏里我肯定把别人挤掉，第一个上车。

又开来一辆公共汽车。站台上显得清静。冯器舔着干裂的嘴唇说了声姥爷再见，终于上了车。

望着红色公共汽车载着外孙驶去了，他的心情成了一锅夹生饭。是啊，遵循家长教导，冯器是好孩子。可是大清早不抢乘只好晾在站台上，上学迟到。这是一件矛盾的事情。

还是不要操心了，冯器肯定一天天长大。踏着小三轮车载着牟棉花大幅相片，王金炳朝着第五针织运动衣厂驶去。一对横过马路的恋人以为老头儿给时代影楼做广告，小声议论说怎么选个老太婆做形象大使，夕阳红啊。

第五针织运动衣厂大门口，王凤身穿粉红色休闲装拎着手提包。王金炳跨下小三轮车大声说，傻凤，我陪你妈参观工厂，你这儿是第一站！

王凤告诉父亲她去广州服装订货会。我们为国际商标贴牌呢，特别想创出自己的品牌。

看到挂在小三轮车后面的母亲相片，王凤表情严肃说，妈，您看这套中年女式休闲装有市场吗？这是我们全厂姐妹精心设计的，争取创出“卓茵卡”系列品牌……

仔细打量着女儿傻凤，王金炳代替牟棉花回答说，你要想占领中年妇女市场应当打出“一枝花”品牌，俗话说女人四十一枝花嘛。

王凤转身对同事们说，我老爸有水平吧？他老人家六十多年不露峥嵘，一句话给咱们定了品牌。好吧，咱们这样写广告词儿——女人四十豆腐渣，穿上它，女人四十一枝花。

王凤的同事们纷纷夸赞王老伯见多识广，一张嘴说到章程上，好点子。王凤小声告诉父亲，我姐当厂长跟党委书记有矛盾，特别忙啊。

跨上小三轮车载着“老伴儿”前往大女儿工厂，王金炳心中充满惦念。

初秋时节，东方制冷设备厂一派欢天喜地的气氛。工人们满脸兴奋，三个一群五个一伙奔向远处食堂说是工厂破产了免费供应喜面，表情很是喜悦。

驶过一座小楼，王金炳看到挂着“清产核资办公室”牌子。这是党委书记郑佳兰的驻地。听到远处噼噼啪啪放起鞭炮。他认为一准是灵莹带领企业走出困境了。只有喜事吃喜面嘛。破产，永远不是工人们的喜事。

小三轮车驶到办公楼前。父亲遇见女儿。王莹满脸疲惫鬓角露出几丝白发。父亲当头就问女儿，这是恢复生产吧。

王莹告诉父亲东方制冷设备厂破产了，之后松了一口气说，三个月东奔西走终于盼到这一天了。

破产！破产怎么还吃喜面呢？王金炳双手将老伴儿遗像抱在怀里，既疑惑又惊恐。

王莹望着父亲说，爸，如今很多国有企业关门停产，下岗职工生活没有着落，父母生病不敢吃药打针，孩子上学掏不起学费，这样下去怎么行呢？我们东方制冷设备厂产品滞销负债累累，走到头了。我们不能这样耗下去。长痛不如短痛，短痛不如新生。我反复研究了国家有关政策，只有争取政策性破产才是最佳选择。您不要以为所有困难企业都能享受破产待遇，这也要抓住机遇的。

抓住机遇？这机遇保一时，不保一世。王金炳伤感地说，工厂破产等于拔了工人的根，工人拔了根怎么活呢。

爸爸，您的心情我理解。经过这几年摔打，我懂了什么是勇敢。当初率领全厂职工创出一千万元利润是勇敢，如今面对困境承认失败也是勇敢。您不知道争取企业破产多难啊，跑了多少路求了多少情吃了多少闭门羹，女强人变成女弱人。我们申请的是政策性破产，政府出头了断债务，企业以资产抵债务，冲去六百万美元呢，其余政府征地抵贷；破产职工得到基本安置，领取破产补偿金，最高三万六呢。

今天全厂发放破产补偿金，所以职工们吃喜面庆贺。

看着滔滔不绝的女儿，父亲心痛了。当初龙头企业女强人，如今破产企业清算者，一天一地。

工厂破产了你调到哪儿工作？父亲关心女儿的下场。

我主外，跑破产政策。郑佳兰主内，负责清产核资。一旦破产工作结束，我就下岗呗。王莹自嘲地笑了。我从头开始。您知道东方小型锅炉厂吧？昨天我给滕维丽打电话，说当年你是喷漆工我是厂长，我提拔了你。今天你是厂长，我去你厂里当喷漆工吧，从零做起。

滕维丽这人挺好，我跟她处得很不错呢。王金炳注视着生性好强的女儿。你从小不服输，如今能上能下能折能弯，很不容易。以前你在滕维丽之上，现在甘心去她手下打工，平常人受不得这种委屈啊！

王莹望着母亲遗像说，妈妈，你来参观我的工厂，它破产了，让您白跑一趟。您老人家放心，平常人承受不得的委屈，我能承受。总有一天我会请您参观我的新工厂。

看到女儿如此坚强，父亲心里宽敞几分。转念想起“兄妹乱伦”的误传，忧心再起。灵莹，外面给你跟大朝造谣太糟践人了，你不要心窄啊。

爸，这未必是坏事儿。王莹意味深长地笑着，给父亲衣兜里塞了一千块钱。这是冯器的生活费。

跟女儿告别，踏着小三轮车走了。一群工人蹲在厂道两旁端着饭盒吃着最后一顿喜面，呼噜呼噜满脸欢喜。工厂破产了工人们吃喜面，这是举世罕见的场面。王金炳停车问一位中年工人破产补偿金拿了多少。

三万五！不少哇。要是一分钱不给咱也没办法！我们感谢王莹厂长，她费尽九牛二虎之力把东方制冷设备厂弄成政策性破产，让我们软着陆啦。这三万五我让家属做小生意，我有技术去南方私营企业打工！

这就是工人，懂得什么是知足。三轮车驶出东方制冷设备厂，王金炳看到马路两侧摆开竞争的擂台。一边是敲锣打鼓宣传“太阳神”牌家用燃气取暖炉，另一边是模特走台宣传百姓牌家用燃煤取暖炉。这座城市只有百分之三十的暖气化，因此“土暖气”大有市场，竞争空前激烈。

驶近“市长楼”，王金炳发现这是一座空楼了。几个身穿杏黄色信号服的拉了一圈警戒线，好像准备施工。来到“劳模楼”前，看到聚了一群陌生人，有老有少，有男有女，一人手里擎着一炷香，弄得青烟袅袅的。呼啦一声人们涌到芒果树下，扬起胳膊采摘树叶了。

你们知道这棵芒果树的来历吗？不要破坏绿化啊……王金炳大声制止。

一个老太婆表情亢奋说，我知道！它是用毛主席的芒果核儿栽种的，所以是神树。它的叶子包治百病，高血压、高血脂、高血糖、高血酸，心绞痛、偏头痛、月经痛、风湿痛、坐骨神经痛，总而言之，一周见效！

一个年轻妇女抢着补充说，树枝舒筋活血通经络，还治白癜风和红斑狼疮，真是神树呢！

神树……？王金炳蒙了，以为这是拍摄电视剧《聊斋》。这时候，低端的树叶被捋光了。一个中年汉子扛来梯子大声嚷嚷着。如今假药太多，我们只能依靠毛主席老人家留下的神树为自己消灾祛病啦！

没错！芒果树在北方冬天活不成，所以说这是毛主席留下的神树！

对，他老人家在天之灵永远保佑我们下岗职工！

王金炳陷入众人指责之中，很是被动。突然响起一个女人声音，我打110报警啦！你们大搞封建迷信破坏国家树木，一会儿警车就到了……

可巧，一辆警车鸣笛从远处行驶过来。嗡的一声好似大海退潮，崇拜神树的人群四散而去。

遍地落叶。王金炳心疼地捡起一截儿树枝，抬头看着赶来给自己解围的滕维丽。小滕，你说这树是不是包治百病?

滕维丽悲悯地笑了，这是社会从众心理，一旦有人信了，就一传十十传百，干草燎原了。

我倒是希望这树治病，那样就节省下岗职工医药费了。王金炳话音未落，听到轰隆隆巨响。

地动山摇了。这是由金水集团粗暴实施的“定向爆破”。身价不菲的“市长楼”坍塌了——好像一个巨人瘫坐下来。一股烟尘腾空而去。

铺天盖地的尘烟，震耳欲聋的声浪。滕维丽尖声喊道，虚假繁荣，畸形发展，疯狂开发，这又是一大堆房地产泡沫啊!

王金炳好似一尊灰头土脸的秦俑说，他们把市长楼给炸了，疯啦?

对! 滕维丽气得脸色惨白，笔直的鼻梁上沁出细细汗珠儿说，金水集团抢购黄金地段，很快就要炸掉这座劳模楼啦。

28　绚烂与澹定

自从担任家属工厂厂长，滕维丽得到党委书记郑佳兰全力支持。几经变化，家属工厂脱离母体改变性质终于挂上东方小型锅炉厂牌子，成为股份合作制企业。本厂职工持股百分之三十，企业持股百分之三十，机电控股集团持股百分之四十，天下三分了。

以生产“百姓牌”家用燃煤取暖炉起家，东方小型锅炉厂获得制造压力容器许可证，生产工业民用小型锅炉形成系列产品，经济效益很好。企业内部持股职工连续三年分红，高者达到万元。滕维丽威望大增，人们尊称“女老板”。女老板为了活跃职工金融生活，独出心裁将废弃不用的小会议室改为“企业内部股票交易所”，人称“小沪市”。每天中午定为股票交易时间。职工可以卖出，也可以买入，厂方收取低微管理费。

一时间“小沪市”成了新闻。当地报纸记者赶来采访，却被滕维丽拒之门外。成也记者，败也记者。党办主任出身的滕维丽深知此理。

东方制冷设备厂是娘老子，死了。它的遗腹子——东方小型锅炉厂却成长起来。这好像民间传说的母蝎产子。母蝎分娩即死，一群新蝎吃着母蝎尸体长大了。这就是母亲的最后贡献。

既然谈妥了来做喷漆工，“破产厂长”王莹来东方小型锅炉厂报到。那几位吃了滕维丽闭门羹的记者看到这位昔日女强人，竞相采访。王莹面对录音机简单谈了自己“从头开始”与“从零做起”的想法，转身跑进工厂大门。

又黑又瘦的滕维丽不温不火地说，王莹，不论当工人还是当厂长，咱们还是不出风头为好吧？

王莹满脸尴尬表情。滕维丽告诉她去人力资源部办理手续，态度不冷不热。

王莹穿过中低压车间，看到许多东方制冷设备厂的破产工人，有焊工有钳工有电工汇集这里再就业了。这些熟悉的面孔远远望着“破产厂长”，表情略显惊异。此情此景引起王莹伤感，好像存款丢失被别人捡走了。她当即告诫自己保持正常心态。你不是厂长了，既不要指点江山也不要激昂文字，只记住“粪土当年万户侯”就是了。

人力资源部长竟然是曾任东方制冷设备厂党委组织部长的简大姐。王莹环视着这间办公室，几乎产生了重返过去的幻觉。简大姐告诉王莹，自从退休“返聘”来到东方小型锅炉厂，就夕阳红了。

哦，东方小型锅炉厂成了东方制冷设备厂的翻版。王莹心里蓦然清晰了。

王莹被分配到集成车间做喷漆工。领取工作服时王莹想起当年做清扫工的情景，三十年恍惚如昨。她还是改不掉厂长脾气，不由自主观察着厂情。溜达到空压机房附近看到两台设备停在路边，一台是剪板机一台冲压机都是八成新，机身印有“东方制冷设备厂”字样。工厂破产设备封存清产核算，它们怎么跑这儿来啦？

看守空压机房的师傅说，听说这是从东方制冷设备厂用废铁价格买来的，滕维丽捡了大便宜。

王莹明白了。这是郑佳兰抢在破产之前任意甩卖，造成国有企业资产严重流失。这两台设备是有形的，那么无形的呢？

她索性坐在冲压机旁边，生气了。东方制冷设备厂好比一棵轰然倒地的大树。它的养分滋生了一堆小蘑菇。小蘑菇长成大蘑菇。我不能说蘑菇不合理，只能说大树死了，蘑菇生了。这样想着，内心很是迷乱。难道国有企业就是一棵棵倒地而死的大树？难道这一棵棵大树只能成为滋生蘑菇的温床？

王莹，这可不是大树跟蘑菇的关系啊。滕维丽绕过冲压机走到王莹近前，脸上挂着少见的微笑。

咦，你怎么知道我心里想的……王莹惊诧地站起来。

滕维丽没了微笑。我听到你自言自语了，一会儿大树一会儿蘑菇的。

敢情我添了自言自语的毛病？王莹连连摇头苦笑说，这说明我老了，丧失自我控制能力了。

沿着厂道返回车间，一群人指着她的背影小声议论，当年大厂长变成小工人，这好比股票，有大涨就有大跌，弄不好就退市了。

王莹请了半天假，悄悄来到机电控股集团。这是当年的机电工业局，如今清静得很。接待王莹的机电控股集团董事长就是当年的唐局长。王莹开门见山以东方小型锅炉厂为例，提出国有资产掌控股权的问题。唐董事长笑了。

王莹，敢情你思想比我还要保守，国有企业走股份制道路，很正常嘛。有的我们控股，有的我们不控股。该我们控股的就控，不该我们控股的就不控。你举东方小型锅炉厂的例子很有现实意义。现在该厂职工持股百分之三十，股权分散弱小，不利于企业发展。这几天正在跟迅达投资公司洽谈收购职工股份的方案，进展不小。

如果收购成功，迅达投资公司将持有百分之三十股份，假若他们增资我们难以相应增资，就只能割让股份了。王莹寻思着说，这样下去我们不光失掉控股权甚至完全失去企业啊！

这有什么大惊小怪的？唐董事长望着情绪激动的王莹说，股份制企业就是这样嘛。即使出现股权变化也属于正常交易，反而促进了企业发展。

王莹指着自己太阳穴说，我担任厂长多年患了国企后遗症，必须克服啊！

唐董事长中肯地说，你对国有企业怀有深厚感情，我理解。然而置身社会变革时代我们光靠感情不行，更需要理性。你要是不解决思想问题恐怕连喷漆工也做不好的。

傍晚去父亲家里看望儿子，发现有人围绕劳模楼丈量。看来金水集团炸了“市长楼”又盯上“劳模楼”。大朝哥哥辞去董事长职务。新的领导班子挺进房地产市场，大量吞吃城市黄金地段地皮，弄得城市房价飙升。

走进家门，父亲不在。当年她和傻凤的“女生宿舍”由冯器居住。王莹累了，坐在客厅里听着从冯器屋里传出诗歌朗诵声音。

“从明天起，做个幸福的人，喂马劈柴周游世界，从明天起，关心粮食和蔬菜，我有一所房子，面朝大海，春暖花开……”

不知道为什么，王莹被感动了。她不知道这是什么诗，却记住诗里的“我”，颇有几分绚烂至极归于平淡的意味。

王莹起身侧耳听着，好像一只中年鼹鼠。她不由自主推门走进儿子卧室大声说，冯器，你接着朗诵好吗？

冯器被突然出现的妈妈吓了一跳，顺从地点点头。王莹退回客厅落座闭目，聆听从遥远世界传来的声音。

“从明天起，和每一个陌生人通信，告诉他们我的幸福，那幸福的闪电告诉我的，我将告诉每一个人……”

王莹渐渐攥紧拳头，听着处于变声期的冯器继续朗诵：“给每一条河每一座山取一个温暖的名字，陌生人，我也为你祝福，愿你有一个灿烂的前程，愿你有情人终成眷属……”

冯器走出卧室看到妈妈泪流满面。抬手抹去泪水，王莹问儿子这首诗是谁写的。冯器告诉妈妈，写这首诗的人自杀了。

什么！他不是从明天起做个幸福的人嘛，怎么自杀啦？王莹听到噩耗急了，大声质问儿子。

儿子无法解答诗人自杀之谜，只得答非所问说，我姥爷去滕阿姨家送豆腐了，经常一天跑两趟呢。

这令王莹感到意外。母亲去世之后父亲好像被神灵点化了，变得喜欢说话，变得讲究衣着，变得热衷外面世界了。

冯器上前嗅着说妈妈身上稀料的味道。王莹告诉儿子自己做了喷漆工。冯器略显失望说白领染成蓝领了。王莹说洗一洗就成灰领了。

自从滕维丽搬到劳模楼居住，王莹不曾造访。今天出于好奇心理，她按响滕宅门铃，开门的果然是满脸兴奋的王金炳。他手持拖布望着突然出现的女儿，兴奋转为尴尬。这时身后闪出滕维丽解释说，我安装了一台“太阳神”牌燃气取暖炉，厂家赠送一份人身意外保险，今年冬天就烧上土暖气了。

王莹思维速度很快。你放着咱厂的百姓牌燃煤取暖炉不用，为什么安装竞争对手的燃气取暖炉啊？

滕维丽好像躲避着这个话题。好啊，你用了咱厂这个字眼儿，我太高兴了。这说明你认同东方小型锅炉厂了……

王金炳趁机小声向滕维丽告辞，放下拖布走了。王莹不禁哑然失笑，觉得父亲变成一个形迹可疑的人了。

王莹观察着滕维丽的家：一室一厅格局，客厅里的水泥地面一尘不染好似一张巨大的水晶桌面，四面墙壁白得令人想起南极。不知哪里散发着一股芬芳，犹入幽兰之室。王莹侧脸瞅着通往厨房的落地门，擦得透明好像根本没有玻璃。厅的角落里摆着一张老式折叠式圆桌，那电镀的桌腿被擦得露出铜色，那树脂板桌面被擦得露出纤维本色。

这被擦得干干净净的岁月，令王莹屏住呼吸。自从双方中断私交，尤其目睹东方小型锅炉厂的崛起，王莹越发认为滕维丽陌生了。

王莹还是追问了安装燃煤取暖炉的问题。滕维丽解释说避嫌，我用自己工厂的产品，花钱没花钱那是说不清楚的。

滕维丽沏了两杯咖啡，陪着王莹坐在小客厅里。双方沉默着。咖啡从热变凉，终于引起王莹话题。

谢谢你关照我父亲啊。他老了，最重要的是快乐。我看他跟你相处显得特别兴奋，真是难得啊。

滕维丽淡淡笑了。我从小不愿意跟同龄人来往，认为他们幼稚。我喜欢接触大人。人到中年，喜欢接触老人了。你父亲是个好老头儿。我觉得，你母亲不了解他，你们也不了解他。你一定不知道他非常风趣非常幽默，胜过故事大王也胜过相声专家，这可能与他三条石学徒经历有关……

真的！王莹好像听到宇宙传来消息。她心里承认，计划经济时代的单纯生活使得父亲掩去多种表情。如今时代生活大变，恰恰使得滕维丽成为父亲全貌的目击者。

话题终于离开老人回到工厂。王莹径直谈到迅达投资公司收购东方小型锅炉厂职工内部股份的问题。我担心你艰苦创建的工厂成了别人的企业啊。

别看你做了喷漆工，其实心里还当着厂长呢。滕维丽比喻说，你保卫国企就跟保卫国土一样，寸土不让。不过国企毕竟不是国土，只要对企业发展有利就是硬道理。我们为什么跟迅达投资公司洽谈职工股权转让呢？职工手里资金太少，他们拿着股份很难推动企业发展。所以股权必须换手，换成资金雄厚的大股东，让大股东增加投资，开发新产品添置新设备开拓新市场。

你说得不错。我从小在国有企业长大，心结太重了，看到有人拿走工厂一草一木，就跟人家急。王莹百感交集说，既然国家敞开政策发展私有经济，我还有什么说的？我又不是政府总理或者人大委员长。

滕维丽端起咖啡杯说，王莹，趁着别人还没控股，趁着我说话算数，请你接替我当厂长吧？

你挖苦我啊！我可不是来夺权的。喷漆工王莹端起咖啡杯一口气喝光了。

我知道你不是来夺权的。我甘心情愿让给你啊！我想休息了……滕维丽似乎动了感情，说不下去了。

你想把一大堆难题推给我，自己一走了之？那一台台设备以废铁价格卖给你，是国有资产转移还是国有资产流失？我猜测你跟郑佳兰之间有交易。王莹突然调皮地说，其中必有隐情，这次轮到我写匿名信举报你啦！

你说话一针见血，办事疾恶如仇，身边的人都怕你。这正是你的难得之处。东方小型锅炉厂从掘得第一桶金发展到今天，连创辉煌确有隐情。这也是我想让位的原因之一。就说唐局长和郑书记吧，你跟他们之间没有丝毫勾连，什么时候想沉下脸色就沉下脸色，什么时候想公事公办就公事公办！

你太狡猾了，让我充当得罪人的角色啊！王莹嘴里说着，却满脸义无反顾的表情。好吧，为了东方小型锅炉厂健康发展，你什么时候需要我做恶人，我挺身而出。你不需要我做恶人，我就在车间里喷漆。不过，你要把内幕给我交代清楚，拿我当枪使不行！

滕维丽突然激动地说，我真的非常喜欢你的性格，要刀锋有刀锋，要刀鞘有刀鞘，我要是男人一定娶你的！

你不要煽情好不好？王莹从容不迫拿起一个苹果，吭哧咬了一口。滕维丽不甘落后也拿起一个苹果，啃吃起来。这两个特殊女人之间的恩恩怨怨，似乎开始消解了。

吃了苹果，王莹撇了撇嘴说，假如把工厂比喻为苹果，我就是苹果里的虫子，生在苹果里死在苹果里。可惜工厂不是苹果，是铁，铁不生虫子，生锈。

王莹继续说，我敢断定无论唐局长还是郑书记都吃了东方小型锅炉厂的免费午餐。他们白白拿了企业股份心里发虚，当然希望有人并购职工股权，一换手就安全了，这跟洗钱一样。

脸色苍白的滕维丽，听罢默然。

滕维丽去了卫生间洗手。王莹无意之间看到小客厅方桌下面的小竹篓儿里装着几只药瓶子。药瓶上贴着“人民医院监制”的标签。

咦，滕维丽单身生活这肯定是她本人服用的药物，莫非她患了什么疾病？

告别滕维丽，王莹回到父亲家里。厨房里王金炳忙着炖猪蹄，不好意思地向女儿挥了挥手，似乎含有几分隐情。王莹暗暗笑了。社会生活多元化，人的心思也多元化，那就让不便言表的父亲心照不宣吧。

果然，父亲制作的红烧猪蹄留给自家餐桌，煲汤猪蹄另有归属。他老人家拎着陶罐向女儿解释说，小滕身体虚弱元气不足，秋冬进补正是时令。之后拎着陶罐走出家门送汤去了。

一瞬之间，王莹妒忌了。哼，我也身体虚弱元气不足！我也秋冬进补正是时令！转念一想，释然了。父亲关爱女儿那是父爱。父亲关爱滕维丽则是他老人家的感情生活。既然社会生活多元了，也让父亲生活多元吧。

为了开心，王莹独自躲进厨房指着汤煲模仿美国电影台词说，你有权保持沉默，你煲的每一罐汤都将成为日后美好回忆的证据！

说罢，她咯咯大笑，笑得弯了腰——顺手捡起一颗落地干枣，洗洗吃了。

当晚，王莹住在父亲家里督促冯器写作业。王金炳给滕维丽送了猪蹄汤，心里踏实了，坐在客厅里看电视，居然是“青春街舞”节目。这种青春气息令王莹感到意外。父亲的变化激励了女儿，她陪同老人家观看火爆劲舞。

我看滕维丽身体挺虚弱的，她是不是病啦？王莹漫不经心问道。

王金炳并不隐晦地说，自从小滕搬到劳模楼居住，我就发现她越来越瘦，以为减肥呢。后来她脸色越来越灰，还经常去人民医院输液……

王莹猛然想起人民医院是肿瘤专科医院，滕维丽家里的药瓶儿说明她的输液可能是接受化疗。难道她患了恶性疾病……这样想着心情沉重起来。爸，你好好照顾滕维丽吧，她没家没业无亲无故，遇到头疼脑热想喝一碗白水谁给斟啊！挺可怜的。

注视着电视里街舞王金炳说，小滕把她的经历讲给我听了，我们成了忘年交。我工作一辈子没有结交一个朋友，都是机器零件！人到晚年认识了小滕。挺好啊。从今往后，无论她有病没病我都会精心照顾的！

王莹终于明白了，父亲一辈子管理仓库，责任心不改。如今面对滕维丽，他老人家必然保持“工业战线红管家”一贯风格，不会出现丝毫马虎的。

灵莹，你真的愿意给小滕当副手，甘居人下？王金炳试探地问道。

爸爸，工人下岗，下岗再就业，厂长下岗，也要下岗再就业。我只能从头开始，从零做起。您不相信啊？

你的性格争胜好强，不甘人后。你当惯了厂长给小滕做副手不容易啊。

我就是愿意做不容易的事情，越不容易越来劲！天天做一加一等于二的事情，不出三天我就烦死啦。

一大早进厂上班，厂道上遇到行色匆匆的郑佳兰。王莹知道她跟东方小型锅炉厂有着千丝万缕的关联，便坦克似的迎上去，轰轰烈烈打招呼。郑佳兰满脸不悦指着路旁报栏说，王莹啊，你什么时候能够改掉爱出风头的毛病？成了破产厂长还在接受记者采访，什么从头开始从零做起，真是没有自知之明。我劝你离开这里去别处实现下岗再就业吧！

郑佳兰一番话犹如醍醐灌顶，晨曦里王莹霎时间彻底认识了自己。是啊，郑佳兰的激烈态度无疑说明她对我的惧怕！我身为下岗厂长依然具有如此威力，这说明我刚正，这说明我干净，这说明我以正压邪，这说明我的存在价值。

王莹咯咯笑了起来，笑得开心笑得爽快，笑得郑佳兰尴尬不安，转身怏怏而去。望着郑佳兰背影消失在工厂大门外，她兴奋地挥了挥拳头，朝着滕维丽办公室大步走去。

滕维丽，你什么时候把我从喷漆工段调出来担任你的副手？我等不及啦。

你今天是怎么啦？当官心切啊。滕维丽手里拿着两颗药丸，颇为意外地望着这位登门求职者。

我刚才遇到郑佳兰了。一定是听说我进了东方小型锅炉厂，她特意跑来找你研究对策，在她眼里我是来复仇的吧？

这么多年了，你还是喜欢跟别人较劲。滕维丽无可奈何地说，你活着不能没有对手，没有对手你就不舒服是吧？

维丽，你太了解我了！王莹啪啪拍手说，我遇见郑佳兰就精神抖擞了，恨不得立即走马上任，大干一番。

滕维丽思索着说，我必须保障全厂安定团结大好形势，你属于动乱分子还是去车间做喷漆工吧。

王莹咯咯大笑。我看明白了！有那么一伙人，第一步趁着企业破产转移侵占东方制冷设备厂的国有资产，第二步抓住企业转制机会倒腾东方小型锅炉厂的职工股权，企图变成私人企业。维丽你坦白，你跟他们是一伙的吧？

滕维丽古怪地笑了。人家孙悟空火眼金睛不放过妖魔鬼怪，遇到危难观音菩萨出面解救，摆平了。你火眼金睛有什么用？只能引火烧身！我请你接替我的职位是出于多种原因考虑的，属于防守战略。你呢？还没上任就发动进攻，我可不敢把全厂职工的前程交到你手里。

那我就接着喷漆呗。王莹大大咧咧说着，离开滕维丽办公室去车间干活了。

独自坐在办公室里，滕维丽拨通人民医院肿瘤专家的电话。李博士，您实话实说我到底还能活多久？这化疗实在折磨人啊。

不出几天，喷漆工王莹的处境恶化了。工人们议论纷纷，把她比喻为埋在东方小型锅炉厂的定时炸弹。

她搞得东方制冷设备厂厂破了产，又跑来祸害咱们东方小型锅炉厂啦！

人家迅达投资公司打算收购职工股份，有愿意卖的有愿意买的，她王莹凭什么站出来挡横儿啊？

听到身边议论，王莹更加坚定这样的判断：迅达投资公司与东方小型锅炉厂绝对存在不为人知的幕后交易，弄得滕维丽进退两难。

王莹悄悄去了一趟人民医院。通过熟人关系找到医政处，在微机档案里调出滕维丽的病历。

轰的一声脑海里好像投进一块巨石。滕维丽果然得了要命的病啊！王莹伸手扶墙，站立不稳。

立冬那天，滕维丽主持厂务会议，任命王莹为副厂长，主管生产和销售。散会了，会议室只剩下这两个女人。滕维丽说东方小型锅炉厂实行厂长负责制，今天我给你铺平道路，你好自为之吧。

王莹说，你既然任命我，我就干了。咱们这座城市三年实现冬季集中供热，咱厂不宜在家用取暖炉领域恋战。我的意见是明年退出家用市场。如今小企业这么多，工业小型锅炉的市场广阔利润很高，咱们应当集中精力开发换代产品，打好环境保护这张牌。

滕维丽感慨不已说，你真是咬定青山不放松。当年你开发环保制冷机，市场不买账。如今国家对锅炉烟尘管理非常严格，此时打好环境保护这张牌很合时机啊。

王莹自负地说，我从小认准一条道跑到黑，自己跟自己较劲。我就不信被环保这块石头绊倒两次！

入冬第一场雪。冯器和丁苹果突然出走，留下一张纸条只写了

“别惦念我们”几个字，一连几天音信全无。王凤远在外地推销产品。王莹跑去报了案。

雪花落地就化了。派出所打来电话，走失多日的冯器和丁苹果有了音讯：小哥俩儿正在西安参加中华青少年网络游戏大赛，进了复赛。

他妈的！当了副厂长的王莹很久没骂粗话了，这时脱口而出。下了班顶着小雪走进父亲家门，看到王援朝身穿“条格式”棉衣坐在轮椅里。这种棉衣样式使人想起当年扛枪过江的中国人民志愿军。

王莹兴奋地大叫一声。哥哥，冯器和丁苹果有了下落！在西方参加网络游戏大赛呢。

王金炳乐呵呵补充说，小哥儿俩来电话说已经进了决赛，他们复赛打赢了《挤上公交车》，决赛节目是《流水线》。

王莹被迫笑着说，冯器这孩子平日上学不敢挤公交车，跑到电子游戏里成了强者。这虚拟的世界更能改造人。冯器和丁苹果不务正业啊！

我在电话里也这么批评他们，你猜丁苹果说什么？说劳动创造财富。你们工厂上班是劳动，我们打网络游戏也是劳动。我们要是得了全国《流水线》冠军就跟我奶奶当年得了全国接头冠军一样！

他们这是强词夺理！王莹无力地批判着，语气很是和缓。

既然冯器和丁苹果平安无事，家里有了安全气氛。王莹挽留哥哥吃晚饭，跑进厨房烙了“银裹金”饼。王援朝连声说久违了，抓起来就吃。王金炳望着自己的养子和亲女，慈祥目光里含有几分迷茫——好像阅读着两个特殊人物。

很久没有跟哥哥一起吃晚饭了，王莹热烈地望着哥哥。王援朝细嚼慢咽说，以前白瀛瀛就是烙不好这种“银裹金”饼，怎么练也不成。

现在她会做了吧？王金炳端来一盆肉丝汤面，试探着问道。

现在？她在日本开了画廊，人称“工业派画家”，三菱公司收藏她的代表作《大炼钢铁》，生意兴隆。她跟我离了婚，改名小岛瀛子。

真的！王莹猛然站起盯视着王援朝。趁着父亲去厨房拿调料瓶她压低声音质问道，你离婚怎么不告诉我呢？

王援朝避开妹妹语锋变换话题说，前些天我生父得病住院，我心里很难过。老人家受了大半辈子委屈，一声不吭。我思索，这究竟是我们中国人的坚忍还是我们中国人的麻木？人的一生就这样消耗了……

王莹说祝勾老伯父早日康复，急迫地询问王援朝离婚之后有何打算。这时王金炳拿着调料瓶走出厨房，王莹只好住口。

王援朝接过调料瓶说，金水集团炸了市长楼，引起很大反响。听说还要炸劳模楼，我专程跑来看看。

王金炳插话了，三条石工业区拆迁，我跑到原来华昌机器厂工地测量方位找到佟小喜的骨殖，总算替李亦墩同志结了旧账。那骨殖呢我请总工会协助寻找家属了。

王援朝感慨说，您管了一辈子仓库，办了这件事儿账目全部清楚了。

吃过晚饭。兄妹坐在客厅里聊天。王莹冷静了，不再追问哥哥离婚的事儿，转向迅达投资公司的话题。王援朝不慌不忙说出这家公司的两大幕后股东，一个是当年市生产指挥部吴主任的秘书康红中，另一个是机电工业局唐局长的公子唐东风。这几年他们实施低成本扩张的战略，成功并购三家企业，东方小型锅炉厂即将成为第四家。

王援朝真是无事不知无事不晓。王莹充满崇拜地注视着哥哥。这时她意识到哥哥辞去金水集团董事长职务，原因决不简单。

你不是在滕维丽工厂里做喷漆工吗？这很好。无论是谁收购东方小型锅炉厂对你来说并不重要啊。

不，滕维丽创建这样一座工厂多不容易啊。我不能眼看着这块肥肉落到那只秃鹫嘴里！

谁是肥肉？谁是秃鹫？当初滕维丽充当秃鹫角色，分吃了东方制冷设备厂这块肥肉，暗暗借助唐局长郑书记的力量创建东方小型锅炉厂。如今东方小型锅炉厂成了肥肉，真正的秃鹫就来吃它了。这不是阶级斗争，这是金融博弈。

王莹极力辩解说，我不反对经济竞争，我只想让国有投资公司主宰东方小型锅炉厂，不能让工人们成为资本的奴隶……

王援朝连连摇头，笑了。好妹妹，你这是典型的国有企业偏执症。我不反对你热爱国企，可是你的国企破产了。我以金水集团为例子吧，它二十八家企业里有五家曾经是国有企业，当年我们运用资本力量，要么承包要么收购要么置换统统收到帐下。如今只要金水集团下属企业招工，应聘者踏破门槛趋之若鹜。难道这些工人都是来当奴隶的？不，他们是来就业的。就业是硬道理啊。

王莹寻思着，一时没有反驳哥哥。

灵莹，假如请东方小型锅炉厂职工投票选择收购方，当然是谁出的价格高他们选择谁。如果你不愿意接受迅达投资集团，那么金水集团入主。不就是收购职工内部股份嘛，我们多花几个钱好啦。

啊！王莹吃惊地望着哥哥。你不是辞职了吗？说话还是董事长口气啊。

我还是金水集团顾问嘛。顾问向董事会提出合理化建议，他们还是认真考虑的。王援朝掏出手机打电话要车，之后向父亲告辞说，我听说您活得很乐观，好啊！明天我派人给您送来手机，有了手机您跟别人聊天更方便了。

两个西装革履的小伙子叩门进来，抬起王援朝和轮椅，下楼去了。

王莹跟随下楼，看着坐在轮椅里的哥哥被送进一辆面包车。她心里很是迷乱，一时不知对哥哥说什么，只得目送着面包车远去。

父亲下楼来了，说心里憋闷。王莹以为老人家心脏不好，坚持送他去医院看大夫。王金炳扭头上楼，跑回家里了。女儿紧跟父亲跑进家门，看到他老人家脸色苍白。

我心脏没事儿！你送大朝下楼的时候，我接了一个电话……王金炳表情紧张说。

王莹断定冯器和丁苹果出了事儿，登时变了脸色。是西安那边来电话啦？

不，是滕维丽来电话了。王金炳搓着一双手说，她特意嘱咐我，明天上午把那封信交给你……

您说哪封信？王莹感到事情蹊跷，大声追问着。

王金炳似乎意识到问题严重了，慌乱地向女儿解释着来龙去脉。从父亲的叙述里王莹明白了，去年中秋节滕维丽给她写了一封信交给父亲保管，至于何时递交到时候会通知父亲的。

灵莹，我听单田芳评书里说过，有的人留下书信是为了昭示，有的人留下书信是为了保密，有的人留下书信是为了……

爸爸，您不要等明天上午了，现在就把那封信给我！王莹大声命令着。

王金炳犹豫着说，小滕反复嘱咐我明天上午十点钟……

王莹急了。爸爸！滕维丽是您的忘年交，这辈子您有几个忘年交啊？我敢说只有滕维丽一个。她要是真有个鞍高镫低的，您不后悔啊？

王金炳连连点头，泪水涌出眼窝儿。小滕的眉眼挺像你母亲的，有时候我想，这一定是你母亲留在阳间陪我聊天的人啊……

情绪稳定下来，王金炳态度坚决说，我不能提前把小滕的信交给你，单田芳评书里说受人之托忠人之事，我不能不讲信用啊。

您真是工业战线红管家，把信件交您保管那是万年牢！王莹了解父亲的脾气，表面随随和和，心里铁有主意。于是她跑进冯器房间拨通王援朝手机。每逢这种时刻求助哥哥，王莹内心充满信赖感。

电话通了。王援朝在路上。王莹快速地讲了这个故事，要求哥哥推断结论。

王援朝果真“万事通”，他慢条斯理说，滕维丽请你接替她的位置，原因很多。第一，她可能患了不治之症，决定将工厂托付给你。第二，她依靠权钱交易创建东方小型锅炉厂，长期内心自我谴责，理想主义者是永远不会原谅自己的，所以她只能以隐退方式求得心理解脱，决定把工厂托付给你。第三，她家里安装一台竞争对手出产的燃气取暖炉，这可以解释为避嫌，也可能是她选择的死亡方式……

你是说自杀吧？王莹惊悚地问道，想象着可怕的场面。

假若她选择自杀，我断定这种方式是她的最后奉献——因为她使用的毕竟是竞争对手的产品啊。

她要么选择煤气泄漏窒息？要么选择煤气泄漏爆炸？王莹朝着电话里的王援朝大声喊道，哥哥你料事如神！所以滕维丽提前给我写了绝笔信……

挂断哥哥电话，王莹冲到客厅里。她斩钉截铁对父亲说，爸爸，我敢断定您手里有滕维丽家的钥匙，对吧？

王金炳点头承认说，我有时给她买菜，她不在家我就开门放在厨房里……

您听单田芳评书知道人命关天这句话吧？您不肯把滕维丽的绝命书给我，请您把她家的钥匙给我！

真的要出人命啊？王金炳双手颤抖从腰带上解下一串钥匙，自言自语说小滕你可不能死啊。

晚间十点钟，王莹打开滕维丽家门冲了进去。身穿白色睡袍的滕维丽走出卧室，仿佛一具纸人儿。她看到王莹手里的钥匙，苦笑了。

王莹不睬滕维丽的苦笑，快步走进厨房查看那台燃气取暖炉。她看到灶台上摆着一只扳手和一把螺丝刀，便认定这是准备“作案”的工具，拿在手里返回小客厅，一屁股坐在沙发里。

滕维丽端来一杯水。她猛然发现滕维丽化了夜妆，黑黑的眉，红红的唇，白白的脸。平日滕维丽素面朝天，从不化妆。今夜人生谢幕，她一反常态打扮了自己。这越发印证着大朝哥哥的判断。王莹望着墙上挂钟说，滕维丽，我断定你十二点钟动手，对不对？

气喘吁吁的滕维丽拧开药瓶儿搕出两粒灵芝抗癌胶囊，一杯白水送服了。

你以为患了不治之症就活不起了？电脑室的王晓雨就治好啦！王莹挥动着扳手和螺丝刀说，你安装“太阳神”牌燃气取暖炉，说是避嫌，其实是预谋。你不愿意轻如鸿毛，决定今夜制造煤气泄露爆炸事故，一死了之。明天新闻必然报道这起民宅死亡事故。“太阳神”牌燃气取暖炉马上成了危险产品，停止销售。咱厂的“百姓”牌燃煤取暖炉趁机占领全部市场。你用自己生命发出最后一声爆炸，炸垮咱厂的竞争对手，你死得其所啊。

滕维丽拿出木梳拢了拢头发说，你认为我这样死去很卑鄙吧？你一定提前看了我留给你的那封信……

王金炳披着棉大衣推门跑进来，满脸焦急神色。滕维丽迎头说道，我嘱咐您不到时候不要把那封信交给王莹，您怎么提前啦？

没有啊！那封信现在还锁在我柜子里呢。王金炳解释说，王莹跟我说人命关天，我也没有提前给她看……

王莹替父亲辩解说，我确实没有看到那封信，这一切都出自王援朝的逻辑推理。

滕维丽听了，朝着王金炳流下热泪。您真是一个值得信赖的人！如果我继续活下去，天天请您替我去菜市场买菜，天天跟您去公园下象棋，天天跟您通电话聊天……

王金炳一时不知如何是好，激动地跑进厨房烧水沏茶去了。

我人生最后一场演出，被你取消了。我在有限的生命里还能做什么呢？滕维丽苦涩地说。

你应当知道，有三分之一癌症可以治愈，还有三分之一可以带病存活。你的理想主义是偏执型的，你的英雄主义也是偏执型的。你选择这种极端方式，很勇敢，也很怯懦。你说你生命是有限的，难道别人生命是无限的？既然东方小型锅炉厂是一座大舞台，不到谢幕咱们继续演出好啦！

王金炳走出厨房说，是啊，小滕你演到半截儿下台走了，这算哪档子事儿呢。再说吃五谷杂粮没有不得病的，以后我会照顾你的！

听了父亲这句话，王莹笑了。她对滕维丽说，明天上午九点，东方小型锅炉厂会议室召开第一季度销售工作总结会，请滕厂长到会讲话！

说罢，王莹将手里钥匙交给父亲，起身离去。王金炳追到门口问道，灵莹，小滕不会自杀了吧？

这就要看您老人家的本事了。王莹小声对父亲说。

王莹，你回来！滕维丽站在门口鼓足气力喊了一声。王莹返回，故作镇定地望着滕维丽。

突然，这两个中年女人紧紧拥抱，失声痛哭。不知所措的王金炳在哭声里听到滕维丽的倾诉。

王莹啊王莹，今生今世咱们只能与工厂共存亡啦！

是啊，如果我们患了不治之症，那也是热爱工厂综合症！无药可医了……

机器尾声

每逢星期一清晨，便是高新纺织工业园升国旗的时刻。朝阳升起，国歌响彻，场面庄严。蓝领工人王建设很少观看升旗仪式。他忙，忙得成为一只不停行走的时钟，没了白天与黑夜的界线。

自从来到这里工作，王建设便有了家的感觉。郝伯生领导的高新纺织工业园，打出“高人一筹，领先一步”的口号，依靠技术进步全面创新的思路，扭转了纺织工业多年亏损的自卑心理，走出低谷跃上新台阶。

王建设在日记本里记下这样的辉煌成绩：引进世界先进的“纺、织、染、整”设备，精梳棉的比重从 7.1% 提高到 90%，精梳混纺的比重从30%提高到75%，无接头纱的比重从17%提高到100%，纱线支数达到160支，彻底改变了以往落后面貌。

大规模引进“必佳乐喷气织机”和“宝马龙箭杆织机”，实现了无接头技术。王建设不禁想起母亲当年保持的全国接头纪录，内心感慨万千。母亲的人工接头技术确实创造了历史，因此永生了。

三年时光了，王建设不忘自己是牟棉花的儿子，久经磨炼成为喷气织机的安装维修行家，土法上马解决进口设备难题60多项，试织翻改品种40多种，为企业节约资金300多万元，人称“蓝领王”。

金纺集团董事长郝伯生兴奋地说，明年全市评选劳模，跑不了你王建设！

王建设悄悄做通妻子舒芸的思想工作，说咱孩子名字就叫王继承吧。爹建设，儿子继承，还是灵莹姐姐取名有道理。

第六分厂引进新型日本喷气织机，从东京来了几位日本专家指挥设备安装。开工仪式上一位佩戴墨镜日文翻译出现了，司仪介绍说这是小林白先生。王建设摘下工作帽擦着汗水，认出他是白瀛瀛的父亲白小林。

几十年光阴流水，“白小林”再度成为“小林白”，操着一口标准的“东京口音”和“汉语普通话”，现场同声翻译，引起人们称赞。

“蓝领王”不禁笑了，认为这个世界变化很大。开工仪式结束，他走过去跟这位日文翻译打招呼说，您研究来研究去总算把自己研究成日本人了。

这位满头白发的老翻译正色说道，名字只是符号而已，我永远是中国人。我当翻译，既不代表中国也不代表日本，我只代表企业管理的科学性和工业技术的公正性。

王建设操着并不流利的日语说，既然这样，请您转告那几位日本专家，小岛公司出产的Ⅱ型喷气织机设计上存在一个缺陷……

你知道白瀛瀛回到日本为何改名小岛瀛子吗？她就是这个小岛家族的后代，认祖归宗了。

王建设看到地上落了一颗螺钉，当即猫腰捡起。他依然保持着收藏螺栓螺母的爱好，打算退休之后举办个人藏品展览。

六分厂试车，王建设忙了通宵，土法上马解决了日本进口Ⅱ型喷气织机的“沾滞问题”，使得那位面孔精瘦的日本专家暗暗佩服。

这位小岛家族的远房亲戚压低声音说，王桑，我愿意介绍你去日本工作。

王建设脸上露出少有的坏笑说，阁下，我愿意介绍您留在中国工作。

天亮了，王建设洗了脸跑到高新纺织工业园观看升国旗仪式。广场上遇到妹妹王凤。发胖的妹妹告诉并未发胖的哥哥，她们迁到这里七分厂，开始生产一枝花牌全棉休闲服装，这是自主品牌国货精品。

王建设望着迎风飘扬的五星红旗说，舒芸下岗再就业，在社区养老院做护士长，前些天收下了靳大姑！还给她镶了假牙呢。

王凤大规模笑着说，镶了假牙靳大姑照旧满嘴粗话吧？她可是纺织工业活化石啊。

临近春节，传说劳模楼即将动迁，人心不稳。中午时分阳光灿烂，不声不响驶来一辆电动轮椅。晒太阳的老劳模们看到王援朝来了，纷纷凑过来询问。

你既是王金炳的儿子又是金水集团顾问，应当站出来说句公道话啊。

王援朝说，你们肯定是要动迁的，搬进华原小区双气双水新楼房。这座劳模楼不拆，我把它改成劳动模范博物馆，了却李亦墩同志生前愿望。

老劳模们呼地一声散开，回家报喜去了。王援朝启动电动轮椅，驶进父亲居住的楼门。

王援朝走进家门叫一声爸爸。正在煲汤的王金炳从厨房跑出来望着儿子。西装革履的王援朝说，您放心吧这座劳模楼保留，我投资两千八百万元改建劳模博物馆，展示新中国劳动模范的日常生活，我还要给特等劳动模范们竖立铜像。

王金炳激动得东张西望。咦，援朝你的轮椅呢？

我的轮椅？我把它停在芒果树下，锁着呢。儿子调皮地望着父亲，似乎重新成了当年的王援朝。

敢情你是自己两条腿走上二楼的？王金炳又惊又喜围绕儿子转了一圈儿，最终认定这是真货，不是冒牌王援朝。

爸爸，我在德国把腿治好了，回国没暴露。因为轮椅成了我的形象符号，神仙、老虎、狗，外加“轮椅书记”角色。如今我无权一身轻，自然不用轮椅打掩护了。扔掉轮椅，我就不是原先的王援朝啦。

王金炳听不懂这番话的复杂含义，只晓得儿子不坐轮椅了。大朝重新使用自己双腿走路，这是天大的好事情。

灵莹昨天从巴基斯坦打来电话，说平安到达了。王金炳叫着儿子乳名说，大朝啊，你说灵莹出差的地方离阿富汗远吗？

巴基斯坦和阿富汗是两个国家，离得不远，也不近。王援朝猜测父亲想起当年母亲援建的巴格拉密纺织厂，进一步解释说，灵莹先乘飞机去巴基斯坦首都伊斯兰堡，然后转车去她洽谈生意的东部城市费萨拉巴德，亲自签订锅炉出口合同。

尽管是两个国家，王金炳还是满足地笑了。这次灵莹也能学会烤羊腿吧。

爸，您还记得我的生父勾华东吗？他老人家还活着呢！一旦王莹从南亚出差回国，我就安排你们老哥俩儿见面，让她给你们烤羊腿吃。

勾华东没死？苍天有眼啊……王金炳老泪纵横。

星期天晚间，王建设在高新纺织工业园八分厂值班，擦拭了那几颗新近搜集的螺钉，随手拿起当天报纸无意之间看到一则启事：“勾援朝先生偕王莹女士特别祝贺勾华东老先生七十二岁生日快乐！”

嘿嘿。王建设由衷地笑了。大朝哥哥和灵莹姐姐久经磨难终于胜利会师了。

临近春节。一天晚上王金炳戴着老花镜给卧床养病的滕维丽读报，屋里静谧而安祥。滕维丽写给王莹的绝命书则被老人家锁进一只铁盒子埋在劳模楼前面的草坪里。他乐乐呵呵说小滕你活着吧，它替你死了。

王金炳继续读报，滕维丽睡着了。这时他看到第七版一则企业注册广告。

华昌机器厂
法定代表人：白鸣岐
注册资金：一百万元人民币
企业性质：　私营
经营范围：机械制造
注册地址：新三条石工业园

我的天啊！老东家今年九十五了吧？他有生之年终于注册华昌机器厂，重新当了资本家，太顽强啦。王金炳自言自语着，流出悲欣交集的眼泪。那泪水流到嘴角，干涸了，留下淡淡的盐分。

王金炳不知道，华昌机器厂一百万元注册资金里，白鸣岐出资六十万元，一位台湾归来的老兵出资四十万元，白氏控股。人到暮年，这两位高龄老人再度出世了。

卧病的滕维丽睁开眼睛，欠起身吃了两粒灵芝抗癌胶囊说，新的华昌机器厂不会是小作坊了吧？你告诉白小林应当去做少东家啦！

时钟嘀嗒嘀嗒响着，好像故意夸张着流水光阴。于是光阴便流水而去了。

肖克凡《机器》，湖南文艺出版社2006年版。

沉重的翅膀

（作品简介）

张 洁

当代作家张洁创作的长篇工业小说。1981 年，由人民文学出版社首次出版。1985 年，获第二届茅盾文学奖。2019 年 9 月，入选“新中国 70 年 70 部长篇小说典藏”。

小说《沉重的翅膀》讲述了 20 世纪 80 年初期，在我国重工业领域改革派与保守派之间的矛盾与斗争。时任国务院重工业部副部长的改革派郑子云，业务精通，思想解放，在现代企业的治理与经营上，有着丰富的经验与独到的见解。他力举坚毅果断、敢闯敢干的经济师陈咏明出任部属企业曙光汽车制造厂厂长。陈咏明上任之后，积极推动改革，完善规章制度，改善工厂环境，最大限度地调动工人生产的积极性与主动性，使工厂的面貌焕然一新。然而，他们的改革受到了思想僵化、官僚主义严重的工业部部长田守诚为代表的保守派的极力反对，不择手段地阻止工厂改革，制造种种障碍。郑子云、陈咏明坚决地与田守诚进行不屈不挠的斗争，并最终获得胜利，让工厂的改革得以顺利推进。

《沉重的翅膀》是 20 世纪 80 年代中国工业领域的真实时代写照。小说成功塑造了郑子云、陈咏明、田守诚等典型的人物形象，表现他们在改革大潮下不同的性格特征与复杂的内在心理，表现出改革派与保守派之间的尖锐斗争与矛盾，在一定意义上也反映出中国工业改革的紧迫性、艰难性和复杂性。

抉　择

（作品简介）

张　平

《抉择》是当代作家张平创作的长篇小说。1997 年，由群众出版社首次出版。2008 年，获得第五届茅盾文学奖。2019 年 9 月，入选“新中国 70 年 70 部长篇小说典藏”。

《抉择》以当代社会转型期大中型企业的艰难生存为背景，描述了领导干部腐败和广大群众反腐败的激烈斗争。拥有上万人的大型国营企业中阳纺织集团公司濒临破产，即将失业的工人聚集在厂门口准备去省委上访，造成城市交通秩序混乱。为摸清真实情况，市长李高成只身深入企业进行私访，最终弄清企业面临倒闭的渊源，他的老部下、他的妻子都与企业倒闭、腐败存在着千丝万缕的内在联系。在党性与亲情面前，李高成面临着艰难的抉择，但最终选择了人民。

图书在版编目（CIP）数据

中国百年工业文学大系：长篇小说卷Ⅱ / 孙拥军主编.
-- 北京：中国工人出版社，2025. 5.
ISBN 978-7-5008-8558-0
Ⅰ. I211
中国国家版本馆CIP数据核字第2025GU6425号

中国百年工业文学大系：长篇小说卷Ⅱ

出 版 人 董 宽
责任编辑 傅 娉
责任校对 张 彦
责任印制 黄 丽
出版发行 中国工人出版社
地　　址 北京市东城区鼓楼外大街45号　邮编：100120
网　　址 http：//www.wp-china.com
电　　话 （010）62005043（总编室）　62005039（印制管理中心）
（010）62379038（社科文艺分社）
发行热线 （010）82029051　62383056
经　　销 各地书店
印　　刷 北京印刷集团有限责任公司
开　　本 880毫米×1230毫米　1/32
印　　张 23.25
字　　数 510千字
版　　次 2025年6月第1版　2025年6月第1次印刷
定　　价 118.00元
